美人制造 上卷

于正 著

百花洲文艺出版社
BAIHUAZHOU LITERATURE AND ART PRESS

图书在版编目（CIP）数据

美人制造 / 于正著. — 南昌: 百花洲文艺出版社,
2014.9
ISBN 978-7-5500-1067-3

Ⅰ.①美… Ⅱ.①于… Ⅲ.①长篇小说－中国－当代
Ⅳ.①I247.5

中国版本图书馆CIP数据核字（2014）第193584号

美人制造

于正 著

出 版 人	姚雪雪		出 品 人	柯利明　林苑中
特约监制	杨乐		执行监制	梁艳
责任编辑	张越　程玥		特约策划	梁艳　黄辉媛
特约编辑	李翠华　水映寒		营销统筹	卢渔　李洋　杨蕊
封面设计	姚小丹			

出 版 者　百花洲文艺出版社
社　　址　南昌市红谷滩世贸路898号博能中心9楼　　　邮编：330038
电　　话　0791-86895108（发行热线）　　　0791-86894790（编辑热线）
网　　址　http:www.bhzwy.com
经　　销　全国新华书店
印　　刷　北京旭丰源印刷技术有限公司
开　　本　1/16　　　710mm×980mm
印　　张　34　　　　　　　　　　　　字　　数　400千字
版　　次　2014年10月第1版　　　　　　印　　次　2014年10月第1次印刷
定　　价　49.80元（全两册）
ISBN 978-7-5500-1067-3

赣版权登字：05-2014-203

目 录

目录

历史的长河匆匆流淌，随便撷取一朵浪花都是浩瀚历史画卷中辉煌璀璨的一页。经历贞观之治的大唐王朝，无论是经济、政治、军事，还是外交，都达到历史的巅峰。武则天登上皇位，改国号为周，更是翻开了中国历史上全新的一页，展现了一幅不同于历朝历代男性统治的瑰丽而奇幻的历史画卷。

故事就发生在大周元年的神都洛阳。

第一章

云泥之别奈若何

午后的阳光丝丝缕缕，斜照在穿行的宫人身上，静谧中透出安详。临池飘过的风有着夏日特有的燥热，夹着荷花池上盛开的荷花清香，缓缓拂过万象神宫敞开的雕花窗棂，拂起垂落的宫纱，吹进神宫深处女皇的寝宫。

"痛……好痛……贺兰钧，朕恨不得杀了你！"奢华的贵妃榻上，女皇穿着常服，一动不动地躺着，原本威严端庄的脸上此刻叮满了蜜蜂，仿佛一朵芬芳的牡丹，引来无数的蜂蝶，竟完全看不出她原本的肌肤。若不是她偶尔发出的痛苦呼喊，还真无法看出她是否活着。

贵妃榻旁的书案旁斜倚着一个男子，双眸微闭，似乎睡着了。女皇的呼喊声对他似乎没有半点儿影响。他只是安静地闭着眼靠在那里，神情清雅而洒脱。

女皇再一次呼痛时，角落里的宫人忍不住悄悄抬眼看去。贺兰钧是整个大周王朝最年轻也最得女皇欢心的御医。虽然每隔一段时间女皇总是会

嚷着要杀了他，他却越活越得宠，几乎凌驾于整个太医院之首了。

贺兰御医长得真好看啊！宫人的脸红了红，却舍不得将目光自那张好看的脸上收回。贺兰御医眉毛细长，鼻梁笔挺，眼尾上挑，虽时常没有表情，但那张脸却给人一种正在笑着的感觉，亲切却又带着淡淡的疏离。挺拔修长的身材让那身普通的白色官服都显出几分潇洒不羁，真是，好看的男儿呢。

"贺兰钧，朕要杀了你，杀了你！"女皇的呼痛声再次响起，却比之前更大了一些，惊得宫人们忍不住往后缩了缩。

贺兰钧却仍据案假寐，完全没听见似的。

宫人正钦佩贺兰御医的镇定，内室传来一阵脚步声，随之而出的是一位身着白袍的年轻男子。若说贺兰钧之俊乃是秋月之浩渺高雅，此男子之俊则如春花之温柔纯美，竟是与贺兰钧迥然不同而世间少见的美男子。

他一双含笑的桃花眼淡淡一扫，俊秀好看的眉毛皱了皱，快步走到贵妃榻前，先看了看满脸蜜蜂的女皇，然后转头怒瞪贺兰钧：

"贺兰钧，你对女皇陛下做了什么？这么多蜜蜂，你也不怕蜇伤了陛下？如此冒犯凤体，简直是蔑视皇恩，论罪该诛！"

原来是女皇陛下最宠爱的张易之。

贺兰钧的眼皮连抬都没抬，只懒懒地欠了欠身，打了个哈欠，慢悠悠地踱步过来。

张易之上前一步拦住他，娇嫩樱红如花瓣般的唇张开，正欲斥责，却见贺兰钧毫不犹豫，一脚将他踢翻在地，居高临下地看着他，冷然的语气里充满了鄙视："你懂什么？滚开！"

不过是一个男宠，也敢狐假虎威！轻笑着转身，贺兰钧毫不掩饰自己的态度。

被踢倒在地的张易之气得发抖，正欲翻身与他理论，却见贺兰钧站在女皇身前，细细审视了一遍她脸上的蜜蜂，慢悠悠地说道："不错，药起效了，再过一会儿就行了。"

"当真？"女皇原本带着痛楚的声音猛然激动，刚撑起半个身子，脸上被蜜蜂叮蜇的疼痛又让她忍不住闷哼一声，伸手指了指贺兰钧，哼道："这次……这次朕定不会放过你！"

贺兰钧清冷的脸上露出淡淡的笑，带着安抚的意味："少安毋躁，陛下如此激动，要惊扰得这蜜蜂蜇错了地方，毁坏了圣颜，臣可担待不起。"

　　言下之意，这蜜蜂在女皇脸上叮蜇并不会毁坏圣颜，倒是女皇过于激动，惊扰蜜蜂却要自行承担后果！

　　这贺兰钧真是大胆得可以！

　　女皇本欲喷发的雷霆之怒顿时凝住，几乎只是眨眼间，女皇心中已有了计划。她做了一个深呼吸，将胸中的憋闷之气尽情吐出，缓缓地躺回贵妃榻上，却仍不忘低声警告有些忘形的贺兰钧：

　　"朕一定要杀了你，一定要！"

　　贺兰钧淡淡一笑，对于女皇不知道第多少次的警告置若罔闻。身后被他踢倒在地的张易之也不着痕迹地躺回原地，似乎刚才的急欲起身只是宫人的错觉。

　　神宫内再次恢复安静，只有女皇偶尔传出几声压抑的痛呼，竟越发显出这夏日午后的宁静。角落里用大缸盛着的冰雕散发着丝丝缕缕的清凉，宫人昏昏欲睡，忍不住探头向窗外望去，却见天边浓重的乌云随风飘来，预示着一场暴风雨即将来临。

　　宫人眨了眨眼再看，哪里还有乌云？明明是蓝天白云，烈日当空，方才竟似乎是她眼花看错了？宫人愣怔间，远处传来白马寺的钟鸣，"当当当"连续三响，清脆而震撼。

　　贺兰钧收回看向窗外的目光，道："时辰到。"一边说着一边从袖子里取出玉瓶，拔开瓶塞，往女皇脸上一洒，金色的粉末飘落，原本紧紧叮蜇在女皇脸上的蜜蜂如同得到旨意一般，齐齐飞向窗外，片刻间便已不见踪影。

　　女皇猛然起身，指着贺兰钧的鼻子大发雷霆："贺兰钧，你好大的胆子，竟敢唆使蜜蜂蜇朕，你以为朕真的不敢杀你吗？"

　　贺兰钧依然镇定如山，只将宫人递过来的铜镜伸到女皇跟前，镜子里立刻显现出一张美艳无双的脸孔，双眉如远山之黛，鼻挺似瑶山峰棱，一双含威凤目隐透水色，一派威严端雅的气度中饱含着无尽的风情，竟让人移不开目光。尤其脸上的肌肤，细腻白皙，紧绷有弹性，仿佛上好的羊脂

白玉，又如东瀛进贡的碧玉豆腐般，粉扑扑、水嫩嫩，简直一把能掐出水来。

"这……这……"女皇揽镜自照，仿佛不敢相信镜里的美人是自己，"好美，这真的是朕吗？"

贺兰钧轻声问道："女皇陛下，这样的效果您满意吗？"

女皇看着镜子里的自己，"满意。"

"开心吗？"

"开心。"

贺兰钧原本就上扬的嘴角更加上扬，"那您还要不要杀我？"

女皇那双令无数朝臣心惊胆战的威严凤目轻扫过来。贺兰钧心里一惊，面上却仍是清淡的笑，带着云淡风轻的淡然，不卑不亢地与女皇对视。

片刻后，女皇抿唇一笑，"爱卿如此功劳，如此妙手，朕怎么舍得杀你呢？来人，赏一百金。"

贺兰钧马上跪下领赏："谢女皇陛下赏。"

在宫人艳羡而渴望的目光下，贺兰钧转身离开神宫，却忽视了在他身后，张易之那双如毒蛇般怨毒的眼。

贺兰钧，你最好祈祷自己不要有落到我手上的一天！

出了宫，贺兰钧沿着朱雀街往自己府邸溜达。自做了女皇陛下的首席御医之后，他越来越喜欢像这样溜达了。享受着人们艳羡的目光，心情好就将得到的赏赐随手丢过去，看着一群人哄抢取乐；心情不好也可以随意找几个不识趣凑上来的家伙，消遣一番。

比如现在。

贺兰钧甩着手上装着金子的荷包，看着围上来的乞丐们贪婪的眼，毫不掩饰自己的鄙夷与不屑：

"看看你们一个个，年轻力壮却不思进取，只知道在这里跟人伸手要钱，将尊严踩在脚底下。假如这世上每个人都像你们这样，不干活儿只想伸手拿钱，钱从哪里来？米饭馒头又从哪里来？大家不如干脆伸手望着天，活活饿死算了！"

乞丐们面面相觑，不明白自己只是乞讨，怎么会惹来这么一顿文绉绉的教训。眼看着贺兰钧拿着荷包的手越来越向前，便越发眼巴巴地望着。

不料贺兰钧却猛然将荷包一甩，抓进手心里，冷哼道："你们想要？我偏不给，哼！"转身走了。

乞丐们这才明白被人耍了，便悻悻地散了，有几个狠的，冲着贺兰钧的背影狠狠吐了口唾沫，咒骂几声，便也只能作罢。

坊丁费冲和尤坤远远地见了贺兰钧的身影，便一人举着扇子一人拎着茶壶茶杯迎了上来，"贺兰大人""贺兰大人"地叫着，好一顿拍马逢迎。

贺兰钧斜眼看着他们，"费冲？尤坤？无事献殷勤，非奸即盗。说吧，有什么事求我？"

"哎呦，大人，看您这话说的，小的能有什么事求您啊？小的们只要能跟在您身边伺候伺候，就是小的们的荣幸。"

"大人您是女皇陛下跟前的红人，小的们只盼着天天能多看您一眼，那就是祖上积了德了，小的们就心满意足了！"

千穿万穿，马屁不穿。贺兰钧忍不住问道："我真的这么厉害？"

两人面不改色地点头，一脸的谄媚。

贺兰钧的唇角勾了勾，直接将手里的金子往二人身上扔去，"这些金子归你们了。下回伺候得好还有赏。"

看也不看拿着金子笑得满脸褶子的二人，贺兰钧转身回府。

府门前依然跪着那个拜师学艺的年轻人——裴云天。贺兰钧不记得他跪了多久，只记得某天他刚从宫里出来，裴云天就冲到他面前跪拜求师。被拒后，那个倔强的年轻人便跪在了府门前，扬言如果贺兰钧不收他为徒，他便长跪不起。

贺兰钧笑着从裴云天身边走过，看见他不甘心的眼神，心里又多了几分高兴。

若他贺兰钧是这么容易被打动的，那他早就桃李满天下了。若跪在他府门前不走就能逼他收徒的话，那贺兰府早已人满为患。若是平时，他会停下来逗他几句，但今天，他有别的事情要处理。

刚跨进前院，夫人雪姬便迎了上来，小声抱怨道："大人，您可回来了。"

贺兰钧一边进屋一边问道："我叫你约的那些王八蛋都到了吗？"

"到了好一会儿了。见您没来，都吵吵嚷嚷地要走，我劝了好半天才把他们安抚下来。大人要再不回来，我可拦不住他们了。"

贺兰钧笑着安抚她，"辛苦夫人了，你等着瞧，好戏马上就要上演了。"

布置清雅的大厅里，四个身着朝廷官服的大臣或端坐喝茶，或负手赏画，或凑在一块儿围着一盆松鹤延年的盆栽讨论，似乎依然未讨论出个所以然来。

贺兰钧负手进厅，大臣们的视线马上转过来，目光如刀，刀刀都恨不得将贺兰钧割个遍体鳞伤。

"贺兰钧，你我素无交往，为何今日突然下帖子邀请我等过来？"端坐喝茶的江大人慢条斯理地放下雨过天青茶盏，蹙眉问道。

贺兰钧一挑眉，淡然冷漠的脸上带了丝高深莫测的意味，"四位大人莫急。人——从不交往到交往总要有个过程嘛。就因为一直跟四位大人没什么交往，所以才想找机会跟各位亲近亲近。"

赏画的李大人笑眯眯地过来，眯缝着眼，如一只狡猾的狐狸，"贺兰大人整日与脂粉为伍，自然有很多空闲，哪像我们天生劳碌命，国家大事一堆，根本没有什么闲工夫与人亲近，贺兰大人有心了。"

贺兰钧转头看他，唇角又忍不住勾了勾，"李大人多虑了，贺兰只想请各位看看这个，"他接过夫人雪姬递过来的四封奏折，满意地看着脸色陡变的四人，慢悠悠地将剩下的话说完，"耽误不了四位多长时间的。"

不用看，四人也知道这四封奏折是谁写的。但没想到，贺兰钧竟神通广大到如此地步，连女皇御案上的奏章都能随意取走。

"贺兰钧，你是如何弄到奏折的？此等欺君大罪，你……"

"江大人，这是您的奏章吧？"贺兰钧打断他的话，翻开奏折，本如金声玉振般的声音清冷得让人发寒，"嚣张跋扈、蔑视皇恩，莫大的罪名啊。没想到我在各位大人心中的形象居然如此不堪，看来真该好好反省反省了。"

事到如今，江大人反而没有初见奏折时的慌张了。他拂袖坐下，森冷地说道："贺兰钧，实话告诉你，你的所作所为，我们早就看不顺眼了。"

"没错！你仗着女皇陛下的宠幸，目中无人，对我们极度不恭，我们就是要联名上书，让你好看！"一直在赏盆景的两位大人走过来接话。

"就算陛下再宠幸你，有这么多大臣反对，到最后陛下也一定不会姑息你的！"

四人说得慷慨激昂，甚至举起了拳头，仿佛此刻已到大殿之上，正在女皇面前慷慨陈词。

贺兰钧冷冷地看着，唇边勾起的弧度仿佛在笑，冷淡而没有情绪的眼眸让人摸不透他内心的想法。在他冷冽的目光下，四人渐渐没了声音。方才还以正义使者自居的江大人皱着眉，忍不住往后缩了缩。

正在四人忐忑不安时，贺兰钧却突然笑了，不是平日里那种疏离而冷淡的笑，而是哈哈大笑，笑得眼泪都快出来了，然后在四人快要把眼珠子瞪出来时，他慢慢地走到江大人面前，轻声道：

"原来嚣张跋扈，对各位大人不恭就是大罪？那江大人你私受贿赂又算不算大罪呢？"

江大人一愣，本能地反驳："你少血口喷人！"

贺兰钧依然在笑，笑容却冷得让人发寒："一个月前，城西破庙，江大人你收万老板白银一万两，帮他偷运私盐进城，还要我说得再详细一点儿吗？"

贩运私盐本就是一等一的大罪，身为朝廷命官知法犯法，协助贩卖私盐，不说抄家灭族，起码这乌纱帽、锦绣前程是丢定了。而贺兰钧却将他的罪证掌握得如此详细，竟让他无从反驳，一时间只觉得脖子上架了把刀，面如死灰，再也说不出一句话来。

贺兰钧这一手是四人始料未及的，这四人一时都愣住了，只呆呆地看着他那俊雅如秋月的面容。

贺兰钧却不再管江大人，转向侧着身子企图躲开他目光的李大人，"还有你啊，李大人！女皇陛下明明规定，为官者不得经商，你在南城的那三十间铺子，莫不是转手赠人了？"

"贺兰钧你……"李大人刚刚躲闪的眼眸猛一下转过来，瞪得眼珠子都要掉出来了。

贺兰钧却理也不理他，转头看向将身子缩在盆景后的另外两人，清冷的声音毫不留情："杜大人，你身为刑部侍郎却私放死囚，李代桃僵，如此大罪，足以杀头……王大人，你稍微好点儿，只是错判了冤案，但万不该因为惧怕承担责任，反将冤屈者逼死牢中，压下此事。"

眼见四人再没有方才的傲气，贺兰钧才施施然坐回太师椅上，随手将奏章扔给四人，慢慢道："若说我嚣张跋扈便是大罪，要付出代价的话，诸位大人又该如何判罪？或者，你们陪我一块儿受罚？"

可怜四人你看我，我看你，平日里一个个舌绽莲花、巧舌如簧，日日在金銮殿上与文武百官打嘴仗也不见输了半分气势，此时却被人抓了把柄，惨遭羞辱，也说不出一个字来辩解。

贺兰钧唇角的弧度越发上扬，一双清亮的眼睛神采飞扬，"既然四位大人国事繁忙，在下不敢耽误了。管家，送客！"

直到四人的身影消失，厅里才响起掌声，一直站在角落的雪姬拍手欢庆，神情充满了崇拜与好奇：

"大人，你真厉害。你怎么知道他们这么多秘密的？"

贺兰钧垂着眼，细细品完盏中的香茗，才抬头一笑，伸手往密室的方向指了指。

雪姬略略思考，便明白了他的意思。

这贺兰府虽是女皇陛下所赐，但贺兰钧入住之后曾进行过大肆装修，其中之一就是修建了一间宽阔得足以容纳数百人宴会的密室。密室装饰华丽，不仅有床榻、温泉，还设各种运动设施，堪称一座大型的健身场所。

此刻，密室中就有二三十位衣着华丽的夫人小姐，她们正等着贺兰御医施展回春妙手，让她们改头换面，美貌无比。

贺兰钧刚踏进密室，几个人就冲过来围住了他，莺声燕语叽叽喳喳，颇让人无力消受。

"贺兰大人，我已经把我爹的奏折偷给你了，你什么时候把我脸上的痘去掉？"

"哼，偷个奏折算什么？我家老爷的秘密我都告诉贺兰大人了，您什么时候让我的容颜美如十八岁呢？"

"是啊是啊，贺兰大人，我家老爷判错案我都告诉你了，你什么时候才让我变得美艳迷人呢？"

……

贺兰钧淡笑，看着一张张急切的脸在眼前晃过，心里的得意都快溢出来了，但说出来的话却稳稳当当的："不急，一个个来，各位放心，我一定能包你们满意。"

他边说边从袖里取出一个玉瓶，打开瓶子，空气里马上弥漫着一股沁人的香味。身边的女人们陶醉其中，忍不住大口吸气。

贺兰钧将瓶中的液体洒在李夫人脸上，修长白皙的手指不断地在她脸上揉搓，足有一炷香的工夫，他才停了手。随后拔下李夫人头上的簪子，十指翻动如飞花，顷刻就将那一头青丝重新盘好，衬着那张刚刚揉搓过的脸，竟让密室里的人都看傻了眼。

"这……这是什么？顷刻工夫就让人重现青春，太神奇了！"半晌后，才有人发出惊叹，所有的目光都看向贺兰钧手中的玉瓶。

贺兰钧轻笑："留颜露，是不是名副其实能留住青春美貌的容颜呢？只要各位能提供我需要的信息，这留颜露就能为你们留住青春美貌，如何？"

片刻的安静之后，密室中响起成片的尖叫声，所有人争着跑向那一瓶留颜露，至于贺兰钧的条件，又有什么关系呢？不过是家中一些无关紧要的东西，如何能与青春美貌相比？

随贺兰钧出了密室，雪姬感慨："原来是她们出卖了亲人啊。"

贺兰钧搂住她，笑道："这世上所有的男人都会被女人征服，而女人都会被漂亮征服。只要我能让她们变得更年轻更漂亮，这满朝上下，还有谁能阻止我的嚣张？枕边人的威力之大，可是这些整日操心国家大事的大人们想象不到的。"

雪姬若有所思："是啊，谁能想到出卖他们的会是身边最亲的人呢？"

而贺兰钧，真的会一直这么嚣张下去吗？

神都洛阳的傍晚，天边云霞似火，披红挂绿的花街在晚霞映照下美得如梦似幻。进进出出的花娘与客人为这美景又增添了几分热闹的气息。

但这热闹却仿佛被下了禁令般，只在其他的地方喧腾，独留人面桃花

楼一片清冷。

"喂喂喂，你们怎么回事？一个个都像死了男人一样，一点儿笑容都没有，客人怎么会上门？"人面桃花楼风情万种的老板娘苏莲衣袅袅娜娜地自楼上下来，一眼看见慵懒散漫的姑娘们，忍不住翘起兰花指训斥。她穿着高腰长裙，身上长长的五彩帛带飘扬飞舞。

但没人理她。姑娘们该干吗干吗，照旧懒散，好像没骨头般东倒西歪在大厅各处。

趴在窗户口的春花，羡慕地望着别家的热闹，连眼睛都舍不得收回来："莲衣姐，你快想想办法吧，这么大的地方，只有稀稀拉拉几个客人，你让姐妹们怎么笑得出来？再这么下去，莲衣姐你的养老本都要没了，姐妹们也过不下去啊。"

苏莲衣一愣，转头看看冷清得连苍蝇都没有的大厅，叹口气："都说这青楼楚馆，一要姑娘美，二要酒好，三要老鸨能说会道。我们人面桃花楼一样不缺，却照样冷清，你让我想什么办法呢？"

"还缺一样！"秋月不敢苟同。

苏莲衣眼睛一亮，"什么？"

几个姑娘互相对视了一眼，在苏莲衣期盼的目光下同声说道："贺兰钧的妙手！"

"贺兰钧？"这回苏莲衣是彻底愣了。

"没错，贺兰钧！据说他的美容术冠绝天下，不但能让丑女变美，还能让美女变得与众不同，假如我们人面桃花楼能请到他为我们改头换面，就算不能真的与众不同，也能让无数客人到我们人面桃花楼来看热闹，到时候还怕没生意吗？"

"说的没错，就是贺兰钧！"众人纷纷附和。

苏莲衣却微微皱了皱柳眉，不知在想什么。

大家激动了一会儿，春花却突然没了情绪，低声道："你们也太异想天开了。人家贺兰大人是朝廷命官，陛下跟前的红人儿，哪会帮我们这些低三下四的人呢？"

秋月也有气无力地道："说的是。听说百花楼的崔妈妈出一千金请贺兰大人，结果被他赶了出来。我们所有的人加这栋楼都不值一千金，贺兰大人又怎么可能出马呢？"

此言一出，方才还热闹喧腾的大厅顿时鸦雀无声，再也没人抱着奢望了。是啊，贺兰钧之于她们，就如天上的白云与地上的污泥，永远不可能有交集，她们在做什么白日梦呢？

一直未说话的苏莲衣却微微一笑，平日里略显精明的眸子里却散发出明亮的光："这可不一定。既然金钱打动不了，那么感情呢？那么多人都不能用金钱打动他，那我只能从情字上入手了。"

"情？"莲衣姐与贺兰钧？一屋的姑娘面面相觑，春花、秋月一个看天，一个看地，怎么也无法想出这两人间如何有情。

苏莲衣却微笑不语，双眸中闪烁的却是女子思及情郎时的脉脉柔情，湿润而绵长，幸福而……让人眼红！

裴云天不记得自己跪了几天了，膝盖已经完全失去了知觉。昨天夜里一场雨浇湿了他身上的衣服，让他很不舒服，头有些晕，感觉在发烧。但他不能离开，他发过誓，一定要成为贺兰钧的徒弟，这样才能对得起自己吃过的苦。

贺兰钧在管家的陪同下出了门，看到他皱了皱眉，管家连忙上前道："这人太犟了，赶都赶不走。"

"那就让他跪着吧。"就不信他能一直跪下去！贺兰钧轻哼一声，看见管家准备的马车，又皱了眉，"怎么突然准备马车？"他一向步行，这习惯都已经好几年了，管家今天这是怎么了？

"最近盯着府上的人比往日多了，夫人说一切还是小心为妙，吩咐了马车。"见他还是皱眉，管家赶紧又赔笑道："说到底还是大人太得宠，惹得京里这些大臣们不消停，天天盯着，妄想找些错处。"

贺兰钧冷笑，他一向行止端方，两袖清风，不与朝臣拉帮结伙，要想找他的错处？难了。

"马车撤了，我自己过去。"他倒要看看谁能找出他的错处来！

"贺兰大人，别来无恙？"还未迈出五步远，身后突然传来一个娇滴

滴的声音，耳熟。

贺兰钧不由自主地停下脚步，转头，"你……你是？"身后微笑的女子眉眼弯弯，唇瓣樱粉如蜜，瑶鼻雪肤，青丝如瀑，一身艳红的裙衫竟也不显得俗气，反倒多了几分张扬肆意的野性美感，是个不可多见的美人儿！

但，怎么会是她？

苏莲衣缓步上前，以最完美的姿态微笑："我是苏莲衣啊，您不记得了吗？十年前麦田里的那个晚上……"

不待她说完，贺兰钧猛然高声喊道："管家，管家，备车！"也不理错愕的苏莲衣，转身匆匆上车。

"贺兰大人……"

随手将一锭金子塞到她手里，贺兰钧脚步不停地丢下一句："穷苦人家就是缺钱，本大人今天心情好，这锭金子赏你了，赶紧走吧。"

穷苦人家？苏莲衣愣愣地看着手上的金子，再看看身上华丽得足以让穷人家过一年的衣裳，半天回不过神。

而此时，贺兰钧的马车早已跑得不见了踪影。但，这又怎样呢？

"想摆脱老娘可没这么容易！哼，贺兰钧，你想提上裤子就不认账，也得看老娘答应不答应！"愤愤地将金子收进怀里后，苏莲衣跺了跺脚，转身离开。

身后是裴云天诡异的目光。

直到进了太医署，贺兰钧才长舒了口气。他自认洁身自好，为官清廉，平生却只有一件憾事，便是结识了苏莲衣。谁能料到，朝中风头无两，没有任何小辫子被人抓在手里的贺兰钧，竟会有一个青楼的老相好？这事要被那些朝臣知道了，就算不能弹劾他，只怕也要闹着看他笑话好一阵子了。

想起曾经的往事，他只能扼腕叹息。自己这一世英名，搞不好会葬送在她手里。

"只盼她拿了钱走人，如这十年般再不来烦我才好。否则自己还真是不知道该怎么办了。"

越想越心烦意乱，贺兰钧伸手："茶！"

一杯热茶放在他手边，有人轻声道："大人，请用茶。"

声音很小，却如雷鸣般响在贺兰钧耳边。他猛地扭头，几乎扭了脖子，不敢相信地瞪着眼前女扮男装穿了一身内侍服的苏莲衣，半天才道："我没看错吧？你怎么混进来的？你到底想干什么？"

苏莲衣依然半弓着身子，轻声道："大人，您有您的本事，我们这些女人自然也有我们的本事。您放心，我一不是来叙旧，二不是来攀高枝的。我来，只是想请你帮个忙，请您帮青楼的姑娘们美容。"

贺兰钧渐渐冷静下来，看向她的目光却多了几分嘲讽："我这双手是伺候女皇陛下的，你们，够这个资格吗？"

他的姿态高高在上，盛气凌人却又仿佛理所当然，竟让苏莲衣的气息窒了窒，半响才想起自己来的目的。

"真的不行？一点儿人情都不讲吗？毕竟我们……"

"不行！"贺兰钧打断他，毫不留情的冷漠，"你赶紧走，万一被发现了可是大罪！"说完转身就要离开。

苏莲衣咬了咬唇，既然他如此不仁，可就别怪她不义了！

"贺兰大人！"她叫住他，一手扯住他的袖子，美丽面容上带着魅惑的笑，"我不过一介女流，逼急了可是什么招都使得出来。大人真的要这么狠心吗？"

贺兰钧一怔，还没来得及将她自身上扯下，门外脚步声响起，苏莲衣迅速往他身上一扑，双手攀上他的脖子，呢喃的声音吐气如兰："贺兰大人……"

"轰"的一声，几乎是立刻，贺兰钧就觉得自己双颊似火烧，不用照镜子，也知道红成了什么样子。

同时愣在门口的还有太医署的同事。他怔怔地看着扭抱成一团的两人，半天才期期艾艾地道："我……我一直以为贺兰大人高风亮节，坐怀不乱，是当世柳下惠，原来……没想到居然有此癖好。"

贺兰钧一愣，随即想到此时的苏莲衣乃是女扮男装，这误会……大了！

"不不不，不是这样的，我跟她……"

"我明白的，我明白的，是人难免就有隐私，大人不必介怀。你们继续，

我先走了。"不待贺兰钧解释,来人如一阵风般迅速消失,带走的还有一阵压抑不住的揶揄和嘲笑:

"就说平时那么多美女都不看一眼,却原来是好这一口……"

可恶!

眼睁睁地看着同僚带着误会离去,贺兰钧气得恨不得喷出一口心头血,但苏莲衣却依然巧笑倩兮地看着他:"怎么样?贺兰大人,你要不要再考虑下我的请求?您官威清明,我天天来这么闹一下,怕是对您的名声不太好吧?"

"你……"贺兰钧用力将她自身上扯下,咬牙切齿地瞪了她半晌,才不得不对着那张笑脸妥协,"你先回去,容我再考虑考虑。"

苏莲衣顿时笑得越加妩媚,"那我就等你的好消息了!"离去前还不忘抛个媚眼。

贺兰钧皱眉看着她的背影,忍不住头疼。当年单纯好骗的小丫头,如今怎么会这么难缠了?难不成真的要纡尊降贵去青楼帮她?

不不不,这绝对不行!若让人知道了,他以后还如何在朝中大臣面前耀武扬威?再想想,定能想出办法的!

直到日落西山,贺兰钧从太医署回到府邸,仍没想出可行的办法。尤其是一下车就看到跪在府门前的裴云天,一抬眼又看见远处正要过来的苏莲衣,他就觉得一个头两个大,从此患上头疼病了。

"大人,我书念得很好,也肯吃苦,只要你肯收我做徒弟,要我做什么我都愿意!"见他停住了脚步,裴云天赶紧抓住机会。

贺兰钧本欲离开的脚步一顿,"书念得好,说明你是个聪明人。好,我给你一个机会。"

"真的?"突如其来的巨大喜悦冲击得裴云天几乎晕厥,他努力想站起来,麻痹的双腿却让他摔倒在地,挣扎半天都动不了。

贺兰钧却无暇顾及他,指着逐渐走近的苏莲衣道:"若你能让这个女人从我眼前消失,不再来骚扰我,我就收你为徒!"

裴云天的目光在苏莲衣与贺兰钧身上来回打量了一遍,点头:"我若做到,也请大人不要食言!"

贺兰钧点头。

裴云天挣扎起身，问他索要了香囊与几枚铜钱，然后迎向看到贺兰钧绽开笑容的苏莲衣。

"贺兰大人，贺兰大人，你想得怎么样了？"苏莲衣加快脚步走向贺兰钧，却被裴云天拦住，"姑娘，借一步说话。"

"你是谁？"苏莲衣看着匆匆进了府门的贺兰钧，心里突然涌上一股悲伤。

贺兰钧，是真的压根儿没想过帮她吧？

"姑娘，若你肯听我说一句话，这十文钱就是姑娘的。"裴云天将手里的钱递给她。

苏莲衣看他一眼，接过钱，"你想说什么？"

"请姑娘把钱收到自己的口袋里。"裴云天一本正经地拜托。

苏莲衣看着他，笑了笑，将钱塞进口袋，然后任他拉着自己大喊"小偷，抓小偷"，目光却忍不住往贺兰府紧闭的铜门看去。

贺兰钧，你真的这么无情吗？为了摆脱自己，竟然连这样下三滥的招式都使了出来，你真的这么绝情？

第二章 欢喜冤家终聚首

　　贺兰钧高坐在堂，低头看着端茶拜师的裴云天，半晌才叹了口气，缓缓接过他举了半天的茶杯。

　　"要做我贺兰钧的徒弟可不容易，如果你吃不了苦趁早滚蛋，别耽误大家的时间，懂吗？"

　　裴云天跪拜磕头："师傅在上，请师傅放心，徒弟一定努力学习，绝不辜负师傅的教导。"

　　是吗？绝不辜负他？贺兰钧端着茶杯笑笑，"行啊，你去打扫院子吧。"

　　裴云天一愣，怀疑自己听错了，"打扫院子？"

　　"千里之行始于足下，你做学徒的，师傅说什么就得做什么，哪有那么多问题？"贺兰钧起身，拂袖进了内室。

　　独留下愣怔的裴云天傻傻地应道："是！"

　　从此，裴云天开始了他奴役的生活。今天在洗衣房帮工，明天到厨房打杂，后天清理花园，日日不重复，但日日都做着与改头换面全然不相关的杂事。

而同时每天过着苦日子的，还有被收监的苏莲衣。破旧而散发着腐烂霉味气息的牢房里，她缩在角落，忍不住又将贺兰钧骂了一遍。

"莲衣姐，你怎么样？"春花、秋月扑到牢门前，"我们疏通了衙役，明天就放你出来了。"

"贺兰钧怎么这么坏，就算不愿意帮忙，也不能让莲衣姐你进牢房啊。"

苏莲衣叹口气，"唉，你们不明白。我跟他……曾经有过一段往事。"

那时候的苏莲衣，初入青楼，被妈妈逼着接客，明知无法反抗命运，她便放任自己，陪客喝酒比客人还豪爽，主动往客人怀里靠，一心想挣个头牌，却不料遇上那喜欢姑娘羞答答的客人，当场拍桌翻脸，对着她就是一顿拳打脚踢。若不是贺兰钧出现将她自客人的拳脚下救出，恐怕早已没有今日的苏莲衣了。

"当时他被人打破了头，还拉着我跑出了青楼。春天的夜晚从来没那么美过，和风煦暖，满天萤火虫飞舞，仿佛天地间就只剩下我们两个人。虽然他带着伤，但在我眼里，这世上再没有一个男人比他更英俊更好看的了。"

"那，莲衣姐你爱上他了吗？"听得入迷的春花轻声问道。

苏莲衣抿唇羞涩地一笑，"是啊，我爱上他了。但你们肯定想不到，这么英武的男人却怕血，他看到自己的血之后晕过去了；而我，一个弱女子，唯一能报答他的，只有——以身相许。"

"哇，好浪漫！"秋月喃喃感叹，却又忍不住抱怨，"可是他现在这么坏，连认都不敢认你，还害你坐牢。莲衣姐，你不要再喜欢他了。"

不要喜欢他吗？苏莲衣怔怔地想了片刻，惨然一笑，"就算我喜欢他又能怎么样？他家有悍妻，对我又是如此薄情。今日是牢狱之灾，明日等着的还不知是什么，何必去自讨苦吃呢？"

如以前般，与他桥归桥，路归路，顶多她艰难求生，他风光人前，又能怎样？

贺兰府后院，银白的月光铺满每个角落。一抹黑影缓缓地摸到密室前，左右看看，小心翼翼地推开密室的大门，闪身进去。

密室内陈设着各种奇怪的器具，很显然是平日里贺兰钧所用的。黑影贪婪地看着，想象着这些东西的用法。怪不得贺兰钧严禁他靠近密室，上次他只是稍稍走近一些，就被贺兰钧看到，命人打了一顿，原来他所有的秘密都在这里。

裴云天拿起一盒留颜露，刚要打开，门口却传来脚步声，他吓了一跳，飞快地拿起一块儿布遮在自己身上，伪装成躺椅。

"他睡了没？"压低的声音粗嘎，带着某种压抑的欲望，却又极其耳熟。

"闻了你的迷魂香，早睡得一塌糊涂了。"随后响起的娇哆嗓音让裴云天几乎跳了起来。

竟然是贺兰的夫人雪姬和管家！

他们怎么会在半夜到密室？难道是来抓他的？裴云天的一颗心猛然狂跳，几乎冲出胸膛。

"那就太好了。宝贝，可想死我了。"管家的声音陡然一变，竟笑出几分邪肆的味道。

雪姬娇笑着躲闪，"别这么猴急嘛，先看看外面有没有人。"一边半推半就地与管家抱成一团，往身边的软榻上倒去。

管家岂有不知她心意的？抱着就不放手了，一边急切地亲着，一边道："来吧来吧，我都看过了，不会有人发现的……哎哟……"

一声惨叫，三个被吓飞了的魂魄，跌在地上滚成一团的三人慌乱爬起，都愣住了。

"裴云天，你怎么在这儿？是想偷学技艺吗？你吃了熊心豹子胆了……"

事到如今，裴云天反而冷静了下来，他整整衣襟，好整以暇地看着被雪姬拉住不再出声的管家，笑道："叫啊，怎么不叫了？我在这儿是偷学技艺，顶多被师傅打一顿，赶出府去，你们呢？大半夜总不会来收拾密室吧？夫人与管家一起，说出去，我师傅的帽子可是油绿油绿的了。你们猜，师傅会怎么对你们？"

雪姬冷笑一声："你没有证据！"

"我不需要证据。"裴云天翘起二郎腿坐到一旁的软榻上，笑着道："师傅不是傻瓜，只要我说了，他即便是不相信，总也会留心，迟早会知道的。还不如我们三个商量一下，你们帮我偷到师傅的技艺，我对今日之事权当没看见，如何？"

雪姬与管家对视一眼，下了决心。

"你说话要算话！"

裴云天一笑，"贺兰钧这样的人，除了功夫，我对他没有任何感情。夫人尽管放心。"

"好，你跟我来。"雪姬转身将他带到隔壁密室，"这里是修建密室时我偷留的门，连贺兰钧也不知道，你以后可以在这里看到贺兰钧所做的一切。"她伸手打开墙上的两个洞眼，"这两个洞眼是装在喷水的龙头上的，轻易不会被发现，你在这里偷学，很快就可以青出于蓝了。"

裴云天凑上去看了看，果然能将隔壁密室的情况尽收眼底。这回，他定要将贺兰钧踩在脚底，让他永世不得翻身！

夕阳在天边留下最后一抹璀璨，将马球场笼罩在一片融融的金色光圈中，照得远处一前一后驰骋过来的两匹骏马上的人如神祇般。

"贺兰爱卿，你的方法极好，朕自从练习打马球之后，感觉人轻松多了。"女皇陛下翻身下马，身后跟随的是一身白色骑马装的贺兰钧。

"希望陛下能够持之以恒，这才是养生之道。"他躬身说道。

女皇笑看他一眼，"爱卿多虑了，朕一定会听你的话。"

知道女皇识破他的小心机，贺兰钧坦然一笑，躬身告退。场外等着他的裴云天背着药箱，随着张易之身后的宫女太监们一起迎上去。

"贺兰大人每天的花样真多。知道的都说贺兰大人厉害，帮女皇陛下减轻身上的负担，不知道的还以为贺兰大人变着法儿地来耍女皇陛下呢。"昂着头，张易之从鼻子里哼出高傲。

贺兰钧依然是那副风吹不动的云淡风轻，淡笑道："贺兰钧会的不过是些雕虫小技，哪比得上张大人活色生香，娇美动人，仅靠一张脸就飞黄腾达了。"

他语气淡然，全无嘲讽之意，但听在他人耳朵里，却是实实在在、毫不留情的讥讽，张易之一瞬间就红了脸，仿佛被人凌空抽了一个巴掌。

"贺兰钧，你……"

贺兰钧淡笑着回头向马场中的女皇行礼，轻声道："女皇陛下出汗之后必须立刻沐浴更衣，否则容易功亏一篑，还请张大人以女皇陛下为重，莫要只顾着与下官叙旧才好。"

女皇抬头看过来，微蹙了那双威严的眉，"易之你在磨蹭什么？越来越不像话了。"

张易之急回道："臣即刻就来。"起步离开之前，仍不忘狠狠地瞪贺兰钧一眼，眼眸中的恨意让人心里忍不住生出寒意。

贺兰钧却洒然一笑，毫不在意地带着裴云天出了宫。这世上恨他的人数不胜数，但只要他能保得女皇陛下青春常在，便能圣宠不衰，谁又能拿他怎样？

"师傅，其实要让女皇陛下身轻如燕有很多种方法，您为什么选择最累、最难的一种？"半晌后，裴云天终于忍不住问出了心中的疑问。

贺兰钧狐疑地看他一眼，"你怎么知道还有很多种方法？你是否偷进密室，偷看了我的医书？"

裴云天一惊，心知自己露出了马脚，赶紧补救："没有没有，师傅的密室看守那么严密，徒儿怎么有胆子去偷看？徒儿只是觉得师傅技术这么高明，一定还有更加简便的方法……"

虽心中仍有疑问，贺兰钧却未再追问。若他真有这个天赋，偷看就能学会技艺，那也未尝不是件好事。斜睨他一眼，贺兰钧轻哼一声，"谅你也没这个胆子。实话告诉你，为师多的是简便的方法，但却不能用。"

"师傅，这是为何？"

贺兰钧沉吟片刻，终将心中的话说了出来："你还年轻，不懂为官之道。为官者最紧要的是给自己留下后路，若一下就将事情做全了，那还要你有什么用？若没有用了，又如何能保得圣宠不衰？只有让它慢慢地发挥效用，才能时刻得到关注，让人片刻都离不得你，懂吗？"

裴云天心中大惊，面上却依然做懵懂无知状："师傅，你这是……"

在教导他?

贺兰钧冷冷地看他一眼,没说话,转身离开,心里却突然冒出一个念头。其实裴云天这小子,还不错,是个可造之材。

吴府门前张灯结彩,宾客络绎不绝,一身喜袍的吴大人带着同样笑容满面的吴公子站在门前迎客。

贺兰钧远远地看着,吴公子面容清秀,仪表堂堂,若不是……想起沈大人家的千金,他忍不住笑了笑。

张易之一心想着给他出难题,却没想到他会真的促成这桩婚事吧?而且还是如此的天作之合,光想想,贺兰钧就佩服自己的机智。

"贺兰大人,多谢你的大媒!"见他来了,吴大人赶紧迎上来,吴公子想到双眸如春水荡漾,身段如柳丝摇摆的沈小姐,也笑得合不拢嘴,上前行了个大礼。

贺兰钧轻笑:"看来吴大人和吴公子是很满意这门亲事了?"

"满意,非常满意,贺兰大人帮犬子掩盖了缺点,让他娶得沈小姐这样的名门闺秀,如花美眷,真如再生父母般。"

"吴大人过奖了。你满意就好。"都说媒人一张嘴,贺兰钧此时却不敢再多言,只拿了酒杯喝酒。

婚宴很热闹,吴大人与沈大人同为朝臣,平日里为人也极好,多数同僚都卖了面子过来喝杯水酒。两人既是同僚,此时又结了儿女亲家,比往日更多了几分亲近,一路拉着贺兰钧穿梭在各桌敬酒,不住口地夸赞贺兰钧医术高明,能化腐朽为神奇,又揽着贺兰钧的肩膀,亲密得竟似都忘了往日的贺兰钧是多么讨人嫌。

都是官场上混惯了的人,还哪有不会看人脸色的?主人家对贺兰御医如此看重,其他人自是乐得凑趣,举起的酒杯再没放下,一来二去贺兰钧竟有了几分醉意。

夜渐深沉,宾客也开始三三两两地告辞。微醺半醉的吴公子早已被人扶着送入了洞房,吴沈两位大人送走最后一批客人,各怀心思地对笑着。

"砰"的一声响,随后是一阵乒乒乓乓的响声,身着新娘服的沈小姐

哭着从后院跑出来，一边叫嚷道："爹，爹，他是个瘸子，我不嫁了，不嫁了……"

沈大人一愣，下意识地就去看贺兰钧，眼角却瞥见吴公子也追了出来，一瘸一拐的走路姿势甚是难看，竟真是个瘸子！

"嫌我瘸？你脸上这么大颗痣，又好到哪里去了？爹，这么难看的女人，我不娶了！"吴公子气愤地扯掉身上的红绸大花，冲着吴大人嚷道。

这回轮到吴大人愣了，转头果然见到沈小姐本来如花似玉的一张脸，却被下巴处一颗硕大的黑痣破坏，竟活生生地成了个丑八怪！

难怪相看的那天，贺兰钧让沈小姐坐在酒楼靠窗的位置上，以团扇遮面往下看，而自家儿子只需骑马自楼下过，竟是被他取巧将二人的缺点都遮掩了！

那边吴公子与沈小姐相看两相厌，口角是非争不过瘾，竟动起手来，任丫头仆妇们上前也拉扯不开，吴大人与沈大人只觉得刚喝下去的酒如今都化作了烈焰，焚烧得一个头两个大。

两人对视一眼，同时冲向罪魁祸首贺兰钧，一把抢过他手里的酒杯，喝问："贺兰钧，你做的好媒！我请你为女儿改头换面，你倒好，竟将她配给一个瘸子！"

"我儿天资聪颖，本该配得一如花美眷，贺兰钧你无能为他施展妙手，竟以如此丑女充数，你、你、你……我饶不了你！"

仰头直接用酒壶往嘴里灌酒，贺兰钧含糊不清地回道："有求于人时万般好言，而今竟如此翻脸无情。当初你二人求我，只想着如何遮掩缺点相亲成功，如今成功了，却又责备媒人未曾言明。如此欺瞒，传出去可对两位的官声不好啊……"

"贺兰钧，你太可恶！"

"贺兰钧……"

暴跳如雷的二人恨不得将贺兰钧撕成两半，这个可恶的人字字句句都戳在他二人的心窝子里，明明满腔怒火，却硬是不能光明正大地发泄出来。这种感觉，实在让人憋闷！

"老爷，老爷，贺兰大人家里来人传话，说女皇陛下急召。"下人匆匆过来禀报，目光看向醉倒在桌子上的贺兰钧，犹豫着该如何叫醒他。

方才还恨得牙痒痒的两人同时动作一顿，看一眼桌上的醉鬼，再对视一眼，几乎是同时做了决定，起身挡住桌子，异口同声地道："贺兰大人已经回去了，不在我们这里。"

下人愣了愣，又看看桌子，犹豫再三，终于还是决定照自家老爷的话去做，转身离开。

两张得意又阴险的笑脸，不怀好意地打量着贺兰钧那张清俊优雅、毫无所觉的醉脸。

这一次，看你如何躲过女皇陛下的怒火！

都说伴君如伴虎，贺兰钧一直认为自己很了解所伴的这头母老虎的习性，谨慎地不让自己成为虎口下的猎物，却仍是失算了。

睁着醉酒后仍带几分迷蒙的眼，贺兰钧冷冷地看着眼前耀武扬威的张易之，听着他那张好看的嘴里吐出的阴冷而陌生的言辞：

"奉天承运，皇帝诏曰，贺兰钧违逆皇命，蔑视皇恩，特此削去官职，贬为庶民，其职位改由裴云天接任，其亲族即刻须离开贺兰府，钦此！"

"裴云天？"他迟钝的目光想要搜寻那个曾经跪着求他的人，却只看到一张张嘲讽而冷漠的脸，带着落井下石的笑。

这是怎么回事？

"贺兰大人，有句话叫做教会了徒弟，没有了师傅。感谢你教的好徒弟，现在的你对女皇陛下来说，再也不是独一无二的了！"张易之冷笑地看着他，字句里都带着报复的快感，"为官之道最紧要的是为自己留下后路？侍奉女皇陛下你竟敢有所保留，简直是欺君罔上，罪大当斩！如今能留得一条狗命，还不快叩谢陛下的隆恩？"

"陛下……我要见陛下……"下意识地，贺兰钧起身往外走，却被张易之一把推倒在地，凑近他冷笑道："贺兰大人，你不是挺威风吗？如今你的威风到哪儿去了？"

毫不理会贺兰钧的呼痛，张易之狠狠地一脚踹向他的心口，回头吩咐身后的御林军："盯着他们，今天之内务必搬离贺兰府，陛下御赐的任何

东西都不允许他带走,哪怕是一个茶杯!"

"张易之,你不要太过分!"

"我就是这么过分,你能奈我何?"居高临下,张易之笑得得意而猖狂,最后再看一眼贺兰钧的狼狈样,他拂袖转身而去。

得罪他的下场就是如此!贺兰钧,你也会有今日!

整个府邸顷刻间陷入慌乱,御林军们拿着明晃晃的刀剑驱赶,丫头下人们被吓得四处躲藏,夫人雪姬带着儿子,在管家的陪同下带着大包小包从内室出来,正撞上失魂落魄的贺兰钧。

"夫人……"贺兰钧看见她,眼眸一亮,"患难见真情,还是夫人想得周到,早已打包了行李。"

雪姬冷笑一声,一把推开他,"夫妻本是同林鸟,大难临头各自飞。贺兰钧你有今天全是你咎由自取,却休想我跟着你受苦!"

"夫人,你这是什么意思?儿子还在……"

"儿子?多谢你这么多年来对孩子的疼爱,我和管家都看在眼里,以后你乞讨到了家门口,我们必定会赏你一口剩饭吃的!"仿佛嫌他这一天所受的刺激还不够似的,平日里温婉可人的雪姬制造了一道晴天霹雳,看也不看贺兰钧备受打击的样子,转身带着人离开了。

片刻工夫,偌大的贺兰府便已空荡荡的了,只剩下贺兰钧瘫倒在院子里的青石路上,失魂落魄,竟是还未明白这顷刻间早已变了天。

这究竟是怎么一回事?他不过是在吴府喝了场喜酒,看了场闹剧,回来一切竟然都变了,圣宠不在了,徒弟取代了自己,妻子抛下自己走了,儿子竟是别人的,自己竟然成了最大的闹剧,实在是太好笑了!

贺兰钧也确实笑了,他倒在地上笑得声嘶力竭,眼泪鼻涕横飞,却依然抑制不住满腔诡异的笑,直笑得御林军都忍不住过来将他扔出府去,可他依然在笑。

"师傅,你也有今天!"熟悉而坚毅的嗓音响起,贺兰钧眼前出现一双黑色皂靴,带着再眼熟不过的贺兰府的绣纹。

"裴云天?!"不用抬头,他也知道是谁,"你也是来嘲笑我的吗?一日为师,终生为父,你偷学了我的技艺,害得我丢官弃爵,妻离子散,算不算欺师灭祖呢？"

"大胆，你竟敢对裴大人不敬！"突然冒出来的呵斥声也熟得不行，贺兰钧看着裴云天身后的费冲、尤坤，那两张曾经对他无尽谄媚的脸上此刻挂着的是满满的鄙夷。

"你们……"此时此刻看到这样的两张脸，实在不是一件让人愉快的事。

"贺兰钧，管好你的嘴，要再敢对裴大人胡说八道，小心我抓你到牢里去！"

贺兰钧勾唇一笑。从变天到现在，他发现自己一直在笑，好像除了笑之外，他已经不会别的表情了。

"裴云天，好歹我是你的师傅，你就看着这两个杂碎如此糟蹋我吗？"

"师傅？你这么冷血无情的人，有什么资格当别人的师傅？你空有通天的手艺，却无半点儿悲天悯人的情怀，连将死之人最后的心愿都不愿意达成，你活该落得如此下场！"

贺兰钧一愣，终于抬头看他，那张总是带着巴结逢迎笑容的脸上此刻却布满了恨意，仿佛他是仇人般，一双眼里喷出的，全是愤恨的怒火。

"记起来了吗？当年才十岁的我，带着弥留之际的母亲跪在你府门前，求你为她整理仪容，让她能漂亮地离开，你是怎么回答我的？"

"我这双伺候达官贵人的手，怎么能为一个麻风病人医治？趁着你母亲还有一口气赶紧离开，别死在我府门口，太晦气了！"当年的话一字一句地在耳边响起，裴云天蹲下身，咬牙切齿地看着他，"记起来了吗？当年那个被你骂着晦气的孩子，只能无助地抱着母亲哭泣，无法满足母亲最后一个愿望的孩子？"

贺兰钧静静地看着他，黑沉沉的眸子里看不出他心里所想，却在接触到那双血红仇恨的眼时，忍不住辩解道："这不能怪我，当年我初登高位，多少人等着看我出丑，几乎每日都有仇家雇人来府门口装病试探我，我怎么知道你们不是……"

谁又能想到，当年的一个决定却换来如今满身仇恨的裴云天！

起身挥手，裴云天迈步进了府门，几个下人跟在他身后，动作麻利地摘下贺兰府的牌匾扔在门口，他上前一脚踢碎，回身斜睨贺兰钧，冷笑道：

"你现在说什么都没用了。我母亲不能再活一次。而你，也再不可能风光了。从此以后，我要将你牢牢地踩在脚底下，让你一辈子都承受我当年的痛苦！"

"裴云天，你被仇恨蒙蔽了眼睛……"

"是，都是拜你所赐！"毫不犹豫地接过他的话头，看着他那副痛心疾首的样子，裴云天却突然失去了说话的兴致，只挥手示意下人将他赶走，却在跨进府门前的一瞬间改变了心意。

"哦，对了，你还不知道吧？我学会了你所有的技艺。想知道我是怎么学会的吗？感谢你的好夫人吧，她背着你偷人，还帮助我偷学你的技艺。贺兰钧，你说你这一生到底有多么失败，竟会被最亲的人如此背叛。"仿佛认为给他的打击还不够，裴云天笑着扔下最后一句："贺兰钧，你如此冷漠无情，活该落得如此下场！"

活该吗？真是活该吗？贺兰钧静静地看着裴云天，唇角的笑弧缓缓勾起，终于忍不住哈哈大笑，直笑得腰都直不起来。

"你疯了吗？这个时候还开心得起来？"费冲撇撇嘴，尤坤上前一把将贺兰钧推搡在地，喝道："要疯别处疯去，别赖在裴大人府前，脏了地方！"

挣扎着从地上起来，贺兰钧回头看了裴云天一眼，整了整衣襟，转身潇洒离开，清冷的嗓音徐徐丢下一句话：

"千金散去还复来，只要我有一技之长，东山再起并不是难事。我贺兰钧，绝不会让人看扁！"

身后裴云天看着他的背影，挑眉："那我就拭目以待！"

他转身，与贺兰钧背道而行，一步一步地跨进贺兰府，身后费冲、尤坤并一干下人簇拥，越发显出贺兰钧身形的单薄孤寂。

在第十次从城墙边被赶走后，贺兰钧忍不住仰天长叹。这年头，做个只想有块儿地方睡觉的乞丐也这么难吗？

揉了揉早已饿得失去饥饿感的肚子，贺兰钧往角落里的一小片空地走去。没东西吃的时候最好睡觉，睡着了就不饿了。

"这是我看中的地方。"看着方才还没有人的空地上突然出现的两个乞丐，贺兰钧有些无语。

"现在是我的地盘了。"其中一个仰头挑衅。

贺兰钧挑眉，这一天经历太多事，他不想再忍耐，何况他本就不是个会忍耐的人。"就算是你的地盘，借来躺一下又怎样？你的地盘那么多，你也躺不过来。"

乞丐咧嘴一笑，月光照耀下的双眸闪着恶意的光，"别人行，你就不行！贺兰钧，你不是嫌弃我们不思进取吗？怎么现在也加入这不思进取的人群里来了？既然你有手有脚，也不需要大爷施舍这块儿地儿给你睡觉，那就赶紧滚吧！"

静静地看了他一会儿，贺兰钧干脆往地上一倒，闭上眼睛："我走不动了，你们能把我怎样？"

没想到一向高高在上、自命清高的贺兰钧会使出这样无赖的招数，几个乞丐面面相觑，都想从对方眼里看出怎么办，却都失望了。这样无赖的招数，只有他们才会用，这个贺兰钧，是明摆着欺负人啊。

"不走，不走我们就打……"一个年轻的乞丐气愤地踢过去一脚，顿时让其他人眼睛一亮，纷纷扑上去痛揍。

贺兰钧没料到会是这样，初始的愣怔过后，开始拼命反抗，却招来更多乞丐的围攻。他身居高位多年，又是文官，纵然平日里注重养生，到底不是这帮市井求生之人的对手，渐渐便落了下风。他翻身欲逃，乞丐们却不肯轻易放过他，击打在身上的拳脚使得自己痛得几乎麻木了，他们却仍没有停手的迹象。

不得已，他只得呼救："救命啊……"却引来乞丐们的哄堂大笑。

"哈哈，他喊救命呢，贺兰钧喊救命啊，你平时不是很嚣张的吗？怎么喊救命了？"

"要不是仗着女皇陛下的宠爱，你以为你能多嚣张？如今获罪抄家，你得罪这么多人，谁会来帮你？真是活该！"

"贺兰大人，如今你也有手有脚做乞丐了，看你以后还敢不敢戏弄我们！"

……

月光照不到的城墙阴影里，一个人影静静地站立着，看着眼前扭打成

一团的人群，交握的双手扭成一团。

贺兰钧，贺兰钧，我对你情深一片，你却害我身陷囹圄，如今你落难，我该不该伸手拉你？

该，或是不该？

"莲衣，对不起，都是我的错，你要记得我的好，忘了我的不好，我们来生再见……"满脸血污的贺兰钧倒在城墙边的杂物堆里，双眼明亮地望着她，伸出的手似乎想要抓住她，最终却只能无力地垂下，一动不动，而那双明亮清冷的眼也失去了光芒，缓缓地闭上……

"不，不要死！"苏莲衣大叫着从噩梦中醒来，一身冷汗，想起梦中贺兰钧的凄惨模样，忍不住打了个冷战，喃喃道："不会吧？贺兰钧不会真的出什么事了吧？"她见死不救，贺兰钧是不会放过她的吧？

想了想，苏莲衣叹了口气，认命地从床上爬起来。

贺兰钧，你欠我太多，老娘就给你一个偿还的机会，你可千万别死了啊！

深夜的街道寂静无人，连更夫都已安歇。苏莲衣提着灯一路从城墙下走过，无家可归的乞丐们横七竖八地倒了一片，却没有看见那个熟悉的身影。她皱了皱眉，提灯仔细看了看，地上果然有一片干涸的血迹，沿着墙根一路延伸到荷花池。

月色清冷，淡淡地铺满整个荷花池，夜风徐来，荷叶田田，风中飘散着荷叶荷花的清香，令人心旷神怡。斜倚在荷花池边的人一身白色长袍早已皱巴污秽不堪，昔日优雅俊美的脸上也布满瘀青，但在月光的照映下，却依然如欲乘风而去的仙人般，洒脱而飘然，让人舍不得移开目光。

似乎感应到她心里的想法，池边的人往外探了探，半个身子都凌空在池水上，夜风卷起他的衣袂，竟似真的要乘风而去了。

乘风而去？苏莲衣猛然一惊，丢开手里的灯，扑过去抱住他，喊道："贺兰钧，你不要死……"

"扑通"一声水响，收势不住的莲衣抱着贺兰钧冲入水中，惊起夜晚栖息于此的鸥鹭一片。

"救……救命……"落水了才记起来自己不识水性，苏莲衣不记得自已喝了多少水，但好歹还记得喊救命。

　　已经游到岸边的贺兰钧无奈地回头，拽了她上岸，一边拧着衣服上的水，一边不解："苏莲衣？怎么是你？你也来看我的笑话吗？还是说，你看我现在落魄至此仍不满意，想将我推到河里淹死？"

　　终于吐出最后一口水的苏莲衣听到他这话几乎气死，她用力一推身边的人，气愤道："贺兰钧，我救了你，你不感激我，还口出恶言，难怪你落到如此地步！"

　　"救我？"贺兰钧一愣，随即皱了眉头，神情莫测地看着她，"你以为我要自杀？"

　　没好气地白他一眼，"难道不是？"

　　这回贺兰钧是真心觉得好笑了，"苏莲衣，你的青楼是真的要倒闭了吧？到了现在还记挂着找我去帮你，你真有心了。不过我是不会自杀的，我有手有脚，又有一技之长，要活下来东山再起不是难事，绝不会选择懦夫的行为。"

　　"那你刚才不是要跳到荷花池里去吗？"听到他不会自杀，莲衣总算放下了一颗心。

　　起身让她看自己掌心里握着的荷花，贺兰钧难得好脾气地解释："我只是看这里荷花开得漂亮，香气馥郁，想采下来做门生意而已。"

　　见他掌心果然握着一支半开的荷花，粉白粉红的花瓣轻轻舒展，清雅宜人的香气似有若无，苏莲衣才算彻底放心了，"真的？"

　　"真的。"贺兰钧甩甩头，又突然转头看她，"不过青楼到底是不三不四的地方，我是不会去帮你的。如果……你确实支撑不下去了，等我的生意挣了钱发了财，看在我们，呃，交情的分上，我可以分你一份……"看着月光下苏莲衣越来越亮的眼，贺兰钧终于说不下去了，转身踏进池塘开始采荷花。

　　心里却忍不住嘀咕，明明不是什么倾国倾城的美人，还一身水湿的狼狈，但此刻的苏莲衣看起来，竟格外地好看，连满池的荷花都要赶不上她的娇美了。真是件奇怪的事。

　　而他的身后，苏莲衣却抑制不住脸上的笑和眼里的泪，她伸手捂住嘴，

放任自己的情绪尽情宣泄。

这，怕是自认识贺兰钧以来，他第一次对她这般地和颜悦色吧？那么自私又不顾他人感受的贺兰钧，竟然说赚了钱要分她一份，多么难得！他心里，其实还是有她的一席之地的吧……

借着从人面桃花楼拿来的东西，贺兰钧在西街胡市人最多的地方支了个小摊，摆上自己这两天精心制作的脂粉。苏莲衣站在不远处的茶寮里看着，脸上幸福陶醉的笑容让人不忍直视。

色泽粉嫩、清香逼人的荷花膏，涂在脸上不仅能让肌肤光泽润滑，而且香味持久不散，有如人体自身散发的味道，高雅纯净，片刻工夫就受到女人们的关注，小摊前围满了人抢购。

苏莲衣看着他一边忙着收钱，一边还不忘得意地冲自己递眼色的得瑟样子，忍不住笑了。

"莲衣姐，你这个样子真的……太花痴了！"陪着一起过来的春花看不下去了。

莲衣不理她，依然笑得陶醉，"你不觉得他这个样子很可爱吗？"

"可爱？你忘记他以前多可恨了？"

莲衣一愣，然后继续笑："我不记得了……"还是这样的贺兰钧好看，不对她恶言恶语，看到她不会逃之夭夭。苏莲衣双手握拳，从心底里感激那个抄了他家的女皇陛下和丢下他跟管家跑了的夫人雪姬。

春花翻了个白眼，这就是她们人面桃花楼为什么面临倒闭的原因，有这么个让人操心的老板娘，大家还怎么好好地陪客？

耳边却只听得让人操心的老板娘一声尖叫，"唉，怎么回事……"她还没回过神来，身边的人早已失去踪影。

对面小摊前，不知何时来了几个下人，蛮横地赶跑客人，砸烂了摊子，任凭贺兰钧与苏莲衣如何阻拦，都不能阻止他们。

"哼，你也不打听打听这里的荷花都是谁家的？你小子胆敢偷我们家的荷花，还敢在这里摆摊卖，是不想活了吗？再让我看到，打断你的腿！"

下人们又不解气地踹了贺兰钧几脚，才扬长而去。

贺兰钧愣愣地看着满地狼藉和散开的人群，抬头，却丝毫不差地看见骑在马上的裴云天，那张漠然无情的脸在看见他时露出一抹得意而残忍的笑，随即离开。

他这是存心想让他活不下去吗？这么赶尽杀绝，半点儿活路也不留给他。

小心翼翼地看着他的脸色，苏莲衣想了又想，还是忍不住劝道："我知道你心有大志，但现在虎落平阳，你要不要再考虑下我的提议？"

转头，贺兰钧清亮如水的眼眸看得她一颗心都跳得失去了方向，才洒然一笑道："不就是去青楼做事吗？大丈夫能屈能伸，这点儿委屈又算什么？不过我饿了，要先吃饱喝足了才开工！"

苏莲衣大喜过望，连连点头："没问题，没问题！"

"莲衣姐，你确定他是来帮我们而不是来砸场子的？"人面桃花楼大厅里，穿着一身朝廷二品诰命夫人服的春花咬牙切齿地瞪着坐在大厅正中间椅子上的贺兰钧。

她的目光如刀，毒辣得让贺兰钧忍不住缩了缩脖子，辩解道："你们身上穿的都是朝廷最高贵的女人妆扮，眉间的花钿，头上的发髻也都是最时新的，在朝中不知道多么受欢迎，是你们自己长得不怎么样，吓跑了客人……"在一干女人的瞪视下，他越说越小声，终于不再有声音，腰背却仍挺得直直的，倔强而骄傲。

"我们长得不怎么样？你要不要我再找个人来说给你听？"秋月一手抚着垂落的长发，一边娇媚地吐槽："人家来青楼楚馆是为了寻开心的，你把我们个个打扮得都跟他们家里的黄脸婆一个样，谁还要来？"

"就是，原本还有四五个客人的，现在一个都没有了，莲衣姐，你看还怎么活啊？"

"钱大人以前天天来捧我的场的，今天一看到这样吓得转头就跑，我以后哪里还有客人啊？"

……

一时间莺声燕语，抱怨不断。被众花娘围着的苏莲衣只觉得一个头两

个大，只得求救地看向贺兰钧："你……还有没有别的办法？"

贺兰钧顿时瞪眼："你是怀疑我了？那干吗还请我回来？"

"嘿，你还来劲儿了！什么贺兰大人，不过是徒有虚名而已，我们人面桃花楼庙小，容不下你这尊大佛！"春花起身呛道。

贺兰钧与苏莲衣同时一愣，几乎是下意识地就去看对方，片刻后，贺兰钧起身。

或许，他真的不该留在这里。他与她，毕竟道不同。好在，她也让他饱食了一顿，现在出去也能熬个两三天了吧，到时他必定已经想出了维生的法子。

就在他迈开第一步，苏莲衣张嘴欲阻止时，秋月懒洋洋的声音响起："要留下也不是不可以啊，做不了修面师，可以娶了莲衣姐做我们的姐夫嘛。"

方才还叽叽喳喳的大厅顿时静得落针可闻。当年苏莲衣畏惧他家有悍妻没有找上门去，但今时今日，贺兰钧落魄到此，苏莲衣却依然愿意陪伴在他身边，对她的心思这群在胭脂风尘中打滚的女子哪里有不明白的？秋月这话，是想帮她一把了。

苏莲衣紧张地看着贺兰钧，等着他的回答。这样的话她之前不敢说，但既然被挑明了，她也很想知道答案，想知道自己在他心中的分量到底有多重。

贺兰钧的目光在苏莲衣脸上停顿了片刻，却叹了口气，迈步："我……还是走吧。"

"咚"的一声，苏莲衣听到自己的心落到了谷底，又酸又疼却又带着某种释然。贺兰钧的拒绝，既伤了她的颜面，却又莫名地让她安心。即便是落魄到此，他也不肯为了生计勉强与她在一起，这样骄傲的贺兰钧有可能是真的还不爱她吧，但他对感情是如此慎重，不愿意让感情屈服在任何事下，若真有一天，她能得到他的心，那必定就是全心全意，毫无保留的了吧？

就在贺兰钧的背影即将消失在门外的那刻，苏莲衣连想都没想，已经开口阻止道："等一下！我们这儿还缺一个跑堂的。"

"莲衣姐！"这回，不只是春花，其他的花娘也都不乐意了。

苏莲衣却不理她们，只是期盼地看着停下脚步回头的贺兰钧："只有跑堂的，你做吗？"她问得小心翼翼，生怕他不答应。

贺兰钧定定地看了她一会儿，才叹口气："好吧，跑堂就跑堂。"嘴上说得这么无奈，双脚却有自己意识般飞快地进了自己的房间，似乎生怕再有人轰他走似的。

苏莲衣笑着看他消失在楼道里，才放心地回头，却被春花一张怨怼的脸吓了一跳，"干什么这副表情？"

"莲衣姐，他什么都不会，又不肯娶你，你干吗还留他？"春花问出了所有人的心声。

苏莲衣无奈，"我犯贱行不行？我不忍心看他流落在外行不行？各位姑奶奶给我个面子好不好？"看见她们身上的衣服，又忍不住头疼，"先进去把这身晦气的衣服换掉吧，看着就头疼！"

花娘们不情不愿地回房，春花忍不住道："活该你头疼！"

苏莲衣是真的头疼了。早该想到的，贺兰钧过惯了风光的日子，如何能适应青楼跑堂的生活？穿着一身媲美纨绔子弟的白袍跑堂就算了，但现在不过因为客人的几句挤兑就跑得不见踪影，这气性也太大了吧？

费冲、尤坤那两个惯会逢迎拍马狐假虎威的家伙真的对他影响这么大？

"莲衣姐，你也别担心了，他这么大个人了，不会有事的。"陪着苏莲衣楼上楼下都找了一圈的春花安慰她。

苏莲衣跺脚，"都怪费冲、尤坤那两个草包，一会儿要他倒酒，一会儿让他上菜，还要他赔笑，他这么骄傲的人，怎么受得了这个？也怪我，我怎么就没拦住他们呢？还让贺兰配合，难怪他生气了。"

"这怎么能怪你呢？他还以为自己是大官吗？骄傲跟肚子比起来值什么？"对于苏莲衣的不争气，春花已经说到无力了。

苏莲衣摇头，正要自责，却看见一身白衣的贺兰钧带着两个女人进来了，顿时眼睛一亮，迎上去道："你到哪儿去了？急死我了。"

贺兰钧眼睛往楼上瞟瞟，笑得不怀好意："楼上两位大人不是很难伺候吗？我找了两个能伺候他们的人来。"回头对身后的两个道："两位夫人，

左边厢房第一间，赶紧去吧。"

两个女人点点头，对视一眼，气势汹汹地上楼，片刻后楼上便传来碗碟被砸碎的乒乒乓乓声和费冲、尤坤的求饶声。

"娘子，我……我只是来喝酒的……"

"对啊对啊，我们是来谈公事的！"

"喝酒？跟相好的喝花酒吧！"

"搂着小妖精又亲又抱地谈公事，你当我是瞎子？"

"啊……"一声惨叫，费冲自楼梯上滚下来，正摔在贺兰钧脚下；而尤坤则被尤妻追打得四处躲闪，一个闪避不及，绊到圆桌上垂下来的桌布，顿时摔了个狗吃屎，与费冲滚作一团。

贺兰钧笑嘻嘻地看着他们，道："两位大人，伺候得可好啊？小的这笑可以吧？"

看着他脸上看好戏的笑和眼底的奚落，费冲、尤坤气得牙痒痒，却也知道此时不是发作的好时机，只得恨恨地起身夺门而出，却仍不忘丢下一句话：

"贺兰钧，你等着，我们不会放过你的！"

贺兰钧不当回事地耸耸肩，自顾自地找了把椅子坐着看戏。苏莲衣此时才明白他那句"能伺候他们的人"是谁，他竟将二人的妻子找了来青楼捉奸！

但这不是重点，重点是……

"喂，酒钱、饭钱还没给呢，喂，喂……"门口早已没了人影，回答她的，只有飘忽而过的一缕萧瑟的风。

"贺兰钧，你跟我有仇吗？做个跑堂的你也能白送出去一桌酒菜，你是真要弄垮我这人面桃花楼不可吗？"实在气不过，苏莲衣对着贺兰钧散发怨气。

这回贺兰钧却是好脾气地笑着安抚她："好了好了，知道对不起你，但不整整这两个人我心里不舒服。这样吧，我动动脑子，想法子帮你招揽客人，当做赔罪好吗？"

一边说，他一边忍不住打了个哈欠，"唉，好累，我要先去睡了。"

转身上楼，留下苏莲衣面对一室的桌椅翻倒、杯盘狼藉无语问苍天。

人家的是跑堂，她的也是跑堂，为什么她的这个跑堂如此彪悍，如此与众不同，日日害她亏钱而她还舍不得让他流落街头？

压下心里的担忧与不安，苏莲衣认命地吩咐人收拾，心里实在是有些无力。她一直认为贺兰钧是匹野马，自己迟早能收服他。但现在看来，恐怕不是她收服他，而是他收服她们一楼的人吧。

何其彪悍！

俗话说得好："宁得罪君子，莫招惹小人。"费冲、尤坤是典型的小人，而贺兰钧与人面桃花楼却是不折不扣地招惹了他们一回。很快，报复就来了。

苏莲衣看着眼前的春花、秋月等人，有些不敢相信自己的眼睛。人还是那些人，但配上身上穿的飘逸纱幔，头上挽的飞天随云髻，额间点的梅花钿，竟仿佛变了个人似的，美得让人不敢相信。

"这……这是……"怎么回事？

贺兰钧施施然地走出来，一挥手，众花娘便各站各位，或做飞天舞蹈，或反手弹琵琶，又或有做仙女散花的，一时间只觉得满眼纱幔飘扬，曼妙人影飘移不定，竟好似真到了敦煌仙境，与众仙人同坐般。

"怎样？是不是别有一番风味？能不能胜过其他花楼？"光看她的眼睛连眨都不敢眨的样子，贺兰钧就知道自己做对了。

果然苏莲衣看他的眼睛里满是笑容，连连点头："太美了，肯定能胜过所有的花楼！"

贺兰钧得意地一笑，正要好好夸赞自己一番，门口却传来一阵喧闹，费冲、尤坤带着一队官兵怒气冲冲地闯了进来。

"闪开！闪开！闪开！"气势汹汹地呵斥，带着官兵惯有的蛮横跋扈。

方才还一派仙子气息的花娘们顿时惊叫声一片，"啊，做什么啊？"

"干什么的？踩到我裙摆了……"

更多的却是不自觉地躲到贺兰钧身后。遇到事情的时候，女人总是下意识地会依靠男人，哪怕这个男人曾经是那么不可靠。

贺兰钧挺胸上前，对上领头的费冲、尤坤："你们来干什么？"

费冲看着他，阴恻恻地一笑："有人举报你们这人面桃花楼贩卖五石散，我们要搜查一下。"

"怎么可能？"苏莲衣与贺兰钧并肩站立，厉声反驳，"我们一向规规矩矩做生意，两位大人不是很清楚吗？"

尤坤用三角眼斜瞟了她一眼，笑得阴险："我们是规规矩矩来喝酒，怎么知道你们是怎么做生意的？搜过了一切就清楚了。"

他身边的费冲一挥手："来人，给我搜！"

他们身后数十个如狼似虎的衙役们顿时宛如放出牢笼的饿虎，冲进楼里，粗鲁的动作带着故意，将楼上楼下装饰的大花瓶、盆栽砸了个稀烂。

碎裂声不时传来，苏莲衣顿时心疼了，冲上去想拉住正要砸角落里一对唐三彩大花瓶的衙役："喂，你们小心点儿啊，别碰坏我的东西！喂……"

随着她的叫声，"哐当"一声，大花瓶成了一堆碎片，费冲、尤坤看着她心疼皱眉的样子，忍不住得意地一笑。

贺兰钧拉住苏莲衣，清冷双眸斜睨着费、尤二人："别管他们，你记得查点清楚打坏了多少，找他们赔！"

苏莲衣愤怒地甩开他的手："你还说？官字两个口，你见过哪个当官的赔过钱了？要是以前的你，还能说了算，现在你能做什么？"

贺兰钧看她一眼，张了张嘴，最终没出声。

那边费冲却被衙役叫了过去，在一尊略小的美人瓶前装模作样地看了一会儿，惊叫道："唉，还说不可能。你看，这就是证据！"

众人的目光"唰"地一下都集中到他身上，却见他高举的右手上果然有一包五石散，苏莲衣的脸色顿时一白。

"不，这不是我们的！"她拼命想要澄清，费冲却看也不看她一眼，只是扬扬得意地举着手上的证据，转到贺兰钧与苏莲衣跟前，笑眯眯地道："没有一个贼会承认自己是贼的。如今证据确凿，看你们怎么抵赖！"

苏莲衣还想再说，那边尤坤却大声喝道："这里谁当家？"

"我！"苏莲衣脑子里乱哄哄一片，下意识地回答，贺兰钧想要阻止都来不及。

尤坤一挥手："带走！"衙役们上前押了苏莲衣就往外走。

贺兰钧扯住尤坤，冷冷地道："我们是干干净净做生意的，你分明是诬陷，把人放了！"

花娘们也拥上去拦住衙役的路，不肯让他们把人带走。人面桃花楼本来就生意不好，私藏贩卖五石散又是大罪，如果苏莲衣真的吃上官司，她们这些人怕是都要流离失所了。

"你们干什么？想阻挠官差办案吗？信不信把你们全部抓走？"费冲用力扯开贺兰钧，趾高气昂地笑。

"你……"贺兰钧气急，若是以前费冲这般对他，他早已扇过去一耳光了。但现在，他看看身后被吓得泪眼婆娑、六神无主的花娘们，胸口满溢的怒火狂烧，他却说不出一句话。

"对不起，几位差爷，他不是故意的！"被押着的苏莲衣说话了，她轻柔地笑道，"这五石散出现得蹊跷，大家才这么惊讶。我愿意跟你们回去查清楚。"

"哼！"费冲、尤坤对视一眼，同时冷哼一声，转过头去。

苏莲衣转向贺兰钧，轻声道："他们很明显是为了昨天的事报复，你说什么都没用的。你要顾念我，就帮忙看着这些姐妹，我会想办法出来的。"

贺兰钧看看费、尤二人，还是放不下心，"可是……"

一旁的春花扯了扯他的衣袖，咬牙低声道："要不是你，怎么会这样？这两个浑蛋不过是想借机出气，你继续硬碰硬，是想要害死莲衣姐吗？"

苏莲衣看了春花一眼，目光虽严肃，却并没有责备。贺兰钧沉默地看着她，在衙役们再一次押着她往门外走时，他只是握紧了拳头，没有再出声说任何话。

而趾高气昂的费冲和尤坤临走时丢过来的得意而阴险的目光却让他忍不住咬紧了牙关。

这辈子，还没被人如此侮辱过！

幸好除了那一包五石散之外，衙门再找不出其他证据。在苏莲衣一再澄清自己无辜的情况下，知府大人只是处了罚金，并未将人扣押。只是如

此一来，本来经营状况就岌岌可危的人面桃花楼却是再也开不下去了。

"那怎么办？我们以后靠什么生活？"人面桃花楼大厅里，春花、秋月和一干花娘听完苏莲衣的话，顿时慌乱了。

虽然现在世道不错，但她们都是弱女子，自小学的就是在青楼里讨生活，如今突然让她们自谋生活，顿时都没了主意。

苏莲衣也明白她们的惶急，连忙安慰道："别担心，我这些年还有一些积蓄，回头分给大家，看看能做些什么吧。"

众花娘这才松了口气，却又觉得不好意思，毕竟苏莲衣的积蓄有多少大家都清楚，分完了她自己怎么办？

一时间众人叹气的叹气，流泪的流泪，几个软弱些的女子抱在一起痛哭。虽没有人哭喊吵闹，却越发显出几分离别的伤感与对未来的迷惘不安。

贺兰钧看着这情形，一向冷硬的心也微微融化，却又生出对费、尤二人更大的愤怒，"岂有此理！这分明是栽赃陷害，颠倒黑白。我要去找府衙理论理论，无论如何也不能吃了这个哑巴亏！"

"算了吧你！"离他较近的春花一把拽住他，紧蹙的眉峰下是一双还带着泪花的眼，"这次要不是你，怎么会有这样的结果？莲衣姐为了你，已经进了一次衙门了，你还要去理论，想让我们全部都被你连累吗？"

"是啊，胳膊拧不过大腿，眼下虽是吃了亏，好歹人平安。你再折腾，保不定会出什么事呢，民不与官斗，算了吧！"

"不行，不能就这么便宜了他们！"用力甩开春花，贺兰钧转身就往外走，"你们怕他们，我可不怕，大不了出了事我担着。"

他话是如此说，但众人都知道真出事了他一个人也担不了什么。好几个人想上去拦，却都被他甩开，本就没了主心骨的花娘们无措地看着他的背影。

"贺兰钧！"苏莲衣突来的吼声带着浓重的鼻音，与她往日温柔的形象大相径庭，"你到底要闹到什么时候？"

回头，贺兰钧脸上带着不敢置信的表情："闹？连你也这么说我？"

苏莲衣心里一痛，却仍盯着他，第一次用冷漠而无情的声音道："难道不是？要不是你逞一时之快，得罪了费冲、尤坤二人，人面桃花楼又怎么会招来这场无妄之灾？"

"他们已经骑到我头上来了，我不反击，我还是男人吗？"

"那你反击之后得到了什么？贺兰钧，你永远都是这样，只顾着自己开心，不顾任何后果。你说他们是坏人，我看你比他们更坏。他们不过是侮辱了我。而你，却让我们流离失所。到了今时今日，你是不是应该好好反省反省，你为什么会从高位上掉下来？为什么你会妻离子散？为什么你会被所有人讨厌？难道都是别人的原因，你就真的一点儿问题都没有？"

这是第一次，苏莲衣没有顺着他，而是将心里深埋的话说了出来。她不知道自己揪着的心，到底有多痛。她告诉自己不要难过，不要难过，贺兰钧要认识到自己的错误才能成长，她这么说这么做是为他好，但她的泪水还是忍不住一直往下掉，以至于说完了，她就再也没力气多说一个字了。

贺兰钧愣愣地看着她，似乎不明白她突然的爆发是为了什么，看着她愤怒的泪水，他只能喃喃地反驳："我……我有什么错？"

苏莲衣也愣住了。是啊，他有什么错？他不过是还没适应自己地位的突然转变而已，他有什么错呢？

"莲衣姐，我们别理他了。自从遇见这个灾星，我们就没过过一天好日子，以后大家还是各走各的，别再被他连累了。"春花冷哼一声，扶起苏莲衣走向内室。

秋月带着其他人跟在后面，看一眼还傻傻站着的贺兰钧，摇摇头："是啊，你以后告状也好，打架也好，哪怕是告御状，只求不要沾着我们就好了。"

心口的痛无法抑制，苏莲衣泪眼婆娑地最后看了贺兰钧一眼，随春花、秋月往内室走去。

贺兰钧却迟疑地叫住了她："我真的是个灾星吗？"

苏莲衣脚步一顿，半天才轻声说道："如果你一直是这副样子，"顿了顿，似乎用尽了全身的力气才挤出那三个字，"你就是！"

贺兰钧只觉得心里有什么碎裂了，又有什么重重地压了上去，沉得他一口气憋得难受，忍不住怒道："好，以后灾星再也不碍着你们了，我走！"

苏莲衣飞快地回头，从层层人影中，只能看见那修长挺拔的背影转眼消失在门口，寂寞而又孤傲。下意识地，她就想追着他的脚步而去，却在

看见春花、秋月脸上的不赞同时，停住了脚步。

贺兰钧，该学着屈服于生活了。她不能永远这么宠着他，她宠不起；而他，也不能永远这么不懂事。他的人生还有那么多，必须学会怎么让自己更好地生活。只是，他吃的苦，她永远替他心疼，永远。

闭上眼，她任由眼角的泪滑落，直到唇角，清苦而咸涩。

同样的城墙脚下，同样的乞丐窝，还有再一次来到这里的人。

贺兰钧脸上抹着污泥，缩在没人的角落里，小心谨慎地不让旁边的乞丐邻居们认出自己。

初秋的白日依然酷热难挡，晚来的一场雨却使得气温陡降，贺兰钧身上的薄衣抵挡不住夜凉的侵袭，忍不住抱着肩膀瑟瑟发抖，却发现周围的乞丐竟都围了过来。

贺兰钧一愣，随即想起，脸上的污泥怕是被雨洗掉了吧，他们这是认出了他，打算再揍他一次解恨吗？他看着围过来的数十个人，咬咬牙，用力抱住自己的脑袋，打算硬挨过这一场。

脚步声停在他跟前，半天却没有拳头落下来。贺兰钧慢慢睁开眼睛，看到眼前的一幕，愣住了。

前些天打他打得最狠的壮年乞丐笑眯眯地看着他，手里拿着一只鸡腿，见他睁开眼睛，便把鸡腿往前递了递："给你吃。"

"……你不是要毒死我吧？"想来想去，贺兰钧只能想到这个原因。

乞丐"啐"了一口，不屑地道："你以为毒药不用钱？我有钱怎么会浪费在你身上？"

他会这么好？贺兰钧一脸怀疑，始终不敢相信。

乞丐将鸡腿塞进他手里，转头就走："你爱吃不吃，随便，反正不是我的钱。我们的棚淋不到雨，你要不怕脏就过来。"走到角落里倒下，又扔下一句："最好不来！"

贺兰钧看着他，又看了看手上的鸡腿，傻傻地愣了半天回不过神来。

难道，他要开始走运了？

的确是要走运了，贺兰钧瞪着眼前的包子，再看看包子后面小小的包子脸，若不是朝阳照得他眼花，他一定觉得自己现在还在做梦。

哪里有这么好的事？有过节的乞丐不寻仇反而给他鸡腿吃，借他地方住，早起肚子饿了有人送包子，真的是饭来张口了。如果当乞丐这么好，那这世上就只剩下乞丐了吧！

　　一路跟着小孩，贺兰钧果然证实了这个世界上是不会有天上掉包子的事的，但眼前的情况，却好像是又掉进虎口了。

　　苏莲衣这个女人，真是会给自己惹麻烦啊。

　　身前四五个人高马大的流氓带着恶狠狠的笑，手里拿着的木棍有一下没一下地挥着，每一下都带着劲风，他光听着就觉得疼——牙疼。

　　"多管闲事啊，这姑娘我们先看中了，你要喜欢，等大爷们玩儿完了再给你啊。"为首的流氓笑得猥琐，一双三角眼色迷迷地望着贺兰钧身后的苏莲衣。

　　苏莲衣缩在贺兰钧身后，双手紧抓住他的衣角，抖着声音道："青天白日的，你们竟敢动手动脚，我喊人了。"

　　"对，喊人了！"贺兰钧帮腔。

　　"哈哈哈！"流氓们笑得前仰后合，"喊啊，这里地方偏僻，就算你们喊破了喉咙，也不会有人来的！还是乖乖地交出钱，让这姑娘陪陪我们，大爷们开心了，说不定就放过你们了，哈哈！"

　　流氓们步步紧逼，眼看就要将两人逼进巷子的死角了。贺兰钧深吸一口气，转头对苏莲衣小声道："一会儿我说跑，你就死命地跑。"

　　不等苏莲衣回答，他伸开双手，整个人往前一扑，将流氓们扑倒，同时大吼道："跑！"

　　身后的苏莲衣赶紧跑，却被及时反应过来的流氓抓住裙角，贺兰钧刚站起来马上又扑过来，流氓们一哄而上，顿时将他踢倒在地，拳脚不停地招呼，苏莲衣吓得尖叫，想护他又护不住，场面混乱不堪。

　　贺兰钧忍不住在心里吐槽，还走运，走霉运倒是真的。每次遇到苏莲衣都免不了一顿打，到底他们俩谁是谁的灾星啊。

　　虽然这么想，他还是看准时机，抓起一把灰撒向流氓，趁着他们迷了眼的工夫，拉起尖叫不停的苏莲衣就跑。

　　"啊，不行了，不行了……"一直跑到护城河边，贺兰钧才放开苏莲衣，

上气不接下气地说道，原本的白衣早已污秽不堪，头发也散乱了，脸上还沾着血污，狼狈不堪。

苏莲衣看着他的样子，忍不住笑了，这样的情景，多么像十年前。只是那时候青春少女，如今却已历经沧桑。

"笑什么？你也一样！"贺兰钧喘匀了气，没好气地看她一眼，"别以为我不知道你在想什么。现在跟十年前不一样。"

"哪儿不一样？"苏莲衣瞪眼。

贺兰钧瞪回去："我没有流血。"

"没流血最好，不然我还要撕下衣服来给你包扎，我这件衣服很贵的。"苏莲衣撇嘴。

贺兰钧却笑了："衣服贵不要紧，就怕你又来那一招。"

苏莲衣使劲儿瞪他，脸却慢慢红了，抑制不住地火烧，迟疑了又迟疑，才道："我……我那是年少无知。"

促狭地一笑，贺兰钧故意皱眉，做出怪声："哇，你那样还叫年少无知？"

苏莲衣越发羞窘："你……不理你了。"背过身去，真不理他了。

贺兰钧笑了笑，直接倒在草地上，任阳光洒满全身，暖融融的，好舒服，一如此刻心里的温暖。

"喂，你不是说我是灾星吗？怎么还来帮我？"扯下一根草含在嘴里，他问得漫不经心。

没有人回答，安静的野外，太阳照射的声音在耳边爆响，野草疯长的声音在心里回荡，远处有鸟鸣，有花开，微风拂过面颊，一切静好。

良久，才听到苏莲衣细细柔柔的声音："我是好人行不行？"

贺兰钧笑了，"好人也不见你帮别人。"他翻身，看着抱膝静静坐在身旁的苏莲衣，"你对我这么好，我也不能辜负你。"

他的一双眼睛又黑又亮，这么专注地看人时，带出几分天真，看得人心里忍不住发慌。苏莲衣强忍住用手捂住心脏的冲动，告诉自己心不要跳这么快，别让他听见心跳的声音了。

"我们合伙开一家帮女人修整仪容的医馆怎么样？你出钱，我出力，一起来赚大钱！"贺兰钧笑得自信而张狂。

苏莲衣一愣，方才还猛跳的心仿佛一下子失去了动力般，动也不动了，"你……的不辜负就是这样？"

这下轮到贺兰钧愣住了，"那你还想怎样？"

"你……不娶我吗？"犹豫了下，她还是将心里的话问出了口。

贺兰钧定定地看了她一会儿，看得她心又开始跳了，他才转开眼，一挑眉，笑道："这个问题不太好回答。匈奴未灭何以为家？"

"这跟匈奴有什么关系？"

"就是先立业后成家的意思。笨！"

"成家立业、成家立业，明明都是先成家。"苏莲衣嘟嘴，"你欺负我读书不多吗？"

"就欺负你了，那你听不听我话呢？"贺兰钧笑得不怀好意。

苏莲衣一愣，张嘴想反驳，却不知该怎么反驳。不让他欺负？真的不听他的？就算他害得她失业，她也仍然愿意追在他身后，哪怕只是看着他的背影也好，又怎么会不听他的？

但，他这样，是不是太欺负人了些？

贺兰钧笑着起身，手里甩着狗尾巴草，吊儿郎当的样子像足了京城里的纨绔公子哥儿："放心吧，你这么讲义气，我一定会让你赚大钱的，以后我们兄妹俩就横扫整个洛阳城。"

"兄妹？我们什么时候成兄妹了？"苏莲衣哭笑不得，什么时候开始她的智商这么低了，竟完全跟不上他的思维。

"千里之行始于足下，虽然我们有过那什么……但毕竟不熟，你总要给我一点儿时间适应吧？现在我们还是赶紧去准备开张大吉的事吧……"

"贺兰钧，你又欺负我……"

声音渐渐远去，你一句我一句，随风飘过来的笑声渐行渐低，彼此交融……

第三章 公主心事谁人猜

离了贺兰钧的万象神宫，依然奢华繁荣，日日鲜花美人环绕，并迎来了远道而来的突厥王子。

女皇端坐在神宫正殿的主位，坐在左边主位的突厥王子虎背熊腰，英气勃发，竟将一溜两排的大臣衬得文弱了些。

女皇举杯："王子远道而来，辛苦了。"

高眉深目、鼻挺如山的突厥王子笑得豪爽而大气："能瞻仰女皇陛下的风采，令两国交好，实在是小王的荣幸。小王敬女皇陛下一杯！"

"好！"女皇满饮，大臣亦陪饮，突厥王子爽快地大笑，初见时的客套疏离就在杯酒之间消弭无形。

一袭白袍、风采依旧逼人的张易之缓步上前，对女皇点头示意，一挥手，早已等候多时的舞姬们如翩翩彩蝶般舞进殿内，一面足有两丈宽的大鼓被抬了进来，鼓上一妖娆多姿的舞姬赤脚站立，脚上一串银铃，随着她蹁跹的舞姿和优美动听的歌声，银铃般清脆悦耳的响声让全场迷醉。

突厥王子随着歌声摆动着身体，丝毫不在乎殿内众人的目光，却在看见女皇陛下投过来的目光时，挑眉一笑："大唐的歌舞真是非比寻常，这声音可比出谷黄莺，真是好听。"

女皇自得地一笑："哪里哪里……"

话音未落，却见大鼓上的舞姬下腰旋转时一个重心不稳，竟从鼓上跌了下来，惊得满殿之人都起身站立，突厥王子快步过去扶起舞姬，却愣住了。

"君若天上云，妾似云中鸟，相伴相依，相伴相依……"如出谷黄莺般的歌声依然在继续，清脆而缠绵，挠得人心里发痒。

但，不是舞姬所唱，而是从大鼓内部发出的歌声。

众人面面相觑，高踞龙座的女皇陛下威严的眉头一皱，喝道："为何大鼓自己会唱歌？"

几乎是立刻，鼓里的歌声停止了。整个大殿突然间安静得诡异。

片刻后，清雅而矜持的声音自大鼓里传出："母皇恕罪，是孩儿。"早已匍匐在地请罪的舞姬起身，打开大鼓一侧的小门，却见一抹窈窕美丽的身影缓缓自鼓中出来，跪在女皇面前。

"永宁请母皇万安。"

"永宁？你怎么在这儿？"女皇武则天也愣住了，随即喝问道："你可知你犯了欺君之罪？好大的胆子！"

"请母皇恕罪！只因舞姬昨儿个倒了嗓子，儿臣担心怠慢了贵客，这才躲在鼓里替她伴唱，绝不是有意欺君！请母皇念在儿臣一片忠心的分上，饶恕了儿臣这回！"

若是放在半日，永宁公主的行为顶多算是无伤大雅的玩笑，女皇笑笑也就过了。但今日却是招待外宾的重要时刻，她又如何能一笑而过？女皇皱了皱眉，正为难间，却见突厥王子起身走过来，拍起了手：

"贵国公主不但声若黄莺，美若天仙，且如此识大体，不但能担君之忧，还能以大局为重，实在令人佩服！"又转向女皇，笑道："恭喜女皇陛下有如此出色的女儿！小王有个不情之请，不知道能否有这个荣幸听公主把这首歌唱完呢？"

女皇展眉一笑："王子谬赞了。这丫头不过是有几分小聪明，如何担得起王子'担君之忧'四个字？"转头看向永宁，慈爱的目光中却多了几分赞许，"看在王子的分上就不罚你了，起来把歌唱完吧。"

永宁本就如春花般娇艳美丽的脸绽开一抹轻笑，起身向着突厥王子盈盈一礼，站上大鼓翩翩起舞，悠扬美丽的歌声再次盈满整个大殿，让人如痴如醉。

永宁公主的寝宫内，服侍的宫人们跪了一地，连呼吸都不敢大声。

永宁公主跪坐在女皇陛下的脚边，微微抬起的脸颊上明显的黑色斑点破坏了她那张原本美丽的脸，也让女皇的脸色越来越难看。

"这究竟是怎么回事？好好的怎么会突然长了黑斑？"尤其是在此刻她决定与突厥联姻的时候，永宁脸上的黑斑长得太不是时候了。

永宁公主一双水汪汪的凤眼微垂，遮住了眼底的情绪，轻声道："儿臣也不知是怎么了。唱完曲子回宫没多久就变这样了，太医瞧了也说不出什么。与突厥的联姻，只怕女儿不能为国出力了……"她声音低下去，带着微微的哽咽，"母皇日夜为国操劳，女儿，女儿……"竟是哽咽得说不出话来。

明知道她有可能是不想嫁到突厥才故意为之，武则天依然觉得心痛不忍。永宁是她最喜爱的女儿，在需要她为国家做出牺牲的时候，她如此不识大体，她本是略有些恼怒的，但此刻，她却说不出责备她的话。

"陛下，还是先治好了公主的病吧。"张易之上前，轻声劝道，"趁突厥王子还不知道，治好了公主，才不会影响大唐与突厥的邦交。若我大唐能与突厥结秦晋之好，日后不知会少了多少战祸呢。"

低头啜泣的永宁不着痕迹地给了他一个白眼。这张易之，除了那张勾人的脸，竟还有这般心计。他明着是在劝圣上，实际上却让母皇与突厥联姻的心更加坚定了。咬咬牙，永宁对于以前看低了他颇有些懊恼。

"没错，有病就得治，治好了就没事了。"片刻工夫，女皇便已从儿女之情中脱离出来，点头道。

"可是太医看过了，也说不出个所以然来……"永宁惶急地抬头，随即意识到自己太心急，赶紧又低下头，嗫嚅道："儿臣……儿臣怕是好不了了……"

武则天赶紧制止她，劝道："没治哪能知道治不好？来人，宣裴云天进宫给公主医治。"见永宁始终低着头，她又忍不住劝慰道："永宁你也不用太担心，这裴云天本事大得很，半点儿不比他师傅贺兰钧差，定能治好你这脸上的黑斑，恢复你往日的如花美貌。"

咬咬牙，永宁抬头，水汪汪的双眼阴晴不定，最后露出一抹勉强到极点的苍白笑容："母皇吉言，定能如愿！"

自永宁宫出来，张易之跟在女皇身后，忍不住小声问道："陛下，突厥王子……"

"突厥王子想什么，朕心里清楚得很。"打断他的话，女皇一边悠哉散步，一边轻笑道："永宁这丫头心里在想什么，朕也清楚得很。"

"陛下圣明。"

走了一会儿，女皇却突然叹了口气，道："易之，你也觉得联姻于国于民都好吧？朕虽心疼永宁，但……谁让她生在了帝皇家呢？"

张易之不语，只是跟在女皇身后的脚步越发地轻巧细微了，低垂的眼睑遮住了他的全部心思，娇嫩好看的唇角却微微勾起。

"大胆裴云天，你说十天之内治好公主脸上的黑斑，如今怎么越来越严重？"永宁宫内，武则天抱着哭成了泪人儿的永宁，小声安慰着。张易之站在女皇身旁，呵斥着跪在地上的裴云天。

裴云天俯身磕头，"陛下恕罪！微臣的妙手陛下最是清楚不过，公主确实没别的病症，只是饮食不当引起的寻常黑斑而已。公主用微臣亲手调制的药膏擦拭之后，必定能祛除黑斑的，如今越来越严重，怕是由别的什么原因造成的。"

"哦？那你说会是什么原因？"女皇轻缓的声音里不见怒气，却威严更甚。

裴云天越发低下身子，"微臣斗胆恳求留在永宁宫照看公主，查出病因，望陛下恩准！"

"不行！"永宁突如其来的激动大喊惹来女皇猜疑的目光，她赶紧定了定心神，垂下头，尴尬又娇羞地解释道："女儿……毕竟是未出阁的黄

花闺女，裴太医身为男人住在永宁宫中，传出去……"

后宫之中素来不留外男，这是铁打的规矩。女皇登位之后虽有张易之之流留住后宫，但却绝不会平白无故单身出现在公主寝殿，如今裴云天如此要求，确是大胆不合规矩，也难怪永宁如此激动，反应如此之大了。

女皇微微沉吟，似在衡量。

裴云天道："臣岂敢对公主越矩？况且医者父母心，在臣眼里，只有病人，绝不敢有男女之分，请陛下相信微臣！"

张易之看一眼梨花带雨的永宁公主，也轻声道："陛下，突厥王子一心想要联姻，多次提出邀约公主出游，臣怕是拖不了多久了。"

"母皇，儿臣福薄，无法为社稷出力，为母皇担忧。若儿臣这脸一直治不好……还望母皇能收回成命，取消联姻，以免因女儿而引发与突厥的冲突，那女儿，真是万死难辞其咎了！"永宁公主适时开口。

"公主想多了，臣的意思是此时若撤回婚约的话，只怕会引起突厥王子的猜忌，一桩美事反成了祸端。倒不如给裴大人一个机会，若找出病因，治好了公主，岂不皆大欢喜？"张易之仍是轻声说道，却堵得永宁再说不出半句话来。

裴云天磕头，"望陛下恩准！"

沉吟片刻，女皇开口了，却让永宁的心一下子沉到了谷底："永宁，你就让裴大人医治吧。你身为天朝公主，谅他也不敢做出什么事来！"

"臣不敢！"裴云天回答得铿锵有力。

"母皇……"永宁还要再争辩，女皇却起身打断她道："好了，就这样吧。"又转头对着仍跪在地上的裴云天道："裴爱卿，你可千万不要辜负了朕的信任啊。"

"臣遵旨！"

金口玉言，是再不能更改的了。永宁恨恨地看着跪在地上的裴云天，被泪水晕湿了的黑眸里闪着耐人寻味的光。

既然你硬要送上门来，那可就别怪我不客气了！

深夜的永宁宫，静得连风吹落叶的声音都清晰可闻。裴云天将灯挑得更亮些，手里的银针一一试着摆满了整张桌子的各种食物，却始终查不出到底是哪样食材导致了公主脸上的黑斑。

若说是食材相冲……他看着桌子上的杯盘碗碟，摇了摇头。御膳房的大厨们绝不敢让主子们吃相冲的食物，那是要掉脑袋的大事，哪怕是这永宁宫的小厨房，怕也是不敢随意准备食物。

既不是食物的问题，那就是人的问题了？想起公主眼眸中的愤恨与不甘，裴云天又摇了摇头。公主不想嫁到突厥，女皇陛下却主意已定，只怕这黑斑是公主自己在作祟吧？

但，就算是这样，他要如何向女皇陛下证明呢？

正想着，窗外却突然闪过一个黑影，瘦弱的身形像极了永宁公主。几乎来不及思考，他便开门追了上去。

前面的女子一身黑衣，戴着斗笠，小心翼翼地行走在后宫中。她似是对宫中地形及其熟悉，几乎没怎么犹豫，就到了御花园。看她行走的姿态和挺直的腰背，裴云天可以断定她就是永宁公主无疑。

但，大半夜的，公主如此打扮，一个人到御花园做什么？

裴云天心里刚生出疑问，却见前方的永宁公主纵身一跃跳入了莲花池中，连扑腾声都没有，便没了影子。

裴云天顿时惊出了一身冷汗，他的心里瞬间转过无数的念头，最后却只能跟着下了水。

不管公主是因为不愿嫁到突厥而寻短见，或是水下有密道，她要做什么，他都必须跟下去看个清楚。

裴云天刚下到水里，就知道自己中计了。前后围过来的四五个黑影将他牢牢地按在水中，他极力挣扎，黑影们似乎力气不够，用尽了力，最后也没按住他，反被他带出了水面。

但水面上等着他的，却是永宁公主与张易之，一人一边陪着的女皇陛下。宫女们的宫灯不偏不倚，将裴云天的脸照了个清楚明白。

岸上与水里的人对视了片刻，女皇转头向着永宁公主笑道："难怪你这丫头大半夜的一定要拉朕来看金莲花，莫不是金莲花修炼成精，幻化了人形？"

永宁赶紧低下头，"母皇说笑了。"

女皇却转头又对张易之笑道："朕怎么看着这金莲花幻化的人形这么像裴爱卿？莫不是朕看错了？"

"陛下圣明！"张易之低眉敛目。

女皇又转头看向水里的人，笑道："裴爱卿兴致不错啊，大半夜的与宫女们在朕的莲花池嬉戏。"

灯笼的光朦朦胧胧，透着些许惨白，却越发衬得女皇一双眼威严而深沉。裴云天傻傻地看着她，只觉得浑身发冷。

"臣罪该万死！"他听到自己的声音在发抖。

"还不快将人拉起来！成何体统！"方才还言笑晏晏的女皇脸色一沉，顿时成了平日高踞龙座让人心惊胆寒的陛下，冷哼一声，转身拂袖而去，剩下一群各怀心思的人在心里盘算着该如何为自己辩解。

深夜的万象神宫，灯火通明。一身湿漉漉的裴云天，与宫女们跪了一地。

女皇慢慢地啜了一口茶，眼角斜瞟了一眼跪在地上的人，突然将茶杯重重地摔在地上，惊得裴云天缩了缩肩膀。

"谁能给朕说说，这到底是怎么回事？"她的声音轻缓，一如平日上朝，听不出半点儿怒火，却让人从心里害怕，生出无穷的恐惧来。

宫女们忍不住身子抖了抖，跪得靠前的一个宫女吓得匍匐在地，强忍着哭泣，回道："回……回女皇陛下的话，是裴大人想跟奴婢们……亲亲热热，奴婢们抵死不从，才一起掉进了莲花池里……"

虽早料到自己掉进了他人的陷阱里，但亲耳听到这样的诬陷言辞，还是让裴云天气得浑身发抖，"你……你血口喷人！女皇陛下，臣绝不敢做这样的事！"

"哦？那你深更半夜的，为何会与她们一起出现在御花园的莲花池中呢？"

"回女皇陛下，臣是看到永宁公主夜半外出，觉得蹊跷，担心是跟病因有关，才会跟上去的。"

永宁公主转身跪倒，"请母皇明鉴，女儿明明一直与您在一起，怎么可能半夜外出？"

武则天点头，却又突然看向永宁，问道："不过永宁你平时很少晚上约朕出来赏花，今日为何这么巧正好碰到这件事？你说朕会不会相信这是个巧合呢？"

永宁侧头，定定地望着裴云天，半晌后，咬紧下唇，似下了很大决心般，道："母皇既然问了，儿臣也只好坦白了。其实裴太医自到了儿臣宫中，经常调戏宫女，做出猥亵的事。儿臣本想向母皇禀告，奈何没有证据，且他毕竟是母皇派来的，儿臣怕说了会让母皇产生误会，一再隐忍。但他却越来越过分，儿臣实在忍不下去了，今天才故意请母皇过来，请母皇亲眼见到这一幕，冒犯之处还请母皇见谅。"

"公主，你可不能陷害微臣！微臣从来没有任何冒犯，怎么对公主宫中人不敬？你不愿嫁给突厥王子，故意在脸上弄东西，害怕被微臣察觉才故意陷害微臣的吧，陛下，陛下，你要相信微臣……"

"胡说！明明是你行为不端，如何是我陷害？"永宁挺直腰，义正辞严地反驳。

"好了，够了！"女皇恼怒地捏了捏眉，挥手，"这事就先这样吧。裴云天，无论你是否行为不端，朕给了你一个月时间，你未能治好公主脸上的斑，确是你有失职守。自即日起，你便离宫回府好好反省一下。无召不得入宫。"

宛如一盆冰水当头浇下，裴云天只觉得整个人都冷得发抖。这么容易，他便被驱逐了？无召不得入宫，虽未剥夺官职，却也差不了多少了吧？果真是伴君如伴虎吗？这么明显的陷害之局，竟让他无法翻身。

他缓缓俯身行礼；"是，臣遵旨。"

女皇却转身对永宁道："你也是，回宫好好反省反省。大唐与突厥的婚约朕是不会撤回的，你就死了这条心吧。易之，贴出皇榜，广招贤能之士，谁能治好公主，朕赏金万两。"

看着永宁瞬间如丧考妣的失望表情，女皇唇角的笑显得颇有心计："哼，朕还不信了，天下之大，竟无人能治这黑斑！"

裴云天却死死地盯着永宁，想着她身边那个寸步不离的贴身宫女，这

么紧要的一个晚上，她又去了哪儿呢？莫不是扮演公主引自己入瓮？

这笔账，他该怎么跟她们算呢？

人面桃花楼里，少了花娘们花枝招展的穿梭来往，显得冷冷清清。苏莲衣看着懒洋洋躺在门口贵妃榻上打盹儿的贺兰钧，忍了又忍，终于忍不住上前一脚踢醒他。

"怎么了？有客人上门了吗？"自美梦中惊醒，贺兰钧嘴角的口水都来不及擦，便慌张地问道。

苏莲衣没好气地白他一眼："你梦里倒有，这里没有。还不快起来，去将这些冬衣典当了，买点儿米回来。我们都揭不开锅了。"

听到没有客人，贺兰钧顿时没了力气，懒洋洋地又躺回榻上，打着哈欠道："冬衣典当了，冬天怎么办？"

"能活到冬天再说吧。先解决下一顿比较重要吧。你别睡了，快起来！"

睡不成了，贺兰钧一只手揉着眼睛，一只手抱着被塞了满怀的冬衣，勉强睁开眼看着眼前的苏莲衣，突然眼睛一亮，兴奋地道："唉，我突然又有了个好主意，你把自己借给我一个时辰，我一定把你打扮得比天仙还美，肯定会有人上门的……"

"算了吧！"苏莲衣打断他，挥手让他赶紧去当衣服，"再美又有什么用？费冲和尤坤到处说我们这个店施展的是妖术，当场变美了，过后脸就会烂，还有谁敢上门？就算有那不相信的上门，过后也会被这两个坏蛋逮到毒打一顿，你不怕辛苦白费，人家还怕挨打呢。算了吧，无论你做什么都没有用的。"

想到费冲和尤坤的卑鄙手段，贺兰钧也只能恨恨地咬牙。原以为将苏莲衣从青楼里拉出来走正道会让他们过上好日子，谁知道……唉，看来老天爷是真的要绝了他的路啊。

刚踏出人面桃花楼还没走出几步，秋风裹挟着一张皇榜迎面扑到他脸上。贺兰钧正没好气，一把抓下来正要撕碎了，眼睛一瞟，猛然顿住了动作。

刚说老天爷要绝他的路，此刻机会却送到眼前来了。如果他不懂得把握，那他贺兰钧就活该一辈子走霉运了！

将衣服和皇榜塞进追出来的苏莲衣怀里，贺兰钧兴高采烈地往府衙走去。

"唉，你真要去啊？永宁公主呢，治不好可是要治罪的！"看完皇榜的苏莲衣追上来，扯住他的衣袖不放。

虽然他们现在的日子过得清贫，但总好过丢了脑袋吧。上一次女皇陛下只是抄了他的家，这一次可是要砍头的啊。

贺兰钧拿开她的手，看着她，笑得自信而张扬："我的医术你还没有信心吗？这是个机会，只要治好了永宁公主，人面桃花楼一定客似云来，你就等着我让你过好日子吧。"

不待苏莲衣再说，他已转身离去。

这人，不管过得多落魄，却还总记得要让她过好日子。苏莲衣不得不承认听他这么说，自己确实是有那么一些感动的。抱着冬衣往当铺走去，她忍不住咧开嘴笑了。

一张皇榜的威力有多大，赏金万两的诱惑有多大，看看满屋子的"贤能之士"就知道了。

贺兰钧挤在人群中随着宫女往永宁宫走去，一会儿听听这个人发表高论，一会儿看看那个人将牛皮吹上天，只觉得好笑。

排在他前面的人一个个地进内殿为公主看诊，却都失望而出。有的出来时眉头紧皱，似乎真遇上了难以解决的疑难杂症；有的则脸色苍白难看，好像看到了什么恐怖的事情般。

倒让贺兰钧看得一头雾水，摸不着头脑。莫非永宁公主真得了什么不得了的病症？这么多人竟没人能解决得了？

"你是最后一个？"正当他准备进殿，一个清雅好听的女子的声音响起。

贺兰钧下意识地点头，"是，你是……"他抬头欲看过去，却只听得另一个声音喝道："大胆，见了永宁公主还不下跪？"

威严，严厉，带着皇家贵胄特有的让人无法忽视的威压，难怪会吓得有些人直发抖。

但见惯了女皇天威的贺兰钧只是顺势匍匐在地，行礼："参见公主！"

永宁面上戴着面纱，居高临下地看他一眼，冷哼的声音带着森冷的肃杀之气："我告诉你，我脸上的黑斑是治不好的，你还是趁早走了吧，免

得到时候白忙一场，还要被治罪！"

贺兰钧自信地一笑："公主千万不要灰心，在下自小学医，治过的疑难杂症数不胜数，定能让公主恢复容貌的。请公主让在下看看！"

他起身上前，刚想解开面纱，永宁公主却尖叫一声，往后退了一步，身后的侍女上前喝道："大胆，公主金枝玉叶，岂是随便什么人都能碰的？更何况公主最讨厌被人碰了。你若敢再碰公主一下，必让你人头落地！"

贺兰钧微微一愣，随即笑了，退后一步道："原来公主不喜欢人碰，难怪刚才那些人那么害怕您。不过没关系，治疗讲究望闻问切，公主的情况，在下自问不碰也能治好，公主不用担心。"

他果真就站在三步远的地方，仔仔细细、来来回回地将永宁打量了好几遍，面纱遮住了一半的脸，也遮住了一半的黑斑，但露出的一小半也足够让他确认了。

"放心吧，在下一定会治好公主的。"他从怀中取出药膏来放在手中捏搓，向侍女道："请这位姐姐取下公主的面纱，在下才好敷药。"见宫女迟疑，永宁公主也一副不合作的姿态，他又笑了，"陛下出了皇榜，公主总要让人医治的。若在下医术只是浪得虚名，到时公主不就可以名正言顺地不再让人医治了吗？"

永宁迟疑了片刻，想起母皇说一不二的性格，金口玉言的帝皇威严，想了想，取下了面纱，贺兰钧抓住机会将手中的药膏一甩，正敷在两颊黑斑之上，略白的药膏以肉眼可见的速度迅速渗入肌肤，片刻便已消散不见。

"公主是否有种很清凉、很舒服的感觉？"见永宁公主惊讶地扬眉，贺兰钧顿时得意了，"公主脸上是鼍黑斑，只需用僵蚕、白附子、白茯苓、白芷、藁本碾碎涂于患处，数天便可痊愈。我这结绮膏乃是加强版，必定立竿见影，马上有效果的。"

初时的惊讶过后，永宁感受着双颊传来的一阵一阵清凉感，心里却涌上绝望，她恼恨地瞪了贺兰钧一眼，道："本公主一点儿感觉都没有，真是浪得虚名！"一甩袖，转身进了内室。

留下一头雾水的贺兰钧望着她的背影发愣。

女人谁不爱漂亮？换了别人，脸上长这么两块儿黑斑，怕是吃不下睡不着，恨不得立马有人来将黑斑治好吧？怎么这个永宁公主看起来不情不愿的，好像很乐意变成丑八怪似的？这是怎么回事？

突然间，贺兰钧有些担心结绮膏的疗效了。不怕真是病，只怕人搞鬼。他的结绮膏再厉害，也只是一副药，是经不住人一而再，再而三地搞鬼的。

该不该弄清楚其中的缘由呢？

第二次复诊果然如贺兰钧所料，本该消散的鬃黑斑再次复发，永宁公主两边脸颊竟有大半都被黑斑覆盖。在女皇陛下、张易之等人怀疑的目光下，贺兰钧给结绮膏换个名字，再次敷上，信誓旦旦地承诺只要再过一个月，必定会还一个貌美如花的永宁公主。

众人将信将疑，但与突厥的婚约却容不得长久拖延，只得姑且相信他。

夜幕逐渐降临，贺兰钧坐在人面桃花楼的台阶上，蹙紧了眉想着永宁公主到底是为了什么。好不容易把楼上楼下收拾完的苏莲衣点上灯，端了晚饭递给他，一肚子的火："你现在是怎样？不吃饭，想成仙吗？"

贺兰钧接了饭碗，却还是想着自己的事："你说奇怪不奇怪，永宁公主的病明明很简单，我的药用下去，应该药到病除、立竿见影才是，可为什么却一直治不好呢？"

"这有什么好奇怪的？你可以治病，那公主不想好，整天想着让病再严重一点儿，你能治得好吗？还是趁早别去了，省的惹来一身腥。"

"嗯？"贺兰钧转头看她，清亮黝黑的眼眸里闪过若有所思的光，"听说之前裴云天也治过公主，不但没治好，反而因为调戏宫女被逐出皇宫。你说像裴云天心计那么深沉的人，怎么可能为了美色而犯这么大的错呢？"

"不是自己犯的，那就是被诬陷的呗。"想到裴云天，苏莲衣的心里矛盾极了，虽知道他是个坏人，却又不得不感激他的坏。若不是他那么坏，她又怎么可能会与贺兰钧像这样生活在一起？

贺兰钧眼睛一亮，"没错，定然是诬陷！公主不肯治疗，到底是因为什么呢？"他皱眉苦思，却始终想不出个所以然来。

苏莲衣白他一眼，"要是光坐着就能想出来，裴云天也不会被诬陷了。既然想知道，就去查呗。我去帮你吧，我是女的，就算公主想诬陷也不行。"

"你？"贺兰钧斜瞟了她一眼，满眼的不屑，"你别添乱了，万一出事我还得救你。"

"别小看我，上次我不是混进太医署了？"没好气地再次白他一眼，苏莲衣对他无语，"你这个看不起女人的毛病什么时候能改了？我告诉你，当今圣上都是女人呢，你信不信我到圣上面前告你……哎，哎，你别走啊……"

再一次进宫，带着假扮成自己助手的苏莲衣，贺兰钧竟觉得有个助手也不错。若裴云天没有背叛他，他们师徒联手，怕是早就破了永宁公主的阴谋了吧？

想起裴云天，贺兰钧叹了口气，却手脚极快地拉了苏莲衣闪进了一旁的假山后。

永宁公主在侍女的陪伴下沿着御花园的鹅卵石甬道走过来，一向行止得体在任何情况下都维持着公主仪态的永宁公主却一路扭扭捏捏，不停地抓抓胳膊，抓抓肩膀，仿佛身上养了一百只跳蚤似的。

他料得果然不错！这黑斑起得颇为蹊跷，看来其中定有什么不能为外人道的原因吧。看一眼身边的苏莲衣，贺兰钧有些犹豫，不知是不是该让她留下来追查。

"看来你给她下的另外一味药起作用了。看她浑身发痒的样子，定是药性相冲导致。"等人过去，苏莲衣小声说道。

从假山后出来，贺兰钧望着永宁公主离开的方向，点点头，"她寝宫的饮食与所有东西我们都检查过了，没有任何掺毒的迹象。只怕这毒是每天有人提供了，只要跟踪她，定能很快知道答案。"

苏莲衣眼睛一亮，握拳道："这个交给我，定会查出幕后黑手。"

贺兰钧忍不住一笑，"什么幕后黑手？说得像凶神恶煞似的。"想了想又有些不放心，"你……小心些。"从怀里取出一个玉瓶递给她，"这是千里香，你找机会在公主身上洒一滴，这样无论她怎么乔装，你都能找到她了，而且不用跟得太近，以免暴露有危险。"

关键时刻，他总是惦记着自己的。苏莲衣心里甜甜的，却也知现在不是谈情说爱的时候。他们进宫半天了，此时早到了出宫的时辰。贺兰钧作为外男，是不能在宫中久留的，尤其是有了裴云天的事之后。

当下，苏莲衣催着他离开，自己则轻悄悄地潜往永宁宫。

皇宫内的火场地处偏僻，平日里除了在火场干活的宫女，连个侍卫都少见。几个宫女懒洋洋地将各宫扔出来不要的东西丢进火堆里焚烧。

一辆手推车缓缓推进来，车上乱七八糟地堆了不少衣服，推车的则是个高挑窈窕的宫女，脸上戴了面纱，只一双眼在火光的映照下晶亮闪烁，宛如最上等璀璨的黑宝石。

火场为首的宫女见了她，撇撇嘴："怎么又是你？你哪个宫的？怎么日日都有这么多东西要烧？"

那女子回答："有人得病，怕传染。"她声音虽压得低，却仍能听出清脆优雅，仿佛宫里乐师弹奏的一首古筝曲，叮叮咚咚，似有流水在动。

宫女便放下了心里的疑惑，指挥人上前搬衣服，随口问道："什么病啊？"

那女子道："瘟疫。"

众人大惊，抱在手上的衣服顿时滑落了下去，几个人忍不住倒退了好几步，"宫里怎么可能会有瘟疫？为何没有隔离？"

那女子咳嗽一声，道："是别人当然早早就送出宫隔离了。你也不看看是谁，我这几天也有些咳嗽，所以才蒙着面，不知道是不是被传染上了。"

几个宫女惊疑不定。这都是永宁宫的东西，永宁公主是女皇陛下最疼爱的女儿，若真得了瘟疫，陛下是有可能舍不得她出宫等死的。这么一想，几个人便再也没心思工作了，尤其是刚才碰了衣服的几个人，恨不得立马回到屋里用药材煮水好好地洗上一洗。

"你们别害怕，我不会靠近你们的。不过你们刚才碰了这衣服，还是赶紧回去洗个澡吧，剩下的活儿我来做。"那女子似看出她们心里所想，一边弯腰捡起衣服，一边笑着友好地说道。

其他人巴不得，连问都不再问，片刻间便走了个干净。

那女子往四周看了看，确认没人了，便吹了声口哨，只见一个高大的侍卫飞快地冲了过来，看见那蒙面的女子，只一眼，就将她紧紧地拥入了怀中。

两人不知说了什么，那侍卫自怀里取出一瓶药递了过去，那女子放在唇边欲吃。

躲在远处的苏莲衣万万没料到，竟会看到永宁公主与人私通，顿时惊了，忍不住想要看得更清楚些，往前踏了一步，却被脚下的小石头绊了一下。

火场的人顿时惊醒，侍卫飞快地跃起，在苏莲衣眨眼呼吸的瞬间，已落在她身前。

苏莲衣的心慌乱得直跳，却灵机一动，装出看不见的样子，伸手四处乱摸，一边努力压下心里的慌乱，道："年轻人，我看不见，请你告诉我，路在哪里，我该怎么回到我的冷宫。"

侍卫冷眼看着她即将摸上自己胸膛的手，冷笑道："瞎子怎么会知道我是年轻人？"伸手一格，便让她匍匐在地，再也动弹不得。

永宁公主戴上面纱走过来，却在看见苏莲衣的同时皱起了眉，"你不是贺兰钧的助手吗？为何没出宫？跟踪我……"定是为了追查她。

永宁公主说不出话来了。

苏莲衣也说不出话来了。公主自己服毒抗婚，公主与人私通，无论她看见哪一件，都是杀头的大罪，如今她看见了两条……

贺兰钧，快来救我！

第二天复诊，贺兰钧一大早就进了宫，却被永宁公主拦在了宫外的回廊。看着永宁公主递过来的千里香的玉瓶，他知道苏莲衣暴露了，想了想，还是问道："是我让她去的，请公主不要为难她。"

戴着面纱的永宁公主一笑，"贺兰先生不必担心，她的死活都在于你。"

"哦，公主这是在威胁在下吗？"事到如今，贺兰钧反而放下心来。若永宁真想对苏莲衣怎样，那现在等着他的就不会是永宁，而是皇宫侍卫了。

永宁又笑，"先生是个聪明人，永宁怎么敢威胁？不过是想说个故事，博取下大人的同情罢了。"

贺兰钧皱眉，"我不听行吗？"

永宁用嫣然的微笑告诉他不行。于是，一段被永宁刻意埋藏起来的感情首次披露在外人面前。

那时候先皇还在，女皇陛下还只是皇后娘娘，备受父母宠爱的永宁任性而娇蛮，一心想要脱离皇宫的束缚，过与众不同、自由自在的生活。她女扮男装混入军营，想要凭着自小习练的武功挣得军功，大放异彩。可谁知，军营里那些在血雨腥风中走出来的大老粗们，却给了她狠狠的一击。

永宁苦笑："身为帝皇家的女儿，平日练习时谁也不会真的跟你打，几乎每次都是我赢，真是辛苦那些侍卫，想输还得输得不着痕迹，让人看不出来。"

贺兰钧心有戚戚焉，微微点头。

永宁了然地一笑，故事继续。

无论永宁如何努力，在军营里她确实一个都打不过，不是任何人的对手。她疯狂地扑击，手脚并用，连市井泼妇打架时的抓挠咬都用上了，却总是被人轻易地打翻在地。所有人都在嘲笑她，她的尊严被踩在泥泞里，捡都捡不回来。

正当她沮丧难过到极点时，狄姜出现了。那时候的他只是军营中一个小小的校尉，却颇得手下士兵的拥戴。他训斥士兵们，指责他们不该取笑弱者，不该欺负同僚，并提出自己来教永宁武功。

"那一刻的他，沐浴在阳光下，眼睛里的笑意细细碎碎的，比阳光还要晶亮迷人。"永宁的回忆里是少女情窦初开时满满的幸福与娇羞。

军营的日子枯燥单调，每日里除了训练就是训练。永宁在狄姜的教导下，武艺越来越好，从最开始认为他不过是想哗众取宠表现一下自己的大度，到后来发现他真是个有耐心而且不错的人，她的一颗心也渐渐地陷落进去。

不知道她身份的狄姜偶尔会与她有身体上的接触，军营里的男人都粗，狄姜也不例外，他会在永宁练功耍无赖时教训她，偶尔会打她的屁股，这在他看来是无关紧要的玩笑，而她却羞红了脸，一笔一笔地记在了心上。

"后来他终于发现了我是女子，却……"看着贺兰钧一副很了然的目光，永宁的脸红了红，却还是摇头道，"不是你想的那样，若他是那样的人，我也不会为了他吞服毒药了。"

军中士兵总是集体到河边洗澡，永宁的不合群引起了大家的注意，对她开着无伤大雅的玩笑。狄姜也在其中，仗着与永宁关系亲近，他剥了永宁的盔甲，将她丢入河里，却也暴露了她女子的身份。

军中不许女子入营，违者立斩。这是自先祖以来立下的规矩。

狄姜最是维护军中规矩的，当下绑了永宁送入营中，架了高台，整个营的士兵都来围观。

"那时候的我很叛逆，心高气傲，不肯跟他亮明身份。我知道军中有知情者，必定不会容许他杀了我。我等着，看他知道我身份的时候会是一种什么样的表情……"

而她的确看到了，当她的贴身侍女喜儿拿着公主的信物亮明她的身份，要求放人时，狄姜依然硬着一张脸，冷冷地道：

"自古王子犯法与庶民同罪，公主亦不能例外！"

"当时他说完这话举着刀向我走过来时，我的心里真是既恼恨又欢喜。他看不上我的身份，他在强权面前不肯低头，这样的男人真是铁打的，是女子自幼心中就有的那个英雄。我看着他，心怦怦地跳，想说他该死，却说不出口，只能看着他一步步地走近……"永宁闭上眼睛，嘴角的笑如昙花夜放，惊鸿一瞥，却美得让人心惊。

狄姜举起刀用力砍下去，那一刻永宁以为自己死定了，所有人也都以为死定了。所有人都闭上了眼睛，不忍看那血肉横飞的场面。

永宁等不来预想之中的疼痛，睁开眼，却只看到自己的一缕长发飘落在地。

狄姜举刀向天，长身而立，"为军中三千将士着想，我不杀公主，但军中规矩不可废，须以发代首。如今行刑完毕，请公主离开吧。"

"他在那么多人面前侮辱我，我定是不会善罢甘休的。我想着在离开军营之前一定要狠狠地恶整他一下，让他知道我的厉害。但我的鲁莽，却为自己带来了灾难……"

少女的心思简单易懂，觉得受辱了的永宁拿着抓到的蛇潜进狄姜的帐篷，却意外地遇见了半夜乔装混进军营偷袭的突厥兵，她示警，突厥人偷袭失败，不甘心下自然抓了她泄愤。

永宁跟着突厥兵奔跑了一夜，身娇肉贵从未吃过苦的公主被长途奔跑折腾掉了半条命，当时她以为自己肯定完蛋了。最后一个念头想的是：可恶的狄姜，她真的要死了，他恐怕是巴不得吧……

但她料想不到的是，最后追上来救她的，竟然是她最想要报复的人。

突厥人以永宁为筹码，逼着狄姜自残，在他刺了自己两剑，受了重伤的情况下，突厥人想要将他们二人一起杀了灭口。是狄姜在最后关头奋起余勇，杀了几个突厥兵，抢了她逃跑，却最终被追到悬崖边，迫不得已，两人跳下悬崖……

贺兰钧安静地站着，听永宁回忆着她跟狄姜的往事。男人为很多东西而活，女人却只为感情而生。即便是高高在上的皇室贵胄，也摆脱不了感情的束缚。看着永宁脸上一直弥漫的笑，贺兰钧想起了那个总在自己身边绕来绕去的女人。

"你在想什么？是不是在想我们为什么没有死？"转眸看见他，永宁的笑里带了几分调皮，却又有着让人无法忽视的幸福与快乐，"悬崖下的日子，或许在别人看来是痛苦不堪的，但于我，却是我这一生最快乐的时光，"

他们掉落在一个山谷中，四面环山，根本没有出路。谷里长满了枫树，正是枫叶红的时节，远远看去，大片大片的红色，热烈奔放得让人的心都忍不住颤抖。

"我身子娇弱，又惊又吓，生了一场大病，高烧不退。谷中没有药，眼看我日渐虚弱，狄姜急得不知如何是好。而我，那时候想的却只是母后赐给我的生日礼物，一支蝴蝶簪子……"

她没想到粗鲁如狄姜竟在她昏迷的时间里抓了一只蝴蝶，用细绳绑着系在她头上，她竟有了最活泼生动、最天然好看的一支蝴蝶簪子。那一刻她感动得直哭，而狄姜却惶急得不知该如何安慰她。

永宁仰着脸，任阳光洒在整张脸上，晶亮的眼眸是这世上最美的风景。"从那个时候我就下定决心，我们要永远在一起，不管世上发生任何事，都不能把我们分开……"

他们在谷中过起了夫妻般的生活，顽皮的永宁总是躲起来让狄姜找她，找到了两个人就抱在一起傻乐。在别人看来无聊到极点的游戏他们却总是乐此不疲。日子平淡而艰辛，却幸福得让人舍不得时光过快地流逝。

他们以为会这样过一辈子，但上天却送了一个奇迹过来，一只受伤的大雕，一个让他们离开山谷的希望。

"我第一次知道人是真的可以乘着大雕飞上天空的。而我最后悔的，却也是出现了这只让我离开了山谷的大雕……"

拗不过狄姜的永宁乘着大雕离开山谷，很幸运地遇到一群善良的百姓将她送入医馆，在昏迷中被接回了宫。醒来后她找了无数人去山谷寻找狄姜，却始终没有他的下落，直到她遇到一个采药老人，才知道狄姜获救了，她迫不及待地赶到狄姜养伤的屋子，却没有看到狄姜，只看到了满屋子他想她，爱她的证据……

"他伤得很重，估计活不了几天了，但他仍撑着伤重的身体离开小村庄来找我。他说他一生最大的心愿是他爱的人能够忘记他，活得开心快乐……可是没有他，我又如何开心快乐得起来？他拿惯了刀剑的手画起画来真的是又笨拙又难看，可是他却将山谷里的一点一滴都画了下来，日日放在枕边回味，他说'死生契阔，与子成说，执子之手，与子偕老'，但他却离开了我，还让我忘记他……"仰起的面容上泪水滚滚而落，在月光下晶莹得宛如珍珠，她的笑容却仍是沉湎于回忆中的幸福与梦幻，"但是，我等了一天又一天，却始终没有等到他……"

失去了狄姜的永宁再也快乐不起来，她找不到自己生活的意义，每日买醉，希望早日解脱。终于在一天夜半时分，她带着一身浓重的酒味登上了皇城最高的城墙，望着满城的万家灯火，她万念俱灰，唱着狄姜留给她的最后一句话，从高高的城楼上一跃而下……

"公主，你太不爱惜自己了！"虽然知道当时的永宁必定没事，但贺兰钧仍不赞同地皱起了眉。

永宁回头看他，盈满泪水的眼睛里迸发出笑意，"是啊，当时他也是这么说的。谁能料到我自寻短见，却又遇上了他呢？"

当时重伤濒死的狄姜是抱着必死的决心离开采药老人家的，却因祸得福认识了江南第一名医——孔雀山庄的主人司徒青，他的伤治好后，就辗转进京了。但宫禁森严，厚重而森严的宫墙抵挡了他前进的脚步，不得已，他只能在宫外做了侍卫。

"我们像久别重逢却不得相见的夫妻，虽然隔得很近，却一直见不到面，只能靠宫墙外的一棵大树传递信息……"永宁抚摸着腰间的同心结，想着狄姜，满心里都是感动与爱。

她在树上挂上同心结，他在宫外看见，彼此会心一笑，就宛如陪伴在彼此身边一样。隔着一堵宫墙，他们紧紧相贴，用尽全部的心神感受着彼此在对面的情景，哪怕永生不能见面，他们也甘之如饴。

贺兰钧轻咳一声，不得不打断永宁的回忆："看起来是大团圆的结局了，公主为何不向陛下请求赐婚，却要搞那么多事？"

永宁苦笑，"皇家的事先生还有什么不清楚的？若是那么容易，怎么会有今天？"

"哦？莫不是女皇陛下不答应？"

"母皇并不知情，而是我……不敢向母皇坦诚。"迟疑了片刻，永宁还是将心里的话说了出来。

遇见狄姜的喜悦让永宁幸福快乐，她整天快乐得像一只小鸟儿，没有任何事能让她烦心。她想着母皇要是知道她有了心爱的人，必定也会像她一样开心的，所以她来到女皇陛下的寝宫，想要求得御赐的婚礼，却亲眼目睹了一场悲剧的发生。

"旦哥哥爱上了舞姬倾城姑娘，愿为了她舍弃爵位只望彼此相守。母皇为了试探倾城的真心，命人送上两杯酒，一杯有毒一杯无毒，母皇说倾城姑娘既然与旦哥哥两情相悦，愿为彼此付出一切，那么她便与倾城姑娘赌上一把，两人各选一杯酒，若是倾城姑娘喝了无毒的，那么母皇就答应旦哥哥让他二人在一起。"

"倾城姑娘可是不敢吗？"贺兰钧不难想象当时的情形。霸道而习惯掌控一切的女皇陛下，定不能容忍自己的儿子与一个舞姬相恋。她能用如此公平的方式让倾城选择，而不是采取其他更强横霸道的手段，其实已出了贺兰钧的意料了。

永宁点头，"倾城姑娘犹豫了，母皇随意取了杯酒一饮而尽，让旦哥哥看清倾城姑娘并不是真心爱他的，谁料倾城姑娘却突然抢过另外一杯有毒的酒喝了下去，当场身亡。"似乎是想到了当时的情景，永宁的声音开始发抖，"我记得当时旦哥哥整个人像疯了似的，抱着倾城姑娘不松手。母皇感叹倾城姑娘的忠贞节烈，给了她名分，命人厚葬。但……"

再高的名分、再多的陪葬也挽不回一条如花的生命，也给不了李旦想要的柔情与幸福。这样的结果，可唏嘘可惋叹，却也让人忍不住心里发寒。

"我不敢拿狄姜的命去与母皇赌，也不愿意嫁到突厥去让狄姜伤心。还望贺兰先生帮个忙。"收拾了情绪，永宁又回复到那个冷静而高贵的公主形象。

"公主即便不嫁到突厥，也未必能与狄姜在一起，我又为何要用一生的前途来帮你呢？"

永宁莞尔一笑，"所以我抓了苏莲衣。先生对苏莲衣怎样，我不清楚，但苏莲衣对先生却是有情有义有爱，先生并非十恶不赦之人，如何能对她视而不见，见死不救呢？"

贺兰钧张了张嘴，想说自己对苏莲衣并无半点儿感情，但话到了嘴边，却怎么也吐不出，只能看着永宁眼里的笑意越来越深，越来越刺目。

"贺兰先生，人活一世有所为有所不为，一切都在你的一念之间。我不勉强你，你自己好好想想。苏莲衣与你的前途，到底孰轻孰重。"

望着永宁翩然离去的身影，贺兰钧头疼地皱眉，恨不得将她扯回来大声告诉她自己根本不在乎苏莲衣，只想要荣华富贵，只想恢复往日的风光。

但，他做不到。苏莲衣对他如何，他是最清楚不过的了。若真不管她的死活，自己就成了让自己最唾弃的不仁不义之人。但若帮了永宁这个忙，他的一世英名就真的随水流去了，而且女皇陛下也必定不会放过他。

这样的难题，他到底该如何抉择呢？

第四章

皇女扮丑只为情

　　突厥要求递交婚书的催促越来越多，连女皇陛下都觉得自己找的借口越来越拙劣。而且经过一个冬天的休整，此时正是突厥兵强马壮的时候，若因为此事而挑起战争，恐怕是谁也不愿意看到的。

　　女皇仔细看了看永宁公主的脸，转头看向一旁垂首站立的贺兰钧："怎么一点儿也不见好？贺兰钧，你是怎么治病的？"

　　"女皇陛下请先不要动怒。"贺兰钧上前一步，拱手行礼，"公主这病来得蹊跷，在下检查过公主的饮食与使用的物品，都没有问题，但病情却反反复复，实在棘手。"

　　看着女皇皱起的眉和看过来的威严目光，他微微一笑，倾身将一枚红色药丸放在桌子的托盘上，"在下还有最后一味药，保管公主吃完之后一切就会明朗了。"

　　"哦？"女皇看着贺兰钧不置可否，神态怎么看都是莫测高深。

永宁看一眼贺兰钧，又看一眼药丸，心里宛如有一百匹马跑过，翻腾不已，却找不出一个明朗的方向，想了想才祈求地看向女皇，轻声道："母皇，这个人治了这么久都没把女儿治好，而且还弄得女儿浑身发痒，万一这颗药吃下去再出了什么事可就糟了。"

"嗯？"女皇回头看她，目光中有慈爱，有关心，也有不着痕迹的打量，却未对她的话做任何反应。

一旁的张易之自认最是了解女皇的心思，此时却也有些拿不准，他踟蹰了片刻，才道："公主担忧得有理，这贺兰钧是咱们宫里赶出去的人，万一他挟私报复，真有什么歹心，那可就害死公主了。"

这回女皇倒有了反应，她轻轻勾起唇角，向着贺兰钧笑了笑："贺兰爱卿，你会这么做吗？"

贺兰钧躬身："贺兰为人，女皇陛下最清楚不过。"

似乎对他的回答很满意，女皇勾起的唇角又往上扬了扬，取过药丸递给永宁，轻声哄道："吃下去吧。现在也没别的法子，只能是死马当作活马医，若真出了什么事，母皇绝不会让你一个人孤苦，定会有人陪葬的。"说到最后一句话时，她目光斜斜地飞了贺兰钧一眼，其中意思再明白不过了。

贺兰钧却恍如没事人般，依旧站得笔挺如松，胸有成竹。

永宁忍不住又看了贺兰钧一眼，眼中带着强烈的威胁意味，毕竟苏莲衣还在她手上。但贺兰钧仿佛没看见，只是清浅地一笑。

深吸一口气，永宁接过药丸，那一瞬间，连她自己都看到自己的手在颤抖。她再吸口气，稳定心神，将药丸送到唇边，却仍忍不住转向贺兰钧道："贺兰先生，你可要想清楚了，本公主将这药丸吃下去，万一有什么，后果你可得承担。"

贺兰钧抬头看她，黑亮的眸子深沉得看不出一丝暗示的意思，"公主放心，如果治不好你，在下甘愿去天牢受罚。"

这是要将她逼上死路的意思吗？永宁无奈地闭上眼睛，狠狠心，将药丸吞了下去。

那边女皇还在追问贺兰钧："贺兰钧，这药丸多久能起效？"

"回禀女皇陛下，一个时辰足矣。"贺兰钧躬身回复，又从怀里掏出一块儿带着药香的手帕覆在永宁公主脸上，"请陛下与公主耐心等候。"

一个时辰说快不快，说慢也不慢，至少在永宁看来，简直如剜心挖骨般的煎熬，对苏莲衣来说，也是痛苦不堪的经历。

看着眼前到处都是的蜘蛛网和破布条，苏莲衣一手捂着嘴，一手不断挥舞开黏在脸颊边的蛛网，用手指拭了下桌上的灰尘，本来就皱紧的眉毛简直可以媲美毛毛虫，夹死苍蝇了。

狄姜仍是一身侍卫的装扮，推开那扇摇摇欲坠的门，将手里端着的大碗扔在她面前，冷冷地道："吃饭！"

看一眼清汤寡水的面条，苏莲衣敢打赌，她刚才真的看到有四条，不，五条蜘蛛丝掉了进去，这样还怎么吃？而且这里破烂成这样，到底是什么鬼地方啊？

"这是冷宫，自女皇陛下登基之后，已经很久没有人住进来了。"所以脏乱是很自然的。"你别想什么鬼主意，这里不会有人来的，你就算喊救命喊破了喉咙，也不会有人听到的。"

苏莲衣皱眉，这对话怎么这么耳熟？是不是有什么不对劲儿的对方？

"没有人来可是现在有人住，你就不会怜香惜玉地打扫一下？我真的很难受。"捂住鼻子的手稍微松了下，她立马打了个大喷嚏，吹得桌子上的灰尘一阵扑腾——全进了面碗当佐料。

狄姜照例是冷冷地瞪视，一脸酷帅的事不关己："你以为你是谁？住不了多久的临时歇脚地需要打扫什么？"

苏莲衣恨恨地瞪他一眼，是啦，她知道她不是永宁啦，但好歹她也是个女人啊。还有，住不了多久是什么意思啊？

"你准备放了我吗？"

"放你？想得倒美。公主已经向贺兰钧摊牌，希望他能帮助我们以换取你的性命。但我刚得到消息，他选择保住他的声誉。"随便找了张椅子坐下，狄姜闭上眼睛，遮掩住内心的思念。

苏莲衣却被震动了，"你说贺兰钧他……居然不顾我的死活？"

狄姜哼了一声。不是每个人都能像他与公主这样生死相许，不离不弃的。想到即将远嫁的公主，狄姜的唇瓣勾了勾，露出了一个在外人看来很

是诡异的笑。

"那……你会杀了我吗?"心里恨不得将贺兰钧抓出来,狠揍几拳出气,但苏莲衣也知道,自己得先有命出去才行。

这次狄姜睁眼看了看她,声音却突然低沉了下去,带了些迷茫与伤感,轻声道:"不知道。我只知道若公主脸好了,被迫远嫁突厥,她一定不会苟且偷生。到时候她死了我也不会独活。至于你,我真不知道该怎么办。"

唉,那岂不是她完全没有生路的意思?永宁与狄姜死了,他们最恨的贺兰钧却还在世上,自己作为贺兰钧的同伙,不被拉下去陪葬才有鬼了呢。

这么一想,苏莲衣忍不住又在心里将贺兰钧骂了十七八遍,脑子里却飞快地转动着各种鬼点子,"要不我给你出个主意吧,你放了我,我去好好地教训贺兰钧一顿,替你们报仇,怎么样?"见狄姜没动静,她自己庆幸地拍下手,起身就往门外跑:"就知道你会同意,就这样!"

"铮"的一声轻响,苏莲衣只觉得脖子一凉,一把闪着森寒之光的匕首便架在了她的脖子上,身后传来的是比匕首更寒冷的声音:

"我从来不滥杀无辜,可是这次,我一想到公主会出事,我就忍不住……"

苏莲衣僵硬地站着,整个人宛如掉入了冰窖中,从头发丝冷到了脚底板,心里不停地只转着一句话。

这回真的是要被贺兰钧给害死了!

沙漏缓缓地漏完最后一粒沙,所有盯着沙漏看的人都松了口气,等待的过程永远比结果更难熬。好在,终于要揭晓结果了。

贺兰钧伸手将永宁脸上的手帕揭开,躬身退下,"请陛下检视。"

永宁闭着眼睛,不敢面对自己的命运。殿内诡异得安静到极点,就好像是每次贺兰钧施展妙手,让母皇艳绝天下时众人屏息凝视一般。

一滴泪自眼角滑下。永宁在心里默默地与狄姜诀别。

"大胆贺兰钧,你胆敢戏弄朕!公主脸上的黑斑不但没好,反而更严重了,你是不要脑袋了吗?"女皇的滔天怒火勃然而发,吓得一屋子的人都忍不住下跪,虽然明知不关自己的事,却还是忍不住发抖。

贺兰钧也是下跪的人之一，但他没有发抖，只是膝行向前走了几步，仔细地看了看永宁的脸，对上永宁刚睁开的眼睛，他还调皮地眨了眨，才退回原位道："回女皇陛下的话，这是在下最后一招了，公主的黑斑甚是顽强，在下也没有办法了。所以在下自请前往天牢受罚。"

"哼，你以为你这么说朕就会放过你吗？来人，押下去！"帝王的怒火让人无力招架，却也有着为人母的忧心，女皇转向看着镜子默然无语的永宁，轻声安慰：

"别担心，别担心，母皇会再想办法的。"

一直站在永宁身后服侍的贴身宫女喜儿却在看到她脸上的黑斑时，眼睛亮了一亮，随后垂下眼睑，遮住了眼里的光。

宫墙外，狄姜换了一身内侍太监服，一手制住不断挣扎的苏莲衣，默默地望着宫里一株挺拔的大树。

"喂，你别这么抓着我，好难受的。放心吧，你武功那么高，我跑不了的。"苏莲衣觉得自己的胳膊都要被他扭断了，可对方却一点儿感觉也没有，只是盯着一棵树看，是想飞进宫墙内带永宁公主私奔吗？

"你到底在看什么啊？万一被人发现，我们两个会不会一起死？"要私奔就快，不要连累她啊。

狄姜狠狠拽一把她的胳膊，待她老实点儿了，才冷冷地道："会，所以你最好乖乖的，不要被他们发现了。否则就算我想放了你，你也活不了。"

苏莲衣撇了撇嘴，虽然想反驳他根本就没打算放了自己，却也还是不再挣扎了。

大树枝繁叶茂，向着宫外的这一边却只有一根分叉的枝丫，在其他小枝错综的树枝映衬下特别显眼。突然一个红色的同心结被人甩了上来，正挂在分叉的枝丫上。

苏莲衣还没明白这代表什么意思，身后的狄姜已经松开了她，并将一块腰牌递过来："这是出宫的腰牌，你走吧。"

"啊？"苏莲衣傻傻地看着他，不明白方才还冷得像块儿冰的人现在怎么会笑得好像头顶的阳光般灿烂。而且，狄姜笑起来真好看。

"公主不用远嫁突厥，我留着你也没什么用了。"见苏莲衣还是一脸状况外的表情，狄姜指了指树上的同心结，解释道："我们一向以红色的同心结作为传递消息的信号。你看永宁已经没事了，贺兰钧没有治好她的脸，遵照约定，我会放了你的。"

苏莲衣傻傻地跟着他的手指看向树上的同心结，嘴角的笑抑制不住地上扬，最后忍不住哈哈大笑起来："哈哈，我就知道贺兰钧不会不管我的死活的，这个死鬼，心里明明有我的……哈哈……哈……"

越笑越小声，越笑越心虚，苏莲衣越笑越有一种想要哭的冲动，她看向狄姜，可怜兮兮地问道："贺兰钧没有治好公主，那他现在……"

狄姜看她一眼，第一次眼睛里有了不忍和怜悯的神色，犹豫了片刻才回道："恐怕已经在天牢里了。"

"啊？那你们准备好怎么救他了吗？"

狄姜避开她的眼睛，摊了摊手，表示无能为力。

这回苏莲衣是彻底傻眼了，她转身跑开几步，突然又回头骂道："你们两个太自私了，只顾着自己好，却让别人劳燕分飞。贺兰钧，你放心，他们不管你，我绝不会让你一个人受苦的！"说完看也不再看狄姜一眼，转身飞快地离开。

狄姜静静地站在原地，看着树上的同心结被风吹得翩然飞扬，眼里忍不住涌出泪花。

"公主，我们是不是可以在一起了？"藏在心里的话从不敢当面问，只在这种想她想到心痛如绞的时候才会默默地问自己。

而在他身后的隐蔽处，一根罪恶的绳索猛然被抛出，准确地套上他的身体，三四个黑衣人动作迅速地闪身而出，并在狄姜转身喝问"什么人"，抬腿准备反抗时，扔出一把白色的粉末，片刻后，狄姜晕倒在地。黑衣人动作麻利地将他抬走，迅速清理了现场。

冷清无人的宫墙外，仿佛从未有人来过，只有大树上的红色同心结仍在微风中摆动。

唐律规定，越级上诉案情或越级求见上级，必须滚过钉板。如此规定一是为了维持官场秩序，二是能过滤掉一些不必要的案子，避免刑部案件堆积。

但此时女皇看着躺在钉板上一动不动的裴云天及他身下流了满地的鲜血，突然觉得这个规定有些残忍了。

"什么要紧的事，非得用这种方式见朕？"毕竟是曾经近身伺候过的人，她问得还算温和。

裴云天勉强从钉板上起身跪下，"回女皇陛下的话，微臣已经研制出医治永宁公主的方法，但陛下曾说过无诏不得入内庭，微臣无奈之下，只得出此下策求见陛下。"

女皇抬起眼皮看了身边的张易之一眼，声音听不出情绪，"是你教他的吧？"

张易之媚笑一声："请陛下恕罪。只是如今突厥催婚书催得紧，公主的病毫无起色，不如就让裴御医再试试吧。顶多就是跟之前一样，也不能再坏了。"

裴云天道："请陛下再给微臣一次机会，臣必定能治好公主的。"他的目光有意无意地看向一旁的钉板，暗示自己若无把握，定不会使用如此极端的方法。

女皇沉吟片刻，叹了口气道："好吧，朕给你最后一次机会，去吧。"

"谢陛下！"裴云天弯腰行礼，在众人看不见的角落里，他带着血的脸上露出一抹狰狞而可怕的笑。

永宁宫外的小花园里，永宁带着喜儿等侍女与裴云天对峙。她没想到，在经历了那样丢人的事情之后，这裴云天竟还会出现在永宁宫。张易之刚才说什么来着？陛下命他来给自己医治？

这又是个什么情况？

"公主放心，微臣新研制的治疗方案定能恢复公主的美貌，甚至更胜从前。"低眉弯腰，裴云天姿态摆得极低。

永宁恨恨地看他一眼，转向张易之，略带了几分凄楚："张大人，我知道我不能为国出力，不能为母皇分忧是我不忠不孝，但母皇让这样一个名声不好的人来为我医治，不怕我清誉受损吗？我知道母皇是一心为我好，

我也不能拒绝母皇的好意。这样吧，请张大人回禀母皇一声，就说如果裴御医成了太监，我就愿意接受他的治疗。我相信母皇定会同意的。"

说完不理张易之的犹豫和难看的脸色，挥手示意宫女们上前："来人，带裴大人下去净身后再带来永宁宫。"

身后的喜儿犹豫了一下："公主这……"

"怎么？我支使不动你们了？"永宁不悦地回头。

喜儿脸色一白，飞快地看了裴云天一眼，低头恭顺地道："是。"带着人上前抓住了裴云天就要带下去。

裴云天却半点儿惊慌之色都没有，只是看着永宁公主笑问道："公主，你确定真要这么做吗？"

冷哼一声，永宁连眼角也没看他一眼，径自摘了一朵牡丹凑在鼻前嗅闻。

裴云天突然出脚，将抓着他的宫女踢倒，慢慢走到永宁跟前，缓缓低下身凑到她耳边，压低声音道："若公主真要这么做，臣也没什么好说的。只是狄姜在我手里，公主对我做了什么，我就对他做什么。要是公主不好好配合治疗，我失去了功名利禄事小，狄姜丢了小命可就事大了。"他起身站直了，恢复了往常的姿态，恭敬地道："现在，公主还要赶臣出去吗？"

永宁咬紧下唇，定定地看着他，一双水汪汪的眼若能杀人，只怕眼前的裴云天早已被她千刀万剐了。

狄姜，狄姜，他怎么会落到裴云天的手里？到底……到底是谁出卖了他们？

昏暗污浊的天牢，总给人一种不见天日的压抑与绝望。苏莲衣深吸一口气，再一次抓紧了手里的食盒，强迫自己露出笑容，坚决不想让贺兰钧看到她心里的难过与无助。

但在看见贺兰钧牢房的那一瞬，她完全惊呆了。

躺椅，锦被，镶了玉石的烛台，水盆，毛巾，红木八仙桌，以及桌上可媲美宫廷御膳的杯碗盘碟，这真的是天牢吗？

苏莲衣傻愣愣地看着贺兰钧为躺在椅子上的狱卒清洗头发，旁边围了四五个狱卒指指点点，时不时地窃喜的神情，她突然有种强烈感觉，那就是自己的眼睛出问题了。

"这……这里还是天牢吗？"

贺兰钧一边继续手上的工作，一边抬头看她："当然不——是以前的天牢啦。我贺兰钧是什么人，一双妙手能让人变成美男子，当然能住得舒舒服服啦。"

"是啊是啊，贺兰先生妙手回春，把我们个个都变成了美男子呢。"椅子上的狱卒笑得谄媚而风骚。

苏莲衣看了一眼桌子上的酒菜，犹豫了片刻才将自己带来的食盒放在桌角，郁闷地道："看来你在这里很逍遥啊。"

贺兰钧不答，拿了镜子给狱卒看，原本的满头白发都已变黑。看着他喜得抱着镜子，嘴角差点咧到后脑勺的傻样，他勾了勾唇角，道："少年白发并不难医，只需将我做的发膜每天傍晚涂擦到头上，白发自然变黑。"见狱卒张口欲谢，他伸手制止了他，"不用谢我，我也得了好处了。只是现在我想跟她单独聊会儿，行吗？"

狱卒只犹豫了片刻，便点头答应了，姿态之谄媚绝不下于佞臣遇见女皇陛下："当然行，当然行。走了走了，我们先到门口坐一会儿，等会儿再来。"

狱卒们互相看看，虽觉不妥，但在变帅的诱惑下，还是都离开了。

贺兰钧伸了个懒腰，一边洗手一边看苏莲衣，"你怎么没有出宫？"

找了张椅子坐下，苏莲衣双手撑住下巴，笑嘻嘻地看着他："你对我那么好，为了我甘愿受牢狱之灾，我怎么可能扔下你跑了？"想了想，她还是打开自己带来的食盒，取出酒菜和一对红烛，在贺兰钧疑惑的目光下摆好，带了几分羞涩道："我想过了，你在牢里一时半会儿也出不去，倒不如我们在这里拜堂成亲，好歹也算做了夫妻。将来你若能出去，我就等你；你若死了，我就给你守寡。"

没想到她会来这一招的贺兰钧完全呆住了，直到她将红烛点燃，摆上八仙桌才伸手拦住她，"停！你到底又哪根筋不对了，自作多情到这个地步。我这么做不是为了你，而是为了有更好的方法可以让公主和陛下都满意，明白吗？"

苏莲衣一愣，随即撇嘴笑了，"得了吧，我还不知道你？嘴硬心软，

承认喜欢我又有什么关系？又没人会笑你。"

贺兰钧瞪她一眼，"你自我感觉会不会太好了？"

"我的自我感觉向来都不错。况且这次我是有证据的，你已经坐牢了，裴云天又去治疗公主了，等他治好了，你还有机会翻身吗？"还不如老老实实和我做一对苦命鸳鸯。

贺兰钧拿起酒杯一口喝干，笑了笑，"他治不好公主的。"

"为什么？"苏莲衣问，"裴云天这次下了多大的功夫重回宫廷都已经传扬开了，若没有把握，像他心机那么深沉的人怎么敢这样做？只要他知道了公主与狄姜的秘密，治好公主不是易如反掌吗？"

贺兰钧又喝下一杯酒，"以前是，但现在不是。我给公主吃的药丸，里面掺了毒，除了我，恐怕全天下无人能解。"

而到了那个时候，恐怕一切的事情都已经解决了吧？

"那你们岂不是两败俱伤？"苏莲衣瞪大眼。

这么不相信他！贺兰钧没好气地白她一眼，"错，是我赢！眼下突厥人天天逼着女皇陛下下婚书，而能解她燃眉之急的全天下只有我一人。只要你肯帮我，这事就成了。"

"真的？"苏莲衣将信将疑地看着他，贺兰钧凑到她耳边这样那样地说了一番，就见她那双桃花眼先是一亮，随后满眼暗沉，似有诡谲的光在闪烁，等贺兰钧说完，苏莲衣直直地看着他，问道："我帮了你有什么奖赏？"

贺兰钧眨眨眼，俊逸好看的笑容让苏莲衣忍不住心跳加速："你懂的。"他如是说。

苏莲衣顿时觉得心脏要从喉咙里跳出来了，眼睛亮得连蜡烛光都显得黯淡了。

没错，她懂！他终于决定与她在一起了！太好了。

御花园的莲花池边最近生意很好，继倒霉的御医裴云天之后，现在迎来了心情极度不好的女皇陛下。

将手上的国书重重合上，女皇咬牙望向天边，恨恨道："太过分了，小小的突厥竟敢用起兵来威胁朕，实在是太嚣张了！"

张易之赶紧上前，递上一杯酒，轻声道："是太过分了！早知道就不该答应他们把永宁公主许配过去。只是如今国书已下，若真的两国交战，大唐……总归是不占理。"他的声音越说越柔，却让女皇的怒火更盛。

"都是你不好，若不是你说裴云天确实能治好永宁的脸，朕也不会那么快就把婚书交出去。这都过去好些天了，永宁脸上的斑一点儿起色都没有。"

张易之赶紧跪下，一张委屈到极点的脸半垂半抬，衬着池边的水色花影，好看得让人心都拧起来了："臣也是想给女皇陛下分忧，都是臣的错，女皇陛下息怒。"

女皇瞪他一眼，心里的怒火却始终舍不得对他发，半晌叹了口气，道："算了，现在说这些也没用。你们退下吧，朕要一个人好好想想，想想接下去该怎么办。"

张易之张了张嘴，还想说什么，抬眸看见女皇已转开目光远眺，心知她现在是什么都不想听，只得不甘不愿地带着人退下。

寂静的宫道上一个人影也没有，初生的莲叶刚刚高出水面，袅袅婷婷。女皇看了会儿，终是想不出一个妥帖的办法，忍不住又叹了口气，这时眼角一抹身影闪过，她赶紧回头去看，却被惊得半天回不过神来。

刚才在转角一闪而过的，好像是永宁？她没有戴面纱，脸上也没看到任何黑斑，这是怎么回事？

不由自主地，女皇的脚步追了过去，却一路追到了天牢。看着那个女子远远地冲自己一笑，转身进了天牢，女皇心中的疑惑更深，迈步追了进去，却一眼看见贺兰钧的豪华牢房，忍不住皱了皱眉。

"参见女皇陛下。"见到她，贺兰钧没有半点儿惊讶。

女皇环顾一周，在正中的太师椅上坐下，"看来你这日子过得还不错。"

贺兰钧道："托陛下洪福，天下一统，四海平安，就连天牢也比往日改善了许多。"

女皇又忍不住皱了皱眉，以前的贺兰钧虽然也巧舌如簧，但如这般的油嘴滑舌，还是少见的。她懒得与他废话，干脆单刀直入："废话少说，

刚才进来的女子可是永宁？让她出来见朕。"

贺兰钧笑道："陛下错了，这里是天牢，公主怎么会踏足？不过女子倒真有一个。"他回头唤道："莲衣，还不赶紧过来参见女皇陛下？"

却见一抹窈窕的身影自牢里的阴影后移出，直到女皇面前才跪下磕头："参见女皇陛下。"

"永宁？"女皇眯着眼细细打量，却还是被眼前这张熟悉的脸惊到了。这眉眼，这轮廓，这肤质，分明是永宁没错。

"陛下见笑了，她不是永宁公主，而是我的一个朋友。"起身走到女子身边，贺兰钧不等女皇发问，便自己动手从女子脸上撕下一层皮来，露出底下原本的面貌，是苏莲衣。

不着痕迹地吐出一口气，女皇的声音却更冷了几分，"原来又是你的小计谋，说啊，你引朕来此，到底想要做什么？"

"在下不敢。"嘴里说着不敢，贺兰钧的态度上却没有一星半点儿的害怕或畏惧，反而坦荡荡地道："在下知道公主的黑斑一直治不好，而突厥的婚书已到，陛下十分烦恼，所以在下日夜苦思，想着怎样才能为陛下分忧，避免两国之战。"

"就凭这些足以让你犯上欺君之罪的雕虫小技就想蒙混过关？你也未免太异想天开了。"女皇哂道。

贺兰钧却只是微微一笑，"陛下有所不知，在下有门手艺，能将一个普通人彻底变成另外一个人，并且永远看不出痕迹。"他看向女皇，眸子里明白无误传递的就是，他可以将别人彻底变成永宁公主，并且不留痕迹。

呼吸窒了窒，女皇神情复杂地看了他半晌，才道："这……这不是骗人吗？"

"就算骗人也总好过两国交战，生灵涂炭吧？陛下为国为民，定能做出英明决断的。"

避开他的目光，女皇没有回答他，只是起身准备离开，却在即将踏出牢门时，微不可见地点了点头，然后头也不回地扬长而去。只留下贺兰钧与苏莲衣对视一眼，同时笑了。

虽然早就知道贺兰钧不会如此甘愿地住在大牢，但裴云天却没想到他会如此神通广大，竟又打动了女皇陛下，允许他实施换脸手术。想到自己曾经在贺兰府密室内偷看到的只有半本的换脸秘籍，他懊恼得恨不得冲进天牢，将贺兰钧拉出来揍一顿，然后逼他吐出后面半本书解气。

不过好在，他手上还有狄姜。永宁公主脸上的黑斑定是被贺兰钧搞了鬼，他才怎么也治不好，但没关系，只要有狄姜在，定能从贺兰钧身上逼出答案来。

但现在最重要的，却是如何挽回女皇陛下对他的信心。再让女皇陛下这么失望下去，恐怕他要再次被赶出皇宫了，到时候怕是他在钉板上将自己碾成肉渣，女皇也不会多看他一眼了吧？

"不能让贺兰钧施展换脸术？裴爱卿，朕今天才知，你竟是如此心胸狭窄之人啊。"接过张易之递上的茶，女皇慢条斯理地喝了一口，眼睛看也没看跪在地上的裴云天，却说出让他心胆俱寒的话来。

裴云天身子急不可耐地抖了一抖，俯身磕头道："请陛下明鉴，微臣所说都是为了国家社稷着想。陛下请想，永宁公主自幼养在深宫，吃穿用度、行为举止、说话口气全都是规规矩矩，透着皇家气息的，又岂是随便一个人能模仿得了的？这脸可以换，但气度仪态又如何能换？万一这换过去的人做出什么失仪之事，岂不是让整个大唐蒙羞吗？"

女皇陛下悠然的姿态微微一凝，显然之前未想得这么深入。

一旁的张易之也帮腔道："裴大人讲得有道理。这仪态气度确非一朝一夕就能养成的，微臣昨天听到这消息时就觉得不妥，却说不上来哪儿不妥，今天裴大人这么一说，茅塞顿开。女皇陛下，您可千万要三思啊。"

"哦，那照你们的意思，就要为了皇家颜面而让两国交战，置百姓生灵于水深火热而不顾吗？"

"女皇陛下请不要担心，请再给臣三日时间，臣一定还你一个完好无缺的公主！"裴云天磕头表忠心。

他不说还好，他一说，女皇陛下的火气顿时直往上冒，手上的茶杯重重地放在几上，冷哼道："这话朕听了无数次了，你哪一次没让朕失望？"

裴云天的身子又抖了抖，张易之赶紧上前为女皇顺气，一边柔声道："陛

下万勿动怒。这样吧，贺兰钧的手术照做，裴大人的治疗也不停，到时候看看谁的结果好就用谁的，您看如何？"

威严的目光扫过跪在地上的人，女皇终于松了口气，"这还差不多，裴云天，朕就给你这最后一次机会，希望你不要再让朕失望才好！"

"谢陛下隆恩！"更加俯低了身，裴云天心里已经开始盘算着要如何借永宁公主之手，让贺兰钧输得一败涂地了。

贺兰钧要求的太医署手术室外围满了人，都是闻讯赶过来围观贺兰钧实施换脸手术的人。

自从带了那个身形外貌与公主有六七分相似的女子进入了手术室，贺兰钧就再没出来过，里面也没有任何声响，反倒让等待的人替他捏了把汗。

毕竟都是太医，多少知道些换脸术的危险性，尤其是这几天在裴云天的宣传下，大家都知道了这换脸术虽然神奇，但一个弄不好就会功亏一篑，不但变不出想要的脸来，被变脸的人还随时有可能命丧手术室，端的是凶险非常。

苏莲衣带着食盒进了手术室，贺兰钧一手拿刀，全神贯注地在那女子脸上雕琢着，亮晶晶的汗珠挂满额头，他连分神擦一下的工夫都没有。

"先吃饭吧。"将饭菜摆好，苏莲衣凑了过去。那女子喝了麻沸散，早已失去了知觉，原本清秀的脸庞上画着这样那样的线条，贺兰钧便是沿着这些线条做修改的。

"小心些，才刚做好眼睛，别让灰尘落进伤口里。"洗完手，贺兰钧坐下吃饭。这么一天下来，确实累得够呛。

苏莲衣答应一声，走过来伺候他吃饭，却仍忍不住问道："这出血这么少，会很疼吗？改天你也给我改一改呗。"

贺兰钧白了她一眼，"出血少才安全，要不光流血就流死了。"喝了一口汤，训斥她："好端端的改什么脸？你那张脸有哪里不好了？也不怕一个不好死在手术中……"

"贺兰先生！"戴着面纱的永宁风风火火地闯了进来，一脸的焦急与不安。

贺兰钧与苏莲衣不由自主地起身，却见永宁挥手让其他人都出去，只看着贺兰钧。平日里雍容稳重的公主仪态里带了几分控制不住的颤抖："贺兰先生，请你交出治疗我脸上黑斑的药方。"

　　"嗯？公主莫不是改变主意，不愿意与狄姜双宿双飞了？"贺兰钧挑眉，神色里却没有多少惊讶的成分。

　　永宁公主看着他，原本水润灵动的眸子失了光彩，只留下几分对命运的妥协："本来是的，但如今……比起跟狄姜在一起，我更希望他能好好地活着。"只要活着，哪怕今生今世再难见到一面，能知道他好好地活在这个世界的某个角落里，她也就心满意足了。

　　苏莲衣诧异地看向贺兰钧，却见他慢条斯理地喝了一杯酒，笑道："是裴云天让你来的吧？这小子还有两下子，一下就打中我的七寸了。"

　　永宁心里难受至极，对着贺兰钧又觉得愧疚，只得低声道："我知道贺兰先生这么帮我，还给你添麻烦很不应该，但我实在没办法了。"话音未落，一滴泪已自眼角滑下。

　　贺兰钧却只是轻笑："要说苏莲衣对我还有那么点儿用的话，狄姜可不关我的事。公主为什么觉得你有把握让我就范？"说完，他却不看一旁的苏莲衣，只是那么清冷而漠然地站着。

　　永宁微微一愣，目光转向一旁的苏莲衣，"贺兰先生是要逼我吗？"若真逼她，她也不介意立时将苏莲衣抓起来，作为威胁他的筹码。

　　贺兰钧仍是微微一笑，眼角余光看到苏莲衣咧到耳根的嘴角，一双眼都笑眯了的傻样，心里叹口气，面上却半分不露，"公主不用这么赤裸裸地威胁，药方呢我可以给公主，不过公主又凭什么相信裴云天手里的狄姜是安全的？万一他杀了狄姜怎么办？"

　　没想过这个问题，永宁一愣，一时说不出话来，"这……"

　　"眼下当务之急，是要确定狄姜的安全。裴云天心思深沉，狡猾多端，要他轻易放了狄姜必不容易。这样吧，你先把半张药方给他，要他拿一封狄姜的亲笔信过来，等确定狄姜无恙，再给他另外半张药方。他为了拿到整张药方一定会同意的，到时候公主只需要派人偷偷跟踪，就可以把狄姜救回来，也不用担心裴云天出尔反尔了，公主觉得怎样？"

永宁想了想，点头同意了。

永宁派人跟踪裴云天找到狄姜，却没能如愿。看着狄姜亲手写的"平安，勿念"四字，永宁只觉得心里压了一块儿巨大的石头，沉沉地难受。

"你……你用了什么方法让他就范的？"以狄姜的性格，是绝不会轻易屈服的，裴云天到底对狄姜做了什么？

裴云天却只是微微一笑，"很简单，我告诉他公主得知他被抓，茶饭不思，想要自杀，他就帮我写了。"见永宁双眸中的怒火浓得似要燃烧起来，他反而笑得越发笃定自得了，"公主，你最好不要再做小动作，若是再派人跟踪我，惹得我一生气心情不好，说不定会对狄姜做出什么我不能控制的事，到时候公主可别后悔。"

"你……"永宁气得浑身发抖，来不及思考，巴掌就挥了出去。这个裴云天，真的太可恶了。

裴云天轻松地抓住她的手，"好了，我把信拿来了，公主是不是该让贺兰钧把剩下的半张药方给我呢？"

使劲挣脱他的钳制，永宁强忍着满腔的悲愤和泪水，将剩下的半张药方取出扔给他，看他从袖子里取出之前的半张药方拼在一起，笑了笑，转头看过来，目光中的得意与满意让她恨不得立时下令杀了他。

但，她不能。狄姜，狄姜……

"这药方看起来是真的，为了狄姜的安全，还希望公主能从今日起每天照药方服用才好。若是再不见效，那臣可真的只能跟狄姜同归于尽了，至于公主……哈哈哈！"他话没说完，但意思却再明显不过。

永宁用力咬住自己的嘴唇，挥手将桌子上的东西都扫到了地下，怒吼道："滚，马上滚！"

背转过身，眼里的泪水再也抑制不住，顺着脸颊滚滚而下。

到底裴云天是怎么知道有人跟踪他的？到底要怎样，才能将狄姜安全地救出来？难道这辈子她与狄姜，就永远只能劳燕分飞了吗？

上天，你为何如此残忍？

看着恢复正常容貌的永宁，女皇凤心大悦，对着永宁左看右看，满意得不得了。

"果然完美无瑕，一点儿痕迹都没有留。裴爱卿，这次你可立了大功了。"

裴云天躬身谦虚："这一切都是女皇陛下的恩泽，微臣不敢居功。"

永宁斜睨他一眼，平静的语气里是深藏的恨意与无奈："裴大人不必谦虚，你心思细腻，医术高超，实乃我大唐之福。"

女皇也点头道："没错。朕一向赏罚分明，是你的功劳就是你的功劳。自即日起，你就回宫当差吧。"回头看向身后的张易之，轻笑道："取金万两赏给裴爱卿，着人立刻送到裴府去。"

张易之答应了，裴云天跪下谢恩，欲退下时却又欲言又止，一副有话却说不出来的样子。

女皇是何等人？一眼便看出他心里所想。她笑着看了看永宁的脸，待裴云天等得心焦之时，才似是漫不经心地道："你的心思朕明白。朕即刻令人将贺兰钧和那个冒牌货赶出宫去，令他们永不可再踏进宫门一步。"

"母皇……"永宁欲求情，裴云天却先一步磕头，打断她："万万使不得！陛下请想，这等宫闱秘事要是传了出去，不但有辱国体，而且还会成为民间的笑话。那冒牌货与公主神似，若让有心人得知，只怕不但会对女皇陛下的声誉造成影响，也会令别国对我泱泱大唐产生怀疑，还请陛下三思！"

女皇的眉头皱了皱，转头向身后的张易之示意："此事交由你去办吧。"

"是！"张易之躬身点头。至于怎么办，不需明说，皇宫里老例多得是，年年都有人无声无息地消失，留不下半点儿痕迹。这一次轮到贺兰钧，也不会有什么区别。

"母皇……"看着张易之退出去的身影，永宁想要阻止，却在瞥见裴云天目光中的警告与威胁时，半个字也不敢多说。

女皇拍了拍永宁的手背，笑得和蔼慈祥，"母皇知道你受苦了。来，去母皇的寝宫，母皇有一肚子的话要跟你说。"

最后再看一眼已看不见影子的张易之和笑得阴险如毒蛇的裴云天，永宁心里最后一丝希望之光也被掐灭了。她闭了闭眼，用尽全力将眼角的泪水逼回去，认命地随着女皇的脚步进了内室。

若必须这样才能保得狄姜一命，那就让她负尽天下人吧！

再次进入天牢，贺兰钧仍是云淡风轻的轻松样子。一起送进去的女子与太监宫人们却都知道自己大祸临头了，人人哭丧着脸，宛如天塌下来了似的。

"定是女皇陛下改变主意，要将我们这些知情的人杀了灭口。"其中一个中年太监窝在角落里低声自语，却引得周围哭声一片，其中顶着永宁公主容貌的女子哭得最是大声。

"又关我什么事？我什么都不知道，我不过是睡了一觉……"

一旁的宫女同情地看着她："你才是最大的内情啊。"若不是因为她，他们这些人又何至于落到这等地步！

贺兰钧不耐烦地转过头来，看着那女子喝道："哭什么？公主需有公主的气度，即便是泰山压顶也要做到面不改色，如何哭得这般狼狈难看？"

"我又不是真的公主……"

"我说是就是！"贺兰钧继续呵斥，回头望向狱卒，笑道："去弄点儿吃的喝的来，我饿了。"

狱卒"啐"了一口，冷冷道："陛下有令，贺兰钧不许在天牢装大爷！"

一怔，贺兰钧没料到女皇竟会下此命令，顿时生出啼笑皆非的感觉。他甩了甩袖子，也不选地方，就原地躺了。

"贺兰先生，你……莫不是有什么法子？"等了一会儿不见他再有动静，中年太监忍不住出声问道。

贺兰钧打了个哈欠，连睁眼都不曾，道："没吃没喝，当然只能好好地睡一觉了。死也不会有遗憾了啊。"他的话音朦胧迷糊，一副睡得迷蒙的样子。

几人没料到他竟如此心大，在这种情况下仍能睡着，一时间只觉得脖子上的脑袋摇摇欲坠，仿佛随时都会离自己而去似的。忍了又忍，终于没忍住，天牢里再次哭声震天。

夜深的永宁宫中，只有一盏灯如豆。灯下的人一张如花似玉的脸，双眸水光莹莹，却是一副愁眉苦脸伤心欲绝的凄苦模样。

"公主。"黑暗中有人进来，瘦削窈窕的身影被黑暗完全掩去，却掩不住那双晶亮慧黠的眼。

灯下的人惊醒，低头掩去泪水，抬头，勉强露出一抹笑，轻声道："苏姑娘，我已经打点好了一切，一会儿你就可以出宫了。谢谢你与贺兰先生一直帮我，最后却把你们连累成这样，我很抱歉。希望你们不要怪我。"

原来黑暗中摸进来的人竟是苏莲衣。

黑暗中的苏莲衣似是愣了愣，随后问道："不知陛下会怎么对付贺兰钧？"

永宁凄然一笑，"如今我自顾不暇，又哪来的心思去管别的事？"就算她有心，怕也是管不了。母皇的心性为人她最是清楚不过了，若不是心里早有了那样的心思，又怎么会只凭裴云天三言两语就下了那样的命令？

"那他们岂不是只有死路一条？"苏莲衣顿了顿，又道："公主难道不觉得这件事蹊跷得很吗？且不说裴云天如何得知公主派人跟踪他，单就是他知道狄姜的存在，便是一个很大的破绽。"

永宁一震，一些想不明白的事情此刻再一次涌上心头，"没错，我也这么觉得。我跟狄姜的事除了你与贺兰钧，便只有喜儿知道，裴云天如何得知？而且狄姜功夫极好，裴云天又是如何抓住他的？"

苏莲衣眼眸一沉，缓缓道："喜儿有问题。"

"不会的！"永宁下意识地反驳，"喜儿跟了我这么多年，一向忠心耿耿，与裴云天没有任何来往，怎么会有问题？"

"公主！"打断她，苏莲衣目光灼灼地看着她，"贺兰钧与我是绝不会出卖你的，否则他现在不会在天牢里等死。若不能找到这个内奸，即便我们想出再多的好办法，最后也不能得到满意的结果。"

永宁一呆，慢慢冷静下来。她不愿意相信自己的侍女会出卖自己，但既然她已经决定了，此生除了狄姜，她宁可负尽天下人。那喜儿为了裴云天背叛她，又有什么了不起的呢？

见她态度和缓，苏莲衣接着轻声道："我这次偷偷潜进来，就是想与公主一起找出这个内奸。喜儿到底有没有问题，我们试试就知道了。不过若她真与裴云天私通，那可是秽乱宫闱的死罪，还请公主莫要徇私。"

永宁惨然一笑，"我有什么能耐徇私？我连狄姜都保不住……"

"公主切莫如此！只要我们抓到裴云天的把柄，就可以让他放了狄姜，

将你脸上的斑添回去，身败名裂总比丢了性命的好，你说是吗？"

"没错，就这么办吧。"想到狄姜，永宁终于下定了决心。

两个脑袋在灯下越凑越近，一个连环计谋就此诞生。

清晨的御花园鸟语花香，空气清新得让人心旷神怡。晨起的阳光清亮而温和，各宫的侍女捧着美人瓶、花瓯穿梭在花丛中，为主子挑选着最中意的鲜花。

安宁的气氛却被一声尖叫打破，靠近莲花池的宫女指着水面，一张脸吓得煞白，连话都说不完整了。临近的人赶紧跑过去看，又是一阵令人胆寒的尖叫声，夹杂着几声慌乱的呼唤。

"莲花池里有具尸体，快叫人来……"

"好像是个男子，怎么会死在御花园里的莲花池？"

"啊，我认得这衣服，好像是裴大人的，他昨晚上给公主治病时穿的就是这件！"

"不可能，裴大人怎么会死在莲花池里？"

……

七嘴八舌的讨论里，谁也没注意到一个人的脸色白了又白，在人群中一个劲儿地往前挤，直到挤到最前面，一眼看见水里的白色太医官服，顿时急了："你们还不赶紧把他捞起来？"

方才还围得紧紧的人群闻言顿时纷纷后退，被挤在前面的小宫女怯怯地看着她："喜儿姐姐，好可怕的……"

喜儿看她一眼，咬咬牙，将手里的花瓶塞进她怀里，一转身就跳进池子里，奋力向尸体游过去。

岸上的人没料到她会这么做，都惊呆了，几个与她相好的宫女回过神来，纷纷叫道："喜儿，你快上来！你身子不方便，浸不得凉水，快上来！"

喜儿充耳不闻，只拼命扑到尸体前，一把抓住，却只觉得手上一轻，好像踩错了台阶失重般，整个人往后一仰，喝了口水再回头一看，哪里是什么裴太医？不过是一件太医署的白色官服罢了。

这，这是怎么回事？喜儿整个人愣住了。

见没有尸体，岸上的人便少了害怕，七手八脚地将喜儿从水里拉起来，责怪她不顾自己的身体，怎么能随便浸凉水，太不爱惜自己了。

喜儿笑着敷衍，却忍不住又回头看了看莲花池，心里突然涌上一股不安感。

回到永宁宫，喜儿把养好的花送进公主寝宫，回屋换衣服，却听见隔壁传来压抑的哭泣声和压低了的劝慰声。

喜儿心里动了动，小心凑过去，却听得里面一个声音边哭边道："我不要去突厥，那么远，听说那里的人还吃人……"

"不想去又能怎样？女皇陛下下令，这永宁宫的所有宫女都必须给公主陪嫁，难道还能抗命不成？"

"是啊，是啊，其实出去走走也挺好的，起码还能到别的地方转转，总比一辈子老死在这宫中强吧。"

"说不定还没到突厥就死了呢！"

"呜呜……我不要陪嫁……"

……

喜儿心中怦怦直跳，只有一个念头在脑子里翻滚。女皇陛下让她们陪嫁，怎么办，怎么办……裴大人怎么办……

她心慌意乱地，连衣服也忘了换，也不知道自己究竟要去哪儿，脚下乱无方寸地走着，同一片宫中回廊来回走了四次都没发现，直到一个路过的太监拉住她，往她手里塞了张小纸条。

喜儿转身刚想叫住他，却见那太监头也不回地快步离开，眨眼就消失在回廊转角处，似乎怕被人发现般。喜儿心里一跳，赶紧打开纸条，慌乱焦急的面容总算露出一抹安心的笑。

她仔细将纸条上的字再看一遍，左右看看，确定无人，将纸条塞进嘴里咽下，这才哼着小调儿欢快地离开，只留下回廊上几个湿漉漉的脚印，在阳光下越来越淡、越来越淡，终至消失……

正午是各宫的主子们歇午、宫人们偷懒的最佳时机。也是各宫传递消息，拉扯八卦互通有无的最佳时机。而此时的御花园空无一人，除了蹁跹的蝴蝶与虫鸣，再无半个人影。

喜儿小心翼翼地从花丛中走过，在假山前停步，前后左右看看，确认

没人，才小声唤道："裴大人……裴大人……"

一只手从假山后伸出，捂住她的嘴，将她飞快地拖进假山后，露出裴云天那张斯文帅气的脸："我跟你说过多少次了，最近要避避嫌，不要来找我。你这么急，到底什么事？"

他冷着一张脸，与往日的温情截然不同，喜儿愣了愣，才想起反驳："明明是你找我的，怎么反而怪起我来了？难道你不是听说了我要陪嫁到突厥的事，想来带我走的吗？"

"陪嫁？"裴云天愣了愣，"朝廷并未下旨……"脑中一道光闪过，他懊恼地咬牙，"该死，中计了！快走！"

不顾身后还愣着没反应过来的喜儿，裴云天闪身出了假山，却正对上永宁公主的笑脸，"裴大人行色匆匆，这个时间进宫，可是母皇有急召吗？"

裴云天眼珠一转，正要开口，永宁身后的苏莲衣接口笑道："公主莫要说笑了。我们刚从陛下寝宫过来，可没听说要召见裴大人呢。"她的目光转向裴云天身后瑟瑟发抖的喜儿，鄙夷地一笑："裴大人你好大的胆子，纵然要找人幽会，也不该找公主身边的人，她可是要陪嫁到突厥的。"

"裴云天，你竟然秽乱宫闱，罪该当诛！上一回你说是遭人诬陷，这次可是人赃并获，我看你如何狡辩！"永宁不给他说话的机会，挥手，身后的太监上前就要将人拿下。

裴云天被她们奚落得，一张脸白了又红，红了又白，此时终于找到了说话的机会，拼命挣扎道："公主莫要冤枉微臣！是喜儿姑娘突然拦住我的去路，说不想嫁到突厥，让臣帮她想想办法。臣正不知如何是好，想要禀报公主时您就来了。"

"你还敢狡辩！"永宁怒道，看喜儿一脸被吓的呆滞样，心里又有些不忍，想问问怎么回事，却只听苏莲衣笑道："喜儿姑娘，私会外官可是砍头的死罪，人家撇得干干净净，你莫非也就认了吗？"

"我……"喜儿终于抬头，一双眼里盈满泪水，忍了忍，还是忍不住看向裴云天，却只看见一张比冬日还要清寒的脸，和一双比寒冰更冷漠的眼。

"喜儿姑娘，我跟你不是很熟的，你可不要诬陷我。苍天有眼，会有报应的！"裴云天的声音却跟脸色截然相反的轻柔。

喜儿顿时一惊，方才还泪水涟涟的眼眸顿时瞪大，不敢置信地看着裴云天。

永宁上前一步，挽住她的胳膊，轻声道："喜儿，你不要怕，说实话，本公主会为你做主的。"

"公主……"含泪的眼看向永宁，满心的愧疚让喜儿恨不得将所有的事都坦白出来，让自己的痛得快要死去的心能稍微不那么难受。

"喜儿姑娘，你想要私会外官，自己的命不要了，可别拉别人垫背，我还有奶奶要照顾的。"裴云天的声音有着不易察觉的尖锐，让人心里不舒服。

奶奶……

喜儿眼里的泪水终于如决堤般涌了出来。清明河边为奶奶放灯祈福时与他相遇，他不远千里将奶奶接到京城与她相聚，护城河的柳荫下她与他相依相偎，一个讲着与自己相依为命的奶奶，一个说起过世母亲的遗憾，从最初的相疑到感激，再到动心，她为他付出了全部，背叛了公主，如今，却只得了这么一个下场……

喜儿突然又笑了，笑得疯狂，"你们都别说了，我跟裴大人确实不熟，是我不要脸勾引他的。公主，喜儿对不起你，喜儿以死谢罪！"

她挣脱永宁的手，拼尽全力一头撞在身后的假山上，鲜血泼溅开来，殷红，在正午的阳光下分外刺眼。

"喜儿……"一群人都吓到了，谁也没想到喜儿竟会这么做，全都傻傻地愣在原地。

只有裴云天，看着断气的喜儿，重重地吐出了一口气。

抓不到裴云天的把柄，便无法逼迫他放回狄姜。永宁沮丧地看着满屋的红色和榻上摆放的凤冠霞帔，只觉得这颜色与喜儿的血一样的刺眼。

"公主放心，只要你平安嫁到突厥，微臣立刻放了狄姜，绝不会让他少一根汗毛！"永宁宫中，裴云天给永宁做完最后的检查，确认她的黑斑确实治好了，终于放心了，笑着安慰道。

永宁冷冷地看着他，强忍着内心的恨意，挥手示意他离开。

　　她与狄姜，终究是差了一点儿缘分。当初狄姜为了让她忘记他而离开，如今她只希望狄姜能因为她的离开而忘记她，好好地过自己的日子。

　　泪水顺着脸颊滑落。

　　"公主！"一身宫女打扮的苏莲衣自内室中走出，捧起凤冠霞帔为她穿上，"明日就是公主大喜的日子，何必悲伤？你与狄姜心心相印，上天必不会如此残忍的。"

　　永宁惨然一笑，"以前读书，有句话说'天地不仁，以万物为刍狗'。我不明白，如今我却不敢寄希望于上天。只要狄姜好好的，我怎么样都无所谓了。不过还要拜托苏姑娘，我给狄姜写的信，请你每年给他寄一封，让他有所期盼，坚强地活下去。"

　　"公主你……为什么不自己寄？"苏莲衣迟疑地问道。

　　"天若有情天亦老。跟喜欢的人在一起一辈子也不嫌长，跟不喜欢的人在一起一天也嫌多。我怕我到了突厥之后……"她话没有说完，意思却再清楚不过了。顿了顿，她勉强扬起一个笑容，"只是要麻烦苏姑娘了。"

　　苏莲衣心下凄然，看着宫人们进来向永宁请示，是否要试穿喜服。

　　永宁木然起身，任宫人们将嫁衣一件一件地披到她的身上，淡淡的香味萦绕在她周围，似有若无。

　　永宁无知无觉，如同一个布娃娃般任人摆布，直到所有人的眼睛越睁越大，苏莲衣不敢置信地看着她，随后露出大大的笑容，上前一步抱住她，喊道："原来是这样……贺兰钧，原来是这样……"

　　天牢里，贺兰钧看着传旨太监递上来的毒酒与白绫，却仍是一副无所谓的样子，问道："女皇陛下说天亮前必须喝掉，我是不是可以等天亮时再喝？"

　　那太监收了圣旨，居高临下地看了他一眼，轻蔑地道："迟喝早喝总归是要喝的，贺兰先生喜欢天亮时喝，那就天亮时喝吧，也就多活几个时辰，女皇陛下不会计较的。"

　　贺兰钧笑了笑，磕头谢恩："谢陛下隆恩！"

　　太监撇撇嘴，示意将毒酒放在地上，轻哼一声，转身走了，留下优哉游哉准备再次入睡的贺兰钧和一群看着毒酒早就吓得大哭的宫人们。

哭什么呢，总归是死不了的，还不如好好睡一觉。等睡醒了，就可以看某些人难看的脸色了！想到得意处，贺兰钧忍不住又勾了勾唇角。

当第一缕晨曦穿透层云，洒落在皇城最高的钟楼上，大唐久未响起的十二口巨钟响彻天穹，为大唐与突厥结秦晋之好，为避免战争祸端而奏出震耳发聩的巨响。

女皇高坐龙位之上，含笑看着身穿喜服的突厥王子牵着永宁公主的手，一步一步走上台阶，直到她面前。

"感谢女皇陛下将永宁公主许配给小王，小王定当竭尽全力给她幸福。"看着在凤冠霞帔的映衬下比花儿更娇艳的容颜，突厥王子只觉得天底下再没有什么比她更重要了。

永宁公主盈盈行礼。

女皇伸手虚扶，将心里的伤感压下，笑着道："愿大唐与突厥永为秦晋之好，友谊之邦！"

她身后的张易之长声道："奏乐！"

舞姬翩翩，突厥王子握紧永宁的手，右手握拳抵住左肩，躬身向女皇行了大礼。女皇含笑点头，心里却忍不住感慨。

幸好在最后一刻保住了贺兰钧与这假永宁的命，否则如何向突厥交代？到底还是贺兰钧这颗老姜辣，裴云天比起他，终究是嫩了些。

同样是天牢，人却换了，贺兰钧看着一脸不甘的裴云天，笑了笑，问道："怎么？不服气啊？"

"哼，你以为你就赢了吗？你毁了公主的脸，你以为陛下会放过你吗？"裴云天用仇视的目光看着他，咬牙切齿道："我手上还有狄姜，只要我有狄姜，我就能控制永宁公主，到时候鹿死谁手还未可知！"

贺兰钧敢用毒药害得永宁公主一辈子都恢复不了容颜，他有的是机会翻身。女人对自己的容貌有多在意，他最清楚不过，女皇陛下就是个最好的例子。

"狄姜？"贺兰钧笑吟吟地看着他，却伸手勾起自己带来的侍卫的下巴，

将整张脸都暴露在他面前，"你说的是他吗？"

裴云天一愣，"你……你怎么找到他的？莫非你又变脸……"

贺兰钧一哂，一脸不屑："你以为变脸术是变魔术吗？想变就变？我有的是手段打败你，不过是半张药方，一滴千里香，便救回了狄姜，你还有什么可说？"

裴云天想了想，顿时变了脸色："原来公主找人跟踪我不过是幌子，你早已在药方上下了千里香，只要我去找狄姜，你便能找到他！"

贺兰钧得意地一笑："不转移你的注意力，你就会发现千里香了。如此，你可服了？"

裴云天定定地看着他，半晌后突然跃起，将手中的铁链扔向他，怒吼道："贺兰钧，我跟你拼了！"

狄姜上前一步拦住他，贺兰钧退出牢房，看着裴云天无力的模样，摇头道："年少就是气盛。留得青山在不愁没柴烧，你还是养好精神好好思考一下，将来有机会该怎么跟我斗吧。"他转身欲走，却又回头丢下一句几乎让裴云天气得吐血的话：

"唉，要知道对手太弱，我赢得也没有成就感。这个世上要是没有你，我该有多寂寞。"

婚礼过后，突厥王子一行即刻起程回国。女皇陛下派遣大军护送，单单永宁公主的嫁妆就装了二十多辆车，陪嫁的宫人无数，出城那天绵延数十里，京城百姓争相围观，真是好一桩盛事！

人人都羡慕永宁公主身为皇室贵女，又嫁得如此高贵的王子，却不知真正的永宁公主此刻却靠在永宁宫内的栏杆上发呆。

女皇刚进永宁宫就看见她脸上那明显的黑斑，忍不住轻轻摇头，上前挽住她，自责道："母皇还是无能，不能治好你的脸。"

永宁回头，轻笑着摇头："是儿臣内疚才对，儿臣没有为大唐出力，让母皇操心了。"

女皇轻拍了拍她的手背，安慰道："不是你的错。不过事情总算解决了，只是你的脸……唉。"若不能治好，永宁的终身幸福怕是就此葬送了。

看着女皇发自内心的关怀与疼爱，永宁内心的愧疚全都涌了出来，她一把抱住女皇，像小时候撒娇一样凑到她耳边轻声道："母皇，若有一天你发现永宁做错事了，会不会怪永宁？"

永宁这突如其来的感情爆发虽有些奇怪，但女皇还是拍了拍她的肩膀，笑道："人非圣贤，孰能无过？母皇也难免犯错，何况你呢？"看见张易之带着贺兰钧过来，她又拍了拍永宁的肩膀，"好了，别撒娇了，贺兰钧过来了，让他再看看你的脸。"

飞快地擦干眼泪，永宁起身站好，忍不住说道："不管怎样，请母皇相信，儿臣心里永远都有母皇，而且永远都不会变。"

看着她红肿的眼和认真的样子，女皇哑然失笑，"傻孩子。"又拍了拍她的手，才转向贺兰钧道："这次的事你功劳最大，不知你想要何奖赏？"

贺兰钧洒然一笑，潇洒地道："回陛下话，为大唐百姓免除战乱祸端，臣不敢求丝毫赏赐。只是公主的事，还望陛下早作打算。"

全天下人都知道永宁公主远嫁突厥，若此时宫中再出现一个公主，只怕这战祸是不可避免了。

女皇淡笑着看他一眼，问道："那依你之见，该如何是好？"

"臣觉得如今最好的莫过于为公主指门亲事，只是王公大臣家的子弟难免人多嘴杂，多半守不住这个秘密，还不如在侍卫中找。待公主与侍卫成婚，陛下给了赏赐，就让那侍卫带着公主远离京城，好好生活，岂不比什么都强？"

"哦？你是说让公主去过那乡野村妇的粗陋生活？"

"愿得一心人，白首不相离。有时候高朋满座、锦衣玉食也未必比粗茶淡饭来得快乐，女皇陛下久居深宫，自是比微臣看得透彻。"

女皇对他的话不置可否，只是转头问永宁："永宁，你的意思呢？"

低垂着眼眸，永宁轻声道："儿臣听凭母皇安排。"

女皇的眉峰急不可察地微微一扬，脸上却不动声色地笑道："既如此，那此事就交由贺兰爱卿全权处理吧，切莫让公主受了委屈才是。"

"臣遵旨！"贺兰钧跪下谢恩，起身，正对上永宁感激的泪眼，他微微一笑，躬身退下。

余下的事便再顺遂不过了。贺兰钧从侍卫中挑选了几个让永宁公主相

看，永宁公主自是一眼就看中了狄姜，女皇查问过狄姜的身世来历，得知他曾在军中任职，也算可靠，便应允了。

永宁与狄姜在永宁宫中，女皇面前举行了小小的婚礼仪式，虽没有连绵数里的嫁妆，却难得两个有情人能终成眷属，倒也温馨美好。

送了二人入洞房，女皇多喝了一杯酒，起身离开前道："贺兰钧，你陪朕走走吧。"

心知她是要说自己与裴云天的事，贺兰钧答得爽快，心里却忍不住有些惴惴。

一路上沉默无语，直到进了御花园，女皇挥手示意身后的人不必再跟，只带了贺兰钧缓步而行，轻声道："贺兰钧，你觉得你跟裴云天相比，谁更适合留在宫中？"

贺兰钧笑道："经此一役，相信陛下心中已经有主意了。"

女皇点点头，又走了几步，却突然厉声道："那你可知罪？"

贺兰钧一愣，身体却不由自主地跪了下去。

女皇转过身来，威严的眼睛在远处灯光的照映下散发着森然的光："你真当朕是傻子不成？永宁什么性子？若不是与那叫狄姜的侍卫有私情，她是宁肯终生不嫁也不会随便托付自己的终身的。这次的黑斑事件，只怕是你们联合起来搞的鬼吧？"

她说话声音并不如平日在朝上般威严有气势，可贺兰钧仍听得背后冷汗涔涔，随即匍伏于地："女皇陛下明察秋毫，微臣有罪，微臣该死。"

"现在知道有罪了？那时候胆子怎么那么大呢？"她顿了顿，才又道："愿得一心人，白首不相离，朕是深有体会的。所以朕也愿意自己的子女中能有一个可以完整地保留一份情感。不过贺兰钧你虽技艺高超，却欺君罔上，若非你立了大功，朕定要你人头落地。裴云天虽能力不如你，却对朕忠心耿耿，如此，你可知朕的决定了？"

"是，女皇陛下英明！"

"起来吧。"转身又走了几步，只走得贺兰钧一身刚干的冷汗又要下来了，才听得女皇问道："后悔吗？"

贺兰钧摇头，"也许会，但已经无法挽回了不是吗？"

女皇笑了笑，突然有些感慨："也只有你贺兰钧，才敢如此胆大包天。"

贺兰钧垂首不语。这样的话或许他该当作赞许来听，但绝对不能嘚瑟，毕竟在帝皇面前嘚瑟，那是分分钟就要掉脑袋的事。他已经经历过一次了，绝不会重蹈覆辙。

刚跟女皇告别，苏莲衣追在贺兰钧身后，一直从宫里追到宫外，吵吵嚷嚷的动静几乎将皇宫的屋顶都要掀翻了。

"贺兰钧，你说话不算话！你是乌龟王八蛋，大浑蛋……你明明说了要娶我的，怎么能反悔？"

跑在前面的贺兰钧衣襟不整，鬓发散乱，一张俊俏的脸上挂满汗珠，气喘吁吁地反驳："我何时说过娶你？"

"上次你明明说只要我帮你把女皇陛下引到天牢，你就娶我的！"站在宫门口，苏莲衣双手叉腰，顾不上来来往往的人群和两旁站得笔直的侍卫，将心里的委屈大声喊了出来。

贺兰钧一愣，随即醒悟，喊得比她更委屈："我明明说的是会帮你赚钱，是你自己理解错了！"

围观人群哄然大笑，连侍卫的腰也挺不直了。

苏莲衣的脸猛一下就成了最红的柿子，她忍了又忍，终于忍不住发出河东狮吼："啊啊啊，贺兰钧，我跟你没完！"

傍晚的渡口人烟稀少，一艘小小的乌篷船却载着无数数不清的故事渐行渐远，直至再也看不见。

贺兰钧与苏莲衣并肩站在空无一人的码头上，任江风吹拂，衣袂纷飞，感慨道："若得两心相知许，天下何处不是家？狄姜与公主经历这么多，有情人终成眷属，也算是得其所了。"

"是啊，只要两个人在一起，任何地方都是快乐的。愿得一心人，白首不相离，我们俩什么时候才能像他们一样呢？"苏莲衣巴巴地看着他，一双杏眼眨巴得都快抽筋了。

贺兰钧转身离开，对她的暗示视而不见，"山无棱，天地合，江水为竭，冬雷震震夏雨雪，到那时候我们就可以了。"

　　苏莲衣一边拔脚追上，一边不忘反驳他："这根本不可能！说个简单的。"

　　"那等我们赚了大钱的时候吧。"

　　"这个更不可能！就你满大街拉着人，一会儿说人黑要用你的增白膏，一会儿说人矮要用你的增高鞋，一会儿又说人丑你可以帮人变美，人面桃花楼有生意才怪呢。"

　　"那就怪不了我了，你的愿望这辈子都实现不了了。"

　　"……我会想办法的！"苏莲衣咬牙挥拳，她绝对会让贺兰钧娶她的！

第二天，人面桃花楼的生意竟然好了起来。虽然大厅里少了不少奢华美丽的装饰，却意外地来了不少客人，一天下来，不但贺兰钧特制的美容膏卖了个精光，就连一些普通的胭脂水粉也卖了不少。

贺兰钧拿着算盘在柜台上核算一天的营业额，苏莲衣双手撑着下巴，笑眯眯地看着他："你说的，生意好就娶我的。待我长发及腰，公子娶我可好？"

"待你长发及腰，给你一把剪刀！"贺兰钧没好气地白了她一眼，看向门口刚进来的客人，"还不快干活！"

苏莲衣撇了撇嘴，不再与他废话。反正她都安排好了，这回看他贺兰钧还有什么借口来推脱！

自人面桃花楼重开，以前那些散了的花娘又陆陆续续地回来了，但却不是来楼里挂牌，而是来保养。当初她们走投无路，有些便收了心干脆嫁

人从良，做了绸缎庄、烧饼铺或是米店的老板娘；又有些人找了正经活计，靠劳力吃饭；剩下那些实在不想从良的，也去了别家花楼。但不管去哪儿，女人最大的事业，还是保养自己，尤其还是苏莲衣的人面桃花楼，她们是很愿意多来几趟的。

春花与秋月躺在躺椅上，任贺兰钧将调好的牛奶一层一层地敷在她们脸上。

"女人的脸是最重要的，只要有一点点瑕疵，立马就比不上别人了。所以我今天给你们涂的膏药绝对是独一无二的，打遍天下无敌手，一会儿敷完你们就知道了。"

两人点点头。贺兰钧却扬声叫道："莲衣，渴了，茶！"

"来了！"苏莲衣端着茶飞快地跑进来，看见贺兰钧一双手没空，便蹲在一旁，小心地喂他喝。

贺兰钧却只喝了一口，便撇开头，喝道："杵在这儿干什么，我饿了，赶紧去做饭！"

"是！"放下茶盏，苏莲衣赶紧进屋做饭，但她脚才刚跨进内室的门，贺兰钧又叫了："唉，好热，莲衣，拿把扇子来给我打扇！"

这下却把苏莲衣难住了："那究竟是要做饭还是要打扇？"

贺兰钧仔细地又给春花、秋月涂上一层药膏，随口答道："饭也要做，扇也要打。"

"可我只有一双手！"苏莲衣抗议。

"那是你的事，做不到的话，今天晚上不准吃晚饭！"贺兰钧威胁苏莲衣都成习惯了，惩罚的话随口就出来了。

苏莲衣张了张嘴，还在想要怎么跟他讲道理，春花那个暴脾气却是再也忍不住了，翻身从椅子上坐起来，大声道："你太过分了，莲衣姐又不是你的下人，你凭什么让她给你做那么多事？"

贺兰钧白她一眼："男主外女主内，我赚钱养家，她伺候伺候我怎么了？"

"啊呸，什么东西！"仿佛听到最好笑的笑话般，春花仰面打个哈哈，无视苏莲衣拼命摇的手，冷哼道："你以为现在生意好真是你的功劳？实话跟你说了吧，你这个店就是没生意，要不是莲衣姐卖掉了人面桃花楼所有值钱的东西，把钱给了我们姐妹，要我们找人来捧你的场，你以为你现在还能吃上饭？"

"春花！"苏莲衣大喊一声，却已来不及阻止真相的暴露了。

贺兰钧脸色一变，猛地转头看向苏莲衣："她说的是真的？"

从来没被他用这样阴狠森冷的目光看过，苏莲衣只觉得头皮发毛，背上冷汗都要下来了，"她……她开玩笑的。"

"苏莲衣！"贺兰钧的脸白了又红，红了又青，真是要多难看有多难看，"谁要你弄虚作假来帮我！你要嫌我拖累你，我走就是，不留在这里让你为难！"

他连手都不洗，转身跑出了人面桃花楼，苏莲衣想追上去拦他都来不及，只能眼睁睁地看着他越跑越远。

"莲衣姐，这种人你还追他干什么？"秋月也起身，与春花一起拦住苏莲衣，"要没有他，莲衣姐你的日子过得不知道多好，何必再追他？"

"唉，感情的事，你们不明白的！"使劲儿甩开她们的手，苏莲衣追着贺兰钧而去，心里却忍不住懊恼。

早知道会这样，还不如不找她们帮忙，真是越帮越忙！

一路追到悬崖边，却只见到一双贺兰钧的鞋，苏莲衣当场就傻了。贺兰钧有多骄傲她最清楚，但会不会骄傲到只因为春花几句话就跳崖啊？

这会不会太夸张了点儿？

站在崖边往下望了又望，苏莲衣一咬牙，终于决定顺着悬崖下去找人。活要见人，死要见尸，对于贺兰钧，她绝对不会随便放手！

就在苏莲衣为了爱勇下悬崖时，她爱的那个人却正靠在山路边的某棵树下睡得香甜，也不知做了什么好梦，连嘴角都勾得高高的，直到一阵香味将他唤醒，抬头，却见到一美貌女子正端着一碗粥望着他。

贺兰钧愣了愣，旁边的车夫解释道："这是我们家老板云净初，她去庙里烧香施粥，见你孤身一人躺在树下，怕你饿，这才停下来拿粥给你。快端着吧，我们还要赶路。"

贺兰钧却仿佛没听见似的，只傻傻地盯着云净初看，直看得云净初一

张白净秀气的脸通红，他还是不肯移开目光。

见他迟迟不接手上的粥，云净初想了想，将粥碗放在他身边，又从怀里取出几枚铜钱一并放在地上，轻声道："粥你一会儿吃，这些钱也给你，饿了自己到城里买吃的，我走了。"

贺兰钧依然傻愣愣地看着她，直到马车走远了，他才回过神来，端了粥有一口没一口地吃着，心里却如刚煮沸的粥般，咕嘟嘟地直冒泡。

这么美的人，还这么好的心肠，这样只有书上描写才会有的女子，竟然让他遇上了。若是能再见她一面，真是死而无憾了！

正想着，却听得路过的樵夫一边走一边摇头道："这百丈崖是好爬的？也不怕摔下去摔死，心上人比自己的命还重要吗？怎么也该喊几个人来帮忙啊，一个女子胆子也太大了，若是摔死了，可就只能做孤魂野鬼了……"

百丈崖？女子？心上人？

贺兰钧一愣，下意识地看了看只穿着袜子的脚，突然转身往悬崖跑去。

苏莲衣，你这个死女人，千万别真的摔死了，我贺兰钧是绝对不会为你伤心的！

赶到悬崖边，果然围了一圈看热闹的人。贺兰钧费了老大的劲儿挤到悬崖口，往下一看，果然就见苏莲衣正慢慢往下爬，一根不知道牢不牢固的藤条缠在她腰间，每一次落脚都踩下一堆碎石，摔进深谷的声音深远而恐怖。

这个女人，真的是，从来不让他省心！

眼见她一脚踩空，整个人在半空中打个旋转，虽然又抓住了树枝，却依然吓得贺兰钧一佛出世二佛升天，满脑袋青筋爆出，背后冷汗一片。

"苏莲衣，你给我上来！"绷紧的神经再经不起惊吓，贺兰钧干脆放声吼。

崖下的苏莲衣一惊，抬头看过来，眼睛一亮，脸上顿时盈满了喜至极点的笑，"你没跳崖啊，太好了！"她一边说，一边就想要爬上来，却因为手脚动作不协调，一个打滑，整个人往下坠了好长一段，才勉强抓住一根树藤停下来，却早已吓得贺兰钧背上的冷汗干了又湿。

"你别动，别动，我下来拉你！"挽起衣袖，贺兰钧干脆自己下去，以免被她吓得停止心跳。

苏莲衣果然就不再动了，只是脸上的笑意越发迷醉，一双桃花眼水汪汪，意味十足地望向贺兰钧，恨不得将他融化在自己的目光下。

贺兰钧被她看得头皮发麻，懊恼地想着自己怎么会跑回来找她，还下悬崖救她，却也知道若苏莲衣真出了什么事，他也是必定会愧疚自责的。

"你能闭上眼睛吗？"受不了灼灼目光的贺兰钧牢牢抓住树藤，伸手向下，"快抓住我的手！"

苏莲衣眨了眨眼，问道："那我抓住了，你会娶我吗？"

"还来这一招？"贺兰钧头疼地皱眉。

"我到底有什么不好，你怎么就是不肯娶我？"眨眼间，苏莲衣慢慢放开一只手，"你说你娶不娶我？到底娶不娶？不娶我可就松手了。"

"你又威胁……"贺兰钧不耐烦的话才刚出口，就见苏莲衣猛然松开两只手，整个人不受控制地往下滑了近一丈的距离，顿时吓得他大叫："我娶，我娶，我娶！"

苏莲衣用力攀住山壁，抬头看他，"真娶？"

贺兰钧一边点头，一边飞快地往下滑了几步，一把牢牢抓住她的手，才道："怕了你了，我勉强答应你，但做我贺兰家的媳妇不是那么轻松的。"

挑衅地看着他，苏莲衣唇角的笑完全控制不住："有什么要求尽管放马过来，皱一下眉头我都不是苏莲衣！"

她当她是街头杂耍的吗？给她一个大白眼，贺兰钧用尽力气终于将两人都搬到了悬崖上，一颗心忍不住怦怦地跳。

这个苏莲衣，真是一点儿也不让他省心！

当天晚上，贺兰钧便将他对妻子的要求都搬到了大厅，完全无视苏莲衣一身喜庆的婚服，指着桌子上高高低低近十本书，昂着头像一只骄傲的孔雀："我贺兰家对媳妇的要求是很高的，我知道你出身不好，所以降低了要求，这里！"他手一挥，"《诗经》《左传》《烈女传》《女诫》和《女书》，已经是我经过无数次筛选之后的结果。你什么时候看完这些书，

我们就什么时候成亲。"

以往只要一听到他说成亲就开心得不得了的苏莲衣，第一次苦了一张脸说不出话来："我……我认识的字不多，连皇榜都只能勉强看懂。要读完这些，只怕头发都白了。"七老八十的她，哪里还有心思嫁给他啊？

贺兰钧原本漫不经心的态度突然一变，转身面向苏莲衣，一向冷漠清寒的双眸一闪，散发出柔和温情的光，就这么对着她的脸俯下身来，直到两唇之间的距离不到两指宽。两人呼吸间的热气都喷洒在对方的皮肤上，引起一阵灼热的战栗。

苏莲衣一双眼睁得大大的，连眨一下都舍不得。她下意识地屏息，生怕急促的呼吸声暴露了跳得飞快的心。是要吻她了吗？虽然这样有点儿快，但……但她真的好期待。

那张薄唇轻启，轻软多情的字一个一个喷洒在她的皮肤上，刻印进她的心里："我不介意你老，就算你白发苍苍，在我眼里，依然和现在一样。"

这这这……这是贺兰钧第一次对她说情话啊！苏莲衣本就跳得飞快的心顿时失了秩序，整个人"轰"的一声，仿佛着了火般的燥热不已。

看着她红艳艳的脸颊，贺兰钧唇角勾了勾，声音越发低了下去："那……你是不是要开始看书了？"

使劲儿点头，几乎撞上贺兰钧及时退开的额头，苏莲衣用自己的生命回答："我马上看书！"

"好。"满意地点头，双眼又恢复了往日的清冷，贺兰钧慢条斯理但动作迅速地起身，掸掸衣袖，转身潇洒而去，留下苏莲衣看着桌上的书发呆，良久之后才仰天长吼一声。

有没有人能告诉她，这种满心满脑上当受骗的感觉到底是怎么回事啊？

洛阳城东街的云家药铺，是历经三代仍颇受赞誉的老字号药铺，不但药材质量好，价格公道，掌柜的更是菩萨心肠，时常会对上门求医的贫苦百姓免费施药，颇得洛阳百姓的尊敬。

上午是铺子最忙的时候，前一天收进的药材分类捡放好后要晾晒，前一晚就开始煎的药也要盛出来给病人，还有药铺门前天不亮就开始排着等候看诊的队伍，进进出出的伙计真恨爹妈少生了两条腿不够跑。

因此，当掌柜云净初看到造访药铺的裴云天时，着实惊讶了好一下，才将他请到内室奉茶。

"裴大人，您怎么有空过来？可是送到宫里的药材有什么问题？"心里却想太医署负责药材进出的官员并未传递出任何消息啊。

裴云天看着云净初那张清秀雅致、气质不俗的美人脸，摆手微笑，"没有没有。一直听说云老板巾帼不让须眉，是个大人物，我今天特意来拜会一下。"他端着茶杯，带笑的眼眸从杯盏上沿看过去，亲切地开了个玩笑："再说，我上任以来还未与云老板见过面，也太说不过去了，不是吗？"

对于裴云天突来的客套与做派，云净初心里虽然觉得奇怪，但脸上仍然带着谦逊而得体的笑，"裴大人说笑了，不过是家常的生意，大家捧场而已，有什么值得说道的？既然大人来了，不如我带大人参观一下铺子，看看药材的质量如何，也好让大人放心。"说着便起身。

裴云天伸手拦住她，脸上的淡笑带着某种意味："云老板太客气了。你们云家几代给宫里奉药，药材质量我自然信得过。裴某今天来，实际上是有件小事要与云老板商量。"

"哦？大人请说。"

裴云天笑着放下茶杯，看了看左右，云净初心里虽疑惑，却仍挥手示意下人们都退了出去。

裴云天身子往前倾了倾，这才低声道："云老板送进宫里的药价，似乎与进价相差不大，不怎么赚钱啊。"

几不可见地皱了下眉，云净初面上却仍带着浅笑回道："不瞒大人说，确实如此，有时候还会亏一些。但毕竟是内宫的药材，做的就是个长久买卖，自我爷爷辈就已经与皇室做生意了，这价格就不好涨了。再说，有皇室的长期照顾也能向客户证明我云家药材的质量好，所以……"

"做生意如果不赚钱那还有什么意思？"打断她的话，裴云天笑得一脸为她想，"其实宫里对药材的质量要求并不太高，除我之外也无人过问，云老板若是想赚大钱，只需你我合作，来个偷梁换柱，那利润可就

可观了。"

云净初似没想到他会这么说，愣了片刻，才小心翼翼地问道："不知大人的意思是……"

裴云天眼珠子一转，笑容淡了下去，露出一脸的愁容，抱怨道："云老板是不知道本官的苦楚。人人都说我是女皇陛下跟前的红人，三天两头得赏赐，但其实这宫里最多的就是趋炎附势两面三刀之人。宫人侍卫只要有一个孝敬不到，那就保不准下次进宫等着我的是什么了。我那点儿微薄的俸禄加上女皇的赏赐，也不够他们分的。"他看了看云净初皱紧的眉，尴尬地笑道："说了也不怕云老板笑话，此刻我脚上穿着的鞋破了，竟也掏不出钱来买双新的。"

下意识地，云净初的眼就往下看向裴云天的脚。一双薄底白边皂靴，布料确实陈旧，不是什么上等货色。但内宫药材以次充好，出了岔子那可是要丢脑袋灭九族的大罪。

见她不说话，裴云天压低声音又道："其实云老板尽可以把心放在肚子里。次货并不是假货，不会吃死人，只是药效慢一点儿而已。碎燕窝拿了官燕的价，煮到锅里谁能看出不一样来？验货是我把关的，你我二人合作，保管一切全都神不知鬼不觉。"说着，他做了个手势，云净初明白，那意思是说，赚了钱他二人对半分即可。

的确是赚钱的好法子。但，却不是她云家的生意之道。

云净初强忍住心里的厌恶，起身道："裴大人，云家自祖辈开始做这药材生意，讲的就是诚实守信，绝不会做这种事。大人今日的话我就当作玩笑，药材铺还有很多事要忙，如果没别的事的话，裴大人还是请回吧。"

"云老板，其实我只是想……"

云净初起身走到门口，面无表情地看着门外穿梭的伙计与患者，冷冷地道："我会让人送十双鞋到大人府上的。"

裴云天的脸顿时涨得通红，仿佛被人狠狠地甩了个耳光一样，死命瞪她一眼，甩袖愤然离去。

药铺门口停放着送药材的车，一个长身玉立的青年正在吩咐人搬运药材，几个下人在他的指挥下将燕窝鹿茸等珍贵药材一一送进库房。

"姑爷，这些燕窝您要不要再验一下？小姐说上次的官燕品相不好。"捧着燕窝的下人大声问道。

青年闻声回头，却有着一张眉目柔和，书生气十足的脸，他眸中闪过一抹意味不明的光，温和地笑道："既如此，这燕窝你便送去给夫人验一下吧。"

"是。"下人抱着燕窝进屋，转角处却突然转出一名穿着打扮异常华丽、脸上却有着一块儿红色胎记的女子。下人收不住脚，两人顿时撞成一团。

"你走路不长眼睛的吗？那俩眼珠子是长着好看的？要不要我给你戳瞎了？"那女子一边起身，一边声音尖锐地骂道。

下人慌张地查看燕窝是否被撞碎，根本没心思搭理她。那女子气愤地正要上前踢他，目光一转却看见门口的青年，顿时脸色一变，方才的气愤泼辣全都不见了，换上一副娇柔羞怯的笑，极快地迎上去，娇声道："这么大的太阳，姑爷你累不累？要不要我帮你擦擦汗？要不要帮你捏捏肩？"

她也不管青年答应不答应，拿着手绢儿的手就伸到了青年的面部，另一只手也有意无意地摸上了青年的肩膀。

正在专心工作的青年被她突然的举动吓了一跳，赶紧闪身躲开，伸手隔开她的手，"不用了，不用了，我还有事，先进去了。"一边脚步如飞地进屋。

屋里有云净初在，金玉再大胆子，也不敢对他动手动脚。想起金玉三不五时的纠缠和那双仿佛永远带着钩子时刻想着勾他的眼睛，曾文远就觉得一个头两个大。

门外的金玉看着他的背影跺了跺脚，骂了一句："不解风情！"手绢儿一挥，扭着腰回房。

这一切都落在了有心人裴云天的眼里。他看着两人消失的方向，想了想，嘴角露出一抹不怀好意的笑容。

让一个丑女变美，是丑女做梦也会想的事，对裴云天来说，却只是举手之劳而已。所以五天后，当一脸白净的金玉如往常一般穿着艳丽，扭着

腰出现在云家药铺门口时，顿时引起了轰动。

"金玉，你脸上的胎记怎么不见了？变成大美人了啊。"

"哇，这么好看的金玉！我去求小姐把你许配给我吧，我以后一定会对你很好！"

"你走开！金玉怎么可能喜欢你？我还差不多！金玉，我们一起去给小姐说吧……"

……曾经对金玉不屑一顾的下人们，像围着初开的鲜花舍不得离去的蜜蜂般，一个劲儿地夸赞着。

金玉抿唇微笑，心里的得意却早已无法用语言来表达了。那个裴云天说得没错，只要她有了美貌，前程什么的根本就不是什么大事了。她受了那么大的痛苦，让裴云天割了手腕上的皮补到脸上，痛得死去活来，如今一切都值得了。

姑爷，曾文远，她来了！

"你们吵什么？"一身窄袖紧身胡服的云净初风风火火地从前院进来，看见金玉也愣了愣，却没有说什么，只是冲几个下人吩咐道："前面村子发生瘟疫，府衙封路药材运不进来，你们几个收拾一下，我们赶紧进山采药，别误了治疗瘟疫的时辰。"

听到有瘟疫，方才还嘻嘻哈哈的下人们顿时一震，纷纷散开去准备。

看着对自己视若无睹的云净初，金玉撇了撇嘴。虽说自小一起长大，小姐对她也算得上好，吃穿用度一如自己，但却没有真正将自己放在心上过。她一心扑在铺子的生意上，却半点儿也不让自己沾手，好像怕她抢了云家的当家权力似的。即便知道自己心仪姑爷，小姐也从没有过让姑爷收了她入房的打算，只让她一年又一年地等成了老姑娘，真是太可恶了。

不过，这个时候上山采药，家里岂不就只剩下姑爷一人了？抬手摸摸自己细滑无瑕的容颜，金玉再也掩饰不住嘴角的笑。

急着进山采药的云净初却毫无所觉，匆匆地回屋收拾，推开门却见曾文远正坐在窗前，深情地望着她。

他本身长得好看，此刻一身墨线绣文竹的白色长袍更衬得他书生气十足，头上的白玉发冠在窗外阳光的照映下更显出他面如冠玉，眸似漆星，让人舍不得移开眼睛。

但这却并不包含云净初。

"文远，我要出门一趟，铺子你得多费心照看。"她一边收拾，一边交代。

曾文远笑盈盈地看着她，当她正往外走时，突然起身拉住她的胳膊，右手一用力，娇小的云净初便如蝴蝶般，翩翩旋转了一圈，最后躺倒在他臂弯里，一张脸正对上他温柔含笑的眼眸。

"美人卷珠帘，深坐蹙蛾眉，但见泪痕湿，不知心恨谁。"他缓缓吟着云净初最喜欢的诗词，抬手将一支蝶恋花的金钗插在她挽起的青丝上，柔声道："静初，你记得今天是什么日子吗？我们成亲一周年了，我准备了很久，要跟你一起度过。为了我，先把手上的活儿放一放好吗？"

云净初本来略显迷茫的神情在他的话语里逐渐安静下来，起身摸了摸头上的金钗，微微一笑："成亲周年纪念日以后年年都会有，但瘟疫却不等人。救人一命胜造七级浮屠，文远你乖，我很快就回来。"

曾文远脸上的笑一凝，温柔眼眸中不受控制地涌出愤恨不甘来："你可不可以不要每次都这样？我是你的丈夫，你到底把我摆在什么位置？永远都是药铺，救人，难道我还不如那些药材吗？"

云净初笑着过来摸摸他的头，"乖，别闹啊，我有正经事做。"

曾文远顿时气结。她的工作就是正经事，他就是无理取闹吗？从来都只有女人会嫌丈夫陪伴自己的时间过少，而他们家，却是反过来的。这一刻曾文远真恨不得时光能够倒流，这样他就可以不用入赘云家，每天深闺寂寞独守空房了。

安抚完闹脾气的大孩子，云净初转身往外走，却在跨出房门的那一刻又停下脚步，想了想，回头走到曾文远身前，在他蓦然变得晶亮的目光下摘下头上的金钗放进他手里，俯身亲了他一下："采药戴着这个不方便。你不要闹脾气，回来我再给你赔罪。"

说完再不回头，飞快地离开。

听着院子里她吩咐伙计下人的声音，曾文远脸上的希冀终于完全消散了，剩下的只有沮丧懊恼与难受。

云净初，在你心里，我这个丈夫与云家药铺，到底哪个更重要些？

都说酒能乱性，醉酒误事，曾文远一直是嗤之以鼻的，但清晨在宿醉的头痛中醒来，强忍着耳边如针刺般的哭声睁开眼睛，看见金玉拿着一根白绫要上吊的可笑场面，他还是有种强烈的喝酒误事的罪恶感。

"金玉，你干什么？有话好好说。"他上去阻止她，顾不得两人衣衫轻薄，也顾不上这是随时都会有人进出的后院。

"姑爷，金玉没脸做人了，你还是让我死了算了吧。"顺势倒在他怀里，金玉哭得伤心。

曾文远皱眉，对于昨夜的事，他虽喝醉了，却也不是毫无知觉。金玉主动说为他与云净初准备了浪漫的地方庆祝成亲周年，并带他来到后院。在他抱怨云净初只要工作不要他的时候，金玉主动搂住他安慰，他当时醉得有些厉害，闻着金玉身上淡淡的香味，想着她对自己一向爱慕的目光，终于忍不住抱住她……

但她现在这副要死要活的模样又是为了哪般？

偷眼觑见他的神情，金玉哭得更加委屈："金玉虽然是个下人，但老爷小姐一直当金玉是小姐养着，如今与姑爷做了不该做的事，小姐必定容不下金玉。可如果瞒下来，金玉这一生就完了，还不如死了干净……"

云净初……

想起那个似乎从来都没正眼看过自己的女子，曾文远心中的失落一扫而空，反而多了几分想要报复她的冲动。他一把搂住金玉，柔声安慰她："你别这样。你是个好姑娘，我不会让你无名无分的。"

顿了顿，他又道："天子出头夫做主，就算是女人做了皇帝，这三从四德的规矩女人还是要遵守的。我纳房妾室，她云净初也必须得点头答应。"

"姑爷不要这样，小姐会生气的……还是让我死了吧……"

"错是我犯的，一人做事一人当，就算她把脾气发泄在我身上，我也不会让你一个女人去扛。"软弱无主见的金玉彻底激发了曾文远心中的男子气概，他一把拉起依旧梨花带雨的金玉，"走，我们现在就去跟她说！"

经过一天一夜的采集，总算凑够了瘟疫所需的药材。云净初让人将药材送到前面村子，自己拖着疲惫不堪的身体回到云家药铺，却被猛然冲到眼前的两个人吓了一跳。

"文远？"她看了看曾文远略显凌乱的衣衫，虽然有些诧异，却想不出会有什么事，便笑着道："你放心，我们这次采了很多药，虽然辛苦，但能救不少人……"

"静初！"大声打断她，曾文远抓紧金玉的手，拿出最大的勇气说道，"我要告诉你一件事，我已经跟金玉好了。她是我的人，我要纳她为妾！"

他话音刚落，原本人来人往的药铺门口顿时诡异地安静一片，谁也没料到他会突然说出这么一番话来，都呆呆地看过来，一下子反应不过来。

就算金玉如今恢复容貌，但与天生丽质、气质高雅的云净初相比，仍是有些差距的，他们的姑爷怎么会做出这样的事呢？这不是绝了他们这些下人娶个美妻的希望吗？

"你知道你在说什么吗？"最先回过神来的，还是云净初。

在她安静而冷漠的目光下，曾文远有些畏缩，手里抓着的金玉的手却用力缩了一下，似乎一下子提醒了他，让他忍不住又重复了一遍："我说我要纳金玉为妾。我是个男人，娶妻纳妾是很正常的事，你不会连这点儿道理都不懂吧？"

"啪"的一声，一个响亮干脆的耳光让曾文远的脸迅速泛红。

"曾文远，你还要不要脸？你重病倒在我家门口，求我爹医治你，然后入赘我家，跪着说会一辈子对我好。这就是你对我好的证明？"平日里的冷静果决在这一刻似乎都烟消云散，云净初咬紧牙看着眼前这对不要脸的男女，竟一时失了分寸。

"云净初，你一直就看不起我，把我踩在脚底下，导致我大纲不振……"

"夫纲不振……哈哈哈……"仿佛听到了这世界上最好笑的笑话，云净初突然大笑起来，直笑得前仰后合，眼泪都出来了，才勉强问道："你要重振夫纲，就要纳妾。那金玉你看中文远，不就是因为他是我云家的姑爷吗？"

在云净初讥讽而看透一切的目光下，金玉忍不住想要退缩，但目光扫过曾文远，想到以后的日子，她仍是咬牙挺胸道："小姐，我不是这样的人，

107

我是真心喜欢姑爷的，不是看中姑爷的钱。"

"金玉……"到了这个地步，金玉的这句话简直就是对曾文远男人自尊的最大慰藉，他忍不住握紧她的手。

云净初眼里的泪水如断线珍珠般落了下来，却仍拍手笑道："想来文远你也是为了金玉愿意付出一切的。好一对有情有义的野鸳鸯！既然如此，那我就成全你们吧！"

金玉忍不住一喜，脸上露出几许开心。虽然小姐对姑爷不好，但也拗不过姑爷坚持，只要进了门，她有的是手段让姑爷再也不去小姐屋里。

云净初嘲讽地一笑，"我云净初容不下背叛者，从今天起你们不再是我云家的人！"看着金玉脸上的笑猛然凝固，她心里涌上一股快感，伸手往外一指，厉喝道："马上给我滚！"

"小姐！"金玉惊呼，脸上的惊愕倒不是作假。虽然她知道云净初必定会生气，但却没想过她会这么绝情，当着众人的面就将他们赶出云家。她勾搭曾文远，可不是为了被赶出去啊。

曾文远反倒比她平静得多，只是冷冷地看着云净初，道："你可不要后悔！"

云净初转身进屋，再没有留下来多看一眼的欲望。这一刻，她真心觉得疲惫，不是身体的劳累，而是从心底里散发出来的让她抑制不住的疲累。即使隔着一道门，她仍清楚地听见曾文远与金玉的对话，她再也控制不住自己的情绪，抱头痛哭，心里忍不住将曾文远骂了个透。

说你书生意气，说你心软善良你还不承认，金玉是怎么样一个爱慕虚荣又忘恩负义的人你都忘记了吗？今日为了她这般出头，却将他们往日的夫妻情义置于何处？

曾文远……曾文远你有本事，出了云家的门就再也别进来！

贫贱夫妻百事哀。身为云家大小姐的贴身丫头，金玉自小跟着小姐长大，吃穿用度样样不比小姐差，从很小就明白了这个道理。她知道自己只有在云家的庇护下，勾搭上云家最有权势的男人才能保证以后的日子都过得好。

但绝不是跟着曾文远被云净初赶出云家，流落街头。

她想劝曾文远回去给云净初道个歉，求她让他们回去，但也知道此时的曾文远正在气头上，云净初伤了他的男人尊严，就这么回去是肯定不可能的。而且她也怕自己说的过多会引起曾文远的怀疑。

思来想去，她终于想到了一个人。那个改变了她的容颜，也曾说过能改变她的命运的男人——裴云天。

趁着曾文远睡着的间隙，金玉偷偷来到裴府，看着裴云天小心翼翼地为兰花培土，浇水，心里很急，却不敢表露，只好安分地站在一旁。

"现在知道后悔了？我之前就提醒过你心急吃不了热豆腐，搞砸了吧？"眼皮也不抬一下，裴云天说的没有半点儿火气，却让金玉忍不住缩了缩肩膀。

"我……我以为逼一逼他，他承认了，我就能进门做妾室。谁知道这个云净初性子这么烈，竟然把我们赶出来了。这下偷鸡不成蚀把米，裴大人，你可要帮帮我。"金玉知道自己目前唯一能指望的就只有眼前这个人了，她不介意付出代价，只要结果让她满意就成。

裴云天淡淡一笑，依然专注在兰花上，嘴里却似无意地说道："这养兰花啊，最是费工夫了，必须每天白天浇一次水，多了不行，少了不行；每天晚上还要晒一晒月光，多了不行，少了也不行。"

金玉等得心焦却不敢再随意插话，只得强迫自己耐心等待，一双手掐着腰间的丝带，几乎要掐出血来。

看看火候差不多了，裴云天才慢条斯理地转身看她，双眼的笑意带着不易察觉的鄙夷，"图谋他人丈夫与家产，就跟养兰花一样，必须要有耐心。我早跟你说过，你偏不听。如今你后悔了，这世上可没有后悔药吃，你必须得记住教训，听我的，否则我也会像云净初一样把你赶走，听明白了吗？"

"是是是，裴大人，我一定什么都听你的，你快给我出个主意吧。"见他终于搭理自己了，金玉恨不得当他是菩萨一样叩拜，哪里还会计较他的语气态度啊。

裴云天眸中闪过一抹冷光，招了招手让她附耳过去，如此这般地交代了一番，金玉先是皱眉，随后又笑了，最后点了点头，两人相视一笑。

河水略显冰凉，苏莲衣挽了挽衣角，好让自己更能看清楚河水下游动

的鱼。离她不远处，贺兰钧同样挽着衣角蹲在水里，想要多抓几条鱼。

　　要知道，他们的人面桃花楼自开张以来，从来都是入不敷出，要再抓不到鱼，他们今天晚上就得饿肚子了。

　　一尾大鱼带着几尾小鱼缓缓游了过来，贺兰钧屏气凝神，静待它游得再近一些就下手，身后苏莲衣却突然开口道："公子，妾身已将《左传》背妥，识文断字亦可做到，言语得体也自信不差，不知公子何日实现诺言？"

　　鱼儿受到惊吓，猛然加快了速度，贺兰钧当机立断下手，却扑了个空，反而让水花溅了他满脸。他忍不住气往上冲："都怪你说话把鱼吓跑了，我们晚上要饿肚子了！"

　　看着他的狼狈样，苏莲衣撇撇嘴："公子言而无信，妾身心中有怨，如何说不得了？若公子定了下聘之日，妾身自当守在闺房，半分不敢烦扰公子。"

　　贺兰钧顿时头疼起来，"我说你能好好说话吗？下聘下聘，三书六礼，你以为说说就有了？我们哪来的钱？还是老老实实地抓鱼，填饱了肚子再想办法挣钱，你的愿望才有实现的可能。"

　　苏莲衣侧头想了想，点头，"公子所言极是，妾身定当遵命。"她转身扑进水里，双手如鱼叉飞舞，嚷道："鱼儿啊，我来啦，给我抓……"

　　贺兰钧被她逗笑，却仍忍不住嘲讽道："你这个样子抓鱼，鱼不被你吓跑才怪呢……"

　　话没说完，却见苏莲衣猛地往水里一沉，仿佛真抓到了什么东西一样。他一愣，"不会吧？这样也能抓到鱼？不会是你又买了一堆鱼让人从上游扔下来故意让我们抓吧？"

　　苏莲衣脸上头上全是水，没好气地白他一眼，却仍喊道："此乃大鱼，公子快来，妾身即将支持不住。"

　　虽然心里怀疑，贺兰钧仍是几步上前，拽住她的胳膊用力一扯，却拉出一条……一个……一具……

　　尸体！

　　苏莲衣吓得两手一挥，双眼一白，整个人就往河面倒去，贺兰钧赶紧一把搂住她，连声道："是个人，是个人，还没死，别怕！"

"人？"苏莲衣不信，小心地转头看去，见那"尸体"一身高雅不俗的秋香长裙，虽面色惨白，脸上伤痕交错，胸口却又微微地起伏，果然是个人，还没死。

　　她憋在心口的一口气还没吐出来，却听贺兰钧惊呼道："云净初？"

　　真是再巧也没有了，这个他们从水里拉出来的女子，竟是与贺兰钧曾有过一面之缘，那个美得让他舍不得眨眼的云净初！

　　只是如今的她，却怎么看都不再有当日的半分风采了。那张美绝人寰的脸，此刻却有两条粗长的刀痕交错，伤口泡涨翻卷，显得恶心又狰狞。

　　既是认识的，那必是要相救的，两人费了九牛二虎之力将溺水昏迷的云净初弄回人面桃花楼，好在贺兰钧就是大夫，云净初除了溺水和脸上的伤之外，受伤并不严重，到了晚间便也醒了。

　　贺兰钧打发苏莲衣去做饭，自己守着云净初，想要问出她到底经历了什么，怎么会落得如此地步。不料才刚起了个头，却惹来云净初的眼泪。

　　"这事说起来，都怪我太轻信身边的人，谁能料到至亲的枕边人，竟会与自己的丫头私通，还合谋起来害我……"

　　苏莲衣端着饭菜过来，正听到最后一句，忍不住看了贺兰钧一眼，插嘴道："有什么想不到的？贺兰钧不也是一样，老婆跟管家私通生了孩子，最后还卷了他的财产跑了……"

　　一把捂住她的嘴，贺兰钧咬牙切齿地瞪着她，"你不说话没人当你是哑巴！我们现在说的是云老板的事，你能不扯我吗？"

　　瞪着眼睛点点头，待贺兰钧放开她，苏莲衣马上又开口道："公子何故慌乱至此？妾身不过是给公子送汤，此乃妾身为公子精心烹饪，还望公子体察妾身苦心……"

　　话未说完，却见贺兰钧接过汤碗递给云净初，"你身子虚，赶紧喝了补补。也好让我们知道到底发生了什么事。"

　　云净初神色惨然，一副绝望不甘却又无可奈何的样子。整个人显得颓废而死气沉沉，但整个诉说过程中她却没有再流更多的眼泪，只是在说到丈夫曾文远与丫鬟金玉私通时愤怒地咬牙。苏莲衣相信，若那两人现在在她面前，她定然会再次给他们一巴掌，将两人再一次赶出去。

"……我知道文远的为人，善良又没有心机。他与金玉的事必定是金玉勾引了他，所以当他们再次跪在云府门前请求我的原谅时，我原谅了他，但我没法原谅金玉。她长得那么丑，父母嫌弃她，丢在街上喂狗，狗都不理她，我同情她将她捡回家，不顾我爹的反对留她在身边，给她最好的，想要弥补她曾经受过的苦痛，却没料到，她竟然会这么对我……"她痛苦地咬牙，双手忍不住揪住满头青丝，似乎这样能减轻些心里的痛楚，"我爹说相由心生，我本不信，但金玉，即便是她的脸好了，变得漂亮了，她的心却仍是那么丑陋。我不肯原谅她，再次将她赶走，却没想到，这样竟让文远恨上了我，他假意回到我身边，却处心积虑地算计着我，骗我将所有的钱都拿出来买地，以至药材铺里周转资金不够。我为了铺子的生意带人去看地，才得知他骗我买下的，竟然是瘟疫之后留下的空地，不要说五谷杂粮种不上，连盖房都没人肯住，文远他低价买进，却以最高的价格卖给了我……他掏空了我所有的家产……"

"啊，这人真是太可恶了！"本就心有不忿的苏莲衣听到这里，忍不住也开始同情起她来，"这个曾文远真是禽兽不如，怎么能这么对你呢？再怎么说一日夫妻百日恩……"一说起这个，她忍不住转头看向贺兰钧。

贺兰钧轻咳一声，避开她的目光，问云净初："之后他是不是就娶了那个金玉？"

"没错！"愤怒的情绪略微缓解，云净初继续说下去，却又开始抑制不住满腔的怒火与仇恨，每一个字都说得咬牙切齿，"我找文远说理，他却告诉我若我再无理取闹他便将周转不灵的药铺卖了，我为了保住祖传的药铺，只好忍气吞声，任他将金玉娶进门。我心里难受，忍不住刁难金玉，却被告知原来一切都是她设的圈套，是她策划了一切，我火冒三丈，与金玉大打出手，曾文远他面子上过不去，便说我疯了，将我关进柴房……"

"那你的脸，是否是那个金玉所为？"接下来是什么情况，贺兰钧已基本能想到了。他在心里叹口气，这样的痛苦，确实是有着深仇大恨的了。

云净初低头拭去眼里的泪水，点头。"没错，金玉借机去柴房看我，说我不把她当人看，只把她当条狗，身边的事只给她打点，与爹吵嘴斗气了总累得她受罚，她心里早就极其不乐意，甚至开始恨我……但我真的不知道，我一直以为她跟我亲，我的事情都不瞒她，得了什么好东西都留她一份，可是她却连我的脸都看不顺眼，一心要毁了它……"

"那你又是怎么掉到河里去的呢？"想到自己最亲的人其实早就在偷偷算计着自己，苏莲衣忍不住打了个寒战，想起春花、秋月这帮姐妹，突然觉得自己好幸运。

"是我自己跳崖的。"想起当时的情景，云净初仍气得浑身发抖，从心里漫溢出来的仇恨烧红了她的眼睛，"金玉她划伤我的脸时，我痛苦尖叫引来了文远，金玉便再次诬陷我说是我想杀她，她奋力反抗，结果弄伤了我的脸，文远到底还是顾念夫妻情分的，他让金玉放了我，请大夫来给我医治……可最毒莫过于妇人心，金玉为了彻底斩断文远对我的情分，竟买通下人假意放我离开，她杀了下人诬陷于我，害我百口莫辩，被官兵围堵，我万般无奈，只得跳下悬崖……"

再后来就被在河里抓鱼的贺兰钧与苏莲衣当"鱼"抓了上来。

故事到此结束，愤怒与仇恨却不会随之结束。贺兰钧看着云净初那张被仇恨扭曲的脸，没有说话。

苏莲衣却早已泪水涟涟，忍不住出声骂那对狗男女了："真是一对狗男女，太过分了！那你接下来想怎么做？"

凄苦地摇摇头，云净初又回到了之前的无奈与绝望："无论是霸占田产还是杀人，我都没有任何证据，但我心里的这口怨气实在出不了，我要报仇，我要报仇！"

"报仇？"目光在她伤痕交错的脸上一转，苏莲衣顿时有了主意，伸手指向身旁的贺兰钧，"找他就行了。这位公子不但能恢复你的容貌，还会让你变得美艳无双。到时候你就可以重新勾引你丈夫，收服失地，重拾旧河山。"

云净初面上一喜，却在狰狞的伤痕下看起来格外地恐怖，"真的吗？"

贺兰钧白了苏莲衣一眼，"你学得不错，还懂得几句成语了。"还重拾旧河山呢，她怎么不提刀纵马战江湖啊。

苏莲衣嘿嘿一笑，心知自己多嘴，赶紧指了指云净初，示意正主儿在

那边。贺兰钧又瞪了她一眼，才转向云净初期待的双眼，叹气道："为你恢复容貌倒不是什么难事，只是，你真的要再回到那个负心汉身边吗？"

云净初一愣，似没想到他会问这个问题。

那边苏莲衣却又点头附和道："对啊对啊，云姑娘你要想好啊，我们这里虽然可以让人变美，但同样收费也是很贵的，你若不想再回到那个负心汉身边，就别浪费这笔钱了。如果你打算以后夺回家产，我们倒是可以让你先赊账，等事成之后你再付清就可以了。"

"你别添乱！"贺兰钧挥手示意苏莲衣离开，她却只是噘嘴撇开头，假装没看到。

云净初却已想好了，她定定地看着贺兰钧，一双与受伤的容貌极其不相称的剪水瞳仁再次涌上浓重的仇恨，坚定地道："他们这样害我，我决不能放过他们！我不但要让他们身败名裂，尝一尝我受过的苦，我还要让他们死得比我还惨，永世不得超生！"

贺兰钧看着她，叹气："冤冤相报何时了，你这又是何必呢？"

"贺兰公子，求你为我恢复容貌，帮我报仇，这是我活在世上唯一的理由了。"起身下床，云净初跪倒在床塌边。

知她决心已下，贺兰钧只能再次在心里叹了口气，扶她起来，"容貌恢复亦非一天两天即可完成，此事不急，你先好好休息吧。"

转头，却见苏莲衣正掰着手指，眉飞色舞地计算着各项费用，他忍不住摇了摇头，"云姑娘是朋友，你不可以一般客人的标准来算。我们先出去吧。"

苏莲衣撇撇嘴，回头打量一眼容貌虽毁，却仍能看出是个大美人的云净初，做了个鬼脸，跟在贺兰钧身后出去了。

本就拮据的人面桃花楼多了一个人之后，各项支出越发显得紧张。但这不是让苏莲衣最在意的，她最难受的是，每次贺兰钧看云净初的眼神，简直让她嫉妒得头发都要竖起来了！

那么温柔，那么欣赏，看得那么目不转睛，贺兰钧从来就没用这样的目光看过她！

生气，生气，很生气！所以当看见贺兰钧摆在桌上的胭脂时，她的第一反应就是，这必定是贺兰钧用来遮挡云净初脸上的伤痕瑕疵的，是用来讨她欢心的！

狠狠地跺了跺脚，她咬住唇，眼珠子微微一转，双手已经不着痕迹地打开了胭脂盒盖，在贺兰钧摆放在一旁的药瓶里选了一瓶，将里面的液体缓缓倒进胭脂中，目光中嫉妒的光缓缓地被一抹幸灾乐祸的笑意占满。

既然如此，那她就让云净初变成猪头，看贺兰钧还喜不喜欢她！

"莲衣，你在干什么？"正想到入神处，贺兰钧的声音突然从身后传来，吓得苏莲衣手一抖，半瓶药水都倒了进去。

她飞快地将瓶子收好，盖好盒盖，转身一笑："奴家能干什么？帮公子擦拭药瓶呢。"

"药瓶有什么好擦的？回去看你的《列女传》吧，我得去给云姑娘换药了。"贺兰钧从她身边走过，看也没看一眼桌上的胭脂。

苏莲衣心里有鬼，生怕他发现胭脂的异常，侧身挡了挡，拉住他："今天是我生辰，你就不能陪陪我？看书什么时候都可以的。"

"谁说生辰就可以不看书了？"贺兰钧斜眼看她，表情冷淡，看得苏莲衣忍不住跳脚大叫：

"你就不能通融一次吗？这么没有人情味！"

她甩开贺兰钧的手，转身要离开，身后却传来贺兰钧的大笑声，"跟你开玩笑的，知道是你生辰，我昨夜忙了一夜，特地调了盒胭脂给你，就是你刚才看的那盒，还以为你会喜欢得偷偷藏起来，没想到啊……"

笑着摇摇头，贺兰钧入内室去为云净初换药，留下错愕的苏莲衣对着一盒加了料的胭脂，欲哭无泪。

什么叫人算不如天算，她算是亲身体验到了。

经过十几天的治疗，云净初脸上的伤痕渐渐淡了，除了极淡的疤痕以外，那张白皙无瑕的脸蛋上再看不出其他任何痕迹。而且根据云净初的要求，贺兰钧利用技术，施展妙手让她的眼睛变得更大，鼻子变得更高，连嘴角原有的一颗黑痣也去除了。虽然只是细微的调整，却让她的五官更加明艳，比起以前，整个人更多了几分逼人的艳丽。

看着镜子里的容颜，云净初满意了，第一次露出了笑容，"谢谢贺兰

先生为我做的一切。不知先生何时让我变成人见人爱、举世无双的美女？"

贺兰钧脸上的笑容微微一敛，直视着镜子里她的双眼，道："在我眼里，现在的你已经很美了。"

回头，云净初毫不闪避地对上他的眼眸，坚定地道："不，不够，这样的美放在以前已经是难得的了，但如今的我报仇心切，要的是能让所有男人一见就疯狂的美，让曾文远看一眼之后就再也移不开目光，只有这样，我才能狠狠地报复这对狗男女。"她面容平静，除了咬牙切齿的言语再没有任何举止能让人看出她的仇恨。

她已经将仇与恨铭刻在了骨子里，不轻易示人，或许只有大仇得报的那天才会翻出来重见天日吧！

贺兰钧默然，沉吟半晌才轻声道："云姑娘，你容我想想，容我再想想吧。"低头避开云净初的眼神，转身飞快离去。

落荒而逃的贺兰钧没看见云净初眼里聚拢起来的恨与绝望，也忽略了窗外一双时时刻刻盯着他一举一动的眼睛。

苏莲衣恨恨地咬牙。她到底有什么不好？贺兰钧总也看不上她，连这个云净初在他眼里都比自己来得重要。

哼，他既然喜欢云净初，舍不得云净初被仇恨蒙了眼，不肯帮助她报仇，那就她出马好了。要论诱惑男人，迷得男人神魂颠倒，她人面桃花楼老板娘苏莲衣出马，还有什么男人是搞不定的？

贺兰钧，你就等着瞧好了吧！

一连数日，人面桃花楼那些散了的花娘突然全都起了串门的心思，天天都过来与苏莲衣叙旧，而且还都是在云净初的房间。

天知道，云净初与她们有什么旧可叙！

贺兰钧在询问过两次没有得到满意的答案之后，干脆也不过问了。苏莲衣在打什么主意他再清楚不过了，十多年过去了，这个女人还是和当初一样，什么事都藏不住。

看着春花、秋月一身轻薄纱衣，打扮得花枝招展地又进了云净初的房间，贺兰钧摇摇头，拦住了最后面的苏莲衣："你知不知道自己在做什么？"

撇唇不屑地白他一眼，苏莲衣答得没好气："能做什么？你的云姑娘心情不好，我们安慰安慰她而已。"

"安慰？"若真只是安慰那就好了，想来苏莲衣也没那么聪明，能训练出一个倾国倾城的美人，只看春花、秋月等众花娘的素质就知道了。

贺兰钧放下心来，却仍警告她道："你可千万别出什么馊主意。云姑娘现在的处境两难，真让她回去报仇，若成功杀了那对狗男女，就是犯下了杀人罪，论罪当诛；若不成功，反被他们揭穿，她身上现在还背着一条人命，也是要去坐牢的。还不如稳稳当当地在这里养着，慢慢考虑后路。"

他说的随意，却是听得苏莲衣一身冷汗都冒了出来。她只想着不能让贺兰钧与云净初走得太近，一心只想让云净初赶快离开，却没想过云净初如今的处境。想到姐妹们教给云净初的那些勾引男人的招数，她忍不住打了个寒战。

若，云净初真的去找曾文远，那……

"怎么办？我让人教了她很多东西，若她真去找曾文远……"

贺兰钧脚步一顿，猛地回头瞪着她："你不是说只是安慰吗？"

苏莲衣都快急哭了，在他的瞪视下只得缩了缩肩膀小声辩驳："我……我见你只是留着她却不教她任何东西，以为你对她心怀不轨，所以才找人教，想让她早点离开……"贺兰钧越来越气愤，苏莲衣的声音越来越小，"我真的没想到会这么严重……"

伸手指着她的鼻子，贺兰钧气得连话都说不出来了，半天才勉强挤出一句："……你这个成事不足败事有余的家伙，只会添乱！"

一把推开她，他快步冲进云净初的房间，却只见春花、秋月相对坐着品茶，全不见云净初的身影。

"云姑娘呢？"

春花、秋月对视一眼，笑得妩媚而勾人，"学有所成，当然是去试试效果啦。"

"你们……唉，快去找人吧！"实在懒得跟她们纠缠浪费时间，贺兰钧转身又冲了出去，他身后的苏莲衣连房门都没进，就跟着跑了出去。

若云净初真出了什么事，贺兰钧怕是一辈子都不会原谅她了吧！想到此，她心里又忍不住冒出酸涩来。

她对贺兰钧来说，到底是个什么样的存在啊？真想剖开贺兰钧的心看看，是不是连血都是黑色的啊！

今天的街市十分热闹，三三两两的人群聚在一起笑得前仰后合，因为就在刚才他们目睹了一桩极其好笑的事。

事情的起因是这样的，街市中心往常节日里才请舞姬登台献技的高台上，今日来了一个蒙面的女子，穿着轻薄而暴露的衣裙翩翩起舞，也不知是哪家秦楼楚馆里的花娘，不在楼子里表演，却跑到大街上来丢人现眼。

大家伙虽觉得奇怪，但不花钱就能看花娘跳舞倒也算是占了便宜，便也只是围观。谁知这舞娘看见云家药铺的老板曾文远时，竟不顾脸面地凑了上去，扭腰摆臀，诸般丑态做尽，竟是想要当街叫卖，找个男人！

好在曾家娘子金玉及时出现，将那花娘推倒在地，警告她不得对自己的丈夫有非分之想。那花娘却不知好歹，与曾娘子当街叫板，说自己花容月貌，美得吓死人，没料到摘下面纱之后，却真的吓得路人纷纷闪避。

可不是吓死人嘛，丑的吓死人啊！怎不让人笑破肚皮？

贺兰钧与苏莲衣找到云净初时，她衣衫凌乱地正坐在高台下抹眼泪，身边围满了指指点点的人，时不时发出一阵又一阵的哄笑声。

贺兰钧挤进人群，一眼看过去也吓了一跳。只见她脸上的胭脂红得好比猴屁股，原本的樱桃小口被画成了血盆大口，血红血红得吓人，一双神采照人颇有几分英气的眼眸被黛笔描画得就像是国宝熊猫一般，亏得街坊承受能力强，否则谁也受不了。

"这些就是你教给她的？"不敢置信地看着苏莲衣，贺兰钧心里只有一个想法，人面桃花楼的倒闭真的跟他无关，全是苏莲衣自己咎由自取，怨不得人！

听到熟悉的声音，云净初怯怯地抬头，双眼下被泪水划出的两道黑线冲开胭脂与香粉的阻碍，沿着脸颊往下流，惨不忍睹。

"苏姑娘说这是京城最美丽的妆容。"

贺兰钧再次看向苏莲衣，她缩了缩肩膀，小声道："倾国倾城的西域舞姬都是这么装扮的。"见他不赞成地摇头，她又道："我还教了她舞蹈和身姿……"

周围发出一阵哄笑："这女人脑子是不是有病？大街上就扭腰摆臀地勾搭男人，花娘也没这么大胆啊。"

这回不用贺兰钧说，苏莲衣自己就将自己藏进了人群中。

云净初难堪地垂了眼眸，却突然起身往高台撞去，贺兰钧眼疾手快，往前两步抓住她的衣摆使劲一扯，"刺啦"一声，衣摆撕碎，但好歹人被扯了回来，扑进了贺兰钧的怀里。

"云姑娘，你这是做什么？"扶她站好，贺兰钧眉头深深皱起。

云净初的眼泪哗哗而下，"如今我报仇无望，活着还有什么意思？不如死了算了。"

皱起的眉头又紧了紧，贺兰钧想了又想，终于妥协："事情并没有你想得那么糟糕。好吧，既然你如此坚持，那我就帮帮你吧。不过，你一切都得听我的，绝不能半途而废！"

"嗯！"云净初破涕为笑，一张哭花的脸在阳光下分外耀眼。

但贺兰钧的第一课却是让她在佛堂里念佛。

"云姑娘，所谓美女就是要做到处变不惊，端庄大方，由内而外散发出一种美感。你现在报仇心切，心浮气躁，表现出来的举动当然就没有美态。所以我的第一课就是佛经，用以凝神静气，收敛躁气。等你能完全静下心来，我们再开始第二课。"

望着眼前的佛珠、木鱼与佛经，云净初虽不解，却仍给了他全部的信任，收敛心神开始念佛。

门外苏莲衣探头探脑，恨不得自己能冲进去代替云净初。贺兰钧出来就看到她了，忍不住嗤笑道："我教给云姑娘的，你学不来。"

苏莲衣顿时不服气了："你凭什么这么说？《诗经》、《左传》我不就学得很好？"

"是啊，你还让云姑娘成了个笑话！"想起大街上的那一幕，贺兰钧就气不打一处来。

苏莲衣的气焰顿时低了下去，想了半天才喃喃道："你真的决定教她？不怕她将来报仇有什么后果吗？"

想到这一点，贺兰钧也颇为无奈，"但那也比她丧失求生意志来得好。"回头看了看大门紧闭的佛堂，里面诵经声隐隐约约传出来，他心里又生出一线希望，"搞不好她学完之后就不想报仇了呢。"

苏莲衣不屑地丢了个白眼给他，冷哼道："照我说啊，你就该帮她报仇。虽然对她不好，却能让我们多一大笔收入，不至于哪天真的喝西北风了。她要是真不报仇了，我们就又多了一张嘴吃饭，好穷，好穷，好穷……"

"你什么时候也变得这么自私了？"斜睨她，贺兰钧笑得嘲讽，"不是一直说我自私，要我改吗？你自己还不是一样？"

"我这是近朱者赤，近墨者黑，受了你的熏染怎么能不变得自私一点儿呢？"苏莲衣反驳得理直气壮，说完又上前用肩膀撞了撞贺兰钧，笑得狡猾而意味深长，"其实你也是想她报仇的，只是你喜欢她，所以舍不得，是不是？"

贺兰钧头疼地看着她："你哪只眼睛看到我喜欢她了？"

苏莲衣伸手比了比自己的眼睛："两只眼都看到了！你不收钱都要帮她，现在还教她变美却不教我，还不是喜欢她？"

"你直接说你想学就是了。"贺兰钧挑眉，"也不是不可以教你，只是你必须按照我的要求做，不能偷懒，否则我们之前说好的婚姻就作废，你能做到吗？"

苏莲衣眼睛一亮："我一定能做到！"

"好，就这么说定了！"贺兰钧一锤定音，转身掩饰住嘴角的笑意。

苏莲衣，真的太好拐了！

勉强在静室里待了三天，苏莲衣便受不住了，趁着贺兰钧不在，硬拉了云净初出门散心，美其名曰不能让云净初在屋里待成傻子。

听着她一路抱怨念佛都快闷坏了，云净初只是淡淡地笑。这几日下来她的心情平静了很多，原先几乎要将她整个人吞噬掉的强烈的报仇欲望似乎也在慢慢消散，偶尔甚至会产生放过他们也放过自己的念头。

放弃报仇很对不起自己，但却让她感到轻松自在。仇恨是把双刃剑，伤人的同时也狠狠地伤着自己。这一刻，她竟觉得贺兰钧的话确实有些道理。

苏莲衣不懂她心里的感慨，只是兴高采烈地买了个风筝过来，拉着云净初跑到城外的空草地上放风筝。

看起来苏莲衣是放风筝的好手，片刻工夫，那只色彩艳丽、做工精致的蝴蝶就已飞上了天，在半空中摇摇摆摆。

云净初手里拽着风筝的线，几乎是下意识地，就将线给掐断了，空中的风筝猛一下挣脱了束缚，袅袅地飞向天边，直到再也看不见影子。

苏莲衣没料到她会放飞风筝，愣了愣才问道："云姑娘，你怎么了？好端端地把风筝放飞了，这可值十文钱呢。"

没料到她会这么在意，云净初微红了脸，不好意思地道："以前奶娘告诉我，说风筝是老天爷与人类之间的使者，你放飞它，它就能把你心里的声音告诉老天爷。所以我……"

"哦？那你想说什么？"苏莲衣好奇地问。

云净初的脸更红了，她怎么好意思说自己刚才掐线的时候什么都没想，脑子里一片空白，想不出一个完好的借口，她只得随便说道："我说我想家了。"话出口，自己却愣住了。这么简单的几个字，竟好像真是她心里的想法似的，只这么说着，竟生出一股强烈的想要回家的欲望。

苏莲衣却没心思顾她。如果老天爷真能听到她心里的声音，帮她达成愿望的话，那放飞十只风筝又能怎么样，大不了她少吃几顿饭罢了！

这么一想，她迫不及待地想要再买几只风筝来放。

各自沉浸在自己想法中的两个人都没有发现，离她们不远处的树下，曾文远的目光从天边已经没了影子的风筝移过来，看见云净初时猛然一亮，随即又沉寂了下去。

这个女人，像净初，却不可能是净初。他亲眼看见净初跳下悬崖，而且这人脸上没有伤疤，但，她真的好像净初，好像，好像，像得他忍不住想要接近她……

"文远……文远……"远处传来金玉的呼唤声。

曾文远仿佛被唤醒了似的，他猛回头看了一眼声音的方向，拔脚就跑了过来，一把抓住云净初的手，拉着她飞快地往另一个方向跑去……

一直跑进芦苇荡，密密实实的芦苇完全遮住了两人的身影，曾文远才

停下脚步，云净初用力挣开他抓着自己的手，平静了呼吸，却发现曾文远红着脸偷偷地打量着她。

这样的曾文远只在他们第一次见面的时候才见过，没想到他在别的女人面前竟一直都是这样！

云净初被心里突然冒出来的酸涩嫉妒刺激得几乎控制不住情绪，她咬唇看着面前的男人，那模样既委屈又愤恨，看在曾文远眼里却又成了另一层意思。

他的脸更红了，不好意思地道："对不起姑娘，我不是有意的，只是……你长得太像我过世的夫人了，我一时情急……"

像你过世的夫人？云净初心里冷哼，男人都是吃着碗里的，看着锅里的，以前有她的时候就想着金玉，如今有了金玉，却表现出对她很想念的样子，以此来搭讪别的女人，真是太不要脸了！

不过，既然曾文远自己送上门来，她肯定是绝对不会客气的，正好报仇！

心里这么想着，面上却露出娇羞的笑，低声道："原来如此。我还未遇见过与我长得像的人呢，你快跟我说说，我们哪里像？"

曾文远又忍不住看了她一眼，眉目间竟带了几分少年的羞赧，"要说长相，姑娘比她要明艳得多，只是说话的口气，走路的样子，连放飞风筝的习惯，都与我夫人极其相似。所以我才……"

云净初心里暗骂，面上却做出惊喜的样子，眨了眨那双大眼睛，"真的吗？这么像，真想见见她。"

看着她天真无邪的面容，曾文远却脸色一暗，摇了摇头，"她不在了。"说话时他整个人竟在这短短的几个字之间消沉了下去。

云净初一愣，话就这么出了口："你……好像很怀念她？"说完却又后悔了。当初害她的时候他可没半点犹豫，如今做出这副样子来，不过是想欺骗现在他眼前这个"毫不知情"的人罢了，真是太该死了！

曾文远却不知道她心里的想法，只是怔怔地出了会儿神，回头，双眼竟蕴满了红丝，"偶尔会想起，不能经常想。"说完似又觉得不妥，飞快地看了对面的女子一眼，不好意思地笑笑，"想起的时候心会很疼，很难受。"

这回轮到云净初愣住了。他的意思……是想她会心痛？怎么可能？她迟疑了下，还是问道："你……能跟我说说她的事吗？我不是想打听你的私事，只是……好奇。"

虽觉得有些奇怪，曾文远却未多想，望着远方挂在天边的夕阳，轻声道："她很漂亮，很能干，也很单纯，做事风风火火，永远要把事情做到最好才罢休。成亲一年多，每次我想与她独处，她都有忙不完的事情。我安排出游，她要进山采药；我想与她花前月下说些私话，她却要去巡查仓库，清点药材；就连成亲周年这样的大日子，她也要进山去采集治疗瘟疫的药材。那时候我是真怨她。我时常在想，也许在她心里，管药铺比我重要很多吧，对她而言，我就是个不相干的人。"

虽然知道眼前的人不是她，只是个陌生人，但他就是忍不住将心里的话说了出来。这些话压在他心里，沉甸甸的，日日夜夜折磨着他，让他难受，不敢回想。

也许是他的样子过于孤单难受，云净初竟然下意识地反驳道："谁说的？做事是做事，情感是情感，这是两回事，并不冲突的。"

没料到她会反驳自己，曾文远怔怔地看她，却在她尴尬地准备解释时，惨然一笑："是啊，根本不冲突，我却想不透，一直在心里责怪她。"想起她最后的凄惨，他的眼睛又红了，忍不住将心里的话都倒了出来，"我自幼孤苦，能入赘云家对我来说是一件特别欣喜的事，但同时，也是一件很受挫的事。那时候的我骄傲自大，总想着我堂堂七尺男儿做什么都不如妻子，什么都要仰仗妻子，心里真的过不去那个坎儿。我唯一能做的事似乎就是对她好，让她开心。每次我变着法儿逗她时，她总是拒绝，将我推得远远的，让我觉得自己是多余的，她愿意嫁给我不过是因为同情我，可怜我，施舍我……"

她从来就不是这么想的。再怎么同情一个人她也不会用自己的一生开玩笑。默默地，云净初在心里反驳他，原先对他满满的恨意却似在这倾诉中渐渐地消散了。

"你……怎么没把这些说给你夫人听呢？或许她知道了就不会总是忙了。"

曾文远苦笑，"我想过要说的，只是每次我说的时候她都有一堆事要忙。看她忙得连喝口水的时间都没有，我却好像怨妇一般诉说着自己的委屈，我就……说不出口。"他低头，自嘲地一笑，"仔细想来，我们成婚一年多，却连个好好谈话的机会都没有。"

原本想要指责他的云净初突然凝住了，心似波涛翻滚。一直以为都是他的错，所以将满腔的恨意毫不保留地倾泻在他身上，想着报复他，折磨他，却原来，错的好像并不只是他一个。难道是她忽略了他的感受，她也有错吗？

"我苦闷不堪，总想着要一个时时刻刻将我放在心上的妻子，连老天也觉得我贪心，惩罚我，果然让我心想事成，却又将我打入了另一个地狱……"他依然在笑，但笑容却苦涩得比哭还难看，充满了后悔与自责。

金玉确实将他放在心上，时刻提防着他身边的人，但凡府里长得周正些的丫头都被她找了由头打发出府，杜绝他与任何丫头走近的机会。这也就罢了，他不过是询问了下何首乌的药性用法，夸赞了几句晒药丫头的头发乌黑顺滑，她竟然逼迫着府里的丫头全部剃了光头，还说什么府里只需要有她一人"绿鬓如云貌美如花"就够了。她眼里不揉沙子，绝不会允许府里有家贼的出现，她不会重蹈云净初的覆辙，绝不会给他任何与丫鬟有染的机会！

"……我确实做错了事，老天爷惩罚我也是应该的。其实相比起来，净初还是不错的，是我太贪心了，什么都想要，最后却得不偿失，只能永远活在缅怀过去的痛苦中。是我该死，要不是我做错了事，还骗了净初的家产，她就不会恨得失去理智，变得疯狂，以至于错手杀人后逃走掉下悬崖，都是我的错，都是我！"

云净初愣愣地看着他悔恨不已的模样，半天回不过神来，甚至看着他自打耳光，她都忘记了阻止。她心里只疯狂地转着一个念头：他说我疯了，以至于错手杀人后掉下悬崖？不是这样的，不是这样的，她明明是被金玉陷害的啊，他怎么好像全不知情似的？

直到曾文远两颊通红，她才猛然醒过来似的，握住他的手，顿了顿才安慰道："你不要这样子，其实错的不是你一个人，你的夫人们也有错。

只可惜直到现在她们也不明白自己错在哪里。"

曾文远惨然地看着她，双眼中泪光闪烁，带着悔恨与强烈到云净初不敢直视的思念与爱，"若有机会能回到过去，不管净初怎么骂我、讨厌我，我都要对她说出心里的感受，我要让她明白我有多在乎她，她对我来说是多么重要。这世上如果有后悔药，哪怕倾家荡产我也一定要买了来。"说到此，他已控制不住地哽咽，若不是面前有个与云净初相似的女子在，他怕是早就忍不住大哭出声了。

云净初神色复杂地看着他，良久之后终于还是将在嘴边徘徊了很久的一句话说了出来："你若是不介意，可以多说些你们的事给我听。"我虽不能安慰你，日后却再不会犯同样的错误，文远，文远，你开心吗？

"文远……文远……你在哪里？文远……"呼唤声由远及近，急促而喘息。

曾文远却似受到惊吓般猛然抬起头，看了看声音的来处，转向云净初，急忙道："糟糕，我夫人找来了，我必须马上走，万一她看到你，会连累到你的。"

不等云净初反应，他转身往芦苇深处跑去，跑了几步，又忍不住回头，期盼地问道："姑娘，跟你聊天很开心，不知道我们还有没有机会再见呢？"

迟疑了片刻，云净初还是点了头："我觉得这里很好，明后天这个时辰，我应该都会在这附近。"

曾文远脸上忐忑的神色顿时一松，冲她一笑："我知道了。"转身消失在芦苇丛里。

云净初看着他消失，夕阳下他的笑容灿烂而文雅，一如他们初见时的腼腆秀气，却又好像历经了时光的荏苒，沧海桑田后记忆里仍无任何变化的那缕情怀。

曾文远，他到底是个什么样的人呢？

人面桃花楼前院，苏莲衣正与贺兰钧对峙。

"人家夫妻重逢，求仁得仁，你一个程咬金半路去干涉算怎么回事？"抱住贺兰钧的腰，苏莲衣是打死也不会让他出去破坏云净初与曾文远再次

重逢的。

贺兰钧使劲扭腰还是甩不开她，忍不住气结："我不是已经跟你说了利害关系了吗？她若真展开报复，后果不堪设想。"

"那又干你什么事？我们开门做生意，哪还管得别人一辈子死活？"她干脆双手抱住他的脖子，双脚缠上他的腰，用全身的重量拖得他寸步难移，"你心里对她有别的想法，休想我会放手！"

"你无理取闹！"贺兰钧气得说不出话来。

两人正在僵持时，却见云净初神不守舍地走了进来，两人顿时停了手，不约而同地上前，问道："你没事吧？"

云净初莫名其妙地看着他们，"我能有什么事？"

贺兰钧与苏莲衣对视一眼，决定不再问了，只小心劝道："你的功夫还没学到家，千万不要急于一时，轻举妄动。我又想了一个很好的方法，可以慢慢训练你。"

云净初抬头看他，还没接话，苏莲衣便一把推开贺兰钧，抢着道："别听他的！云姑娘，既然那个负心汉能拉着你跑而没认出你，可见他已经被你吸引了，接下来你就可以实施复仇计划了。"

"苏莲衣，你少推波助澜……"贺兰钧怒吼。

苏莲衣也不甘示弱："是你别有居心！"

"二位，别吵了！"本就心事重重的云净初被他们吵得头大，大声打断他们，问道："二位会不会觉得我性格有问题？我不够温柔，又不够善解人意，做事又太冲动，是男人都不会喜欢我这样的吧？"

苏莲衣眼睛一亮，极快接道："你终于认识到自己的缺点了……啊……"

挪开踩在苏莲衣脚背上的右脚，贺兰钧笑得温柔："云姑娘别听她胡说，我觉得你这样很好，我就喜欢你这种巾帼不让须眉的女子。"

不等云净初说话，苏莲衣又插话进来："原来你喜欢这样的女子？"

"有你什么事？"白她一眼，贺兰钧一把推开她，转向云净初，"云姑娘，到底发生了什么事？你怎么突然……"

云净初看看他，再看看苏莲衣，摇摇头，"没事，我想一个人静一静。"有些以前她忽略了的事情，是该好好想一想了。

贺兰钧看着她的背影，半晌才转向苏莲衣："她的状态不对，到底发生了什么事？"

　　除了曾文远，难道她还遇上了别的事？苏莲衣想了想，想不出个所以然来，只能摇了摇头，心里却想着另外一件事。

　　贺兰钧喜欢巾帼不让须眉的女子，她该怎样讨他欢心呢？

第六章　云在青天雨在瓶

　　云家药铺后院的卧房内，金玉伺候完曾文远入浴，拿着他换下来的衣服正要出门，却突然停住了。

　　她疑惑地皱了皱眉，闻了闻手里的衣服，确认自己的鼻子没有问题，文远的衣服上确实有股淡淡的香味，熟悉得让人心惊。

　　想了想，她隔着屏风装作不经意地笑问道："文远，端午到了，我做了几个艾草的香包，你戴一个在身上吧。"

　　屏风后的曾文远声音带了点疲累的迷糊："你知道我从来不喜欢这些有味道的东西的。你自己戴吧。"

　　"哦。"眼珠子略转了一转，金玉又笑了，"文远你最近是不是很烦我？跟别人一起出去，也不爱跟我在一起，我叫你你还跑。"

　　曾文远迟疑了片刻才回答她："胡说什么？我就是有点儿心烦，一个人出去走走，哪有什么别人？"他的声音清醒而低沉，带着小心翼翼的紧绷，似在掩饰心里的紧张。

金玉又笑了，双眉却在他看不见的地方皱紧，眸子中射出一股杀气："文远你可千万别骗我啊。"

里面没有再回答她。金玉也不需要回答，她出了房间，迎面过来的两个丫头却被她脸上狰狞而愤怒的神情吓到，转身飞快地离开了。

当第二天曾文远兴致勃勃地表示要跟着送药材的车队去皇宫参观的时候，金玉温柔地送到门口，体贴地提醒他不要太累了，却在他转身离开时跟在了他的身后，而且一路跟到了芦苇荡。

看见那个等着曾文远的女子，金玉有一瞬间简直觉得老天在捉弄她！若不是亲眼看见云净初跳崖，她真以为眼前的这个女子是云净初回来了！但不可能，就算云净初真的回来了，她的脸也不可能完好无损，除非是裴云天施展妙手！

忍着满心的嫉妒与怒火，金玉看着曾文远跑到那女子跟前，如同初次见到爱人般的毛头愣小子，羞涩不安却又满心喜悦。

她看着他们小声地说着话，看着彼此的眼睛微笑，看着曾文远抓住那女子的手，在芦苇荡里奔跑，然后在累得喘不过气来时就这么并排躺倒在芦苇地里，望着头顶的蓝天白云，肆意地欢笑……

抓着衣角的手扭绞着单薄的布料，用力之大使得整个手背的青筋暴露。她恨不得现在就出去抓花那女子的脸，打断她的腿，让她再也不能顶着云净初的脸来勾搭曾文远，但她不能这么做。

自上次她剪掉丫头们的头发后曾文远就一直疏远她，此时她若再闹一出，曾文远如今有了一个与云净初长相如此相似的红颜知己，搞不好一怒之下休了她，那可就得不偿失了。

拼命在心里告诉自己冷静再冷静，金玉想到了裴云天。

"裴大人，你说这事该怎么处理呢？我要是不管吧，怕有一天那女人就登堂入室了。但我要是管吧，我又怕文远离我越来越远，真是难死我了。"金玉双手交握，焦虑得仿佛是一只热锅上的蚂蚁，团团乱转却找不到出路。

裴云天却丝毫不受影响，依然只是平静地为兰花浇水，甚至在金玉急

得用脚踢椅子时，还抬头笑了一下。

"唉，裴大人，你说话啊，我到底该怎么办才好？"

慢条斯理地浇完最后一点儿水，裴云天起身擦手，这才正眼看向她，笑意未达眼里，冷冷地道："我早跟你说过，凡事都要用脑子，你却只会冲动，谁能帮得了你？"

金玉动作一顿，脸色难堪地白了一下，却很快反驳道："是，我知道我还有很多东西要学，但现在都来不及了。那女人长得很像云净初，万一她真的进了门，我只怕每天都得跟她斗，再顾不上从药铺里匀钱的事了。到时候损失的可不止我一个人，裴大人您还是快给出个主意吧。"

斜睨她一眼，裴云天这回却没再为难她，"其实很简单，一个字——杀！"

"啊？你是要我杀了她？"金玉惊叫。

裴云天笑着摇头，"现在杀人哪还需要自己动手？有钱就行了。找杀手的事交给我，你准备好钱就行了。"

金玉顿时放下心来，"只要能把这些花花草草铲除干净，钱不算什么。"

见她那副没出息的样子，裴云天忍不住摇头，"你啊，真得多动动脑子，想想怎么抓住曾文远的心。这次除了一个，下次呢？你总不能把全天下的女人都杀光吧？与其整天想着怎么砸烂别人家的锅，还不如想办法先炖好自己的粥。"

金玉想了想，郑重点头道："我知道了。"

每次都来求助裴云天也不是办法，最好还是自己变得更强，更能抓住云家药铺的生意，确保曾文远离不开自己。金玉脑子里的算盘珠打得噼里啪啦的，却忽略了一旁裴云天若有所思的目光。

对于苏莲衣各种层出不穷、永不疲倦的傻主意，贺兰钧已经逐渐开始适应了，甚至，也能做到视而不见，绝不好奇了。

所以当苏莲衣一身干练的短打劲装出现在他眼前时，他连眼角都没抬起来看她一眼，侧身从她身旁走过，惹得苏莲衣皱眉，上前两步又拦住他，还伸出一只脚勾住回廊的柱子，确认他不能再从自己身边绕过去之后，她才仰了仰脖子，摆出一副傲慢而冷漠的神情，问道："你不觉得我巾帼不让须眉吗？"

贺兰钧这回倒是抬眼看她了，目光却看不出他的想法，抿紧的薄唇也没有丝毫想要张开的意思。

苏莲衣急了："唉，你什么意思啊，你不是说喜欢云净初的样子吗？我现在变成这种了，你怎么一点儿反应都没有？"还是说他只是喜欢云净初而已？

上下打量她一眼，贺兰钧问的却是云净初："云姑娘已经两天没吃饭了，一回来就把自己关在房间里，不知道究竟发生了什么事。"

苏莲衣撇嘴，"你问她不就好了？"

贺兰钧白她一眼："她要是肯说我还用烦恼吗？"

"哼，还说你不喜欢她，整天拿张热脸去贴人家的冷屁股，还不招人待见！"只要一想到贺兰钧对云净初的好，苏莲衣就生气。

贺兰钧却不再理她，转身又回到云净初房门口，上下左右打量了一遍，又伸手这样那样的比划起来，让苏莲衣好奇不已。

"你在干什么？"

"既然云姑娘每次出去见了他回来都不开心，那我干脆在她门口设置一些机关，让她出不去，也省得老是担心她出事。"贺兰钧平静地说出自己的打算，"等时间一长，她自然就会对那些事淡然了。"

苏莲衣跳起来，"你这不是软禁吗？不行，你不能这么做！"

贺兰钧却理也不理她，点点头，似是已决定好布下哪种机关，转身离开了。

苏莲衣却心急如焚地留在原地，急得团团转，最终冲进了云净初的房间。贺兰钧打算留云净初在人面桃花楼一辈子，她却不能让他们天天低头不见抬头见，时间长了总会有感情的，何况贺兰钧还那么喜欢云净初！

她一定要告诉云净初，绝不能让贺兰钧的阴谋得逞！

贺兰钧很快就回来了，在客房门口好一阵鼓捣，直到屋里劝说云净初劝得口干舌燥却仍得不到一个回答的苏莲衣听到动静跑出来，贺兰钧才淡声警告她："小心，这张透明大网不能碰，否则死伤我不负责。"

苏莲衣傻眼："你不是说关云姑娘吗？怎么连我也关起来了？"

贺兰钧绑好最后一根绳子，拍拍手起身，"你最容易坏事，还是关起来的好。"这样他就可以安安稳稳睡个好觉了。

"喂，贺兰钧……喂……"眼见贺兰钧转身毫不留情地离去，苏莲衣除了沮丧还是沮丧，却也不敢真的去碰那张大网。

贺兰钧虽然没给过她什么好脸色，但也从来没骗过她，就好比他不爱她，就从来不掩饰！

本来是想要阻止两个不听话的女人的大网，却在当天晚上发挥了意想不到的作用，网住了四个黑衣蒙面、拿着武器一看就是杀手的家伙。

贺兰钧、苏莲衣与云净初商议了半夜，实在想不出改头换面后谁都不认识的云净初到底得罪了谁，竟惹来杀身之祸。都到了派出杀手的地步，这到底是怎么样的深仇大恨啊。

最后贺兰钧决定将杀手交归洛阳府衙审理，希望能找出幕后指使者。但云净初却是真的不能再出门了，连带的苏莲衣也被下了禁足令，必须在家里看着云净初。

同一时间，金玉再次心急如焚地冲到了裴云天府上。

"怎么办？怎么办？那些杀手竟然都被抓了，万一他们供出我来我是肯定要坐牢的，到时候可就什么都完了。"

"你冷静点！"看着她不停地在自己眼前转悠，转得头都晕了，裴云天忍不住皱眉，"一个寻常女子都杀不了，还弄得被抓，怎么会这么不小心？"

金玉也一脸懊恼，"谁知道那个人面桃花楼里有什么古怪，那几个杀手也算是一等一的高手了，没料到还没找到人就被抓住了。"

裴云天一愣，"人面桃花楼？这事怎么会扯上贺兰钧？"而一般扯上贺兰钧，就没什么好事。裴云天心里突然有种不好的预感。

"谁知道呢？我派人去打探了消息，听说那几个杀手还算硬气，动了大刑也没有招供，可是那个姓贺兰的却出了个馊主意，让人拿狗尾巴草挠他们痒痒。这痒可比痛更难忍，恐怕他们熬不了多久。到底该怎么办啊？急死我了。"

狗尾巴草挠痒痒？也亏贺兰钧想得出来。裴云天凝神想了想，突然露出一抹诡异的笑，自言自语道："这游戏好像越来越好玩了。"

见金玉好奇地看过来，他挥挥手："你回去吧，杀手的事我会处理。"而他很想知道，他出招之后，贺兰钧会怎么接招。

他这么爽快就决定了，金玉还有些不习惯，狐疑地看了他一眼，却在看见他诡谲而充满阴谋的笑时打了个寒噤。

裴云天的世界太复杂，她还是不要多问了吧。

再一次向苏莲衣和云净初陈述了出门的危险，再三叮嘱二人千万别出门后，贺兰钧兴冲冲地来到府衙。有他的好办法，不愁那些杀手不招出幕后的黑手，他倒真想知道到底是谁这么阴狠毒辣。

刚到府衙大牢门口，却看见洛阳令陪着裴云天有说有笑地出来，贺兰钧顿时愣在了当场。

"裴云天？你怎么会在这里？"

裴云天客气地点头，脸上的笑容疏离，却耐人寻味。

虽知道裴云天不可能无缘无故出现在洛阳府衙，但此时贺兰钧无心理会他，转向洛阳令问道："大人，不知道那些杀手招认了没有？"

洛阳令叹了口气，道："贺兰先生真是抱歉，你的方法很好，杀手们都要招认了，可是大牢里突发瘟疫，那四个杀手都死了。若不是裴大人闻讯，不顾个人安危前来医治，恐怕其他人的命也保不住了。"

大牢里发瘟疫？贺兰钧下意识地看了裴云天一眼，"怎么会这么巧死的正好是那四个杀手？"

洛阳令耷拉着脑袋，找不出话来回他。这的确是太巧了些，但病发之时他已经及时着人去请大夫，却没人愿意进入有瘟疫的大牢，若不是裴大人，后果不堪设想。

想到此，他忍不住又感激地看了裴云天一眼。

裴云天被贺兰钧盯着看，面上虽然没有变化，心里却着实有些不爽，便冷冷地道："也许他们坏事做多了，老天要收拾他们呢。"

贺兰钧眼眸一闪，再问道："尸体何在？"有没有人搞鬼，一验尸体就明白了。

他问得太急，语气又太慎重，洛阳令下意识地看了裴云天一眼，才答道：

133

"裴大人说尸体留着怕病毒蔓延，所以已经命人烧掉了。"

那岂不是死无对证？贺兰钧气结，只能怒瞪裴云天。这样急着烧掉尸体，要说这中间没鬼，他贺兰钧三个字就倒过来念！

看到他失望，裴云天瞬间心情大好，上前一步拍了拍他的肩膀，笑道："贺兰先生办案心切可以理解，但总不能为了知道一个结果，就置府衙内数百条人命于不顾吧？"眼角瞥见洛阳令不悦地瞪了贺兰钧一眼，他笑得越发开心："或许贺兰先生医术高超，可以去查验一下烧完的灰，说不定能找出什么线索呢。"

贺兰钧一把按住他的手，直直地对上他的眼睛，微眯的眼眸里带着探究的光，"是你对不对？是你掩盖了这一切，阻止他们说出真相对不对？"

裴云天一笑，用力抽出手，取出手帕擦了擦，平静的脸上有着贺兰钧熟悉的挑衅："贺兰先生，东西可以乱吃，话可不能乱说。这里是府衙，凡事是讲究证据的，你要是有证据就告我，没证据最好闭嘴，不然我就告你诬陷！"

"你……"第一次，贺兰钧被他气得说不出话来。

裴云天大笑，心里的得意真是无法为外人道。想起自己将药粉下在狱卒身上，神不知鬼不觉地杀人灭口，他忍不住又是一阵得意。

贺兰钧，你能奈我何！

云净初如一阵风似的冲进芦苇荡，却没看见与她约好的曾文远，她循着记忆找了一遍，却仍没看到人影。

失神地站在原地，她有些沮丧。这两天贺兰钧不准她出门，苏莲衣看得也严，而她也想好好想想自己对曾文远的感情，所以没有再出来。现在看来，曾文远并不如他那天说的那样有情有义，不过两天，他竟然没有等她。

想到自己为了出门，趁着贺兰钧不在，想尽办法说服苏莲衣，甚至威胁她若不放自己出来，那就缠着贺兰钧，她突然觉得自己很可笑。

眼泪控制不住地落下来，她低头擦拭，眼角却被一道强光直射，照得她睁不开眼睛。用手遮挡，她勉强往光的方向看去，却见曾文远拿着一面镜子站在离她几丈远的地方，而地上，却放了无数面镜子，每一面镜子里反射出的，都是她的影子。

她怔怔地看着，半晌才涩声问道："你……这是干什么？"

曾文远眼里满是欣喜的光，目光贪婪地看着她，道："你一直没来，我怕你以后都不会来了。所以我想了很久，决定一直在这里等你，那样只要你来，我一定多看你几眼，在周围摆上镜子，这样无论我的眼睛转到哪里，眼里都是你的身影。"

这样的情话，以前的曾文远怎么就从来没说过呢？或者说过，她却从未认真听过吧？云净初只觉得眼睛发热，心里满满的都是感动。看着镜子里熟悉中带着些陌生的人影，她忍不住问道："你做这些是因为我还是因为云净初？"

曾文远一愣，显然并未想过这个问题，想了想才回答："我不知道。起初我只是把你当成她，可是渐渐我又觉得你们俩就是一个人。你……会不会觉得我很浑蛋？"说完似又怕她真这么觉得，赶紧又道："不过你放心，我不会骚扰你的，过了今天，就算你再也不见我，不理我，我也无所谓了。"

原来他并不是那么的讨人厌。云净初勉强压下翻滚的情绪，看着他的目光是自己都没有发觉的柔和："那你今天想做些什么？"

无论他想做什么，她都会陪着他，就当是弥补自己以前的错吧。

曾文远没料到她这么好说话，顿了顿，才取出一个花环，道："我以前给净初买过很多东西，她好像都不喜欢。我想也许是因为那些东西只是买的，太没有诚意，不能代表我的心。所以我想亲手做一样东西送给她，这样也许她会喜欢也说不定。"

他将花环递给云净初，见她只是低头看着，却没有戴上的意思，便有些不好意思，"我编的是不是很难看？"

云净初终于抬头看他，眼里的泪水再也抑制不住，脸上却是幸福甜蜜的笑："不，很好看，我很喜欢。以前小的时候我也很喜欢编花环，我也编一个给你吧。"

曾文远激动地点头，两人相视而笑，仿佛相濡以沫的多年夫妻，一切尽在不言中。

沉浸在幸福中的两人却没发现，远处有两双偷窥的眼，早已将他们的

一举一动都看了个清楚，其中的嫉妒、愤恨更是烧得金玉理智全失，恨不得冲过来掐死那个敢勾搭曾文远的女人。

"看见没？你在这里吓得半死，人家却风流快活着呢。"似乎还嫌她不够愤怒，裴云天看着远处亲密的两人，又给金玉添了一把柴。

金玉那张好看的脸扭曲成丑陋的线条，咬牙切齿道："都说女人心，海底针，我看男人的心也未必能好到哪里去。这个贱女人，我一定不会放过她的！"

"我们还是小心点好。他们现在跟贺兰钧走得很近，恐怕会误了我们的大事，若想高枕无忧，还是一了百了的好。"他伸手做了个抹脖子灭口的动作，"这里四周我都埋了炸药，只要你随便找个地方一点燃，他们俩立马就变成灰烬，再也碍不着你的眼了。而你也能完全掌握云家药铺，到时候有大把的钱抓在手里，想要什么没有？"

炸药？金玉眼睛一下子瞪大了，看着裴云天递过来的火折子，她不由自主地看向远处的曾文远，终于还是没那个勇气。她看了裴云天一眼，摇头道："不，我不能这么做。不管怎样我是真心爱文远的，我不能让他死。"

裴云天心里暗骂她妇人之仁，没有出息，脸上却做出一副很是遗憾、很是惋惜的样子，叹息道："可是这样我们会有危险，而且你会天天嫉妒难受。"

"我不怕。"这一刻，金玉很坚定，"我做那么多事都是为了文远，若他死了，我做的一切都没有意义了。裴大人，也请你不要动他，否则我不会放过你的。当然你也可以像对付他一样地对付我，那你勾结我们药铺在内宫药材里以次充好的事可就瞒不住了。"

裴云天定定地看了她一会儿，突然仰头大笑，"你倒是学聪明了。好吧，既然你心软，我也不勉强你。只是希望你以后少给我惹麻烦，否则我不介意换一颗棋子。"他转身要走，却只听身后的金玉一声惊呼，叫道："那个女人……是云净初！"

他倏地回头，却见那女子正将一个编好的花环戴在曾文远的头上，而金玉则怔怔地看着那花环发呆。

他看不出所以然，皱眉问道："你确定吗？"

金玉惨白着一张脸，似回答他，却又似自言自语地说道："我认得那个花环，小时候没人跟我玩，云净初就会编花环给我戴，哄我。她说她娘说过每个女孩都是最美的大红花，所以她编花环从来不用红花……可是我明明划烂了她的脸，她怎么会恢复呢？"

裴云天定睛看去，果然曾文远头上的花环有各种颜色的花儿，却唯独没有红花。他想了想，道："这不奇怪，她住在人面桃花楼，那儿有贺兰钧。他是我的师傅，要恢复她的容貌一点儿都不难。"

金玉缓缓点头："我明白了，她是回来报复我们的，她故意接近文远，恐怕是想拿回所有的一切。"她双拳逐渐握紧，"我绝不会给她这个机会的！"

"那你有什么想法？"

望着远处相谈正欢的曾文远与云净初，金玉唇角勾出阴险的弧度，"从他们的眼神里就可以看出他们彼此还很相爱，而爱，有时候就是最好的攻击武器。"而她，一定会好好利用这个武器的。

裴云天抿唇，眸子里闪过一抹意味不明的笑："有点意思了。"

而被他调教了很久终于变得稍微聪明点儿了的金玉的确做了件有点意思的事儿，她竟然被"死去"的云净初缠身，请了高僧来收服亡灵，才知道"一身罪孽"的云净初因为杀了人在地下不能安生，需要有至亲之人当众接受鞭笞之刑，替她洗清罪孽，方可往生投胎。

而早已没有了亲人的云净初，唯一还算得上是至亲的，只有丈夫曾文远了。

当大街上搭起祭台，曾文远在金玉的陪同下上台准备接受鞭笞之刑时，本该死去并且不得安生的云净初则心情正好地拉着苏莲衣逛街散心。

"云姑娘，你这情绪变得也太快了，前些日子还忧郁伤感得要死，哭着嚷着要报仇，怎么这会儿又这么开心，再不提报仇的事了呢？"左手一串糖葫芦，右手一根棉花糖的苏莲衣是真的搞不懂。

云净初回头看她，绝美的容颜上带了几分羞涩与不好意思："我发觉很多事并没有我想的那么糟糕，其实文远心里还是有我的，当初我要是不那么极端，让金玉进门的话，也许就不会有今天的事了。"

"唉你怎么会这么想？"苏莲衣愣住了，"两个人的感情当然是揉不

137

进任何沙子的，是我的就必须全部都是我的，怎么能随便让别人染指？"

伬唇一笑，云净初的神情既平和又安宁，有种安抚人心的力量："以前我也这么想，但现在我觉得这些都不重要，重要的是能与自己最爱的人相守，能原谅他的一切，放过自己。"

没料到她会说出这样一番话，苏莲衣呆了呆，差点怀疑眼前的这个人并不是云净初。

云净初神色却突然落寞了，低声道："可惜我现在身上还背着人命官司，不能与他相认……"

"唉那不是曾文远吗？"听得一愣一愣的苏莲衣一抬头，正对上祭台上的曾文远，神情又是一呆。

今天是怎么回事啊，一个不计前嫌地放下所有的人，一个却在闹市的祭台上出现，为什么她心里有种很不好的预感呢？

云净初显然也没料到会在这里看见曾文远，也愣住了。旁边围观的人群永不让人失望，你一言我一语的八卦声中，两人很快就明白发生了什么事。

"……他竟然愿意为你受鞭笞之刑，看来心里是真的有你的。"苏莲衣神色复杂地看着傻了一般只是呆呆看着台上的云净初，心里暗自羡慕，不知道什么时候贺兰钧才会对她好一点儿，更不要说鞭笞之刑了。

"可你明明没死啊……"

"他竟然为我受如此苦刑……"云净初眼泪落下，嘴里却只是喃喃地道，"他竟然……不，我不能让他这么做！"

不顾满脸泪水，她推开围观的人群，奋力挤到台下，仰头望着台上一身白衣，俯身准备受刑的曾文远，嘴角的笑竟比头顶的太阳还要耀眼璀璨。

"文远，我是净初，我没死，你不用受任何苦刑！"她舍不得，真心的舍不得。

听到声音，曾文远转头看过来，愣了愣，唇角绽开一抹温柔的笑："我知道你好心想救我，但为净初，我是心甘情愿的。"

一直陪伴在曾文远身边的金玉自云净初出现就一直牢牢地盯着她，就算嫉妒得发狂，她依然咬牙笑道："这位姑娘，虽然你长得有些像我们大小姐，但不是她，还是不要阻碍我们仪式的进行。否则耽误了吉时，累得姐姐在地下多受苦楚就不好了。"

在她说话时，曾文远一直都只是温柔地笑着，目光竟片刻都未从云净初脸上离开。云净初知道他是真的将自己当成云净初了，所以这样看着她就好像看见了自己的妻子般，纵然身受千鞭也不觉得苦了。

但她不能让他受苦。

"还记得那日你送给我的金钗吗？我没有戴在头上，我很后悔。"她眼中有泪，唇畔的笑却甜蜜柔美，让曾文远双眸忍不住一亮。

金玉的声音陡然高亢："你真的是云净初？！好啊，原来你没死，怎么不回云家来？还是你记恨文远执掌了云家，所以不肯原谅他，故意接近他想要报复他？云净初，你的心也太恶毒了！幸好今天她自己说出来了，否则就被她逍遥法外了。来人啊，把这个杀人犯抓起来，押往府衙！"

几个下人上前抓住挣扎的云净初，刚要下重手，却听得台上曾文远喝道："住手！她不是净初，你们放开她！"

下人迟疑，金玉却早已气急败坏地喊道："文远，难道你还要妇人之仁吗？"

曾文远看着她，目光坚定，第一次让她看得心惊。她听见他缓缓地说道："她不是云净初，她只是一个看热闹的长得像云净初的人。"然后他又转头看向那女子，柔声道："这位姑娘，感谢你之前听我讲我过去的事。但为我妻子祈福是我的决定，就算是死我也心甘情愿，请你不要再试图阻止了。"他转头示意行刑，最后看一眼泪流满面的云净初，闭上的双眸里盈满的都是对她来不及说出的爱。

"啪"的一声脆响，皮鞭划过皮肉的声音听得人心惊肉跳，曾文远瞬间绷紧的身体和咬紧的牙关让云净初忍不住溢出一声痛呼。

文远，文远，你我本该恩爱绵长，奈何命运捉弄，受了这许多苦楚与分离，以后我们定要长长久久，再不分开！

一鞭又一鞭，每一鞭下去，云净初便在心里默念一遍。

而一旁被她完全忽略的金玉，也在这一鞭又一鞭中，将满心的怒火与嫉妒都释放了出来。目光若能杀人，云净初只怕早已被她千刀万剐了。

而此时，在皇宫的宫人们中间，开始暗地里流传一件关于药材的流言。起因则是某日女皇陛下赐宴，与宴的大人每人得赏一碗宫廷极品血燕。但宴会结束后却有大臣抱怨，说陛下赐下的燕窝粗硬如柴，连头发丝都比不上。

这样的流言本只在宫人之间流传，上不得台面，却偏偏于某一日被陛下宠爱的张易之给听了去，便当作笑话说给女皇陛下听。女皇本也只当作笑话，但毕竟事关皇家脸面，女皇仍命洛阳府衙全权彻查此事，以便给吃了头发丝燕窝的大臣们一个交代。

而此消息一出，最着急的莫过于裴云天了。当天晚上，借着值宿之便，他将太医署库房中的燕窝细细查验一番，顿时气了个倒仰。

这个金玉，说了只能以次充好，但绝不能有假货，她却用最次等的顶替最上等的，根本就跟假货无异，真是太大胆了！

"我……我看利润高，所以才……不过给女皇陛下的仍然是最上等的官燕，我保证！"第一次真正面对裴云天的怒火，金玉也吓得不轻。

裴云天怒瞪她，只差没一巴掌呼过去扇醒她了："蠢货！你做事之前有没有过过脑子？就算你没脑子，也该先问过我，怎么能自己就做了？若不是我机灵，临时拉了个替死鬼，冤枉他偷喝了御膳房的燕窝之后往里掺假，今天我们就一起死了！"

从没想过后果会如此严重，金玉顿时慌了："那现在怎么办？宫里还有那么多次货，万一哪天……"再被查出来，他们可就吃不了兜着走了。

她只是个普通的女子，每天想的只是怎么与云净初争风吃醋，多得到一些曾文远的关爱，宫中的事真的超出她的思考能力。

如今她唯一能倚靠的就只有裴云天了："裴大人，你可千万要保我一命，要是我被抓走了，我肯定会咬出你来的！"

不屑地白她一眼，裴云天突然有些后悔自己当初怎么会选了她来合作："说你是蠢货你还真是蠢货！当面威胁我，你信不信我现在就可以杀了你？"但如今还有用得着她的地方，暂时不能真的甩开她。

看着她慌乱得不知如何是好的样子，裴云天缓了口气，安慰道："好了，我们现在是一条绳上的蚂蚱，飞不了你，也跑不了我。为今之计，你先想办法把云家的财产全部转移出来，万一真的出事，我们也有钱在手，要打点还是跑路也都方便。"

金玉眼睛一亮，连连点头，但一想到曾文远，神色又暗了下来，"可是文远未必肯答应。"

裴云天真是连骂她都觉得侮辱了自己，"蠢货！他要是不肯，你不会用云净初的性命来威胁他吗？就算他不顾念自己，难道连云净初也不管了吗？"

金玉正要点头，却听得窗外一声轻响，裴云天早已扑过去开窗，却只看见一抹白色的身影匆匆离去。

"好像是文远……"

裴云天皱眉："那就马上行动。"迟了可就来不及了。这蠢货的命不值钱，他却还有大好的前程等着自己，不能跟她一起栽了。

在心里做好打算，裴云天才缓缓松开了眉头。

而匆忙回到房间的曾文远从窗户里看着远远过来的金玉，心里真有说不出的愤恨。他眼里温柔无主见的金玉，竟然会瞒着他做出将药材以次充好牟取暴利的事，如今还想着将云家的财产全部转移出去，这样险恶的心思，这样恶毒的人品，原来他都看错了她！

财产转移的文书他是决不会签的，但想到净初，他又犹豫了。若他们真以净初的性命来威胁他，他却是不能不签。

在桌子前来回走了两遍，他的目光转移到砚台上。门外已传来金玉的脚步声，轻盈而浮躁，全不似净初的稳重踏实，让人心里舒坦。

没有任何犹豫，在金玉推门的一瞬间，他抓起砚台往自己右手上砸去，用力之大，当场就将手背给砸凹了进去。十指连心，何况整个手掌，他痛得整个人都在发抖，心里却极快活。

终于，他也能凭自己的力量帮助净初一回了，他也不是全然无用的。

金玉呆愣地看着他滴血的右手，很长时间都回不过神来，直到曾文远疼得支持不住坐倒在地上，她才将目光移到他脸上，用了一个再肯定不过的疑问句："你是故意的？你听到了我们的谈话是不是？"

曾文远咧嘴一笑，疼得说不出话来。

金玉却觉得自己的心瞬间揪成了一团，他为了云净初不惜自残，却全

然不顾她现在随时有可能掉脑袋的危险处境。自己看见他的伤竟然还是会觉得心疼，真的是……够了！

"你好好养伤，千万别想着给云净初通风报信，我会让人守着的。"她将手里拿着的文书扔到桌子上，"这份文书签不签看你自己。"

看他松了口气的样子，她忍不住想要刺激他一下，扯着嘴角笑了笑，道："但云净初死不死，却要看我！"

说完再不看他，甩袖离开了房间。再待下去，她真的会忍不住给他一巴掌。

云家药铺发生的事情，身在人面桃花楼的云净初当然是全不知情的，她心里担忧着曾文远的伤势。虽然苏莲衣承诺帮她打听，但一天过去了，却一点消息也没有，整个云家药铺的人好像突然不认识曾文远了似的，不管谁来问他的情况，得到的回答不是摇头就是"不知道"。

云净初只能心急如焚地转来转去，却想不出办法来。

但贺兰钧显然与她们完全不在一个频道上，他忙着收拾包袱，将人面桃花楼里值钱的、方便带走的东西全部打包，然后将三个硕大的包袱堆在大厅的桌子上，喘着气道："你们赶紧想想还有什么要带的，我们得马上上路。"

苏莲衣与云净初面面相觑，"上路？"听起来怎么这么像他们命不久矣的感觉？

贺兰钧却没有心思与她们计较，他一边将包袱往苏莲衣身上绑，一边解释道："对啊，云姑娘身上背着杀人案，本来已经够惹眼了，你们还天天去打听曾文远的消息。万一那个金玉一个不高兴，到府衙去揭发云姑娘的身份，那云姑娘就只能去坐牢了。"

没料到后果会这么严重，苏莲衣与云净初心虚地对视了一眼，才道："那我们去哪儿？"

贺兰钧摇头："不知道，走一步算一步，总之先离开京城再说。"

万分留恋地看着人面桃花楼，苏莲衣忍不住感慨："唉，我们真是倒霉，做生意赚不到钱不说，最后连栖身之所都要赔掉了。"看了一眼贺兰钧，感慨更深了，"你也不让我省心，时时刻刻都要看着，连眨个眼都怕你跟别人跑了，我怎么这么命苦啊？"

贺兰钧给她一个白眼，还来不及说话，却听云净初道："你们走吧，我要留下来确定文远是否平安。"

"云姑娘？！"两人一惊，贺兰钧问道："你会坐牢的！"

"我不怕！"

"只要金玉愿意，你有可能会被砍头的！"贺兰钧这话说得就有些气急败坏了。

云净初看着他，目光坚定如初："为了文远，我在所不惜！"

贺兰钧一愣，说不出话来。一旁的苏莲衣却被感动了，她擦擦眼底的泪水，轻声道："真让人感动，贺兰钧，不要分开他们吧，我们想想办法把曾文远救出来再走吧。"

云净初眼睛一亮，期盼地看着贺兰钧。

贺兰钧却突然微微一笑，道："这样一对有情人我又怎么会让他们分开？"他抬手往身后的大门一指，道："你们看，谁来了？"

二人定睛看去，门口站着的人一身白衣，斯文俊秀，笑容里带着几分文雅的书生气，不是曾文远又是谁？

云净初猛然觉得眼睛一湿，心头冲上来的强烈情绪逼得她再也说不出一个字来，看着曾文远伸出的双臂，她抬脚就冲了过去，一头埋进他怀里，将自己所有的爱恋、思念、委屈都投进了他的胸膛。

"对不起，净初，对不起……"紧紧地抱住她，曾文远的眼睛也湿了。

"不，我也有不对的地方，我也对不起你。"云净初低哑哽咽的声音牵动着两人的心，往日里那些好的、不好的记忆都涌了上来，却让两人更明白该怎么珍惜对方。

苏莲衣感动地看着他们，贺兰钧不得不轻咳一声，打断两人互诉衷肠，"好了，叙旧可以留到以后，我们先考虑下眼前的处境吧。"

曾文远不好意思地看他一眼，低头拭干泪水，才道："金玉与裴云天商量要将云家的财产转移出去，被我听到了，所以她将我软禁了。我是打晕了送饭的下人才偷跑出来的。"他从怀里取出一张纸，正是金玉要他签

字转移云家财产的文书，"这是金玉逼我转移财产的证据，只要我们能说动族中长辈在祠堂召开大会，就可以证明净初的身份，让你重回云家了。"他最后一句是对云净初说的，语气中却全是感慨。

贺兰钧却皱了皱眉，"那云姑娘身上的人命官司呢？"

"我相信人绝不是净初杀的！"曾文远轻声但坚定地说道，"等净初回了云家，我们再好好从长计议，哪怕是真的要打官司，我也会守护净初到最后的。"

这一回，他绝不会让净初再次陷入那么孤立无援、四面楚歌的地步。

看他一眼，云净初忍不住握紧了他的手。只有失去过才知道曾经拥有的一切是多么宝贵，以后他们都要好好珍惜对方，再不留下任何遗憾。

贺兰钧点了点头，再不说话。苏莲衣却不肯让他清净，凑到他跟前小声问道："真好，你看他们多般配啊。"

连眼皮都懒得抬起来，贺兰钧径自回房休息，懒懒地丢下一句："曾文远配不上云净初。"如果当初曾文远能如现在这般，云净初何至于受那么多苦楚？而经过了毁容、一无所有的云净初却选择以原谅来了结之前的恩怨，这般的胸怀大度，这般的人品心性，确是难得一见的女中豪杰。

配曾文远，的确可惜了。

苏莲衣却不明白他心里所想，只当他是拈酸吃醋，心里难受。想到他以后再不会有跟云净初在一起的可能，她便笑得眉毛不是眉毛，眼睛不是眼睛："哼，你是吃不到葡萄说葡萄酸。"

以后啊，贺兰钧还是属于她苏莲衣的，想起来就开心啊！

数十年未开的云家祠堂重开，为的却是云家药铺的当家女老板被人冤枉跳崖后重生，只这消息就引得无数人围观。若不是族长颇有先见之明地组织了族中少壮守住了祠堂，只怕他们都进不去祠堂里了。

贺兰钧与苏莲衣跟在云净初和曾文远身后进了祠堂，看见地下站着的金玉冷静镇定的脸，忍不住挑了挑眉。

都到了这个地步，她还能这样，不知裴云天给她出了什么主意。

族长确认过双方的身份，才转向金玉道："金玉，你的丈夫曾文远状告你意图霸占家产，你有什么要说的？"

　　自进了祠堂后，金玉再没看过曾文远一眼，此时她的双眸浮上一抹嘲讽之色，冷笑道："空口白牙地说什么都可以，既说了他是我的丈夫，我何必图谋他的家产？要说我一心霸占家产，又有什么证据？"

　　曾文远从怀里取出文书递给她看，"这是你逼我签字转移财产的文书，不是证据是什么？"

　　金玉连扫都没扫一眼，仍然冷笑道："这种东西你要，我可以写个十张八张给你，又能做得了什么证据？文远，你若厌倦我了，直接休了我就是，用不着找这些借口来定我的罪！"

　　见她这般无耻，曾文远气得浑身发抖，指着她怒喝道："我当然要休了你！我不止要休了你，还要将你的恶行昭告天下！"

　　金玉第一次将目光定在他脸上，嘲讽的笑里有着浓重的伤感与悲哀："什么恶行？是太爱太爱你，爱得不惜从小姐手里将你抢过来吗？"

　　想到金玉虽将自己看管得严，却也事事都顺着自己，将自己照顾得无微不至，无论何时都将自己摆在首位的行为，曾文远愤怒的表情稍缓，再也说不出话来。

　　云净初看看他，又看了看金玉，忍不住道："金玉，到这时候你还敢说这么无耻的话？你是怎么陷害我的，你心里难道不清楚吗？"

　　"你又是谁？云净初吗？"将目光转到她身上，金玉再次冷静下来，"我陷害你什么了？如果你是云净初，杀人偿命，此刻你该去府衙坐牢。如果不是，我与我丈夫的事与你何干？这里有你说话的地儿吗？"

　　云净初顿时被她堵得说不出话来。

　　看着二人的样子，金玉反而笑了，笑得既得意又带着难以抑制的悲伤："各位，我只是一个弱女子，你们想怎么样就直说吧，我不敢反抗，但也不要给我乱加罪名，否则传出去丢脸的可是你们。"说完，也不理他人的反应，径自往堂下一跪，一副任人宰割的模样。

　　她这么合作，族中长辈倒是不好多说什么了。众人面面相觑，不知该如何才好。

　　苏莲衣凑到贺兰钧耳边低声道："这个金玉真是不要脸。"

贺兰钧轻轻摇头，"狡猾倒是真的。"而且这要赖的手段看着怎么这么眼熟呢？跟裴云天在他府门前用的那招根本就是一样的。

两人正在感慨时，只听族长朗声道："金玉，事情既然已经到了这个地步，你要是再拒不认罪，耗下去对大家都没好处。你倒不如说一说你有什么想法，看看我们能不能满足你。若行的话，也算皆大欢喜，你觉得呢？"

金玉却仿佛没听见般，只是稳稳地跪着，眼观鼻，鼻观心。

众人面面相觑，一时不知该怎么办才好。苏莲衣从来都是个沉不住气的，尤其是看着金玉的样子，便觉得气不打一处来，总觉得有什么是他们忽略了的，一双眼骨碌碌地转来转去，突然瞥见曾文远手上的文书，眼睛一亮，上前一步道："既然金玉不承认文书是她亲手所书，我看也不用再僵持了，去府衙做个笔迹鉴定就什么都清楚了。"

族长眼睛也亮了，这的确是个方法，"不错，走吧。"

众人起身，贺兰钧侧身给了苏莲衣一个赞赏的目光，看着她陡然飞扬起来的眼尾眉峰，忍不住也笑了。

堂下的金玉却僵了僵，道："等一下！事情既然到了这个地步，我再坚持也没什么意思。"她又看了看曾文远，没什么意思说的自是与曾文远的关系了，"我承认这封文书是我写的，准备把云家的财产转移出去也是我的主意。如今也没有成真，去了府衙也不过是白走一趟。何不干脆点，直接给我休书，我走人呢？"

没料到她突然改口，还改得如此迅速，如此彻底，众人一时又反应不过来了。但既然金玉如此说了，大家也就不愿多生是非了，取过笔墨纸砚，在金玉古怪的目光下，在族中宗老的见证下，曾文远写下休书，正式将金玉逐出家门。

"在下曾文远，与金玉断绝夫妻关系，从此男婚女嫁各安天命，还请族老与各位替我做个见证。"曾文远在休书上敲下印鉴，展示给众人看，所有人都点了点头。

金玉接过休书，从头到尾仔细看了一遍，冷笑一声，却并未马上离开，眼睛望着祠堂门口，似在等候什么人。

贺兰钧与苏莲衣对视一眼，又看向云净初与曾文远，见二人只是含情相望，似是全不在乎金玉接下来有什么，忍不住摇了摇头。

都说人无远虑，必有近忧。这两人如今两心相许，便什么也顾不得了，也难怪当初会被金玉有机可乘了。

金玉也看着曾文远与云净初，嫉妒在心里翻滚，她忍不住冷哼道："曾文远，云净初，恭喜你们又在一起了，但愿你们这次能够双宿双飞，做一对恩爱鸳鸯。不对，应该是亡命鸳鸯才对，哈哈哈……"

亡命鸳鸯？贺兰钧心里一惊，抬头刚要问，却见祠堂门口闯进一队官兵，为首的是洛阳府衙总捕头，他举起手中的圣旨，大声道："奉天承运，皇帝诏曰，云家贩卖假药，罪该万死，着府衙将其一家抓入天牢，等候发落。"

官兵迅速上前捉拿云净初、曾文远等人，贺兰钧护着苏莲衣往后退，以示自己与云家并无关系。

金玉却在官兵围捕她时，将手上的休书呈上，得意地笑道："我可不是云家的人，这事跟我没关系！"

总捕看了看她手上的休书，略一犹豫，挥手示意官兵作罢，押了云净初与曾文远离开，剩下一群人面面相觑，而金玉却笑得前仰后合，转身大步而去。

突如其来的变故让所有人都措手不及，贺兰钧一边着人去府衙打听，一边与苏莲衣匆匆到大牢里探望云净初、曾文远两人。

却在府衙门口与裴云天不期而遇，看到他身边的金玉，贺兰钧忍不住眯起了眼。看来一切果然如他所料，金玉的所作所为都与裴云天脱不了关系，那么云家贩卖假药的事必也是这二人所为了。

"你们两个怎么会走到一起？"苏莲衣惊讶地睁大眼睛，来回看了裴云天与金玉好几遍，露出恍然大悟的表情，"哦，我知道了，一定是你们俩狼狈为奸，陷害云家药铺！"

裴云天依然是那副镇定的样子，轻笑着道："苏姑娘，诬陷朝廷命官罪名不小，我劝你开口之前最好想清楚这点。"

"你……"苏莲衣还要辩解，贺兰钧却伸手将她拉到自己身后，挺身对上裴云天，"苏姑娘你不用害怕，所谓多行不义必自毙，有些人如果一直干坏事，老天爷迟早是会收拾他的。"

而一直干坏事的人是谁，不用说大家都心里有数。

干坏事的裴云天却满不在乎地笑着，慢慢凑到贺兰钧面前，轻声道："我知道你对发生的事很纳闷。没错，是我改变了金玉的容貌，让她帮忙以次充好更换了送到宫中的药材，也是我设计让曾文远夫妇做了我与金玉的替罪羊。但那又怎样？你现在不过是一介平民，进不了宫，拿不到证据，又能拿我怎么样？"

静静地看着他，贺兰钧仿佛根本没听见他说了什么，问道："宫里是谁帮你脱罪？张易之吗？"

裴云天大笑，"贺兰钧啊贺兰钧，有钱能使鬼推磨的道理你不是比我还懂吗？这么大笔钱，若全进了我的口袋，你说今天在天牢的人还会是曾文远夫妇吗？"想起送进张易之口袋里的银子和那只千年人参，他仍是觉得值。

"这就是所谓的官官相护吗？你以为女皇陛下会一点儿都没察觉吗？"

"哈哈！"裴云天仰天大笑，"贺兰钧啊贺兰钧，不要以为你什么都能赢，什么都看得准。人在什么位置，便要清楚自己的分量。像你这般从不掂量自己的人，怎么可能明白这官场之道呢？"他挺直身，高傲而轻蔑地看着贺兰钧，"是，我是做了坏事，可是你又能拿我怎么样？能怎么样呢？哈哈哈……"

贺兰钧一直平静地看着裴云天的表演，直到他笑得脸都僵了，再也笑不下去，他才缓缓地翘起唇角，露出一抹意味深长的笑，然后……拉过苏莲衣转身离开。

半晌之后，留在原地的裴云天才出声问道："你猜，他刚才在笑什么？"

金玉撇撇唇，"我怎么知道？你把事情都告诉他们，也不怕翻案吗？"

轻蔑地哼了一声，裴云天说得毫不在意："大局已定，翻什么案？虽然云家药铺倒了，以后进药材麻烦多了，好歹赚了不少钱，够我们逍遥一阵子了。只要你能掌握住云家药铺的进货渠道及所有的管理方法，等过段时间我想个办法把宫里的生意转移到你身上，我们就可以东山再起了。"

对于裴云天的能耐，金玉是非常相信的，她点了点头，迟疑地问道："那曾文远……"虽然恨他，却也曾真心地爱过他，并不希望他就此丧命。

裴云天却不屑地打断她，冷冷道："感情是穿肠的毒药，一切怨念纠葛都来自于感情。曾文远与云净初要不是太爱彼此，今天又怎么会变成这样？你不要再想着曾文远了，否则我不敢保证，你将来会不会也落得跟他们一样的下场。"说完看也不看金玉一眼，甩袖离去。

　　金玉张嘴想说什么，却知道裴云天不是她能说得动的人，最终只是沮丧地跺了跺脚，不再想这件事了。

　　而得到允许探监的贺兰钧则被烦得一个头两个大，第二十次地重申道："我真的没有想到什么对付裴云天的办法，我就是只是随便笑笑，不想让他太好过而已。"

　　"不信！"苏莲衣依然是不变的反应，"你笑得那么奇怪，肯定有办法了，你告诉我吧，告诉我吧……"

　　"啊……"被她烦得几乎要疯了，幸好在疯之前终于到了曾文远夫妇的牢房前，贺兰钧看着正在为曾文远梳头的云净初，那么的安静，那么的满足，那么的小鸟依人，柔情似水，哪里还看得出半点巾帼不让须眉的风采？

　　"你们来了。"曾文远抬头看见他们，微笑着招呼。

　　贺兰钧点头，抱歉道："我没料到金玉会与裴云天勾结，陷害你们。"

　　云净初摇头，目光始终看着曾文远，笑得温柔："坏人的心思总比好人多一些，贺兰先生不必自责。"

　　曾文远看着她，轻叹道："只是我不该把净初也连累了，她是无辜的……"话没说完，纤长白净的手指已抵在了他唇间，云净初不赞同地道："你不要这么说，我懂你。回到你身边，是我最开心的事。如果有一天你不在了，我活着也就没什么意思了。我想过了，不管女皇陛下会怎么判我们的罪，只要能跟你在一起，无论生也好，死也好，都是一件快乐的事。"

　　"对不起，对不起……如果有来世，我一定要继续跟你在一起，将所有欠你的全都还给你！"握住她的手抵在唇上，曾文远拼命抑制心中翻滚的情绪，良久才抬头看贺兰钧："只是太麻烦贺兰先生了。"

　　这回轮到贺兰钧摇头了，"你们也别绝望，这件事未必没有转圜的余地。待我想想办法。"

　　云净初与曾文远相视一笑，两人四目中有的尽是两心相悦今生相伴的

满足与幸福，至于未来如何，在此刻真的不是那么重要了。

直到出了牢房，苏莲衣依然眼泪汪汪，扯着贺兰钧的袖子哽咽："结发为夫妻，恩爱两不移。他们真是太让人感动了。"

贺兰钧头疼地看着她，别人的事她感动这么久是为了哪般？感动就算了，他的袖子都被哭湿了，她就不能放过他的袖子吗？

不怕神一样的对手，就怕猪一样的队友，看着眼前踏入别人圈套而不自知，却只会嚷嚷着让他治好自己脸的金玉，裴云天头疼得恨不得一巴掌拍死她。

如今风声这么紧，宫里查的这么严的情况下，这个蠢货金玉竟然敢再次往宫里运送次品药材，简直是往刀口上撞！自己当初到底是为了什么，会选这个蠢货的？

"你的脸到底是怎么回事？明明不可能回到原来的样子的。"看着金玉脸上重新蔓延的红斑，裴云天又皱紧了眉。

愤恨地看着他，金玉小心地戴上面纱："你问我我问谁？本来人家说你留了一手好控制我，我还不信，现在看情况却由不得我不信。裴大人，你还是彻底治好我的脸吧，否则这药材是你验的，腰牌是你给的，到时候你就是有十张嘴也说不清吧？"

"留一手？"裴云天一惊，心里已经大致明白是怎么回事了，"是谁告诉你我留了一手的？我们合作这么久，我若要留一手，也不至于到现在。"

"哼，谁知道呢？"想起那个烂面女人有理有据的指控，再想到自己如今对于裴云天来说已经没有了利用价值，若是他真的想踢开自己，那自己就只能永远顶着这张让人退避三舍的丑脸过日子了，金玉不由得咬牙，"裴云天，你想利用完我就过河拆桥，没门儿！我可不是云净初那盏省油的灯，你好好治我的脸，我给你时间把药材挪出来，否则就一拍两散！"

"你……你真是个蠢货！"指着她的手指抖得不像话，裴云天恨不得将她一巴掌拍死，"这分明是个圈套，你竟一点儿都看不出来吗？"

金玉冷哼，"我才不管什么圈套不圈套，我只要我的脸恢复到没有瑕疵的状态！"

"你……"这一回，裴云天是彻底考虑该怎么弄死她了。有这样一个蠢货做队友，就等于是埋了一颗定时炸弹在自己身边，随时都有可能会被炸死，太危险了！

还不等裴云天有所行动，洛阳令便带着府衙官兵冲进了太医署，与刚刚赶到太医署的裴云天狭路相逢。

讶异地挑眉，裴云天不解地看向洛阳令："大人，你们这是干什么？捉拿罪犯捉到我们太医署来了吗？"

洛阳令不着痕迹地缩了缩肩膀，看看身后的某个士兵，赔笑道："裴大人，我们收到密报，说太医署有人以次充好，特来查看。您也知道，这次等燕窝竟送到太平公主宫里去了，惹得女皇陛下大怒，所以我们不得不来查看。"

裴云天扬眉一笑，"是吗？但洛阳府衙似乎无权搜查宫中太医署吧？"他长身而立，站在太医署正中的位置，却正好挡住了官兵搜查的路线，洛阳令忍不住又缩了缩肩，下意识地又看向身后。

虽然他很想升官发财没错，但这裴云天也不是好惹的，女皇跟前的红人，在宫中也算得上是手眼通天的人物，得罪了他只怕也没什么好果子吃吧？

穿着官兵服的贺兰钧在心里暗叹这洛阳令胆子太小，难怪这么多年仍只是个小小的洛阳令。他上前一步，躬身道："裴大人忘了，女皇陛下吩咐过，宫中假药一案全权交由我们府令大人审理，如今大人手上握有女皇陛下钦赐的令牌，何人敢阻扰府令大人办案？"

洛阳令赶紧将女皇的令牌取出，递给裴云天看："没错，没错，我有令牌！"

目光自令牌上一扫而过，裴云天细细打量了一遍贺兰钧，方才还冷漠的脸上绽开亲切的笑，仿佛刚才的事没发生过般："既然如此，那就查吧。只是千万别碰坏了太医署的东西，你们担待不起的。"

洛阳令又回头去看贺兰钧，贺兰钧干脆眼一闭，手一挥，道："那是自然。各位兄弟，仔细地查，但千万小心点，别碰坏东西，明白吗？"

官兵们齐声应答，四散查找起来。裴云天含笑地看着他们一样一样地检查药材，也不阻止，只是看着贺兰钧，淡淡地道："贺兰钧，你的招数还真是层出不穷啊。我现在有点儿后悔当初就这么轻易放过你了。"

　　贺兰钧慢慢抬起眼看他，没有否认他的猜测，"棋差一着，人差的往往就是这一招，你恐怕没有这样的机会了。"

　　"那可未必。"淡然地一笑，裴云天在主位太师椅上坐下，端了茶细品，姿态安稳平静，没有半分即将被拆穿阴谋的焦躁与不安。

　　贺兰钧皱起了眉头，心里涌上不好的预感。

　　果然，陆陆续续的官兵带来的都是"没有次货"的回复，直至最后一个查完摆在院子里晾晒的药材的官兵回来，"回禀大人，所有药材都是上等，并无次货。"

　　贺兰钧闭上眼睛。这一回，又让裴云天得了先机，事先调换了药材吗？但不可能啊，昨天晚上金玉才送进来一车次货，要马上出宫又谈何容易？裴云天到底是怎么做到的？

　　耳边听得洛阳令一声仿佛被掐住了脖子的惊呼，"我的娘啊，到底是谁给的假情报？回去我非得狠狠地教训他不可！"

　　裴云天笑得八风不动："看来大人的消息不太可靠啊。"

　　洛阳令赔笑："是啊是啊，让裴大人笑话了，得罪之处还请裴大人原谅。"转身就往门外走，"我们走。"

　　裴云天皮笑肉不笑地看着他带着大批人离开，直到他一只脚踏出太医署，他才冷冷喝道："等一下！"

　　洛阳令那只脚便再也放不下去，哭丧着一张脸回头看贺兰钧，眼睛里满是责备。都是他，若不是他，自己又怎么会得罪裴云天？

　　贺兰钧却没心思理会洛阳令的哀怨，回头警惕地看向裴云天，"你想干什么？"

　　裴云天起身，缓缓踱到他跟前，站定，笑道："贺兰公子如今已没了官职，按律不得入宫。如今你假扮洛阳府衙官兵私闯宫门，依照大唐律例，杖责一百，我说得对不对，府令大人？"

　　洛阳令吓傻了，杖责一百，还不打掉他半条命去？但裴云天有理有据，他却开不了口反驳。

　　贺兰钧愤怒地盯着裴云天，恨不得将他的脸瞪出个窟窿来。裴云天在他的瞪视下笑容越发大得可恨，挥手示意御林军上前："拉下去打！"

哈哈，真是太解气了！

当贺兰钧一瘸一拐地从宫里出来时，苏莲衣差点以为自己眼花了。

"不是吧？你去抓假药，却被人给打成瘸子，贺兰钧，你也有这么狼狈的时候啊？"她指着贺兰钧笑得前仰后合。

没好气地白她一眼，贺兰钧皱眉沉浸在自己的思绪中，没有理她。

苏莲衣却以为自己的嘲笑让他恼羞成怒了，赶紧上前拍了拍他的屁股，安慰道："你别这么沮丧嘛，人有失手，马有失蹄。这就是云净初他们两口子的命吧。"

"你干什么？"贺兰钧痛得跳了起来，怒目瞪视她，"光天化日、众目睽睽之下，随便动手摸男人，你还有没有一点女人的矜持？"

"切，我都是你的人了，怕什么？"苏莲衣一脸嫌弃地看着他，"你瘦骨嶙峋一身柴，伸手全是骨头，谁稀罕摸你？"

"我瘦骨嶙峋？"贺兰钧愣了愣，低头看自己，"我怎么觉得我胖了呢？太医署都站不开了。"原先从左到右能走八步的太医署，他今天竟然四步就走到头了，这是怎么回事？

苏莲衣不知他在想什么，看着从府衙出来的囚车，拉了贺兰钧就跑了过去。贺兰钧没有防备，后臀顿时钻心地刺痛，刚想破口大骂，目光触及囚车上的云净初与曾文远，顿时说不出话来，想了想，才上前一步，歉疚地道："对不起二位，我没帮到你们，很抱歉。"

曾文远拉着云净初的手，洒脱地笑道："生死由命，富贵在天。贺兰先生已经尽力了，我们夫妻俩感激不尽。"

云净初也笑道："能有文远陪我走这段路，我已此生无憾。两位离开吧，不要看着我们死。我不想让你们看见我们身首异处的情景，只希望能将最美好的形象一直留在二位心中。"

曾文远转头看她，二人相视一笑，或许有遗憾，有冤屈，却没有半分仇恨，没有半分怨恨与愤怒。

贺兰钧默然不语，苏莲衣却抽了抽鼻子，从身后取出四块木板递给曾文远，哽咽道："你们也别太难过了。我们虽然不能帮你们洗刷冤屈，但我准备了木板给你们，我帮你们围上。"她手脚并用，快速地攀上囚车，

将木板竖在两人头的四周，直到连视线都遮挡了，她才满意，"一会儿囚车游街要是有人丢烂菜鸡蛋，就不会砸到你们的头了，也省得杀头前再受罪了。"

现场顿时没了声音。云净初只觉得头顶上飞过一片黑乌鸦，每一只都在"嘎嘎"地叫，撒下一串黑点……

本是不赞同地看着木板的贺兰钧，看着看着突然目光一亮，跳起来抢过木板翻来覆去地看个不停，看得苏莲衣莫名其妙："你做什么？这是给云姑娘的，你要喜欢，回去我再给你弄几块……"

"对啊，我怎么没想到呢？"完全沉浸在自己思绪中的贺兰钧根本就顾不上她说了什么，拿着木板往宫里跑，跑了几步又回头道："苏莲衣，你一定要拖住他们行刑的时间，我已经有办法救他们了，要等我，一定要等我！"

"唉……"苏莲衣想叫住他问问到底是什么办法，却看见他一瘸一拐跑得飞快，片刻工夫就看不见人影了，只得作罢，回头与曾文远夫妇大眼瞪小眼，半天之后才一拍手，不顾旁边狱卒恨不得吃人的目光，笑道："你们饿不饿？我们先吃顿饭吧……"

站在皇宫门口来回踱了快十来遍了，贺兰钧仍是找不到进宫的办法。洛阳令与他一起挨了杖责，就算说破嘴皮怕是也不会让他进宫了。到底该怎么办呢？

他看了看天色，已近正午，也不知道苏莲衣能不能拖住行刑的时间。正焦急间，却见吴大人与沈大人联袂下轿，一副正要进宫的样子。

想起自己替这两位大人做的一桩好媒，贺兰钧眼珠一转，计上心来。

他上前一步拦住二人，做出为难之色，张了半天嘴，脸都涨红了，硬是没说出一个字来。

吴沈二人对视一眼，都从对方眼里看出了幸灾乐祸，又装出关心地样子问道："唉，这不是贺兰公子吗？你怎么到宫里来了？"

"莫不是女皇陛下召见，您又升官发财了？要是有什么好事可别忘了关照我们啊。"

"这个……"贺兰钧为难地咬了咬唇，似下定决心般，将两人拉到一旁，又左右看了看，一副谨慎至极怕人知道的样子，小声道："两位大人，我为你们儿女做了大媒，与二位也算交情不错吧？"

二人看他一眼，没有说话，神情却都有些高深莫测起来。

贺兰钧继续神秘地道："不瞒二位大人，我离开太医署的时候太匆忙，有件重要的东西没拿。那东西对我很重要，万一被发现我会有灭顶之灾。还请两位大人看在儿女的分上，帮我取出来，到时候我一定重谢。"

他说得如此慎重而严重，顿时引起二人的兴趣，"不知是什么东西？又放在什么地方？"

贺兰钧卖了个关子，"东西我暂时不能告诉你们。至于位置嘛，就在太医署对门的那堵墙后面。我当时怕被发现，所以砌了堵墙专门存放。你拿锤子一砸，墙就裂了，很快就能把东西取出来。不过两位大人一定要小心，千万不能让任何人发现，否则连累了二位可别怪我。"

两人再次对视一眼，都从对方眼里看到了报复的快感，便不约而同地点头答应："好吧，贺兰公子稍等，我们一定帮你取回。"

二人快步进了宫，却同时奸笑起来。哼哼哼，贺兰钧，你也有今天！当初做媒让我二人成为笑话，今日便让你遭受灭顶之灾！

"你说，我们把这件事报告给张易之大人会怎么样？"沈大人悄声问。

吴大人笑得阴险而奸诈："张大人恨死贺兰钧了，一定会很高兴的！"

哈哈哈，嘿嘿嘿，嘎嘎嘎！

日正当午，法场上的人却丝毫不见少，看着跪在刑台上等候砍头的一男一女两个犯人，知道情况的人难免要叹口气。

"这云家药铺是老字号啊，诚信经营，怎么会有假药？"

"唉，你不知道吧，这云老板出了点事，当家的好像是曾老板的新老婆……"

"难怪啊，真是可怜……"

苏莲衣挤在人群里，看着刽子手举起明晃晃的大刀，一口烈酒喷在刀刃上，寒森森的杀气连阳光都黯淡了。

怎么办，贺兰钧怎么这么久还没来？要怎么拖延时间才行？

想起之前被押车的官兵一巴掌推倒，苏莲衣忍不住揉了揉被摔疼的屁股。遇上贺兰钧之后，她就没遇到过一件好事。

同样被贺兰钧连累得屁股痛得坐不了的洛阳令半坐在堂前，抬头看了看天色，伸手欲将令牌扔下，一个痛快淋漓的"斩"字已到了嘴边。

"等一下！"咬牙闭眼，苏莲衣大声喊道，"大人，请给我们时间话别！"

洛阳令被噎得一愣，旁边师爷赶紧递上茶，喝了一口才喝道："大胆女子，胆敢阻扰行刑！"

心知躲不过，苏莲衣干脆往前一步，豁出去了，"大人，我是云老板她表妹的舅妈的二姨的姑姑的女儿，奉家母之命来为云家夫妻送别。若大人不相信我的话，尽可以去核实我的身份，只是……"她眼里突然涌上泪水，整个人都被悲伤裹住，"请允许我与表姐夫妻话别。"

她转头对上云净初看过来的目光，哀哀地道："表姐你怎么可以这么狠心，就这么离开我们呢？你上次说你有个心愿未了，如今到了这个地步，我一定会满足你的。"

云净初与曾文远面面相觑，一时实在想不出自己到底有什么未了的心愿。

苏莲衣眨巴得眼睛都要抽筋了，见二人还是想不出，干脆自救："上次的《红拂夜奔》我没讲完，表姐你说死不瞑目，那今日我就在这法场上讲完了吧，也让表姐你能死而无憾。"

她说完，云净初虽觉得莫名其妙，却仍在她目光的压迫下不由自主地点了点头，苏莲衣这才心满意足，干脆盘膝坐在二人身前，双手一拍，当做醒木，脆生生地道："话说当年李靖和虬髯客遇到一个绝世大美女，名叫红拂女……"

法场上下的人都被她怪异的行为弄蒙了，谁也不知道她想干什么，但她容貌绝美，声音又清脆悦耳，若珠玉落玉盘，说起书来表情生动而活泼，一时也没人打断她，这么听得一段儿，竟觉得颇有意思，便不知不觉继续听了下去。

直到午时已过，日头挂上正天并有西移的倾向，师爷才猛然惊醒，推了推洛阳令："大人，午时三刻已过，是否该行刑了？"

洛阳令一愣，下意识地看了看天，又看了看唾沫横飞、讲得正在兴头上的苏莲衣，略犹豫了一下："她说得正好呢，要不听完？"

"大人，按大唐律午时三刻必须要斩，天黑之前还不斩的话，大人可有失职之罪。"师爷下意识地看了看洛阳令的屁股，"失职也是要打板子的。"

洛阳令顿时觉得还未全好的屁股痛得钻心，他一拍惊堂木，喝道："来人，快将这女子拉开！"手中的"斩"字令"唰"的一声就扔到了地上，断喝道："斩！"

苏莲衣一愣，目光往来路上看去，却被乌压压的人群遮住了视线，她拼命挣扎，"大人，我还没讲完呢，我表姐会有遗憾的……"

"拉开她！"洛阳令气急败坏，"等你讲完，本官的屁股又要烂一回了！"不说屁股还好，一说起屁股，洛阳令只觉得浑身都开始疼，"拉开她，拉开她！行刑！"

孔武有力的官兵拖着苏莲衣离开，现场只留下一串撕心裂肺的哀号，"不要啊，我要讲故事……贺兰钧，你快来……我顶不住了啊……"

官兵们面面相觑，讲故事跟贺兰钧有什么关系？敢情这女人是在故意拖时间？两人对视一眼，拖着苏莲衣的手更加用力了。

刽子手的刀在阳光下寒光闪烁，高举起的砍刀让人不敢直视。云净初与曾文远对视一眼，两人眼里都是死而无憾的光彩。

苏莲衣眼睁睁地看着，心里忍不住骂起贺兰钧这个浑蛋，说好来救场的，人呢？再不来人头就要落地了，云姑娘你以后记得要夜夜都到贺兰钧的梦里纠缠他，最好白天也来，吓死这浑蛋不偿命……

"刀下留人！"远远一人一马急冲过来，马上人好似也知道形势紧急，远远地就开始大喊。

苏莲衣趁着官兵愣怔的工夫挣脱钳制，飞快地跑进法场，推开刽子手，确认那把大砍刀不是对着云净初与曾文远的脖子后，才长舒一口气。

那边贺兰钧已冲进法场，还没下马，就已先喊道："刀下留人！真凶找到了，与曾氏夫妇无关，陛下有令即刻放人！"

看着他手上举着的圣旨，苏莲衣与曾氏夫妻俩都松了口气。

"唉，你怎么现在才来啊？差点就拖不住了。"苏莲衣瘫倒在法场的地上，半点不顾形象。

贺兰钧一边帮曾文远解绳子，一边转头看她："你表现不错，能拖这么久，记一大功。想要什么？我都满足你。"

"真的？"苏莲衣眼睛一亮，翻身而起，就要开口。

贺兰钧却已转开目光，与曾文远一起解云净初的绳子，施施然地加了个但是："除了娶你这件事。"

"……怎么这样？"苏莲衣顿时萎顿在地，怨怼的目光恨不得在贺兰钧身上瞪出个窟窿来。

贺兰钧没理她，转身离开，脸上却挂着一抹促狭而得意的笑。

办好出牢的手续，贺兰钧等四人站在监牢门口，忍不住吐出一口秽气。

"终于出来了，每次来这里都觉得压抑难受，以后再也别来才好。"想起自己还在这里住了几天，苏莲衣忍不住拍了拍衣摆。

曾文远抱拳道："贺兰公子，苏姑娘，这次多亏你们帮忙，我们夫妻才能洗刷冤屈，请受我们夫妻一拜。"

"唉，千万别这么客气！"伸手扶起他，贺兰钧诚恳地道："应该说是好人有好报。若不是我在落魄时受过云姑娘一碗粥，也不会那么巧就认识她，生出想要帮忙的心思。"

苏莲衣却一撇嘴道："不过交情归交情，银子还是要算清。这段时间云姑娘在我们人面桃花楼又吃又住，还恢复了容貌，可花了不少钱。若是你们能把账付清的话，我觉得比受你们一拜来得更好，你说是不是？"

曾文远一愣，云净初却抿唇微笑。

贺兰钧顿觉有些难堪，忍不住呵斥道："钱钱钱，你除了钱还知道什么？"

"有钱走遍天下，无钱寸步难行。我们都快揭不开锅了，还不能向好朋友们说说自己的难处吗？"对于自私又梦想发财的贺兰钧突然变得这么仗义，苏莲衣是极其不屑的，忍不住想要拆他的台。

贺兰钧瞪着她，却说不出更多的话。

曾文远与云净初对视一眼，笑道："这是应该的，改日必定奉上。"

苏莲衣顿时眉开眼笑，拉着云净初的手一个劲儿地夸她嫁了个好老公。曾文远被她说得不好意思，只好转而问贺兰钧，道："不知贺兰公子是怎么找出证据确认我们无辜的？"他话一落，苏莲衣与云净初也看了过来。

　　这是他们心中共同的疑问。

　　说到这个，贺兰钧忍不住又得意起来，嘴角抑制不住地上扬："哼，裴云天以为就他聪明，在太医署里建了一堵夹墙，将假药材都放在里面。他肯定想不到我对空间非常敏感，进了太医署就觉得不对，好像屋子一下子变小了，却想不出原因。后来看到莲衣给你们挡在身前的木板，我一下子就想明白了，然后就去找人拆了墙，当然就抓到真凶了。"

　　想到张易之带人拆墙后看到满屋子的假药材，脸色大变，吼着让人去抓裴云天的情景，他就忍不住想笑："其实这一次最大的收获不仅仅是你们夫妻和睦，除掉了金玉这个坏人，最要紧的是把裴云天拉下马，以后宫里也好，民间也好，应该会太平不少了。"

　　几个人正说着，就见官兵们押着金玉过来了，这么大热的天，她却围着一条围巾，遮住了整个脖子和下巴，看着既怪异又违和。

　　贺兰钧眉头一皱，上前问道："官爷，怎么只有一个人？裴云天呢？"

　　押送的官兵认识贺兰钧，一抱拳回道："此女刚刚到府衙投案，说一切都是她自己做的，与裴大人无关，令牌只是她勾引裴大人的时候偷来的。"

　　众人都愣住了，曾文远更是与云净初面面相觑。金玉勾引裴云天？那为什么还要嫁给曾文远？这是怎么一个诡异又怪异的思维方式？

　　贺兰钧却皱眉看向金玉，"你一个人扛下所有罪名值得吗？这是杀头的大罪，你为什么要帮他扛？"

　　金玉看他一眼，微微一笑，却不说话。

　　曾文远上前一步，目光复杂地看着她，"金玉……你我毕竟夫妻一场，若你有什么未了的心愿、想办的事告诉我，我一定尽力帮你做到，别的我也不知道还能为你做什么……"却是再说不出多的话来。虽然恨金玉，但看她落得这般下场，仍是觉得心中难忍。

　　云净初握着他的手，也看向金玉："金玉，你我到底姐妹一场，有什么你就说吧。"

金玉却只是微微笑着摇头，目光平和，一派全无所求的样子。

身后的苏莲衣却突然上前，站在金玉跟前，用手比了比，又一脸纳闷地看了看她，想说什么，官兵却已推搡着金玉进了牢房里。

"这个金玉真是奇怪，这么彪悍又自私的人，怎么会突然认下所有的罪，却放过了裴云天呢？"离开府衙，贺兰钧与苏莲衣告别了曾文远夫妇，一路往人面桃花楼走去，脑子里却不肯停歇，满脑袋的问号。

苏莲衣跟在他身后，也一副若有所思的样子，半天才道："贺兰钧，你有没有关于增高的书？借我看看吧。"

"你看这个干什么？"贺兰钧诧异地看她一眼，"你不是想偷师吧？"

没好气地给了他一个大白眼，苏莲衣道："我只是想研究下增高术。我个子不高，看看能不能像金玉一样让自己长高一点儿。"

"增高？人的身高是不可改变的，除了把鞋垫垫高之外没有别的办法。"贺兰钧上下打量了她一下，却又突然皱了皱眉，"金玉的身高变了吗？"

苏莲衣点头："是啊，之前我假扮烂面女人与金玉说话的时候，她跟我差不多高，可是刚才我发现她比我高了很多啊。这么短的时间内，一个人就长高了这么多，看起来裴云天的技术比你高多了。"

"怎么可能？"贺兰钧嗤之以鼻，却又忍不住沉思起来。没道理金玉会突然间长高，而且她看到曾文远和云净初竟然能这么冷静，有些不寻常。

推开人面桃花楼的大门，苏莲衣双手背在身后转了一圈，使劲呼吸了一口楼里飘散的脂粉香气，道："算了，老说她干吗啊。反正金玉就是个奇怪的人，一边说着多爱曾文远，为了嫁给他害得云姑娘毁容跳崖，一边却又跑去勾引裴云天。今天这么热，她居然还戴了围巾，真是没有最怪，只有更怪。"

"围巾？"贺兰钧仿佛无意识地重复，整个人却一震。

是啊，是啊，这么明显的破绽，他怎么没发现？突然长高，还戴了围巾，那个人，很有可能不是金玉啊！

转身冲出人面桃花楼，贺兰钧只恨自己跑得太慢，也不知道现在过去还能不能抓到证据。

但显然，他醒悟得太迟了，而裴云天的动作却太快了。

望着牢房内倒在地上一动不动的金玉，贺兰钧皱眉问身边的狱卒："她怎么了？"

　　这狱卒正是被贺兰钧治好了少白头的那个，闻言笑道："小的也不清楚。刚才张易之大人过来看她都还好好的，张大人走了之后，她就变成这样了。也不知张大人是怎么验明正身的。"说到最后一句时，他声音带了几分暧昧。

　　苏莲衣受不了这样的猥琐，忍不住"啐"了一声，贺兰钧脸色大变，蹲下身去探了探金玉的鼻息，轻声道："还好只是中了小小的迷烟。"

　　话是这么说，他的眉头却没有舒展开，仿佛还有什么事一般。

　　"怎么了？这个不是金玉吗？"再怎么迟钝的人也看出有问题了，苏莲衣忍不住问道。

　　叹了口气，贺兰钧起身，仍看着地上昏迷的金玉，想了想才道："我们之前见到的认罪的那个应该是裴云天假扮的金玉，所以你才会觉得他长高了，还戴了围巾遮掩他的喉结。"

　　惊讶地睁大眼睛，苏莲衣也看着地上的金玉，"那这个呢？"不会吧？裴云天有没有这么蠢，把自己弄进牢里来啊？

　　"这个是真正的金玉。张易之来过了，他自然是设法把裴云天换出去了。"从怀里掏出一颗药，贺兰钧想了想，还是蹲下身喂给了金玉，"没想到张易之会来得这么快。"

　　"那有什么关系？只要金玉在，她就能说出所有的真相，到时候不但能抓住裴云天，与他狼狈为奸的张易之也能一网打尽！"苏莲衣恨不得现在就出去抓住坏人。

　　贺兰钧没说话，只是一脸怜悯地看着逐渐醒来的金玉，脸上是不忍。苏莲衣奇怪地看着他，不知道什么时候贺兰钧竟变得这么有同情心了。

　　但，当金玉张开嘴却说不出话来时，她有些明白了，当她想拉金玉站起来用笔写出来时，她就更明白了，甚至连她自己，也生出几分不忍来。

　　一个被毒哑了，被挑断了手筋、脚筋，并承认自己犯下欺君大罪的人，无论她曾经是多么的可恶，在这一刻，都显得那么的可怜，又可悲！

　　"算了，金玉罪孽深重，也算死得其所。"摇摇头，贺兰钧转身离开牢房，

"只是便宜了裴云天那个浑蛋！"

苏莲衣跟在他身后离开，眼睛却忍不住又转回去看看在地上拼命挣扎扭动的金玉。若早知今日，当初又何必呢？

"多行不义必自毙，若当初知道会是这个结果，你还会那么做吗？"最后再看她一眼，苏莲衣头也不回地离开。

身后牢房内传来金玉痛哭的声音，绝望、悔恨、怨怼，各种情绪混杂，但却再没人回头去看她一眼。

贺兰钧没料到裴云天竟然会约他见面，且约会的地点竟然是洛阳闹市区的荷花池。层层叠叠的荷叶遮天蔽日，大簇大簇的荷花亭亭立于河面上，随着初秋的清风微微摇摆，送来清雅迷人的香气。

抬手为他斟了一杯酒，裴云天笑得云淡风轻，"你没想到这次我能逃出生天吧？"

举杯至唇，贺兰钧抬眸看他，突然咧嘴一笑："这样才更有意思，我期待你下次还能这么幸运。"一口喝干杯子里的酒，他抬头笑，"说吧，约我出来干什么？"

裴云天也笑，姿态慵懒而肆意："我知道你不会游水，打算在船上打个洞，把你淹死，然后我自己游走，你觉得有没有趣？"

没料到他会这么说，贺兰钧微微一愣，目光下意识地看向脚下的船板。

裴云天却被他逗笑了，笑得前仰后合，眼泪都出来了，才喘息着道："贺兰钧你变笨了啊，开个玩笑而已，你当我跟你一样笨吗？"众目睽睽之下做出这样的事情，他是怕自己刚在洛阳府的牢房里待的时间太短吗？

知道自己被他戏弄了，贺兰钧略感难堪，冷哼一声，自顾喝酒，不再理他。

裴云天也不介意，只管笑够了，才喝了杯酒，道："你我也算有师徒之谊，我还叫你一声师父，何必闹成这样呢？大家和睦相处不好吗？"

没料到他会这么说，贺兰钧又愣了一下，才回道："道不同不相为谋。你我走的路不一样。"

"师父走阳关道，我走独木桥，但都要平安不是吗？"缓缓饮了一口酒，裴云天这话说得颇有深意。

盯着他的眼睛，贺兰钧面无表情地问道："你想做什么？"

"什么都不想。"裴云天咧嘴一笑，本该明灿如朝阳的笑却似乎总遮着乌云，暗藏着阴谋诡计似的，"我知道师父藏了一手，有好多秘诀还没有教给徒弟，比如无法消除永宁公主脸上的黑斑，比如金玉已经恢复的容貌又出现红斑。不如我们来做一笔买卖吧，师父把这一切教给徒弟，徒弟保证人面桃花楼生意兴隆，师傅有个锦绣前程，从此我们井水不犯河水，师父认为如何？"

将手里的杯子重重地按在桌案上，贺兰钧看着他，沉声道："靠岸！"

裴云天依然淡淡笑着，一双阴鸷的眼仿若蒙了一层乌云，让人看不透。他拍了拍手，船缓缓靠岸，他脸上的笑却越来越深，看着贺兰钧上岸，他也没阻止。

确认了脚踏实地的感觉之后，贺兰钧心里先踏实了，才回头冷冷地看着裴云天道："想让我把最后的杀手锏教给你，下辈子吧。趁着现在天还亮着，你赶紧做做梦吧。"

他这话说得阴损，裴云天面色陡然一变，"贺兰钧，你别不识抬举！"

贺兰钧却半点不受他的影响，往后退一步，跺跺脚，似乎对脚下的土地很满意，然后才笑着慢条斯理地道："哦，忘了告诉你，方才我在你身上下了一种毒，你是不是觉得身上有很多地方很痒啊？别抓，千万别抓，赶紧试试你自己能不能解吧，哈哈哈！"说完再不理他，转身离开。

坐在船上恨恨地看着他离开，裴云天告诉自己，贺兰钧下毒自己是不可能一点都察觉不到的，他想在自己身上下毒是绝不可能，但身体却不受控制地痒了起来，他强迫自己不挠不抓，那痒却越发地钻心难忍，终于让他受不住，轻轻抓了抓，这么一抓不得了，竟引得全身都开始痒，他控制不住地越抓越厉害，心里却忍不住将贺兰钧祖上十八代都骂了个遍。

远处苏莲衣迎上贺兰钧，上下打量了好几遍，确认他没事后才看向身上有跳蚤般的裴云天，皱眉道："他怎么了？你在他身上下毒了？"

贺兰钧轻笑，"是啊，还是不能解的毒。"

这下苏莲衣是真的好奇了，"什么毒不能解？"要是相思毒就好了，她一定偷点儿来给贺兰钧下了。

　　"心中有鬼。"朝她做个鬼脸，贺兰钧笑着扬长而去，"走吧，今天天气晴朗，说不定有生意上门呢。"

　　苏莲衣回他一个鬼脸，笑道："你不知道现在生意多好！早上云姑娘夫妻俩送了牌匾来，不知道多少人知道我们人面桃花楼妙手回春，能让人变得美若天仙，我就是来找你回去做生意的！"

　　"你是不是还收了人家的钱？"

　　"……收了又怎样？那是我们该得的！"

　　"苏莲衣，跟你说过多少次了，云姑娘是朋友，怎么能谈钱呢？多伤感情！"

　　"哼，你倒是想跟她谈感情，可人家有丈夫，你做梦吧，你这辈子只能跟我在一起！"

　　"你……胡说八道！"

　　"贺兰钧，你别跑……"

　　阳光明媚，天气晴朗，荷花吐香蕊，莲叶送清风，今天真是个好日子，真好！

没有生意的时候，贺兰钧与苏莲衣愁得整天唉声叹气，如今生意好了，两人仍然愁得不行。整天从早忙到晚，不停地给人做脸、梳头、指导运动，累得不行。苏莲衣觉得自己站着都能睡着了。

"这样不行，不行，我得停业休息两天，必须休息……"她喃喃自语，抓着门板就想扣上，却一头撞进贺兰钧怀里，"哎哟"一声坐倒在地。

"说你笨你还不承认，走个路都能摔倒！"居高临下睥睨着她，贺兰钧嘴角撇得都快到后脑勺了，"起来，跟我去楚王府一趟，要是你到了楚王府还这么笨手笨脚，以后就再也不带你出去了。"

"出去？"那不是就可以休息了？苏莲衣眼睛一亮，顿时跳了起来，"不会，不会，我绝不会再摔倒了！"

瞥她一眼，贺兰钧往自己工作的密室走去，一边吩咐苏莲衣收拾好自己的工具包："这次楚王要考校易容术，你知道带什么吧？"

"知道！"生怕他不带自己去，苏莲衣头点得恨不得断掉。

看她这副不靠谱的样子，贺兰钧摇了摇头，幸好他早有准备，也不怕苏莲衣临时出状况了。

楚王少年从军，一生戎马倥偬，立下赫赫战功，虽非皇室宗亲，却深得女皇陛下信任。如今年岁大了，卸了兵甲归家，却发现年华已去，昔日娇艳如一朵牡丹的楚王妃却已凋谢，成了明日黄花。楚王心中愧疚难过，听从幕僚建议，遍寻当世易容高手，要令王妃返老还童，重回青春时光。

坐在楚王府富丽堂皇的大厅里，贺兰钧打量着端坐上位的楚王和王妃。楚王身材高大，一身正气，眉目硬朗，虽面有风霜，隐隐有英雄白头的意思，但举手投足间大气而爽朗，带着军人特有的铁血气质，仍是好看而有魅力的男人。王妃温婉柔和，端坐的样子有着皇室的气度与雍容，虽容貌已老，却保养得宜，虽不像十八九岁的姑娘年华正好，却也如一朵夜半盛开的优昙花，有着常人难以比拟的美丽。

年轻时，必是倾国倾城，让人一见难忘的绝色佳人。

楚王温柔爱怜地看着王妃，笑对满屋的太医、大夫们道："各位都是当世易容术的高手，本王听说你们一双巧手不但能令容貌变美，更能巧夺天工，使人返老还童。本王与王妃鹣鲽情深，她多年的青春都耗在等待本王上，如今本王告老还乡，王妃却日渐苍老。本王心中有愧，难过万分。各位若能在此次比赛中胜出，本王将聘请他为王妃恢复青春美貌，只要结果让本王和王妃满意，本王不但许以重金，还将奏请女皇陛下，将宫中所有脂粉的采办权交给他。"

听完他的话，厅中众人都惊讶地睁大眼睛，表现出极大的兴趣。楚王见状，满意地点头，笑道："还望各位不要藏私，发挥出最好的水平来。"

他的话刚说完，便有人起身询问是否可以开始展示技艺。楚王看了王妃一眼，见她轻轻点头，便示意开始。

贺兰钧看见裴云天不屑的目光，愣了一下，却也没放在心上。楚王府根据他们的要求，给了每人一个房间，并派人守在门口，以确保他们在施展技艺时不会受到打扰。

很快，第一个人就将自己的作品展示给楚王看。一个其丑无比的女子，经过妙手回春成为了一个天仙一般的女子，确实算得上妙手回春。

随后众人各自展示，有将美女变得更美的，也有将脸上的瑕疵完全遮住的……各种各样，不一而足。到贺兰钧时，他却让身边那个楚楚可怜的女子拆掉精心梳理的发髻，从脸上扯下一层皮来，原来是个男子！

楚王拍手大赞："贺兰公子果然名不虚传，连如此一个粗壮的男子都能变成楚楚可怜的绝世美女，的确厉害！"

周围人议论纷纷，有一两个甚至忍不住上来围着那男子打量，想看出贺兰钧到底是怎么做到的。

贺兰钧微笑，却在目光触及裴云天时，顿了顿。裴云天直视他，脸上带着不屑与"你也不过如此"的鄙夷。

"王爷，下官认为一时的障眼法算不得什么，能一劳永逸才是最佳的办法。"见楚王顺着贺兰钧的目光看过来，裴云天抱拳躬身道。

他的话顿时引起了所有人的兴趣，楚王问道："裴大人有什么高招？"

裴云天目光缓缓地看过所有人，微微一笑，拍了拍手，门外走进来一个女子，年龄若三十，容貌也只在中上，看不出如何美貌。众人不解地看向裴云天，他却只是负手微笑，没有为众人解答疑问的意思。

半晌，还是楚王沉不住气了，轻声问道："裴大人这是……"

"王爷，您看此女年纪多大？"裴云天施施然问道。

楚王皱了皱眉，却仍答道："三十左右。"并不年轻，若裴云天的手段只是如此，那他就没有留下来的必要了。

裴云天却摇头，说出让人震惊的话："不，她今年已近六十了。"

所有人大惊，甚至有人高声叫道："这不可能！"

生老病死，岁月交替，是世间无法改变的规律，自古就有人追求长生不老、返老还童，但却从未听说有人成功过。若裴云天真的令一个六十岁的女人看起来只如三十岁左右，那他的技艺就已经不是一般的厉害了，而是人力可逆天，是能颠覆时光与自然法则的存在了。

遭到质疑，裴云天也不着急，只等众人声音低下去时，才缓缓笑道："你快告诉王爷你是谁。"

那女子弓着身上前一步，抬头看向楚王，殷切地道："王爷，我是您的奶娘张妈啊。"

楚王一愣，如今他也是年近四十的人了，奶娘张妈早已老得不成样子了，怎么会是眼前这个看起来比他还小的女子？下意识地，楚王开始在那张脸上寻找皱纹的痕迹："张妈？你怎么会是张妈呢？"

那女子激动地道："王爷你从小是我奶大的，你屁股上有块红色的胎记。您最喜欢吃的是桂花酿圆子，最喜欢喝的是西域产的红葡萄酒。您喝醉酒喜欢打人，还喜欢放屁……"各种楚王的怪癖从这女子口中一一道出，如数家珍，全是外人不可能知道的秘密。

楚王一张老脸涨得通红，伸手示意她住嘴："够了够了，我相信你是张妈，别再说了。"他转向裴云天，无比地佩服："裴大人真是神乎其技，今日胜出的人当是裴大人。"

如此逆天的技艺，由不得众人不服，纷纷上前祝贺，只有贺兰钧依然皱眉，一脸古怪地打量着那叫张妈的女子。

苏莲衣没料到他会输给裴云天，忍不住扯了扯他的袖子，低声道："喂，你怎么会输给他？"

贺兰钧摇头，"这不可能。虽然用细辛、薯蓣、黄芪、白附子、葳蕤、川芎、辛夷、白芷、瓜蒌、木兰皮研成细粉，以蛋清蘸药涂在脸上，洗去后确实能令人面部光泽红润，皮肤不皱，但没道理会让人短时间内变年轻。除非是有人皮面具，或是化妆术。"

他三步并作两步，在众人反应之前已到了张妈面前，取过一旁桌子上的水杯，也不管是谁喝了的茶，倒在手里就往那女子脸上揉去，用力之大让那女子忍不住尖叫，贺兰钧却呆住了。

手下的触感细腻而真实，那女子仍是年轻的模样，并非是人皮面具或者化妆术，太奇怪了。

"贺兰公子，不可对我奶妈无礼。她虽年纪大，但如今这副模样，你也该谨守男女大防，切不可逾矩，否则我就让你娶了她！"楚王听到叫声回头，正看到贺兰钧一只手在奶妈脸上揉搓，顿时不悦道。

贺兰钧却没多说话，只是皱眉上下打量奶娘。苏莲衣倒是紧张了个半死，一把拉住贺兰钧推到身后，一只手不忘抱住他的胳膊，冲楚王赔笑道："王爷，他有妻子了，绝不可能娶您的奶妈。我们认输了，认输了。"就算贺兰钧再不服，她也绝不会让他再多碰那女人一下！

众人忍不住闷笑，裴云天更是笑得张狂而肆无忌惮。他看着张妈那张虽平凡但确实年轻的脸，心里忍不住得意。

贺兰钧，就算你想破脑袋，怕是也想不出我到底是如何做到的吧？想起他从天下第一杀手组织——琅琊阁带回来的小阿九，裴云天便心情大好。

那么单薄又瘦弱的身躯，竟能杀了满池的鳄鱼而不受伤，更难得的是，阿九对他忠心耿耿，藏在暗处帮他做事，让他出尽风头，真是太好了！

这笔银子花得值！

回到人面桃花楼的贺兰钧无论如何都想不透裴云天到底是怎么做到的，能将一个人的容貌变得如此年轻。

为了想明白这件事，他已经一天一夜没有走出密室了。

苏莲衣推开门，立刻被满室溢出的冷气给冻得直打哆嗦。她抱着肩膀，定睛看去，却见贺兰钧用来给人做手术的密室里堆满了冰块，冰块蒸发时吸收热气，弄得整个密室雾气腾腾，宛如蓬莱仙境。

贺兰钧就坐在冰块的正中间，做了那蓬莱仙境中的神仙。

苏莲衣被自己的想法雷到了，撇嘴过去推了推贺兰钧："喂，你不是这么输不起吧？被裴云天赢了一次，就想把自己冻死啊？"

给了她一个"我没你这么无聊"的白眼后，贺兰钧起身换了个姿势，却仍看着冰块道："我就是想不通，要一个人恢复年轻到底是怎么做到的。就算用冰块把人冷冻起来，她的皮肤、毛发、心跳等一切都静止，是可以保持人的容貌不变，但也不可能让人回到过去，像那个张妈一样返老还童，他到底是怎么做到的呢？"

"想不透就别想了。反正我们现在一不缺钱，二不缺生意，何必跟他去计较呢？"苏莲衣想得很开，只要贺兰钧在她身边，有钱赚有生意做，给她个神仙她也不乐意。何况她来找贺兰钧是有别的事要说，便将冰块、返老还童什么的都丢到一边，扯着贺兰钧的袖子道："我来找你，是有件

事要跟你商量。"

瞟她一眼，贺兰钧给了她一个无声的白眼，"什么事？"

难得苏莲衣竟然不好意思了，她扭捏了一会儿，才咬牙道："我有个表妹叫诸葛小仙，她想来京城住几天，玩一玩，我已经答应了。"她见贺兰钧一副"无所谓，你决定就好"的表情，心里虽高兴，却又觉得还是继续招供的好，想了想才接着道："我这个表妹长得挺漂亮，比我就差了那么一点点，不过她有一点儿爱钱，希望你不要介意。"

贺兰钧不以为然地撇嘴，"君子爱财取之有道，没关系的。"他自己也死爱钱啊，并没觉得怎样。又看了苏莲衣一眼，她也很爱钱！

"哎呀，你真是太好了！"苏莲衣不知道他心里所想，只是高兴于他现在的态度，忍不住扑到他身上，抱住他的脖子，在他脸上亲了一口，才欢天喜地地捧着一颗欢蹦乱跳的少女心离开了。

留下贺兰钧一边擦着脸，一边愁眉苦脸地看着满地的冰块，唉声叹气地继续想着裴云天到底是怎么做到的。

而此时的贺兰钧却不知道，他的灾星和磨难即将来临……

因为治好了毁容的云净初，让她的容貌恢复到以前的花容月貌，人面桃花楼的生意最近越来越好，甚至很多贵夫人都会提前到店里预约自己想要的东西，而贺兰钧费了极大功夫培育的天山冰蚕，便是都统夫人预定的。

苏莲衣看着那只圆圆胖胖、晶莹剔透的冰蚕，眼睛都舍不得眨一下："这个蚕好漂亮，用来做什么的？"

贺兰钧得意地看着蚕，道："这可是个好东西，能在人脸上爬动的时候吃掉人脸上的死皮，让人脸重新焕发青春的魅力。"

"哇，这么好，那我试试！"苏莲衣顿时流口水了，伸手去取蚕，却被贺兰钧一巴掌拍开。

"别碰！这个是好不容易才培养成的，全天下就此一枚，都统夫人定金都付了，足足三百两，万一有个闪失，我们可就倒大霉了！"

苏莲衣顿时不敢动了。三百两啊，好多，而且是都统夫人定的，若真没了，可就不是赔钱能解决的了。想到好不容易经营到现在的人面桃花楼，苏莲衣便再不敢轻举妄动。

"算了，我去收拾屋子，我表妹一会儿就到了。"

贺兰钧满意地看着冰蚕，仿佛看见名利双收的未来，笑得嘴都合不拢了。正当他沉浸在自己幻想出来的成功中时，一个清脆的声音道："人面桃花楼的美容术真的那么厉害？毁容都可以恢复美貌？"

贺兰钧抬头，却见门口站着一个美丽高雅的女子，她穿了一身秋香色高腰长裙，衬得腰身纤细柔韧，一张脸上眉目如画，虽高昂着头，姿态倨傲，但却掩不住她的美丽。

贺兰钧赶紧起身招呼，"当然，当然，绝对童叟无欺。"

那女子便大马金刀地进来，左右看看，气派十足地道："既如此，那就把你最好的技术给我用一用，我看看是不是徒有虚名。"

贺兰钧一愣，随即想到会在这个时间上门的，只有都统夫人了。他一边将人让进来，一边小心翼翼地问道："请问您是都统夫人吗？"

那女子却回头恶狠狠地瞪了他一眼，"不管我是不是都统夫人，你们开门做生意客人最重要，不是吗？"她的气势太足，完全是一个蛮不讲理的贵夫人，贺兰钧心里觉得好笑，明明是都统夫人，还装什么客人？摆出一副上门踢馆的架势，是要给他下马威吗？

想到这里，他便不再问，只低头附和道："是是是，您说的都对。冰蚕已经准备好了，绝对不会让您失望的。"

那女子在贵妃榻上躺下，贺兰钧小心翼翼地取出冰蚕放在她脸上，又仔细调了个促进眉毛生长的药膏给她涂上，一边道："夫人的眉毛不够浓密，我用蔓荆子、夜交藤、升麻以醋调和了个药膏，夫人回去每夜涂上，能使眉毛更好看。"又看了看不停爬动着吃着死皮的冰蚕，问道："夫人现在是不是感觉很舒服？"

那女子轻声道："凉凉的，还挺舒服的。我渴了，茶。"

"是，我去倒水。"她说的如此自然，贺兰钧起身倒水也自然得要命。

那女子似是习惯了指使人，在冰蚕为她去死皮的这么一会儿工夫，她就指使贺兰钧端茶倒水了三回，又说热，要打扇，一会儿又说肩膀酸，要捏肩；贺兰钧刚放下扇子，她又说脚痒，要挠，直累得贺兰大喘气，要不是看在

那三百两定金的分上，依他的脾气怕是早就将人给赶出去了。

但此时的贺兰钧还不知道，他以为的那三百两银子，早在这女子进门的时候，就已经长翅膀飞走了。

正当贺兰钧忙得不亦乐乎，累得恨不得哭爹喊娘的时候，门口又来了客人，一个夫人带着两个丫鬟，客气有礼地问道："请问贺兰公子在吗？"

贺兰钧起身："请问您是？"

夫人身后丫鬟回答的声音清脆悦耳："这是我们都统夫人，她定了您的冰蚕，您忘了吗？"

贺兰钧顿时觉得眼前一黑，几乎晕倒，他不敢相信地回头瞪着正从贵妃榻上坐起身来的女子，问道："她是都统夫人？那这个是谁？"怎么可能有两个都统夫人？

那女子在他目光下微微缩了缩肩膀，却仍不甘示弱地与他对视，气势半点不弱。

正在这时，楼上却传来苏莲衣惊喜的叫声："表妹？你来了，怎么不叫我？"她飞快地下楼，拉起贵妃榻上的女子，向着贺兰钧笑道："这就是我表妹诸葛小仙，我给你说过的。"

诸葛小仙微笑着向贺兰钧行了一礼，没有了之前的倨傲，倒也是个难得的美人："请哥哥多多关照！"

关照？！关照个大头啊！他的三百两啊……

他暴喝："你怎么不早说你是诸葛小仙？那么珍贵的冰蚕浪费在你身上……"

贺兰钧欲哭无泪，门口等着的都统夫人的丫鬟倒是个玲珑心思的，见状上前一步道："冰蚕只此一枚，贺兰公子是不是用掉了？若是如此，按照之前说定的，贺兰公子需赔偿我家夫人六百两银子。"

"不，不是这样的……"张了嘴，贺兰钧却不知道该如何解释。

都统夫人满脸不悦，一甩袖子，转身就走："你不用解释了，明天午时之前请把银子送到都统府，我们走！"

"夫人……夫人……"贺兰钧追出去，却只看到绝尘而去的马车。他沮丧地回到大厅，却正听到诸葛小仙脆生生地说道："……表姐你们好有钱啊，这么轻易就赔了六百两。我刚帮哥哥试用了这个冰蚕，证明了你们童叟无欺，你们是不是也该给我一点儿试用费啊？"

苏莲衣惊得跳起来，赶紧过去想捂住她的嘴，眼睛却小心翼翼地望着贺兰钧陡然间变得黑沉如锅底的俊脸，心里万分悔恨自己下楼迟了那么一会儿。

"给！"咬牙吼出这个字，贺兰钧皮笑肉不笑地一把扯开苏莲衣，拽着诸葛小仙的胳膊将她推到门外，指着前面的路连停顿都没有地说道："从这里出去右拐走一里路有个桥你蹲着会有路人给你钱的，慢走不送……"拂袖转身的动作干净利落不带走一丝灰尘。

诸葛小仙傻眼，苏莲衣又飞快地扑出来，将诸葛小仙揽进怀里，可怜兮兮地看着怒瞪她的贺兰钧，努力让自己的声音带了几分鼻音："她年少无知不懂事，你别跟她计较，千万别赶她走，这可关系到人命！"

"苏莲衣！你现在越来越过分了，为了维护你表妹，竟然连人命都说出来了！"贺兰钧气得几乎说不出话来了，手指着苏莲衣，几乎将心里的话给问出口了。

在你心里，到底是我重要还是你这个祸害精表妹重要啊！

苏莲衣赶紧赔笑，握住贺兰钧的手指，顺便将他整个胳膊都抱进怀里，才转头呵斥诸葛小仙："小仙，你还不赶快说到底是怎么回事，别惹贺兰钧生气！"

看她那样子，诸葛小仙忍不住撇了撇嘴，考虑到自己的处境问题，还是乖乖地说道："事情是这样的，前几天，城里突然出现了一个无头鬼，专门找年轻女子下手，将她们的血吸干，尸体扔在地上。府衙虽已派了很多人去查这件案子，但目前仍没有进展。大家人心惶惶，我担心会出事，才来投靠表姐的……"

见她说到后来脸上露出惊惶不安的神情，整个人都在控制不住地发抖，贺兰钧恻隐之心发作，恨恨地从苏莲衣怀里抽出手臂，掸了掸衣袖，上下打量了诸葛小仙一眼，冷冷道："既然是来避祸，就安分守己一点儿，刚来就害我损失六百两，可千万别害得我们关门大吉。"

苏莲衣赶紧回道："不会的，不会的，我会看着她的。"

　　"哥哥……"小仙的声音又脆又甜，若不是心里有了成见，贺兰钧倒是打心眼里觉得她是个不错的小美人，但此时却忍不住沉下脸道："谁是你哥哥？叫贺兰公子。"

　　苏莲衣拼命打眼色叫她住嘴，诸葛小仙却好像没看见，仍是一派小女孩不知世事的天真，娇笑着问道："贺兰公子，我知道我刚来就要钱不太好，帮你试那个冰蚕就当见面礼了，以后我……"

　　见她哪壶不开提哪壶，贺兰钧刚刚好转的脸色又黑成了锅底，苏莲衣赶紧扑过去捂住她的嘴，这回是说什么也不放开了，只能白着一张脸冲着贺兰钧猛赔笑："她开玩笑的，开玩笑的……"

　　"哼！"是不是开玩笑他看不出来吗？贺兰钧只觉得肺都要气炸了，却知道跟诸葛小仙计较，最后难受的还是自己，干脆一甩袖进了内室，毕竟要凑齐六百两银子对他们来说还是很困难的！

　　看着贺兰钧的身影完全消失之后，苏莲衣才放开手，忍不住教训小仙："你呀，什么都是钱，下回要是再胡说八道，我可保不住你。"

　　"有钱走遍天下，无钱寸步难行，难道你不爱钱？"诸葛小仙反驳得理直气壮，"最多我以后只凭劳力赚钱，不投机取巧，不做坏事就是了。"

　　没料到她会这么说，苏莲衣除了目瞪口呆还能说什么？

　　而诸葛小仙的所谓劳力挣钱，真真是让贺兰钧苦不堪言啊。他好歹是个男人，诸葛小仙是个女孩子，男女有别，授受不亲，她到底懂不懂这个？还是说，她根本就不当他是男人看？

　　光着身子泡在浴桶里，贺兰钧无语地用布巾遮住自己的身体，看着诸葛小仙眉开眼笑地往浴桶里加热水，一边加还一边喜滋滋地说道："哥哥你不要害羞，我不会要你负责的，帮你加点热水你才会更舒服啊，这样你才会高兴，给我服务费就会很爽快了。"

　　眼见她又提了一桶热水进来，而贺兰钧只觉得自己就好像是在滚水中待宰的猪仔，有心想不理她，但越来越烫的洗澡水却容不得他多想，只得冷着一张脸，用与热水温度截然相反的声音问道："你要多少银子？"

"不多，一两就够了！"竖起一根手指，诸葛小仙笑得眉毛不是眉毛，眼睛不是眼睛。

一两还不多？都够他去澡堂子里泡澡搓背还有余的了！贺兰钧心里猛吐槽，却只能面无表情地暗示她出去："我衣服口袋里有……"

不待他说完，诸葛小仙欢呼一声，扔了水桶到屏风外掏出银子，"哥哥，这有点多，我没有零钱找。"

贺兰钧呕得吐血，孤男寡女共处一室，他还赤身裸体坐在浴桶中，这是零钱的事儿吗？

"你都拿走吧，赶紧走！"再不走他要疯了！

"谢了，贺兰公子，你人真是太好了！"屏风外诸葛小仙欢呼着离开，屏风后贺兰钧趴在浴桶边沿默默吐血，安抚自己刚刚被人猥亵后受伤的心灵。

如此彪悍而无视男女大防的表妹，将苏莲衣这个表姐衬托得多么可爱啊！

用餐时贺兰钧见识了诸葛小仙又一个彪悍之处，这个小巧玲珑的身子，竟然将一桌子的荤菜全夹到自己碗里吃光了，留给他与苏莲衣的，只有唯一的一个素菜，两个人吃，这要他们怎么吃？

而这也就算了，她还理直气壮得要钱："姐夫，不，贺兰公子是学医的，应该知道吃素菜才能让身体健壮，未免浪费，我牺牲自己吃掉荤菜，你们是不是该付我点费用？"

贺兰钧与苏莲衣对视一眼，都从对方眼里看到了无奈，在诸葛小仙期盼的目光下，两人同时起身离开，留给她一双远去的背影。

他们宁愿出去吃饭，将钱花在酒肆饭馆里，也不愿意就这么白白地被人讹了去！

而吃完饭回到密室的贺兰钧，在看到满地狼藉，各种颜色的粉末撒了一地时，他只觉得眼前发黑，恨不得就此倒地不起。

"啊……谁能告诉我这是怎么回事？"他疯狂大叫，吓得苏莲衣飞快地冲进来，"怎么了？怎么了？"

她身后跟着的诸葛小仙也一脸莫名其妙地看过来，不明白他好端端的

怎么突然发狂。

贺兰钧咬牙，瞪着诸葛小仙的双眼恨不得生生在她身上瞪出个窟窿来，"我的胭脂，我的天山雪莲，我费尽心思制的药粉，全没了！谁动了我的东西？还有装东西的玉瓶呢？"为了保持药性，那些瓶子也是他费尽千辛万苦才搜集来的，到底谁这么黑心？

苏莲衣几乎是反射性地转头看向诸葛小仙，却见她撇了撇嘴，一副"你们太大惊小怪"的表情，"我当你说什么呢？我帮你收拾了一下，废物都拿去卖了，谁叫你们常常欠我钱，我当然要想办法弄点钱了！"

瞪了她半天，贺兰钧突然如疯了一般冲向她，大吼："啊啊啊，我要杀了你！"

"冷静，冷静！"早已有了准备的苏莲衣赶紧抱住他，看着诸葛小仙浑然不在状况的无辜表情，她真心觉得无力。

伸手不见五指的黑夜，贺兰钧无声无息地站在密室门口，把玩着手里的一堆面具，隐藏在黑暗中的脸不怀好意地笑，望着远处逐渐走近的一抹光，他悄悄往前一步，将手上的面具戴在脸上。

待打着灯笼的诸葛小仙站到离他三步远的地方四顾张望时，贺兰钧猛然出现，让自己戴着面具的脸正对着灯笼，营造出恐怖而诡异的气氛，伴随着他故意发出的"嗷"的一声叫，然后就期待地看着诸葛小仙，等着她尖叫着转身就跑。

诸葛小仙确实愣住了，却只是愣愣地看着他，连眼睛都忘记了眨。

哼哼哼，知道害怕了吧？看你以后还随便动我的东西！贺兰钧心里得意，嘴里却故意做出怪声，叫道："我要吃了你，吃了你！"一边说还一边又换了一个更吓人的面具。

诸葛小仙眨了眨眼，突然拍手大叫："好玩，好玩，这个太好玩了！还有没有？"

这回轮到贺兰钧愣住了，他想过各种可能性，却唯独没有想过这个。他不死心地又换了三四个面具，诸葛小仙却笑得越发开心，手都拍红了，他终于放弃了，耷拉着脑袋，不敢置信地看着她，"你是不是女人啊？不知道害怕吗？"

"这有什么好怕的？"一把抓过他手上的面具翻来覆去地看，诸葛小仙笑得无畏无惧，"我从小在蜀地长大，看过好多变脸，只是没有你变得好，也没你变得真。"

既不能真的伤了她，又实在咽不下这口闷气，贺兰钧气急败坏地将面具扔在地上，怒道："我真是受够了，到底怎么样你才肯走？"

闻言，小仙一愣，抬眸看他："你真要我走？给我什么好处？"

"你说，什么都答应你！"贺兰钧干脆破罐子破摔，只要能请走这尊大佛，他真的什么都心甘情愿。

诸葛小仙眼睛一亮："那给我一百两！"

"可以！"生怕她反悔，贺兰钧接着话头就拍板。

诸葛小仙眉开眼笑，"好，我三天之内就把自己嫁出去，你千万别食言！"

贺兰钧顿时傻眼。嫁人？还三天之内？是在说笑吗？

于是，彪悍的诸葛小仙转而开始荼毒洛阳的男子，带着贺兰钧做的人皮面具将自己变来变去，吓得一干相亲男子屁滚尿流，结果惹来府衙官兵，当做妖怪给抓进了府衙大牢！

结果人没离开，反而又花了一笔钱来打通官府将诸葛小仙从牢里给弄出来，贺兰钧气得恨不得将人面桃花楼的屋顶都给掀了："你才来了两天，就惹了这么多事，能不能消停点儿？"

沾了监牢里的秽气本就不开心的诸葛小仙哪受得了这个气，马上回嘴道："我是一番好意，你们收留我这么勉强，我就想尽快嫁出去，不给你们造成任何负担，谁知道会这个样子？"她也很委屈的好不好？

"我就是想帮你们解决你们身边遇到的种种困难，顺便赚点儿小钱，有什么错？"

她理直气壮得理所当然，有一瞬间贺兰钧竟觉得错的好像是自己，除了目瞪口呆地仰视她，他真想不出自己还能做什么。但，不解决这个麻烦，他真的一天都过不下去啊！

眼珠子转了转，贺兰钧终于想到了一个好主意，"对了，我突然想到

一个特别好玩的东西很适合你，不但能保养容颜，还能赚到大笔的钱。你有没有兴趣？"

"真的？"果然就见诸葛小仙眼睛一亮，妥妥地上钩。

自认十分了解贺兰钧的苏莲衣却将信将疑，"有这么好的事？你怎么不让我去做？"

贺兰钧白她一眼，"你胆子那么小，又没有小仙的勇气和机智，不适合。"他带着诸葛小仙进了密室，示意诸葛小仙躺到一张特制的木床上，"这里是我平时帮人调理容颜的地方。既然你这么想嫁出去，我就帮你一把，让你变得更美，方便你嫁给有钱人，怎么样？"

他这话一出，本来心里还有些疑惑的诸葛小仙顿时速度极快地躺下，挥手示意他赶紧过来给自己调理。

在她看不见的角落，贺兰钧挑眉，露出一抹诡异的笑，从身边的小箱子里取出一个玉瓶放到她的鼻端，让她闻了闻，不过几息工夫，就见诸葛小仙头一歪，晕了过去。

贺兰钧得意地大笑，手脚却不停地将堆满密室的冰块慢慢放到床上，小心地堆在诸葛小仙身上，看着浓重的雾气袅袅升起，片刻后将她冻住。

随后跟进来的苏莲衣看得瞠目结舌，"你……你怎么把她给冻住了？"

终于解决了这个麻烦，贺兰钧笑得开心肆意，"与其那么麻烦，倒不如一劳永逸。"

"那……那你要把她冻到什么时候？"看着小仙宛如生人却再也没了表情的脸，苏莲衣还是有些担心。

贺兰钧想了想，道："不如我们帮府衙一个忙，亲自出马抓到无头鬼，到时候她就能回家了。"而他就再也不用担心被她荼毒了。

苏莲衣眼睛一亮："你有办法？"

贺兰钧高傲地一点头。有什么事能难倒他贺兰钧？

月黑风高夜，杀人放火时。

苏莲衣小心翼翼地走在无人的街道上，不停地左右看，生怕从哪个角落里突然蹦出什么让她害怕的东西来。经过一个黑得什么都看不见的小胡同时，她连头也不敢转，加快脚步就要过去，前面却突然掉下一个人来，吓得她连看都不敢看，尖叫一声，也不看方向，直接就往小胡同里跑去。

而那掉下来的，却不是人，而是一个无头的尸体，穿着一身即便在黑夜依然隐隐散发出寒光的银色铠甲，追着她就进了小胡同，一把抓住了她，两根尖利而细长的牙齿对着她的脖子就咬了下去。

苏莲衣拼命挣扎，大叫："不要咬我，不要咬我！"

无头将军根本不听她的，牙齿碰到她的肌肤，用力——"咔"的一声，两根牙齿竟然突然断掉了。这突如其来的意外让无头将军也愣住了。

就这么一会儿工夫，小胡同里却涌出一大批官兵，贺兰钧与洛阳令跑在最前面，还未站定就大喝道："哪里来的妖怪？赶快现出原形。"

随着他的喝叫，早已摆出架势的衙役捕头们按照事先做好的布置，分批上前，与无头将军缠斗。如此近一个时辰后，无头将军渐渐不敌，贺兰钧一挥手，一直在旁掠阵的官兵们全部上场，几个回合便将无头将军擒获。

贺兰钧与洛阳令上前，伸手去摘它的盔甲，一边对洛阳令说道："这世上哪里来的无头将军？我倒要看看究竟是个什么样的人物。"

洛阳令赔笑，还未来得及说话，原本被官兵按住的无头将军的盔甲突然破了，一道瘦小的身影从盔甲里出来，迅雷不及掩耳地穿过围着的官兵，瞬间消失在黑暗中。

洛阳令急得跳脚："呀，怎么让他跑了？快追快追！"

贺兰钧却施施然笑道："急什么啊，我有千里香，他跑不了。我们跟着香味找就行了。"

既然是有备而来抓无头将军，他当然将所有该准备的都准备好，绝对不能让这个无头将军给跑了！

而在此时的裴府，楚王正带着王妃来给裴云天看诊。

裴云天对着王妃仔细端详，连脸上最细微处的皮肤褶皱都不放过，似乎看得越清楚便越能确认该怎么将人变得年轻些。

"怎么样？裴大人，王妃能恢复到几岁的样貌？"一旁的楚王等得心焦，忍不住问道。

裴云天脸上带着淡淡的笑，却没回头看他，只是盯着王妃，道："若按我的方法应该可以恢复到二十五岁时的样貌。"

楚王顿时大喜："那太好了！"

一直端坐的王妃却于此时将目光转向楚王，幽幽地问道："王爷，你真的这么嫌弃我如今的容颜吗？"

楚王一愣，笑着安抚道："王妃多心了。我只是希望你能开心，你年轻时我没能陪你，如今能陪你了，却弥补不了那么多年的岁月。难道你不希望回到年轻的时候吗？"

垂下眼睑，遮住眼里所有的情绪，王妃轻叹道："只要王爷高兴，妾身自然愿意。"

裴云天在一旁笑道："王爷与王妃鹣鲽情深，真是羡煞旁人。"

一向粗豪的楚王却突然有些不好意思，转了话题催促裴云天赶紧开始。裴云天自是乐意，正相谈甚欢之时，贺兰钧与洛阳令却带着大批官兵不顾裴府管家的阻拦，直闯大厅。

看着无可奈何叫着"你们不能进去"的管家，裴云天脸色一沉，喝道："楚王殿下在此，你们私闯民宅所为何事？"

贺兰钧与洛阳令赶紧参拜楚王，然后起身道："我等是来办案的。只因城中出现无头鬼一直窃取少女鲜血，在下和大人设计了一个计策，几乎就将无头鬼抓住了，最后却被他跑了。幸好在下在他身上下了千里香，我们一路追踪，不想却到了裴大人府上。"

他这话说得极有技巧，既说出来案件的重要性，又解释了自己等人为何而来，还告诉楚王，若他阻扰，便是包庇凶手，视同共犯。

他话音一落，裴云天便明白了他的意思，躬身向楚王道："殿下明鉴，我乃朝廷命官，怎么会与无头鬼有关系？适才王爷一直在此，除了贺兰公子一行，也未见其他什么东西进来啊。"

对于他的指桑骂槐，贺兰钧只是笑了笑，"有无关系一查便知。"

裴云天不说话了，他的府邸被官兵搜查，无论如何，说出去都是件丢人的事，但此刻箭在弦上，若得楚王出面解围，至少面子上不会太难看。

果然就听楚王说道："既如此，那便查一查吧。只是若查不到，你们个个都要受罚！"后一句他却是点着洛阳令与贺兰钧说的。

想起上一回的板子，洛阳令不敢说话，只拿眼睛看着贺兰钧。贺兰钧微笑着一躬身，朗声道："多谢王爷，我等愿意领罚。"

楚王满意地点点头。

贺兰钧便带头往内院去了，他并不是每个院子都搜，也没让官兵们四散开找，只是迳自带人去了自己以前的密室，进门后，才让官兵四处搜索。

裴云天皱着眉，靠在门口看着他，见他凝神专注地不断抽着鼻子，知道他正用心地搜寻着千里香的味道，眉头便皱得更紧了，道："贺兰公子，这里原本是你的地方，你应该再熟悉不过了，用得着这样大肆地搜吗？"

贺兰钧不理他，只是循着味道向前，缓缓蹲下身，猛然打开一个装药的柜子，里面一个戴着面具的瘦小身影便露了出来。

贺兰钧又仔细闻了闻味道，才笑着向洛阳令道："大人，刺客抓到了。"

洛阳令大喜，挥手示意官兵上前抓捕，却被裴云天伸手阻止，他看向贺兰钧，微笑道："这只是我请的肉身菩萨，怎么会是刺客呢？"

时人因女皇陛下信奉佛教，对佛多有尊敬，肉身菩萨乃是佛教用语，指的是得道高僧坐化圆寂后的身体经久不烂，常保原形，栩栩如生。因肉身菩萨极少，故能得到一尊都当宝贝一样供奉，舍不得示与他人，故裴云天如此说，众人虽讶异，却也能接受。

贺兰钧皱眉看了那肉身菩萨半晌，又凑上去闻了闻，道："他身上有千里香的味道，定是刺客。"

裴云天"嗤"的一声笑了出来，打开柜子上面的一个盒子，道："千里香很稀罕吗？我这里也有，沾了些在肉身菩萨上又有什么稀奇？"

定定地看着他，贺兰钧双眼微眯，将手往后一伸，冷哼道："你以为这个人闭一下气就可以逃过我的眼睛吗？拿刀剑来！"衙役递过手中的长刀给他，贺兰钧接过就往那肉身菩萨砍去。

裴云天眼睑微不可见地敛了敛，上前一步，在长刀即将砍上那肉身菩萨时拦住了他，冷声道："我这尊肉身菩萨价值万金，贺兰公子这般轻易就要损坏，是否做好了赔偿的打算？还是说，府衙大人您来赔？"说到最后一句时，他目光缓缓定在洛阳令脸上，阴鸷的威压顿时让洛阳令浑身一抖，

赶紧将贺兰钧拉到一旁，轻声道："万两黄金我们可赔不起，还是算了吧？"

"……不砍就不砍，让人捧打试试，我就不信一个人的忍功能有那么厉害！"想起刚刚损失的六百两，马上再赔万两金，就算将人面桃花楼和苏莲衣都卖了，只怕也值不了这个价，贺兰钧不得已只得让步。

三个衙役奉命上前，抱起那瘦小的肉身菩萨就往地下摔去，一时撞上桌子，一时在地上打滚，一时又来回拖曳，衣衫都破了几处，那肉身菩萨却是一动也不动，他们见到时是什么姿势，此刻便仍是什么姿势，交抱的双手连位置也没移动一下。

贺兰钧眉头皱得紧紧的，洛阳令却长出了一口气，庆幸没真的让贺兰钧一刀砍下去："好了，看来这真的是个肉身菩萨。裴大人，不好意思，我们去别处查吧。"

裴云天笑着拱手送客，看着贺兰钧不甘心的面容，心里涌上一个主意，或许，他该让贺兰钧的日子难过一点儿才是？

"对不起，没拿到新鲜的血液，害得你要被楚王怪责。"当密室里空无一人之后，一个细细的声音突然响起，仿若凭空而起的鬼声，让人惊惧。

裴云天却半点也不惊讶，只回身将那尊"肉身菩萨"抱起，重新放回柜子里，然后笑道："你不必担心我。既然麻烦是贺兰钧惹来的，为何不让他也麻烦一下呢？毕竟坏人好事的，总归要有点报应的吧。"

不知是不是错觉，那尊戴着面具的"肉身菩萨"竟轻轻地点了点头，似乎极认同他的话一样。

而此时什么都没有搜到的贺兰钧与洛阳令，却正在前厅接受楚王的惩罚。

"我虽是行伍出身，却最不耐烦打人板子。"见二人一副松了口气的样子，楚王忍不住就要让他们难受难受，"听说你们之前擅闯皇宫被打板子，看来是没吸取教训。这次，我就罚你们承担王妃恢复容貌花销的所有费用，看你们以后还敢不敢随便乱闯到别人的地方！"

贺兰钧与洛阳令一愣，没料到楚王竟会这样惩罚，"这……要多少钱？"刚赚进口袋还没捂热的钱，转眼又成了别人的。贺兰钧觉得自己真是倒了大霉。

楚王微笑道："这个要看裴大人开价了，以后让他直接找你们要钱就行了。"

这回两人更愣了，裴云天的为人他们都再清楚不过了，若是他狮子大开口，他们岂不是成冤大头了吗？但王爷已吩咐人取来纸笔要立契约，他们就算想拒绝也不能吧？

苦着脸签了契约，按下手印，贺兰钧与洛阳令雄赳赳气昂昂地来，却灰溜溜地滚了回去。

楚王正为自己的处罚得意不已，不料裴云天却苦着一张脸出来了，看到楚王与王妃更是大大地叹了口气，甚至在楚王告诉他自己为他出了口气时，更是跪下请罪："请王爷恕罪，方才搜查时打翻了一瓶最珍贵的药材，下官恐怕无法再为王妃恢复容貌了。"

"什么？"楚王大惊，转头看向王妃，顿时恨得牙痒痒的，"这个贺兰钧，本王饶不了他！"

裴云天俯下身去："下官罪该万死！"却在楚王看不见的角落里，露出阴险的笑。

哼，贺兰钧，既然你不肯让我好过，那就别怪我手下无情了！

人面桃花楼，贺兰钧从医书中查到了裴云天找人假扮无头将军取少女鲜血的原因。

"你是说，他取活人鲜血，然后给年老的人换血？"眼睛瞪得大大的，苏莲衣觉得自己听到了这世上最恐怖的事情。

贺兰钧点头："古法有云，换血治法可使人恢复容貌，只要是可以互相融合的血液，以年轻的人血导入，年老的人血输出，便能恢复容貌。裴云天令张妈年轻了近三十岁，应该就是使用了此法。"

苏莲衣顿时吓得发抖："放……放血……"这是怎么个恐怖的世界啊，"那无头将军该不会就是裴云天搞出来的鬼吧？"

"没错！"肯定地点头，贺兰钧恨得牙痒痒，"他太狡猾了，现在又有楚王撑腰，一时之间确实拿他没办法。但他做这些伤天害理的事，真该想个办法好好治治他。"

他话音还没落，楚王便带着家丁气势汹汹地冲了进来，也不说话，挥手就让人砸。

"给我砸，狠狠地砸！"

家丁们早有准备，挥着手里的木棒便是一阵"乒里乓啷"，片刻工夫，人面桃花楼里就一片狼藉，满地都是撒落的胭脂、药膏、碎裂的玉瓶，有些脂粉飘散在空气中，好几个家丁忍不住打了喷嚏，倒为这场打砸增添了几分滑稽意味。

贺兰钧眼看着阻止不及，只好转向楚王："王爷，您这是干什么？"

"干什么？"在军队中练就的威严双眸横扫贺兰钧，楚王冷哼道："贺兰钧，本人最大的心愿就是帮王妃恢复容貌，好不容易找到裴大人这样的高手，你居然把他的药毁了，现在王妃不能恢复容貌，本王绝不能让你好过！"

见贺兰钧一副还在状况外的愕然表情，楚王气不打一处来，转头冲家丁们吼道："砸砸砸！全部给我砸光！"要是可以，他恨不得连贺兰钧也砸了。

"且慢！"眼见家丁们砸完大厅有往楼上去的趋势，纵使心中明白自己又被裴云天摆了一道，贺兰钧也只能硬着头皮道："王爷，您应该知道裴云天曾经是我的徒弟，他能做到的事情我这个师傅也一样能做到。不就是给王妃恢复容貌嘛，我也可以的。"

楚王眼睛一亮，"当真？"

贺兰钧自信地一笑："当然，请问王妃在何处？"

楚王大喜，回头吩咐家丁："快，快有请王妃！"回头却又有些不好意思地看了看贺兰钧。

贺兰钧大方地一笑，心里却早已转过了无数的念头。裴云天这一招不可谓不毒，要他做出生取活人血的事不可能，却又要恢复王妃的容貌，的确是很为难。但方才在那关键时刻，他却想出了一个绝妙的好主意。

真是，山重水复疑无路，柳暗花明又一村啊。

将楚王妃请进楼上的厢房后，贺兰钧却并未如裴云天般仔细打量她的容貌，而是取出笔墨纸砚，轻声对楚王妃道："请王妃把认识王爷之后所发生的事全部都记录下来吧。"

楚王妃虽温婉，却也是个聪明人，闻言只愣了片刻，便问道："为何？"

贺兰钧轻叹："王妃您蕙质兰心，气韵宜人，本是难得一见的美人，只是岁月不饶人，谁也逃不过美人迟暮的悲哀。之前在王爷的宴会上看到您时，您面有菜色却并不是身体有恙，想来为了恢复容貌吃了不少苦药。王妃您既不愿意返老还童，又不愿让王爷不高兴，您如此深爱王爷，定然很好奇王爷爱的究竟是您还是您的容貌……"

"贺兰钧！"见他一语说中自己心底的想法，楚王妃难免有些难堪，她勉力控制着自己不露出太多的情绪，维持着仪态，轻声道："王爷是爱我的，不然这世上青春貌美的女子多了去了，他何必要费尽心思帮我恢复容貌呢？"

贺兰钧轻笑："既然如此，那我们何不让王爷知道，其实一张青春美丽的面孔，又如何比得上多年相濡以沫所产生的默契与情感呢？"

定定地看着他，良久后，楚王妃终于点了点头，道："那就有劳贺兰公子了。"不是对她与楚王的感情不确定，而是，楚王如今的做法，确实让她对感情产生了些动摇。那么在乎她容貌的楚王，到底值不值得她如此深爱？

提笔写下第一个字，楚王妃眼角控制不住地滑下一滴清泪。

解决了楚王妃的问题，贺兰钧又急急忙忙地来到密室，将之前冻住诸葛小仙的冰柱敲碎，露出她保存完好的身体。

跟在他身后的苏莲衣已经多多少少能摸清楚些他的心思了，见状忍不住道："你不会是想让小仙……"

"没错，你猜对了！"打断她的话，贺兰钧将诸葛小仙从冰柱中抱出来，放到一旁的贵妃榻上，才转身看向苏莲衣，道："我就是想让诸葛小仙成为新的楚王妃。"

"这怎么可以？"苏莲衣被他大胆的想法吓得跳了起来，"楚王会看出来的。"

"人的容貌天然而生，想要恢复年轻是每个人的梦想，但是梦想成真了，就真的是件好事吗？我看未必，还是顺其自然的好。"看着她，贺兰钧说

出自己心里的想法，"至于为什么选诸葛小仙，"他笑了笑，"楚王爷想要一个年轻貌美的王妃，而她想要嫁一个有钱的丈夫,我就想让他们试试看,这样是不是真的好。"

"可是……"苏莲衣还是很犹豫。

贺兰钧叹口气，使出杀手锏："别可是了，你想让人面桃花楼关门吗？"看楚王的架势，若是他不能让王妃恢复容貌，只怕他分分钟就会让人拆了人面桃花楼。

苏莲衣顿时说不出话来了。

贺兰钧一边从怀里取出药瓶让诸葛小仙闻，一边又对苏莲衣道："你放心吧，我不会勉强她的，一切还是要看小仙自己的意愿。"

苏莲衣这才迟疑地点了头。毕竟，诸葛小仙若自己愿意，他们也拦不住。

醒来的诸葛小仙第一件事就是要找贺兰钧算账——是真的算账，因为她试验了被冰冻真的可以保持容颜，所以贺兰钧应该给她试用费。

还真是死要钱啊。

贺兰钧好笑地摇了摇头，推开她伸到鼻子跟前的手，道："诸葛小仙，现在有一件好事交给你做。假扮楚王妃，你愿意不愿意？"

缩着脖子喊着冷的诸葛小仙眼珠子一转，直接问重点："有钱吗？"

对于她贪财的个性已经无语的贺兰钧直接将楚王妃写好的纸条递给她，叮嘱道："这是楚王爷与王妃二人成亲以来发生的点点滴滴，你赶紧背熟它，钱自然就来了。"

歪着头想了想，诸葛小仙狡黠地一笑："我会背，但你欠我的钱也要给！"

贺兰钧再次无语，只好抬头看天……屋顶，真心无法面对她。

苏莲衣到底心里不忍，上前一步劝道："表妹，这……"

"闭嘴，不要妨碍我赚钱！"大声呵斥她，诸葛小仙连眼睛都没转过来看她，只是紧紧地盯着手上的纸条。

贺兰钧摇摇头，看向苏莲衣，"听见了吧，这是她自己愿意的，你就闭嘴吧。"

苏莲衣除了叹气，还是只能叹气。她怎么会有这么一个贪财的表妹啊？

三个时辰很快过去了。贺兰钧带着换好楚王妃衣服，又重新梳妆打扮过的诸葛小仙出来的时候，楚王早已等得心焦。

他看着陡然年轻的诸葛小仙，半天说不出话来。

诸葛小仙早已得到了贺兰钧的叮嘱，摆出楚王妃略清冷的端庄高贵模样，轻唤道："王爷……"

楚王却愣住了，转向贺兰钧问道："这……这样子怎么差这么远？"

贺兰钧道："削骨去皱，填鼻丰唇，模样难免会有差异，王爷不会因此而不高兴吧？"

楚王还在迟疑，那边诸葛小仙却柳眉一竖，三步并做两步冲到他面前，踮起脚尖一口就用力地咬住了他的耳朵，然后小声道："就算样子不一样，我们之间亲密的习惯你总还记得吧？"每次王妃总是会用力地咬他的耳朵，这是除了二人之外再没第三个人知道的了。

王爷忙不迭地点头："记得记得，可是……"

"你还不相信我？要不要我请你吃一顿竹笋炒肉？"诸葛小仙笑得清雅温柔，话却说得不那么平和，带了点儿咬牙切齿的味道。

贺兰钧在一旁听了，好奇地问道："竹笋炒肉是什么？"

楚王脸色一僵，还没来得及说话，却听诸葛小仙快嘴快舌地开始解释："就是竹板打屁股。其实我们家这口子坏习惯可多了，我告诉你……"

这回楚王是彻底尴尬了，一张老脸涨得通红，伸手捂住小仙的嘴，求饶道："别说了别说了，我相信你是王妃。"又转向贺兰钧笑道："多谢贺兰公子妙手回春。"

"王爷满意就好。"贺兰钧洒脱地一笑，看到满屋还没打扫的狼藉，又忍不住问道："不知道诊金……"他记得裴云天可是得了千两金的。

楚王也一笑，却透出几分奸诈阴险的味道来："我当然早已准备好了。"家丁捧着一个盒子上前递给贺兰钧。

打开，却是贺兰钧之前在裴府签下的契约。他目瞪口呆地看向楚王，不敢相信他就这么赖掉了他的诊金。

终是觉得有些不好意思，楚王摸了摸鼻子，又拍了拍贺兰钧的肩膀，安抚道："不要沮丧，一月之内王妃容貌依旧如此，本王便兑现承诺，将宫中的脂粉采办权交予你，那才是大钱！"这千两黄金跟脂粉采办权比起来根本就不值一提。

贺兰钧心里明白，却依然觉得自己被欺骗了。他看着楚王喜滋滋地招呼新出炉的年轻王妃回府，一脸心满意足的样子，真恨不得扑上去告诉他，你这副样子真像是吃嫩草的老牛，很猥琐啊！

虽然楚王赖皮，但好在"楚王妃"非常合作。贺兰钧重整河山，将之前与官府合作抓捕无头恶鬼的情景大肆宣扬，并宣传他们人面桃花楼已制出了能对付无头鬼的药粉，只需买一包涂在身上便能让无头鬼无法近身，苏莲衣当场试验，碰到她的人确实浑身抽搐地倒在了地上。

一时引发了购买热潮。

裴云天与张易之远远地看着，气得咬牙说不出话来。看着贺兰钧那张得意的笑脸，张易之忍不住埋怨："都是你，宫中的脂粉采办权本来已经到手了，你却把楚王妃推给贺兰钧，现在倒好，他不但拿到了采办权，还公开售卖什么防鬼秘术，真是岂有此理！"

裴云天放在身侧的拳头握紧，用力之大使得关节处都泛白了。他该怎么解释，原本只是想为难难贺兰钧看他出丑的，却不料赔了夫人又折兵，这回真的是输得底掉。

一辆华丽的、打着楚王府标志的马车驶了过来，停在人面桃花楼门口。诸葛小仙完全一副王妃的派头，带着丫鬟缓步上前，对着贺兰钧与苏莲衣行了一礼，才转向买药的人群笑道："本王妃感激贺兰公子妙手回春，特向他买一百包药粉赠送给大家，希望大家都不要受伤害。"

百姓们纷纷鼓掌欢呼。

远远看着的裴云天却慢慢地眯起了眼睛，嘴角露出一抹若有所思的笑。

这么年轻的王妃，连容貌都有如此大的变化，要说这其中没有猫腻就见鬼了。贺兰钧，等着瞧吧，我一定不会让你好过的！

大抵老夫少妻的结合，总是以年轻而美貌的妻子更骄纵任性来体现夫妻关系的。虽然"楚王妃"是经过手术后变年轻,但与楚王站在一起,不管谁看都是一副老夫少妻的组合。

所以新上任的楚王妃诸葛小仙也将少年妻子的骄纵任性发挥了个彻底。

楚王爷确实宠爱妻子,日日带着她策马草原,将洛阳城大大小小的街市逛了个遍,一心想把那些他没有相陪的遗憾都弥补回来。

但是,逝去的年华真的可以追回吗?打马狂奔时他竟然感觉力不从心,累得追不上;而面对在逛街时精力旺盛,几乎要将整条街都搬回王府的王妃,楚王只能望而兴叹。

望着下人们抬着的大包小包,再看看一个劲儿往珠宝铺子里钻的王妃,楚王从不知道王妃竟然有这样的爱好。尤其当他看中一把宝剑想买却被王妃阻止的时候,他根本就反应不过来。

这还是以前那个对他千依百顺的王妃吗?还是说她年轻时就是这么不讲道理的?他唉声叹气地还没想出个结论,那边楚王妃冲过来拉住他就往前跑,

"前面有个胭脂水粉店,陪我去看!"

楚王爷顿时目瞪口呆,怎么会有人蛮不讲理到这个地步?这样的王妃让他陌生,也不敢接近了。

但夫妻之间任何一点儿的疏远与冷淡都会马上被发现,而所谓女人的第六感更是让她们敏感得能察觉到丈夫哪怕一点点的改变,所以楚王有疏远自己的打算时,诸葛小仙第一时间就感觉到了,并拉着王爷要求他陪自己荡秋千。

头疼地看着她,楚王尽量让自己的声音听起来温柔而无奈:"王妃,本王还有很多国家大事要处理,你自己玩吧。"见她嘟着嘴唇,杏眼含泪的模样,王爷马上心疼了,只好再哄道:"别哭别哭,我不是不陪你,是真的有很多事要我去处理。王妃你不是想买很多东西吗?我得做事挣钱啊,要不怎么买呢?"

诸葛小仙含泪看着他,表情有点儿愣愣的,却也明白了他的意思,只好道:"好吧,那王爷要快点儿回来啊。"

楚王点头,转身后却如身后有人在追,飞快地消失在回廊里。

诸葛小仙一直看着他的背影消失，眼睛里的泪水仿佛收放自如瞬间消失，她生气地跺了跺脚，眉头却皱得更紧了。

到底楚王是为了什么疏远她？他不是想要一个年轻美貌的妻子吗？现在如愿以偿了，他的态度是怎么回事？

在与各府夫人们聚会时，她眉峰轻皱的愁态顿时引起了大家的注意，纷纷询问怎么回事。

"王妃你现在比年轻时候更美，贺兰公子果然技艺不凡，下次我也去找他，让他把我也变美一点儿。"年过半百仍风韵犹存的沈夫人看着诸葛小仙，羡慕得直咋舌。

其他夫人顿时笑了起来，纷纷附和，"是啊，王妃这么美，王爷定然如珍宝般捧在手心，怎么不开心啊？"

小仙长长叹了口气，才道："也不知道为什么，王爷最近看见我就躲。我为他做了那么多，还吃尽苦头让自己变年轻，他为什么还要躲我呢？"

众夫人面面相觑，半晌后才有一人迟疑地道："要说这男人啊，都是吃着碗里的看着锅里的，王爷躲着你，不会是遇见了比你更漂亮的女孩吧？"

其余人赶紧附和："没错没错，这一点可不得不防！"

诸葛小仙却皱起眉头，问道："那更漂亮的女孩是谁？"

众夫人顿时说不出话来。自己夫君的情况都不清楚，反而来问她们，她们要说知道，岂不表示她们比王妃更了解楚王的行踪？说出去可真是要坏了她们的名声了。便不约而同地都不做声了。

王府的丫鬟们穿梭着送上食物，正好打破这突如其来的尴尬。几个夫人将目光投到丫鬟身上，顿时眼前一亮。

"楚王府就是不一般，连丫鬟都打扮得这么漂亮，个个婀娜多姿，不可多见啊。"

诸葛小仙转头看去，见昨日看着还颇显平凡的丫鬟们今日却个个都打扮得极其美丽，不由得皱眉问道："这是怎么回事？"

一个丫鬟行礼回道："回王妃的话，这是裴云天裴大人帮我们做的衣服、梳的发髻。他说没能让王妃恢复容貌很是不安，所以将奴婢们打扮得美丽一些，王妃看着也开心。"

裴云天？诸葛小仙慢慢地皱起眉，一个妇人却将她拉到一旁，神秘地道："听说这裴云天号称京城第一圣手，你看他把这些丫头打扮的，个个都像小妖精似的，难怪王爷不来你这边了。"

诸葛小仙哼了一声："不就是裴云天吗，我即刻就命他入府来为我打扮。"就不信这般美丽容貌的她会输给几个丫头！

但裴云天的确是架子大，惭愧于未能为王妃恢复容貌，所以坚决不肯再踏入王府一步。不得已，尊贵的楚王妃亲自驾临裴府，请京城第一圣手裴云天施展妙手为自己装扮。

裴云天与诸葛小仙隔桌而坐，听完她的要求后，突然爆发出一阵大笑，笑得小仙莫名其妙，他才勉强止住笑道："楚王妃，别人的生意我做，但您的，我却不做。"

小仙皱眉大叫："为什么？"莫非他知道了自己的身份，看不起她，所以不做她的生意？

裴云天笑着摇头，"王妃忘了三年前的事了？三年前您参加宴会，我帮您做了衣服，梳了头，您答应给我十两金，可我等了足足三年，始终没见到钱的影子。您说我还敢再给您做衣服梳头吗？"

没料到他竟会记恨这么一点儿小事，诸葛小仙愣了愣，笑了："就为这件小事？不就是十两金吗？我给你就是！"她身后的丫头极有眼色地掏出十两金子呈了上来。

裴云天却用一种怪异的目光看着她，半天后才笑道："既如此，我也不能跟钱过不去。明天我一定去府上亲自伺候王妃。"

诸葛小仙顿时眉开眼笑，"要最时兴、最好看的，比别人都要漂亮！"

裴云天笑着点头："那是当然！"

得到他的保证，诸葛小仙心满意足地离开了，却忽略了身后裴云天诡异而古怪的笑容，并在她离开后，裴云天拍了拍手，一个瘦小的身影如鬼魅般无声无息地飘到他身后，细细弱弱的声音响起："裴大人有何吩咐？"

裴云天轻笑道："这个楚王妃是假的，她并不知我从未帮楚王妃梳过头。真的楚王妃必定还在人面桃花楼中，我一定要当众拆穿贺兰钧的骗人把戏。"

你去帮我办一件事……"

瘦小的身影轻轻点头，随后消失，仿佛从未出现过一般。

先有云家药铺事件，再有无头鬼的驱鬼药粉，还有楚王妃的鼎力推荐，人面桃花楼的生意好得让苏莲衣做梦都会笑醒。

贺兰钧穿梭在客厅里满满的客人中，一会儿看看要做酒窝的人的伤口，一会儿看看敷了珍珠粉和牛奶调和的细粉的人，又指导几个需要瘦身的夫人小姐运动，忙得不亦乐乎。

苏莲衣过来时，正看到贺兰钧仔细检查着一个人脸上敷着的膏状粉末，手指轻轻地在那人脸上移动，那样专注，她顿时觉得心里冒上酸气，上去扯开贺兰钧，嘟嘴不依："你是我的，别想趁机揩油！我会吃醋！"

贺兰钧一愣，随即啼笑皆非地看着她，"这是工作你懂不懂？还吃醋，快去看看你厨房里煮的菜放了醋没有吧，这么大的烟味，只怕都烧糊了。"

这下轮到苏莲衣愣住了，转身往厨房走去，"我没煮东西啊，这么大的烟……啊，着火了，着火了！"突起的尖叫声惊得满屋子人都跳了起来，而随着她的叫声，滚滚浓烟瞬间弥漫进大厅，熏得所有人咳嗽不已，方才还一派祥和的大厅里顿时乱成一团，客人们尖叫着跑来跑去，却找不到出去的门。

贺兰钧用衣袖掩着口鼻，与苏莲衣一起组织客人离开，却在即将踏出人面桃花楼的大门时顿了顿，转身又往楼上跑去。

这么危急的时刻，他竟然忘记了楼上还有王妃在。他们这样跑了出去，留下王妃一人，只怕是凶多吉少。不行，他绝不能让王妃出事！

一直注意着他的苏莲衣见他往回跑，转身就要追，一根烧透的横梁却猛然掉落下来，熊熊燃烧的大火阻住了她追过去的脚步，吓得她身后的女客人们尖声大叫，又是一片兵荒马乱。无奈，她只得带她们先出去，在心里祈祷苍天保佑贺兰钧和王妃千万不要出事。

好不容易从火场中出来，贺兰钧与苏莲衣都累得要命，却还不敢歇息，紧张地清点着女客们的人数，好在火灾虽来得突然，火势也大，到底是从偏房烧过来，大厅里的人都没有受伤。

贺兰钧松了口气，水火无情，若真有人在这火灾里死去，他恐怕此生都良心难安了。想到这里，他忍不住转头去看戴着面纱的王妃，却愣住了。

裴云天陪着楚王爷，带着一队官兵浩浩荡荡地出现在他们刚烧得面目全非的人面桃花楼跟前。

苏莲衣顿时紧张起来，拽住他的袖子小声道："怎么办？要是被王爷看到王妃就不好了！"

贺兰钧皱眉，他也知道会不好，但一时该如何……他目光一转，看见所有人脸上不是带着还没洗去的粉末，就是被火灾里的粉尘熏得面容黑一块儿白一块儿，根本看不出原来的面貌，就连带着面纱的王妃，露出来的额头也是黑漆漆的一片，根本分不出来。

眼珠一转，他随手摸了一把黑灰，走到王妃身前取下她的面纱，将手中的黑灰全部涂抹在她脸上，确认再没法认出她原来的面容后，他才转身迎向楚王和裴云天："王爷，您怎么来了？"

楚王看着他脸上的黑灰和衣服被烧穿的大洞，也是吃了一惊，道："我本来想让你给我也恢复容貌的，但这是怎么回事？怎么烧起来了？"

贺兰钧疲倦地摇头，还来不及说话，却听楚王身后的裴云天大声道："这好端端的地方怎么会有大火？莫不是有人纵火？这么穷凶极恶，王爷，您可千万不要放过了纵火犯啊。"

原本看情形不对就想离开的楚王爷一愣，纵火犯？从何说起啊？

"谁是纵火犯？"他问裴云天。

裴云天低头沉思了片刻，道："如今一时也不清楚，只是这里的人都有嫌疑。不如我们一个一个地排查，说不定就能找出来。"

众人还未明白他的意思，就见他走到一个脸上敷着膏药的女子面前，伸手抹去了对方脸上的膏药，还来不及细看，就见那女子抬手甩了他一巴掌，怒喝道："瞎了你的狗眼，我是都统夫人，也是你能随意碰得的？"

裴云天不以为意，躬身认罪："请都统夫人恕罪！"也不理她，转身又去抹另一个脸上都是黑灰的女子，那女子在他伸手过来之时便已一巴掌挥了过去，同样怒喝道："放肆！我是刘将军家的小姐！"

裴云天同样告罪，转身又去看下一个，贺兰钧头疼地上前拦住他，道："你

这是干什么？这些客人都是女子，火起时正在人面桃花楼里接受我的治疗，你说她们是纵火犯，岂不是滑天下之大稽？"他转向楚王，略带了几分指责地道："王爷来此，莫不是来调戏良家妇女的？不过这时机也太巧了，早不来晚不来，偏偏火起了就到了，难不成王爷有未卜先知的能力？"

他这话说得轻巧，而楚王等人来的时机也确实太巧，一时便引起众女客的猜测，又因方才裴云天的无理，使得她们更是肆无忌惮，甚至有那大胆的直接就怀疑火乃是楚王让人放的，只为了不让她们也能如王妃一般恢复容貌。

楚王尴尬不已，有心想要辩驳，但他常年身处军中，本不是善于言辞之辈，更何况是与女子斗嘴？张了几次嘴，最终都没发出声音，只好将怂恿自己来此的裴云天一巴掌打倒在地，喝道："我本是来请贺兰公子恢复青春的，你这办的什么事？不过是一场意外火灾，又哪里来的什么纵火犯？"而这种恶意猜测如若传到女皇陛下耳中，只怕他的名誉官声都有碍。

想了想，他又走到贺兰钧跟前，笑道："贺兰公子千万不要误会，本王是真心想要请求你的帮忙。如今你的店已经烧了，不如本王帮你安排一个好地方，供你施展手术？"

贺兰钧看了裴云天一眼，身形微微动了动，挡住身后的王妃，才抱歉地道："抱歉王爷，我的所有药材都已付之一炬，只怕再难完成王爷的心愿了。"

楚王顿时失望，想起家中年轻美貌、精力旺盛的王妃，再想到自己再无恢复年轻的可能，而怂恿自己来此给了自己希望却又让自己空欢喜一场的裴云天顿时成了他迁怒的对象，转头怒瞪他一眼，战场上出生入死练就的铁血杀气顿时吓得裴云天一个哆嗦，下意识地就想逃离。

"王爷，我……我不是故意的。"他想求饶，但楚王却不给他机会。

在这么多人面前丢脸，楚王确实是难以接受的，势必得从裴云天身上找回场子来。

连招呼都没打，楚王带着官兵押着裴云天扬长而去。

贺兰钧与苏莲衣对视一眼，又看了眼同样紧张不已的王妃，忍不住都吐出了一口气。

看来裴云天是有怀疑的，虽然这次逃过一劫，但以裴云天的为人，他必然还会想出其他的办法来试探，他们必须将王妃藏得更好才行。但这样也不能打消裴云天的疑虑，最好还是想出个办法，让裴云天彻底从楚王身边消失，再不能搜寻任何与楚王妃有关的蛛丝马迹，这样才能保证他不会再出幺蛾子。

第八章 **相濡以沫胜娇颜**

连着几日，楚王妃的行踪都鬼鬼祟祟的，避开府里的人，带着食盒偷偷摸摸地上山，给一个钓鱼的老头送吃的，每天给他敲背捏肩，一口一个"爹"叫得既亲切又娇憨。

裴云天心里揣着情报，眼珠子一转，便想出了一条揭穿楚王妃身份的毒计。他费了些心思，编了个在山里看到凤凰的借口，撺掇楚王一起上了山。

刚到山口，远处大树上藏着的瘦小身影便给了他信号——正是楚王妃也在的信号。

裴云天心下大定，笑着向马上的楚王道："王爷，之前是我考虑不周全，连累得王爷声名受损，心里甚是惶恐。回去后反复思考，后悔不及，拼命想着怎样才能够挽回王爷的声誉，使得王爷对我改观。那天无意间看到了山里的凤凰，我想着王爷若能抓了凤凰献给女皇陛下，必能讨得陛下欢心，于王爷那是有大大的好处。"

楚王仰头一笑："算你还有点儿良心。若得陛下开心，我必定不会忘了你的。"

裴云天赶紧谢恩："多谢王爷！"

一行人转过山间小道，小水潭边的情形便一眼可见。高傲冷漠的老头儿端坐在水潭边钓鱼，做着楚王妃打扮的诸葛小仙殷勤地在老头儿身边捶背，一脸讨好地笑道："爹，你累不累？要不今天咱不钓了，明天再钓？"

老头儿一脸爱理不理的冷漠："不累，你别出声，吓跑我的鱼儿。"

楚王妃顿时不敢出声，只是那捶着肩膀的手却没停下，更显出几分亲昵之意。

裴云天见楚王定定地看着眼前的一幕，知他必是受了冲击，说不出话来，便凑近了小声道："王爷，那不是王妃吗？她父亲陈少卿不是过世十几年了吗？如何突然又冒出个爹？难不成……"他顿了顿，猛然脸色一变，似乎被自己想的吓到了，做足了戏才又道："难不成王妃是假的？"

楚王这才转头看了他一眼，脸上却是一副似笑非笑的奇怪表情，问道："裴云天，你把本王骗到这里来不是为了抓凤凰，是来看这一幕的吧？"

楚王并不傻，到现在若还不知自己被骗，那就枉费了他几十年的战场冲锋了。

裴云天心知瞒不过他，干脆承认道："王爷英明。在下也是为了皇室的安危着想，绝不允许有人冒充皇亲国戚，玷污皇室声名！"

楚王脸上的表情便更奇怪了一些，他也不说话，只拿着马鞭慢慢地朝王妃与钓鱼老头儿走去，走到一半还回头用眼角扫了裴云天一下，那感觉就更奇怪了，让裴云天心里猛然涌上一股极其不好的预感。

果然只见楚王走到那二人身边，却并不大声斥责，反而跪下行礼，"爹，您老还好吧？"

此时楚王妃也转过身来，看到楚王先是一惊，再看到他身后的裴云天与侍卫们，就露出些不解的神情来，但她却没说话，先向楚王行了礼，然后便安静地站在一旁。

反而那老头受了楚王的礼，却没好气地道："我说了我是闲云野鹤，

你们两个老是这么跑过来打扰我，又有什么意思呢？"

那穿着破衣烂衫的老头儿竟是楚王府的老王爷！裴云天只觉得眼前一黑，才被楚王侍卫揍过的身体隐隐又开始疼了。

楚王看了看王妃，目光中不但没有责备，反而带着些笑意。王妃便忙解释道："我只是想在爹跟前尽尽孝心。"

她话刚落，却见老王爷手中的鱼竿猛地一起，却只钓上来一堆水草。老王爷一边清理，一边没好气地白了楚王与王妃一眼，哼道："都是你们，害我的鱼都跑了，真是晦气！"

楚王妃赶紧上前，陪笑着，安慰他，又帮忙取出鱼饵。楚王却一转身冲着裴云天一脚踹了过去，喝道："都是你，要不是你，本人怎么会过来打扰爹钓鱼？"

裴云天被踹得一个趔趄摔倒在地，却不敢起身，只顺势跪着求饶道："下官……下官并不知老王爷在此隐居……"

"哼，你不知？你不知还搬弄是非，到底是何居心？今天不给你点儿教训，你就不知道消停。来人！"楚王看着侍卫将他架起，笑得不怀好意："爹的鱼被我们赶跑了，不如你下河去抓十条鱼来赔他老人家吧？还是你更喜欢充军？"

裴云天脸色一惨，还来不及说话，侍卫手一抡，便将他扔进了河里，完全没有心理准备的裴云天顿时喝了好大一口河水，死命扑腾了一阵才勉强稳住没有沉到水底。

岸上楚王与楚王妃笑成一团，而诸葛小仙更是笑得得意不已。

哼，她就是聪明啊，贺兰钧交给她的任务如此轻松就完成了，看裴云天的样子，怕是再不敢派人跟踪她了吧？

很快一个月就过去了，年轻的楚王妃依旧面容如三月桃花盛开，美丽不可方物，半分也没有容颜将损的迹象。楚王果然守信，向女皇陛下要来了宫中脂粉采办权，亲手将"御办"二字的匾额挂在了重建好的人面桃花楼大门上。

贺兰钧与苏莲衣并肩站在门口，抑制不住的喜悦从两人脸上溢了出来。

挂好匾额，楚王又冲着围观的百姓道："各位，这人面桃花楼的东西是全天下最好的，贺兰公子的技艺也是天下无双的，连宫中的女眷都爱不释手，希望大家都来光顾，贺兰公子绝不会让大家失望的。"

早已听说贺兰钧巧施妙手为楚王妃恢复容颜，使她返老还童的百姓，如今再见到楚王如此作为，哪还有不相信的？顿时便将人面桃花楼挤了个水泄不通。苏莲衣一边忙一边想着即将到手的白花花的银子，笑得嘴都合不拢。

诸葛小仙站在贺兰钧身边，笑道："怎么样？我办事还牢靠吧？"

贺兰钧转头看她，目光中带了几分赞赏的笑："不错，这次多亏王妃告诉我老王爷在山里生活，不然也不知道怎么对付这个裴云天。不过你与王爷的事也要速战速决，时间长了我怕会夜长梦多。"

"王爷已被我折腾得够呛。"诸葛小仙声音依然轻，却明显带了几分迟疑，"真的……要这么做吗？"

本已转头看苏莲衣忙碌的贺兰钧又转头看过来，眉峰微皱："你不会乐不思蜀想弄假成真吧？"

诸葛小仙赶紧摇头，"怎么可能？"

仔细看了看她的神色，贺兰钧才道："那就好。你要记住你的王妃是假的，到时候会给你一大笔钱的，别想岔了。"那边苏莲衣已经忙不过来了，贺兰钧过去帮她，留下诸葛小仙一人看着贺兰钧的身影皱眉沉思。

楚王府的生活与她原先的生活根本就是天差地别，尝试过奢华与颐指气使的权势，要把她再打回原形，心里是真舍不得，但这毕竟只是黄粱梦一场，总是要醒的，却没想到醒的时间会这么快就到来！

对面茶楼二楼临窗的位置上，裴云天与张易之相对而坐，看着人面桃花楼的喧嚣与忙碌，心中万般滋味。

"这宫中脂粉的采办权，最终还是尘埃落定了。"张易之叹了口气，语气中却带了小小的埋怨。

裴云天看他一眼，一口将面前杯中的酒饮尽，咬牙道："我不会输的，我绝对不会输的！"

张易之调过看向对街的目光，道："人有自信是好事，但光耍嘴皮子

的工夫是没用的。我看人一向不会错，但这次却是真看错你了。你好好反省反省吧！"他这话虽说得平和无波，但话语里的责备之意却再明显不过。

裴云天转头看向忙碌的贺兰钧，握紧的拳头砸在桌面上，震翻了茶盏杯碟，然后在张易之不悦的瞪视下，起身下了楼，穿过人群凑到了楚王妃的身边。

"王妃！"拦住诸葛小仙欲离开的脚步，裴云天面上的笑一看就带着浓重的阴谋味道。

所以诸葛小仙马上就警觉了，冷冷地看他一眼，道："怎么？捉鱼还没捉够吗？要不要我让你变得更惨？"

裴云天却全然不在乎她的威胁，只是笑着道："你真的甘心吗？假扮王妃，在王府的日子这么开心，又这么奢靡豪华，还有王爷的宠爱，你就不担心这一切都泡汤了吗？"

诸葛小仙微微一愣，但随即就反应过来了，怒喝道："胡说八道，你再敢说我是假的，我就让王爷将你充军发配边疆！"

"是吗？"盯着她的眼睛，裴云天笑得笃定，"王妃从未欠过我金子，你却不知道，还给了我十两金，你不是假冒的是什么？"

诸葛小仙眼眸一敛，还没想到如何应对，就听裴云天继续道："本来一个一无所有的人，突然享受到了人间最富贵的生活，你觉得还能回到从前吗？若让你过回从前的日子、吃回从前的东西、用回以前所有的物品，你还行吗？等到真的王妃回到她原来的位子，你该怎么办？贺兰钧与王妃真是自私，一个只想讨好权贵，一个只想挽回丈夫的心，可却没人替你考虑，没人想过你的未来，你到底该怎么办呢？"

诸葛小仙顿时愣住了。是啊，如今的她顶着自己的脸假扮了王妃，若王妃回到王府，那她该怎么办？说人有相似物有相同，会有人相信吗？到时候她会不会被王爷灭口？想起王爷书房里那柄染透敌军鲜血与头颅的剑，她就浑身发冷。

看到她的反应，裴云天便知道自己赌对了。他抑制住心里的狂喜，继续道："我知道你对我有太多的戒心，但其实我想对付的人从头到尾都只有贺兰钧一个，别人如何与我并不相干。不如我们联手吧，我帮你把真的王妃位置拿到手，你帮我把内宫脂粉采办权拿回来，让贺兰钧一败涂地。如何？"

他知道自己的诱惑很香很诱人，而她的筹码却太少，所以不怕她不上钩。

"你想怎么做？"迟疑了半晌，诸葛小仙还是将话问出了口。她知道这样就等于是同意了合作，但她真的不想再回到以前。

裴云天唇角勾出一抹"早知如此"的笑，凑近她，压低声音道："既然你现在已经是王妃了，那么只要不存在真的王妃，那还有谁敢怀疑你的身份地位？"

这是要杀人灭口了。诸葛小仙神情复杂地看了他一眼，却最终什么话都没说，转身进了人面桃花楼。

看着她的身影，裴云天唇角的笑越发大了。贺兰钧，人都是有欲望的，不是每个人都懂得什么叫适可而止，如今你的棋子就要落到我的手里来作为对付你的刀剑，你会怎么样应对呢？

想想都有意思，裴云天一整天压抑沉闷的心情顿时好了。

要说苏莲衣见过的最爱钱也最小气的人，那必定非诸葛小仙莫属。人家是一分钱恨不得掰成两半花，而她却是一分钱掰成十瓣也不花，还会从别人身上找点儿钱出来给自己花。所以当苏莲衣看到诸葛小仙准备了一桌子好吃的糕点与美食请自己吃的时候，她是很惊讶的，惊讶得都忘记吃了。

"做姐妹有今生没来世的，表姐你又对我那么好，我如今在王府享福，当然也不能忘了表姐你。"诸葛小仙眨着眼睛，眼眸里都是对苏莲衣的感激。

抬手摸了摸她的头，苏莲衣笑得欣慰："算我没白疼你。"她一边吃着诸葛小仙夹给自己的食物，一边忍不住感慨，"你是真长大了，懂事了，可不能再像以前那样惹贺兰生气了。"

"我也不是故意的。"噘嘴为自己辩白，诸葛小仙一副随意聊天的样子，"对了，表姐，人面桃花楼起火之后，你们将王妃安顿在哪儿了？"

苏莲衣一惊，嘴里的糕点噎得她直咳嗽，诸葛小仙赶紧递上水，又拍

着她的背帮她顺气，忙乱了半天才终于咽了下去。苏莲衣这才警觉地看向她，问道："你问这个干什么？"

她的反应让诸葛小仙一惊，面上却仍若无其事地笑道："能干什么啊？就是觉得王妃现在也不知道过得怎样了，毕竟我占着她的位置，享着她该享的清福，要是她受苦了我就过意不去了，所以想给她送点儿好吃好玩的东西，让她的日子过得舒服一点儿。"

苏莲衣却皱了皱眉，定定地看着诸葛小仙。小仙是她的表妹，她再了解不过了，她虽不是大奸大恶之人，却也绝不是会因为这点儿小事就心里不安想着弥补的人。她说出这样的话，怎么想怎么违和，且让她心里很不安。

"你会这么好心？我还不了解你？快说实话，你究竟想做什么？"她不与她客气，直截了当地揭开了她的真面具。

诸葛小仙却没有半分尴尬，只是没好气地给了她一个白眼，责备她不给自己留面子，嘴上却利索地道："真是的，你就不能给我留点儿面子吗？我只是觉得王妃在外面一定很辛苦，要是我雪中送炭现在给她送一些东西过去，她心里一定会感激我，将来万一我们换回来了，看在我曾经对她好的分上，她一定会对我很好，说不定还会在王公贵族里帮我找一个好婆家，你说多好啊。"

苏莲衣顿时哈哈大笑，"我就知道你定是有目的的！"

诸葛小仙也笑了，却是带了点儿讨好的意味，扯着苏莲衣的袖子撒娇："表姐，你就帮帮我吧，虽然说攀龙附凤不好，但你知道我那么爱钱，攀上王妃以后就不会再惹姐夫了，你帮帮我吧。"

她一声"姐夫"叫得苏莲衣顿时心花怒放，想到贺兰钧之前被气得直跳脚，她也觉得让诸葛小仙攀上王妃是个不错的主意，便点头道："好吧，我告诉你，但你可不能再惹贺兰了，更不能动他的东西。"想了想，又道："对王妃也不能巴结得太过，不然就惹人讨厌了。"要是王妃认为她与贺兰钧是想抱她的大腿，那就更不好了。

此时她说什么诸葛小仙都会答应的，所以忙不迭地点头，一双眼睛亮晶晶的，仿佛看见了以后的荣华富贵般。

要说诸葛小仙有多么信任裴云天，她定会摇头告诉你，钱可比人可信多了，利益的关系远远大于人情，只有绑在一起的利益才会让人通力合作。

所以对于裴云天的说法，她需要更强有力的证明。而最好的证明，则是被她装在袋子里吊在树上的楚王妃了。

"王妃真是聪明人，这么快就抓到人了。"举高手上的火把，裴云天打量了两眼吊着的麻袋，笑着看向诸葛小仙，"不过王妃还真是不信任人啊。"

诸葛小仙黑亮的眼睛在火把的照映下闪着奇异的光，她也不反驳，只是淡淡地看着裴云天，问道："你不是应该带着王爷来的吗？还是王爷埋伏在四周，等我放出王妃，王爷便出来将我一剑砍了？"

这样也算是赢了贺兰钧，但获取王爷的信任与帮助能得到的好处，远比她这个假王妃多。她只是爱钱，但并不傻，也不愿意成为别人往上走的踏脚石。

裴云天看着她，又是一阵大笑："你果然是个聪明人，跟你合作真是太对了。不过生意不是这么做的，假如我带着王爷来揭穿这一切，表面上我是赢了贺兰钧，但实际上我也在无形中得罪了真正的王妃，我本意讨好楚王，想拿宫中的脂粉采办权，但得罪了他枕边人，日后的日子必定不好过，到时候说不定偷鸡不成蚀把米，好处没捞到，还惹一身骚。但如果我跟你合作就不同了，我知道你所有的把柄，又对你有所帮助，一旦你的位置稳定，别说宫中脂粉的采办权，就是更大的生意，你还不得关照我？"

他分析得极有道理，娓娓道来，听得诸葛小仙忍不住点了点头，笑道："你果然是个聪明人。既如此，那我就姑且相信你吧。"

裴云天负手而笑，"不聪明怎么跟王妃合作？"目光却转向树上，带着些好奇的意味。

诸葛小仙一笑，从怀里取出弩箭，对准系着麻袋的绳索射去，麻袋散开的瞬间，一条黑狗从麻袋里跑出，飞快地消失在黑暗中。

裴云天称赞道："王妃心思缜密，有勇有谋，与你合作果然是对的！"若方才他不是诚心与她合作，这把弩箭对准的只怕就会是他的心脏了。

203

火光下，诸葛小仙笑得妩媚而狡黠，"这么铤而走险的事，我不得不防备一下。"她目光莹莹，看着裴云天，"裴大人必然也是有所准备吧？"

裴云天潇洒地一笑，"我们是一类人。"等于是间接承认了她的话。

火把的光照下，两张脸上带着心照不宣的笑。

一旦决定通力合作，在贺兰钧与苏莲衣没有防备而真正的楚王妃更不可能防备的情况下，诸葛小仙没费吹灰之力就将楚王妃骗到了城里的客栈，看着吃下蒙汗药倒在地上的楚王妃，她缓缓眯起眼眸，阴狠地道："王妃啊王妃，我跟你本无冤无仇，不想这么对你的，可是为了我下半辈子的幸福，我不得不这么做，你不要怪我！"

拔下头上的金簪，她毫不犹豫地就往王妃的脖子上刺去。

"等等！"裴云天推门而入，正见金簪上寒光一闪，赶紧推开她，却惹来诸葛小仙的怒视："你想干什么？"

裴云天先打量真王妃一眼，见她没有别的伤，才松了口气，看向诸葛小仙时，忍不住带了些怒意："你怎么这么糊涂？若真王妃就这么死去，搞不好贺兰钧会跑到王爷跟前去揭穿此事，到时候王爷一旦怀疑起来追查，你我岂不是要吃不了兜着走？"

诸葛小仙到底不是完全的蠢蛋，只想了一想，便明白了其中的问题。她将金簪插好，侧头问裴云天："那你有什么好办法吗？"

"你忘了我是做什么的？"裴云天神秘地一笑，转头看着地上的真王妃，眼神冷漠而无情，"王爷不是嫌弃她老了吗？若我让她变得更老更丑一些，让王爷看到她就害怕，你觉得会怎样呢？"

想到那样的情景，诸葛小仙也忍不住露出了笑容："那一定会非常有趣！"

在诸葛小仙与裴云天密谋的同时，再也受不了年轻王妃折腾的楚王爷约了贺兰钧入府下棋。对于这样的邀约，贺兰钧其实心中有数。他一介平民，如何得楚王青睐能与他下棋？不过是个由头罢了。

果然，几局棋下来，楚王便忍不住感慨了："都说棋品即人品，下棋往往能看出一个人真实的想法，果然不错。"

贺兰钧微微一笑，面上神色不动："可是王爷觉得在下哪一面展示得不真实，故而特地来考验一下？"

楚王却看着棋盘摇了摇头，叹道："不是你，是本人自己。本王一直以为自己喜欢冲锋陷阵，却没想过其实坚守阵地才是最好的方法。"

"哦？"说到战争，贺兰钧便不好插口了，而且他觉得楚王也并不是想讲战事，便干脆等着他的下文。

楚王果然是不需要他接话的，叹了一口气，又下了一子，摇摇头道："不瞒你说，本王与王妃年轻的时候曾有过一段很快乐的日子，可是这样的快乐随着时间的推移渐渐变得麻木了，所以本王觉得只要王妃恢复以前的青春活力，便能找回过去的快乐。可是王妃变年轻以后，本王才发现过去的都已经过去，就算脸变成过去的样子，也不一定能找回过去的快乐，还不如随着岁月的推移，去懂得享受现在的快乐来得好。"

贺兰钧又落下一子，抬眼看他，笑了："王爷能够有这样的感悟真的是件好事。"这样的楚王才值得楚王妃去爱。

静了片刻，楚王又道："还请贺兰公子再施妙手恢复王妃的容貌吧。"

"哦？王爷您确定？"贺兰钧施施然地道："要是恢复了相貌，想再要变年轻可就再也办不到了。"

楚王坚定地道："本王已经决定，不惜一切代价，只希望能早日跟过去的王妃重逢。"

唇角的笑逐渐加深，贺兰钧抬手一推棋盘，道："王爷，您这步棋走得太好了，这么会儿工夫，您已经赢了。"

楚王一怔，疑惑地望向棋盘，却发现自己是真的赢了，但这是第一次，他赢得莫名其妙，"所以……我还是适合守是吗？"

贺兰钧起身，拂袖跪了下来，朗声道："贺兰钧欺骗王爷，罪该万死，恳请王爷恕罪！"

在楚王疑惑而不解的目光下，贺兰钧将自己与王妃的约定娓娓道来，然后道："王妃对王爷一往情深，绝不愿拂逆王爷的意思，但人的容貌乃是天生的，随天地日月更替而逐渐衰老，非人力可回天，王爷做了那么多，只是让王妃受苦楚而已。如今王爷能有所感悟，想来王妃是非常高兴的。"

从一开始的不敢置信到最后的恍然大悟，再到心下感慨，楚王觉得自己这么一会儿就打了一场大仗般，本以为自己布了个精妙绝伦的局引敌人入瓮，到头来才发现，其实是自己人在局中迷了眼，反而看不清最真的感情与最值得珍惜的人。

认识到自己的错误后，他马上起身，要求贺兰钧带自己去见王妃，贺兰钧欣然答应。两人骑了马直奔山间小屋，却扑了个空。

里里外外找了两遍，都没见王妃的身影，楚王心里有些急了，对贺兰钧本能地起了怀疑："贺兰钧，你是否无能将王妃变回原本的容貌，才故意编出什么真假王妃的话来诳本王？"

贺兰钧无心与他争辩，王妃一向不爱出门，这般消失定是有原因的，若是落在了裴云天手上，后果他真是不敢想象。但此时他却要先安抚好楚王才行。

"王爷您别急，兴许王妃与莲衣一起出去了，您别担心，我会尽快将王妃送到王府的。"

"哼，你最好记住你的话。要是王妃有一点儿闪失，本王饶不了你！"拂袖而去之前，楚王丢下狠话。

但贺兰钧却无心计较。眼前最重要的，还是先找到王妃。他正要满山去找苏莲衣，却见苏莲衣挽着一只竹篮上山来，身边不见王妃的影子。

他顿时急了："王妃呢？没跟你在一起吗？"

来给王妃送饭的苏莲衣莫名其妙："王妃怎么会跟我在一起？不是在屋里吗？"

贺兰钧的神情顿时凝重起来："我与王爷说了王妃的事，可是王妃却突然不见。按说王妃的下落只有你我知道，而她自己是知道轻重的，绝不会随意出去，到底是出了什么事？"

苏莲衣想了想，突然惊叫了一声："王妃的下落我告诉了小仙。"

"难道是她带走了王妃？"贺兰钧突然有种极不好的预感，而苏莲衣与他想到一块儿去了，两人对视一眼，同时从对方眼睛里看到了惊恐与不安。

诸葛小仙不至于那么丧心病狂吧？她要是真对王妃做了什么，那他们这次可真是死定了！

　　而此时的楚王府后花园内，诸葛小仙却正一把鼻涕一把眼泪地向楚王哭诉着自己的委屈："……王爷，我真的不是假冒的，是贺兰钧一直敲诈我，要我给他钱，为他在宫中谋取好处。他说如果我不答应，他就告诉王爷我不是王妃，是假冒的。可是王爷，为了您的官声着想，我怎么能答应他？而且返老还童是您的主意，根本不是我想要的，如今我的脸变成这样，还要受人威胁，我……我不活了！"

　　她说着便一头往楚王身边的柱子撞去。楚王大惊，伸手拦住她，不敢相信自己听到的："贺兰钧……居然敢做这样的事？"

　　倚在楚王怀里，诸葛小仙仰起一张梨花带雨的小脸，楚楚可怜道："王爷，难道连你也不信我吗？你跟我说过的誓言，你都忘了吗？如今你为了外人怀疑我，我却为了爱你去改变自己的容貌，还勉强自己变得那么好动，我……我活着还有什么意思……"一说哭着一边推开王爷又要去撞柱子。

　　楚王顿时被她闹得一个头两个大，死死地抱着她，再三保证道："你不要这样，本王一定会查个水落石出，一定会还你公道的！"

　　两人正闹得不可开交之际，却见一个面容与头发一样雪白的女人冲进花园，左右看了一眼，发现楚王，便直直地向他冲了过来，身后跟着的几个下人追着要拦她，不是被她推倒在地，就是被她躲开，片刻工夫她便到了楚王跟前。

　　"王爷，这个女人也不知道是从哪里跑出来的，一直说要见您，我们拦也拦不住！"下人怕楚王责怪，赶紧说明情况。而实际上，那女人的脸跟刷了一层白粉似的，连嘴唇都是白的，看着怪吓人的，他们也不敢太近了拦。

　　楚王只用眼睛看了一眼那白发女人，便惊叫着后退了一步，道："你是哪里来的妖怪？找本王做什么？"

　　这样雪白雪白的脸和头发，原本黑亮的眼眸竟被衬出几分血色，要多吓人有多吓人。即便是楚王见惯了战场上的血腥，一时也被吓到了；而诸葛小仙更是吓得缩进楚王怀里，不敢抬头。

那白发女人望着楚王，眸子里有着渴盼与情感，柔声道："王爷，我是月娘啊，你认不出我了吗？"只这么一句话，她的眼泪便下来了。

楚王一怔，月娘是楚王妃的小名，因她气质皎皎如月华高洁，楚王最是喜欢在情动时唤她这名字，外人却是无从得知的。如今从这白发女人口中说出，不由得楚王不好奇。

还没等他发问，怀里的王妃却已先出了声："你胡说什么？我才是月娘，你是哪里来的妖怪？快，快打出去！"她明显是害怕的，声音里都带了些颤抖，却仍是毫不犹豫地下了命令。

下人们便飞快地上前，也顾不得吓人不吓人了，扯着白发女人就往外走。

白发女人一边挣扎一边朝着王爷声泪俱下地喊道："王爷，我原本是听从贺兰钧的意思，跟这位小仙姑娘交换身份，只是想让你明白人比脸重要。可是昨天这个小仙姑娘突然找我出去，给我吃了个东西，我就晕过去了，醒来就发现变成了这个样子。王爷，这个小仙姑娘很可怕，你不要相信她！王爷，我们二十年的夫妻，你要相信我，千万不要相信她……"声音逐渐远去，最后只剩下声嘶力竭的嘶吼，带着困兽般的无助与绝望。

诸葛小仙依然倚在楚王怀里，话音里带了些哽咽与不安："王爷，看来这个贺兰钧真的要对付我，竟然弄来一个妖怪来冒充我！真是太可怕了，他们会不会有一天也把我弄成这副模样？王爷，贺兰钧真是丧心病狂，他们现在针对我，会不会是想对付王爷？要是伤害到王爷那可怎么办？"她一边说一边眼泪又下来了，更往楚王怀里钻去，好像怕得很似的。

"好了好了，别怕！"搂着她颤抖的身子，楚王轻声安抚，"你放心吧，本王不会让他有机会伤害到我们的！"

"王爷……"诸葛小仙抖着声音叫了一声，埋在楚王怀里的如花脸蛋上，却绽开一抹恶毒而阴险的笑。

傍晚，下了一场大雨。贺兰钧与苏莲衣冒雨找到王妃时，几乎不敢认她。雪白的面容与头发都被雨水淋湿，却仍白得刺目，路上偶尔的行人都避得远远的，生怕被她碰一下似的。

将王妃带回山间小屋，贺兰钧仔细为她做了检查，在她脸上的穴位扎了银针，神情却越发凝重起来。

"怎么样？"为王妃打理好头发的苏莲衣见他半天不说话，忍不住问道。

贺兰钧看一眼王妃，脸色沉重："王妃中的毒想除去不难，只是这毒混合了九九八十一种药材，很多都是药性相克，想要解毒，必须先拿到方子。"

"这么说是解不了了？"王妃神色平静地道，"你也别费心了。王爷宁愿相信那个女人也不相信我，贺兰公子，我们失败了，在王爷心里，年轻的面孔比人重要。就算我恢复容貌又有什么用呢？倒不如……"她突然伸手入怀，取出匕首就往自己胸口刺去。

苏莲衣惊得呆住了，贺兰钧早从王妃死灰般的眼眸里看出了她的绝望，飞快地握住她的手腕，劝道："王妃，你别这样，留得青山在，不怕没柴烧，你何必如此不爱惜自己呢？"

此时的王妃早已失去理智，一手捶打着贺兰钧，一边哭喊道："你让我死吧，死了就没有痛苦和烦恼了。"死了就不用再去想自己变成了妖怪，不会再去想楚王抱着诸葛小仙的情景了。

贺兰钧用力夺过她手里的匕首，狠狠地扔到地上，双手抓住王妃的肩膀，大声吼道："死是很容易的，活着才是最难的。你可以去死，但你有没有想过楚王该怎么办？他身边有这么一个蛇蝎心肠的女人，你放心让他一个人活在这个世上吗？"

王妃愣了愣，想到楚王被诸葛小仙残害的情景，忍不住失声痛哭："我该怎么办？我该怎么办？"

贺兰钧叹口气，正要安慰她，小屋的门却被人一脚踢开，门外的楚王带着大批官兵早已将屋子四周包围了起来。

"贺兰钧，王妃料得果然没错，这个妖怪真是你弄出来冒充她的，你好大的胆子！"看着白发女人的那一刻，楚王心里对贺兰钧的话动摇了。他真的是欺骗了自己。放开抓着王妃的手，贺兰钧起身与楚王对视，声音清冷而正直："王爷这么相信一个女骗子，我也无话可说。"

楚王冷哼一声："她是你送到本王身边的，是女骗子，那你是什么？你这样欺骗本王，却还如此理直气壮，是可忍孰不可忍！若不是王妃求情，本王定要杀了你们泄恨！来人，将他们赶出城，不许他们再进城，否则见

一次打一次！"

官兵人多势众，贺兰钧与苏莲衣根本就没有挣扎的余地，不过眨眼工夫就被人反剪了双手，押着下山，反而是白发白脸的王妃让他们有些畏缩，不太敢上前。

眼见二人被推搡着要押下山去，王妃终于忍不住出声："住手！"她定定地望着楚王，眼中又涌出泪水，一字一字地说道："蝴蝶谷内，曼陀罗花丛，一吻定情，永结同心。李郎，当年你对我许的诺言你全部都忘记了吗？"

那双眼里蕴藏了太多的感情，多到连王妃自己都无法表达出来，看得人就更加不懂了。但楚王还是在那双眼睛下愣住了，半晌才道："我与王妃定情，你是如何得知的？可是从王妃处骗来的？"

白发的王妃静静地看着他，突然疯狂地大笑，只笑得前仰后合，发丝凌乱，上气不接下气，才说道："原来所有的恩爱、所有的誓言都建筑在一张漂亮的脸庞上，色衰而爱驰，原是千古不变的道理。我一直以为我爱上的是一个可以跟我一生一世的人，原来我错了，我真的错了，哈哈……"

她一边笑得疯狂，一边脸上却淌下泪珠，略带着血色的泪珠划过雪白的脸庞，让人触目惊心，仿佛流下了两行血泪一般。不知心里该是有多么的痛苦难受，才会哭出血来。

楚王看得心里大惊，这女人的话让他心神不宁，仿佛自己真的辜负了她一般。他勉强定了定神，才道："算了算了，看在你们曾经帮王妃恢复容貌的份上，本王不想再计较你们的过失，你们最好老实一点儿，不要再惹事，不然下次本王绝不放过你们！"

那白发女人的目光让他难受，她字字带血的指控又让他心里难受无比，这个小屋他真是一刻也待不下去了。带着人，楚王几乎是落荒而逃。

而此时的王妃，早已心力交瘁地跪倒在地上，这般又哭又笑，似乎已经掏空了她所有的精神，让她浑身无力。

苏莲衣过去扶起她，声音里带着愧疚："王妃，你没事吧？我也不知道小仙她为什么会变成这样……"

"与你无关。"拍了拍她的手，王妃已经冷静下来，轻声道："只是王爷如今被鬼迷了心窍，他不认我没关系，可我却不想他受到伤害，该怎么办？"

与苏莲衣一起将王妃扶进屋里躺下，贺兰钧想了想，道："眼下只有一个办法，我们去找寻诸葛小仙的家人来证明她的身份，到时候一切就会水落石出了。"

见还有补救措施，苏莲衣赶紧道："我知道她父母的住处，我可以带你去……"她突然没声了，眼睛却看向王妃。

如今这种情况，丢下王妃一个人，的确不是明智之举。若是诸葛小仙再有什么举动，只怕王妃就真的没命了。

贺兰钧想了想，从怀里掏出一包药粉递给王妃，嘱咐道："经过这次事件，他们暂时应该不会轻举妄动，以免引起王爷的怀疑。万一真遇到危险，王妃只要将这包药粉撒出去，对方就会立刻晕倒，到时候王妃就先找个安全地方藏起来，等我们回来。"

看着他手上的药粉，王妃用力点了点头。本来无力且无心活下去的她，只要一想到王爷，便觉得自己必须活下去，至少要将那个狠毒的女人从他身边赶走，她才能安心。

诸葛小仙的家就在离洛阳城不远的一个村庄里，绿树环绕，绿水青山，倒也是一个不错的所在。

贺兰钧与苏莲衣午后出发，先是马车，后又换了驴车，紧赶慢赶终于在入夜时分赶到了诸葛小仙的家里。

但本该是华灯初上的时间，诸葛家的三间小屋却没有半分光透出来，掩在黑暗的夜色下，透出几分死气沉沉。

贺兰钧有种不太好的预感，苏莲衣却举着火把推开了院子门，大叫着"舅舅舅妈"冲进屋里去。

然而屋里却没有人。屋里桌椅摆放井井有条，看起来也不像是没人住的样子。苏莲衣里外找了一遍，还是一个人都没有。

苏莲衣便皱了眉，嘟哝道："这个时间他们去哪儿了？会不会是搬家了我不知道呢？"

贺兰钧却皱起了眉头，他闻到一股臭味，仿佛什么东西腐烂了一样。

作为善调胭脂花粉的大夫，他对味道自然是极其敏感的，本来进屋就闻到了，但以为是存放在家里的肉食什么的，可此刻看着情形，怕是不太好。

他这么用力地嗅了几下，苏莲衣便知道了，也闻到了臭味，她转头想问，贺兰钧却抢先几步到了厨房那边，扒开存放柴火的稻草堆，里面赫然出现了三四具堆叠在一起的尸体，最上面一具男尸面朝下趴着，正好遮住了下面几个人的脸。

贺兰钧与苏莲衣大惊，没有多想，贺兰钧伸手将男尸翻转过来，苏莲衣只看了一眼，便忍不住哭了出来："舅舅，舅妈……"就要扑过去。

贺兰钧却一把拦住她，急切地道："你别碰！尸体上有毒！"

苏莲衣抬头，就看见贺兰钧刚才碰过尸体的左手已经整个变黑了，也不知道是什么毒这么厉害。看贺兰钧整张脸都变白了，她吓得忘记了哭，抱着贺兰钧的手问道："你怎么样？要不要紧？"

从怀里取出随身携带的小刀划破手指，贺兰钧使劲儿挤出手上的毒血，终于觉得头不那么晕了，才转向苏莲衣道："暂时死不了，快走！"

有人杀了诸葛小仙一家，并在尸体上下毒，便是算准了他们会来找她的家人。这么狠毒的计谋肯定还会有下招，如今他中了毒，若不能赶紧离开，会被人堵在屋子里杀掉。

两人刚转身要走，屋顶横梁上却飘下一个戴着面具的瘦小身影，看见他们一句话未说，手上的长剑便已招呼了过来。

早料到会有这种情况发生，贺兰钧一把推开苏莲衣，从怀里取出药粉，向着杀手面上撒了过去，趁他浑身发抖，不停扭动抓挠的工夫，拉起苏莲衣就跑出了门。

小村庄里住户本来就不多，又是这般夜晚时分，贺兰钧与苏莲衣相携着跑了数里路都没见人，反而因为慌不择路跑进了树林里，而贺兰钧却已受不住毒发，整个人身子一软就倒在了地上。

"你怎么样？撑住啊！"使劲儿将他从地上拖起来，苏莲衣转头看回路，想知道那个杀手追上来了没有。

贺兰钧只觉得一阵又一阵晕眩，左手掌已经整个麻痹没有知觉了，要不是他及时放血，又用苏莲衣的手绢绑住了手臂的筋脉，只怕早就撑不住了。

"他快追来了，你自己跑吧，我跑不动了。"他一边喘气，一边又将手上的毒血挤了一些出来，滴落在草木上，草木顿时枯萎，极其骇人。

苏莲衣被吓得往后退了一步，却还是扶着贺兰钧，神情坚决："不行，要活一起活，要死一起死！"

贺兰钧一怔，随即骂道："你傻啦？两个人一起死就全完蛋了，一个人如果活着还能给另一个报仇，我想你给我报仇，你明白吗？快走快走！"

"我一个小女子有什么能力给你报仇？"这时候的苏莲衣却突然聪明了起来，快嘴快舌地反驳他，"我活着最大的心愿就是和你在一起，你不可以这样丢下我的。如果你没娶我就死了，我就算追到阎罗王那里也要跟你讨回公道！"她这话说得极其坚决，仿佛贺兰钧再赶她走，她就要马上去找阎罗王讨公道去了似的。

听着身后杀手的脚步声越来越近，贺兰钧叹了口气，示意她将自己怀里的药瓶取出，"好吧，既然你不走，那我们就赌一把吧。"

红色药瓶里的液体被倒出，苏莲衣按照贺兰钧的意思将液体抹在两人身上，然后爬上一棵不算太高的树，就这么倚在树干上，一动也不动。

很快，那戴着面具身形瘦小的杀手就追了过来，他左右看了看，然后飞快地往前追去。

确认他的脚步声听不见了，苏莲衣刚要说话，早就撑不住的贺兰钧却直接从树上摔了下去，苏莲衣伸手想要拉他，却被他带下树去，两个人跌落成一团，却没有人顾及是否跌伤，贺兰钧爬起来就催着她赶紧走，那杀手在前面找不到人，肯定还会再回来的。

心急惶惶的两个人却都忘记了，贺兰钧那还在滴血的手指……

借着之前的伪装，两人争得了一点儿时间，苏莲衣扶着贺兰钧找了个山洞，洞口不大，只能两人进出，这样就算杀手追来了，她也可以堵在洞口处拦住他。

此时贺兰钧手掌上的黑色已经蔓延到整个手臂，黑色的毒药仿佛有意识般一点点地往上升，贺兰钧挤出一点儿毒血黑色便稍微褪去一点儿，但很快又重新蔓延，半点儿不肯退让。

贺兰钧在苏莲衣的扶持下走进洞穴，还没来得及坐下，就听得"扑啦啦"

213

一阵扇翅声，大片发着光的蝙蝠飞过来将他们围住。

苏莲衣吓了一跳，赶紧挥手赶，却被贺兰钧一把扯回手臂，又从怀里掏出一个玉瓶，将瓶子里的黄色药粉沿着两人洒了一圈，眼看着那些蝙蝠在两人跟前徘徊了片刻，又飞回原位，贺兰钧才呼出一口气，坐了下去，又吩咐苏莲衣："小心，别走出药圈。这些都是最凶悍的吸血蝙蝠，被它们咬一口身体里大半的血液就没有了。"还好他知道诸葛小仙手段毒辣，这次出来准备充分，要不然真的就交代在这里了。

但看着整条黑色的手臂，贺兰钧心中暗自懊恼，他还是太不小心了。

苏莲衣却一把扯过他肿胀的手，低头就要去吸划开的口子。

贺兰钧吓了一跳，一把拉住她的后颈，喝问道："你干什么？不要命了吗？"这么毒的血，碰一点儿就能要了人的命，她还敢去吸，真是活得不耐烦了。

苏莲衣目光莹莹地看着他，眸子里是满满的要溢出来的深情："但这毒血再不吸出来你就会死。你死不如我死，反正你也不愿意跟我成亲，倒不如让我为你死去，这样你这辈子还能记得我。"说到后来，她的嘴角甚至带上了一抹笑容，低头又要去吸。

贺兰钧赶紧又扯着她的衣领往后一拉，神色复杂地看着她，半晌道："难道我这辈子就摆脱不了你了？"

苏莲衣微微一笑，容貌是从没有过的温婉柔情，神情却坚定得让人肃然起敬："摆脱不了了，即使我不在你身边，我也要你心里时时刻刻都记着我，想着我。"

贺兰钧忍不住叹气："你是个小傻瓜。"

苏莲衣却笑得满足，"是啊，你要是不让这个傻瓜帮你吸毒，她就会死在你面前。既然都要死，你何不留下自己的命来为傻瓜报仇呢？"

定定地看着她，贺兰钧原本沉寂的眸子里慢慢焕发出光彩，嘴角也忍不住上勾，越来越厉害，就在苏莲衣扬眉想问他的时候，他却一把将她抱进了怀里，嘴凑到她耳边，低叹着又重复了一遍："你真是个小傻瓜！"

这是贺兰钧第一次愿意主动碰她，还用这样带感情的声音叫她傻瓜，苏莲衣原本满腔的愁绪顿时化作了感动，忍不住大哭，双手扯着就又要去拉贺兰钧的手臂，给他吸毒。

贺兰钧忍不住伸手弹了她一个脑嘣儿，笑道："说你傻瓜你还真傻，有这么多吸血蝙蝠在，你却硬要替我吸毒去死，你说你傻不傻？"

苏莲衣一呆，还没反应过来，就见贺兰钧从怀里取出玉瓶，将瓶子里蓝色的粉末抹在中毒的手上，将手小心地伸出药圈外。

奇怪的事情发生了，一只吸血蝙蝠悠悠然地飞了过来，停在贺兰钧手上，伸出尖尖细细长长的嘴咬在贺兰钧之前划开的伤口上开始吸血，片刻后，蝙蝠突然落在地上不动了，看来是死了，然后又一只蝙蝠过来，同样吸血，同样死去。

如此反复三次，贺兰钧脸色越来越白，但那条手臂上的黑色却越来越少，最后在贺兰钧几乎要晕厥过去时，整个手掌都恢复了原本的色泽，他赶紧将手臂收了回来。而此时，药圈外已经倒下了四只蝙蝠。

苏莲衣忍不住咋舌："好厉害的毒！"

从怀里取出补气血的药丸吃了，贺兰钧终于感觉好了些，才看向苏莲衣笑道："不用死了，这下你可以不哭了吧？"

苏莲衣娇嗔地看他一眼："我不哭不哭！"一边伸手擦眼泪，眼睛里却忍不住又落下一大串的泪珠，擦都擦不干净，看得贺兰钧哭笑不得。

"没事了，怎么还哭？"

苏莲衣挂着一脸的泪珠，却笑着道："我是高兴！"

正说着，山洞里却飘来阵阵浓烟，熏得二人咳嗽不已，原本安静的蝙蝠也瞬间鼓噪了起来。两人正在惊疑间，洞外却传来一个冷漠细弱的女人声音：

"你们跑不了的，赶紧出来受死吧。我一剑一个还能让你们痛快一点儿，否则就熏死你们！"

捂着口鼻，贺兰钧望向苏莲衣，笑容温和："你说这次我们还能逃得掉吗？"

苏莲衣也笑得温和，笑容里带着满满的信任："有你在一定逃得掉。"

伸手摸了摸她的头，贺兰钧给了她承诺："就冲你这句话，我就不会让你受伤的！"

而洞外那个女杀手，可就对不起了。

将怀里的药物取出，小心地涂抹在二人身上，贺兰钧附在苏莲衣耳边这样那样交代一番，苏莲衣点头，起身与贺兰钧各站了一个角落，手里拿着贺兰钧给的药粉，等他做了个手势，就将手上的药粉往蝙蝠群撒去。

本来就因为浓烟而鼓噪不已的蝙蝠群顿时骚动了起来，纷纷从洞口往外扑去，直直地就扑上了守在洞口的杀手。

洞里的两人只听得一声尖叫，随后就是长剑舞动带起的风声和蝙蝠尖利的叫声，待声音逐渐低下去，贺兰钧也将药粉撒了出去，于是又一群蝙蝠扑了出去，洞外再次响起打斗声。

这一回苏莲衣没有等到蝙蝠全死了才撒药粉，她看着贺兰钧，在他动作的同时也将手里的药粉全都撒了出去，洞里的蝙蝠全部被赶到洞外，两人这才举着火把牵着手跑了出来。

洞口的地上铺满了蝙蝠的尸体，却仍有蝙蝠活着，正与那个瘦小的身影缠斗。看得出杀手受了很重的伤，但她仍坚持着，不肯放弃，并在看到两人出来时目光一亮，长剑一转就要杀过来。

只要不是傻子都知道要跑，所以贺兰钧拉着苏莲衣就飞快地跑了开去，身后受了重伤的杀手未必能追得上他们。

但，世事就是这么难以预料，他们往东跑，有蛇群阻住去路，往南跑有桃花瘴守在前方，而北边是他们的来路，身后有个杀手在锲而不舍地要一剑一个杀了他们，所以他们很无奈，只能一路向西，直到被一个大水潭阻住了去路，贺兰钧才猛然拉着苏莲衣停了下来。

"怎么了？有什么情况吗？"跑得上气不接下气，苏莲衣一边问话一边四处打量还有没有别的路可走。

水潭很大，两边都是高山，除了他们刚才跑过来的那条路，再没其他路可走了。

贺兰钧却望着眼前的水潭，陷入了深思："你有没有发现，我们好像是被人诱导着，非得要往这个方向跑？"

苏莲衣一愣，想着好像确实是这么回事，也忍不住看向水潭："难道这里有什么古怪吗？"

贺兰钧想了想，还是摇头："我也说不上来，但我感觉这里很危险，我们还是快走吧。"

"想走？也要问过我答应不答应！"唯一能走的来路上，戴着面具的杀手倒提着剑一步一步地走了过来。

贺兰钧抓紧了苏莲衣的手，问道："你会不会水？"

苏莲衣点头，贺兰钧笑着道："我不会，那在水里你要救我啊。"

苏莲衣再次点头："好！"

然后两人看也不看身后闪着寒光的剑，手牵着手跳进了水潭里，还没落进水里，却见原本平静如镜的水面上突然游过来三四条鳄鱼，张大了嘴对着他们，似乎在等着他们落进自己嘴里似的。

贺兰钧大惊，半空中硬是扯着苏莲衣换了个方向，落进没有鳄鱼嘴的水里。片刻后，水面上冒出一团又一团的血水，几乎染红了小半个水潭。

戴面具的杀手这才重重地吐出一口气，扔了剑倒在了地上，被蝙蝠扯破的外衣下，满是鲜血淋淋的伤口……

在贺兰钧与苏莲衣经历血腥一夜的时候，楚王爷则正做着美梦。

梦里，他的月娘穿着凤冠霞帔，坐在花轿里正要出嫁，而新郎不是他，他骑着最心爱的战马将她自婚礼上抢走……

在曼陀罗花田里，在漫天飞舞的花瓣里，他们以吻封缄，一吻定情……

在血肉横飞的战场上，楚王孤军作战，浴血搏杀，最终杀光了所有敌人，却茫然不知自己为何杀人，他的月娘一身盔甲，骑着战马握着长枪与他并肩战斗，誓言同生共死，却用自己的身子挡住了射向他的那支箭……

在女皇陛下的寝宫里，一杯试探宗亲忠心的毒酒，月娘告诉他若是有毒他便拿剑杀出一条血路去，没毒就喝，他的月娘抢先喝了为他试毒……

面对着这样有情有义爱他至深的月娘，他定是要一辈子都不负她的，无论她日后变成什么样子，他对她的心都是不变的。在月娘的病床边，他握着她的手这样许诺，却不料一眨眼间，他那个娇美如花的月娘竟变成了白发白脸的怪物，血红的眼睛望着他，幽幽地道：王爷，我这个样子你还爱我吗？

猛地从梦中惊醒，楚王惊疑不定，一时竟不知道自己身在何处。身旁的诸葛小仙打着哈欠，草草地问了几句，就翻身睡着了。

楚王有心想叫醒她说几句话，毕竟突然梦到这些往事，他心里是颇为感慨的，而唯一能与他分享的，只有他的王妃。

但诸葛小仙却只是翻了个身，迷迷糊糊道："这些过去的事还说什么？我困死了，明天再说吧……"话还未说完，她便发出轻细的呼噜声，看来是累极了。·

看着她全无忧愁的睡颜，楚王叹了口气，披衣而起，缓缓出了内室。这个时候，或许随便找个人说说也好吧。

是个月朗星稀的好日子，楚王赏着月色，想起曾经也与王妃这般并肩赏月，他是粗人并不懂风雅，每每惹得王妃发笑。而他，确实是只要看着她的笑颜便很满足。如今王妃变得年轻了，却也仿佛失去了那些曾经的雅趣……

漫无目的地走着，待到惊觉时，楚王发现自己竟然到了山间小屋的门口。他愣愣地看着小屋，不明白自己怎么会到了这里。难不成真的脑子发昏了吗？

自我嘲笑了一番，他转身欲离开，小屋的门却像与他心有灵犀般，竟然打开了，白发白脸的王妃看到他，也愣了，半天才想起打招呼。

"王爷，你怎么会来这里？"

"我……"尴尬得不知道说什么好，楚王干脆问道："这么晚你怎么还没睡？"

王妃微微一笑，"睡不着。"神情中竟带着楚王熟悉的随和温婉。

他略微愣了愣，才道："我也睡不着。若你不听贺兰钧的胡言乱语冒充王妃的话，我倒愿意与你聊一聊。"

这回轮到王妃愣住了，"王爷不怕我是妖怪吗？"

上下打量她一眼，楚王点头道："你是挺可怕的。但不知道为什么，我觉得你很亲切，而且不会伤害我。"

王妃眼眶微微一红，随即垂下头去，强迫自己露出笑容来："如此，那我就先去泡一壶茶吧。"

楚王从没想过，自己有一天会和这个冒充王妃的怪物坐在一起喝茶，而且更奇怪的是，这个怪物给他一种熟悉感和安心感，让他忍不住就对她倾诉了自己心里的话。

"……我真后悔，王妃虽然变得年轻貌美了，却再也不懂我的心了。所以我才找贺兰钧想要把王妃恢复到原来的样子，可没想到居然闹了这么一出。也许是老天爷在惩罚我，他怪我太贪心，所以不给我悔过的机会。"轻啜一口溢着浓郁茶香的清茶，楚王低声叹气。

白发王妃举杯的动作顿住了，"变年轻的王妃不好吗？"他当初那么费尽心思地想让她变得年轻啊。

楚王摇头，"不是不好，而是我找不到过去的感觉了。没有变年轻之前的王妃虽然逐渐老去，可是她让我很有亲人的感觉，我喜欢她躺在我身边的样子，喜欢听她的呼吸声，喜欢她唠叨我的每一句话，喜欢……"

一滴泪从眼眶里滑落，划过雪白如纸的面颊，在月色下晶莹得好似珍珠。

"王爷既然那么喜欢原来的王妃，为何还要让她变得年轻呢？"若没有他的执着，又何来这许多的变故呢？

楚王再次叹气，"我希望她开心，我更希望我们能找回以前的那种感觉。可是经历了这一场变故以后，我才发现过去的岁月再美好，那也是过去，我们应该珍惜的是当下。但可惜，来不及了。"

白发王妃温柔地为他斟了一杯茶，泪水覆盖下的笑容美得惊人，说话的声音轻得仿佛能随风飘散，"这些话你从来没有讲过，要是讲出来了该多好啊。"看到楚王惊讶地看过来，她赶紧掩饰，"哦，我是说你该对王妃讲。"

楚王喝了一杯茶，苦笑着，还是摇了摇头，"年纪越大就越要面子。年轻时很容易说出口的话，随着年龄的增长，反而就说不出来了，总觉得有些别扭、有些害臊。你知道吗？她年轻时很喜欢唱《越人歌》，可惜后来很久没听她唱了。"

白发王妃目光盈盈地看着他，轻轻启唇，轻妙动听的歌声在月色里响起："今夕何夕兮，搴舟中流，今夕何夕兮，得与王子同舟……"

手一颤，杯中茶水洒了满地，楚王不敢置信地看着她，"你也会唱这首歌？唱得真好听，跟她一样……"

王妃轻轻低头,掩饰了眼中喷涌而出的泪珠,只起身又给他添了一杯茶。娴雅温静的模样,在那一瞬,竟与曾经的王妃重叠了……

一连数日,楚王都忍不住到山间小屋来与白发王妃闲聊,有时候也不闲聊,两人就只是相对而坐,也觉得心里静谧安详,满足而安心。

但这样的情况势必会引起诸葛小仙的在意,在试着阻止过一次未果后,她派人跟踪楚王,得到的结果几乎让她咬碎了一口银牙。

那么一个白发的妖怪竟然还有魅力留住男人,实在是太可怕了!要是哪一天楚王真的相信了她是王妃,自己岂不是要吃不了兜着走?到时候恐怕就不只是打回原形这么简单了。

想到这里,诸葛小仙再也坐不住了,吩咐人将裴云天请到府里,将事情说给了他听,然后阴沉沉地道:"你赶紧想个办法。我告诉你,要是我出事了,也一定会把你拉下水的。到时候别说你那个宫中脂粉的采办权了,小命能不能保住都是问题!"

裴云天不好告诉她脂粉采办权早已给了张易之,但眼前之事确实须得马上解决才行。他低头想了想,抬手做了个杀头的动作,同样阴沉沉地道:"量小非君子,无毒不丈夫。如果王爷死了,这王府自然就是由王妃你继承,到时候不但别人进不来,你的富贵也不会溜掉。"

诸葛小仙皱了皱眉头,"你说这些难道我不知道吗?但王爷正当壮年,怎么可能突然暴毙?除非……"想到那种可能,她也忍不住瞪大了眼睛,"不行,我现在鸠占鹊巢不过是小罪,谋害王爷可是诛九族的大罪,不行……"

裴云天用阴鸷冷漠的目光看着她,轻声道:"你还有更好的办法吗?每一个犯罪的人向往的都是东窗永远不会事发,若每个人都像你一样,还哪里来的犯罪?若你被揭穿了,你想过他们会怎么对你吗?"

诸葛小仙摇头的动作凝住了。她对王妃做的事情,本就是已经与她结仇了。若真的有一天她被扫地出门,只怕下场会极其凄惨,就算楚王不追究她的罪责,只怕她也没脸再出门了。

看到她有了动摇的迹象,裴云天依旧轻声道:"当断不断反受其乱,主意我给王妃出了,要不要做就看王妃自己的了。"他从怀里掏出一包药粉放在诸葛小仙手边的茶几上,"这是一包慢性毒药,无色无味,十日之内便会让人丧命，而且绝对不会让人看出来。王妃自己决定吧。"

不待诸葛小仙说话，他便转身扬长而去。

看着那包药，诸葛小仙浑身都在发抖。谋害王爷真的是大罪，而且王爷对她那么好，她真的需要极大的勇气才能对他下毒。

但，她真的不能回到过去，绝对不能，更不能被人扫地出门后成为人人喊打的骗子，过街老鼠！

放在茶几边的手，猛地一下就将毒药牢牢地抓在了手心里，再也舍不得放开。

以诸葛小仙对王爷的影响，要哄他吃下放了无色无味毒药的燕窝，实在是太简单不过了。不出十日光景，楚王果真就衰弱不堪，请了太医亦看不出个所以然来，在第十天的夜里，楚王一口气上不来，驾鹤西游了。

得知这个消息时，白发王妃正在茶叶铺里买楚王爱喝的茶叶，喜滋滋地想着好几日没来的楚王再去时，喝到这个茶叶定会十分高兴，身边过路的两个人的对话却恍如晴天霹雳般，将她直接劈成了两半。

王爷，怎么好端端的就去了呢？难道那个蛇蝎心肠的诸葛小仙真的对他下手了？

"之前不是传说他把老婆弄年轻了吗？不知道是不是太年轻了，吃不消啊。"旁人的议论猥琐而下流，但王妃却已经没有心力去计较了。

她扔下茶叶往王府冲去，没有看到他，她绝不相信他死了！

王府大厅果然已经布置成了灵堂的模样，朝中文武大臣们都来吊唁。白发王妃远远地看着灵堂，只觉得浑身发冷。她这么坚持地活着，他却死了，这是为什么？

混在吊唁的人群里进了灵堂，她一眼就看到跪在灵前哭泣的诸葛小仙，她的样子看上去很悲伤，一张美艳的小脸哭得梨花带雨。

但也只是看上去悲伤而已。

打量着她一身虽是麻衣却在不起眼处佩戴了不少珠宝首饰的打扮，白发王妃恍然大悟。她是怕自己出现揭穿她，让她没了这富贵生活吧？但她怎么能对王爷下手呢？没有了王爷，再多的富贵又有什么意义呢？

她换了下人的衣裳，慢慢地靠近诸葛小仙，抓住了她的手："我有话

跟你说，你最好不要叫人，不然就算你做了这王府的当家人，也拿不到王府的财产。"看着诸葛小仙陡然睁大的眼和张开欲喊人的嘴，白发王妃冷静果断地堵住了她的话。

诸葛小仙眼眸中带着疑惑，显然不是很相信她的话。

白发王妃便又轻声解释道："你不知道王府都是靠印鉴说话的吧？楚王府的印鉴放在哪里只有我和王爷知道，你没有印鉴就没有说话的资格。王爷家的子孙那么多，个个又都那么厉害，你很快就会被打回原形的。"

"你想做什么？"终于相信了她的话，诸葛小仙反而有些不安了，"王爷已经死了，你还想做什么？"

转头看向她，白发王妃的眼睛里是一片死气沉沉的平静，"我跟王爷成亲二十年，没想到他会死在我前面。我什么要求都没有，只想死在他身边，与他合葬在一起。"她的声音宁静而坚定，带着不容置疑的意味，让人丝毫生不出半分怀疑来。

诸葛小仙迟疑了片刻，"你真的会将印鉴给我？"

白发王妃点头。诸葛小仙这才起身，向吊唁的人告了罪，声称自己想跟王爷单独说说话，将所有人都请出了大厅，又让下人们也都出去，这才转向白发王妃道："现在可以告诉我印鉴在哪里了吗？"

"你急什么？我会在自尽前告诉你的，你记得将我放进王爷的棺木中，封上棺木，就不会露馅了。"放开她的手，白发王妃缓缓地走到棺木前，看着躺在其中的王爷那张栩栩如生的脸，眼中的泪水便忍不住落了下来。

她伸手轻抚着他的脸庞，笑着道："王爷，虽然我们遭遇了那么多的不幸，可是幸运的是，在你最后的日子里我能够日日陪伴你，听到了你的心声，我知道你是爱我的，我想跟你说我也是爱你的，爱得好深好深。这辈子我们能共同走过二十年，我已经很满足了，下辈子我还要做你的妻子，你不要走得太远了，等等我，我来了。"

泪珠滑下，落在王爷的脸上。白发王妃细心地替他擦干净，笑着取下头上的金簪，闭上眼睛，毫不迟疑地往自己的脖子刺去。

但，预料中的疼痛没有传来，她的手被人抓住了。她惊讶地睁开眼，却见原本应该死去的楚王眼角竟然流出了一滴泪。

"月娘，对不起，是我瞎了眼睛，是我没有遵守我的诺言，我现在告诉你，无论你变成什么样，我心里都只有你一人。"轻缓而带着哽咽的声音，从楚王嘴里缓缓说出，那样的熟悉，那样的温暖，那样的……让她惊喜不已。

"王爷……"只叫了这一声，她便再也说不出话来，随即身子一紧，被从棺木中坐起来的楚王搂进了怀里。

她身后的诸葛小仙猛然看到楚王不但醒了，还坐了起来，顿时吓得往后便倒，尖叫道："这不可能……你明明死了，怎么又活了？这不可能！"

楚王淡淡地看着她，道："若不是贺兰公子，我还真着了你的道了。"

"贺兰钧？"诸葛小仙的脸上露出怪异的表情，"他不是死了吗？"

"你倒是希望他死了吧？"从棺木中跳出来，楚王紧紧地握着白发王妃的手，看向诸葛小仙的目光中充满了冷淡和厌恶，"你与裴云天勾结，买通杀手追杀他与苏姑娘，将他们逼下鳄鱼池，却没料到贺兰钧身上带着能毒晕鳄鱼的药，而苏姑娘的水性又好，他们不但逃出生天，还乔装改扮回了洛阳。贺兰公子本来是想跟踪你，抓到你与裴云天勾结的证据，没料到却意外发现我中毒。贺兰公子替我解了毒，然后我们又定下这个计策……"

诸葛小仙愣愣地听着楚王说完，不敢相信地大叫："这不可能！你明明已经死了，仵作都来验过尸了，确实没了呼吸，怎么可能还活着？"她拼命摇头，又打了自己一巴掌，"难道我在做梦？我不是在做梦吧？"

好笑地看着她不停地打自己，楚王摇了摇头，"你当然不是在做梦！我之所以能骗到你，全靠贺兰公子的一颗龟息丹，人服用之后瞬间心跳停止、呼吸消失。若不是如此，又怎么能够骗到你这个丧心病狂的女人？"

他伸手抓住转身欲逃的诸葛小仙，直接将她关进了柴房。然后面对白发王妃他又露出了最温柔最深情的笑："月娘，你终于又回到我身边了……"

白发王妃羞涩地一笑。是啊，他们终于又在一起了。而这一次，不管发生什么，他们必定是再也不会分开了。

因楚王还活着，楚王府的灵堂自然就用不上了，下人们花了一天的时间将大厅恢复到原来的样子，接待的第一个客人便是贺兰钧。

楚王与贺兰钧坐下，下人才刚奉上热茶，就见裴府的下人押着被反绑了双手的诸葛小仙进了门，直到楚王跟前才行礼，说是楚王妃得了失心疯，

跑到裴府去胡闹，裴大人吩咐给送回来。

　　楚王与贺兰钧对视一眼，挥手示意人下去，便有管家上来领了裴府的人出去。

　　贺兰钧待人都下去了，才慢慢走到诸葛小仙跟前，定定地看着她，微微一笑："看来计策不成功。"

　　诸葛小仙嫣然一笑，一伸手，却从脸上剥下一张皮来，露出底下那张苏莲衣的脸来。

　　她懊恼地皱着眉，道："我自认跟小仙相处很久，应该没出差错，可是那个裴云天却咬死了不承认跟小仙勾结，只顾着数自己的黄金，连我搬出楚王府的黄金要跟他平分他也不动心，太奇怪了。"

　　贺兰钧摇摇头，还在思索接下来该如何，楚王却一拍桌子叫道："那个诸葛小仙已经承认跟他勾结，两人联手谋害本王与王妃了，直接把他抓起来一起送府衙不就好了？为什么还要演这一出去逼他承认呢？"

　　"王爷，你有所不知，光小仙一人说没有证据，裴云天又狡猾多端，必然不能取信于府衙的。我原本设局是想让莲衣带他出城，以偷盗王府黄金为名先把他抓起来的。如今既然被他识破了，恐怕已经打草惊蛇了，这件事还得从长计议。"

　　"这么麻烦？"楚王皱眉，"难道好人就要受这样的委屈？坏人就能逍遥法外？"这要是在他的军营里，早就一剑穿心，让他下辈子投个好胎了，怎么到了府衙就这么麻烦呢？

　　王爷想了想，眼珠子一转，转身就往门外走去，丢给贺兰钧一句"我心里憋得慌，出去走走"，便消失了身影。

　　苏莲衣也忍不住叹气，看向贺兰钧。

　　"让我再想想吧，哎。"除了叹气，贺兰钧也不知道自己现在还能做什么了。

　　而楚王这一出去走走，一走就走到裴府上，想到裴云天对王妃和他做的那些事，楚王就气不打一处来，一挥手，身后带着的亲兵侍卫们一拥而上，不用楚王吩咐，片刻工夫就将裴云天绑了个结实，带到了城外军营楚王专门审问敌军奸细的刑房内。

几鞭子下去，裴云天便什么都招了。

看着他疼得不断发抖要求上药的样子，楚王得意地大笑："我早说过，有时候与其斗智斗勇，还不如武力来得快。我就不相信你这一身细皮嫩肉还比我的鞭子硬！"又吼裴云天，"快点儿上完药签字画押！"

"是是是！"裴云天回答得很谦卑，很驯服，抖着手从怀里取出药，手指刚沾上药就痛得大叫，一边抖抖索索地在拿来的认罪书上按下手印。

楚王迫不及待地接过去看了一眼，见他果然画押认罪，顿时开心大笑，吩咐人好好看住他，一边自己去了府衙，与洛阳令商量案件审理的事情去了。

裴云天窝在角落里，又给自己上了回药，低垂的脸颊上却有着他人无法看见的诡异的笑。

第二天的洛阳府衙里人满为患，楚王妃返老还童被骗，楚王遭人毒杀未遂是最近洛阳百姓茶余饭后最爱谈论的话题。而如今府衙要公开审理，怎么不让人激动？

连贺兰钧与苏莲衣也被楚王一早派人通知，赶到府衙门口。

"王爷，这是怎么回事？现在公审小仙，是要放过裴云天吗？"贺兰钧皱眉，不明白楚王的想法。

若真的放过裴云天，那就是让真凶逍遥法外了，这样的公审一点儿意义都没有。

楚王却哈哈大笑："怎么可能会放过他？"看他满脸疑惑的样子，楚王伸手搭住他的肩膀，道："我知道你是个聪明人，办事总喜欢用聪明的法子，但很多时候呢，武力比聪明的法子有效多了。实话跟你说吧，我昨天就已经逮住了裴云天，才刚开始用刑他便都招了，还在罪状上签字画押了，这一次一定会让他们恶有恶报的！"

"会这么简单？"贺兰钧有些不敢相信，连他身后的苏莲衣也露出不可思议的表情来。

如果裴云天这么好对付，那他们为什么每次都被他整得要死不活的？而且裴云天派去追杀他们的那个杀手也没抓到，裴云天真的这么容易就认罪？

事实证明，有时候真的不能想得太简单。

先是诸葛小仙一力承担所有的事情都是自己一人所为，与裴云天无关；

随后楚王拿出的裴云天签字画押的认罪书竟变成白纸一张，这场公开审判根本就是笑话一桩。

楚王气得暴跳如雷，却只能眼睁睁地看着裴云天被判当堂无罪释放，而诸葛小仙则以谋杀未遂罪被判流放边疆。

"这个裴云天，也不知道用了什么手段，竟然让小仙一人承担了所有的罪名。"苏莲衣伤心地摇摇头，诸葛小仙毕竟是她的表妹，如今落得这个下场，虽是她自己罪有应得，但心里难免会为她难受。

贺兰钧拍了拍楚王的肩膀，劝道："王爷你也不要太沮丧，裴云天作恶多端，即便今天让他逃过一劫，早晚上天也会收拾他的。"

楚王摇摇头，还是一头雾水："那认罪书我明明看过的，怎么会没字了？这裴云天到底是人是鬼？竟有如此手段！"

"我自然是人，要不王爷如何能够犯下绑架朝廷命官、动用私刑的大罪？"身后传来裴云天带着笑意的声音，三人回头，却见一身青色长袍的裴云天长身玉立，脸上带着揶揄的笑。

"你……"楚王顿时气得跳脚，拳头一抡就要上前揍他。贺兰钧早有准备，死死地拉住了他，"王爷，稍安毋躁，，对付这种人并不急在一时。"

裴云天笑着附和："是啊，王爷千万不要急躁，这可是府衙门口，就算您是王爷，殴打朝廷命官也是要与庶民同罪的。"见楚王再次被他气了个倒仰，他的心情便越发好了，走近几步，轻声道："认罪书我写了，为什么会没有字呢？因为我手上抹了能令字消失的药。诸葛小仙为什么招出了我，为什么又翻供了呢？你猜我会不会告诉你呢？"

贺兰钧气定神闲地看着他，清冷如月华的眼眸中带着怜悯，却也有着了然："定是你找人进了牢里与她达成了某项交易，才会令她改变主意。但她知道你是个言而无信出尔反尔的小人吗？"

裴云天定定地看着他，笑容有一瞬间僵了僵，随即又笑得更盛，"你觉得她需要知道吗？"死人是不需要知道任何事的。

看着他高傲地转身，贺兰钧仍然只是定定地看着他，待他走出数步之后，才又问道："你是如何看穿之前的诸葛小仙是假冒的？"

裴云天的脚步顿了顿，回头看着贺兰钧，笑了笑："师父你做的人皮面具自然是没有问题的，诸葛小仙来找我，我的确是吓了一跳，但到了楚王手里的人如何能轻易逃出来？"他见楚王仍旧气呼呼地瞪着自己，又笑了笑，"尤其诸葛小仙爱钱如命，她看到我的黄金，眼睛里竟然一点儿贪婪的欲望都没有，这太不合常理了。所以我就说想看看她是不是得了离魂症，但她却很怕我碰她发间，那必定是戴了人皮面具的假冒货了。"

贺兰钧静静地听他说完，点了点头，"不错，你既冷静又有心机，还心细如尘，的确是个人才。只是可惜了。"可惜不走正道，可惜与他为敌。

咧唇嗤笑，裴云天轻蔑地看他一眼，再不说任何话，转身大步离去。

诸葛小仙的判决下来，他要确保以后高枕无忧，那么此刻就该去做安排了。

看着他逐渐远去的身影，贺兰钧缓缓地眯起了眼眸，背在身侧的手掌缓缓地握成拳头。

这样作恶多端的裴云天，为了一己私利毫不在乎他人性命的裴云天，实在是太可恨了，他绝不会放过他，绝不会！

公审过后的第二天，诸葛小仙便被两名狱卒押解着往流放地而去。苏莲衣本想为她送别，但贺兰钧恼恨她助纣为虐、半点儿良心都没有的行为，硬是不肯同意，所以也就只能在人面桃花楼里遥祝她一路平安了。

而这些天贺兰钧也忙得不行，一面吩咐苏莲衣如此这般地按照他的办法安排诸葛小仙路上的事，一边又每天去楚王府，与楚王商量对付裴云天的办法。

而此时的裴云天，心中却是焦虑不安得很。自从琅琊阁的杀手阿九来到他身边，他做事的确是顺利了不少，阿九虽然人小不起眼，但办事的确可靠，不成功决不罢休。虽然总会有意外出现，比如上次贺兰钧与苏莲衣意外活了下来，但杀只有两个衙役押送的诸葛小仙，竟然一去多天未回，的确也让他心里极为不安。

并肩与张易之走在宫中回廊，裴云天想着自己的事情，心不在焉地听着张易之喜滋滋地说着宫中脂粉采办的利润。

"……不过第一次采办宫中脂粉，就有如此大的利润，难怪那么多人想要。裴大人，我果然没看错你，以后我们一定要精诚合作，互相帮忙。"

在金钱面前，外表看起来高傲清冷如谪仙的张易之也瞬间变得丑陋而贪婪。

裴云天随口回答："当然，只要张大人有任何吩咐，我一定会竭尽全力去办的。"目光一转，却见远处御花园里楚王带着禁卫军们押着一名身材瘦小的犯人往女皇陛下寝宫而去。但让他惊讶的是，那犯人竟戴着与杀手阿九一模一样的面具！

难怪阿九这么多天都没回来，难道任务失败被抓了？

"张大人，那是什么人？一大早就直闯女皇陛下寝宫，怕是大事吧？"打断张易之的絮絮叨叨，裴云天问道。

张易之愣了愣，转头看去，一脸的不感兴趣："我也不知道，楚王殿下带来的，神神秘秘地要求见女皇陛下，连我也不让守在跟前。"

裴云天皱了皱眉。连张易之都不让听的事，只怕是干系极大的，看来真是阿九出事了，楚王恨极了自己，又知道自己与张易之的关系，怕他给自己通风报信，所以才不让他知道。

此时裴云天的第一个念头就是赶紧到女皇陛下跟前去解释一下这个事，但心里又有一个声音在说不行。

毕竟琅琊阁的杀手向来忠心，出了任何事都不会出卖雇主。若阿九咬死不松口，不将他供出来，他自己去向女皇陛下招认，做出此地无银的事来，只怕事后要悔青了肠子。

到底该怎么办？

裴云天心里像有两个小人在打架，却谁也说服不了谁，完全不知道该怎么办。此时他只恨这个阿九不争气，既然任务失败，怎么不当场自尽？现在不但被人抓了，还给送进宫来，诏狱逼供的手段有多厉害他是知道的，这个阿九只怕熬不过，一旦她吐露自己，那真的是大祸临头了。

想清楚了这一层，裴云天一咬牙，抓住张易之的手，恳切地看着他："张大人，你可一定要救我……"

很快，裴云天就知道自己做了件蠢事，一件蠢到断送了自己前途的大蠢事！

"裴云天，你好大的胆子，竟敢犯下如此大罪！"听他说完整件事，女皇武则天几乎是拍案怒吼，"为了宫中脂粉的采办权，你竟然想要谋害皇亲，你……"她指着他，竟然连话都说不出来了。

张易之赶紧上前拍抚她的胸口，为她顺气，一边低眉顺眼地柔声道："陛下，这也怪不得裴大人，他这么做完全是为了陛下您啊。您想啊，贺兰钧是陛下您从宫里赶出去的，他拿了这宫中脂粉的采办权，万一他要趁机报复，在脂粉里加点儿什么不该加的东西，那该有多危险啊？所以裴大人一早就跟下官商量，要下官为他做主，可是下官为人向来公正廉明、正义凛然，觉得此事必须得按规矩来，便没有听裴大人的，才导致了裴大人犯下如此大错。还请陛下看在他一片忠心的份上，饶他一命。"

裴云天趁势俯身磕头，"请女皇陛下饶命！"

此时女皇已冷静了些，她一面觉得张易之说得有理，一面又觉得裴云天做事太荒唐，想了想，才道："国法无情，朕亦不能徇私，否则难堵天下悠悠之口。好在裴云天你在没有证据的情况下主动承认这一点，而楚王与王妃也安然无恙。这样吧，"她看了看裴云天，还是忍不住皱了皱眉，"你先把脂粉的采办权交出来，留在府里等朕的发落。朕要好好想想，这事该怎么给你开脱。"

冷汗涔涔的裴云天连谢恩都忘了，还是张易之踢了他一脚，他才赶紧道："谢女皇陛下！"起身正要退下，却见宫女带着一群面具人进来，禀报道："女皇陛下，中元节需要的面具舞已经排好了，您要不要看一下？"

裴云天顿时愣住了，失声叫道："这……这是中元节的面具舞？"

莫名其妙地看了他一眼，女皇陛下还是回答了他："是啊，亏得楚王有心，想在中元节给朕一个惊喜。不过这面具也挺奇怪的，朕横看竖看也看不出哪里有趣。哎，不过都像你一样有心，朕就开心了。"她挥挥手，裴云天只得躬身退下，牙根却快被他咬断了。

好你个楚王，好你个贺兰钧，竟然如此算计我！

回到裴府，满身怒火的裴云天的帽子被前院的一株腊梅勾住了，丫头们赶紧上来帮忙解开，他却气得叫人来将这株他最喜欢的梅树砍了。进了大厅，一脚踹翻茶几，上面的杯盘摔了个狼藉，他转身又一脚踹向墙角一人高的素三彩梅瓶，屋外却匆匆进来一个瘦小的人，正是阿九。

她环顾了一下狼藉一片的大厅，抱拳告罪："很抱歉，裴大人，这次

我着了他们的道，任务失败了。"

也不知是谁在后面出谋划策，竟有三批人同时被押解，罪犯的打扮还与诸葛小仙一模一样。一开始她跟错了，后来她用心排除，找到了对的，却总是被人似有心似无意地阻拦，等她解决完阻拦的人，诸葛小仙早已失去踪影。如此耽误了数十日，算着诸葛小仙已到流放地，她再无机会下手，不得已，只得回来禀报。

"你……"裴云天气急了，一把抓住她的衣服，看着她那副"假如大人要惩罚我，我愿意死在大人面前"的认命表情，他使劲儿将她推倒在地上，深吸了好几口气，才勉强压住心里的怒火，道："算了，但愿女皇陛下还念着旧情，给我一条活路。"如今只能看女皇陛下要如何处理他了。

至于阿九，虽然办事不力，但自己身边如今也只剩下这一个人了。如果连她都走了，自己怕是真的要完蛋了。

而此时楚王府花园内，苏莲衣正一脸崇拜地看着贺兰钧，一双眼睛里闪烁着让人无法忽视的星星，白发的楚王妃陪坐在一旁听着贺兰钧说他的计划。

"……我早知道那种杀手即便是抓住了她也会自杀殉主，绝不会出卖雇主的。只要拖住她，让裴云天以为她失手被抓，我们的计策就成功了。"喝了一口茶，贺兰钧只觉得整个人都神清气爽了。

"是啊是啊，虽然累，但到底是把那个杀手耍得团团转，小仙也顺利押到边关了。"猛喝一口茶，苏莲衣长出口气，开心地道："最重要的是裴云天主动向女皇陛下承认了一切，小仙的罪孽也少一些了。"

王妃举起茶杯："辛苦两位了，这次你们的功劳最大，我以茶代酒敬你们一杯。"

"慢！"苏莲衣却抬手阻止，"我们这么辛苦，王妃想一杯茶就解决了吗？"

楚王妃一愣，贺兰钧却知道她财迷的本性发作，忍不住皱了皱眉头，却又觉得好笑，干脆喝茶不理她。

果然就听苏莲衣道："我们人面桃花楼自从被烧掉之后，一直没开张，如今裴云天也交出了宫中脂粉的采办权，王妃您看，是不是可以……"

哭笑不得地看着她，王妃无奈地点头，"好好好，我会跟王爷说的。"

苏莲衣顿时开心地举起茶杯，当酒一般一饮而尽，"谢王妃！"

贺兰钧与楚王妃都忍不住摇了摇头，还没来得及调侃她，就听身后传来楚王气怒的吼声："气死人了，气死人了！"

三人回头，一身武将官服的楚王满身燃着怒火地进来，一路走一路将路旁的盆栽踢倒在地，进了凉亭，也不理他们，端了王妃的茶杯一饮而尽，才大叫了一声："真是气死我了！"

拉他在自己身边坐下，王妃温柔地问道："王爷何事如此生气？"

楚王道："女皇陛下刚刚下旨，说此事皆因你我二人夫妻闺房之乐引起，裴云天虽然有罪，但所幸已经承认错误，夺回他的宫中脂粉采办权，只将他削职为民，赶出宫外，就此了结此案。"说到这里，他又忍不住气怒，一拍桌子，道："真是太便宜他了。"

苏莲衣赶紧点头，"实在是太便宜他了！"

楚王妃叹口气，安抚道："女皇陛下如此宠信他，算了吧。我相信他以后也不敢再作恶了。"

贺兰钧也劝道："是啊，事已至此，王爷再气也没用。当务之急还是要先帮王妃恢复容貌。我昨天调理了一个方子，有五成把握能帮王妃恢复容貌，先试试吧。"

说到帮王妃恢复容貌，楚王就算有再大的气也只能忍住了。但要他就此放过裴云天，绝不可能！

但给王妃试药的过程却极不顺利，刚开始药方的确有效，王妃的白发逐渐转黑，几人正在欣喜之际，却见黑色又瞬间变白，王妃更是痛苦地抱住头，不顾仪态地大叫。

看来裴云天用的毒药的确霸道非常，贺兰钧用尽了心思也只猜对了几味药，而药性互相冲突的结果却是让王妃承受了一次又一次非人的痛苦。看着昏迷过去的王妃和痛苦地抱着她的楚王，贺兰钧也只能叹气，回去再想办法。

而此时的裴云天尚不知自己正被人记恨到骨子里了。被削夺了官职的

他，再不敢如以前一般傲气，一般商贾之家的千金小姐请他入府帮忙整理仪容，他也再不能如以前一般高傲地拒绝了。

背着药箱，裴云天缓缓地往商贾聚集的城东刘老爷府上走去。街市一样繁华，他却早没了以往那股睥睨狂傲的姿态，如一般人为了三餐奔波，虽未到三餐不继的地步，但心境上却感觉沧桑衰老了许多。

走过状元桥，路过乞丐巷，裴云天想起自己以前每次路过都会丢给乞丐们银子时的风光得意，正忍不住唏嘘时，却见一群乞丐"呼啦"一下围了过来，脏兮兮的手全部伸到他眼前。

"裴大人，行行好，给点儿钱吧。"

"裴大人，您最大方了，救济救济我们吧。"

"裴大人……"

裴云天被他们吵得头疼，走又走不了，只得道："走开走开，我现在都没钱了，哪有钱给你们啊？"

被施舍惯了的乞丐本就是一群没脸没皮的泼皮无赖，见他这般，顿时炸了窝了，"没钱还穿这么好？还敢骗我们？兄弟们，教训他！"

乞丐们一拥而上，拉手的，扯腿的，抓头的，不过片刻工夫，裴云天身上的衣服、头上的发冠、脚上的鞋子便都被扒了个精光，要不是他死命护住药箱，只怕连最后一个能让人蔽体的物事也没了。

来来往往的人对着他指指点点，捂着嘴笑的人更是不计其数。裴云天蜷着身子，用药箱挡在身前，却无法移动一步去找衣服穿，一时尴尬羞愤，恨不得地上有个洞钻进去。

"哎，这不是裴大人吗？你的衣服怎么……"路过一辆官轿，轿子里的人看到他，忍不住一声惊叫，当下停轿走过来，将手里的一套衣服递给他："洛阳城里的管制真是越来越不像话了，大街上就敢扒人的衣服。还好我方才新买了一套衣服，裴大人要不嫌弃就赶紧穿上吧。"

事到如今，裴云天哪里还敢嫌弃。他感激地看向这个有些眼熟却实在想不起是谁的官员，接过衣服穿了，"多谢多谢，你真是个好人。"

官员摆摆手，也不多说，转身上轿走了。看着对方的样子，裴云天忍不住又感慨了一句："这世上还是好人多啊。"而那些乞丐最可恶！

好在有了衣服蔽体，他终于能按照约定的时间赶到刘府，随即被带到花园里，却没如期见到刘家小姐。

虽已到秋天，但日头依然很毒，晒在身上仍有股热辣的感觉。裴云天站在花园里等了一个多时辰，忍不住拉住路过的刘府下人问道："这位小哥，请问你们小姐到底要什么时候才能出来？我已经等了大半天了。"

下人瞥他一眼："小姐在屋子里捉迷藏呢，玩够了就会出来了。如果你等不及就回去吧，小姐可以去找人面桃花楼的贺兰钧。"

裴云天刚要离开的脚步在听到"贺兰钧"三个字的时候顿住了。这么点儿气都不受，反而将客人推给贺兰钧，这样损己利人的事他绝对不做！

裴云天抬头看了看天，日头毒辣得让他眯着眼睛都不敢看，额头上、脖颈上的汗水都汇成小溪了。他一边用袖子擦着，一边想着一会儿一定要多收些诊金。

但随即他就发现了一件骇人的事——他身上的衣服竟然在太阳下融化了！

他傻呆呆地看着本该被衣服覆盖住的手臂裸露在太阳下，完全不知道该如何反应了。

怎么会这样？

他拼命拉扯衣摆，却发现手上什么都抓不住，原本完好的衣服以肉眼可见的速度迅速地消失在阳光下。很快，他便又恢复了之前在街上赤身裸体的状态。

而此时，刘家小姐一直紧闭的绣房门却传来被打开的声音，一群打扮得花枝招展的千金小姐们笑着从屋里出来，被簇拥在中间的刘小姐正在说着话："我告诉你们啊，我找的这个裴云天以前是伺候女皇陛下的，待会儿他一定能把我们弄得很漂亮。"

有小姐担心地问道："听说裴云天是犯了事才被赶出宫的，以前有过调戏宫女的事，会不会是个淫贼啊？"

顿时便有人附和："是啊，还是小心些好。"

"不会的……"刘千金反驳的话还没说出口，一抬眼看见花园中站着的裴云天，不着寸缕的身体即便用药箱遮住了关键部位，在太阳下看起来

依然是那么刺眼。

"变态啊！"

"救命啊！"

……

小姐们顿时大乱，捂着脸尖叫的，转头就跑的，转身大哭的，还有……冲上来就打的……

"我不是变态，我不是……"裴云天拼命想解释，却淹没在千金们的拳脚下，最后只剩下一声又一声的痛呼。

"可恶，到底是谁恶整我？"好不容易趁着天黑逃回家的裴云天，坐在床前给自己擦拭伤口。灯光下，一张曾经潇洒俊逸的脸此时鼻青脸肿，因为碰到了伤处，更是控制不住地扭曲。

可恶，太可恶了，要是再让他遇见那个给衣服的人，他一定在他身上下痒痒粉，让他自己在大街上就扒光自己，丢人现眼！

又痛又累的裴云天骂完了，再也撑不住了，他小心翼翼地躺到床上想休息一会儿，但才闭上眼，屋外却传来阵阵铜锣声，声音刺耳而清晰，仿佛就在他家门口似的，只吵得裴云天一个头两个大，别说睡觉了，只怕连死人都要被吵得诈尸了。

他愤怒地起身披上衣服，刚走出大门，却看到楚王带着一队亲兵，人人手上一个铜锣，正敲得欢快。

他的头顿时又疼了起来，"王爷，您这是干什么？"大晚上跑到他家门口敲锣，真不怕他到官府里去告他扰人清梦吗？

楚王一脸抱歉："是这样的，方才我府上遭贼，一路追过来，那贼却在裴府前消失了。本王担心还会有其他家被盗，故而来提醒大家注意一下。裴先生，你不用管我，继续睡觉，继续睡觉。"又回头冲亲兵们吼道："敲大声点儿，一定要让大家都注意，别被盗了才好！"

亲兵们得到命令，更是下死劲儿地敲了起来。一时间，铜锣声震天，裴云天只觉得自己的头跟着铜锣声突突地跳，几乎要掀开天灵盖。

"王爷，你这样我还怎么睡觉？"他拉住楚王，试图讲道理。

楚王也很无奈："那总不能纵容贼人吧？"

看着楚王极力掩饰却仍露出几分的窃喜，裴云天恍然大悟，"我知道了，今天一整天我的倒霉事都是王爷你做的对不对？"

楚王露出无辜的表情："你可别诬赖我，我是在为女皇陛下尽忠职守。"一边说一边又指挥后面的一排亲兵，像模像样地吩咐道："你们挨家挨户地搜一搜，务必要把贼人抓到！"又对敲锣的亲兵们道："你们继续敲，再大声点儿，没抓到贼人不能停！"

裴云天捂着耳朵，皱眉看着他笑容满面的样子，恨不得叫出阿九来一刀杀了他！

但不行，得忍耐，忍耐，他总有落到自己手上的一天，王妃的毒还没解呢，他有的是机会整治他！

经过大半个月的治疗，虽然贺兰钧不断调整药方，却始终无法找出王妃身上毒药的准确药材，每一次试药，王妃都痛苦不堪，生不如死。

楚王心痛地将刚从温泉池中出来的王妃抱进怀里，看她疼得浑身发抖，忍不住道："月娘，我们不试了。不管你变成什么样，你在我心里都是一样的，我们不试了。"看着她痛苦的样子，楚王真恨不得杀了自己。

若不是自己当初犯浑，月娘如今怎么会受这样的苦楚？

苏莲衣羡慕又感动地看着他们离开，忍不住对贺兰钧道："试了这么多办法都没用，难道真的治不好王妃了吗？"

"主要是不知道配方，这么多药材，药性还有相冲的，要一样一样地试出来，恐怕到时候王妃的头发也该真白了。"贺兰钧叹气，转身收拾自己的东西。

"难道只有找裴云天这一条路可走了吗？"苏莲衣嘟哝，见贺兰钧不反驳便知真是如此，她想了想，又放弃道："以王爷的性子肯定不可能去求裴云天的。不过好在王爷不在乎王妃的外貌，倒也没事。"

贺兰钧看她一眼，似乎有些意外她竟然能想得这么开。

苏莲衣却突然扑到他身上，一把抱住他的腰问道："我好羡慕这样的感情啊，若我也变成这样，你会不会对我也像王爷对王妃一样？"

手掌罩在她脸上一把推开她，贺兰钧背上药箱转身就走："你不变成

这样，我也不会那样对你。"至少他就绝对不会想让苏莲衣回到十年前的模样。

"贺兰钧！"苏莲衣在他身后跳脚，完全没看到此时贺兰钧脸上淡淡的笑。

虽然楚王不在乎王妃的容貌，但王妃自己却过不了自己那一关。行人们的指指点点，府里下人的躲躲闪闪，楚王心疼地维护她却被别人指责的样子，终于让楚王妃月娘再也承受不住，一根白绫将自己吊在了屋梁上。若不是楚王及时回房，恐怕王妃此刻早已香消玉殒了。

无奈，贺兰钧只得陪楚王上裴府求药，却被裴云天好一顿奚落。

此时的裴云天仍然鼻青脸肿，一张俊脸却带着事不关己的笑，让人恨不得再揍他一拳："王爷每天变着法儿地折腾我，我哪里有能耐治好王妃啊？再说了，就算我能治好王妃，到时候王爷看我不顺眼，要捏死我一介小民就跟捏死一只蚂蚁那么简单，我何必给自己找罪受呢？"

"裴云天，你不要太过分！"楚王死命地握紧拳头，他怕他不这么做，会忍不住一巴掌扇死眼前这个可恶的家伙。

贺兰钧赶紧拉住他，看向裴云天，温和地道："只要你治好王妃，我保证王爷再也不来骚扰你，也绝对不会对付你，怎么样？"

笑看着他，裴云天缓缓摇头，说出的话却让人恨不得捏死他："不怎么样，我再想想。"那便是拒绝的意思了。

楚王一拳捶在桌上，起身甩袖而去："哼，不要你治了，大不了我与月娘生死与共就是了。"

贺兰钧拉不住他，只得任他离开，回头看向笑得得意夸张的裴云天，他心里只剩下怜悯："你真的要把事情做得那么绝吗？"

裴云天看着他，"你还不知道王爷的性格吗？我能拿捏他的只有这件事了，若我真治好了王妃，他便有的是法子折磨我，我那么傻吗？就算我活该倒霉，我也要楚王夫妻跟我一起倒霉！"仰头大笑而去，留下贺兰钧看着他的背影摇头。

都说可怜之人必有可恨之处，看来果然是真理。可怜的裴云天，真的是可恨至极！

为了说服裴云天，贺兰钧想尽了一切办法，却总是打动不了他。裴云天想要的，无非就是权势财富。但他从宫中被赶出来，能恢复他的官位权势的只有女皇陛下，而此时楚王恨极了他，自是不会在女皇陛下面前为他美言。

而财富，贺兰钧转头看了看人面桃花楼里的客人，这么辛苦一天得到的报酬还不如以前女皇陛下随手给的赏赐，裴云天看得上才怪呢。

"贺兰钧，贺兰钧！"苏莲衣急吼吼地从外面冲进来，大喊贺兰钧的名字。

稳稳地为女客敷好脸上的药膏，贺兰钧才看向苏莲衣："做什么这么着急忙慌的？稳重，稳重，贺兰钧媳妇的要求之一。"

苏莲衣却理也不理他，抓住他的胳膊，激动地道："快，快去，宫里贴出了皇榜，说要招能帮女皇陛下调理容颜的御医。"

"我去？"贺兰钧挑眉，"你忘了我得罪过女皇陛下吗？你是想她把我的脑袋砍了吗？"

苏莲衣哽住了，半天才道："可是我看那些在张易之身上做实验的人水平实在有限，根本就连你一半的水平都没有啊。难道山中无老虎，就只能让那些猴子称大王吗？"

贺兰钧想了想，却笑道："我不能去，不代表别人不能去啊。而且，我还能把王妃与裴云天的事情彻底解决，你信不信？"

苏莲衣自然是不相信的，贺兰钧神秘地一笑，转身出门，却是一路到了朝廷设下的招贤台上，在张易之愕然的目光下，一把揽住了他的肩膀，附在他耳边，这样那样地说了一通，就见张易之先是皱眉，随后便眉开眼笑。

楚王妃的寿辰，楚王府一如往年，早早地就开始准备了，楚王爷广发请柬，竟是要办得比往年更加盛大的意思。

贺兰钧与苏莲衣自然是在受邀之列。两人看着主位上楚王与王妃并坐，楚王深情地看着王妃，对到场的宾客道："今日是王妃的寿辰，我将各位请来，是想告诉各位一件事，夫妻相处最重要的是交心，容貌并不重要。之前我犯了一个很大的错误，才导致王妃变成现在的样子，我非常后悔。但是我

想告诉所有的人，我不会因为王妃的容貌改变而改变对她的爱恋。相反，我会更爱她，更疼她。只要她在我身边一天，我就会把我最好的东西都给他。哪天她走了，我也会去另一个世界陪着她。我与王妃，此生无论生与死都会在一起，永不分开。"

楚王这番话说得并不如何慷慨激昂，也不高声大气，就是平淡地说出来，却带着最深最重的感情，字里行间都有着他对王妃的深情，永不改变。

场中宾客顿时唏嘘声起，有赞叹王爷情深意重的，有感慨王妃福厚命好的，更有咬牙切齿恨那将王妃变成这样的。但这些议论，在主位上的王妃却一句也听不见了。

"王爷……"她眼中含着感动的泪水，转头看向身边高大的男人，轻声念道："君当作磐石，妾当作蒲苇。蒲苇韧如丝，磐石无转移。"

轻轻握住她的手，楚王笑着举起酒杯，"月娘，感谢老天把你赐给我，我这一生没有遗憾了。"

"妾亦如此。"王妃浅浅一笑，与楚王酒杯轻碰，一饮而尽。所有的感情，所有共同经历过的一切一切，都在这杯酒中，无法言尽。

宾客们感动地看着，忍不住鼓掌，更有女客们感动得哭泣起来。

"要是此刻王妃的容貌能恢复该多好啊。"不停地擦着眼中的泪水，苏莲衣真恨不得现在去把裴云天抓过来，让他看看楚王与王妃多么深情，他怎么忍心这样对待一对有情人？

贺兰钧轻抿一口酒水，笑道："快了。"

话音刚落，就听门外传来"女皇陛下驾到"的唱声，宾客们大惊，纷纷起身迎接女皇。

"听说王妃寿辰，朕也十分高兴，特别送来一份礼物，希望王爷笑纳。"示意众人平身，女皇陛下笑看着牵手而立的楚王夫妇。

楚王躬身谢恩："陛下实在太客气了，臣愧不敢当。"

笑着与他寒暄完，女皇侧头对站在她身侧的裴云天喝道："裴云天，还不赶紧动手？"

裴云天躬身应了声"是"，从怀中取出一瓶药，动作极快地抹在了王妃脸上，楚王大惊，刚要上前阻止，女皇陛下却笑道："王爷放心，有朕在，谅他也不敢作怪！"

不过片刻工夫，王妃雪白苍老的容颜便有了血色，裴云天又拿出另一瓶药示意王妃服下。

现场情况顿时逆转，这完全出乎苏莲衣的意料，她惊讶地看着，然后猛地回头看向贺兰钧："是你对不对？是你让裴云天答应救王妃的对不对？"

一口饮尽杯中的酒，看着王妃逐渐恢复的容颜，贺兰钧潇洒地一笑："女皇陛下找不到合适的人帮她调理容颜，又不能把裴云天召回宫，以免落人口舌。我不过是居中调停了一下，女王陛下出面令裴云天为王妃医治，王爷碍于陛下便不好再追究裴云天的过错，那裴云天不就可以官复原职了？如此一来，岂不是皆大欢喜？"

怔怔地看着他，苏莲衣这回脑子倒是转得快，"那王爷还是可以恶作剧折腾他的啊。"

贺兰钧一笑，"本来是，但我也给裴云天出了个主意。"

苏莲衣正要问是什么主意，却听得那边女皇陛下道："楚王，如今王妃已恢复容貌，你是否喜欢朕送你的礼物呢？"

"多谢女皇陛下！"喜极而泣的楚王真是不知该如何表达自己的感激。

女皇却道："这都是裴云天的功劳。裴云天，你告诉朕，你想要什么奖赏？"

裴云天躬身道："回女皇陛下的话，臣不敢要任何奖赏。只是最近臣日夜受人骚扰，实在不堪其扰，听说楚王殿下手下兵强马壮，是洛阳城最厉害的王爷，所以臣想请王爷保护我以后不再受骚扰，不知是否可行？"

未料到他会提出这个问题，楚王顿时怒目而视，张口就要拒绝。

女皇却抢在他之前开口道："你救了王妃，又开了这个口，楚王怎么会不答应呢？以后你若再受到骚扰，而楚王不管的话，未免就是恩将仇报，太对不起你这个救命恩人了。楚王，你说是吗？"

一口气噎在喉咙里，楚王半天说不出话来，还是楚王妃扯了扯他的手，楚王才勉强点了点头，"一切听女皇陛下的就是了。"

事情圆满解决，女皇陛下自是高兴，裴云天与楚王化干戈为玉帛，一群人心里将对方互相都捅了十七八刀，面上却仍带着笑敷衍。

苏莲衣目瞪口呆地看着这一切，然后怒瞪贺兰钧："你……你怎么可以这么无耻？"竟然用这么损的主意约束楚王，人家还想看楚王怎么折腾裴云天那个贱人的呢！

贺兰钧耸耸肩，懒得理她。

虽然就这么放过裴云天真的是太便宜他了，但能治好王妃，让她与王爷从此心心相印，牵手快乐地过完这辈子，其实比什么都重要，不是吗？

有了楚王的帮忙和女皇陛下暗中的首肯，人面桃花楼自然没有疑问地又拿回了宫中脂粉的采办权。楚王为了表示感谢，特意出资将整个人面桃花楼翻修了一遍，又亲自将"御办"二字的牌匾钉在了人面桃花楼的大门口。

"只有真正心存善良，想把事情做好的人才能为宫中办事。我已经跟女皇陛下说过了，我不再追究裴云天的事，但是希望宫中将脂粉采办权一事交给你来处理，女皇陛下答应了，希望你能好好办事，不要给我丢脸。"拍了拍贺兰钧的肩膀，楚王这话说得意味深长。

贺兰钧仰头看着焕然一新的人面桃花楼，心里有着说不出的感动，这一路走来，他改变了很多，竟然觉得守着这么一个小小的生意，看着有情人都能双双对对，终成眷属，也挺好的。

"谢王爷。莲衣要知道人面桃花楼恢复了，又拿到宫中脂粉采办权，一定会很高兴。"转头，贺兰钧眼眸晶亮，"我得赶紧回山里去告诉她。"

楚王却一把揽住他的肩膀，笑道："哎，苏姑娘哪里还需要你去叫啊？她早来了。"他回头冲着楼上叫道："苏姑娘！"

"我在这儿呢！"楼上传来苏莲衣中气十足的声音，然后……一个白发白颜的吓人怪物从楼上栏杆处倒挂下来，吓得毫无准备的贺兰钧往后连退三步。

"你怎么变成这样了？难道也中毒了？"

"我只是看到王爷对王妃这样，太感动了。"白他一眼，苏莲衣三步并作两步地跑下楼，一把抱住贺兰钧的胳膊，"我觉得我打扮成这样，每天跟你在一起，进进出出的客人们看到了肯定会很感动的。"她倚在贺兰钧的胳膊上，一脸爱娇。

贺兰钧却板着脸，半点儿风情也不懂的样子冷声道："不会！我们不是夫妻，人家只会以为我被一个白头发的老女人包养了,我会被人笑话死！"

苏莲衣顿时跳脚大叫："贺兰钧，你说过要娶我的！"

"可我没说过马上娶你！"贺兰钧不甘示弱。

"贺兰钧，我跟你没完！"苏莲衣这下成了一只被捅了的马蜂窝，冲上去就要打贺兰钧，贺兰钧自然是躲开，两个人围着楚王与王妃绕圈圈，好像两个长不大的孩子，笑闹的声音传出去好远好远……

第九章

妙斗楼兰脱不花

重回到皇宫的裴云天虽然失去了宫中脂粉的采办权，但依然是女皇陛下跟前的红人，这样的结果虽然不尽如人意，但也能让他满意了。

只是最近也不知道是不是走了霉运，他刚从宫中回来，迎出来的管家和下人们竟全都鼻青脸肿，好像刚集体被人揍过了似的。

"这是怎么回事？"裴云天皱眉，难道楚王碍于皇命不敢骚扰他，转而骚扰他府上的下人？

顶着两只对称的熊猫眼，管家哭丧着脸道："来了一个外族女子，带了一群人，也不知道什么来头，硬是要见大人，我们拦不住，被她带的人打成了这样。"

裴云天顿时勃然大怒："岂有此理，天子脚下竟敢罔顾王法！"他三步并作两步冲进大厅，果然见到大厅正中的太师椅上坐着一个装扮奇异的女子，火红的紧身长裙勾勒出她完美窈窕的身姿，衣服上镶嵌着宝石，腰间却又露出一截雪白的肌肤。长发披垂，用各种镶嵌着宝石的珠链挽着，脑后却披着同样火红色的长头巾，随着她的坐姿，直垂到地上去了。

"你是谁？跑到我家来做什么？"裴云天微怔过后，随即怒问。

那女子正在翻看裴云天日常看的一本书，闻言抬头看过来，一双眼黑亮如西域进贡来的葡萄，莹莹有光，却是嚣张而不可一世的傲慢之光。

她上下打量了一遍，道："你就是裴云天？"

"正是。姑娘是谁？有何见教？"见对方如此镇定，裴云天不由得也压抑了怒火。

那女子起身，竟是个高挑的个头，不比裴云天矮多少。她走到裴云天跟前，下巴昂得高高的，"我是楼兰第一圣手脱不花。我听说整个大唐的美容术你最为高明，所以特地来跟你比试一下。"

说是跟人比试，但她说话的语气却仿佛恩赐一般，似乎她愿意跟裴云天比试就是给了他莫大的荣幸似的。

裴云天哭笑不得地看着她，冷冷地道："原来是番邦女子，难怪不懂礼仪。我无意与你比试，请吧。"

脱不花却仍看着他，在裴云天不耐烦地想走的时候，她吹了声口哨，几个同样打扮奇异的男子从屋子的各个角落扑出来，只眨眼工夫，便将裴云天擒住，送到了脱不花跟前。

伸出一根手指挑起他的下巴，脱不花笑得肆意而张狂："今天呢，你跟我比也得比，不跟我比也得比。除非，"她目光一转，示意打手抡起拳头，才又笑道："你不怕被我的人打成谁也不认识的猪头。"

好汉不吃眼前亏。裴云天不是傻子，当然马上改口："你想怎么比？"

脱不花顿时来了兴趣，"调理容颜中最厉害的一条叫作炼香，就是说调制后产生的香味能让所有人心旷神怡。不知你炼的最好的香是什么？"

"香之道在于令人愉悦，今天就让你见识下我炼的香。"裴云天挣扎了一下，冲打手们低声吼道："放手！"

脱不花眼眸微转，挥手示意放开。

裴云天从怀中取出盛香的玉瓶，刚打开，一股浓郁的香味便散发开来，的确是令人心旷神怡，闻之心情愉悦。但脱不花与她的手下却都笑了，笑

243

容里还带着"不过如此"的不以为然。

"不过是菀香罢了。"脱不花伸手挥散鼻端的香味，说得很是不以为然。

恼怒地皱了皱眉，裴云天道："这是我精心配制的百濯香，可不是普通的菀香，使用了藿香、熏叶草、干松香、丁香，全部由绝色少女完成所有制作，然后将最好的香块藏入美人胸中，融合体香而成，乃是香中极品。"

他话音刚落，这群外族人又是一阵哄笑，带着恶意的鄙夷。

裴云天刚要发怒，却见脱不花从怀中取出一个火红的玉瓶，斜睨了他一眼，道："你也不过如此而已。让你见识见识我楼兰的香！"

她打开玉瓶，往手背上滴了一滴，馥郁芬芳的香气顿时冲开裴云天之前的百濯香，弥漫在整个大厅，片刻后，打开的窗户与大门处竟飞来无数的蝴蝶，围着脱不花飞舞打转，姿态翩然，始终不散。

裴云天瞪大了眼睛，不敢相信自己眼睛所看到的："怎……怎么会这样？"

蝴蝶包围中传来脱不花傲慢的笑声："从你这句话我就知道你已经输了。大唐圣手，哈，也不过如此！"

直到满屋蝴蝶因为脱不花的离开而消散，裴云天依然怔怔地站在原地，喃喃地重复着一句话："这天下居然有如此香味？"

三天后宫中传来消息，楼兰使者觐见女皇陛下，愿意敬献楼兰最好的圣手近身侍候女皇陛下，为陛下调理容颜，却遭女皇陛下拒绝。女皇陛下称："我泱泱大唐，此类人才并不缺乏，朕也习惯用自己的人，楼兰圣手还是回楼兰照顾楼兰国王吧。"

话说得极其大气，却也极其得罪人，等于是在楼兰国王的脸上打了一巴掌。楼兰使者定然不依，便与女皇陛下定下一场美容圣手比试，从炼香、调理容颜和服饰三方面着手，以三局两胜来决定去留。一旦大唐不如楼兰，女皇陛下就需将楼兰圣手留在身边近身伺候。

留一个外族女子近身伺候，对于女皇陛下来说，不啻于是在卧榻之侧睡了一条美人蛇，如何能够安心？当即便应下了，随后女皇身边最得宠的张易之大人便到了裴云天府上。

但裴云天听说之后，却只是长长地叹了口气："我跟她比过，已经输了。"

张易之顿时呆住了："那可怎么办？正是因为有你在，女皇陛下才会答应这场比试，若你拒绝参加或者直接认输，那等于是打了女皇一个耳光，那……"女皇陛下一个不高兴，脑袋可就保不住了。

裴云天皱眉想了想，才道："事到如今，只有一个办法。"他凑到张易之耳边如此这般地轻声交代了一番，张易之才露出了笑容，松了口气，却还是忍不住道："虽是一个好计策，但那脱不花极不好对付，以后一旦进了宫，恐怕会是祸害。"

低低一笑，裴云天眼中闪烁着阴毒的光："宫中是张大人的地盘，怕什么？等她真进了宫，再对付她不迟。"

张易之与他对视一眼，也笑了。

随后宫中便有传言说御医裴云天伤了手无法与楼兰圣手比试，女皇陛下心急如焚，裴云天向女皇陛下推荐由贺兰钧出战的消息。

但宫中的传言再怎么传，也不能传到宫外人面桃花楼来。所以贺兰钧与苏莲衣该怎么过日子还怎么过日子，每天头疼着生意，既怕人多太累，又怕人少赚不够钱吃饭，真是纠结。

清晨第一缕晨光穿透薄雾照射下来，预示着新的一天开始。贺兰钧与苏莲衣按照往常的时辰打门，却被突然倒在门口的人吓了一跳。

那是一个穿着盔甲的士兵，满身是血，肩膀上还插了一支箭，他一把扯住贺兰钧的裤脚，吐出一口血，断断续续地道："我……我中了敌人的埋伏，请你……帮我将这八百里加急的盒子交给女皇陛下……我……我不行了，事关天下百姓安危，请你一定……一定要立刻面呈女皇陛下……"他一边吐血一边说，又从怀里掏出一个染满了血的盒子，渴盼期望地看着贺兰钧："此中机密万不可泄露，万不可……"

话未说完，他头一歪，失去了呼吸。

苏莲衣吓得说不出话来，贺兰钧蹲下，拾起那盒子，沉吟片刻，突然飞快地冲出门，往皇宫跑去。

事关天下百姓安危，无论如何他也要试一试。

意外地，他很容易地就进了女皇陛下议事的大殿。早朝时间，文武百官分列两旁，越发衬得龙座上的女皇陛下威严无比，震慑四海。

"如今四海升平，国泰民安，既无战争，又无流民，哪里来的八百里加急？莫非边关又起战事？"御座上的女皇皱眉，不安地低问。

贺兰钧恭敬地跪在殿前："小民不知，小民只是受人之托，忠人之事。"

再看他一眼，女皇陛下道："呈上来！"

内侍下来从贺兰钧手里接过盒子，飞快地递给女皇，打开，却飞出一只鸽子，扑扇的翅膀几乎将女皇的头冠打下来，吓得女皇一个趔趄，几乎从御座上摔下来。

底下的大臣们便忍不住开始窃笑，直笑得女皇恼羞成怒，拍案而起："大胆贺兰钧，胆敢戏耍于朕！来人呐，把他给朕抓起来！"

贺兰钧愕然抬头，却正与女皇陛下的双眼对了个正着，他顿时愣住了。

牢房里，贺兰钧盘膝面壁而坐，全然无视身后的女皇陛下。

"陛下有什么事要在下去做吗？何必使这种手段？"想到自己还想着天下百姓，贺兰钧就觉得好笑。

女皇轻笑一声："贺兰钧，你还是这么聪明！不错，朕的确是有事要你去做。"

撇唇冷笑，贺兰钧终于转过身来，脸上清冷而淡然："若不是有人存心设计这场无妄之灾，女皇陛下日理万机，又怎么会跟我一个升斗小民计较呢？说吧，到底是什么事？"

他的态度让女皇略微恼怒，却仍说道："楼兰来了一个圣手，说自己调理容颜天下无敌，朕本来要让裴云天跟她比试的，可没想到他突然伤了手。"

"所以陛下想到了我？"

冷哼一声，女皇陛下的火气逐渐上来："朕知道你的性子定是不会答应的，所以才设了一个局。若你赢了比试，那朕便赦免了戏耍之罪；若你输了，那就两罪并罚，到时候你死罪难逃。贺兰钧，你还要跟朕怄气吗？想想你的小命吧。"

定定地看着她，贺兰钧突然轻轻一笑，方才冷傲孤清的容颜顿时如春花绽放，声音也低柔了一些："女皇陛下真是太看得起我了，我哪敢跟陛下较劲？只要您一声令下，就算不做这些，我也会竭尽全力的。"

他态度的突然转变让女皇颇不适应，顿了顿才道："既如此，那就看你的造化了。"

"恭送女皇陛下！"这一回，贺兰钧老老实实地匍匐在地，一如最忠心最忠诚的臣子。

但谁也没有看见，他那张平静如水没有半点儿表情的面容。

万象神宫里，脱不花的香再次引来蝴蝶飞舞，众人侧目。没料到这个楼兰圣手会这么厉害，苏莲衣担心地看向贺兰钧，他却只是含笑负手而立，看着脱不花身边的蝴蝶蹁跹。

众人渐渐便有些着急，连女皇陛下也忍不住催促道："贺兰先生，脱不花已经展现了她的能力，不知道你在炼香一块儿有什么特殊的办法呢？"她这话问得极有技巧，竟是在问贺兰钧是否有把握能胜过脱不花了。

贺兰钧轻轻一笑，从怀里取出一个玉瓶，道："炼香一道，在于香的妙用。"他在手背上轻轻抹了抹，一抹清淡高雅，让人闻之舒心，忍不住露出笑容的香味顿时弥漫在每个人的鼻端。

楼兰使者神色略凝重，却仍摇头道："贺兰先生的香虽然也有一股沁人心脾的味道，但是比起我国的'蝴蝶引'来，还是略逊一筹。"

贺兰钧仍只是轻笑，却转头对皱起眉头的女皇陛下请求道："要分出香的优劣，光在室内并不能体现，陛下，请允准移驾御花园。"

女皇皱眉看向他，希望他能再说得清楚些，贺兰钧却不再开口，反倒是脱不花撇嘴道："输了就是输了，去了御花园又能有什么花样出来不成？"

贺兰钧仍是不语，女皇只得吩咐："摆驾御花园。"

仲春时节，天气晴好，御花园内百花盛开，蜂蝶环绕，好一派花开富贵的繁荣景象。

贺兰钧施施然地在花丛中穿梭，脱不花紧随他身后，再后则是女皇陛下与楼兰使者及宫人们。

脱不花一路走一路蝴蝶跟随飞舞，衬着她一身火红长裙的华丽打扮，美得艳丽无双，夺人眼球。贺兰钧则显得淡然许多。

直到走到牡丹园，贺兰钧仍没有停下的意思，女皇忍不住出声："贺兰钧，

你到底在搞什么把戏？再如此下去，朕就要判你输了。"

贺兰钧抬头四顾，然后转向女皇道："陛下，结果马上就出来了。"他话音刚落，牡丹园旁一株高大的桂树上，巨大蜂巢里的蜜蜂突然疯狂地飞了出来，如一团乌云般直扑向脱不花，顿时吓得她大声尖叫，转身就要跑。

连女皇陛下也忍不住大叫："怎么这么多蜜蜂？赶走，快赶走！"

"别急，别怕！"贺兰钧赶紧上前，将自己的香洒了两滴在女皇陛下身上，又分给众人，"洒一点儿我的香就没事了。"

众人定睛一看，果然只见蜜蜂和蝴蝶只围着脱不花打转，而贺兰钧身边却一只也没有。

"女皇陛下您想，您经常会在户外接见各国使臣，倘若来到御花园，不但招来蝴蝶，还招来蜜蜂，那不是出丑了吗？所以臣觉得，驱赶各类蚊虫蚁的香才更适合女皇陛下。"他转头看向已经抹了他的香而摆脱蜜蜂纠缠的脱不花，笑着问道："使者觉得呢？"

脱不花那张原本娇俏的容颜早已被蜜蜂蛰得满是红包，她恼怒地看着他，跺了跺脚："你在香里加了什么？"

"丁香。丁香不但醇香醉人，它的香味更能令昆虫害怕，是驱虫佳品。难道圣手不知道吗？"他说得平静，没有半分揶揄嘲笑，却让人更觉难堪，尤其是楼兰使者之前一副趾高气扬的样子。

女皇忍不住露出笑意。

铁青着一张脸的楼兰使者狠狠瞪了贺兰钧一眼，压着声音向女皇道："贵国果然人才辈出。这一局我们认输了，看下一局吧，告退。"

看着狼狈而去的楼兰使者，女皇再也忍不住满心的高兴，看向贺兰钧："不错，做得好！希望你每一局都能有这个水平。"

贺兰钧点头："请女皇陛下放心。"

大唐圣手一出手就令楼兰圣手大败的消息当天便传遍了整个皇宫，连宫外也得了消息，人人讨论，甚至有赌场开了盘赌最后谁胜。

裴云天目瞪口呆地看着张易之，不敢相信自己听到的："他居然赢了？我还等着看他出丑呢，这……这不是帮他扬名了吗？"

张易之也很沮丧："可不是吗？你都不知道女皇陛下现在多喜欢他，

夸了他一整天。"

裴云天皱了皱眉，"不行，不能让贺兰钧翻身，绝不能让他重新回到宫里！"

张易之也点头，桃花眼中泛出仇恨的光，"还有第二、第三局，你看我们是不是要做点儿什么？"

裴云天与他对视一眼，两双眼同时缓慢地眯了起来。

而被他们算计的贺兰钧此时在做什么呢？

从水里冒出头刚想歇一会儿，苏莲衣手上的长竹竿就打了过来："游远一点儿，游远一点儿，这么近手脚都施展不开。"

贺兰钧侧身避开竹竿，狠狠地吸了口气，喊道："哎呀，我累得都已经不行了，手也动不了，脚也动不了，你让我上岸休息一下吧。"

"不行！"苏莲衣站在岸边，手上的竹竿又要点过去，"你还要跟人比两局，必须要把身上的弱点全部都克服了，才能够一鼓作气把番邦的人打败。游水是你目前最大的困难，你必须克服。再游再游！"

长长的竹竿顶在贺兰钧背后，他无奈地往前游去。

仲春时节，并不是游湖的好时节，偌大的湖面上只有贺兰钧一个人在扑腾，仿佛一只落水的旱鸭子。苏莲衣在岸上一边督促一边笑，直笑得肚子疼。

就在二人闹得不可开交之时，远远的一艘大船驶了过来，船速很快，不过半盏茶工夫，便已到了湖心处，恰见船头上正有一个身着白衣的少女在翩翩起舞，围在船头的四五个红衣少女则各抱了乐器伴奏。

那白衣女子身子柔软，身段极其优美，一举手，一投足，都散发出一种柔美的力度，在湖水的映照下，简直如凌波仙子。

贺兰钧顿时看呆了，也不游水了，只是目不转睛地看着，嘴里还忍不住道："所谓伊人，在水一方，这舞姿简直比画上的仙女还好看。"

岸上的苏莲衣用竹竿够不到他，看见那副傻呆呆的样子，顿时气了个倒仰，恨不得下水去将他的两只眼珠子抠出来。

"差不多了，累了就回来吧。"她赶紧叫道。

贺兰钧看也不看，"再游一会儿……"

话没落,船头的白衣女子突然一跃跳入湖中,红衣女子们顿时大叫:"阿九落水了,怎么办……"

"糟糕,船上没人会水!"

"阿九阿九……"

美人落水,正是天赐良机啊!贺兰钧也顾不得自己游水的姿势难看,奋力往那阿九的落水处游去,果见她正慢慢往水下沉。

他扎到水下将人托起,调整姿势往船上游,那阿九却突然猛力挣扎,几乎害得贺兰钧也溺水。他费尽力气才勉强抓住她,终于将她拖到船边,便有人伸出手来接。

那女子眼见无法挣脱,便也不再挣扎,只是凑到他耳边轻声道:"你害死我了。"

贺兰钧一呆,想问为什么,那女子却已被人簇拥着进了船舱。

"喂,看什么呢?"看他傻呆呆的样子,苏莲衣气不打一处来,手里的竹竿狠狠地抽上他的背。

贺兰钧却愣愣地回头看她:"我救了她,她怎么说我害死她了呢?"

苏莲衣自然不能理解,只催促着他赶紧上岸回家,马上将这美貌的白衣女子忘掉才好。

为了缓解贺兰钧比赛之前的压力,苏莲衣想尽办法拉着他玩乐。洛阳城里最近新来了一个外地的戏班,据说舞蹈与绝技都是以前没见过的,很多人蜂拥而去买票,她排了很久的队才买到两张票,晚上就带着贺兰钧直奔戏院了。

奈何,贺兰钧不是个爱看戏的:"求求你放了我吧,我对这些东西没兴趣。"这是贺兰钧第二次对苏莲衣求饶。

第一次是被逼婚。

看着他转身要走的决绝,苏莲衣忍不住拉住他的衣袖:"贺兰钧,就算你不喜欢,你也要顾及下别人的感受吧?我这几天陪你游水,找你看戏,就是希望你能开心点儿,你不领情就算了,怎么能甩手就走?我为了带你看这出戏排队都排了好长时间。"

贺兰钧回头看她，目光掠过戏台上，突然就移不开了。

　　戏台两边的烟火绽放，宛如满天星辰坠落凡间，众人正在惊讶之时，就见他之前救过的阿九带着一帮舞姬们鱼贯穿出，人人都穿着一身与脱不花相似的长裙，露着腰，赤着脚，两条雪白的手臂如银蛇般，在烟花中翩翩起舞。

　　竟然是她？贺兰钧的眼眸眨了眨，苏莲衣还在喋喋不休："你到底走还是不走啊？挡到人了。"

　　台上的阿九似乎也看到了他，却目光冷漠地转开了头，贺兰钧愣了愣，待回过神来，发现自己已经坐在了座位上，旁边的苏莲衣笑得一脸满足："这还差不多。"

　　这可差远了。贺兰钧在心里冷哼，目光却始终停留在台上的阿九身上。

　　看得出阿九的舞姿经过专业的训练，一举手一投足都好看得让人移不开眼睛。而且她们跳的是番邦舞蹈，舞姿大胆火辣，扭腰摆胯，带着十足的诱惑，甚至会在观众面前做出诱惑的表情与动作，惹得人心跳加速。

　　阿九旋身从一个观众身前转到贺兰钧怀里，轻轻一转身，便又离开，但贺兰钧却发觉手里多了个纸条。

　　他愣了愣，旁边苏莲衣醋味十足地大加鞭笞："这外族女人真是大胆，衣服穿得这么少，还这么豪放，真让人看不惯。"眼睛却眨也不眨地盯着看，生怕错过一丁点儿。

　　贺兰钧取出手中的纸条，借着戏台上的光，却看见"救我"两个字。他愣了愣，猛然抬头看向台上的阿九，却见她本该如其他舞姬般笑意盈盈的脸上笼着一层似有若无的轻愁，双眸更是忧郁得好像化不开似的。

　　贺兰钧猛地起身，拉了一把身边的苏莲衣："独乐乐不如众乐乐，我们也跟他们一起跳舞如何？"

　　苏莲衣正看到开心处，被他猛然拉起，一时还不清楚是怎么回事，只能茫然地看着他："啊？"人却早已被贺兰钧拉上台去，跟着舞姬们翩翩旋转起来。

　　台下的观众见有人自己上去跳，便唯恐天下不乱地起哄，又有人跳上台来，本来不大的戏台顿时挤成一团，而中心则是被众人围住的阿九。

贺兰钧边跳边往中心靠近，在离阿九还有一个人的距离时，他抬手轻轻一挥，笑笑转身离开，只留下阿九茫然地看着他的背影，不明白他是什么意思。

第二天一大早，戏班的班主便找到了人面桃花楼，贺兰钧这一回出奇地好说话，跟随班主到了戏班，进了阿九的房间。

原本花容月貌的阿九此刻半边脸却红肿如溃烂的桃子，让人惨不忍睹。

"班主，阿九姑娘的脸我会治好的，只是治疗需要一个安静的环境，能不能让我和阿九姑娘单独聊聊？"对着班主期盼又感激的眼神，贺兰钧笑得坦然而客套。

班主自是点头，离开时还体贴地帮他们关上了房门。

"你出去！"红肿着脸的阿九声音嘶哑。

贺兰钧淡淡一笑，"不是姑娘要我救你出去吗？怎么反而要我出去？"

阿九顿了顿，声音便低了下去，带了几分凄然，"原本我让你救我，是因为我还想好好地活着。但现在我的脸变成这样，还真不如死了算了。"

贺兰钧了然地一笑，从怀中取出药瓶，将药敷在她脸上，笑道："姑娘也不想想，我要如何进来见你？只能让姑娘中毒，毁了容，我才能进来救你啊。"

话音刚落，阿九脸上的红肿竟然消散了，片刻工夫便恢复了原先的容颜。对着镜子照了照，阿九不敢相信地睁大眼睛看向贺兰钧，猛然起身跪倒在地："公子救我！"

贺兰钧赶紧扶起她："你起来慢慢说。上次你落水我救你，你却说我害死你了，昨天你又突然向我求救，这到底是怎么回事？"

阿九定定地看了他一眼，起身，却突然解开了衣带，贺兰钧大惊，慌忙转身："姑娘切勿如此，毁坏了你的名节，在下可承担不了这个责任……"

"公子请勿担心，阿九……阿九如何能让公子负责？"阿九声音低沉，带着说不出的悲伤和压抑，"公子看过阿九这一身伤痕，便知阿九为何要求救了。"

贺兰钧一愣，缓缓回头，却见阿九本该如白玉凝脂一般的身体上，竟布满了层层叠叠的伤痕，有旧伤，有新伤，纵横交错，斑驳错杂，竟让那身躯看起来没半分好肉似的，让人忍不住心疼。

"这是我这么多年在戏班子里所受的屈辱。"阿九眼中的泪水哗啦啦地落了下来，声音哽咽嘶哑，"我本是好人家的女孩儿，只因贪玩，误中了人贩子的陷阱，才落得如今这般田地……"

九岁的阿九已经如一朵含苞待放的花儿，她穿着母亲省吃俭用为她精心缝制的裙子，追着蝴蝶跑进密林，却没有看到隐藏在黑暗角落里那些猥琐而贪婪的目光。

蝴蝶停在树枝上，阿九屏息上前，却一脚踏空掉进了别人早已准备好的陷阱，成为一群猥琐男人的战利品……

大雪纷飞的冬日，捆成排的孩子被一根粗麻绳牵着，沿着冰湖抖抖索索地走着，几个粗壮的大块头男人穿得厚厚实实地守着他们，仿佛没看见孩子们身上的单薄衣服。阿九也在这群孩子之间，她麻木地往前走着，手上的麻绳突然松了，几乎是下意识地，她抬脚就往冰湖中心跑去，只要跑过这片湖，就到了她的村庄，有父母，有亲人……但壮实的人贩子根本不可能放过她，看着她快到湖中心了，人贩子飞快地跑过去，将她扑倒在湖面的冰块上，迅速裂开的冰面上冒出的冷水刺骨寒冷，浸湿了她的衣裳，人贩子的皮鞭抽得她皮开肉绽，被冰水泡过的伤口已完全没有了知觉……

"我从来不知道人可以有那么大的忍耐力。我总想着要是能这么死了就好了，就不用痛苦了。但一次又一次，我还是活了下来。"满身的伤痕似乎也在倾诉着她所受的苦，阿九美丽的面容上满是泪水，凄婉而绝望，"后来我被卖到了戏班子，我很努力地学习所有的技艺，希望能从此改变我的一生，却没想到这只是另一个噩梦的开始……"

娇艳的花朵似乎注定会遭受摧残，美丽的人儿总让人有攀折的欲望。戏班班主淫邪的目光几乎伴随了阿九的成长，在她刚刚十四岁登台的那一年，再不愿意忍耐的班主辣手摧花……

"自此以后他便时常骚扰我，喝了酒还打我。我的卖身契在他手里，又是这戏班的台柱，几乎就是他手上的摇钱树，跑又跑不了，赎身也无门。那次本想跳进河里神不知鬼不觉地游走，让他们以为我淹死了，没想到你却把我救了……"泣不成声的阿九再也说不下去，两眼被泪水蒙住，竟连

眼前的人都看不清楚了。

贺兰钧的心头涌上满满的愧疚和说不出是心疼还是同情的复杂感情，轻声道："对不住，我不知道是这样的情况。"

阿九凄然地摇头，溅落的泪珠如珍珠，却又灼得人生疼："这是我的命。我记得你，那天跳舞我本是想找个能救我出去的人就行，却没料到会看见你。你不知道我当时多么欣喜若狂，贺兰公子，你肯救我的是吗？你会不会嫌弃我太麻烦？"

她抓住贺兰钧的胳膊，宛如一个溺水的人抓住一根救命的稻草，是那么舍不得放手，恨不得一生一世就抓着这根稻草，再也不放手。

贺兰钧的心头陡然被震了一下，救或不救不是一句话的事，而是承担在肩上的责任，沉甸甸的。他情绪复杂地看着她，还未来得及说话，却见阿九猛然拔下头上的金簪往咽喉刺去。

"我早就知道我是这样的命，活着不是糟蹋自己就是连累别人，还是早点解脱的好……"

没想到她会绝望到这个程度，仿佛自己真的就是她最后的希望似的，贺兰钧飞扑过去抢下她手里的簪子扔在地上，揽住她无力瘫倒的身体，内心深处属于男人的责任感与承担欲猛然爆发了出来："你这是干什么？难道想让我背负杀人的罪名吗？不就是救你出去吗？能有多难？我一定会想出办法的。"

"对不起……对不起……对不起……"仿佛全身的力气都被抽空了似的，阿九只剩下低低的啜泣，伴着软到仿佛呢喃的低声道歉，越发让贺兰钧心里柔软，连半句重话也说不出来了。

"好死不如赖活着，你切不可再轻生，你相信我，我定会救你出去的！"阿九这般柔弱无依，仿佛没了他就立刻活不下去了的感觉，与自立、主动、大大咧咧的苏莲衣完全不一样的性子，顿时激起了贺兰钧的保护欲，让他实在说不出拒绝的话。

梨花带雨的面容轻抬，阿九信任的目光胶着在他脸上，用力地点了点头。贺兰钧瞬间觉得自己的心都被胀得满满的了。

要寻找让阿九顺利脱身的机会不多，所以贺兰钧仍旧用药物让她的脸保持红肿的状态，这样至少能让她暂时休息，摆脱班主的纠缠。

在戏班子转悠了半天，终于让贺兰钧找到了一个机会。

城东首富刘老爷家的千金小姐是个自幼就被养得刁蛮任性的女子，唯一的优点大概就是孝顺了。所以在看过戏班里阿九的舞蹈之后，想到刘老爷四十大寿将到，刘小姐心里一动，便想学了这舞蹈到时候亲自为父亲献舞。

但戏班的班主却很清楚，阿九的舞蹈是整个戏班吃饭的家伙，绝不能轻易外传的。一来二去，便与刘千金起了口角，骄纵蛮横的刘千金怎能受得了这个气？当下一声令下，丫鬟家丁们便蜂拥上前，要将戏班子砸个稀烂。

贺兰钧乘机上场，拦住了刘千金，告诉她自己有法子包她学会戏班的舞蹈，刘千金将信将疑之下，与他一起到了阿九的房间。贺兰钧随即巧施妙手，为两人改头换面，刘千金戴上人皮面具成了阿九，留在戏班里接受班主和其他舞姬的舞蹈训练，而阿九则顶着刘千金的脸一路到了人面桃花楼。

"多谢贺兰公子相救，阿九……阿九感激不尽。"重新呼吸到新鲜自由的空气，阿九眼里的泪水忍不住流了一路。

贺兰钧赶紧上前将她扶起："九姑娘快快请起。"这般柔弱如春风拂柳的女子，却命运如此多舛，怎不令人唏嘘？

苏莲衣却傻了眼，贺兰钧带个舞姬回家做什么？还是个一看就知道对他有企图，眼睛里时时刻刻都恨不得将他装进去的狐狸精舞姬？

强烈的危机意识让苏莲衣顿时炸毛："你带她回来干什么？不会是想留下她吧？"她与贺兰钧朝夕相对的日子突然来个第三者插足，光想她就觉得难受。

将如水般柔弱的阿九扶到椅子上坐好，贺兰钧回头看着苏莲衣皱眉道："九姑娘是很可怜的，救人一命胜造七级浮屠，你怎么没有半点同情心呢？"

见他这样，苏莲衣怒瞪一脸无辜的阿九："同情心？对人才有，对狐狸精就没有！"看贺兰钧一脸不以为然打定主意想要将人留下，苏莲衣只觉得嫉妒之火熊熊燃烧，转身进了柴房。

看着她故意放重脚步，恨不得将地都给踩出一个窟窿的愤怒模样，贺兰钧只得摇头叹息。什么时候她才会如阿九一样温柔一些呢？

"贺兰公子，我是不是不该来这里？"在戏班里生活，阿九最懂的就是看人脸色，抬头看向贺兰钧，她的神情怯生生地柔弱，双目中泪光盈盈。

贺兰钧顿时心中一柔，赶紧安慰她："你不用理她，她是刀子嘴豆腐心。这几天你暂时不要出去露面，待在这里，等事情过去了，我再送你去你想去的地方。"

谁知他安慰的话不说还好，一说出来阿九越发神情哀戚，泪珠滚滚而落："阿九已无处可去。前几年跟着戏班回到家乡，本想寻找父母，可惜家中早已化为一片灰烬，再也没有亲人了。"

贺兰钧不料她的身世竟会如此凄惨，如今更是孤苦无依，他一时也不知该如何安慰，只轻轻拍了拍她的肩膀。

苏莲衣正抱着一捆柴出来，看到两人这副模样，顿时鼻子嘴巴都给气歪了，她几步上前，将木柴重重扔进阿九怀里，大声道："我们这里不养闲人，要留下来就得干活！"

看她娇滴滴的样子，又能挨得住几天？苏莲衣在心里打着自己的如意算盘。

贺兰钧张嘴想说话，阿九却抱着柴站起来，急急地道："是是是，我立刻去做，立刻去做！"也不等贺兰钧阻止，转身飞快地往苏莲衣刚出来的方向走去。

她本是舞姬，身姿柔软而有力，即便是如今抱着沉重的木柴飞奔，姿态也仍是如蝴蝶蹁跹一般好看。贺兰钧看着她的身影消失，忍不住对苏莲衣道："瞧，她多勤快啊，把你的活都干了。所以你就别对人家那么凶巴巴的了。"

听出他话里的意思，苏莲衣气得撇嘴："我宁愿她不要那么勤快，把我的男人也抢走了。"

见她又说这种话，贺兰钧只觉得头疼，给她一个没好气的白眼，上楼去考虑自己与脱不花的比试去了。

楼下的苏莲衣气得跳脚："贺兰钧，我告诉你，你可千万别给我动什么歪心思，不然我跟你没完！"

贺兰钧无奈地摇摇头，果断关上房门。她说过无论如何她这辈子都跟他没完没了，那他动不动歪心思，有关系吗？

在人面桃花楼每天争风吃醋、热闹不已的时候，城东首富刘老爷府上也异常地热闹，原因是刘家千金在去了一次戏班看戏之后突然失踪了，刘老爷派出所有家丁丫鬟找遍整个洛阳城都没见到踪迹，最后不得已报到府衙，寻求帮助。而贺兰钧在听到这个消息时，本着良心，主动上府衙说明自己知道刘千金的下落，并带着洛阳令与刘老爷在城门口拦住正要出城的戏班。

此时的刘千金早已学会了戏班的舞蹈，正站在城楼前的空地上得意地展示。看到官兵到来，戏班班主本着多一事不如少一事的原则，招呼众人赶紧离城。

不料阿九却大声叫道："我是刘老爷家的千金，这个人绑架我，救命啊，快抓住他！"

洛阳令与刘老爷大惊，赶紧上前，却见阿九撕开人皮面具，不是刘家千金是谁？班主愕然，跳上前想捉住她细看，更坐实了绑架的嫌疑，洛阳令当即命人将他抓捕。

刘家千金扑到自己父亲怀里好一通委屈地哭诉，将自己"被绑架"的过程说得凄惨无比，刘老爷怒极攻心，请求洛阳令为民做主，贺兰钧又煽动百姓盛赞洛阳令乃是当世青天，救命于水火。洛阳令飘飘然，立时指天发誓定会将这胆敢公然绑架良家妇女的恶贼绳之于法，获得围观百姓掌声无数，可怜班主哑巴吃黄连，有苦说不出。此乃后话，暂且不表。

话说贺兰钧解救了阿九，与楼兰女子脱不花的第二场比试便已迫在眉睫了。他日夜冥思苦想，希望能想出更独一无二的手段来赢得这场比赛。

毕竟要改变容貌，最常用的就是妆扮，无非是使用脂粉而已，但再好的脂粉，再好的妆扮手法，在这些顶级圣手看来，都是相通的。他贺兰钧懂的，脱不花必定也懂。想要出奇制胜，还是要有奇招。

满天繁星映衬下，一轮新月如钩，恰似女子弯弯的柳眉，深情无限。

贺兰钧漫步出了房间，人面桃花楼的后院是赏月的好地方，说不定在如许月华下他能想出更好的主意来。

正想着，贺兰钧猛然停住了脚步。院子正中不知何时被挂上了一层薄纱，

薄纱后一个婀娜的身影正在翩翩起舞，柔若无骨的四肢轻轻摆动，宛如风吹柳舞，自然而柔美。清雅如霜的月华铺陈而下，为薄纱染上一层融融的光，薄纱后的人便如月中仙子下凡一般，浑不似在人间。

贺兰钧顿时看呆了，这么美的景致，这么美的人，足以让人忘却任何烦恼。

夜风轻起，掀开遮挡的薄纱，显露出伸展四肢的阿九，月光下她的目光盈盈如秋水，浓重深情再也掩藏不住，借着旋身之际，她挨上贺兰钧的胸膛，如花瓣般娇嫩的唇轻轻印上他的，只一瞬，魂已飞往天外。

贺兰钧脸上的笑顿时僵住了，还未做出反应，阿九却早已退了开去，一张脸涨得通红，带着自惭形秽的难堪，嗫嚅地道："你……不喜欢吗？"

看她那副抑制不住的深情样子，贺兰钧一张老脸也忍不住地发烧，他咳嗽一声想说自己救她并不求任何回报，她不需如此，但一开口却说不出一句完整的话："你……"这样不好？我其实挺喜欢？或是不喜欢？贺兰钧心乱如麻，不知该怎么说才好。

他的沉默却让阿九误解了，她尴尬地红着脸，一双眼扑闪扑闪地看着他，长长的睫毛宛如蝶翼，虽难堪得要死，却仍强迫自己说道："我知道像我这样的坏女人只能做别人的玩物，就算你看不起我，我还是要说这次我是心甘情愿的。"她用力咬着嘴唇，似乎不这样就会忍不住哭出来似的。

"阿九姑娘……"贺兰钧一怔，本能地就想安慰她，阿九却打断他，急切地说道："我知道我太唐突了，可是我听到班主被抓的消息实在是太高兴了，不知道该怎么表达我的谢意，如果你不喜欢，我很抱歉，对不起。"不待贺兰钧回答，掩着脸转身就要回屋子里去。

到此时贺兰钧才吐出那口一直憋在胸口的气，几步追上去握住她的手，轻声道："你不要这样说自己，你所经历的一切都是迫不得已的，在我眼里，你始终是一个很单纯、很善良、很高贵的女孩，救你也是我心甘情愿的。我希望你不要妄自菲薄，把自己看低了。"

阿九低着头，不敢抬头看他，只是低声问道："你不会看不起我吗？还是说你只是在哄我高兴？"

"当然不是！"急切地否认显示出万分的诚意，贺兰钧越发握紧了她的手，柔声道："很多女孩堕入风尘之后自暴自弃，很少有人想要跳出火坑，你连性命都不要，就想要自由，这需要多大的勇气啊，我怎么会看不起你呢？"

轻轻的啜泣声响起，阿九仰起的面容上是再也无法抑制的泪水，脸上却带着绝美的笑："谢谢你觉得我这么好，我欠你的实在太多了。"多到她都不知道该如何还给他。

轻轻拭去她眼角的泪珠，贺兰钧笑得柔情而真挚："那就为我跳一支舞吧，我喜欢看你跳舞。"

"嗯！"用力点头，阿九含着泪，笑着在月光下翩然起舞，舞醉了一院的月光，也舞醉了月下赏舞的人……

苏莲衣最近很郁闷，不只是因为楼里多了一个阿九，还因为最近贺兰钧每天早出晚归，总是弄得一身脏兮兮地回来，也不知道在干什么。

如果是以前只有她一个人在身边，贺兰钧必定什么都会跟她说，但如今有了这个阿九，他却理也不理她，太过分了！

愤怒地瞪着擦地的阿九，苏莲衣真是弄不明白贺兰钧到底为什么会看上她："喂，你知道贺兰钧在干什么吗？"虽然问她很不甘心，但没有贺兰钧的行踪让她更难受。

阿九蹲在地上，双手抓着抹布，抬头看她，神情带着点儿可怜兮兮的味道，无辜地摇了摇头。

苏莲衣看到她这副样子就来气，哼道："这也不知道，那也不知道，留你有什么用？"

阿九顿时惶恐了，赶紧起身，一边在身上擦手一边说："莲衣姐，你别生气，以后我会留意贺兰公子的行踪的。"

一口气噎在喉咙里，苏莲衣恨不得冲过去踢她一脚："算啦算啦，你还是别留意的好。"她去留意贺兰钧？是怕贺兰钧不变心吗？

她的反复无常很显然让阿九不知所措，她愣愣地看着她，不知道该如何是好。

两人正在大眼瞪小眼的时候，贺兰钧又裹着一身难闻的臭味进来了，顿时气得苏莲衣大叫："喂，你搞什么，又脏又臭的！"

贺兰钧却只是无力地摆摆手说："我累死了,先去睡觉,你们别打扰我。"抬脚就上楼,经过苏莲衣身边时,却被她拦住了："先把衣服脱下来,臭死了。"

就这么进楼,把香喷喷的胭脂水粉都熏臭了,那还得了?

贺兰钧一脸疲惫,连话都懒得说,随手脱了外袍甩给她,径自回房。苏莲衣一手捂着鼻子,两根手指拈着他的衣服,真的是奇怪死了:"这是掉进粪坑了还是怎么着?这么臭!"

阿九赶紧上前,讨好地看着她,道:"莲衣姐,我去洗吧?"

苏莲衣目光扫过来,想了想,将衣服扔给她说:"看来你留下来还是有点儿用处的。"以后贺兰钧所有脏臭的衣服都给她洗,而自己只需要打扮得美美的、香香的,陪着贺兰钧就好了。

心里这么想着,苏莲衣哼着小曲回房打扮去了,却忽略了阿九在闻过衣服上的味道之后,脸上突然露出的一抹恍然大悟的笑容。

第十章 智救舞姬俏阿九

　　这些天贺兰钧很烦躁，调制好的药水的确能令人肌肤变得白皙细嫩，这一点他在刚死不久的尸体上已经反复验证很多次了，他想如果喝下去效果应该会更好，但死人喝下去无法告诉他感受，活人……谁也不知道这药水会不会有副作用，喝了会怎样，他自己也不敢轻易去试。

　　夜晚的乱葬岗仿佛幽冥地府，阴森、恐怖、骇人。贺兰钧掀开白天看好的一具薄棺，将手里的药水均匀地涂抹在尸体上，看着尸体本已灰暗无光的皮肤慢慢变得白皙，在月光下泛出隐隐的萤光。

　　若是活人喝下去，这样莹润的光泽不知该多么美丽……

　　此时远处传来脚步声和村民的说话声，声音很大，却带着强忍害怕的色厉内荏和虚张声势：“这世上根本就没有鬼，一定是有人装神弄鬼。你们放心，有我在，不会让他伤到你们的。”

　　“我们都听你的，等抓到那个装神弄鬼的人，就把他打个稀巴烂！”

"对，走走走……"

贺兰钧涂抹尸体的动作顿时僵住了，虽然这里的尸体都是无主孤魂，但被人知道他与尸体为伍毕竟不是什么好事，他调制的药水恐怕再也不会有人用了。该怎么办才好？

将身体缩在棺木后，贺兰钧紧张地看着人来的方向，眼看着火把的光越来越近，就快隐藏不住的时候，不远处突然闪过一抹白色的人影，速度不算很快，却足以引起村民们的注意，方才看向贺兰钧这边的目光顿时全被吸引了过去。

"就是这个人，追！"

"站住，站住！别让他跑了！"

纷乱的脚步渐渐远去，贺兰钧终于松了口气，他小心地挪动着身体想要离开，不远处却传来拳头落在身上的闷响和隐忍的痛呼声。

贺兰钧皱了皱眉，迈出的脚步不受控制地收了回来。虽然那个人有可能是盗尸贼，如今却是因为他的事而受伤，无论如何他良心上都觉得有些过意不去。

想了想，他向脚下的尸体告了声罪，将她的长发剪下来拢成一束，倒挂在自己头上，从怀里取出一根透明的绳子系在腰间，趁着村民们的注意力不在他这边，悄无声息地将自己挂在他们身后最近的一棵树上，然后……

"你们来啦？跟我走吧。"故意压低的嗓音带着些凄厉，冒着森森寒气，在空无人烟只有尸体的乱葬岗上响起，配上突来的足以吹灭火把的强劲夜风，瞬间就让这乱葬岗成为吓死人不偿命的鬼怪出没地。

村民们的动作一僵，回头却看见一个人悬空站着，长长的黑发遮挡住了他的脸——或者他根本就没有脸，一双黑黝黝阴森森的眸子似乎穿过黑发看透了每个人，让人从心底生出寒意。

"哇，鬼啊！"一声大叫，所有人慌乱逃走，连滚带爬，只恨爹娘少生了两条腿。

确定看不见人影了，贺兰钧才吐出一口气，将头上的假发扔到地上，走到那白衣人跟前，道："喂，他们都走了，你也赶紧走吧。"

白衣人似乎受了伤，慢慢起身，也不回头，只是往前走去。贺兰钧心下好奇，几步追上去拉住他："喂，我救了你，连个谢字都不说……"白衣人头上带着的斗篷随着他的动作掉落在地上，月光下一张楚楚可怜的小脸带着笑容看着他，让贺兰钧忍不住大惊，"阿九，怎么是你？"

"我洗衣服的时候，看到上面沾了纸钱，所以我想来看看，看能不能为你做点什么……"在他的目光下，阿九不安又羞涩地笑着。

对于乱葬岗，一般人都是害怕的，而柔弱的阿九定也是怕的，看她眼睛都不敢往那些棺木上看就知道了。但她却愿意为了他跑到这里来，只为了能帮他做点事……

贺兰钧觉得自己的心狠狠地颤了一下，忍不住摸了摸她的头，嘴上却说道："傻瓜！你能为我做什么啊？方才要不是我，你早被打成肉饼了。"

阿九顿时红了眼眶，慌乱地垂下头去，声音里带了几分哽咽："对不起，我又给你添麻烦了。"

没料到自己的话威力这么大，这下轮到贺兰钧不好意思了："没有、没有，你也算救了我，要不然他们突然出现，我也没办法躲。"但即便他这么说，阿九依然低头啜泣着。

贺兰钧头大地皱了皱眉，却又忍不住心疼，只好转开话题："哎，别哭了，你不想知道我来这里干什么吗？"

哭泣的声音一顿，阿九怯生生地抬起头看他，目光中倒的确有好奇。

贺兰钧顿时松了口气，赶紧将她带到尸体面前，看她不敢看，便也不勉强，只是解释道："我过几天就要跟番邦女子比试调理容颜，可是我研究的药不敢随便用在活人身上，只好在死人身上下工夫了。"一边说一边又将药水涂在尸体上想给她看，阿九却只将头死命地埋在他怀里，竟是害怕得连头也不敢抬。

"哎呀，我都忘了你是个女孩子，不该带你看这些的，我们走吧。"收好东西，贺兰钧拉着阿九就要回去，却不料乱葬岗上荒乱得很，石块棺木乱丢，阿九一个不注意便崴了脚，摔倒在地，吓得贺兰钧差点儿以为她怎么了。

正在担心之际，阿九却突然笑了，还笑得很开心地看着他，让贺兰钧一头雾水："摔倒了还笑？"这么奇怪？

阿九一句话却让贺兰钧再说不出别的话来："我很开心你这么在意我。"

一张老脸忍不住再次涨红，贺兰钧踌躇了一会儿，转身蹲在她身前，背她回家，忍不住叮嘱："以后不要一个人到这种地方来，很危险的，知道吗？"

身后却没有声音回他。

月光下，贺兰钧背着阿九缓缓行走着，他想问她是不是睡着了，却又觉得不用问，两人之间这种似有若无的温馨与甜蜜正好，他有些舍不得打破，也不能打破。

良久之后，身后响起阿九幽幽的声音："除了小时候我娘背过我以外，从来没有人背过我。我觉得你的背好温暖好温暖，就像我娘一样，要是这条路能一直这么走下去就好了……"

她话里的意思再明显不过。贺兰钧微微怔了怔，还没想到怎么回复，阿九却将脸靠上了他的肩膀，缓缓摩挲了下，似乎在感受他肩膀的触感。

那样亲昵而自然的举动，天真而没有心机，单纯，美好。贺兰钧看着满天流萤飞舞，忍不住露出了淡淡温暖的笑。

因为找不到活人试药，贺兰钧新药的进程便停滞不前了，他心急如焚，苏莲衣倒是愿意为他试药，但提出的条件却是他不能接受的。

她动不动就说让他娶她，好像是让他去菜市场买猪肉似的，她到底懂不懂感情是怎么回事啊？

被苏莲衣缠得一个头两个大，贺兰钧忍不住大吼一声："这药吃了会有什么后果我也不知道，也许会变丑了，也许会留下后遗症。我既然不想害别人，不让别人吃，当然也不想害你，跟我娶不娶你没有关系！"而她动不动就以娶她为条件与他做各种交换的行为，让他真的很不开心。

感情怎么能拿来做交换？就连阿九的知恩图报他都不愿意接受，苏莲衣怎么会觉得自己会接受她的条件？

不明白自己为什么会想到阿九，但贺兰钧就是觉得自己想得很有道理。苏莲衣刚想反驳他，突然从密室里传来一声痛苦至极的惨叫，而后是断断续续的呻吟。

贺兰钧与苏莲衣对视一眼，迅速冲进密室，却见原本盛装新药的药瓶掉在地上，而阿九就躺倒在药瓶旁边，痛苦地翻滚呻吟。

"怎么回事？"飞快地上前扶起她，贺兰钧皱起眉。可别是他想的那样呀。

狠狠地喘了两口气，阿九勉强压抑住体内的疼痛，抓着他的胳膊，断断续续地道："我听见……听见你跟莲衣姐的谈话……说你需要人试药，我……就把那些药都吃了……"又是一阵疼痛袭来，阿九闷哼两声，声音里有着压抑不住的痛苦。

贺兰钧顿时心疼不已："你怎么这么傻？你知不知道后果可能会很严重？"

挨过又一波疼痛，阿九苍白的脸上却绽开心满意足的笑："我的命是你救的，就算为你做一切我都心甘情愿。这药吃了好痛好痛，你不要随便给人吃，会出事的，会……"剧烈的疼痛猛地袭来，阿九一句话没说完，便疼得昏厥过去。

贺兰钧胸口被揪得紧紧的，仿佛喘不过气来，他一声不吭地抱起阿九冲出密室，竟连看也没看站在门口的苏莲衣一眼。

看着他们消失的背影，苏莲衣感觉自己好像突然成了外人，完全插不进那两人的氛围之间……

幸好贺兰钧的药虽然药效如狼似虎，但没有生命危险，而贺兰钧自己对药性也有足够的了解，在喂过一次解药之后，阿九便醒转了过来。

贺兰钧趴在阿九床边累得睡着了。他本就生得好看，眉目俊朗如画，醒着时气势强烈，一张嘴又毒又不饶人，反而让人忽略了他的容貌。如今这般毫无戒备地睡着，那张脸便好看得让人心动，阿九看着，忍不住伸手轻轻抚摸他的脸庞。

贺兰钧却在她的手刚碰上自己脸庞时醒了过来，惺忪的睡眼还未完全清醒，便抓过她的手开始把脉："你醒了？给我看看。"

阿九一双如水的眼眸眨也不眨地看着他，似乎生怕少看了一眼似的。贺兰钧把完脉，抬眼对上她的，唇角一勾，笑了："烧已经退了，应该没事了。以后不要再做这样的事情了，就算你要报答我的救命之恩也报答够了。你知不知道你刚才吓死我了？"

"对不起。"阿九道歉，脸上是柔得能融化春风的笑，"我做这些不仅仅是为了报答你的救命之恩。我……只是不想你输，不想看到你烦恼的样子。"如果可以，她愿意为他承担所有的烦恼。

"傻瓜！"贺兰钧温柔地看着她，端过一旁小桌上的药，小心地吹凉，将勺子送到她唇边，"你身体还没全好，别说太多话。先把药喝了吧。"

阿九脸上的笑便显出几分羞涩和幸福来，轻轻张开少了血色的唇，将药抿进唇间。

房门外，苏莲衣咬着唇看着屋内的两人，他们温柔的互动如同一把匕首瞬间刺进她的心脏，伤得她鲜血淋漓痛不欲生，却无人在意。

原来阿九来人面桃花楼是为了贺兰钧，她是存着这样的心思留在这里的，而贺兰钧对她应该是有着同样的心思吧？这一回，算不算引狼入室？

仰高下巴，苏莲衣将泪水吞了回去。就算是这样，她也绝不允许贺兰钧不是她的！既然当初留阿九是错，那么就让她来纠正这个错误，赶走阿九吧！

趁着贺兰钧不在，阿九洗完衣服晾晒的时间，苏莲衣找到她将自己的意思明确地告诉她："贺兰钧是我的，你不能跟我抢！"

淡淡地看着她，阿九道："如果贺兰公子跟我这么说，我会听从的。"她说话的姿态依然温顺，声音依然柔和，但脸上那全不当苏莲衣是对手的不屑却让她恼怒。

"你的意思是如果他不说你就准备跟我抢了吗？"

阿九撇嘴一笑："莲衣姐，男女之间的事不存在抢不抢。如果他喜欢你，我做什么都没用。如果他不喜欢你，即使没有我，他也不会选你。"

"可是我们经历过很多事情，我知道他心里有我。"想到贺兰钧的态度，苏莲衣自己都觉得自己的反驳极其无力。

阿九依然是那淡淡的笑，不急，不躁，不惊："那你又在害怕什么呢？"

"我……我不是害怕，我只是讨厌你。人面桃花楼是我的地方，现在没人会抓你了，我不想再留你，你赶紧走吧。"既然已经开了口，苏莲衣告诉自己干脆一不做二不休赶走她算了。

阿九却一点儿也不意外她会这么做，她仍然那样淡淡地看着她，道："我想你是不会允许我跟贺兰公子当面道别了，能让我给他写封信吗？你可以看的，我只是要告诉他我要去投靠亲戚了，你也能给他一个交代。"

想到贺兰钧会有的反应，苏莲衣点头说："好，我答应你。"

阿九转身回屋，却在进门的时候又回头看了她一眼，仍是那淡淡不屑的笑："你信不信，即使我走了，他也不一定会选你？"不等苏莲衣愤怒发飙，阿九已进了屋。

苏莲衣用力握紧拳头，告诉自己忍耐，忍耐，反正她就要走了，受这点儿气又算什么？想想贺兰钧，以后他就是自己的了，一切都能忍！

当贺兰钧得知阿九留了信离开的消息后，只看了一眼信，便冲出门去要将人找回来。

苏莲衣拦住他说："阿九她找到家人，要跟家人一起离开，你有什么资格阻拦她？"而这样的贺兰钧真的让她好伤心。

第一次，贺兰钧用森冷的目光看向苏莲衣，眸子里带着陌生与不解："是你逼走她的对不对？她那么可怜，你为什么就容不下她？"

苏莲衣愣住，张口想要为自己辩解，贺兰钧却大力推开她，脚步一刻不停地冲了出去："我现在没空跟你说这些，等我找到她，回头再跟你算账！"

"贺兰钧！"对着他的背影，苏莲衣大叫，可贺兰钧连头也不回。她心乱如麻地看着他消失，心里转过无数的念头。

怎么会这样？难道阿九在信上做了手脚？但她看过啊，并没有什么特别的，这到底是怎么回事？

阿九毕竟是弱女子，即便要离开腿脚也并不快，很快贺兰钧就追上了她。

远远地就能听见贺兰钧喊她的声音，阿九回头看了一眼，一闪身躲在路旁一棵大树后面。百年老树粗壮的树干完全遮住了她瘦小的身子，以至贺兰钧跑到跟前却没看到她的踪影。

"阿九，我知道你就在附近，你快出来吧。"转了一圈没有看到阿九的人影，贺兰钧一边喘着气一边喊道。

安静的管道旁一个人影也没有，连鸟雀也不见踪影，静悄悄的一点儿声息也没有，更不要说阿九了。

贺兰钧静静地站着，突然惨叫一声："哎呀，哪里来的蛇？还是毒蛇，好痛，我要死了……"

"贺兰公子！"阿九惶急的声音从树后传来，然后是她单薄瘦小的身影扑了过来，"怎么样？你没事吧？"

一把抓住她，贺兰钧哈哈大笑："我就知道你在附近没有跑远！"

怔怔地看着他，阿九脸上还带着泪珠儿："……原来你骗我的。"转身又要离开。

贺兰钧拉住她，笑道："你为我挨了打，又试药生病，难道不想看我赢这场比赛吗？"

阿九脸上露出犹豫的神色："可是莲衣姐……"

贺兰钧笑了笑："她是个好人，就是喜欢乱吃醋。你放心，回去我就跟她把事情说清楚，让她不要再闹了。"然后又用了然的目光看着她，笑容里带了些促狭的意味，"再说，你留那封信说找到家人，不就是想让我来找你吗？"

一个明明说过自己家人都死绝了的人突然留信说要去投靠亲戚，这么明显的破绽他又怎么会看不出呢？

阿九先是一怔，随即红了脸，喃喃地道："我没有别的意思，你知道我对你心存爱慕……苏姑娘也一样，只是我们都不知道你真实的想法……"所以，其实两个人都会吃醋，都会难受。

贺兰钧愣住了，没料到她会问这个。想了想，还是回答了她："我曾经非常深刻地爱过一个人，可是在我最需要她的时候她背弃了我，还说我和她的儿子是她跟管家生的。自此以后，我的心就很难再容得下一个女人了。即使我喜欢了谁，也是放在心里不敢表达。"看阿九认真地看着他，贺兰钧又叹了口气说，"我知道莲衣很好，你也很好，但我现在真的没有心思想这个，你……明白吗？"

阿九脸上仍是茫然，显然是不明白，但她的眼睛却带着抱歉看着他："对不起，又让你为难了。"

贺兰钧微微一笑："想不让我为难就乖乖地跟我回去，所谓救人救到底，送佛送到西，你一个人流落在外，万一再出个什么事，我会很内疚的。"

你不忍心看着我一直内疚吧？"

阿九看着他，脸上露出为难的神色，似乎想留，却又找不出留下的理由，在心里逼着自己要走。

贺兰钧何等人？连女皇的心思都能揣摩，自然明白她那点儿小心思。他扯了扯她的衣袖，露出一副可怜巴巴的表情："回去吧。你不知道自从吃过你做的饭，我就再也吃不下莲衣做的了，你就当可怜我，回去吧。"

他的样子太好笑，阿九再也忍不住，"扑哧"一声笑了出来，本来就不太想走的心顿时就投降了，不由自主地就顺着贺兰钧的力道往前走去。

看着被贺兰钧拉着回来的阿九，苏莲衣简直不敢相信自己的眼睛，但想到贺兰钧之前冲出去的样子，却又似乎理所当然。

她不敢凶贺兰钧，只好指着阿九的鼻子大骂："你不是说要走吗？怎么又回来了？你言而无信！"

伸手挡开她的手指，贺兰钧试图跟她讲道理："莲衣，阿九的亲人都已经不在了，你现在赶她出去，她连个落脚的地方都没有，你忍心吗？"

他维护阿九的姿态更加刺激了苏莲衣，她干脆蛮不讲理地嚷道："我之前就是因为不忍心才引狼入室，让她在你身边做事，才有机会勾引你。我要是再不忍心，你就要被她拐跑了！"

贺兰钧皱起眉，阿九抢在他之前柔声劝道："莲衣姐，贺兰公子喜欢谁，想留谁在身边是他自己的事，你不能永远都凌驾在他头上，替他做主吧？"

简单而没有火药味的一句话，却戳中了贺兰钧身为男人的自尊，让他皱起的眉越发皱得紧了。

"你……你还敢这么说？"明知她是挑拨离间，苏莲衣却找不出话来反驳，一口气哽在胸口，憋得她难受至极，最后只好转向贺兰钧，怒道，"你说，你要我还是要她？我们两个只能留一个！"

贺兰钧还未说话，就听阿九道："是啊，贺兰公子，你既然让我回来，总不希望看着我们两个一直这么针锋相对吧？"

一山不容二虎，她与苏莲衣必须有一个得离开。

贺兰钧头大地皱着眉头，他没想到她们俩竟然已经到了如此水火不相容的地步。贺兰钧站在中间，一只手推开一个人，不让她们俩有近距离接

触的可能，以免一言不合就动起手来。

"好了！"他大声打断还要互相争吵的两人，指着苏莲衣的鼻子，命令道，"你，闭嘴！"然后转向阿九，"你，去做饭！"

而他，则要好好想想该怎样化解她们之间的矛盾。

阿九撇撇唇，嘲讽而怜悯的目光扫过苏莲衣，转身往厨房走去。她的目光带着强烈的鄙夷，却又有着志在必得的自信，顿时气得苏莲衣暴跳，绕过贺兰钧冲到她面前，伸手就要将她扯出来。

"谁让你进去的？出来，给我出来！"厨房是她给贺兰钧做饭的地方，她不允许别人侵入！

几乎是下意识的，贺兰钧伸手拉住她，却没控制住力道，苏莲衣趔趄了一下，直接被他一把推倒在地。

不敢相信地瞪大眼看着他，苏莲衣都傻了："你……你推我？"

贺兰钧心里感觉歉疚，却又觉得她确实很过分，又是在阿九面前，便无论如何也说不出道歉的话来："推的就是你，能不能得饶人处且饶人啊？跟你说过多少次了，强扭的瓜不甜，是你的就是你的，不是你的强求也没用，你怎么就听不进去呢？"

贺兰钧一向是这么跟苏莲衣说话的，所以此时也没有顾忌。却忘记了，两个人的时候他说这话就好像是在与苏莲衣耍花腔，但如今在第三者，尤其还是一个爱慕他的第三者面前，这话听着就完全变了味。

这是彻彻底底的拒绝，而且毫不留情面，就好比当着阿九的面扇了苏莲衣一个耳光。

愣怔了片刻，苏莲衣便控制不住地大哭了起来："好你个贺兰钧，你这个负心汉，枉我对你那么好，你居然这么对我？我恨死你了！"

再也没脸在这里待了，苏莲衣只觉得再待下去自己都要唾弃自己了。她连眼泪也不擦，就这么一边哭一边冲出人面桃花楼，到了门口，仍忍不住回头看向站在原地一动不动的贺兰钧，泪水流得更厉害了："你……你连追也不来追我？"

见她还有心思计较这个，想来也没怎么受伤。贺兰钧放下心里的石头，却又忍不住为她胡乱吃醋出手伤人的行为生气，便冷冷地道："如果你真想走，我追也没有用。如果你想留下来，我又何必追呢？"

他这话虽与阿九说的不一样，但意思却很一致。苏莲衣顿时气得跳脚："你们两个一个口吻，一个调调，好，我走，我躲开你们！"

但她也绝不会让阿九这个狐狸精好过！

在春花家里哭够了，在秋月家里骂够了负心汉与狐狸精，第二天，苏莲衣重整旗鼓，带着一帮子姐妹重新回到人面桃花楼，决意要给阿九好看。

"哼，敢欺负我们莲衣姐，她活得不耐烦了！"一向泼辣的春花拄着扫把大叫。

秋月连耍狠的话都说得懒洋洋的："莲衣姐，你放心，我们几个出马，一准儿让贺兰钧和那个狐狸精吃不了兜着走！"

双手揽上两人的胳膊，苏莲衣笑得很是欣慰："还好有你们这群好姐妹，不然我就真的被欺负死了。"

春花抬头，惊呼："是不是前面那女子？"

此时她们站在人来人往的大街上，已经能看到人面桃花楼里的情况，阿九拿着大扫把正在打扫。

"就是这个女人！"看到她就来气，苏莲衣卷起袖子就要带着人冲进去教训她。

正在此时，二楼突然掉下一个大花瓶，眼看就要砸在地上，苏莲衣想到自己买这个花瓶花了不少钱，忍不住就要心疼得尖叫出来。却见本在打扫的阿九连头也没抬一下，只是伸出脚一挡，便将花瓶平稳地接在脚后跟处，然后轻轻向上一踢，花瓶如有自己的意识般往上飞去，又稳稳地摆回了原先的位置，丝毫不差。

方才还同仇敌忾气势高昂的队伍顿时呆住了，一只黑乌鸦从她们头顶扑扇着翅膀飞过，嘎嘎嘎……嘎嘎嘎……

"她武功这么厉害啊？我们估计不是她的对手。"看了苏莲衣一眼，春花这话说得有些讪讪的。

秋月更是直接："哎呀，我突然想起我家里还有点儿急事，我先走了。"

"哎呀，我肚子疼……"

"我忘记了今天要开店！"

……

片刻工夫，苏莲衣招来的帮手全部散得干干净净，留下她一个人在原地跳脚："喂，喂，你们这帮没义气的，太过分了！"

又一只乌鸦从苏莲衣的头顶飞过，嘎嘎嘎……嘎嘎嘎……

实在气不过，苏莲衣决定自己一个人去，就算阿九会武功又能怎么样？她就不信她还会输……

但，阿九会武功，那她为什么还要让贺兰钧去救她？莫非……这其中有什么阴谋？

苏莲衣的脚步停住了，看着仍在打扫的阿九认真地想了起来。

对，这里面一定有阴谋，而且还是针对贺兰钧的！阿九把她赶走，就是想慢慢地对付贺兰钧吧？贺兰钧这个笨蛋！不行，她不能上了阿九的当，必须回去揭穿她的阴谋，必须！

想清楚了，苏莲衣深吸口气，脸上堆满了笑，跨进人面桃花楼的大门，冲着阿九笑道："阿九，昨天对不起啊，是我一时太冲动了。我想了一夜，你说得对，其实我觉得我们应该和平相处，让贺兰钧自己选，对不对？"眼珠子一转，又抢过她手上的扫把，热情地说，"我帮你扫地吧，就当是赔罪了。"

莫名其妙地看着她，阿九一时有些发呆，回不过神来。

这个苏莲衣，不是走了吗？

为了逼出阿九的武功拆穿她，苏莲衣简直是费尽心机。

先是在楼梯上倒满油，假装让阿九帮自己抬东西，让她踩上油滑倒，从楼梯上一直滚到楼下，差点儿摔成傻子；

然后在上街采购的时候假装自己对武器有兴趣，拿着流星锤把玩的时候一不小心失手，流星锤直直地冲着阿九砸了过去，当场将她砸在地上起不来；

最后她施展三寸不烂之舌忽悠贺兰钧同意带她们去郊外挖野菜，然后她用簪子扎上一头水牛的后臀，让它发了疯般地冲向阿九，却被贺兰钧飞扑过去，抱着阿九躲开了……

总之，无论她施展什么手段想要逼迫阿九使出功夫，阿九都仿佛不知道般，不是傻呆呆地愣在当场，就是被贺兰钧挡开，短短四五天功夫，阿九就被她折腾得满身是伤，而贺兰钧的眉头也皱得越来越紧了。

　　中元节的洛阳，热闹繁华，家家户户都带上祭品去祭奠先人，大街上便有很多关于鬼怪的戏法表演。

　　贺兰钧带着苏莲衣与阿九走在街上，一边絮絮叨叨地说道："你们两个每天明争暗斗的，累不累啊？我觉得大家过日子就该开开心心的，所以今天带你们出来玩一玩，希望你们能化干戈为玉帛，以后好好相处。"

　　看他一眼，苏莲衣突然绽放出一个大大的笑容，一把揽过阿九的肩膀，大声道："我们两个哪有问题啊？是你多想了好不好。之前的意外我也感到非常抱歉，我已经跟阿九道过歉了，阿九，你不会跟我计较的吧？"

　　阿九点点头，看向贺兰钧，面上是柔柔的笑："的确是意外。"

　　贺兰钧摇摇头，刚要说什么，却听见远处一阵喧闹的铜锣声响，游人纷纷聚了过去。阿九踮起脚尖看了看，脸上就带了几分兴奋之色："那边好像有戏法表演，我们去看看好吗？"

　　笑着看她一眼，贺兰钧自然是没有意见："好啊。"

　　苏莲衣一马当先，挤到最靠近戏法小摊的前面站定，此时戏法师正好手一挥，一条不知道何处来的金龙盘旋着向围观的百姓飞去，吓得人们纷纷往后缩，却见金龙又蹿高了一些，盘旋两圈，身子突然在空中散开，化为片片金叶，洒向围观的人群。

　　人群中顿时爆起欢呼声和如雷的掌声，连苏莲衣都兴奋得脸通红："好！"

　　戏法师微微一笑："接下来这个戏法想请这里的一位观众跟我一起来表演。有愿意来的吗？"他目光在人群中环顾一圈，然后走到阿九身前，牵起她的手，"这位姑娘愿意帮我一下吗？"

　　阿九一怔，下意识地看向贺兰钧，却见他笑着点了点头，阿九便起身跟着戏法师上了台，然后戏法师将一块很大的黑布罩在她身上，双手左右挥了挥，抓起布一甩——布下的阿九竟然消失了！

　　人群再次爆起如雷的掌声和叫好声，连贺兰钧也忍不住地鼓掌叫好。

戏法师继续新的戏法，而不见了的阿九，却顺着戏法小摊下的甬道一路滑到了一间暗室里，对着暗室里面壁而坐的人行礼道："见过裴大人！"

那人缓缓转过身来，容貌清秀，带着浓郁的书生气，一双眼却如毒蛇般闪着阴狠诡谲的光，竟是裴云天！

"阿九，一切可顺利？"裴云天笑着问道，"他们没有怀疑你吧？"

阿九恭顺回答："回大人话，一切顺利！"顿了顿，她又笑道，"就算怀疑，他们又怎么可能会想到我是那个追杀过他们、扮演过无头将军的面具杀手阿九呢？"

裴云天得意地一笑，问起了正事："那你知道贺兰钧究竟会用什么方法对付脱不花了吗？"

"这个我还没有查到，他一直神神秘秘的，从来不提。"

"哦？"裴云天沉吟道，"还有几天就是比赛的日子了，你要抓紧，否则我们所做的一切就都白费了。"

"大人放心，我一定会竭尽全力打听出他的方法，不会让他赢的。"阿九躬身，坚定冷漠的声音半分也没有面对贺兰钧时的柔弱无依。

裴云天点点头，挥手示意她离开，心里却忍不住得意。贺兰钧，你想不到我会用美人计来对付你吧？任你自负英才，也要栽在这温柔乡里，哈哈哈！

台上的戏法师仍在变着戏法，他一挥手，漫天鸽子飞舞，令人眼花缭乱，贺兰钧始终含笑看着，苏莲衣却皱起眉，猛地起身，抓住他的胳膊道："他们把人变走了，究竟去哪里了？会不会有什么阴谋？"

阿九从未在他们眼前消失过，如今突然不见，若是去与派她来的人碰头，岂不是糟糕了？

奇怪地看她一眼，贺兰钧安抚道："能有什么阴谋？你少安毋躁……"

"你不知道！"知晓阿九底细的苏莲衣一把推开他，冲到台上，冲着戏法师喊道，"喂，我们那个姑娘呢？你究竟把她弄去哪儿了？你们这里是不是有什么机关？"她也不等戏法师回答，自己就在台子上查找了起来。

"姑娘，你不要急，你的朋友就在这儿！"眼见拦她不住，戏法师干脆也不拦她，看她走到台子边上仔细用脚踩着，戏法师抓起之前的黑布，在台子中间一盖一抓，再甩开布，俏生生站在台子上的不是阿九又是谁？

台下围观的人群顿时又爆发出一阵如潮的掌声。

苏莲衣却再没有心思去看戏法了，她冲到阿九面前，看着她懵懂的表情，问道："你刚才去哪儿了？"

阿九一副"我也不知道"的表情摇了摇头："他的布一挥，我就感觉像睡着了一样，等醒来就已经在这里了。"她真的不知道，所以别再问她了。

怀疑地看着她，苏莲衣还要再问，贺兰钧走过来道："戏法看过了，我们去别的地方吧。"二人自是没有异议，三人往前走去。

但苏莲衣的目光却一直在阿九脸上转来转去，眸子中是藏也藏不住的怀疑："你跟那个戏法师不会是约好的吧？你们认识吗？"

阿九却是除了叹气，再没说过一句话。在苏莲衣问到不知道第几遍的时候，贺兰钧终于忍不住出声了："苏莲衣，大家一起出来玩，这样多没意思啊。"

苏莲衣撇了撇嘴："我就是好奇，想知道这个戏法是怎么变的。"

贺兰钧瞪着她，很不客气地说道："我觉得你不是好奇，而像是故意针对阿九。"

"我哪有？你不知道我对阿九有多好。"苏莲衣自然不肯承认，回瞪他一眼，突然从身上摸出一双鞋递给阿九，"对了，这是我给阿九准备的中元节礼物。虽然只是一双普通的鞋，但送鞋送鞋，就是送走邪气的意思，中元节送这个最好了，阿九你喜欢吗？"

"谢谢！"阿九脸上又露出了那副羞涩又带点不好意思的笑容。

苏莲衣挽住她的胳膊，笑着道："你一定要穿哦，要不然我会觉得你是认同贺兰钧的话，觉得我是在针对你，所以才不肯穿我送你的鞋，那我以后还怎么好意思跟你们在一起啊？"

柔柔地看着她，阿九笑得很开心："这么漂亮的鞋我一定会穿的，一定穿！"

"那就好！"苏莲衣点头，也笑得很开心。

贺兰钧看着她们两个，突然有种很诡异的感觉。苏莲衣对阿九这么好，真的是真心的吗？

所以有一天晚上贺兰钧被苏莲衣拉到密室门口时，他真的有种想要对苏莲衣翻白眼的冲动。

有谁送人一双鞋，还会在鞋底抹上磷粉以便自己好跟踪人家的？

"真的，你相信我，阿九会武功的，现在又这么神神秘秘地晚上出去，一定有鬼，我怕她对我们不利。"看着贺兰钧那副不以为然的样子，苏莲衣恨不得现在就抓住阿九的小辫子给他看。

"还说你不是针对阿九？她怎么可能会武功……"贺兰钧也不明白苏莲衣到底在想什么，那么善良柔弱的阿九会武功？她也太会想了吧？

"嘘！"竖起一根手指放在唇间，苏莲衣一手捂住贺兰钧的嘴，将两人藏在门口的黑暗角落里。

夜色下，只见阿九从密室里出来，左右看了看，转身飞快地出了人面桃花楼的后门，一路向西面的瑶山走去。

贺兰钧与苏莲衣看着她的身影消失在夜色中，神色复杂。两人对视一眼，不约而同地跟了上去。

半夜三更闯进他工作的密室，本身就是件奇怪的事，不由得贺兰钧不怀疑。

但看着眼前在山上努力采药的阿九，贺兰钧又觉得自己好像冤枉她了。她若是要偷他的配方或者医术，真的不用这么辛苦的。虽然月色不是很亮，但他也能隐约看见她被石头划过，定是受伤了。

这样的阿九，想得到什么呢？

"她一定是在你的密室里偷了药方，自己在这里采药试验。"苏莲衣很佩服自己的猜测，"她一定是那个番邦女子派来迷惑你的！"

贺兰钧缓缓摇了摇头："我觉得未必。"马上就要比试了，现在才采药试验？直接将配方给脱不花不是更好？

不赞同地看着他，苏莲衣恼恨他不见棺材不落泪。

等到阿九终于采完了药，却走到了河边，随后一个穿着斗篷的人出现了，阿九不知在与他说些什么，将手里的药都递了过去。

"她接头的人来了，咱们赶紧去抓住她！"苏莲衣兴奋地跳起来，一马当先，飞快地冲了出去，"阿九，你的阴谋败露了吧，这回看你还怎么抵赖！"哼哼哼，人赃并获，看她还怎么装可怜。

阿九回头看见她与贺兰钧，顿时愣住了，"你……你们怎么会来？"

苏莲衣冷笑道："你当然不希望我们来啦。哼，就知道你是楼兰那边派来的奸细，想要偷我们的比赛方案是不是？"

阿九委屈地看着她："莲衣姐，你误会了。"说话的对象是苏莲衣，她的眼睛却看着苏莲衣身后的贺兰钧。

贺兰钧不负她所望地开口了："阿九，我想听你的解释。"

就这么一句话，竟然让阿九的眼泪"唰"地一下就下来了，张了半天嘴，除了"我"字外再说不出别的。

苏莲衣得意地上前一把抓住阿九的胳膊，哼道："说不出来了吧？到了府衙你再说吧。"

听到府衙，阿九惊惧地轻呼了一声，那带着斗篷的男子却一把拉住了苏莲衣，第一次开口道："哎，你们误会了，这位姑娘并不是什么人派来偷秘方的，她是自己在试药。"然后那男子便将事情说了个清楚。

原来他是城里的大夫，前些日子阿九找到他，说想要试一些药，但又怕出事，才想请他帮忙看着自己。

"这段时间她试了很多药，受了很多苦，目的就是想找一种方法能够让肌肤变白，变得更美。"男子说完，贺兰钧发觉自己很是感动。

他走到阿九跟前，轻声道："你怎么又做这样的傻事？"

怯怯地看他一眼，阿九低声道："我看你这边一点儿动静都没有，怕你研究不出来，输了比赛会出事，可是我又不能在你面前做，你一定会阻止我，所以……"贺兰钧握住她的手，阻止她继续往下说。

这样一个情深意重的女子，让他如何拒绝她？

"撒谎！"苏莲衣不敢相信自己的耳朵，"你根本就是在撒谎！贺兰钧，你不要听她的……"

"闭嘴！"贺兰钧回头吼她。

苏莲衣顿了顿，却更大声地指控道："我亲眼看到她会武功，现在居然还在装？阿九，你不要骗人了，难道你要这样一直装，一直骗下去吗？你为什么要骗贺兰钧？"

见阿九又露出那副柔弱无辜的表情，苏莲衣再也忍不住了，冲上去对着她就劈头盖脸地打了下去。阿九会武功，她就不信她这样打她，她还会装下去！

但事实是，阿九比她想象的能装多了。她一边哭，一边拼命闪躲，还努力为自己澄清："莲衣姐，我真的不会武功，我真的不是你说的那样……"

"够了，你到底要闹到什么时候？"眼见阿九躲无可躲，身上挨了好几下，之前采药时她果然受伤了，白色的衣服上有多处暗色，虽然月光不够明亮，但贺兰钧肯定那就是血迹。

想到这里，他拉着苏莲衣的手便越发用力了，顿时让她不能再折腾，只能不敢置信地瞪着他："我一切都是为了你，我闹？"

避开她的眼睛，贺兰钧轻声道："为了我还是为了你自己？之前赶走阿九就不说了，你这段时间闹了多少事？用油滑，用流星锤打，还用牛撞，你以为我都瞎了吗？"他不说，只是希望她自己能认识到自己多么幼稚，吃醋吃到这种程度，有够无聊的。没想到她却完全不知道收敛。

苏莲衣顿时说不出话来，一双眼却越发愤怒，在月光下越发明亮："贺兰钧，你……你被这个狐狸精给迷惑了，今天我一定要将打她出原形！"使劲甩开他的手，苏莲衣冲上去就要向阿九展开新一轮的攻击。

但，"啪"的一声脆响，苏莲衣头晕眼花地摔倒在地，半天才缓缓地转过头看向贺兰钧，声音抖得不行："你……打……我？"

贺兰钧目光沉了沉，刚打过她的右手竟传来火辣的触感，仿佛自己被打了似的。但要他眼睁睁地看着阿九被欺负，他做不到。那么柔弱的阿九，他必须保护她！

再次避开她的眼睛，贺兰钧嘴上却说得硬："如果你一直这样欺负弱小，我不止打你，我还要赶你走！"

定定地看了他良久，苏莲衣脸上终于缓缓落下一行泪，唇角却挂上一抹笑，她起身，看着贺兰钧，道："好，我走！我倒要看看你最后会落得什么样的下场。"最后再看一眼贺兰钧的无情，她再不回头，转身离开了。

看着她的背影，贺兰钧几次想开口叫她，最终还是没能张开嘴。

一直看着他的阿九轻轻走到他跟前，一脸的愧疚不安："贺兰公子，真对不起，都是因为我，我……"

"不关你的事，是她自己闹的。"深吸口气，贺兰钧平复了情绪，笑看着她道，"我们回去吧。"

谁知阿九却摇头道："我还有三种药，试完再回去。"

贺兰钧顿时心疼，握着她的手道："我已经想出对付那番邦女子的办法了，你不用再试药了。"

"贺兰大哥，我知道你心疼我，可是我一样心疼你，这次的事性命攸关，如果你输了就会有危险。我吃点药又不会死，你就让我试完吧。"一向柔弱无主见的阿九表现出少见的坚持与固执，更加让贺兰钧心疼。

这样事事都把自己摆在最前面的阿九啊，让他如何能不心疼、不爱护？

不顾她的反对，执意拉着她往前走，贺兰钧终于下了决心："跟我走，我告诉你我的方法，你真的不用再试了。"

小步跟在他身后，阿九回头看了看月光下带着斗篷的男子，脸上露出一抹如释重负的笑。

偌大的镜子前，阿九带着一串明珠，看着肌肤变得更白、更有光泽的自己，有些不敢相信自己的眼睛。

站在她身后，贺兰钧笑吟吟地与她在镜子中对视："这串明珠我看到的时候就想买来送给你，但把玩一阵却发现明珠的光竟然能够使肌肤变得更好，并且不需要任何的妆容和药物，你说是不是很神奇呢？"

阿九点头，却又不确定地看着他，问道："这个要送给我？"

贺兰钧眉头一挑："你不喜欢吗？"

阿九飞快地摇头："当然不是！我已经很久没收到礼物了，上一次的礼物还是五岁生辰时娘送的，她说我出生时没有酿女儿红，所以请了城里最好的酿酒师给我酿了一坛女儿红，那时候我总在想，我出嫁的时候若能喝上一口女儿红，那滋味该多好啊。但现在看来，我是个薄命的人，一辈子都不会有女儿红，一辈子都没有那么幸运。"这么说着，她的眼眶又红了。

贺兰钧心疼地看着她，握了握她的手，问道："你的生辰是哪一天？"

"八月初三。"虽然奇怪他为什么问，但阿九还是告诉了他。

贺兰钧一惊："那不就是明天？"

　　阿九却嫣然一笑，全不在意的样子："哪一天又有什么要紧的呢？今天不提我都忘了。不过贺兰大哥，我真的好开心，你能想到办法对付那个番邦女子，看来这局比赛赢定了，这才是我收到的最好的礼物。"她双手合在胸前，一副天真烂漫的样子。

　　贺兰钧看着她，也笑了，心里却偷偷地下了个决定。

　　第二天一大早，当阿九正轻手轻脚地打算出门时，贺兰钧却突然从楼上下来，拉住她的手就跑出了门，也不告诉她去哪儿，一路小跑地穿过街市，到了一家小酒坊门口才停下脚步。

　　阿九看着酒坊的牌匾愣了愣："是要买酒吗？"酒肆里就有好酒，为什么一定要到酒坊来？

　　贺兰钧一笑："今天不是你的生辰吗？这里有我给你的生辰礼物。"

　　这回阿九是彻彻底底地愣住了。生辰礼物不是昨日就给了吗？今天给的是什么呢？

美人制造 下卷

于正 著

百花洲文艺出版社
BAIHUAZHOU LITERATURE AND ART PRESS

目录

目

录

酒坊不大，却极其忙碌，来来往往的工人们晒糠的、酿酒的，热闹成一团。

贺兰钧将阿九带到酒坊后院存放新酒的院子，却见院子中间的空地上围起了一圈薄纱，她回头望向贺兰钧，"这是……"

贺兰钧看着她微笑，"今天是你的生辰，我要送你一坛女儿红。"

阿九看了看院子里的酒缸，摇头失笑，"贺兰公子，你知道女儿红是怎么酿成的吗？"看他只是看着她笑，阿九心知他必是不知，便继续笑道，"女儿红必须是刚出生的女儿在新酿好的酒里洗了澡，然后封坛埋入地下，等女儿出嫁时再开坛赠送亲友。我这么大了，装不进酒缸的。贺兰公子，你的好意我心领了，咱们回去吧，别为难人家了。"

贺兰钧抓住她的手腕，阻止她离开，脸上的笑竟带了几分调皮的味道，"没试过怎么知道做不成呢？不是说有志者事竟成吗？"

阿九一愣，还没想明白他话里的意思，却见贺兰钧拍了拍手，原本挂着的薄纱不知怎么突然落在了地上，露出之前一直被遮挡住的浴池，浴池很大，足可容纳三人，令人吃惊的是池中竟注满了刚酿出来的美酒，此时正散发着醉人的酒香！

阿九目瞪口呆地看着眼前的酒池，回不过神来。

贺兰钧始终微笑地看着她，见她如此反应，心里溢出心疼，轻声道："这是上好的佳酿，我在里面加入了流香散，能祛除你体内的湿热。待你洗完澡就将它封存好，埋入地下，什么时候你成亲了再取出来，一样是女儿红！"

"女儿红？"阿九喃喃地重复着他的话，湿润的眼眸泪水莹然。

贺兰钧抬手做了个请的动作，不知何时聚集到一起的酿酒师和工人们便齐声大喊道："恭请阿九姑娘沐浴！"

声落，余音却袅袅不绝，裹着酒香，似冲上了九霄，回荡在天地间，在阿九耳边隆隆作响，直到阿九坐进了酒池中，那声音仍在耳边回荡。

掬起一捧香气醉人的酒，阿九俯身将脸整个埋了进去，顺便将抑制不住的泪水全都埋进了酒水里。

就算这缸酒因这泪水变得酸涩，依然会是这世上最甜美、最香醇的女儿红，没有之一！

一起封存好女儿红，又亲自将那个巨大的酒缸埋入地下后，贺兰钧与阿九被酿酒师们留下共饮佳酿，待得两人带着醉意离开，已月上中天了。

在阿九疑惑不解的目光中，贺兰钧一路拉着她跑到山顶，直到两人都累得上气不接下气，才停下脚步。

"不行了，跑不动了。"娇弱的阿九先停了脚步，一手抚着胸口弯腰拼命喘气。

贺兰钧笑得一张脸都在发光，"跑不动了就留下来看风景吧，你喜欢这里吗？"

阿九下意识地往四周看去，今晚月色不明，能见度虽不高，但不至于伸手不见五指，四周有什么景致却看不出来，她下意识道："这里黑灯瞎火的，有什么好看的？"

贺兰钧神秘地一笑，从怀里取出火石打燃，往地上一扔，却见原本一片碧色的草地突然被点燃，火势逐渐蔓延，竟化成无数个如繁星的火圈，而他们所站的位置，则在火圈的正中央。

"哇，好漂亮！"没料到会有这样的奇景，阿九顿时看呆了。

看着她惊讶又喜悦的样子，还带着好奇的天真，贺兰钧只觉得心里发软，笑道："记得小时候我娘生日时我爹为她点起一千盏灯，娘很高兴。我这一生没有为女孩子做过任何事，第一次做这个，你能开心我很高兴。"

阿九兴奋地仰头看他，一双眼中光芒闪烁，直逼脚下闪烁的火星，"谢谢你，我从来没有像今天这么开心过，真的从来没有过！"

"那是不是该庆祝一下？"贺兰钧侧过头眨了眨眼，却让阿九忍不住红了脸。

"怎么庆祝？"

贺兰钧起身取出早就备好的酒壶，在眼前轻轻摇晃一下，"不醉不归怎样？"

火光下，红着脸笑得开怀的阿九如一朵盛开的海棠，美得触目惊心，让人移不开目光。

两人并肩坐在火圈中，一人一口喝着酒，只要转头看见对方就忍不住露出笑容，气氛温馨美好。仰头望着天上稀稀拉拉的星星，贺兰钧突然感慨道："其实我是一个很寂寞的人。我从小到大都被说成天才，所以养成了目空一切的习惯。我总是看不起这个，看不起那个，"他低头"嗤"地笑了一声，声音里多了几分落寞，"但其实我是羡慕他们。他们犯了错可以被原谅，而我犯了错却要遭人唾骂。"自幼承受的压力大得让他每每回想起来都会忍不住难过。

阿九轻笑，看向他的目光中只有了然和惺惺相惜，"我懂。有时候做最好的一个并不一定是最开心的，嫉妒的眼光越多，压力便越大，到最后连自己也觉得不能输，不能掉下去。"她顿了顿，猛地灌下一口酒，声音里多了几分苦涩，"就像自己给自己系上了一条绳子，越出色便绷得越紧，谁也不知道这绳子什么时候会断，或者……勒死自己。"

　　震惊地转头看她，贺兰钧万万没料到她竟会比自己感受还要深刻。但随即想到她在戏班子那种凭技艺吃饭的地方生活，其实跟自己也差不多，便不由得心下戚戚然，也闷头喝了一大口酒。

　　抬头，却见天边划过流星，长长的尾巴划过天际，犹如暗黑的幕布上涂上了一抹刺眼亮丽的浓彩。侧头看去，阿九正在双手合十许愿，她那带着几分天真之色的绝美容颜在火光的照映下透出几分庄严端庄的感觉，贺兰钧觉得心头升起一股暖流。

　　"你许了什么愿？"

　　睁眼看他，阿九的双眸盈盈，饱含着说不出的情感，"愿如梁前燕，岁岁长相见。"

　　只愿他们都是自由自在的梁前燕，日日相见，没有那些让人难过的背叛与龌龊。

　　贺兰钧一怔，与她对视的目光再也移不开，只是喃喃地道："真美好。"

　　这一刻，他们两人的心是真的靠在一起的，没有丝毫隔阂，没有半点儿猜忌与疑惑。

　　阿九的脸越发红了，一双眼如同罩上一层薄雾，水盈盈地发光，越发衬得眸子乌黑灿亮。阿九心里有鬼，贺兰钧真挚坦诚的目光让她再也不敢直视，只好转开目光，轻声问道："你呢？许了什么愿？"

　　贺兰钧也转开了目光，洒脱地一笑："我不相信愿望，我只相信我自己。"他语气里透露出强大的自信，越发让他整个人看起来气势不凡。

　　阿九目光暗了暗，可笑容却越发灿烂了，"那以后我也不相信了，我只相信你！"她说这话时一副天真烂漫，全然信服贺兰钧的模样，顿时把贺兰钧逗笑了。

　　"哈哈哈，你真有趣，你是我这辈子见过最有趣的人！"眼见夜色更深，贺兰钧拉着阿九起身打算回去了，阿九却恋恋不舍，如水般温柔的双眼看着火焰逐渐淡下去的火圈，流连不已。

　　"可不可以再待一会儿？我也是一个怕寂寞的人，我怕回到屋里，今天的一切就会像梦一样消失……"

　　轻握了一下她的手，贺兰钧看着她的目光充满了心疼与宠爱，"不会的，你今天晚上是寿星，我保证会有很多很多人陪着你，你不会寂寞的。"

疑惑地看向他，阿九想问，贺兰钧却只是摇了摇头，唇角勾起一抹神秘的笑。

回到人面桃花楼，阿九迟疑着不肯进房，贺兰钧双手负在身后，始终含笑站在她房门外的院子里，任她一步一回头，直到她再一次表现出不想进房的意愿时，他才笑着道："相信我，你真的不会寂寞的。"说着又点了点头，似乎这样就能让自己的话更有可信度一样。

再次看他一眼，阿九咬了咬牙，忍着眼中即将控制不住的泪水，深吸口气推开房门，却猛然一愣，瞪大眼睛看着满屋飞舞的萤火虫，星星点点的萤光如会飞的星星，瞬间将原本空寂的房间填充得满满当当的，而且还如梦似幻。

她回头看贺兰钧，脸上是满满的震惊。这样的礼物，这样的用心，她……她如何承受得起？

贺兰钧终于满意了，笑着嘱咐她早点儿休息后就要离开，却被从后面扑过来的阿九一把抱住了腰，阿九的声音带着感动的哽咽，"为什么对我这么好？"

她的问题让贺兰钧失笑，"我也不知道，就是情不自禁地想对你好，想看你开心的样子。"

阿九心头一疼，"可是美好的东西往往很容易消失，一旦进了心里，要是再回不到这一刻，那该多痛苦？"

她这样患得患失，顿时又惹笑了贺兰钧，"天长地久不是每个人都能做到的，但是每个人都可以去努力，即使真的做不到，回忆放在心里是抹不掉的，它永远在那个地方，那个位置。"

"贺兰钧，你真的是个让人无法抗拒的男人。"身后阿九的声音幽幽的，似乎带着某种不甘心，又有所感慨。

贺兰钧再次失笑，"那只是对某些人而言，不是每个人都会这么想的。"他拍了拍阿九环抱在他腰间的手，劝道，"睡吧，做个好梦！虽然我已经很久没有在梦里见过别人了，但今晚我想梦见你。"

阿九的声音哽住了，靠在他后背上的脑袋轻轻点了点，但在他看不见

的位置，一行清泪缓缓滑出眼眶。

　　这样的贺兰钧，让她如何拒绝？如何下手害他？贺兰钧，贺兰钧……

　　很快便到了比试的日子，少了苏莲衣在身边，贺兰钧理所当然地带了阿九进宫。站在贺兰钧身边，阿九神色复杂。她真的不想站在这里，但她没有办法。

　　她是杀手，背叛雇主是不被允许的，她不怕承受千蛇噬咬之苦，不怕琅琊阁主取她性命，但她却不能让那个好不容易活下来的人再次面临死亡。那个为了她失去一只脚，又为了她跳下悬崖的人。

　　阿七，你一定要好好活着。就算我负尽天下人，也绝不负你。

　　仰头将眼里的泪水逼回，阿九露出完美的笑容，看向贺兰钧，果然从他眼里看出了赞赏。对于她消失几天去庙里为他祈福的说法，贺兰钧从未怀疑过，他根本就想不到这几天的时间里她经历了什么，也不会想到她为了他甚至想过背叛琅琊阁，用自己的命来换取他比试的胜利。

　　但没关系了，一切又将回到原点，他不知道才最好。深吸口气，阿九跟上贺兰钧的脚步，一起踏入万象神宫。

　　一身白色宫装的阿九素雅而清冷，未做任何修饰的面容如出水芙蓉，虽不如浓妆时美艳动人，却也自有一股清淡柔和的小家碧玉之美。

　　而脱不花带来的女子长相一般，在她巧施妙手之后，竟也变得明艳动人，非比寻常。

　　贺兰钧琢磨着脱不花的手法与所用脂粉，心中暗暗惊讶，若不是他早料到会如此而另辟蹊径，要赢她还真的很难。

　　女皇陛下打量了半天阿九和脱不花带来的女子，才不甘心地说道："楼兰圣手所打造的妆容更加精致，若贺兰钧你没有别的手段，那……"要判楼兰脱不花胜了。

　　贺兰钧轻轻一笑，取过一旁案几上的茶水，对着阿九的脸就泼了上去。要知道，任何脂粉遇水都会糊成一团，不但起不到装扮修饰的作用，反而会让人看上去如同被毁容一般，难看至极。

　　茶水从阿九脸上滴落，但妆容却丝毫未变，仍然是那副清秀绝伦的模样。众人惊讶不已，贺兰钧任他们打量阿九，一边轻笑道："再精致的妆容一旦到了夏天，出了汗便会花掉，到时候不但精致全无，还会变成笑话。"他指了指阿九，向女皇说道，"陛下请看，我的化妆术虽然不能让她美艳奇特，但胜在干净无华，即使满身大汗也不会有任何改变。"

女皇陛下忍不住凑近看了看，笑着点头："没错，夏日最怕的就是出汗，会糊了妆容。贺兰钧，你是如何做到的？"

贺兰钧一笑，将阿九脖子上的明珠展示给众人看，"回女皇陛下话，关键就在这串明珠上。明珠光华耀人，照在人脸上能使人肌肤变得润泽，更加好看，所以能显出浑然天成的效果。"

女皇再次点头，"看来这一局你又赢了。"

女皇话音刚落，却听到一直没有动静的脱不花喝道："且慢！"众人转头看她，脱不花向女皇行礼，倔强的脸上满是不服，"女皇陛下，谁说在下的妆容出汗就会毁掉？"她同样取过案几上的茶水泼到身边女子的脸上，却见那女子脸上精致的妆容竟然也丝毫未变，这下不止女皇陛下，就连贺兰钧也忍不住大惊。

这是怎么回事？

脱不花得意地笑道："贺兰大人的明珠的确好，但一串明珠又怎及得上千千万万颗明珠？请女皇陛下灭灯。"

没有灯光的照耀，阿九脖子上那串明珠散发着柔和莹然的光，越发衬出她的脸清雅干净，但更让人惊讶的却是脱不花带来的女子，竟然全身都散发着这样柔和的光，仿佛穿了一件用明珠做的衣服。

果然，只听脱不花说道："女皇陛下，我这件衣服全部使用明珠串成，穿在身上不但让妆容变得更加精致，更能让全身肌肤都得到润泽，而且还给人一种仙女卜凡的感觉，您觉得这一局谁胜谁负呢？"

胜负已摆在眼前，女皇狠狠地瞪了贺兰钧一眼，判了楼兰圣手胜，终究脸面上过不去，匆匆离去。

扳回一局的楼兰使者团顿时爆发出得意的大笑声，而贺兰钧的脸色却在这笑声中越来越凝重。

竟然是同样的方法，却比他用得更完美。这到底是巧合还是有人故意通风报信？他没有回头看，故而错过了阿九脸上那抹藏也藏不住的愧疚。

　　回家的路上，阿九一直试图安慰贺兰钧，却始终无法令他开颜。踏进人面桃花楼的大门时，她还是一副纠结不解的模样，"怎么会这样？明珠明明是贺兰大哥你无意间发现的，他们怎么会也想到用这一招呢？"

　　话音刚落，却见苏莲衣冷笑着从楼上阿九的房间里走了下来，看着她，冷冷地道："为什么？当然是你通风报信！"她将手上抓着的信鸽晃了晃，从信鸽脚上取下一张纸条，念道，"一切顺利，等你第三个结果。"她侧头看向阿九，脸上是藏也藏不住的愤恨，"我本来想在你房间搜一搜，看看有没有什么蛛丝马迹，却不料被我发现了这只鸽子和脚上的纸条。阿九，贺兰钧对你这么好，你好狠的心啊。"

　　阿九看了一眼纸条，拼命摇头，"这根本就是诬陷，我不知道有这样的事情。"

　　"哼，人赃并获，你还敢狡辩？"苏莲衣转向贺兰钧，"如果现在你还包庇她，那你贺兰钧就是个王八蛋，不值得别人帮你！"

　　阿九也看向贺兰钧，眼里含着泪，却极力压抑，"就凭一张纸条、一只鸽子就能诬陷定人的罪，那府衙里的罪犯早就住不下了吧。"

　　苏莲衣还要再说，被她们吵得一个头两个大的贺兰钧再也忍不住了，皱眉喝道："够了，谁也别说了。要知道谁在说谎很简单，将鸽子放出去，看它飞到哪里就知道谁跟谁勾结了。"

　　"这倒是个好主意。"苏莲衣点点头，却看向阿九，满脸嘲讽地道，"我倒要看看你怎么逃脱！"

　　她挥手将鸽子放飞，鸽子在人面桃花楼的大厅里盘旋一圈，正要飞出门去，翅膀忽然僵住，掉在了地上。苏莲衣大惊，贺兰钧上前查看，声音里却多了几分冷沉，"这鸽子被人喂了毒药。"他说着，目光转向苏莲衣，顿了顿，道，"就这样吧，我想静一静，谁也别来打扰我。"

　　他既如此说了，苏莲衣纵然有满腔的疑惑与愤怒也不敢再多说什么，只是愤愤不平地瞪了阿九一眼，可恶，又让她逃过一次！她一定会找到证据的！

　　从那以后，跟踪阿九就成了苏莲衣每天必做的事。看着阿九陪着贺兰钧出入洛阳城的布店、成衣店，看着两人亲密的样子，苏莲衣恨得直咬牙。

贺兰钧，你这个笨蛋，被人出卖了还在帮人数钱，她一定会抓到阿九的小辫子证明给他看，只有自己才是对他最好的……

"姑娘！"身后突然冒出一个人来，拉住她的胳膊一脸欣喜，"上次你买的那只鸽子怎么样？我按你说的时间给它喂了药，直接放飞，肯定会在预定的时间内毒发死掉，你的计划应该成功了吧？我们可以继续做生意的。"

却是鸽子店的老板。

苏莲衣莫名其妙地看着他，"你说什么？我不认识你，走开！"挣开他的手，就要追上贺兰钧，却见前头阿九回头看了她一眼，竟拉着贺兰钧转了回来，听鸽子店的老板又重复了一遍，才撇嘴道："贺兰大哥，我真没想到，原来之前发生的一切都是莲衣姐安排的。莲衣姐，你怎么能这样？"话刚出口，她眼中又冒出了盈盈泪光。

"这……这不是我做的！"似乎是想到了之前自己做的事，苏莲衣反驳得相当无力。

阿九却不给她机会辩白，直接指控道："我终于明白了，你出于嫉妒一直针对我就算了，这次还来陷害我，贺兰大哥这次输了比赛，是不是你故意泄的密？"

这一次，苏莲衣的反驳多了几分理直气壮："胡说，你少含血喷人！我泄密有什么好处？"话刚出口，她便后悔了。

好处自然是显而易见的，方才鸽子店的老板都已经说了。自己买了只鸽子喂毒，然后诬陷在阿九身上，让刚输了比赛的贺兰钧在生气之下赶走阿九，那以后贺兰钧就只属于她苏莲衣一个人了。

阿九撇了撇嘴，没有说话，但她脸上的表情却再明显不过了。

无论怎么反驳，似乎都显得无力。苏莲衣无奈地转头看向贺兰钧，"贺兰钧，你不会也相信她的话吧？"

虽然她告诉自己要相信贺兰钧，相信他们一起经历的那些事，但看到贺兰钧对阿九的态度，她却没有了多大自信，因此这句话问得颇有些无力，而她脸上更是显出几分惶恐不安定定地看着她。贺兰钧没有马上说话，

但他的目光却带着浓浓的冷意和探究，让苏莲衣的心一再地往下沉。果然，半晌之后，贺兰钧冷冷地丢下一句话，转身离开。

"嫉妒真的会使一个女人发疯。"他说。

"砰"的一声，苏莲衣仿佛听到了盖棺定论的声音。原来，他真的是这么看她的。他相信了阿九，却不相信她。

她知道自己要是再纠缠下去就显得无理取闹了，她现在应该转头就走，留给他一个潇洒的背影，让他去后悔一辈子……

但她做不到。

咬着唇，苏莲衣三步并作两步冲到贺兰钧面前，扯住他的胳膊，看着他的目光里甚至带了几分祈求，"贺兰钧，我跟你认识可不是一天两天了，我是什么样的人你会不知道吗？你居然会相信这样的女人？"

用力按下她指向阿九的手指，贺兰钧的声音冷到极点，"我知道你是什么样的人，所以我更相信你会做这样的事。苏莲衣，这件事就到此为止吧，以后你走你的阳关道，我过我的独木桥，我们好聚好散。"

看着她一脸死灰、颤抖着嘴唇想要挽回的样子，他没有再给她说话的机会，用力推开她，决绝地转身离开，而阿九，神色复杂地看了苏莲衣一眼后，就追着他而去了，只留下苏莲衣一个人站在原地，看着他们的背影浑身发抖。

"贺兰钧，你这个大笨蛋，你根本不懂人家怎么想的，你是个大笨蛋，我再也不管你了，再也不管你了……"声音越来越低，最后是惊天动地的号啕大哭，吓坏了街上的行人。

但苏莲衣却什么都不管不顾了，就这么站在大街上，哭得毫无形象，好像要将所有的心痛、所有的感情、所有的委屈全都哭出来似的……

"你知不知道那个叫苏莲衣的女人一直在盯着你？"密室里，裴云天不满地看着站在他身前的阿九。

阿九却仿佛不懂他的意思，恭敬却死板地回道："我不知道。"

相对于前几次的见面，这一次的阿九变了很多，好像再没有了思想和灵魂，只是一个工具而已。但杀手，其实不就是一个工具吗？一个杀人的工具。

重重将手中的茶杯放在桌子上，裴云天哼了一声，"你最近越来越心不在焉了。你让我怎么敢用你？"

阿九撇了撇嘴，面上浮起一抹嘲讽的笑。他怎么不敢用她？她若不听话，他便会将她交给琅琊阁的阁主，阁主有的是法子让她就范。想到那个被冻成冰块的人，阿九就忍不住一阵心痛。

但她面上仍摆出一副恭敬的样子，"对不起，我会注意。"

她的态度取悦了裴云天，他稍稍放缓了语气，道："还好，我一早派人注意着这个女人，演了这么一出之后，你应该不会再有什么麻烦了。但你要抓紧时间，尽快探听出第三次比赛贺兰钧究竟想玩什么花样，否则三局两胜，他依然是赢的，明白吗？"

"是。"恭敬地答完，阿九转身离开。身后的裴云天看着她瘦小挺直的背影，却露出一抹若有所思的神色。

背叛过一次的杀手就好比是破了的风筝，就算能飞起来，也不知道什么时候会落地。想到阿九为了贺兰钧竟然想过背叛琅琊阁与他，裴云天就忍不住皱起眉。

看来他必须好好盯着阿九才行。最后一场比试至关重要，若因此出现什么意外，那可就太不好了。

心事重重的阿九回到人面桃花楼，刚踏进院子就被一大群鸽子围了个严实，扑腾的翅膀和纷乱的叫声让她一瞬间以为自己走错了地方。

"怎么买这么多鸟回来？"看着安然蹲在院子中间喂食的贺兰钧，阿九有些不太明白。

没有抬头看她，贺兰钧的声音里有深深的失落，"人和人之间相处太难了，倒不如跟鸟相处。"

虽然知道他是在说苏莲衣的事，但阿九心里还是忍不住抽搐了一下，"还在为莲衣姐的事生气？快别想那么多了，你要努力赢第三局才行。"

"我们认识很久了，也经历过很多事，我真没想到嫉妒可以把一个人变成这样。"感慨完，贺兰钧抬头看她，却叹气道，"第三局关系着我的生死，

我自会想法办妥。"

忍了忍，她还是问道："有什么我能帮你的吗？"

这回，贺兰钧的目光在她脸上停留了很长一段时间，才摇摇头道："不必了。让我一个人安静地待会儿吧。"

阿九点头，离开的脚步却非常迟疑。她想对他说对不起，想说其实自己并不想他死，但她身不由己，并且正在一步一步地将他引向死亡……

在眼中的泪珠落下之前，阿九终于转身离开了。而贺兰钧却好像什么都不知道一般，仍在专心致志地给鸟喂食。

夜晚的歌舞坊里依然人声鼎沸，女皇陛下统治下的大唐河清海晏，在花街柳巷与歌舞坊的生意上体现得尤为明显。

隔着半掩的门，贺兰钧看着厢房里正在跳舞的阿九。她的舞姿一如初见之时，清雅飘逸，又带着几分仿若不知世事的天真诱惑，让人无法抗拒。

只是如今在这厢房之内欣赏的，却是一个脑满肠肥，满腔醉翁之意不在酒的富商。

一曲罢，阿九旋身，正好落入富商期待已久的怀抱之中，甜腻娇嗲的声音里藏着阴谋，"你真的有金缕玉衣？"

伸手在她脸上摸了一把，富商笑得淫贱而猥琐，"当然，你看。"他打开桌上的匣子，宝光闪烁，里面果然是传闻中的金缕玉衣，异常华贵。

"只要你是我的，它就是你的。"富商肥厚的唇贴上阿九的脸，喷涌而出的气息却让她忍不住避开，富商顿时恼羞成怒，"贱货，还想不想要金缕玉衣了？美人到处都有，这金缕玉衣可就只这一件！"

他起身欲走，阿九慌忙起身相拦，整个人都投进了他的怀里，"别，我要，我要……"

得意地一笑，富商丢下匣子，双手伸出搂向阿九，神情猥琐至极，"小美人儿……"

"砰"的一声响，富商还没看清发生了什么事，被他抱在怀里的小美人却失去了踪迹，取而代之的是突然站在他面前的贺兰钧那张寒可比冰的俊脸，"滚！"

富商惊叫："你……你是谁啊？你想干什么？"

阿九也惊叫道："贺兰大哥你做什么？快放开我，你明天的比赛生死攸关，他有金缕玉衣，能帮你的……"

"闭嘴！"贺兰钧呵斥着，他神情平静，声音里充满了怒火，"我早说过我的事不用你管。我已经有办法赢得比赛了，这金缕玉衣对我没用，你别再乱来了。"拉过阿九，他看也不看富商一眼，转身而去。

直到两人的身影完全消失，那"富商"却突然从怀里取出两锭足有五十两的银锭抛了抛，笑了。

但他的笑容只维持到出歌舞坊的大门，因为一出门他就被苏莲衣和春花秋月这帮娘子军抓了起来。

"你们干什么？干什么？"任谁被麻袋套住都会惊慌失措。

狠狠一脚踢在他身上，苏莲衣压低声音要狠，"从现在开始你不许说话，我们问一句你答一句。否则别怪我不客气！"这招是她从楚王那里学来的，只要鞭子在手，还怕问不到口供吗？

麻袋里的人稍微迟疑了一下，一鞭子便狠狠地抽在了他的身上，顿时疼得他直抽气，"是是是，你们想问什么就问吧。"好汉不吃眼前亏，何况又没人让他保密。

苏莲衣果然就问了歌舞坊厢房的事，"富商"在鞭子的威胁下自然是知无不言，言无不尽，"我本是屠夫，那个叫阿九的女人找上我，给我钱让我假扮富商，拿假的金缕玉衣来这里找她，故意做出调戏她的样子……"

果然是这样，苏莲衣只觉得心里一沉，手里的鞭子便忍不住狠狠地抽了几下，也不理春花、秋月的叫喊，转身往人面桃花楼跑去。

贺兰钧与脱不花的第三场比试就是服饰，阿九之所以这么做就是想让贺兰钧将第三场比试所用的服饰告诉她。同一个方法居然敢用两次，这个阿九就这么笃定贺兰钧还会上当？还是说，她拿准了贺兰钧的心里只有她，所以事事都会受她摆布？

她绝不会让她的阴谋得逞，她必须告诉贺兰钧，必须阻止阿九！

人面桃花楼就在前面，而贺兰钧拉着阿九正要进门，苏莲衣加快脚步冲上去，"贺兰……"旁边一只手力道极大地伸过来，捂住她的嘴，将她拖向黑暗的角落，随即一把粉末撒下，苏莲衣连人都没看清，便倒在了地上。

裴云天看都没看她一眼，只是小心地探头看向听见叫声回头的贺兰钧，见他虽疑惑地四处打量，却被阿九拉了回去，裴云天才舒了口气。

果然要他亲自盯着才不会出任何纰漏啊。至于苏莲衣，他看着地上昏迷的人，嘴角露出淡淡的微笑。

拿来威胁贺兰钧，似乎很好用呢。

因为不能让阿九再跟着担心，做出些没有脑子只知道糟蹋自己的蠢事，贺兰钧只好将她直接带到密室，打开他专用密柜上的锁，从中取出一件华丽的羽毛衣服。五彩羽毛不知用什么方法缝缀成衣服，在灯光下流溢着神秘而夺人眼球的光彩，漂亮得仿佛仙女的新衣。

看着她满眼赞叹，贺兰钧不禁笑道："其实我早应该跟你说的，只是经过上一局比赛我心里难免有些阴影，总觉得谁都有可能泄露机密，所以一直没说出来，结果害你担心，对不起。"

阿九的眼睛里映着羽毛衣服上的光彩，深邃迷人，却又带着某种不确定的不安，"可是现在第三局比赛还没开始，你就把一切都告诉了我，你就不怕我泄密？"

看着她笑了笑，贺兰钧伸手将她轻轻揽进怀里，贴着她的耳朵轻声道："你为我做了那么多事，如果这个世上连你我都不能信任的话，那我真的不知道该信任谁了。"感觉怀里的人身体僵了僵，贺兰钧轻轻放开她，取出衣服为她穿上，看着她如仙女下凡般的舞姿，他的眼里满满的都是爱。

借着转身的机会，阿九轻轻拭去眼角的泪水。她无法丢下阿七不管，对贺兰钧，只能抱歉了。

果然，第二天到了万象神宫，贺兰钧看着脱不花与楼兰使者身边穿着简约羽毛服的女子，轻轻笑了笑，神色变幻莫测。

倒是女皇陛下看了看两边准备的服饰，忍不住笑了，"两位爱卿真是有默契，居然都想到了羽毛。只是我看贺兰钧这一套华丽、柔美、大气，楼兰圣手这一套简约、轻便、低调，实在难分高下。"

脱不花却不屑地看了贺兰钧与阿九一眼，笑道："女皇陛下，如今炎炎夏日，贺兰公子的羽毛服固然好看，但穿出去未免也太热了一点儿。倘若女皇陛下出去召见人的时候穿这一身，难受不说，必然会汗流浃背失了仪态，如何是不分高下呢？"

女皇陛下的脸色略微沉了下去，却仍维持着仪态，笑道："如此说来倒也有理。"目光忍不住看向一旁悠然而笑的贺兰钧。

似乎完全没有感受到女皇陛下的目光，贺兰钧只是轻笑着，在女皇说完之后，突然很无礼地仰头大笑，然后道："楼兰圣手这话欠妥当，虽然是炎炎夏日，但女皇陛下乃是九五至尊，身边随时都备有冰块，能使人感受到秋天的凉爽。"他伸手指向竖立在墙角大缸里的冰雕，正在散发着丝丝凉气，众人这才发觉，自己在这神宫之中果然能感觉到凉气，并不如室外那般炎热难耐，而那只穿着轻薄简约羽毛服的女子更是忍不住打了个喷嚏。

脱不花的脸色顿时难看了起来，对着贺兰钧说道："贺兰公子这分明是取巧，这件衣服作为女皇陛下的礼服，除了在大殿穿着，别的场合也是必须的，若女皇陛下带人参观御花园，即便有冰块，在太阳底下也会很快就融化了吧，到时候穿着贺兰公子的羽毛服又该如何呢？"

女皇陛下看向贺兰钧，似是觉得脱不花的话有道理，却仍不肯认输，只道："那这一局应该算平局才是。"

"女皇陛下，您错了。"贺兰钧依然气定神闲地笑着，看向脱不花的目光却带了几分自得与骄傲，"若在下连这一点都没有想到的话，又有什么资格被您选出来与楼兰圣手比试呢？"

他伸手在阿九身上一扯，也不知做了什么，就见外面厚重的羽毛层被整个脱了下来，只留下底下一层浅紫色薄纱宫装，本是再平常不过的款式，却在肩头、袖口、腰间、裙摆处错落有致地镶嵌着几根五彩羽毛，瞬间就让这平常的宫装变得异常出彩。

"这件衣服可供拆卸，亦可随时安装。无论女皇陛下去哪里，想要端

方大气、仪态万千，只需将衣服完整地穿上；待到烈日炎炎，亦可拆下外面厚重的羽毛，只着轻薄凉爽的宫装即可。"他笑了笑，戏谑地看向脱不花，"绝不会有在冰块跟前打喷嚏这么失仪的事情发生。"

脱不花与楼兰使者的脸色顿时难看至极，而同样面色难看的还有浑身僵硬呆滞的阿九。

贺兰钧怀疑她了吗？所以连这件衣服的穿法都没告诉她。

阿九换心恨别离

　　从来比试就是几家欢喜几家愁，女皇陛下高兴得直夸贺兰钧，并提出让他重回太医署，向来清高孤傲的贺兰钧本想拒绝，无奈女皇强烈坚持，最终只能行礼谢恩。

　　而他这种终于肯低头，不再像以前一样好像谁少了他就不能活的服软姿态，更是让女皇高兴，直夸他孺子可教。

　　就在贺兰钧重新得到女皇赏识，马上可见到手的富贵与风光时，人医署的裴云天却面色铁青地看着面前的张易之，不敢相信自己刚才所听到的。

　　"贺兰钧赢了？怎么可能？他的羽毛服我们已经告诉楼兰方面了，他怎么可能又出新招？"莫非阿九被看穿了？

　　张易之摇头："贺兰钧比试的羽毛服还是那件羽毛服，却可以千变万化，与众不同，根据场合来调节想穿的衣服。女皇陛下非常高兴，已经决定让他重回太医署了。"

这下裴云天的面色越发难看了，而张易之却没有注意到，仍在担忧地絮絮叨叨："这下可怎么办？他一旦跟你平起平坐，便会搅乱很多事，到时候我们的财路断了不说，说不定连活路都没有了。"

裴云天心里一颤，他在太医署做了多少欺上瞒下的事自己心里最清楚，以贺兰钧的性格是绝不会为他遮掩的。既如此，那就怪不得他狠心了。

咬咬牙，裴云天看向张易之，"贺兰钧之所以屡战屡胜，主要还是因为他有那本我没有的秘籍，倘若秘籍到手……"

张易之眯了眯眼，一抹精光闪过，"但他的秘籍凭什么给你？"

唇角勾起一抹笑，裴云天没有回答。

贺兰钧当然不可能给，但他身边不是还有阿九吗？以他对阿九情深意重的模样，不过是半本秘籍，还有什么偷不到的呢？

虽然早就说过若赢了比试便只当贺兰钧功过相抵的话，但他真的赢了，女皇陛下仍高兴地给了他许多赏赐。

贺兰钧谢完恩正准备出宫时，一个宫女不小心将水泼在阿九的衣服上，随即带她去换衣服。裴云天、张易之竟一个都没来奚落他，倒是令他颇为奇怪。

但不管怎么说，比试终归是他赢了。回到人面桃花楼的贺兰钧高兴地让阿九做了一桌菜，两人对饮，醉得连话都说不清楚了，阿九将他扶回房间他还拼命地喊着"再来，再来"。

看着他酒醉的睡颜，想起宫中裴云天的吩咐，阿九叹了口气，下楼收拾了桌子，轻手轻脚地进了贺兰钧的密室。

密室里堆放着各种药和药材，还有不少药方，阿九小心翼翼地翻找着所有可能存放秘籍的地方，就连那上了锁的密柜也没放过。身后陡然响起的声音让她僵住了。

"比赛已经结束了，你还有什么想找的吗？"清冷中带着孤傲，却又带着几分抑制不住的温柔，正是贺兰钧。

阿九呆愣着，不知该如何反应，甚至不敢转过身去面对他。

贺兰钧却仿佛压根不知道她的难堪，一步一步走了过来，在密室中的圆桌旁坐下，自顾自地说道："今天是个好日子，我带了两壶酒，有没有兴趣再陪我喝一杯？"

阿九站着没动，心里充满慌乱与愧疚，被人当场抓到的难堪让她的声音发紧，"你……是什么时候开始怀疑我的？"

贺兰钧摇头，"我从来没怀疑过你。只是，那次莲衣的事让我觉得很惊讶。我们一起走过了很多日子，我不相信她会因为嫉妒而不顾我的生死，所以我觉得有必要防一防。倘若没人算计我，那便无所谓；倘若有人算计我，也可以在不动声色的情况下把这件事圆过去。所以我故意赶走莲衣，让有心人松懈下来，慢慢地进入我的圈套。我希望这一切不是我心里想的那样，"他抬头看向转过头来的阿九，笑容里是满满的苦涩，"可是你在我赢的那一刻，表情太奇怪了。"

他仰头想了想，似乎在回忆当时的情景，又似乎是在想该用什么样的语言表达，"我在你脸上看不到欢喜，却看到了很多失落。你不是爱我吗？为什么在我逃过一劫的时候，你先想到的不是我呢？我想了很久，答案只有一个，那就是你根本不爱我，你要的不过是这个结果而已。"他顿了顿，垂下头，又道，"你在乎的也只是这个结果而已。"

他没有愤怒得大喊大叫，也没有被欺骗得伤心难过，他的语气很平静，平静得让阿九觉得鼻酸，觉得难受，心里好像被人用刀刺了一下，钝钝地疼。

"有时候真相并不像表面看到的那么简单。"阿九听见自己这么说。

然后贺兰钧递给她一杯酒，笑着说："所以我要谢谢你给我上了一课，干杯！"

几乎是下意识的阿九将那杯酒一饮而尽，苦涩的液体火辣辣地穿过肠道，灼得她的心都烧了起来，眼睛也红了，忍不住嘲讽道："你看穿了我所有的假，那你又有几分是真的呢？"

贺兰钧一愣，随即摇头失笑，"我曾经一直认为自己不可能再有感情，因为感情伤人的时候比刀扎还痛苦，所以即便我跟莲衣相处了那么久，依然很难说服自己再去接受一段新的感情。可是在我遇见你的那一刻，我的防线全都崩溃了。我忽然想，如果老天爷准备再给我一个劫数的话，我不会再躲避了，我会微笑着迎接它，因为那样的快乐会令我不惜用一生的痛

苦来换取。"

所以他义无反顾地迎了上去，无视苏莲衣的嫉妒与阻拦，也无视她的痛苦与愤怒，将自己能想到的所有对阿九好的招数都用上了，全心地信任，甚至不惜伤害苏莲衣，但到头来得到的却是彻底的背叛。

忍不住就想起苏莲衣那句"看你到底能得到什么样的下场"，确实得到了下场，虽然赢了比试，却输掉了更多，极其悲惨。

看着阿九的眼泪，他内心无比感慨，"算了，现在说什么都没用了，反正真也好、假也好，都不重要了。不过我很好奇，究竟是谁派你来的？任务结束之后还留在这里不走，又有什么目的？"

略微迟疑了一下，阿九还是如实地告诉了他："我原是琅琊阁的杀手，现在是裴云天买的奴才，他希望你输，所以安排我来。而我现在留下的目的，则是因为他想要你剩下的半本秘籍。"

贺兰钧一愣，随即笑了。是啊，除了裴云天，还会有谁天天这么盯着他，半点儿也不想他好呢？但他想要秘籍自己就会给吗？

似乎知道他心里在想什么，阿九接着道："苏莲衣在我手里。"

这次贺兰钧是切切实实地愣住了，看向阿九的目光甚至带了几分惊惶。

点点头肯定自己的话，阿九继续说道："不管你信不信，在这段感情里付出的绝对不只有你一个，而我这么做也有我不得已的苦衷。"她隐下苦涩的笑，强迫自己冷下一张脸，"明日午时，城外树林我们一手交秘籍，一手交人。你意下如何？"

虽是问句，但她话里的意思再肯定不过，贺兰钧必须按照她说的去做。

缓缓握紧手中的酒杯，贺兰钧眯起的眼眸迸发出杀气。这一刻，他真的想杀人。

看了他一眼，阿九默默地转身，却在踏出密室的那一刻顿了下，轻声道："对不起……"然后迅速消失在夜色中。

贺兰钧将手中的酒杯越握越紧，就在即将碎裂的瞬间被他砸到地上，迸起一地的碎瓷，一声伤痛到极点的痛苦号叫远远传出，仿佛一只受伤的孤狼……

城外树林里一手交秘籍、一手交人的约定不过是一个陷阱，贺兰钧将秘籍扔给阿九后就冲向绑在树上的苏莲衣，却在手碰上她的瞬间又停住了。

一个木头雕刻的人偶，戴上一副人皮面具就想蒙骗他？裴云天想得是不是也太天真了？

他转身就朝阿九离开的方向追去，才迈动脚步，就被一张巨大的网吊在了半空中，与网同时出现的还有数十个黑衣杀手，人人手拿寒光闪闪的大刀，一脸狞笑地逼近他。

即使裴云天不在跟前，贺兰钧也能猜出他给这些人下了什么样的命令。但他是贺兰钧，也不是好惹的。

探手入怀，他还未取出用于防身的药粉，就听其中一人嚷道："不要靠近他，他身上有各种毒物，直接拖走！"

贺兰钧懊恼地皱眉，刚想说些什么，白色人影一闪，几个杀手便倒在了地上，拖着他的网也重重地跌落，摔得他浑身疼。他吸口气，侧目看去，正看到阿九干净利落地解决掉最后一个杀手，转身一刀砍断网线，拉他出来。

狼狈地起身，贺兰钧看着她，"你不是走了吗？让他们把我抓走多好。"她又何苦来救他呢？

阿九冷冷地道："我不是为了你。他们先给我假的苏莲衣，又在没知会我的情况下派另外一拨人来抓你，便已经是对我不信任了。倘若秘籍和你都到了他们手里，我还有利用价值吗？"

"原来你也知道你是被利用的。"被她的态度惹恼，贺兰钧也冷笑道，"那现在怎么办？"

"跟我走。"没有多说一句话，阿九转身就走。

贺兰钧踌躇了片刻，便跟了上去。此刻他除了相信她，已无路可走。所谓明枪易躲，暗箭难防，对方既然出动了杀手，那随时都会有人来要他的命。而阿九也不过是再带给他一次伤害罢了，于结果没有任何差别。

忽然下起大雨，待到两人找到山洞避雨生火时，毕竟只是文弱书生的贺兰钧已开始发烧，本以为烤烤火就能过去的，不料最后却烧得昏厥了过去。

虽然贺兰钧随身带了一堆药，但阿九毕竟不是贺兰钧，无法确认哪种药对症，也就不敢随意用药。但看着贺兰钧烧得嘴唇脱皮发白，一张脸却

通红，她咬了咬牙，俯身下去，将他紧紧地抱进怀里，用自己的体温为他驱寒。

醒来时，发现贺兰钧早已醒了，正目光灼灼地看着她，那种带着激动与复杂情感的目光，看得阿九心里发颤，根本不敢与他对视。

"谢谢你。"他说，"你明明是个好人，心中又有情，为何要做这样的事？难道你是被他们控制的？我可以帮你的。"

飞快地瞟了一眼他认真的脸，阿九在心里苦笑，却还嘴硬，"不，你错了，我是个无情的人，也是个坏人，你不要再被我骗了。"

贺兰钧轻轻一笑，"没有一个坏人会说自己是坏人的。从你回来救我，又用自己的体温替我退烧，我就知道你心里有我，"他顿了顿，继续说下去，只是声音里更多了几分温柔，"就像我心里有你一样。"

这样的情话贺兰钧说得并不少，但在如今撕破脸皮，都知晓了对方的底细时，再听到这样温情的话，阿九只觉得心里堵得慌，眼眶热辣辣地难受。

下意识地伸手抚上她的眼角，贺兰钧的声音越发低沉温柔，"不要拒绝我，我想做的，只是帮你擦干眼泪而已。"

阿九的泪终于控制不住地落了下来，而贺兰钧的手指早已等着，一一为她擦干，那样轻柔得仿佛将她当作珍宝一样的力道，终于让阿九敞开心扉，向他袒露了自己身上背负的一切。

"你帮不了我，谁也帮不了……一天是杀手，一生都是杀手，一旦背叛，就要身受千蛇之噬……"她再一次解开自己的衣扣，第二次在贺兰钧眼前袒露自己的身体，却又一次让他震惊。

原本就伤痕累累的身体上，又添了无数的伤，都是细细碎碎的，仿佛被什么咬过一般，密密麻麻地遍布目光所及的所有肌肤。

"这……"贺兰钧不敢相信。他是医者，只一眼就能看出这伤定是被什么咬出来的，而她方才说千蛇之噬……

他的心开始颤抖。

"我不怕千蛇噬咬之苦，你替我过完生日，我便下定决心绝不再害你，所以我要求退出，但我没想到阿七竟然还活着，我欠他的很多很多，我不能眼睁睁地看着他被阁主杀死，我……"

阿七是阿九生命中第一个给她温暖的男人。真实的阿九虽从未被戏班班主猥亵过，但在琅琊阁的生活却更加生不如死，被逼着杀人，被逼着杀那些曾经一起生活过的同伴，只为了确认谁能活到最后，谁才是最狠、最无情的杀手……

琅琊阁里训练杀手的方法，就好像是在训练狼，一群一起长到成年的狼，在成年的那一天被放归到树林里，树林里有各种陷阱，还要防备群狼之间的互相暗算与攻击。

不可否认，阿九是一匹凶狠而彪悍的狼，她一次又一次打倒拦在自己路上的人，避开一个又一个陷阱。但她终究是人，也有力有不逮的时候，当她躲在草丛中全神贯注地想着怎么对付站在她身前的阿七时，阿七却杀死了她身后的毒蛇，然后提出与她结伴一起行动。毕竟在那样的情况下，两个人远比一个人的生机要大得多，所以阿九同意了。

他们一起杀了很多人，也被很多人追杀，在饿得受不了的时候，为了一个馒头，一群人杀成一团，阿九杀死了最后站着的那个人，把馒头塞进了自己的嘴里，而阿七只是怔怔地看着她，然后告诉她这么有血腥味的馒头他真不忍让她吃……

但他们没有来得及讨论更多，因为真的狼群来了，阿九躲上了树，而阿七却被狼咬住了脚，阿九要去救他，阿七却咬牙砍断了自己的脚喂狼，只为了让他们逃过狼群……

功夫很弱的阿七却懂得草药，当他们被更强的对手围住全无胜算的时候，阿七将草药喂给阿九，然后用笛声招来剧毒的马蜂将对手蜇死，拖着她一路逃到悬崖边。

过了悬崖就功德圆满了，却只能有一个人留下，另一个人必须死。阿七让阿九杀了他，毕竟他腿断了，又身受重伤，而阿九活下去的概率更大。但微笑面对死亡的阿七却让阿九落泪，她知道她动心了，舍不得，但生存的欲望最终让她举起了刀，却发现自己动不了了，原来阿七在她吃的草药里放了别的药，能让她全身失去力气……

她觉得自己就要死了，也真的要死了，阿七不会放过她，而她真恨不得自己死了算了。但阿七笑着告诉她，天衣无缝的计划终究比不过心动的美丽，他希望她忘了他，他把生的希望留给她。带着那样温暖的笑容，阿七跳下了悬崖……

"我一直以为阿七死了，所以我很努力地活着，不管多苦多危险，都要活着，因为我要把阿七的那份一起活下去，但……"阿九脸上满是泪水，有痛有笑有温暖，"幸好他还活着，只是现在他落在了琅琊阁阁主的手里。"而她却不能不管他，只能接受威胁。

贺兰钧点点头，从怀里取出一路上随手采摘的各种草药，从中取出几样，问道："我的秘籍呢？"

顿了一下，阿九还是取出秘籍递给了他。就见贺兰钧将草药分类，一一夹在秘籍里，重新还给她，脸上带了一抹神秘的笑，"既然他们这么喜欢这个东西，我们何不用它来交换阿七和莲衣呢？"

这回，阿九是彻底愣住了，不敢相信贺兰钧在说什么，他却笑得一脸自信，"相信我，要是救出了阿七和莲衣，说不定还能让琅琊阁从此消失！"

好大的口气！

这是阿九自听到那句话到站到琅琊阁阁主面前时，一直在脑子里转的念头，但看着此时的阁主，她发觉好像贺兰钧说得也不错。

"阿九，你胆子越来越大了，竟然敢威胁我！"身材高大的琅琊阁阁主，阴森森地看着自己曾经最满意的手下。

想起贺兰钧的话，阿九挺了挺胸，"阿九怎么敢威胁阁主？不过是阁主想要的东西在我手上罢了。"见琅琊阁阁主目光闪烁，阿九淡然一笑，"阿九虽然不成器，躲不过阁主手下杀手的暗杀，但要毁掉一本秘籍还是绰绰有余的。"

一边说着，一边捏紧了手中的秘籍，果然就见琅琊阁阁主唯一露出面具的双目一敛，挥手示意将人带上来。

苏莲衣看起来很憔悴，但一看到她就破口大骂道："我就知道你不是好人，你们到底是什么人？抓我来干什么？放开我！"

阿九看向阿七，他正一脸温柔地看着她，见她看过来，微微一笑，"阿九，多年不见，你越来越好看了。"一边说着，他一边缓缓动了动自己的断腿，果然就见阿九的目光跟了过去，他又一笑，"阁主接好了我的腿，能走路了。"

是能走了，但是一瘸一拐，走得非常辛苦。

阿九鼻子发酸，脸上却带着笑，看向阁主，"阁主果然守信，没有再用带着人皮面具的木偶糊弄我。但还请阁主派人将我们送到门口，等过了山崖，我就把秘籍给你。"

琅琊阁阁主目光陡地沉了下去，似是不悦，却忍住了，挥手示意带他们出去。

琅琊阁位于山顶，是一座四面都是悬崖的孤峰，唯一下山的路是一条与对岸连接的长长的吊桥，吊桥的铁锁链足有手臂粗，悬吊着一座晃晃悠悠的木桥，让人走得心惊胆战。

自知道阿九是来救他们之后，苏莲衣便一直很老实安分，即便走吊桥时，她心里发颤，双腿发软，也没有一句怨言。

阿九对她的表现很满意，她小心地扶着阿七，跟在苏莲衣后面走过吊桥，然后转身拔刀砍断铁索，动作利落。看着长长的锁链撞击在山壁上发出沉闷的巨响，他们三人长长地吐出一口气，这才放下心来。

对面的琅琊阁阁主双目中射出一道寒光，冷喝道："秘籍呢？"

阿九没有说话，将手中的秘籍抛给他。琅琊阁阁主身手利落，抓住秘籍甚至还没来得及看一眼，便仰头大笑，"蠢女人，你以为这样就可以逃之夭夭了吗？你太天真了！"

随着他的话音落下，原本站在他身后的杀手们同时发动，用铁钩互相串连，做成一个极为牢靠的攀索，几乎眨眼间，就有人攀着铁索爬了过来。

阿九脸色一白，阁主言而无信她早就想到了的，却没想到他的动作会这么快，带着阿七和完全不会功夫的苏莲衣，他们怎么逃得掉？

就在这边三人一筹莫展时，琅琊阁阁主手中的秘籍却突然燃烧起来，并产生了厚重的浓雾，经山风一吹，眨眼间浓雾便扩散开来，笼罩了整个山崖。

三人顿时喜形于色，阿九乘机带着二人下山，心里忍不住又想起一脸神秘笑容的贺兰钧。

要论老谋深算，他是半点儿也不输给阁主啊。

直到看到等在河边的贺兰钧，阿九才松了口气，而苏莲衣则是飞奔过去，直接将贺兰钧扑倒在草地上。

"你这个死人！总算知道来救我了。"她又哭又笑，将所有的鼻涕眼泪都抹在贺兰钧的衣服上。

贺兰钧无奈地看着她，伸手抱住她，"对不起，都是我不好，好在你平安无事。"

他的道歉顿时让苏莲衣翘起了尾巴，"你现在知道我是好人了吧？就知道欺负我！"

贺兰钧无奈地笑了笑，安抚她，"是，你是大好人，天底下最好的好人！"

苏莲衣顿时满意了，不再纠缠他。

阿九带着阿七上前，贺兰钧目光复杂，但知道现在不是纠结儿女之情的时候，只看了阿七一眼，便对阿九道："秘籍里的是迷魂散，琅琊阁阁主一时半会儿醒不过来，我们立刻去报官。女皇陛下最恨杀手组织，必定会对他们一网打尽，你与阿七便再无后顾之忧了。"

"这样我跟阿七以后就不会再受威胁了。"从未想过有一天能脱离杀手组织的阿九顿时有了流泪的冲动，她回头看向阿七，轻声笑道，"阿七，你高兴吗？"

同样目光复杂地回望着她，阿七点了点头，却突然脸色一变，整个人倒在了地上，片刻工夫，一张脸便扭曲得不成形，身体也开始在地上翻滚，一边滚一边低低地惨号："痛……痛死了……痛死……"

突然的变化让其他三人措手不及，阿九扑上去想搂住阿七，却被他挣扎的力道推开。贺兰钧过去帮忙，阿七痛得迷糊的目光在看到他时猛然一亮，抓住他叫道："救我……救我……"

贺兰钧用力抓着他的手腕，一边把脉一边皱眉，"他脉象正常，并不像有事的样子……"

话音刚落，阿七又是一阵惨叫，叫得阿九顿时心乱如麻，道："他痛成这样……贺兰公子，你身上不是一直带着很多药吗？有没有止疼的？给他吃点儿吧。"

贺兰钧稍一犹豫，那边阿七听说他有止疼药，犹如抓住了救命稻草，双手下意识地就开始在他身上摸索，还一边喊道："给我药……给我药……"

贺兰钧没料到他会这样，起身欲闪避，阿七却抓得更紧了，两人拉拉扯扯间，他收藏在内袋衣袖里的药瓶一一掉落在地，直到一瓶都没有了，阿七还在死命地翻找，贺兰钧用尽全力架住他的双手，叹气道："别摸了，我没有止疼的药，这些都是防身的药，没有了。"

阿七似是愣了一下，带着点儿恍惚重复道："没有了？"

贺兰钧点头，"没有了。"又转向阿九，"还是带他下山看大夫……"

话未说完，却见方才还痛得浑身抽搐的阿七利落地起身，对着阿九一掌拍了过去。只打得阿九口吐鲜血，飞出一丈多远才摔落在地。

"你……你干什么？"贺兰钧与苏莲衣顿时愣住，不明白他怎么会突然发疯。

阿七看着地上的阿九，笑了，"当然是来抓你们的。琅琊阁这么多杀手，为什么从没有人能成功背叛？你们真是把琅琊阁看得太简单了……"

琅琊阁的杀手无牵无挂，控制他们最好的办法就是找出他们的死穴，而人最大的死穴是什么？可能每个人都不一样，但要说冷血杀手最大的死穴是什么，估计十个人里有八个人会说是感情。的确，冷血杀手最缺的是感情，最不容易动的是感情，一旦动了感情，那么这感情便会成为他们最宝贵的东西，成为他们的死穴，至死也割舍不掉。而琅琊阁就抓着他们的死穴，牢牢地控制着每个杀手，一旦他们背叛，死穴便会上场为琅琊阁清理门户。

而阿七，就是阿九的死穴。他对阿九所做的一切都是琅琊阁阁主的安排，他受过专业训练，懂得如何窃取人的感情，所以他轻易地就走进了阿九的内心，获得了阿九的信任，在关键时刻让琅琊阁阁主用他来操控阿九……

"……我的生命依附在你的手上，一旦你背叛或者死了，我就没有了存在的价值，必须跟着你一起消失。所以阿九，我不会让你离开的，我已经为你失去了一条腿，不想再为你丢掉一条命！"这是阿七最后说的话，直到他说完，阿九都没有说一句话。

她只是看着他静静地流泪，然后任他将自己与贺兰钧、苏莲衣一起带到琅琊阁的地牢里，置于琅琊阁阁主面前。

琅琊阁阁主得意地笑着，"还以为你们有多厉害，结果还不是回到我手里了？"看着三人颓丧的样子，他眼眸顿时锐利起来，"那半本秘籍我

也要你全部默出来！"

贺兰钧撇嘴一笑，"这么简单？好吧，拿笔来，我默给你，你立刻把我们放了！"

琅琊阁阁主却撇嘴一笑，面具后的眼眸中散出狡猾而险恶的光，"你别想默出假的给我！"他目光一转，看向苏莲衣，"你每写一样秘方，我就在她身上做试验，有毒喝毒，有药喝药。如果你不想你的心上人意外死亡的话，最好不要用假的秘籍来搪塞我，否则吃亏的可是你自己。"

贺兰钧气得瞠目结舌，万没料到他会这么阴险。琅琊阁阁主却大笑着带着阿九离开，在他身后的是卑躬屈膝的阿七，如同一只摇着尾巴的狗。

"现在怎么办？我会不会连累你？"待人走远，愣怔了半天的苏莲衣总算回过神来。

贺兰钧皱着眉，神情却很冷静，"越困难的环境就越要保持清醒的头脑。只要找出这个琅琊阁阁主的弱点，我们就能找到生路。裴云天想要秘籍，这是他的弱点，琅琊阁阁主的弱点又在哪儿呢？"

苏莲衣白他一眼，仿佛看见白痴似的，"他做杀手的，当然是为钱啊，难不成为名？"

钱？贺兰钧目光一亮，"那钱就是他的弱点……"话未说完，却见苏莲衣一声尖叫，整个人都扑到他身上，又一次差点儿将他撞倒。

"怎么了？"勉强稳住身形，贺兰钧有些后悔这么快救她出来了。

苏莲衣嘿嘿一笑，"有老鼠。"见贺兰钧皱眉，她赶紧解释，"最近听说老鼠身上带了瘟疫，一旦染上后果严重。而你现在手上又没了药，我们还是别掉以轻心的好。"

"瘟疫？"贺兰钧目光再次亮了起来，目光所及的却不是苏莲衣，而是地上正在专心啃着木头的老鼠。

或者，离开这里的方法还得着落在这只老鼠身上呢。

虽然不知琅琊阁阁主会如何处置阿九，但光想贺兰钧就知道阿九的下场不会太好，不过他现在却没有心思顾虑到阿九的情况。

又一帖药方被默了出来，自有人进来取了药方，按方抓药煎煮，然后送进来给苏莲衣喝，若她没事，便说明药方是真的，然后送给阁主过目。

进度虽慢，但可以确保每一个药方是货真价实的，倒也值得。

　　但，有人却受不了了。

　　有气无力地靠在贺兰钧身上，苏莲衣恨不得将他刚默写出来的丽肤汤的药方给吞进肚子里去，"我不行了，天天吃补药，吃得快流鼻血了，这日子到底什么时候是个头啊？"

　　贺兰钧淡笑道："你是身在福中不知福。这些药不但对身体有好处，还能变漂亮，你就当在这里调养身体好了。"

　　苏莲衣叹口气，她是想变漂亮没错，也想调养身体，但天天人参鹿茸地吃，有几个人受得了啊？也不知道那个琅琊阁阁主还能撑多久，最好是马上就破产，这样她就能脱离苦海了……

　　还没想完，就见琅琊阁阁主脚步如风地冲了进来，还未进入牢房门，就听见他气急败坏地吼道："贺兰钧，你是不是要我？每次的方子都这么贵，你故意的吧？"

　　贺兰钧一愣，随即认真解释道："阁主此言差矣，要养颜美容，当然有一些特殊的要求。比如这丽肤汤，必须加入人参粉，价钱自然就上去了。秘方这么写的，我也没办法。"

　　阁主皱着眉头，声音带了些泄气，"可这也太贵了！"

　　"若阁主不用验证药方真假，那便不会觉得贵了。"贺兰钧一本正经地道。

　　但不验证如何能知道真假，如何能保住琅琊阁的声誉，为自己带来更多的银子？想到以后会有更多的银子，阁主勉强压下心里的不舍，问道："秘方还有多少张？"他要衡量一下自己的财力到底还能承受多少。

　　贺兰钧想了想，回道："这本秘籍共有三万张方子，这才第十五张……"

　　虽然看不到脸，但贺兰钧还是明显地感觉到琅琊阁阁主的脸沉了下来，猛然迸发出来的杀气让他背脊发寒。

　　强忍着心里的暗笑，他做作地叹了口气，"阁主如此费心费力，其实并不值得。都说羊毛出在羊身上，阁主若要继续试药，在下建议你可以找那要秘籍的人收钱，不然你这笔买卖可就亏大了。不过……"

　　琅琊阁阁主听得正入神，便接着问道："不过什么？"

贺兰钧又叹了口气，似是也觉得自己说的话不靠谱般，张了张嘴，又看了琅琊阁阁主一眼，才低声道："那裴云天也不是什么好惹的人，万一跟他起了冲突，那后果……"后果如何他没说，但那意思再清楚不过了。

冷哼一声，琅琊阁阁主甩袖而去。

裴云天不是好惹的，那他就是好惹的？他既然是给裴云天办事，又是杀人，又是抢秘籍，还损失了手下最好的杀手，若还要亏本，那他还不如一刀将裴云天结果了！

这笔钱，定要裴云天加倍吐出来！

琅琊阁阁主与裴云天怎么谈的，贺兰钧并不知道，但以琅琊阁阁主爱财的个性，就算不狮子大开口，恐怕也够裴云天喝一壶的。而裴云天的财力如何，贺兰钧却很清楚，几乎可以想象是一个谈不拢的局面。

如今贺兰钧有更重要的事要做。用烛火轻轻烤着老鼠的尸体，让鼠尸上的油一滴滴地落在早就准备好的小碗里，牢房中顿时弥漫着一股极其诡异难闻的酸臭味。

他皱了皱眉，将早就准备好的另外一个小碗中的药汁轻轻兑了些进去，清淡芬芳却又带了点儿酸涩的味道冲淡了臭味，他才满意地点了点头。

苏莲衣看着他，伸手就要接过烛火，"这个好有趣，我也要玩。"

贺兰钧吓了一跳，赶紧挪开，"别胡闹！这可是要命的东西！"

苏莲衣也被他吓了一跳，顿时没了兴趣，只是悻悻地看着他，想问却知道他正在做紧要的事，便只得郁闷地蹲在一旁，看他烤完鼠尸，又将一只活老鼠浸入尸油中，确认老鼠头上浸满了油，才将它扔到牢房外，看着它飞快地消失在角落里。

"你到底在干什么？"看着他怪异的行为，苏莲衣还是忍不住问了。

贺兰钧神秘地一笑，"过几天你就知道了。"

果然，没过三天，整个牢房里便到处都是咳嗽声了，来送饭和取药方的杀手们一个个咳得脸色苍白，连气都喘不过来的样子。

因为贺兰钧早已吩咐过，看到杀手过来取药方，苏莲衣便装着很难受的样子咳了起来，贺兰钧一边咳一边叫道："快……咳咳……快叫你们阁主过来……性命攸关……咳咳咳……"

同样咳嗽的琅琊阁阁主刚到牢房,贺兰钧问的第一句话就让他愣住了,"你是不是得罪了裴云天?让他在你身上下了瘟疫。"

"你说这是……瘟疫?"琅琊阁阁主惊得连咳嗽都忘记了,一瞬间竟憋得满脸通红,其他杀手亦是面面相觑,眼中露出几分惊惶。

贺兰钧点点头,"当然。这瘟疫我熟得很,乃是我另一本医书中所载。只是这琅琊阁位处高山,平日里不可能有瘟疫,而我被关在这里,做什么都有人看着,总不能是我下的瘟疫吧?阁主最近见过裴云天吗?是否与他有过节?我看这瘟疫必是被他做了改进,效果如此厉害。"说完又是狠狠地咳嗽,竟是要将肺都咳出来似的。

琅琊阁阁主愣怔了片刻,想到去要钱时与裴云天起的争执,顿时咬牙,"这个王八蛋,我一定要让他好看!"

于是,一天之后,贺兰钧牢房的隔壁便有了一位名叫裴云天的狱友。他看着裴云天莫名其妙又愤怒的脸,忍不住哈哈大笑,"裴大人也过来做客啊?咱们这地方可是越来越热闹了。"

"贺兰钧!"裴云天恨得咬牙,琅琊阁阁主为何会三番五次地去找他,还将他绑到此处,此时看到贺兰钧那张幸灾乐祸的脸便都有了答案,"你又搞什么鬼?"

贺兰钧嘲讽地一笑,"我搞鬼?我哪里有你裴大人搞的鬼多?一计不成又生一计,非要置我于死地不可,我不过是以其人之道还治其人之身罢了。如今这琅琊阁上上下下都得了你裴大人下的瘟疫,恐怕你不治好他们是出不去了。"

苏莲衣亦凑上来幸灾乐祸地笑道:"正好与我们做伴!"

"我才没有下毒!"裴云天很愤怒,恨不得抓住琅琊阁阁主的衣领大吼一句,"我没有下毒!"

贺兰钧依然嘲讽地笑,声音却有些大,"你瞒得过别人却瞒不过我,一定是阁主跟你要钱,你不高兴才对他下毒的。不过我跟你说,盗亦有道,你要的秘籍上的东西都那么贵,总不能让人家做亏本生意吧?再说了,钱财乃身外物,你想要我死也不用拉着人家整个琅琊阁陪葬啊。"

苏莲衣也点头附和，"就是，人家阁主为了确认秘籍的真假，每个方子都买药回来煎熬试喝了，可是很对得起你呢。"喝得她都流鼻血了，真心对得住他啊。

面对这莫须有的指控，裴云天恨得牙痒痒，却找不出更有力的证据证明自己，甚至他连到底是什么瘟疫都不清楚，这要他如何为自己辩白？

"裴云天！"牢房门被一脚踹开，站在门外偷听了半天的琅琊阁阁主气急败坏地冲进来，冲着裴云天就是一通吼，"我为你做事尽心尽力，你却如此对我，你……"随手一掌拍上裴云天肩膀，打得他直直摔到墙上，"你找打！"

吐出一口血，裴云天觉得自己都要散架了，肩膀更是钻心地痛，仿佛动一动就要裂开似的。眼看琅琊阁阁主抬起脚就要往他脸上踹，他顿时什么也顾不得了，大声嚷道："别打别打，我解，我解，不管这毒是不是我下的，我都解可以吗？"

"这还差不多！"琅琊阁阁主放下脚，正要同意，旁边的贺兰钧又说话了："阁主，你可不能相信他，万一他再下毒，大家不是全都要死在他手里？"他眼珠子转了转，似乎很费力地想了想，接着说，"我看不如这样吧，阁主也让我跟他一起解毒，这样我监督着他，他监督着我，我们谁也不能搞鬼，这样你不就放心了吗？"

琅琊阁阁主一想是这个理，便点头同意了，"若你们敢耍什么花样，我定饶不了你们！"

"是是是！"贺兰钧从未有过的狗腿行为让苏莲衣忍不住打了个冷战，赶紧移开目光，"阁主赶紧让所有人先洗个热水澡，热水能让病尽快发出来，这样才更方便治疗。"

琅琊阁阁主看向裴云天，裴云天本想咧嘴嗤笑，但贺兰钧也在看着他，那样威胁意味浓厚的目光让他不得不勉强点了点头，"洗热水澡好。"

琅琊阁阁主这才心满意足地带着人离开了。

裴云天翻身坐起，取出药给自己的肩膀敷上，确认没有伤到筋骨，这才转头看向贺兰钧，"你到底在搞什么鬼？"

贺兰钧扬眉一笑，"我能搞什么鬼？不过是裴大人你找人将我们抓进来，我们现在想借你出去罢了。"

"出去？"裴云天一愣，这才正眼看贺兰钧，"你的意思是让我去跟阁主说放了你们？"

贺兰钧哈哈大笑："裴云天啊裴云天，你以为在你给琅琊阁阁主下了毒之后他还会放过你吗？"见裴云天又愣住了，他摇摇头笑道，"虽然你说毒不是你下的，但谁相信呢？为今之计就是我们联手，利用解毒的机会毁掉整个琅琊阁，这样才能安枕无忧啊。"

裴云天顿住了，似在思考他的话。贺兰钧也不催他，拿起笔接着默写他的药方，虽然现在不用试药了，但写写字总好过发呆吧？

在他即将默完一张时，裴云天终于点了头，："好吧，听你的。"

于是，当整个琅琊阁的人都喝完药晕倒在地时，贺兰钧与裴云天拉着苏莲衣就跑。

笑话，那药效只有三个时辰，若三个时辰之内不能到府衙通知来抓人，等这群杀手醒来，哪里还有他们的活路？

但刚刚冲到城门外，他们就被人拦住了，拦住他们的是贺兰钧与苏莲衣无比熟悉的阿九。

"阿九，你还活着，我还以为你……"贺兰钧大喜，上前一步拉住阿九的手腕，"你跟我们一起走吧。"

苏莲衣还没嘟起嘴来，就见阿九翻起手掌就给了贺兰钧一掌，顿时将几个人都打蒙了。

"阿九，你……"贺兰钧说不出话来。

苏莲衣一边扶起他，一边忍不住怒骂："你这个女人怎么回事？贺兰钧对你那么好，你怎么能打他？"

阿九直愣愣地看着他们，脚步却慢慢移动，并将闪着寒光的剑尖挥至苏莲衣胸前。

一旁的裴云天眉头一皱，冲过去撞开她，拉起贺兰钧就跑，"她好像中了邪术，已经迷失本性了，我们快跑！"

但无论他们怎么跑，都躲不过阿九的阻拦，那把剑始终对着他们的胸口或咽喉，没有颤抖，绝不转移。

三人无奈，只得站在原地不动，阿九的剑缓缓对上了站在贺兰钧身前的苏莲衣，眼看就要一剑刺下，贺兰钧却猛地一把推开苏莲衣，那剑便刺中了贺兰钧的肩膀，鲜红的血顿时涌了出来，染红了他身上那件月白长袍。

贺兰钧全然不顾自己的伤，只是痛心地冲着阿九喊道："阿九，你忘了以前我们说过的话吗？我说我要帮助你，虽然最后失败了，我很遗憾，但我是真心想帮助你脱离这一切的。"

他的声音太过伤痛，含着太多的情感，浓烈得让迷失了本性的阿九也愣了一愣，那剑便停住了。

贺兰钧心中大喜，知道她并不是完全地失去心智，便更加急切地说道："你记得那埋在地下的女儿红吗？还有那一屋子陪了你一夜的萤火虫？还有我们在山上看到的景色？我们之间所有的一切你还记得吗？"

失去神采的双眸一阵恍惚，眼前似乎有什么东西在动，好像是萤火虫，好像是在酒里洗澡，却又朦朦胧胧，仿佛罩着一层薄纱。阿九用力地想，使劲地想，想得头都疼了，还在想。

旁边的苏莲衣却受不了了，跳到贺兰钧身边狠狠地掐了他一把，"好啊，原来你们两个经历过那么多，我怎么都不知道？"

贺兰钧疼得一缩，却没心思与她计较，"这个时候你还吃醋！"

苏莲衣眉毛一竖，还未说话，却见琅琊阁阁主突然从阿九身后跳了出来，手上晃动着一根项链，用一种魅惑的声音轻声道："阿九，杀了他们，杀了他们！"

原本已经略有动摇的阿九顿时一震，眸子瞬间失去生气，恢复了死气沉沉，同时右手抽出卡在贺兰钧肩上的长剑，左手挥起，一掌直直地拍向贺兰钧胸口。

"啊……"的一声惨叫，"砰"的一声身体落到地上，贺兰钧扑上去嘶声大叫："莲衣！"

关键时刻苏莲衣推开他，用自己的胸口替他挨了这一掌，保住了贺兰钧，自己却吐出一大口血，当场昏迷。

"你们想不到我是百毒不侵之体吧？那么厉害的迷药也只不过让我昏

迷了一瞬，现在我要让你们全都死！"琅琊阁阁主哈哈大笑，晃着手中的项链，正要让阿九将贺兰钧和裴云天也一起了结了，一旁的裴云天冷不防扑到他身边，以迅雷不及掩耳的速度抢过他手里的项链，飞快地扔下山谷。

琅琊阁阁主愣住了，没料到他会这么做，失去了项链他便不能再控制阿九，真是该死！一脚将裴云天踢倒在地，琅琊阁阁主现在真是后悔没有早点儿杀了他。

但现在杀也不迟，琅琊阁阁主从怀中取出匕首，一把长剑却穿过他的胸膛，剧痛席卷全身，让他动弹不得，身后传来阿九的声音："阁主，我们之间的恩怨终于了了。"

"砰"的一声，琅琊阁阁主的尸身倒地，激起满地灰尘，脸上的面具脱落，露出他那张平凡普通的脸，和一双永远无法合上的眼睛。

当天洛阳府衙贴出告示，共抓获危害百姓的杀手组织琅琊阁三十七名杀手，琅琊阁主于打斗中丧命，也算是还百姓一方安宁。

从此再无琅琊阁，阿九也再不需担心自己会被组织追杀，而她的死穴——阿七，在阿九被抓回并被琅琊阁主施展迷魂术遮住本性时，失去了利用价值而被杀害。可以说，现在的阿九自由自在，再无拘束。

但她却不能离开，因为她迷失本性时的全力一掌震断了苏莲衣的心脉，如今的苏莲衣只怕是回天乏术了。

看着贺兰钧一筹莫展的样子，裴云天忍不住鄙夷地大笑，"贺兰钧，枉你还是我师傅，这么简单的病也治不好？心脉断了，找个新鲜的心脏换上就好了，何必如此沮丧为难？"

贺兰钧只是垂头皱眉，旁的阿九却怒了，"你以为贺兰公子跟你一样不把人命当回事吗？你再说风凉话，我就一剑砍了你，正好给莲衣姐换上！"

看着她凶神恶煞的样子，知她如今没有拘束，裴云天只得摸摸鼻子，自认倒霉，"哼，话不投机，我走了！"

自是不会有人留他，贺兰钧翻箱倒柜地找着药，想要延长苏莲衣的命，而阿九则皱着眉看着躺在床上的苏莲衣，眼睛里闪着若有所思的光。

在贺兰钧搜寻各种药方与药材时，阿九也没闲着，她跑遍了全城却找不到将死或刚死的人，无法拿回新鲜的心脏为苏莲衣换心。而每日听着苏莲衣痛到极点的号叫，看着贺兰钧一日比一日憔悴，阿九也一日比一日沉默。

这一晚，阿九又在外奔波一天一无所获地回来了。密室里，贺兰钧满脸胡子，憔悴不堪地歪倒在桌子上睡着了，手里还握着一卷医书。

阿九没有惊动他，悄声出来进了苏莲衣的房间。病痛中的苏莲衣脸色苍白，整个人都带着一股病气，仿佛随时都会消散在空气中一样。

她正在绣一双袜子，阿九静静地坐在床边看着她。

半晌后，还是苏莲衣先开了口，"这是我送给贺兰钧的礼物，不知道能不能在我死之前完成。阿九，我以前爱吃醋，对你很不好，你别介意。"说着又笑了笑，脸上多了一抹红润，"现在看到你我还是吃醋，不过你别跟我计较，我吃不了多久的醋了。"

阿九眼眶一红，想说什么，最终没说出口。

苏莲衣仍是那样笑道："其实我知道你想说什么。我喜欢贺兰钧并不仅仅是因为我们曾经有过那样一段缘分，更多的是我知道他是个很善良的人，只是不懂得表达自己，所以常常吃亏。我以为我会有一辈子的时间在他身边改变他，但现在只能成为遗憾。不过现在有了你，我也不担心了。"她伸手从枕头下取出一本小册子递给阿九，"我把他生活中的所有习惯都记下来了，以后，你就好好地对他吧。"

"莲衣姐！"阿九没有接那册子，只是静静地看着她，"你才是最适合贺兰公子的人。我虽然喜欢他，但做不到你为他做的一切，所以照顾他的事还是你自己来做吧。"

苏莲衣摇头苦笑，"我也想，可是我没时间了。"

阿九微微一笑，"你有的，只要你愿意。"在苏莲衣惊愕疑惑的目光和惊叫声中，她拔出匕首用力刺进自己的小腹，当听到楼下传来的脚步声，她又笑了，"莲衣姐，别喊了，我活不了了。贺兰大哥会为你换上我的心，你们要好好地过，这样我就开心了。杀手是不能爱人也不能被爱的，但我爱过人，并被人永远地记住了，我真的很开心……"

推门声响起，随即是贺兰钧的惊呼，一双温暖有力的大手揽上她的腰，阿九的眼眸逐渐涣散，脸上的笑容却越发迷人，"城外的酒铺里埋着我的女儿红，你们成亲的时候，要记得拿出来喝，这样……就算我也喝过了……"

"阿九……"贺兰钧痛苦地大叫，却再也唤不回那个有着绝妙舞姿的美人儿。

换过心的苏莲衣没多久就醒过来了，一言一行竟再没有她自己的习惯，而是充满了阿九的影子。

难道掌控人记忆的是心脏吗？如果活着的是阿九，那苏莲衣岂不是……

贺兰钧怔怔地看了她半晌，突然落下泪来，吓得她不知该如何是好，只得连声问他怎么了，被她缠得没法，贺兰钧只得苦笑着说出心里话："我从来没想过有一天莲衣会不在我身边。我从不知珍惜她，还常常躲着她，我总觉得她的存在不过是一种习惯，她不是我喜欢的那个类型，也不是可以跟我携手共度一生的人，可是现在她走了，我的心却突然空了。阿九，你知道吗？我常以为我心里的那个人是你，因为你让我有很多男人对女人的幻想，可是这一刻我才明白，那不一定是爱，只是一种迷恋，而爱应该是细水长流的，是默默付出的，是无论发生什么，那个都在不远处看着你、陪着你的，这个人就是苏莲衣，是我这辈子最爱的女人。"他苦笑着摇头，"可惜老天不给我机会让我在她好好活着的时候跟她表白一切，如果有来生，我一定要去找她，我要告诉她，我喜欢她，我爱她！"

说完这些话，仿佛被掏空了一般，贺兰钧斜倚在桌边，满面颓丧失落，竟再没有任何精神了。

"我活着的时候你不表白，现在我打算用阿九姑娘的身份活下去，你却说你最爱的是我，贺兰钧，你最坏了！"良久后，旁边的苏莲衣突然幽幽地说道，她的声音里满是开心和喜悦，贺兰钧转过头，看到她满面泪水，双眼红肿。

"你……你真的是苏莲衣？"贺兰钧不敢相信地将手缓缓抚上她的脸颊。

"货真价实，如假包换。"苏莲衣又哭又笑，样子看上去要多滑稽有多滑稽，"那你现在是不是可以娶我了？"

一把抱过她，贺兰钧用力点头，"我娶，我娶，我娶！"

　　"那我们找个时间为阿九姑娘送葬吧。"一手抚在胸口，苏莲衣感受着心脏的跳动，在心里跟阿九说话。

　　阿九，我现在很幸福，你感受到了吗？你的心脏在我的心里，我在贺兰钧的心里，以后，你便永远在我们两个人的心里了，永远！

　　眼前似乎又浮现出初见时的河面上，一身白衣的阿九翩翩起舞，宛如惊鸿，如洛神再世……

第三章
内乱勇探孔雀庄

　　重回太医署的贺兰钧日子过得优哉游哉，当初出去时人人冷眼侧目，如今再回来，整个太医署除了裴云天的一派人之外，其他人倒是给了他意想不到的热情。

　　当然，贺兰钧自己也变了很多，见人也有了笑容，懂得寒暄与交际了，再不是以前那个高高在上、清冷而孤傲的贺兰太医了。

　　而对此感受最深的，莫过于苏莲衣了。

　　贺兰钧竟然会约她夜里到戏台边，有话要对她说，是不是太阳打东边落下去了啊？苏莲衣茫然地站在空旷无人的戏台上，抬头看天，一弯新月如钩，依然是东升西落。贺兰钧这家伙到底想做什么？

　　"贺兰钧，贺兰钧，你在哪里啊？"苏莲衣放开声音大喊，心里莫名多了几分恐慌，贺兰钧这家伙不会是受不了她的逼婚，想出新法子来耍她吧？

可是自从换过心脏后她就没再逼他了啊，他到底想干吗？

正在她胡思乱想之际，戏台前方却猛然绽放出万千烟花，绚烂交错，在深黑的天幕上勾画出一幅五彩斑斓的画卷，看得苏莲衣目瞪口呆。

贺兰钧穿了大红的新郎袍，不知何时已站在了戏台下，而他手里却牵着一个穿着新娘服饰、盖着大红盖头的女子。

这，这家伙让她来，是为了让她参加他的婚礼吗？他怎么能这么对她？可恶，可恶！

苏莲衣三步并作两步冲到贺兰钧跟前，怒吼道："贺兰钧，你竟然敢娶别人？你怎么对得起我？"

贺兰钧却仿佛没看见她的怒火似的，只是含笑看着她，本就俊逸不凡的面容因了这几分深情显得越发好看了，"因为她年轻漂亮，心地好，把我看作这世界上最好最好的宝贝，你看过就明白了。"

苏莲衣的眼泪在他说完之后不受控制地流了下来，她眼巴巴地看着他，带着三分愤怒，也带了些可怜和祈求，"我才不要看她呢，我那么小就认识你了，一心一意等着做你的人，我们一起经历了那么多事，好不容易等到能跟你走在一起了，我以为我们已经水到渠成了，没想到你居然这么快就移情别恋了，我……我恨死你了……"

苏莲衣嘴上说着恨，却哭得气也喘不上来，本来清秀美丽的一张脸糊满了泪水，看起来像一只受了委屈的小花猫，很好笑。

而贺兰钧竟真的笑了，他伸手拭去她眼角的泪，说道："你先别忙着哭，不看看我的新娘吗？看过之后你就会知道我为什么无法抗拒她了。"

苏莲衣伸手狠狠地抹了一把眼泪，恨恨地道："能好到哪儿去？还不是两只眼睛、一个鼻子、一张嘴？莫非还能长出朵花来？她抢了我的心上人，我诅咒她生个孩子没屁眼！"

贺兰钧一愣，随即摇头失笑，看向她的目光带着几分宠溺与无奈，"这话可不能乱说，老天爷听到了不太好。"

苏莲衣却仍是气鼓鼓的，看也不看他，赌气嚷道："有什么不好？我偏要说，我偏要说，还要当着她的面说！"一边说，一边伸手，以迅雷不及掩耳的速度一把扯下新娘的红盖头，眼睛顿时瞪圆了，张开的要骂人的嘴巴维持着"O"的形状，竟是再也合不拢，吐不出一个字来。

贺兰钧这个浑蛋，弄个稻草人穿上凤冠霞帔、盖上红盖头欺骗她，到底是要干什么啊？

贺兰钧抬手合上她的下巴，仿佛没看见她眼眸里射出来的责怪之光，只是摇头，故作惋惜地道："这下我可不敢跟你生孩子了，要被你诅咒成功了，那孩子多可怜啊！"

这就是典型的得了便宜还卖乖！苏莲衣愤怒地又瞪了他一眼，转身就要跑，"你……你敢耍我？不理你了！"

贺兰钧一把扯住她的胳膊，将她拉进怀里，笑得低沉，"真要走吗？不准备做我的新娘了？"

一会儿悲一会儿喜的状况，即便是向来就不太靠谱的苏莲衣也有些转不过弯来，她愣愣地看着贺兰钧那张近在咫尺的帅脸，完全弄不清他葫芦里卖的是什么药。

贺兰钧伸手揪了揪她的鼻子，笑得略带了点儿不好意思，却还是说道："我这个人呢，不太讲究规矩，没有三媒六聘，就想亲自把凤冠霞帔戴在你头上。"他一边说一边从稻草人头上取下凤冠，小心翼翼地戴在苏莲衣头上。他的神态很慎重，眼睛眨也不眨，仿佛看着这世间最难得的珍宝般。

从未想过自己有一天会被他如此对待的苏莲衣，傻傻地看着他，任眼角的泪水滑落满腮，笑容却在这泪花中闪烁。

"傻瓜！高兴的事干吗要哭？还是你不愿意做我的新娘？那我拿下来了……"

苏莲衣直接用力按住他的手，又恢复了一贯的霸道嚣张，瞪眼威胁道："你敢！做人要言而有信，做了的事要有担当，你自己亲手戴上去的，我就要戴一辈子！"

贺兰钧抿唇，清冷孤傲的眼眸笑成了天边最闪亮的月牙，"既然如此，就让这里所有的人做个见证吧。"

"人？哪里有人？"苏莲衣一愣，下意识地转头，却见戏台边的角落里不断有人涌出来，有时常到人面桃花楼的少女，也有菜市场遇上的小贩，

有楚王府相熟的丫鬟，也有云家药铺跑堂的伙计……连云净初与曾文远也站在这些人里，一边拍着巴掌一边看着他们微笑。

"恭喜恭喜，贺喜贺喜！"云净初在曾文远的呵护下走上前，微笑的脸上是满满的幸福。

苏莲衣红了脸，久违的羞赧蓦然涌了上来，她看了贺兰钧一眼，只觉得整个人都要烧起来似的。

这个家伙，是什么时候准备的这一切？这样的惊喜，他是真的将自己放在心里很重要的位置的吧？贺兰钧，你怎么能这么暖人心？在她以为他绝不会对自己温情的时候，他却出人意料地来了这么一出，是存心想将她溺毙在他不轻易展现的温柔里吗？

望着天边如钩的新月，再看看周围的人脸，火把映照下贺兰钧如煦阳和暖的笑容，苏莲衣觉得自己醉了，醉在这风里，醉在这夜色下，醉在某个人温暖而湿润的笑眸里……

但是，前几天的那个夜晚是她的错觉吧？什么醉、什么见证都是假的吧？

站在太医署里，看着自己刚刚发到一半的喜帖，再看看站在她面前一脸无奈却神情坚定的贺兰钧，苏莲衣觉得是自己的耳朵出了错，所以她拼命扯动脸颊，努力笑道："你……你刚才说的……是骗我的吧？"

贺兰钧在心里叹口气，强忍住伸手将她揽进怀里的冲动，咬牙说出与女皇陛下商议好的说辞："我准备去孔雀山庄向司徒庄主求亲。"

"孔雀山庄是个什么玩意儿？司徒庄主是个什么东西？她有我对你好吗？她长得有我漂亮吗？她……"完全控制不住地，苏莲衣将心里的怨怼都发泄了出来，但最关键的一句话她却怎么也问不出口。

贺兰钧，你真的对我没有感情？你的心，真的是铁石做的吗？本来以为已经对我软下来了，怎么会突然间又硬如磐石了呢？

这一次，贺兰钧是实在控制不住地叹气了，他想安慰她却不能，只能静静地看着她。身后的太医们七嘴八舌地开始解释孔雀山庄是什么。

孔雀山庄，顾名思义就是一个地方，一个与朝廷八竿子打不着的民间组织，向来以医术高明而著称。据说不但能治各种疑难杂症，还能驱赶世间万物，在整个太医署可说是无人不知，无人不晓。而这次孔雀山庄庄主司徒青广发武林帖，是要给独生女儿招婿。

"……要是能成为孔雀山庄的入幕之宾，不止能得到盖世的医术，还能拥有无尽的财宝，想想都让人开心啊。"

"是啊，是啊，听说裴云天裴大人已经请假前往了，不知贺兰大人何时启程？"

"要说这世上最有资格成为孔雀山庄庄主女婿的，只怕非贺兰大人莫属了。"

"是啊，是啊……"

一片溜须拍马的声音响起，苏莲衣却只觉得自己的心拔凉拔凉的。要说贺兰钧有什么爱好，排在首位的肯定是钱，其次是医术，第三才是女人；而孔雀山庄有他最爱的前两样，她怕是拦不住他了吧？

"你真的要去吗？那我呢？"心里抑制不住的焦虑让苏莲衣的脸色极其难看，问出的话里也多了几分火气。

贺兰钧无奈地看着她，"我回头再跟你解释吧。"想到女皇陛下的千叮万嘱，贺兰钧唯有在心中抱歉。

而他这样的行为看在苏莲衣眼里，便是连对她解释也不愿意了。贺兰钧到底当她是什么啊？招之即来，挥之即去，竟然连个解释也得不到！

突然涌上来的悲痛让苏莲衣丧失了理智，她将手里拽得都要烂了的请帖全部扔到贺兰钧那张帅脸上，哭喊道："贺兰钧，你又耍我！我跟你拼了！"说完，扑上去就要打他。

贺兰钧站着一动不动，他身后却突然闪出一个魁梧高大的影子，一只手轻而易举地就将她举了起来，也不放下，就这样举着跟在贺兰钧身后离开太医署，一路回到人面桃花楼。

苏莲衣目瞪口呆，虽然她的人生一直都很彪悍，但被人这样举着游街过巷，任她脸皮厚如城墙，也扛不住地红了。

贺兰钧到底从哪里找来的人，难道是专门对付她的吗？太过分了！

在美食与金钱攻略都失败的情况下，苏莲衣不得不放弃那个叫玄武的

侍卫，转而专心对付贺兰钧。

　　当然，手无缚鸡之力的贺兰钧好对付多了，至少她很轻易地就将他绑在了椅子上，然后实施各种威逼。

　　"……苏莲衣，你快放了我！这件事不是你想的那样，快放了我！"贺兰钧无论怎么挣扎都没用，他真恨不得拿把锤子将苏莲衣敲晕。

　　他极力辩白的样子让苏莲衣眼睛一亮，"不是我想的那样，那是哪样？你告诉我啊。"

　　"我……"贺兰钧张嘴，耳边却又想起女皇的叮嘱，"你切记，此去孔雀山庄乃高度机密，不能对任何人讲，哪怕是你最亲的人，否则玄武可是有先斩后奏的权利的。"

　　下意识地将目光往半敞开的门外看去，玄武高大魁梧的身材一闪而逝，贺兰钧的嘴再也张不开了。他避开苏莲衣的目光，气势弱了许多，"我不能说！"

　　"哼！"苏莲衣一副"我早知如此"的了然神情，眼眸中的怒火喷薄而出，"是不能说还是不敢说？我看你分明就是见财起意、见色动心，要抛弃我另结新欢！"

　　贺兰钧一时语塞，满腔劝说的话再也出不口了。他想了想，放柔声音道："真的不是这样。你给我十天，十天之后我办完事就立刻回来向你交代，好吗？"

　　"不好！"苏莲衣一口回绝，"十天后你们都成亲回门了，我还有戏吗？贺兰钧，我告诉你，现在我就给你两个选择，要么马上娶我，我可以当这件事没发生过，既往不咎；要么这屋里的皮鞭啊、镰刀啊，你选一个，看看怎么让我出这口气！"

　　贺兰钧目光在桌子上扫过，一些似是而非的刑具被苏莲衣摆得极其显眼，显然是故意给他看的。那双水润杏眼里有紧张，也有期待，更多的是对他的感情，若不是自己真逼她到这份儿上，她也不会舍得对自己用刑吧？

　　贺兰钧摇摇头，轻叹一口气，"这么有杀伤力的方式，伤在我身，疼在你心，我怎么选？既然如此，那我只有一个选择了。"

苏莲衣眸中泛起一抹喜悦的光,还来不及问,就见贺兰钧轻声道:"倒!"话音刚落,苏莲衣就感觉一阵眩晕,整个人控制不住地软倒在地上,神志却清楚。

不用问,她是着了贺兰钧的道儿了。明明将他身上的瓶瓶罐罐都搜了个干净的,可恶!

虽然仍被绑在椅子上,贺兰钧看着苏莲衣怒火中烧的明亮双眸,摇了摇头,"我还不了解你是什么人?既然知道你会有所行动,肯定会早做防备措施的,我怎么会真的着了你的道呢?"

苏莲衣眸子里的怒火烧得更旺,不用点火都足以让贺兰钧感觉到脸上火辣辣地难受。他看了一眼门外,轻声道:"放心,这不是什么厉害的迷魂药,只是让你暂时动不了,说不出话而已,要解也容易,喝上半碗醋就够了。不过你先安静地等一阵子,等我回来会好好跟你解释的。"他顿了顿,又道,"那个玄武你不要轻易去惹他。"那可是女皇陛下派来的,随时会杀人灭口的。

苏莲衣却闭上眼睛,不肯再听他说。贺兰钧叹了口气,唤来玄武给自己解开绳子,两人又一起将苏莲衣送到春花那里,如此这般地交代了一番,确认苏莲衣有人照顾之后,才急急地上路。

被苏莲衣这么一闹,他们整整耽误了一天,也不知道能不能赶上。

两人一路骑马而行,赶在正午出了洛阳城,上了官道,却与同样疾行的裴云天不期而遇。

看到贺兰钧出现,裴云天大吃一惊,"你怎么也来了?"莫非……

看他一眼,贺兰钧证实了他心里的想法,"你看不出来我们走的是同一个方向吗?去的自然是同一个地方。"

裴云天冷嗤一声,"还以为你多清高呢,原来也不过是贪图人家的医学和钱财。不过这次恐怕你要失望了。"他高仰着头,拍了拍胯下的骏马,冷笑道,"我这匹马叫踏雪乌蹄,日行千里,恐怕等你赶到的时候我已经跟司徒家的小姐成亲了。"

见贺兰钧目光看过来,裴云天得意地一笑,胯下骏马如离弦之矢般冲

045

了出去，端的是动若脱兔急如闪电，转眼间便看不见人影了。

贺兰钧一只手轻掩住口鼻，看着他消失的方向，身后的玄武轻笑一声道："这裴大人也太自不量力了，踏雪乌蹄不过是寻常的骏马，哪及得上女皇陛下钦赐的汗血宝马？"

想到女皇陛下下达的不能跟任何人说的任务，再想想此刻在春花家动弹不得的苏莲衣，贺兰钧叹了口气，一拽缰绳，"说这么多干吗？跑给他看看他就知道了。"

于是，正午烈阳下，无人的官道上，三匹骏马前前后后地追逐着，扬起漫天尘土，夹杂着裴云天恼恨的怒骂声："你们……怎么会这么快？可恶，可恶，驾！驾！超过他们，快一点儿……"

因了裴云天的好胜心与嫉妒心，贺兰钧这一路上都不寂寞了。裴云天想方设法地拖延他们的行程，不是今天包下客栈让他们无处安歇，就是明天偷偷赶走他们的马匹，幸好贺兰钧一向机智，又对裴云天有充分的认识，才没有真的着了他的道儿。

这一日进了豫州地界，天色已晚，贺兰钧与玄武错过宿头，只好在树林里将就，没料到树林里早已有人生起了火堆，数十人围坐着说说笑笑。

贺兰钧与玄武对视一眼，心中都生起警惕。上前一问才知，竟都是去孔雀山庄求亲的，心里不由感慨孔雀山庄的影响力。正聊着，裴云天灰头土脸地出现了，裤脚上沾满了尘土，看见贺兰钧与玄武愣了愣，随即眉头皱起，正要说话，却见一个小小的身影窜了过来，直接冲到他跟前，圆圆的大眼睛里满是崇拜与尊敬。

"喂，你也是去孔雀山庄求亲的吗？竟然是走过来的，好有诚意！"

裴云天的脸在他说完后更是黑成了没有星星月亮的天幕，那男孩却仿佛根本没看见，拉着他的袖子扯到火堆旁，"来嘛，来嘛，大家都是去求亲的，同道中人，凑个热闹认识一下，路上也好有个照应。"

裴云天略一犹豫，看贺兰钧只是微笑不说话，便一屁股坐到火堆旁，抢过贺兰钧手上的干粮便吃了起来。

贺兰钧仍是笑着看他，"不怕我下毒吗？"

裴云天一口干粮刚下去，噎在喉咙里，差点儿喘不过气来，"贺兰钧，你太卑鄙无耻了，竟然在茶水里下药暗算我！"

"第一，我没有下药，我的茶水里放的是清肠丸，给我自己喝的，要清一清肠胃，是你抢过去喝的；第二，是你先使坏赶走了我们的马，我不过是以其人之道还治其人之身罢了。"贺兰钧笑眯眯地说道，又取出一块干粮在火上烤热。

裴云天横过来一眼，刚想说什么，坐在贺兰钧旁边的玄武递过一个森冷的眼神，顿时让他所有的话都说不出口了。

围坐在火堆边的人都是去孔雀山庄求亲的，自然话题便围着孔雀山庄，你一句我一句地就说到了大家趁机露一手，先来个海选淘汰，也省得白走一趟。

能窥到他人的绝活，大大增加自己入选的概率，此提议自然得到了所有人的一致赞同。于是众人便纷纷行动起来，不过片刻工夫，有的人用木头雕刻出活灵活现的人脸；有的人用水调和泥土，捏出的泥人侍女栩栩如生，宛如真人；另有一人则取出脂粉与衣服，挑了人群中最丑最胖的男人，经过巧手打扮竟将这人装扮成了倾国倾城的美女，引得众人赞叹不已……

很快，便轮到裴云天了。他看着众人期待的眼神，轻轻一笑，从怀里取出玉瓶，轻轻挥洒，浓郁的香味在夜空中散开，夜风轻送下，在场所有人的身上都沾上了药物，每个人都维持着翘首期盼的样子，却是再也动不了了，连眨巴眼睛都困难。

裴云天这才起身，笑着道："真是一帮蠢货，这样的技艺也敢到孔雀山庄去丢人现眼？哼！"说完，转身离开了。刚刚踏出火堆的光，黑暗中一个小小的黑影却猛地冲了出来，拦在他跟前，却是之前那个小男孩。

他笑得谄媚而崇拜，一双眼中闪烁出的亮光竟比火堆还来得耀眼，"高人！你这一手太强了，我觉得你一定能娶到司徒家的大小姐！求你让我跟着你吧，将来你成功了，我只要分很小很小的一杯羹！"

裴云天眨了眨眼睛，回头，火堆旁的人全都定得很稳，但眼前这个小男孩却拼命向他眨眼睛使眼色，两种截然不同的状态让他有些疑惑，"你……怎么没被定住？"他的定身粉不可能出错的。

小男孩依然眨巴着眼睛，笑得谄媚至极，"刚才火堆快灭了，我去捡柴

火了。高人，你就带着我吧，你别看我叫小小，个子也小小，其实我很能干的……"

话还未说完，就见贺兰钧打了个哈欠，与玄武一起起身，懒洋洋地看了一眼大惊失色的裴云天，嘻道："早知道你没安什么好心，幸好我早有准备，含了避毒珠，要不又被你暗算了。"

裴云天咬牙怒瞪他，却见小小转身飞快地冲到贺兰钧身前，一手揽住他的胳膊，另一手还不忘拉着裴云天的袖子，口沫横飞地吹嘘道："这位也是高人啊！两位高人就带上我吧，我真的很能干的，不说别的，伺候人的功夫可是一等一的，只要你们跟我在一起，我一定让你们无比开心、无比快乐！"

抬头见二人都只是皱眉看着他，小小也不觉尴尬，推着二人往前走，一边继续不停地说道："走走走，我先带你们去一个好地方，保证你们不后悔带上我！"

贺兰钧与裴云天对视一眼，都从对方的眸子里看出了防备与疑惑，便没有拒绝，而本就一切以贺兰钧为主的玄武即便觉得不妥，也只好跟了上去。

但刚进到小小所说的"好地方"，贺兰钧便后悔了。什么好地方？不过就是青楼楚馆罢了！而且还是一群收了大叠银票仿佛从未见过男人的青楼女子，她们瞬间就将三人包围，拥着上楼去了！

"赶紧把三位大爷伺候好了，我重重有赏！"身后还传来小小唯恐天下不乱的大叫声，带着得意的笑。

有钱能使鬼推磨，更何况是这等以金钱说话的销金窟！方才还被玄武森冷阴沉的气息逼得不敢上前的花娘们顿时一拥而上，看见玄武拍过来的大掌也不闪躲，反而挺着胸就迎了上去，顿时吓得他不停闪躲，花娘们便越发笑得花枝乱颤，不过片刻工夫，便将三人推进厢房里去了！

眼见是躲不开了，裴云天看着扑过来就要扒他衣服的花娘们，心痒得恨不得就此从了算了，好歹在关键时刻理智提醒了他，猛然清醒了过来。

天下哪会有这么好的事？带人上青楼找姑娘就算了，还将大把银票当流水花，却没有任何索求？太不正常了，搞不好那个小小是扮猪吃老虎，把他跟贺兰钧绊在青楼里，而他自己却赶去了孔雀山庄？！

不行，绝能让他的奸计得逞！而贺兰钧，只怕已经想到这一点了，而且他身边还有个帮手，若是他们走了，便只有自己一个人留下来……

裴云天眼珠子微微一转，心里便有了计谋，看着扑过来的花娘，干脆两手一摊，苦笑道："这位姑娘，实话告诉你吧，其实我是没钱的，真正有钱的是隔壁那位。不过他的癖好有一点儿特殊，喜欢别人跟他打架，打得越厉害他越开心，赏钱也就越多，只要你们能缠上他打一夜，你们就发财了。"一边说还一边做出懊恼的样子，似乎颇为懊恼自己不能过去隔壁房间，"玄武真是的，这么好的差事总是自己抢着做，进了花楼也不跟他分开……"

花娘们对视一眼，眼风丢得即便裴云天低垂着眼眸也能看得清清楚楚，当下便有人悄悄去了隔壁，片刻后，隔壁果然传来贺兰钧与玄武的惨叫声，还间杂着花娘们的娇笑哆声，乱成一团。

裴云天的唇角忍不住勾起一抹得意的笑，飞快地收拾好自己离开青楼，一直到了码头登船，他仍控制不住唇角的笑意。

贺兰钧啊贺兰钧，真想看看那些花娘们把你折磨成什么样子了，看你以后还敢不敢跟我作对！

正得意间，却见四周的百姓都目光怪异地看过来，几个人高马大、身材健硕的男子更是气势汹汹地靠了过来，那样子似乎与他有仇。

"你们……"察觉到不对劲，他刚开口，却见那几个人中带头的一个猛然扑了过来，将他压倒在地，身后的百姓们便纷纷地扑了过来，竟如叠罗汉般将他重重压住了，几乎将他挤成纸片儿。

他一口气喘不上来，却听身上的白姓们欢呼起来：

"可算抓到他了！"

"他是我的！"

"我的！我先扑住的！"

"别吵别吵，先送到官府去，五百两的赏金呢！"

"是啊，是啊，这个江洋大盗可真大胆，官府都出画像了，他还敢大摇大摆地走出来，活该兄弟们发这笔横财啊，哈哈哈！"

江洋大盗？他？裴云天傻愣愣地，使出了吃奶的劲，却怎么也推不开身上的人，眼角余光却瞥见三个人从他身边走过，定睛一看，可不正是贺兰钧、玄武与小小吗？

他拼命挣扎，冲着贺兰钧大喊："贺兰钧，这是不是你的主意？你快告诉他们，我不是通缉犯，贺兰钧……"

贺兰钧前进的脚步停了，他蹲下身子，看着被人挤压得整张脸扁扁地贴在地上的裴云天，摇头道："天作孽犹可活，自作孽不可活啊。"

言下之意是绝不会救他了。

裴云天涨红了脸，正要再说什么，却见河面上一艘客船迎风而来，等船的人纷纷上船，贺兰钧起身，直到登上了船，那抹潇洒的身影还不忘回头冲他挥了挥手，笑出一脸的讥讽与得意。

"贺兰钧，你这个王八蛋，我跟你没完！"被留在码头上的裴云天捶地大叫，却无人理会，只有一群急着要去领赏的百姓扯着他往府衙的方向而去，无端多了几分凄凉……

而船上，贺兰钧同样头疼不已，几乎遍体鳞伤的身体让他疼得一直倒抽冷气，玄武看不过去上前为他敷药，却引得同船的百姓纷纷指指点点，那般明显的吻痕与指甲抓的伤痕，任谁也不会错看了——这根本就是最浪荡的公子哥儿玩得太过疯狂了才会留下的伤痕。

"这下真是跳进黄河也洗不清了。"申辩几次都遭遇了白眼与指指点点，贺兰钧也只能吞下这口恶气，懊恼不已。

偏偏造成这一切的罪魁祸首小小却半点儿自觉也没有，反而凑上去邀功道："高手，昨晚开不开心？高不高兴？是不是觉得我伺候得非常周到？"

憋了一肚子气的贺兰钧顿时大发雷霆，吼道："你还说？你这个臭小子害死我了，赶紧滚开，以后我不想再看到你！"

小小被他骂得一愣一愣的，脸上无辜而茫然，全然一副状况外的样子，"怎么了？"

"你还问怎么了？"一把扯开刚刚披上的上衣，贺兰钧指着身上的伤痕，"你看看我这脖子，再看看我这手、这肩膀……我这一世英明都毁在你手里了！走走走，赶紧走，上了岸不想再看到你！"

若不是看他年纪小，双眼清澈，真怀疑他是故意的。

愣愣地看着他，小小眨巴了几下眼睛，突然“哇”的一声大哭了起来，一边哭还一边抽泣着嚷道：“我没爹没娘，靠着祖上的一点儿钱财过日子，坐吃山空，最大的愿望就是去孔雀山庄当个学徒，可是也被他们赶出来了，现在好不容易能认识高人你，捧着大把的钱想让你高兴，想在你吃肉的时候喝碗汤，你居然还拒绝我！那我活着也没有什么意义了！”一边说一边哭得更大声了，惹得船上的百姓都看过来。

贺兰钧再也无法在甲板上待下去了，起身往船舱走去，仍然嘴硬，“不要在我面前哭，我心肠很硬的，绝不会心软的，快走快走！”

眼见他双手堵住耳朵进了船舱，小小反而哭得更伤心了，尖锐而伤心的哭声让人忍不住心生同情，本欲跟着贺兰钧一起回船舱的玄武便被他哭出了同情心，忍不住回过头道：“其实你大可不必依赖任何人，可以自己闯一番事业的。”

哭得上气不接下气的小小百忙中竟还能抽出一个白眼给他，“可是我手不能提，肩不能抗，又没有一技之长，能做什么？”

玄武下意识地回答：“如果是我的话，可以卖艺，也可以帮别人做镖师……”

“那是因为你会武功，我又不会！”打断他，小小抽泣了一下，突然眼眸一亮，一双被泪水润得湿亮粲然的眸子紧紧地盯着他，“不如你教我武功吧？”

玄武一愣，没想到他会缠上自己，想到自己的身份不禁犹豫，可是小小嘴一瘪，又哭了起来，“有了武功我就什么都不怕了，如果连你都不教我，那我真的连最后一条活路都没有了……”

长这么大，玄武还是头一回知道自己怕别人哭，尤其怕小小哭，他一哭他就觉得自己一个头两个大，忍不住就想要答应他的任何要求。

所以在小小的哭声又要上一个新台阶时，玄武赶紧道：“好吧好吧，我教你武功就是了。”只是以后回宫，却不知该如何向女皇陛下交代。

小小顿时不哭了，一张挂满泪珠的小脸绽开笑容，却仍忍不住噘嘴道：“武功可不是一天就能学会的，师父，你必须得帮我跟那位贺兰公子说，

让我跟着你们。"

看着他那副娇憨天真的样子，玄武只觉得自己心里有什么东西落下了，又有什么东西碎了，乱乱的一团，却也只能无奈地点头。

从此，玄武的身后便有了一个小跟屁虫，还是一个不认真学武，总想着偷懒歇息的小跟屁虫。就好比现在——

"凝神静气，控制好，不许动！"用一根绳子将小小一条腿吊在树枝上，玄武双手背在身后，严厉地指点着他练功。

努力用单脚维持着身体的平衡，小小翘着唇角，声音里忍不住就多了几分撒娇的意味，"哎哟，我真的累死了，能不能歇一会儿？"

玄武皱眉，贺兰钧却抢先回答道："你要学武呢，就跟着我们。要不学呢，趁早赶紧离开，我们可不想惹任何麻烦。"

小小撇了撇嘴，再不敢说任何话了，乖乖架着脚，努力学着玄武教的每个动作。直到天色不早，贺兰钧才让两人收拾后进城找客栈安顿。

谁知还未进入城门，却被难民包围，贺兰钧一时心软拿出钱救济了他们，却被更多的难民包围，要是以前的贺兰钧定会让玄武出手将他们赶走，但此刻性情已改变很多的贺兰钧却只是无奈地将荷包里的银两全都分给了难民，而自己三人则身无分文地进城，别说住客栈了，要吃饭的他们只能在客栈里谋了三份杂役的活计才算勉强解决了温饱问题。

没办法，看着难民怀里三天没吃饭的孩子饿得连眼睛都睁不开的样子，他实在是硬不起心肠。

换上客栈伙计的衣服，贺兰钧因为长了一张帅气的脸，被掌柜吩咐在大堂打扫、招呼客人。而玄武和小小则被分到后院洗碗。

掌柜坐在柜台后，专注地欣赏着自己那个据说是秦朝的古董碗，顺便监督贺兰钧的工作。

贺兰钧本想认真工作的，但谁知他接待的第一个客人竟然是裴云天！看着裴云天脸上的错愕转为欣喜，再转为恶意，贺兰钧只想转身就跑；但身后的掌柜正用吃人的眼神盯着他，仿佛他敢转身他便会真的吃了他一样。

叹口气，贺兰钧只得上前招呼，裴云天阴恻恻地一笑，低声道："贺兰钧，你也有今天？"他一把抓住转身想跑的贺兰钧，转向掌柜笑道，"掌柜的，我要这个伙计伺候，行不行啊？"一边说一边从怀里掏出一张二十两的银票。

掌柜飞快地接过，目光只一瞟银票上的数额，一张肥油油的胖脸便笑成了一朵再皱不过的菊花，"行行行，当然行，您只管使唤，要什么都吩咐他就是了。"一边说一边伸手狠狠掐了贺兰钧一把。

人在屋檐下，不得不低头。贺兰钧揉了揉空空的肚子，只得伺候着裴云天在临窗的位置上坐下，给他倒水，又递上花生，来来回回地为他端上各色菜肴。

难得逮到这样的机会，裴云天自是不会让他好过。斟好的茶只略略在嘴唇上碰了碰，便转手全泼在贺兰钧脸上，在他僵硬而愤怒地瞪过来时，他轻笑，"冷了。"

贺兰钧无奈，只得再倒一杯，这回裴云天却连喝都不喝，直接又泼到了他的脸上，笑道："热了。"

拼命握紧拳头，压抑住心中想要揍他一拳的冲动，贺兰钧告诉自己为了肚皮忍耐忍耐，直接将水壶放在桌子上，又出去取了一壶冷水摆在一起，意思再明白不过——冷热他大老爷自己斟，省得不顺心。

裴云天看了看他，也不喝茶了，直接将桌子上的花生壳扫到地上，还一边吃一边扔，假惺惺地笑道："哎呀，这花生壳都不小心丢地上了，你得赶紧捡起来，不然一会儿我踩到崴了脚可就不好了。"

小人得志，小人得志，贺兰钧拼命在心里劝慰自己，皱紧眉头，深呼吸几次后，才蹲下身捡花生壳。

在他受苦的时候，后院的玄武却在无聊的小小的央求下，将碗当作刀剑，耍杂技般地在手中耍出各种花样，逗得他哈哈大笑，玄武趁机诱导他一边洗碗一边练功，两人玩得不亦乐乎，全然不知贺兰钧的苦楚。

就着贺兰钧的屈辱与忍气吞声下饭，吃了个酒足饭饱的裴云天起身准备出门消食，目光撇到一旁垂首站着的贺兰钧，忍不住嘴角一勾，坏笑道："饭吃完了，突然想喝一口山泉水。这里往前走十里路有一个瀑布，你去那儿给我弄碗山泉水来。"

没料到他还会出幺蛾子的贺兰钧顿时气得头顶冒烟，"你……"

裴云天却悠闲自在地看着他，说出来的话更是足以气死人，"你落魄到在客栈里做杂役，肯定是一分钱都没了。既然如此，就好好听我的，不然我可就喊老板了。"见贺兰钧一副不以为然的样子，他眉峰一挑，一声抑扬顿挫的"掌柜的"就出了口，还没来得及叫第二声，贺兰钧已经跳了起来。

"好了好了，我听你的，可以了吧？"不就是山泉水吗？他去弄就是了。

愤愤地转身出门，却在路过柜台的时候顿住了脚步。他想了想，嘴角往上勾了勾，看着掌柜去了厨房，便取了他的宝贝古董碗倒了一碗水，端给了裴云天，一边却又摆出一副不甘不愿的样子，憋屈地道："做人呢，要适可而止。喝山泉水跟普通水也是一样的。俗话说得饶人处且饶人，你要敢这么对我，我也不会放过你的。现在给你两个选择，要么把这碗水喝了，大家息事宁人；要么你砸了这个碗，告诉掌柜的我做得不好，咱们一拍两散！"

裴云天挑眉，"好啊，谁怕谁？"伸手接过碗，连看也没看一眼，就这么瞪着贺兰钧，利落地将碗砸在了地上。

瓷器碎裂的声音顿时引出了厨房里的掌柜，他一眼看到地上的碎瓷，整个人都愣住了，"哎呀，我的古董碗！来人，抓住他们，赔钱！"

而此时，还不知道情况有多严重的裴云天仍是摆出一副满不在乎的样子，推开围着他的伙计，从自己包袱里取出一锭银子丢给掌柜，"不就是一个碗吗？能值多少钱？我赔给你就是了，不用找了。"

掌柜却一把推开他的手，劈手夺过他的包袱，将里面的银子全部拿了出来，肥油油的脸上要多失望有多失望、要多凶恶有多凶恶，"这么点儿钱就想赔我的秦朝古董碗？你做梦呢！抓住他！"

五大三粗的伙计们顿时上前抓人，此时的裴云天终于意识到情况不妙，出路都被堵住了，他只得转身往后院跑去。掌柜与伙计们赶紧追上去，唯一留在原处的贺兰钧忍不住摇头失笑，"我早就说过，叫你不要乱来，你就是不听，这下有好戏看了吧。"

想了想，他还是跟了上去，好戏也要有人看不是？他就是那个看戏的人！

但当裴云天冲进后院撞到小小身上，并将他身上层层叠叠的碗都撞掉在地上摔得粉碎时，贺兰钧就再也笑不出来了。

谁能想到后院洗碗的两个人竟然在利用碗盘练功？这下子抠门的客栈老板不杀了他们才怪！

果然，掌柜心疼得脸上的肉都跳了起来，站在原地不停地跳脚大叫："哎呀，我的碗，我的碗，你们这些捣乱的，赔我的碗！"

对掌柜唯命是从的伙计们如豺狼虎豹般扑向院子里的裴云天、玄武与小小。玄武自是不会吃亏，当下便闪身上前，与伙计们大打出手。乡野地方的客栈伙计如何是宫中侍卫的对手？不过三两下，伙计们便纷纷倒地不起，却刺激得掌柜越发疯叫起来："嗬，你们以为我在这荒郊野岭开店是吃素的吗？弓箭手！"

眨眼间就见七八个伙计排成一排，人手一副上弦的弓箭，箭矢对准了院子里的三人，而刚进院子的贺兰钧看到眼前的情况也傻眼了。

怎么回事？裴云天的事怎么会扯上玄武和小小？而且这么多弓箭，就算玄武功夫再好，也护不住这么多人周全吧？

他也来不及问情况，见屋角有半袋面粉，顺手拧起来朝着弓箭手撒去，一边转身就跑，"快跑！"

身后玄武早已抓住时机，护着小小跑了过来，裴云天自是跟着一起，四个人夺门而出，反应过来的伙计们还来不及抹掉脸上的面粉就胡乱放起了箭，却都被断后的玄武给挥开了。

四人拼命地跑，身后时不时传来掌柜的"不要放过他们""快追"的叫声，让他们丝毫不敢松懈，竟一路跑到瀑布前。四人看着飞流而下的瀑布和眼前的深潭，再看看身后越来越近的追兵，互相对视一眼，只得无奈地闭上眼睛，往水潭跳下。

好在四人福大命大，被瀑布冲下，沿着水潭一路漂浮，竟都被卷到了水潭边，只是衣服却被潭里的石头划破，竟连勉强蔽体都做不到了。

裴云天受了轻伤，贺兰钧本不想医治他，奈何玄武在勘察过地形后，指出他们必须游到对岸方可再往孔雀山庄方向行走，而贺兰钧与小小均不会游水，贺兰钧只得忍了之前受的委屈，为裴云天治伤。

而玄武不愧是个好师父，竟连这点儿时间也不放过，抓着小小又开始练功。可怜的小小在抗议无效之后，只能耷拉着脑袋跟在他身后有一下没一下地练着。

隔日，四人穿着用树皮和草根做成的衣服进了城，虽不愿与裴云天同行，但此时的情况却也容不得自己任性，贺兰钧只好告诉自己多注意些，免得又着了裴云天的道。

但人家员外摆擂台为胖得找不到婆家的女儿寻找减肥的高手，明明是裴云天拿走了赏金，为什么留下来的人是他贺兰钧啊？

这个死裴云天，一天不陷害他就浑身难受是不是？他们才刚共患难过，他马上就又将他卖了，卖得的钱他竟然一分钱也没看到，真的是太过分了！

更过分的是，那个本来跟他们站一边的玄武的徒弟小小，竟然在看见裴云天拿了那五百两黄金后，抛下他们追着裴云天去抱他的大腿了！

是可忍孰不可忍！

"大人，怎么办？"玄武看着扬长而去的裴云天的背影，再看看将自己与贺兰钧团围住的员外家丁，忍不住头疼。

他若出手，这些人当然都不是他的对手，但他却不能这么做，毕竟裴云天拿了人家的钱，他们理亏。

"我尽力而为吧。"贺兰钧无奈地摇了摇头，转头吩咐员外家丁准备最好的马匹，然后对员外道，"小姐为什么会发胖？就是因为缺少运动，可是你让她跑，她又觉得累，所以最好的办法就是骑马。只要按照我教的特殊方法骑马，保证小姐能瘦下来。"

员外顿时眼睛一亮，"什么特殊方法？"

贺兰钧却笑而不答，玄武看他一眼，突然悟了，转头看天，也不再说话了。

于是员外也悟了，"是是是，高人的方法特殊，自是不能随便告知。一会儿还请您示范一下。"

贺兰钧微笑着点头。

等到马匹被带了过来，贺兰钧才看向一旁胖嘟嘟的小姐，轻声道："小姐，请看好了，我给你示范一次该怎么骑马。"

"好，我一定乖乖学！"小姐点头，微微后退一步，眼睛牢牢地盯着贺兰钧与马，却见他利落地翻身上马，连停顿都没有便飞快地向前跑去。

这般飒爽的身姿顿时引得员外与小姐鼓掌喝彩："好，跑得好！"

而玄武则在他跑出六七丈距离时，猛然施展功夫，快步追上前方的马匹，飞身落在马后，一眨眼的工夫，两人便消失在众人的视线中。

觉得有些不对劲的小姐与员外对视一眼，都有些迟疑起来，"他们……好像是不会回来了吧？"

员外一愣，下意识地叫道："快追！"

几个家丁上前一步，却只听小姐"哇"的一声哭了出来，"追不上了，那匹马是方圆百里跑得最快的啊！"

员外顿时傻了。

而此时，裴云天正得意扬扬地行走在山道上，一边走一边还忍不住拍了拍怀里的金子。想到贺兰钧又被他算计了，还不知道得留在那小镇上多久，他就忍不住想笑。

跟在他身后的小小顿时好一顿献媚，"我就知道高人你最厉害了，比那个什么贺兰公子高多了。我当然要跟着你啦。"

裴云天得意地一笑，"算你小子有眼光！"

小小顿时喜不自胜，连脚步都轻快了些，"再过两三天就到孔雀山庄了，我相信高人你一定能娶到司徒小姐的。"顿了顿，却又好奇起来，问道，"可是我很好奇啊，你都没见过那个司徒小姐，为什么那么想娶她呢？万一她是个丑八怪怎么办？"

裴云天白他一眼，摆出一副"你不懂"的表情，笑道："我娶的是孔雀山庄大小姐的身份，她是丑是美有什么关系？大不了等娶完她，拿到了医术和钱财，我再娶上十八个漂亮的小妾不就好了？这个我早就想好了，你就不用操心了。"

小小愣住了，"这样也行？"

"那你以为呢？我要不是冲着他们家的医术和财宝，我为什么要跟贺兰钧过不去啊？你说我这一路受了多少苦啊？好在现在总算把他甩得远远的了。"裴云天说完，又忍不住得意，"你说这次他得在那个镇上留多久呢？"

小小一脸备受打击的模样，半天也没回话。裴云天心里痛快，也就顾不上他回答不回答了，正扬扬得意时身后却突然响起马蹄声，一匹骏马如风般从他身侧而过，即便没看到正脸，裴云天也分辨得出马上的两人是贺兰钧与玄武！

这怎么可能？

"我……我这不是在做梦吧？"他愣愣地看着前面越来越远的身影，有些不敢相信自己的眼睛。

他们怎么会有马？

小小却冷笑一声，嗤道："你没有做梦，老天爷对你刚才提出的问题给了最好的答案。"

那贺兰钧岂不是比自己快？裴云天咬了咬牙，飞快地往前跑去，只希望能更快一些，但他毕竟只是太医，身子文弱，不到片刻工夫便气喘吁吁，上气不接下气，再也跑不动了。

小小跟着跑过来，也在他旁边喘气，"算了吧，你两条腿怎么跑得过人家四条腿呢？"

"不行，我不能输给他，一定不能输给他！"裴云天咬牙，抬腿又要跑，身后一辆马车疾驰而过，掀起的车帘后露出一张美丽而怨怒的脸，竟是苏莲衣！

裴云天愣了愣，不明白这个女人怎么会出现在这里。想到贺兰钧与苏莲衣的纠葛，再联想到贺兰钧到孔雀山庄的求亲行为和苏莲衣此刻的样子，他缓缓地露出了一个阴险而奸诈的笑容。

但找苏莲衣合作的事却并不如裴云天想象中的顺利。苏莲衣根本听都不听他说，直接一脚将他踹翻在地，丢下一句："老娘做事还需要跟你这种人渣联手？去死吧！"然后扬长而去。

连一直喊着要跟在他身后的小小也理也不理他便转身走了，同样丢下一句："像你这种人渣真的不值得同情，去死吧！"然后从他身上踩过去，踩得他骨头生疼，只能哀哀叫唤。

事情的发展走向越来越奇怪，裴云天甚至觉得是老天故意在与他作对似的。扶着腰勉强从地上爬起来，裴云天忍不住又笑了。

只要苏莲衣追了过来，以那女人的彪悍与泼辣，不管她与不与自己联手，估计都够贺兰钧喝一壶的了。自己要做的，就是等待最好的时机罢了。

　　贺兰钧，这回你死定了！

　　而此时与玄武一起惬意地泡在澡堂子里的贺兰钧却半点儿危机意识也没有，只是舒服地伸展着四肢，享受着这难得的悠闲。

　　"裴云天一定想不到我们可以比他早一天来到这里，这都得感谢他给我们提供了一匹好马，不但让我们节省了不少路程，还卖了一个好价钱。"

　　玄武掬起一捧水泼到自己脸上，笑道："这是不是就叫多行不义必自毙？"

　　贺兰钧哈哈大笑，"答对了！"看着身上的皮肤多开始微微皱起，贺兰钧起身回房，玄武却只是看着他，想起身却又极其不愿意，很是纠结的样子。

　　贺兰钧眨眼笑了，"你再泡一会儿吧。裴云天那个瘟神离这里还远着呢，我不会有事的，放心吧。"

　　玄武脸色微微羞赧，想了想，从衣服里拿出一把很轻很小的匕首递给贺兰钧，道："大人拿着这个防身吧，万一有什么事情也能顶一阵子。"看贺兰钧犹豫，他也不多说，只是站起来围上浴巾，"我还是和大人一起离开的好，这样最放心。"

　　想到他一路上的辛苦，贺兰钧赶紧接过匕首，"好好好，我拿我拿，你再泡会儿吧，难得有这个机会。"

　　看到贺兰钧将匕首收进衣服里藏好了，玄武才吐出一口气放下心来，看着贺兰钧离开，确认没事了，他才又挪回浴池边缘，享受着热水带来的温润感觉，舒服地闭上了眼睛。

　　但当他从澡堂子里出来的时候，却看到贺兰钧飞快地往远处跑去，那样急切又匆忙的样子仿佛遇上了什么大事。他愣了愣，下意识地就追了过去，心里不住地祈祷。

　　可千万别出事，千万别有危险！要不然他就没法向女皇陛下交代了！

　　但当他跑过半个街道，气喘吁吁地追上贺兰钧时，却发现那只是个穿着贺兰钧的衣服、跟他个头差不多的男人，看着他露出一脸无辜的表情，

玄武顿时如遭雷击。

中了别人的调虎离山之计了，这下贺兰钧是真的有危险了！他飞快地往客栈跑去，只希望一切都还来得及。

刚跑到客栈门口，却见一个店小二慌慌张张地跑了出来，整个撞在他身上，玄武火大地刚要斥骂，却发现那个店小二竟然是贺兰钧！

"大人，你没事吧？"惶急的心终于放下了，玄武才吐出那口一直憋着的气。

贺兰钧一把抓住他拖到角落里，伸手竖在唇边，嘘了一声，然后小声道："别喊别喊，苏莲衣来了，她刚才打晕我，将我绑在椅子上。幸好有你给我的匕首，我好不容易才支开她逃了出来，你可千万别惊动了她，否则我们吃不了兜着走！"

玄武一惊，苏莲衣？想起那个难缠的女人，玄武也忍不住头疼，"怎么回事？"

"先走，走了再说！"贺兰钧也头疼，现在只想马上到孔雀山庄将事情了结了，省得有这么多麻烦。

两人正要悄无声地消失，却见小小突然从天而降，拦在了他们面前，仍旧笑得一脸谄媚，"两位高人，你们忘了带上我了。"

二人一惊，贺兰钧还来不及反应，却见玄武已经一脸喜色地迎上前去，"小小？你不是跟着裴云天走了吗？"

小小一双乌溜溜的黑眼珠转了转，笑道："我那是刺探敌情，你说我现在武功还没学好，怎么可能跟他走？"

贺兰钧眯了眯眼睛，"那你怎么不继续刺探下去了？"

"因为我想念你们了。"说这话时，小小的眼神真说得上是深情而诚恳。

贺兰钧却冷笑一声，"才怪！"转身不再理他，飞快地出了客栈。

小小乌溜溜的眼眸便对上还站在原地的玄武，小心翼翼地问道："他不相信我，玄武师父，你相信我吗？"

玄武上前一步将他揽进怀里，用力抱了抱，"我当然相信你，这几天没看到你，我也很想你啊。"

不知道怎么的，小小的脸却突然红了，并且有抑制不住越发红下去的趋势，惹得一向迟钝的玄武不得不出声问："你的脸怎么那么红？"

小小微微一窒，习惯性地张嘴就说道："刚刚追你们跑得太急。"眼睛却不敢看向玄武，只盯着前面贺兰钧的身影，一边追一边又丢下一句，"哎呀，你看又得跑，真讨厌，这红都下不去……"

玄武又一愣，脸红跟跑步有关系吗？他刚出现的时候可没脸红，这借口可真蹩脚啊！

而同时意识到自己说了什么的小小恨不得一口咬掉自己的舌头，什么叫这红都下不去？要是一会儿他越跑脸色越白，岂不是搬起石头砸自己的脚？

真是猪！

在贺兰钧风风火火地跑路往孔雀山庄赶的时候，苏莲衣却心满意足地牵着被反绑着双手的贺兰钧往回走。自认识贺兰钧以来，他从未如此刻般温顺，甚至称得上乖巧，无论她说什么做什么，他都只是看着，不说话也不动，但挂在脸上的微笑却俊逸而温柔，每每看得她心跳加速。

"这天气可真热，都秋天了，还能热死人！"她笑着看了贺兰钧一眼，"我们在旁边歇会儿再走吧。"

贺兰钧自是不会有异议。苏莲衣在贺兰钧面前随便惯了，也不计较，敞开衣服领子擦拭汗水，却发现贺兰钧的目光竟一直盯着她的胸口看。那样直接而热烈的目光，一瞬间竟让她想起十年前的那一次。那一次贺兰钧醒来时也是这般盯着她看的，直看得她心头小鹿乱撞，当时便下定决心此生非他莫属。

"看什么看？人家都是你的人了，早晚还不都得让你看个够？"任苏莲衣如城墙厚的脸皮，此刻也被看出了几分羞赧，她娇嗔地骂完，却发现贺兰钧仍是直勾勾地看着她，心里忍不住就"咯噔"了一下。

这个死人，该不会是想在这里就……那个啥了吧？可是这荒郊野岭的，他们还要赶路……

苏莲衣下意识地看了看四周，的确是荒郊野外，半个人影也没有。贺兰钧的目光越发地肆无忌惮而直接了，那样专注地看着，似乎恨不得在她胸口烧出个洞来似的。

苏莲衣扭捏了一下，含羞带怯的目光瞟了贺兰钧一眼又一眼，终于把持不住，扑到他身上，两人滚进草丛中，娇羞而故作姿态的声音传了出来："这种事总要你们男人主动的，不过你的手脚都被绑住了，我就勉为其难地主动一下吧……啊，你是谁？"

掩着胸口慌乱地从草丛中钻出来，苏莲衣手上抓着一张人皮面具，而草丛后露出的那张脸，哪里是什么贺兰钧？分明是客栈的店小二！

一瞬间，苏莲衣什么都明白了。说什么肚子饿，让她去找吃的，他却利用那空当让这店小二李代桃僵，彻底地耍了她一把！

想起自己方才被这店小二吃豆腐的情形，苏莲衣恨得直咬牙，"贺兰钧，你敢这么对我！我绝对不会放过你的！"

目光移到不能动的店小二身上，苏莲衣嘴角勾起一抹冷笑，她将人皮面具原样戴在店小二脸上，然后上前，一阵拳打脚踢，务必让自己出气。

虽然这店小二不是真的贺兰钧，但好歹戴着他的面具，也能让自己先出出气！

正打得欢快，却听大树后传来一阵激烈的笑声，笑得气都喘不上来了。

没想到这里还会有人，苏莲衣眯起眼睛，"谁？谁在笑？"

裴云天一边笑一边从树后走出来，"苏姑娘，你也实在太好笑了，连自己的男人都会认错，还差点儿连清白都失去了，这要传出去一定是洛阳城第一奇闻。"见苏莲衣只是白了他一眼，转身就要走，裴云天仍是笑道，"贺兰钧这么对你，苏姑娘也不考虑跟我合作吗？我只是想让贺兰钧做不成司徒家的女婿，你的目的跟我一样，为什么我们不合作呢？"

身后店小二的呻吟声断断续续地传来，苏莲衣迈出的脚步却停住了。

是啊，贺兰钧都能如此对她了，一而再、再而三地欺骗，她又为什么不能与裴云天合作呢？若是裴云天能当上司徒家的女婿，哪还有贺兰钧什么事？他就只能娶自己了啊！

对，合作！

但裴云天想的这是什么破主意，竟然让她假装被绑架？

"你想啊，贺兰钧被你绑架那么多次，每次都逃了，但反过来若是你被绑架了，他会怎么做？"破庙中，裴云天看着被重金利诱而来的江湖人士，笑眯眯地低声蛊惑着苏莲衣。

　　几乎没有迟疑地，苏莲衣就说出了他要的答案："我被绑架了他一定会来救我的。"

　　"对啊，贺兰钧是个好人，无论他喜不喜欢你，看到你被绑架，他一定会来救你的。假如绑架你的人一路朝着与孔雀山庄相反的方向走，那贺兰钧是不是会跟着走呢？"

　　苏莲衣点头，裴云天便笑眯眯地继续蛊惑："那走得越远，贺兰钧不就离孔雀山庄越远了吗？到时候他错过了选婿的机会，他想娶的女人嫁给了别人，你不就可以跟他在一起了吗？"

　　苏莲衣眼睛一亮，这么好的主意她怎么没想到呢？她用力一拍裴云天的肩膀，"果然是个好主意！我们赶紧去找人来绑架我吧！"

　　龇牙躲开她的巴掌，裴云天笑道："这就是我跑了一个上午的原因。俗话说得好，有钱能使鬼推磨。我花了好多钱才找到了一堆江湖人士，接下来你只要看看谁合适就行了。"他使了个眼色，破庙门口早就等得不耐烦的江湖人士便蜂拥而入，一个一个地开始介绍起自己来。

　　苏莲衣难得安静地听着，却总能挑出这样那样的毛病来，不是嫌这个四肢发达头脑简单，就是嫌那个的绑架理由太过无厘头。有人夸她貌美，她嫌弃人家是马屁精；若人家正眼都不看她，她又嫌弃人家眼里没有她，怎么能让贺兰钧相信她是真的被绑架了呢？

　　总之，一个下午下来，数十个江湖人士竟没有一个让她满意的。而这些江湖人士本就是些亡命之徒，骨子里不是什么好人，被她一再地毒舌拒绝后，竟然恶从胆边生，两下一合计，竟真的将苏莲衣与裴云天给绑了！

　　理由是苏莲衣浪费了他们一天的时间，害得他们没有收入，这笔账怎么也得在这次绑架中给讨回来！他们一定要让这个狗眼看人低的女人看看，他们也不是好欺负的！

　　而贺兰钧收到苏莲衣被绑架的消息时，他正在树林里教导一个因为没有政绩升迁无望想要自寻短见的县令。

　　"……这政绩啊，就是为老百姓做事，只要你心里有老百姓，就一定会有的。而且我觉得人活在世上，只要对得起天地良心，做好事不做坏事的，

就是好官……"话未说完，一辆马车飞驰而来，先是丢出一封信，然后马车的窗口伸出苏莲衣的脑袋，看到他，苏莲衣顿时挣扎着大叫起来：

"贺兰钧，救我，救我……"

片刻工夫，马车消失，独留下贺兰钧看着那封绑架勒索的信函发愣。竟然有人绑架了苏莲衣来勒索他，搞什么啊？

"大人，会不会是个骗局？"玄武见贺兰钧来回翻看信纸，忍不住问道。

贺兰钧摇头一笑，"不管是不是骗局，这都是一件好事。"看玄武与小小均是一头雾水，贺兰钧却走到那仍在唉声叹气、自怨自艾的县令面前，道，"你不是想要政绩吗？只要你乖乖听我的话，我会让你当个有政绩的好官的。"

县令愣了愣，从下往上仰望，贺兰钧的笑容明亮而灿烂，仿佛真如太阳般能带给人希望与自信，顿时让他的心情也开朗了几分。

或许，他真能给自己带来政绩也说不定吧？

对于在朝廷中如鱼得水又时常与裴云天斗智斗勇的贺兰钧来说，要解决几个孔武有余、脑力不足的江湖人士，那不过是分分钟的事，更何况他身边还有个更孔武、更给力的宫中侍卫玄武呢！

所以一张小小的人皮面具，就让玄武轻易混进了那群江湖人士里，然后一把迷药撒下，将所有江湖人士一网打尽，剩下就是处理苏莲衣与裴云天了。

贺兰钧走近破庙，就看到苏莲衣与裴云天绑在一起，他过去取下他们嘴里塞着的布条，苏莲衣立马泪水盈盈地道："我就知道你会来救我的。"

语气里满是心满意足，充满了"就知道会这样的"的笃定意味。

贺兰钧不动声色地挑眉，"这难道不是你们合演的一出戏给我瞧的吗？"见苏莲衣愕然地看着他，贺兰钧笑了笑，"我只是觉得这比较符合你的个性，也比较符合裴云天那个猪一样的脑袋。"

苏莲衣满脸的受伤，"那你还来救？"既然觉得她演戏，那就任她自生自灭啊，看他会不会后悔终生！

贺兰钧却摇了摇头，道："我若不来救你，你定会有新花样来折腾我，所以我决定要做件一劳永逸的事情。"

在二人疑惑不解的目光下，贺兰钧拍了拍手，县令带着官兵们进来了。贺兰钧笑着对二人道："这位是县太爷，他听我说过你们的事，觉得像你们这种喜欢闯祸，一年至少被绑架好几十次的人，最好还是先去牢里待着比较好，省得真的出了什么事。放心，县太爷会好好招待你们的，定会让你们过得很舒服。"

看着二人张大的嘴和满脸的愕然，县令上前，不好意思地笑笑，"这位贺兰公子现在有事情忙，没空看着你们，放心，我一定将你们关到他来带你们走为止的。"说完，他又转向贺兰钧，带着几分谄媚地道，"你帮我抓住了绑匪，让我今年有了政绩，这点儿小事我肯定帮你做好的。"

贺兰钧满意地点点头，指着裴云天，凑到县令耳边小声道："我这个朋友脑子有点儿不太好使，经常会说自己是朝廷命官，企图用官威来吓你，这是病症发作了。只要他一说，你就打他一顿，保管他立马就好！"

县令的目光在裴云天脸上打了个转，果见他凶巴巴地瞪着自己，就像上司发威时一样，顿时像打了鸡血似的，回答道："明白！"

贺兰钧满意地点点头，又亲自将裴云天身上的瓶瓶罐罐搜了个彻底，确保不会留下任何遗漏，才让县令将人带走。

裴云天在衙役们抓自己的时候，忍不住怒喝道："你们放手，我是朝廷命官，你们胆敢抓我？"

他话刚说完，那个县令就"唰"地站直，看了贺兰钧一眼，露出一副"果然如此"的表情，上前左右开弓"啪啪"就给了裴云天两记清脆而响亮的耳光，然后道："有病就得治，放心，以后你犯病的时候我会找好多人伺候你的！"

裴云天不敢相信地瞪着他，简直要怒火攻心了，"我真的是朝廷命官！"

这回县令连贺兰钧都不看了，直接又是两耳光。裴云天顿时蔫了，再不敢说话。县令对自己的巴掌十分满意，押着人走了。

贺兰钧也松了口气。终于送走了两个大麻烦，现在要解决的，便只有孔雀山庄的问题了。

一行三人在林间小道上行走，小小一如既往地活泼开朗，一张嘴半刻也不肯停下，一会儿说贺兰钧走错了方向，往左才是去孔雀山庄的路；一

会儿又嫌贺兰钧太过沉默，拼命逗他说话。

贺兰钧始终若有所思地看着他，漫无边际地与他闲聊，突然眼睛一转，指着不远处的草地，道："哎，前面草地上好像开了一朵花，挺漂亮的，小小，你帮我采过来好不好？"

小小转头看了一眼，笑道："好啊，我帮你采过来，你就告诉我你想解决什么麻烦的人好不好？"

贺兰钧点头，小小便一蹦三跳地过去采花，谁知刚越过草地，只听"吧唧"一声，地上突然冒出个大坑，小小猝不及防整个人便掉进这陷阱里去了。

听着他慌乱地喊"救命"，玄武脚下一动就想去救他上来，贺兰钧却拦住了他，慢慢走到陷阱边上，看着犹如困兽般的小小，笑道："看，我又摆脱了一个麻烦。"

小小和玄武都愣住了，前者看着他，不敢相信地道："谁说我是麻烦啊？"

"自从遇到你，我们就遇到了一路的麻烦，你不是麻烦是什么？"贺兰钧居高临下地看着他，声音是一贯地清冷漠然，"而且我发现你带我们走的路根本就不是去孔雀山庄的路。我想了很久，到底是什么原因让你这么做呢？想来想去，原因只有一个，那就是有人想要阻止我们前进，雇你来带我们绕路的。"

他说得这样笃定，小小缩了缩脖子，却忍不住反驳道："不是的，我……"

"怎样？你为什么要带我绕路？"贺兰钧并不给他逃避的机会，咄咄逼人。

在他目光的威逼下，小小再也说不出话来，贺兰钧冷笑一声道："你的这个陷阱本是为我们设的吧？这片土地寸草不生，却突然冒出一片草地来，定然是陷阱，却没料到你会掉进自己的陷阱里去。"

玄武一脸失望地看着泥坑里的小小，痛心地道："没想到你这么坏，我白对你好了！"

本来对着贺兰钧的指控一副无所谓的样子的小小，在看到玄武的失望时僵了僵，下意识地道："不是这样的，不是这样的……喂，你们别扔下我啊，喂……"

贺兰钧与玄武看了他最后一眼,转身毫不留情地离去了。

本就阴沉沉的天空仿佛累积了足够的雨云般,天幕瞬间压了下来,潮湿的水汽直扑到人脸上来。玄武护着贺兰钧刚刚躲进一间早已遗弃的废旧茅屋内,一声炸雷惊响,大雨瓢泼而下。

贺兰钧缩了缩肩膀,玄武早已快手快脚地在屋子里捡了些柴火生起了火堆,与贺兰钧分吃了干粮,又伺候着他睡下,玄武的目光便忍不住投向屋外的雨幕。

雨下得这么大,也不知小小在陷阱里会不会受凉。万一生病了,又没有人救他出来,那……岂不是要出大事?

回头看了一眼睡熟的贺兰钧,玄武咬了咬牙,转身飞快地冲进了雨里。

陷阱里的小小果然狼狈得很,身上早已没有半点儿干的地方了,他站在陷阱里一边不断地用手遮着头,一边不住口地骂着贺兰钧。

玄武顾不得一身狼狈,趴在洞口看他,"你没事吧?"问出口后他自己也觉得有点儿傻,因为小小怎么看都不像没事的样子。

"快拉我上去!"看到他,小小瞬间爆发,伸长了手拼命去够他。

玄武犹豫了一下,"贺兰大人说了,不让你再跟着我们。"

"那我保证不跟着你们了,行不行?"

"贺兰大人说不能相信你的话。"玄武仍然犹豫,就是不伸手。

小小顿时愤怒了,也不顾陷阱里泥水淋漓,狠狠地跺了跺脚,溅起无数泥水,"那你来干什么?看我多狼狈吗?"

这回玄武没有含糊,他动作很快地脱下身上的衣服,用树枝架着遮住洞口,看着下面淋不到雨的小小,笑道:"我来给你遮雨!"

看着他一个五大三粗的大男人做出这样傻兮兮的行为,小小真有种破口大骂的冲动。这么大的雨,他以为这一件衣服能遮住什么?但看着他小心翼翼的动作,他又骂不出来。

这个傻大个,真是……傻得没意思透了!

低下头,小小忍不住撇了撇嘴,身子却忍不住弯了弯,痛苦的呻吟声脱口而出:"哎哟,哎哟……"

上面的玄武果然马上问道："你怎么了？"

小小往旁边靠了靠，声音里有明显的忍耐，"我刚刚想爬上去，结果爬了太多次，崴了脚，现在动不了了。好像是断了……"

话音未落，上面的玄武干脆利落地一跃而下，来到他跟前，蹲下身，"给我看看，给我看看……你干什么？"

看着他疑惑不解的目光，小小收回点在他穴道上的手，轻笑了笑，"你教的功夫还不赖啊，我本来还以为没什么用，没想到这么管用。"他将玄武推到陷阱边上，踩着他的肩膀往上爬，一边爬一边道，"你自己说的这穴道十二个时辰必解，那就委屈你等十二个时辰吧，我先上去了。"

"……"连抬头看他消失的身影都做不到，玄武很是郁闷。这个小小还真是像贺兰大人说的那样，不能相信，分分钟都有鬼主意，让人招架不住。他半夜跑出来，现在还要等足十二个时辰才能回去，也不知道贺兰大人醒来看不到他会怎么想，要是办砸了女皇陛下交代的差事，他以后怕是也不用再回宫了……

正在胡思乱想的当儿，只听"咚"的一声，刚刚上去的小小又摔了下来，还正好地就摔在玄武身前，摔得他一愣。

"你怎么又回来了？"

"哎呀，痛死了！"揉着被摔到的屁股，小小一边起身一边怒道，"下这么大的雨竟然还有狼群，差点儿就被狼吃了，真倒霉，啊……"

一声惨叫，刚刚起身的小小又摔了回去，玄武刚要说"你可以待到天亮再离开"的话顿时哽住，急问道："又怎么了？"

黑暗中小小的声音里带着极大的疼痛，"我的脚……我的脚好痛……"

"你快给我解开穴道，让我看看！"不知道为什么，听到他说脚痛，玄武竟然觉得心里一紧，之前他假装受伤骗自己的行为竟想不起来了似的。

"不要，解了穴道你就跑了，谁还管我？"忍着疼，小小拒绝，但咬牙切齿中还间杂着痛苦的抽气声，让他的话多了几分可怜兮兮的感觉。

玄武头疼得皱眉，"我要是会跑，又怎么会过来看你呢？你快放了我吧，不然你的脚万一废了，可是要一辈子做瘸子的。"

小小犹豫了，想到他憨厚老实的样子，对自己的小把戏似乎永远也看不穿，一次又一次被自己耍，最终还是伸手解开了他的穴道。看他飞快地打亮火石，蹲下来小心查看他的脚，认真专注，小小忍不住问道："你……"为什么对我这么好？顿了顿，他却换了个问法，"你为什么来看我？"

抬头看他一眼，玄武竟显出几分窘迫与尴尬来，"我……我也不知道，我就觉得你人挺好的……"一边说一边用手指轻柔地捏着他的脚，小小疼得一缩，他手指便越发轻柔了，又皱了眉，沉声道，"糟糕，伤得不轻，得马上找大夫正骨，不然恐怕会出大问题。"

小小大惊，忍不住抬头看洞口，"外面有那么多狼……"

玄武却早已转身，在陷阱里搜集了几根枯树枝，又将身上的衣服脱下来，在树枝上捆成一团，用火石点燃，做成火把，然后转身蹲在小小面前，道："没事，狼群怕火。你趴到我背上，我带你走。"

小小张了张嘴，最后蹦出一句："你可别连累我！"人却顺势趴了上去。

"放心吧。"玄武起身试了试他的重量，举着火把跳出了陷阱。

陷阱外的树林里果然围满了狼，绿幽幽的眼眸在雨后的黑夜里格外瘆人。玄武举着火把逼退狼群，但潮湿的树枝却未能让火把维持多久，很快狼群便扑了上来。玄武仗着功夫踢开最先扑上来的狼，却躲不开接二连三的饿狼，很他身上便有好几处被咬伤了。

背上的小小能清楚地听到狼牙咬在他身上破皮的声音，他咬咬牙，"你这样不行的，你还是放下我，自己逃命吧。"没有玄武，他便可以撒药，未必会活不了。

玄武一脚踢飞一匹狼，将手上只剩下一点点火苗的火把向狼群扔过去，一手揽着背上的小小，一边转身飞快地往山下冲去，一边气喘吁吁地拒绝他："不！要生一起生，要死一起死！"都到这步田地了，让他抛弃小小独自逃生，他决计做不出。

小小咬着下嘴唇，眸子里的光带了些奇异，也有着疑惑。他想继续问，但狼群却很快追了上来，一直将他们逼到一处断崖。到对面的断崖还有五六丈宽，若无支撑，是很难跃过去的。

前路不通，后有恶狼，怎么看都是一个必死之局，看来是真要一起死了。

玄武回头看了一眼追上来的狼群，又望了望断崖，咬牙喝道："你闭

上眼睛！"说完也不管小小是否闭好了眼睛，便纵身往断崖跳去。

饶是他对自己的武功有足够的自信，但在如今身上背着一个人的情况下，还是在接近对面崖面时差了一步的距离，整个人直直地往崖下落去。危急之下，他挥手，抓住一根垂下的藤蔓，险险地吊在了悬崖上。

本来闭着眼睛的小小听到动静不对，张开眼睛正看到被绷得紧紧的藤蔓正一分一分地裂开，随时都有可能断裂，让他们摔到崖底粉身碎骨。

"这藤蔓承受不了两个人的重量，你还是放下我吧。"在这一刻，小小是真的想让玄武放下他。毕竟若不是他，他们也不会到这地步，若真要拉着玄武一起死，他做不到。

一手抓着藤蔓，一手攀着岩石，努力往上攀爬的玄武咬着牙，毫不犹豫地拒绝了他："不放！"他用力将藤蔓在手腕上绕了两圈，又往上跨了一步，喘了口气，故作轻松地笑道，"你唱首歌给我听吧，这样我很快就爬上去了。"

定定地对着他的后脑勺看了好一会儿，小小的唇瓣绽出一抹小小的笑，一向调皮仿佛藏着无限诡计的眼眸也温柔了起来，片刻，一首轻柔的小调响起，清雅脱俗的调子，略显低沉的细细嗓音，在这雨夜的寂静中，竟意外地多了几分缠绵的温柔。

也不知过了多久，玄武终于爬上了崖面，顾不得地面湿滑，累得够呛的两个人都躺倒在地上，拼命地喘气。

"你的胳膊受伤了，我帮你包扎一下吧。"侧头看着身边的人，小小莫名地就觉得感动。

玄武下意识地看向自己的胳膊，却摇了摇头，"不碍事，你的脚比较重要，我们先去看大夫。"说着就要起身，却被小小按住了，从怀里取出手帕，盯着他的眼睛道："先包扎！否则我就不跟你去！"

从他眼睛里看到了绝不妥协与坚持，玄武只好叹口气，"好吧好吧，你快点儿包扎。"

小小笑了一下，眼睛里漾过一层水样的波纹，他垂下头，小心仔细地将手帕扎在他的胳膊上，细细地打好结，才任他抱起自己下山。

一路上，玄武跑得很急，仿佛怕多耽搁一秒小小的脚就不能用了似的。

小小一直盯着他的下巴看，听着他急促的心跳与喘息，觉得自己的心也开始"怦怦"地急跳了起来。

"玄武，我一直骗你，你为什么还要对我那么好？拼了命也要救我？"小小将自己心里的疑惑说了出来。

奔驰中的玄武低头给了他一个笑，"我从小到大认识的人不多，也没交过什么真心的朋友，你是第一个对我笑的人。我也不知道自己为什么要对你这么好，就是觉得无论如何都不要你受到伤害。"

是这样吗？只是真心的朋友吗？玄武，真的只是这样吗？那为何，你此刻跑得这样急？为何你连自己的伤都不顾，只是担心他的脚？

玄武……

好不容易到了山下，找到大夫，看着他们浑身又是泥又是水，狼狈得好像是从地底下爬出来的样子，仁心仁术的大夫还是好心地收留了他们，一边给小小检查，一边打发玄武先到后院清洗一下。

看了小小一眼，玄武才去了后院，才刚打上一桶水，却见大夫疾步走来，迎头就是一顿痛批："你这个人怎么搞的？一个女孩子，你怎么让她半夜赶路？还又是雨又是泥的，还好没事，要是摔坏了这一辈子可就完了！"

"女孩子？"玄武正提了一桶水准备清洗，闻言一愣，一桶水顿时兜头泼下，整个人都成了水鸭子。

大夫却不再多说，只摆了摆手，"你好好照顾她，有什么事再叫我。"一边说一边找了自己的旧衣服丢给他换。

玄武身材高大，长期练武的结果让他看起来虽瘦削肌肉却异常结实，小镇大夫的长袍穿在他身上显出几分紧窄，虽如此，却仍能看出他英武不凡的气势来。

站在门口，玄武小心地看着笑盈盈看着他的小小，原来他以为的"他"却是"她"，难怪自己抱她时她会脸红了。

"你……"他开口，却在小小带笑的目光下越发地局促不安了。他顿了顿，干脆一转身，"你早点儿休息吧，我在外面守着。"

若以前，他定然是会在屋子里守着的，但如今……男女授受不亲，女孩子的清誉可不是能随便开玩笑的。

原本一直带笑看着他的小小皱了皱眉，看他飞快离开的步伐，忍不住喝道："站住！"脚步一顿，僵硬的背影却怎么也不肯转过来，想起他这一夜的奔波、与狼搏斗，她的心忍不住软了，连带着声音也温柔了，"来，到我旁边躺着。"

飞快地转头看她，他脸上是一副惊骇到极点的表情，似乎她方才说了惊世骇俗的话似的，原本僵硬的身体越发绷得好像石头似的。

小小本就软了的心便越发软得化成了水，在心里叹了口气，她看着他："我相信你的为人。"她知道绝不会对她做出什么逾矩的事。

玄武却转开了头。此时的小小少了几分平日里的古灵精怪，柔柔的灯光照在她脸上，双颊绯红，眼眸温润湿亮，不知是否是知晓了她女子的身份，玄武竟觉得她这副柔弱的模样格外地吸引人，惹得他的心禁不住地"怦怦"直跳。

见他半天不动，小小忍不住又叹了口气，掀了被子做出一副要下床的样子，"你过不过来？你不过来我下去找你。"一边说着一边就要单脚跳下来。

几乎只是一眨眼工夫，玄武便进了屋，单膝跪在床榻边，一手握着她的小腿，一手按着她的肩膀将她推倒在床上，急道："大夫说了，你今晚不能动的，赶紧躺下。"

抿唇一笑，小小定定地看着他，"那你躺不躺？"

玄武的身子再次一僵，目光游移了半晌，那张平凡而略黝黑的脸红了又红，终于拗不过小小的坚持，小心翼翼却又老老实实地躺在了她的身边，僵硬的身子犹如石板。

小小却很满足地笑了笑，也不理他的推拒，伸手抱住了他的腰，将自己整个嵌进他怀里，才满足地吐出一口气，轻声道："其实你这个人呢，长得一般，性格沉闷也不可爱，不过好在有一股子傻劲，让人心里觉得很踏实。"

玄武僵硬地躺着，一双手不知该放在哪里好。她贴在他胸膛上，呼出的热气熨暖了他冰冷的身子，泛起连他自己都不知道的热潮，良久，他才喃喃地嗫嚅了一句："你怎么会是女孩子……"

"扑哧"一声，小小忍不住为他的傻气笑出声，"我是女孩子你不高兴吗？"抬头，果见那张黝黑的脸黑得更加彻底，她促狭之心大起，"你的脸怎么红了？是不是动了什么歪念头？你若真的这样，我……我……"她没说我怎样，但那副故作的柔弱与无奈却在脸上表现了得十足。

本是目不转睛看着她的玄武顿时脸更黑了，几乎是立刻，他闭上了眼睛，鼻子里发出假到极点的鼾声，"我没有，我累了，睡着了。"

有睡着了还会说话的人吗？小小好气又好笑，伸手往他腰上的痒痒肉抓了一把，看他身子一抖，忍不住哈哈大笑的样子，越发停不了手，还不忘揶揄他："看你还敢装睡！以为我对付不了你吗？"

玄武被她逼得没法，药铺的床本就小，他身材魁梧，为了不压到小小，他只挨着床沿躺着，半边身子悬空，如今被她这么一闹，几乎就摔下去；而小小整个人趴在他身上，若他摔了，她怕是也要跟着一起摔下去。

万般无奈，玄武只得一翻身，一只手锁住她的双手按在背后，却将小小整个人压得腰向前一挺，小巧纤细的身躯整个贴在了他身上，再无缝隙。

看着眼前这张小巧中略显精致的脸，因了连夜的辛苦而显出几分憔悴和狼狈，实在算不上好看，但玄武就是移不开目光。

明知道这个老实人心里什么歪思邪念都没有，但小小在他的目光下仍是忍不住红了脸，她想移开目光，想低下头，却舍不得。看他目不转睛的样子，她忍不住往上凑了凑，绵软的唇碰到了他的，一样的软，带着淡淡的凉气和扑鼻而来的男人气息。

她再也控制不住，羞红了脸，埋在他怀里，不肯再看他。

过了良久，脸挨着的胸膛才微微震动，他的声音轻而低沉，带着暗哑："快睡吧，明天脚就好了。"

她没回答，但能感觉他的手臂揽住了她，很紧，也很温暖。

黑暗中，在他看不见的地方，她的唇绽开了一抹淡淡而满足的笑。

玄武打定了主意，无论贺兰大人如何阻止，他定要将小小带在身边，无论她说过多少谎话，骗过他多少次，他都不会放心她一个女孩子独自行走的。在入睡前，他甚至想好了到时候若贺兰大人不同意他该如何。

但第二天睁开眼睛，他却发现自己一晚上的打算都只是浮云，原本躺在他怀里的小小早已失去了踪影。

大夫解释小小姑娘脚好了就离开了，还嘱咐自己好好照顾玄武，他却没有心思听。只将她为他包扎伤口的手帕细细地折好，小心翼翼地藏进怀里，转身飞快地离开了。

回到废墟破屋，贺兰钧果然已经醒来，看到他狼狈而憔悴的样子，并没有多说，只让他赶紧换好衣服，二人一起赶往孔雀山庄。

此时，求亲的人已会集在孔雀山庄内的大广场上。虽算不得人山人海，却也着实让人吃惊不小。看来绝世医术与财宝的魅力果然能吸引太多的人。

山庄掌事的是个四十来岁的中年人，略胖，满脸圆滑的笑，先客套寒暄了一番，说各位远道而来辛苦了，孔雀山庄备了怎样的酒席招待云云。正在众人点头微笑，心里默默称赞孔雀山庄会做事时，掌事的话锋一转，说到此次求亲的事。

"我们庄主说了，为了表示诚意，还请各位都给小姐准备一份礼物，倘若小姐满意，便能入内相见；若小姐不满意，那恐怕就欠点儿缘分，只能抱歉了。不过我们山庄另备了大礼，必不会让各位空手而回。"

众人面面相觑，那掌事的说完行了礼便径直退下了，随后进来数十个青衣长裙的妙龄丫头，人手一个托盘，却是来收礼物的。

场内众人一时间议论纷纷，既有早已备下礼物的人自得意满地献上礼物，也有来不及准备的人懊恼不迭，更有不知该献上什么礼物而烦恼不堪的。

贺兰钧始终含笑看着，不出声，也不评论，与他一贯的作风极为不符，惹得玄武都好奇了："大人，我们什么都没准备，怎么办？"

贺兰钧却不理他，在问过一旁的人这礼物有一天的准备时间后，便拉着他离开了，"我们去街上看看有什么能买的吧。"他此话一出，便惹得周围一阵哄笑。

贺兰钧却只是摇摇头，直到出了孔雀山庄，才冷笑了一声，"真是一帮蠢货，愚不可及！"见玄武又是一头雾水地看过来，贺兰钧难得好心情地解释道，"这孔雀山庄财大势大，要什么没有？司徒小姐会在乎区区礼物吗？若只是凡俗之物，必入不得她的眼，不若我们去问问一般女子都喜爱什么吧。"

这算不算是临时抱佛脚？玄武似懂非懂地点了点头，满头的雾水不但没有散去，反而有越来越浓重的感觉。

跟着贺兰钧跑了一天，问了无数个女子她们最想要的礼物是什么，却人人不一样，有喜欢珠宝首饰的，有希望丈夫多陪陪自己的，更有死了丈夫希望能有个男人的……五花八门，不一而足，玄武脑袋上的雾水不但浓重了，而且都快凝聚成水滴下来了。

"大人，您这样瞎问，每个人都不一样，我们到底送什么好啊？"

斜睨了他一眼，贺兰钧笑得意味十足，"虽然她们说的不一样，但都有一个共同点。我已经知道送什么了。"

共同点？为什么他没看出来？抓了抓脑袋，玄武觉得自己越来越不懂这个贺兰大人了。

很快，所有求亲者的礼物便被送了进去，贺兰钧献上了一个小小的红布包，一副神神秘秘的样子，惹得玄武颇为好奇，却也懒得问。

只要贺兰钧能进入最后的选婿环节，管他用什么方法呢。

很快，结果便出来了，贺兰钧果然榜上有名，玄武大喜，"大人，你果然高明，小姐喜欢你的礼物，我们快进去吧。"

贺兰钧低头一笑，带着玄武跟在掌事的身后往山庄大厅而去，却在跨进大厅时被拦住了，"没叫到名字的不能进去，这位壮士，请留步！"

贺兰钧与玄武都愣住了，玄武是他的侍卫，这孔雀山庄连侍卫也不让带吗？莫非有什么问题？

"这是我的侍卫，也需要准备礼物才能进吗？"微笑着，贺兰钧问得随意，目光却锐利地扫过门口杀气腾腾的守卫。

掌事的一笑，语气虽谦卑，态度却强硬，"庄主有令，不管是谁，哪怕是家丁护卫，只要没有小姐入眼的礼物就不能进去。"

贺兰钧皱眉，侧了身子轻声道："没事，我一个人去就行了。"

玄武微微低头，声音也放得极轻："不行，我得保护大人的安全。"孔雀山庄这样的安排，不得不让人想多。若贺兰钧在此出了什么意外，不说女皇陛下责怪，只他自己都无法过自己这关。

想起女皇陛下说过的探子传回去的信息，孔雀山庄内不但有各种机关，还暗藏着能迷惑人心智的药物，更有能驱使虫兽助韩王叛乱的药物，就这么只身进去，确实也不安全。

想了想，贺兰钧问道："你身上有什么珍贵的东西？"

玄武一愣，"我最珍贵的……没有啊。"他一个侍卫，无父无母，何来什么珍贵的物什？浑身上下除了……

"哦，我想起来了，有一样。"小心翼翼地从怀里取出那个精心叠好的手帕，想起小小为他包扎时的样子，玄武笑了笑。

那掌事的却在看见他手里的手帕时，眼睛亮了亮，也不等他说什么，上前一步，抢过手帕就入内而去，"这手帕绣得还不错，我拿给小姐看看。"

玄武被他突然的动作给惊到，下意识地上前阻止，"这手帕不能送人……"两把锃亮的大刀"唰"地横到了他跟前，也将他后面的话给逼了回去。他看了看贺兰钧，往后退了一步。

虽然不知他为何如此紧张这手帕，但贺兰钧还是安慰道："放心吧，他们没收的礼物都退回来了，手帕丢不了。"

玄武想了想，才点点头，又退回护卫的位置。

很快，掌事的就出来了，但手上已没有了手帕。他看着玄武笑道："手帕我们小姐已经收下了，请两位入内吧。"

贺兰钧微笑抬脚，玄武却急了，"不行的，不行的，手帕要还给我……"

掌事的含笑看着他，态度还算有礼，眼眸里却多了几分不屑与不以为然。贺兰钧只得拉了玄武的手臂，轻声道："行了，先进去吧，见到小姐再问她要手帕吧。"

眼见那掌事的没有丝毫退还手帕的意思，玄武只得跟着贺兰钧入内，所以也就没有看到他们刚刚离去后，苏莲衣与裴云天气喘吁吁地冲进广场却被掌事的拦住的一幕。

"这位公子，所有求亲者必须先送一件合小姐心意的礼物方可入内，请问你的礼物……"

裴云天一愣，与苏莲衣对视一眼，问道："那你们小姐合心意的礼物是不是都会亲自看一眼呢？"

"那当然。"掌事的点头。

却见裴云天也点点头，从旁边的礼物堆里抽出一块红绸披在身上，脚步不停地冲进内室，"我把我自己送给你们家小姐，让开吧！"

掌事的一愣，已被裴云天趁机闪过，入内而去。他只来得及拦住后面的苏莲衣，"姑娘姑娘，这是男人家的事，你瞎掺和什么？"又示意一旁的家丁守卫，"今天捣乱的人太多了，看好门，不许再放人进去了，知道了吗？"

家丁们顿时上前一步，拦在苏莲衣面前，答道："是！"

在门外看不到贺兰钧的苏莲衣急得团团转，几次想往里冲都被人拦住了，只能拼命跺脚，却也无法可想。

最终能够进到孔雀山庄内部得以见到庄主司徒青与司徒小姐的，共有九人，掌事的带着他们在大厅内坐下，贺兰钧一眼看见最后进来的裴云天，愣了愣。

趁着掌事的入内请庄主司徒青的空当，贺兰钧凑到裴云天跟前，皱眉问道："你怎么来了？"

给他一个白眼，裴云天怒道："你当然不想我来了。不过山人自有妙计，该有的缘分谁也阻挡不了。"

"谁挡你的缘分了？"贺兰钧仍是皱眉，若裴云天到了这里，那苏莲衣呢？他们又是怎么从县衙大牢里出来的？

毕竟是多年的老对手，看他的表情就知道他在纠结什么。裴云天冷哼一声，"你以为将我关在大牢里就行了？不说我，苏莲衣也不是省油的灯！要想两个目的一致的人乖乖听你摆布，门儿都没有！更何况洛阳城里还有张易之大人在等着我的好消息呢！"

张易之？！贺兰钧了然了，若是裴云天与苏莲衣想方设法给张易之递了消息，那小小的县令确是无能再关住他们了。不过裴云天来了也好，他展眉一笑，"不错不错，还以为这次跟一帮笨蛋没什么好玩的，没想到你来了，倒真有点儿意思了。"

虽然裴云天成事不足败事有余，但有他在这里将孔雀山庄这池水搅得更浑，倒也符合女皇陛下最初的想法。而且裴云天也算精通药理，多了他在身边，孔雀山庄要是想下药什么的，也多了个帮手。

这么一想，贺兰钧心里便平衡了。倒是裴云天被他的话气得笑了，"你不要以为自己很了不起！鹿死谁手还未可知呢！"

贺兰钧点点头，还要再说，那边只闻其名却从未见过面的孔雀山庄庄主司徒青终于出来了。他是个略显清瘦的中年人，留了一撇清雅的小胡子，显得温文尔雅，若不是身上隐约飘来的浓重草药味，说他是个教书先生只怕也有人相信。

司徒青抱拳团团一揖，笑道："各位一路辛苦，都坐下吧。"待众人寒暄完都坐下后，他才坐下，一边示意喝茶一边又道："所谓千里姻缘一线牵，小女年方二八，正是适婚的年龄，要为她找一个才貌双全的好夫婿真是难煞老夫了。如今能有各位前来求亲，老夫真是感到非常高兴。不过，做夫妻是一辈子的事，不能盲目，所以我觉得还是应该跟小女相处过之后才能定夺谁最合适。"

众人纷纷点头称是，司徒青满意一笑，回头吩咐道："请小姐出来吧。"

旁边家丁答了声"是"，便见四个妙龄丫头先自内室出来，又见两个小丫头扶着一个身材瘦小的女子出来了。

厅中众人都引颈期盼司徒小姐的到来，却在看清她的容颜时都愣住了。

名气如此之大的司徒家小姐，竟然是个面有黑斑、歪眼斜鼻的丑女！如此即便是有财宝与医术的诱惑，众人心中也忍不住生出些不情愿来。

也难怪这孔雀山庄如此大方了，感情是这司徒小姐太丑，找不到婆家嫁不出去啊！

但司徒青却仿佛没看见众人的表情似的，宠溺地看着女儿，笑道："这些都是来向女儿求亲的青年才俊，你看如何？"

那丑女双眼扫过来，众人顿觉尴尬，只恨不得她千万别看到自己才好，目光游移谁也不敢与她对视。

半晌，只听那丑女轻笑道："爹，女儿看着都不错，我都喜欢。不过能不能白头偕老，光看可不行，且让女儿问问吧。"

司徒青自是点头，也不管她如何问，只是坐在大厅的主位上捋须微笑，目光一会儿看看这个，一会儿看看那个，竟真的是一副老丈人看女婿，越看越满意的样子。

求亲者们都尴尬地站着，那司徒小姐丑归丑，一双眼睛却水润灵巧，透着掩不住的精灵。她看着面前的求亲者，笑着问道："你为什么想娶我？"

那是个中等身材略微偏瘦的青年，目光一垂便看见司徒小姐一张丑脸正在眼前，脸上的笑容僵了僵，才回道："因为……仰慕小姐已久。"

司徒小姐顿时眉开眼笑，侧头搔首弄姿，"仰慕我？你是不是觉得我很漂亮啊？那趁着这次的机会，你可要好好看看啊。"

那青年答得利落，目光盯着她看了不到两息时间，顿时招架不住，侧身冲出门外，片刻后便传来呕吐的声音，听得厅内的人心惊不已。

那司徒小姐似早已料到会如此，只是轻笑一声道："哼，如此言不由衷的骗子，淘汰！"

众人心有戚戚焉，恨不得自己就是下一个被淘汰的对象。司徒小姐目光微微一转，看向一屋子人中外形最为出色的贺兰钧与裴云天，漫步踱了过来。

贺兰钧不等她开口，便微笑着回道："我想娶你是希望能学得更高明的医术，可以救死扶伤，为天下谋幸福。"

司徒小姐挑眉一笑，"志向不小啊。难道你不喜欢我吗？"

贺兰钧顿了顿，看着她的目光温和而平静，"喜欢，你能帮我成就大业，我为什么不喜欢你呢？总比那些没见过你却满口说喜欢你的人说的假话好吧？"

他一句话其实已经把这大厅中的大部分人都摒除在外了，若换了平时必定有人会跳起来反驳；但此刻，所有人都只是默默地不作声，若不是孔雀山庄势大得罪不起，他们只怕早已夺路而逃了。

司徒小姐似被他说中心事，点了点头，眸中闪过一抹若有所思的光，"有点儿道理。"

一旁的裴云天却趁机道："司徒小姐有所不知，这位贺兰公子很厉害的，不但医术高明，还擅长帮人调理容颜，定能将你装扮得化容月貌、美若天仙。若实在不行，他随身携带了不少好东西，就算他对小姐你的容貌不满意，也定能想出法子让你变成绝世美人的。"他一边说，一边双手不停地在贺兰钧身上摸索，片刻工夫便搜出一大堆人皮面具来，其中几张描眉画目，精致非常，是难得一见的美人脸谱了。

那他如何将司徒小姐变成绝世美人自然是不言而喻了。

司徒小姐便皱了眉，看向贺兰钧问道："你真的连看我一眼都忍受

不了？"

贺兰钧没料到裴云天会来这一手，略微愣了愣，随即笑答道："不是的，因为小姐过于美貌，而这美在日后只属于我一个人。我不想让别人看到你的美，所以你要答应我，我们成亲之后，除了在我面前，你一定要戴上这个面具，免得那些登徒子看到你想入非非。"说着还不忘瞪了裴云天一眼。

他这话答得巧妙，看似回答了司徒小姐的问题，称赞她美貌，但实际上却又将她容貌的问题遮掩了过去，隐约地表示了自己并不在意她的容貌，若她害怕别人在意，他可以帮她遮掩。

司徒小姐果然掀眉一笑，点头道："你果然是个聪明人。若我真的选你的话，这些人皮面具倒是不错的考虑。"

贺兰钧微笑，看向裴云天的目光中带了几分得意。想害他？哼，也不看看自己哪次被他害成功了。

接收到他的挑衅，裴云天不服气地哼了哼，看向走到他面前的丑女，温声道："司徒小姐，一个男人对一个女人好不好，不在乎本事有多大，还要看他愿意为这女人做什么。司徒小姐若选我，你让我做什么我就做什么，从此以后我的人生就只为你一个人而活！"

这话是极重的承诺了，相当于用后半生来换得孔雀山庄的认可了。

司徒小姐果然感兴趣，回头看着他，眸子里都放光了，"你此话当真？"

裴云天刚要重重点头，却听旁边贺兰钧清朗的声音悠悠地道："不如让他学青蛙跳两百下试试？"

裴云天一口气哽在喉咙口，转头怒道："贺兰钧，你不要瞎捣乱。这跟你有什么关系？"

贺兰钧却依然优哉游哉地笑，说出的话却气死人："还说什么以后的人生只为一个人而活？现在让你学青蛙跳都不肯，怎么还能指望你为司徒小姐做别的呢？"他这话是冲着裴云天说的，眼睛却看向司徒小姐。

见他说完，司徒小姐竟然颇为认同地点了点头，"有道理。"就连主位上一直不声不响的司徒青也看了过来，目光的压力让裴云天咬了咬牙，恨恨地道："谁说我不愿意？"

"哦？"那丑女笑着看了贺兰钧一眼，再转回裴云天脸上时，语气中多了几分戏谑，"那你还不快跳？"竟是颇为期待的样子。

裴云天咬了咬牙，无奈地蹲下身，在众目睽睽之下开始了青蛙跳。若是目光能杀人，被他狠盯着的贺兰钧只怕已被他杀死无数次了。

那司徒小姐目光在裴云天与贺兰钧脸上来回看了一遍，突然展颜一笑，"我做事向来很公平，你们不都说想娶我吗？那么一起跳吧，跳完才能留下来，跳不完一律滚蛋！"说完头也不回地离开了，只留下笑眯眯的司徒青和一众家丁监视着他们青蛙跳。

没想到会搬起石头砸自己的脚，贺兰钧无奈，在众人谴责怨怼的目光下，也只能无奈地蹲下身一起跳，反倒是裴云天看着他的糗样，忍不住笑了出来。

第四章

儿戏选婿促良缘

就在贺兰钧与裴云天在孔雀山庄内部互相斗得不可开交时，山庄外的苏莲衣急得团团转，生怕贺兰钧真被选上，做了司徒小姐的东床佳婿，那她这么久的念想便全白费了。

但这孔雀山庄确实守卫森严，即便她换了男装仍是被认了出来，守卫们毫不留情地将她拦在门外，半点儿机会也不给她。

眼见一天过去了，孔雀山庄里却没有半点儿消息传出来，也不知道贺兰钧到底怎样了，裴云天选上了没有。

苏莲衣正急得跳脚时，却见一群打扮得花枝招展的女子迎面走来，最前面一个浓妆艳抹徐娘半老的女子边走边说道："这一次孔雀山庄庄主邀请我们过来勾引他的女婿，看看他们的人品怎么样，你们一定要做到要多风骚就多风骚，只有勾引到人才能说明我们的事情做得到位，才能拿很多赏钱，知道吗？"

众女子娇笑着答"是"，一边又做出些搔首弄姿之态，互相取笑，一时间门口莺莺燕燕，令人眼花缭乱。

花娘？苏莲衣一愣，随即恍然，眼睛一亮，仿若不经意晃到那领头的老鸨跟前，扯了扯衣襟，脸蛋半仰，一手抬起用手背擦了擦额头，另一手则做扇子状拼命在脖子间扇动，务必让衣襟呈现若隐若现的半敞开状态，然后一转头看向老鸨，"妈妈，您看我这样的比不比得你的姑娘们风骚啊？"

她本身长得漂亮，又曾经营过人面桃花楼，对这些风尘手段自是了如指掌，洛阳城出来的花娘又哪是这些小地方可比的？那老鸨顿时眼睛一亮，拼命点头，"姑娘这一身风情，只怕是无人能比得过。不如你跟我们一起去，得到的报酬我们一人一半？"

此话正中下怀！苏莲衣心里暗爽，面上却少不得做出几分为难之色，犹豫半晌才道："真要一人一半啊？"

老鸨自然点头，花娘们拥上来裹着她便如一阵风般进了孔雀山庄的大门。

孔雀山庄虽名为山庄，其实占地面积并不大，只是内里亭台楼阁、曲水假山，倒也颇有几分情调。众花娘进了山庄，便有掌事的过来，悄悄将她们带到花园中，也不特意说明，只冲着老鸨打个眼色便离开了，那意思便是：求亲者尽在花园，你们看着行事。

苏莲衣一眼就看到了贺兰钧，他一身白衣，与几个求亲者坐在凉亭里喝茶，纵然没有任何动作，那清冷高华的气质也让他在众人中显得出色。尤其他身边还坐着容貌并不逊色却一身黑衣显出几分阴冷气质的裴云天，让人想忽视都难。

众花娘各自选了自己要下手的对象，便纷纷下去准备了。苏莲衣费了一番口舌与心机，好歹从他人手里抢到了贺兰钧。远远看着他浅酌轻笑的样子，她咬了咬牙。

贺兰钧，你敢对不起我，就让你看看我怎么整你，定要让你做不成这东床快婿的美梦！

于是，当夜贺兰钧回到房间内，就见到了一幅绮丽冶艳的场景——不大的房间内灯光朦胧暗淡，身着一缕薄纱的女子背对他靠在窗边，清风浮动薄纱，隐现她窈窕美好的曲线，惹人遐思到极点。

　　"姑娘，你是不是走错了房间？"最初的疑惑过后，贺兰钧忍不住笑着摇了摇头，故作不解地问道。

　　那女子并未转身，只是略略低头，似无限羞涩地轻声道："没有，奴家就是来伺候公子的。"一边说一边缓缓转过身来。

　　贺兰钧虽心里有些想法，知道这半夜出现在自己屋里的女子定然不同寻常，但当真看到那女子的脸时，还是忍不住大吃一惊，"苏莲衣？怎么是你？"

　　苏莲衣嫣然一笑，说的话却是咬着牙一字一字吐出来的："可不就是我吗？现在只要我一喊人，你就算跳到黄河也洗不清了。贺兰钧，你想娶司徒小姐？做梦吧！"

　　初始的惊愕过后，贺兰钧反而沉下心来，他看着苏莲衣衣不蔽体的模样，摇了摇头，拉过窗帘，双手如飞花穿梭，绕着苏莲衣转了一圈，便用窗帘将她裹了个严严实实，"你什么都不知道就来捣乱，也不怕出事。不过兵来将挡，水来土掩，我总是有办法让你无法诬陷我的。"

　　死命也解不开身上的窗帘，苏莲衣气得头顶冒烟，瞪着贺兰钧的样子恨不得咬他一口，"你这个负心汉，我对你这么好，你竟然为了钱辜负我，去取一个你不爱的女人！好，我既然无法阻止你，那现在就死在你面前，让你一辈子内疚！"

　　她说着，伸手拔下头上的簪子，决绝地刺向脖子处，连惨叫声都来不及发出，白皙的脖颈间便鲜血直流。

　　没料到她如此贞烈，贺兰钧大惊，脑子在那一瞬间几乎是完全空白的，下意识地就扑过去扶起她，颤抖的手都不敢去碰那簪子，只抖着声音道："你……你干什么啊，你……"

　　原本无声无息靠在他怀里的苏莲衣在感受到他发抖的身躯时，突然睁开眼睛，展颜一笑，"你也会担心我吗？簪子是假的，你现在还要逃吗？"

　　贺兰钧一愣，细细看那簪子，果然是假的，中空的簪子断为两截，中间藏着的鸡血洒得到处都是，倒真的让他吓了一大跳。

　　苏莲衣却一把抓住他，大叫："来人啦，来人啦……"

贺兰钧眉头一皱，不等山庄内家丁进来，一拳挥了出去，正打在苏莲衣的脸上，等到家丁们进来，地上只有被打得鼻青脸肿的苏莲衣和倒坐在一旁大喘气的贺兰钧了。

看到家丁，贺兰钧顿时眼睛一亮，"你们来得正好，这女人跑到我房间来企图勾引我，被我打倒了，你们快拉她出去问问是怎么回事吧。"

家丁们面面相觑，却也不敢多说，只答应一声，拉了人便下去了。

苏莲衣拼命挣扎不开，怨怒地看着贺兰钧，眼角一行清泪滑下，"贺兰钧，你好狠……"

一直看着她被人拉出去，再也看不见，贺兰钧才缓缓闭上眼睛，在心里叹了口气。

莲衣，对不起，我身负重要任务，不得不这么做。待得任务完成，哪怕是跪地求饶，让你打回来也无所谓。只求你相信我，千万不要恨我，千万不要！

而同时，裴云天一想到自己以后的妻子会是那样一个丑女，日日夜夜面对，便忍不住心生嫌恶，恨不得夺路而逃。但他不能这么做，要想赢过贺兰钧，他必须娶司徒小姐。

所以他为自己熬了一碗药，喝了之后除了视力变得模糊看不清人之外，倒不影响其他的。为了钱财、医术，为了前途，豁出去了！

对着黑漆漆的药汁，裴云天鼓了鼓勇气，一仰头喝光了，片刻之后，眼前便好像蒙了一层轻纱，模模糊糊的，虽能看清人影，却再看不清脸上的细节了。

他满意地笑笑，眼前人影闪烁，看身形倒与司徒小姐有七分相似，他赶紧起身，笑道："小姐这么晚了来花园走动，可是寂寞？需要人陪伴吗？"

身影停住了，似乎在打量他，片刻后听得女人的声音惋惜道："我本来选你的，可是她们让我选别人，我还正觉得可惜呢。"

听到这声音，裴云天愣了愣，但听到她被逼选别人，他便什么都顾不得了，努力睁大眼睛，看着对方手臂的位置，伸手过去握住了，柔声道："是小姐选夫婿，怎么能让他人左右？再说别人哪有我好？我这眼里、心里、心肝脾胃肾里可就只有你一个。"

他这话一出，对方便再也没有什么矜持和惋惜了，软绵绵的身体依偎在他怀里，娇嗲的声音听得人骨头都酥了，"好吧，那我就顺从你了。"

裴云天顺势揽住她，心里忍不住得意。幸好他没回房，留在花园里，否则这小姐可就被别人抢走了。

正得意时，身后却传来另一个女子的声音，"他明明是我的，你跑过来勾引他做什么？"

被裴云天揽在怀里的女人立刻回道："可是他喜欢我，我有什么办法？"

裴云天一愣，这是有两个小姐吗？怎么可能？到底谁才是真的小姐？

那边两个人却已经斗上了，"你这个骚货，平时在院子里跟我过不去也就算了，今天还抢我的人？我跟你拼了！"

"来啊来啊，谁怕谁啊？"

裴云天一个不留神间，那两人竟动起手来了。他心知自己方才认错人了，但苦在现在看不清人影，只能茫然地在两个打来打去的影子间看来看去，却是毫无头绪。正闹得不可开交之际，又过来两个人，只听掌事的一声怒喝道："你们到底在干什么？这里是什么地方？容得你们这般胡闹！"

裴云天还没来得及凑过去，却见那两个打成一团的人七嘴八舌地嚷了起来。

"不是你让我们来勾引这里的求亲者的吗？她抢我看中的人！"后来者先告状。

前面那个自然不服气，"什么抢？是这男的自己喜欢我，说心里、眼里只有我一个！"

裴云天顿时红了脸，心知自己闹了个笑话，但这孔雀山庄闹的笑话也不少吧？竟然请青楼女子来试探求亲者，说出去不知会笑掉多少人的大牙！当下他也不着急了，事已至此他倒不怕孔雀山庄淘汰他了。

好在自己也未酿成大错，这试探也未必不能过。

那掌事的也知这事闹得荒唐，皱眉看了他半天，见他虽面色尴尬，却没什么别的动静，也不好出声，只得打发了那两个花娘，回头却见裴云天正抓着与他同来的庄主的手，深情无限地说道："其实我来这里只有一个原因，那就是你。我心里爱的、想的也只有一个人，那就是你，所以不用再试探我了。除了你，全天下任何女人，我都不会放在眼里的！"

此话一出，除了他自己，在场所有的人都愣住了，尤其是司徒青，看他的目光简直是在看怪物一般！

这个裴云天，是脑子有病吧？

这一轮到底淘汰了几个人不知道，但苏莲衣却是极度失望，恨不得将贺兰钧始乱终弃的事嚷得全世界都知道。花楼的老鸨见她伤心欲绝，问了情况，当下一拍大腿，"你这个姑娘怎么这么实诚？这抛弃糟糠的薄情之人，孔雀山庄怎么会招他为婿？你只需将此事喧嚷得众人皆知，还怕你的夫婿不回来吗？"

她一语惊醒梦中人，苏莲衣顿时止了哭闹，张罗着怎么宣扬去了。

到了第三天，孔雀山庄的测试又换了花样，给所有求亲者每人一锭金子，要求他们用一天的时间赚钱回来，谁赚得多就为最终胜出者。

"……因为仓促嫁女，测试难免多一点儿，还请各位不要见怪。为人父者总希望女儿嫁得安全、可靠，无论顺境逆境，男人都能够奋发向上，不让她受苦。所以这赚钱就显得尤为重要。不过这也是最后一道测试了，还请各位多多努力。最后的胜出者即可与小女成亲。"主位上，司徒青一脸歉然，说得声情并茂，几乎落下泪来。

求亲者面面相觑，不少人均为家里的纨绔子弟，亲自赚钱倒是头一回，一时有些摸不着头绪。

司徒青自是知晓其中的情况，笑眯眯地又补充道："这次赚钱得凭真本事，可不能拿家里的钱充数，也不能巧取豪夺。"他抬头看看厅外的日头，"太阳下山之前，我来验收成果。"说完头也不回地离开，留下一屋子各怀心思的人。

片刻后，众求亲者一哄而散，各自去寻求生财之道。玄武心里也急，恨不得拽着贺兰钧立马街摆个摊去卖艺，无奈贺兰钧只是摇头轻笑，伸了个懒腰，竟回屋睡觉去了，留下他一人干着急。

直到太阳落山，求亲者们纷纷回到孔雀山庄，玄武还握着自己那锭金元宝坐在台阶上发呆，而此时贺兰钧也睡饱了出来，看到他一脸着急的样子，轻轻一笑，"玄武，你的钱呢？"

虽不解，但玄武仍将自己手里的金元宝递给他，贺兰钧拿在手里掂了掂，看着他一笑，"你看，我这不就有二十两了吗？"

玄武一愣，随即明白过来，的确，他们有两个人，只需要一个人入围即可，即便不出去想办法，也是远远胜过其他人的。想到这里，他忍不住笑道："大人真聪明，果然好办法。"

贺兰钧一笑，二人进了大厅，掌事的正带着人在检视各人赚回来的钱，顺便问各人的赚钱方式。

不问不知道，一问才知各人的手段五花八门，有进赌场想要赢一把的，最后却输了个底掉，有当街摆摊替人化妆的，也有出卖苦力的，其中最省力的当然是贺兰钧。最有趣的却是裴云天，搭了个黑屋子，放出话去五文钱一看，只要有人进去能答出黑屋子里问题，便赠送一锭金子，答不出不要紧，但不许泄密，否则须罚一锭金子，不知吸引了多少人围观。

掌事的心下好奇，忍不住问道："不知裴公子提了什么问题？如此多的人竟无一人答得出来吗？"

看了贺兰钧一眼，裴云天得意地一笑，却仍答道："我的问题是'你心里永远不想让任何人知道的事是什么'，掌事的认为有几人能答出？"

这算是投机取巧了，倒是与贺兰钧的方式有着异曲同工之处了。

一番清点下来，大部分人只赚了一二两银子，贺兰钧因了有玄武的关系，有二十两金子，而裴云天则因为噱头弄得好，竟赚了二十二两金子，一时得意不已。

贺兰钧看看厅外的夕阳，斜斜地挂在天边，灿烂的晚霞为整个孔雀山庄镀上一层金光，确实如开屏的孔雀般绚烂夺目。

他伸手拦住掌事的记录的笔，轻笑道："如今太阳还未落山，我还可再赚一笔。不如请掌事的将所有家丁都招过来，让我现场做一笔买卖吧！"

掌事的一愣，虽不解，却仍吩咐下去，半盏茶工夫，大厅内便一溜站了数十个家丁，人人一副茫然样，不知道贺兰钧葫芦里卖的是什么药。

就在裴云天意识到不妥想要阻止时，贺兰钧起身走到家丁跟前，微笑着一个一个看过去，目光真挚而诚恳，"各位想必都已听说了今日的比试，我目前身上只有二十两，而裴公子有二十二两，现在谁赢谁输就要看你们的了。只要你们中有人愿意把身上的钱捐给我，等我做了庄主女婿，我就把整个孔雀山庄平分给你们。我贺兰钧说话算话，愿与你们白纸黑字立下契约，你们以为如何？"

谁也没料到他竟会说出如此这般的话，一时都愣住了，但愣怔过后，家丁们的确心动了。若贺兰钧真做了庄主女婿，不说平分，只要他记得今日的恩情，手指缝里随便漏出来一点儿，也够这他们一辈子不愁吃喝了。

当下众人纷纷将身上的银两堆到贺兰钧面前，不说二两，二十两也够了，此时太阳正好落山，贺兰钧完胜。

裴云天气怒不已，却无法，毕竟贺兰钧不偷不抢不违法，虽取巧但确实赚了最多的钱财，众人输得不服，倒也找不出错处来说。

得到结果的司徒青看着贺兰钧上下打量了好几遍，见他面貌英俊、身形修长笔挺、目光不卑不亢，确实是仪表堂堂、一表人才，当下非常满意，重金赏了其他落选者，亲自迎了贺兰钧入内，吩咐掌事的安排明日的婚礼。

贺兰钧心中有事，一心想要巴结他，当下便一口一个"岳父大人"，翁婿二人话语投机，聊得好不热闹。正在此时，却见方才下去准备婚礼的掌事匆匆进来，对着司徒青耳边耳语了一阵，就见司徒青脸色一变，怒视贺兰钧，拍案而起，"贺兰钧，你好大的胆子，竟敢欺骗我孔雀山庄？来人，将这个骗子赶出去！"

贺兰钧与玄武对视一眼，二人均是一头雾水，不明白事情为何急转直下。

那边司徒青早已气得跳脚，一边吩咐人请裴云天来商量婚事，一边命人将贺兰钧乱棍打出去。贺兰钧满腹委屈说不出口，直到被赶出孔雀山庄，到了大街上，一张写满蝇头小楷的白纸落在眼前，他才明白为何。

只见那纸上是一手漂亮的小楷，字字哀戚，句句伤情，"妾身苦命，情定洛阳贺兰钧，数十载深情，一心与付，奈何人心易变，妾意虽未变，郎心却贪财宝与绝世医术，舍弃未婚妻入赘孔雀山庄，小女子悲痛欲绝，请众父老评个公道……"

后面还有什么，贺兰钧再也无心看下去，只狠狠地揉捏手上的纸张，恨恨地叫了一声："苏莲衣……"

"大人，苏姑娘在城墙上。"似乎知道他心里在想什么似的，玄武伸

手往城楼上一指,贺兰钧仰头看去,果见苏莲衣一身素淡的白衣站在城楼上,头发也不梳,脂粉也不施,略带了几分憔悴,一边往下撒着写满字的白纸,一边凄楚地哀哀哭着,"负心汉贺兰钧抛弃已经定情的未婚妻,要入赘孔雀山庄,请各位父老替我做主,小女子可怜哪!"最后一个字被她哭得凄凄惨惨、哀婉欲绝,倒是颇能打动人心。

贺兰钧顿时气不打一处来,不顾玄武的阻拦一口气冲上城楼,气还没喘匀,便冲着苏莲衣奔了过去,"苏莲衣,你给我过来!"

见他这副样子,心知选婿之事定是被自己给搅黄了,苏莲衣心里得意,但哪里敢过去?只好绕着城楼跑,躲开他的扑抓,"我才不过去呢!"

"你过来!"抓不到她,贺兰钧气得肝儿疼。

苏莲衣灵活地跑给他抓,"就是不过去!"找个机会窜下城楼,一路逃到河边,贺兰钧咬牙追了过去,玄武眼看情形不对,也只好跟了过去。

等跑到河边,贺兰钧与苏莲衣都喘成了狗,却仍指着对方,喘着气嚷道:"你给我站住!"

苏莲衣一手揉着肚子,一手按着膝盖,边喘边摇头,"你不怪我,我就站住。"

"哈!"仿佛听见了天下最大的笑话似的,贺兰钧仰头大笑,脸上却一点儿笑意都没有,"你做了这么缺德的事还要我不怪你?天下哪有这么好的事?"

"我哪有做缺德的事?"苏莲衣也不甘示弱,"是你自己答应要娶我的,一回头就反悔娶别人,你就不缺德吗?"

贺兰钧被她气得说不出话来,恨不得抓住她狠狠地揍一顿出气,心里急脚下一个趔趄,竟跌了个狗吃屎。他干脆也不起来了,就这么一翻身,闭上眼睛,死了心道:"好,你就躲吧,躲得远远的,永远不要理我,我也落得清静。"

苏莲衣却不让他如意,三两步跑过来,一下子扑在他身上,手脚都攀了上去,半点儿不肯松开,"贺兰钧,你为什么要这么对我?我一片真心,把整个人、整颗心都给了你,为了你几乎连命都丢了,你为什么就不能一心一意好好地对我呢?"

贺兰钧闭了眼睛不看她。她对他的心意，他不是木头人，又如何不知？只是临行前女皇陛下千叮万嘱，他如何能随意泄露？既不忍说谎骗她，那还不如不说了吧。

看着他的沉默，苏莲衣的心禁不住地往下沉，虽然知道贺兰钧不屑说谎，所以不说，但此刻她却宁愿他骗她，起码他还费心编了个谎言，也比这般不理不顾的强。

她眼睛发酸，正要不管不顾地哭闹一番，随后而来的玄武实在忍不住了，上前一步道："苏姑娘，你别闹了，贺兰大人是有任务在身的。"

"玄武！"贺兰钧蓦地睁开眼睛，不愿他把苏莲衣牵扯进来。

看他一眼，玄武却很坚持，"反正事情已经失败了，跟苏姑娘说了也没关系。"

贺兰钧想了想释然了，事到如今说不说也没关系了，既然是玄武主动说起的，想来他也不会实行先斩后奏那一套来杀人灭口了。在脑子里组织了一下语言，道："事情要从韩王之乱说起……"

韩王在豫州、博州发动叛变，叛军人数并不多，但厉害就厉害在有能吸血食肉的虫子，叛军每到一处，便以虫子为先锋，将抵抗的军士们变成一堆白骨，数个城镇便是如此失陷的。女皇陛下派了无数探子，活着回去的不是变成了傻子，便是得了失心疯，只从他们偶尔的疯言疯语中得知他们都曾到过一个地方，那里面有花有草有仙人有美女，是个让人去了就不愿回来的地方。

经过多位太医和贺兰钧的诊治，确诊这些探子都是中了极厉害的迷幻药，迷失了心智。而世上能研制出如此厉害的药物又能驱使虫子，还会与韩王有千丝万缕联系的，想来想去只有孔雀山庄，贺兰钧便是受命前来探查孔雀山庄虚实的。

"……此事极端机密，女皇陛下再三叮嘱即便是最亲的人也不能泄露，否则玄武有权先斩后奏，我怎么能告知于你？"

苏莲衣目瞪口呆地听他说完，突然抬起手用力打了自己一个巴掌，"我真该死！还一直说我是最了解你的人，竟然不相信你，没想到你有这么重要的任务在身。现在都被我破坏了，要怎么办？女皇陛下会不会怪罪？会

不会砍头？"

贺兰钧没好气地斜睨她一眼，"现在知道后悔了？晚了！"

苏莲衣却不敢反击他的挤对，拉着他的手急急问道："要不我们硬闯吧？或者再混进去？"

"你以为都跟你一样是猪脑子吗？"事已至此，贺兰钧也只能徒叹奈何了，"论武功，孔雀山庄多的是高手；论用药，庄主司徒青也不会比我差，想要再进孔雀山庄，只怕比登天还难。"

苏莲衣看他一眼，又看玄武一眼，见两人都是一副愁眉苦脸的样子，也忍不住耷拉了脑袋，但也只是一下，随即便跳了起来，"我有个主意……"见贺兰钧毫不感兴趣地转身离去，她只得拉住玄武对着他的耳边这样那样地说了一番。玄武愣了半晌，虽觉这办法不妥，但事到如今，他们也只得死马当活马医了。

于是第二天孔雀山庄门口便出现了玄武绑苏莲衣负荆请罪的一幕，苏莲衣声泪俱下地申诉自己如何如何有病，一阵清醒一阵糊涂的，糊涂了总做些不该做的事情，其实自己是裴云天的女人，贺兰钧只是做了替罪羊，等等，整个山庄的家丁都跑到门口来看热闹，却无一人相信她的话，指指点点如同看笑话。

贺兰钧得知信息时，只觉得一阵头疼，难道这猪脑子还是能传染的吗？他赶到孔雀山庄正要将那两个丢人现眼的家伙抓回来，却见两个妙龄丫头出来径直走到玄武跟前，才矮身行礼，脆声道："小姐有请玄武公子入内堂一叙。"

所有人都一愣，玄武更是满头雾水，"小姐请我去干什么？"

丫鬟抿唇一笑，"玄武公子上次送给小姐的手帕，你不是说很珍贵想要拿回去吗？小姐说既然大家没有这个缘分，拿你的礼物也不好，就请你亲自去取回来。"

想起小小送的手帕，玄武便不再犹豫，只是目光仍忍不住看了看贺兰钧和苏莲衣，那丫鬟极有眼色，马上道："掌事的，请贺兰公子和苏姑娘去里面奉茶用饭，待公子出来便一起送你们出庄。"

如此便再无顾忌了，玄武见贺兰钧点头，转身便跟着丫鬟入内去了。

贺兰钧本以为他们只需略等一等便可走了，未料到这一等竟足足等了一夜，直到第二日被请到正厅参加婚礼才知，新娘仍是孔雀山庄大小姐，这新郎却不是裴云天，而是玄武！

　　面对他们的疑问，玄武笑得一脸憨傻，"我本来以为真的是去拿手帕的，她很生气我拿手帕耍她，嫌礼物太轻，还将手帕扔到火盆里。我当时急得要死，伸手就去捞，她却拿出一块完好的手帕，说只是试探我的。我本来还奇怪她为什么试探我，但看到她取下人皮面具，我就不奇怪了。"说话时，虽然他一直都尽量表现出得体的样子，但眉梢眼角却满是笑意，任何人都能看出，他对这桩婚事是极其满意的。

　　贺兰钧习惯了不动声色，听他这么说还不如何，苏莲衣却是个心里藏不住事的，听他说得不清不楚，心里便如十只猫爪在抓挠般难受，忍不住问道："司徒小姐到底是谁？莫非你认识不成？"

　　玄武点头，又看了一眼贺兰钧，"其实大人也认识的。"

　　"哦？"贺兰钧一挑眉，看向他身后款款走来的女子，"你不是路上那个……"

　　新娘子微微一笑，行了一礼，才羞涩地笑道："司徒小小见过贺兰公子，之前有做得不当的地方还请贺兰公子原谅。"

　　想起她一路上的恶作剧，贺兰钧挑挑眉，总算明白了，忍不住取笑道："司徒小姐是对令尊招婿的做法不满呢，还是对我们这些求亲者不满？这一路上我可吃了不少苦呢！"说着又看了看玄武，那意思是玄武也吃了不少苦。

　　司徒小小抿唇笑看了玄武一眼，眸中略显羞涩，却仍回道："本只是想确认一下求亲者的心意，却未料到会真的遇见有情有义的玄武，说起来还得感谢贺兰公子了。"若不是他，她也遇不见玄武。

　　她如此说，贺兰钧倒也不好与她计较了，摆了摆手，这事就算过了，眸光一转却没见到裴云天的身影，忍不住问道："不知道贵山庄如何处理裴云天了？"

　　司徒小小又是抿唇一笑，"此人自私自利，最是让人讨厌不过。"

　　玄武接口道："小小让人架了一口油锅，告诉他有诚意就下去洗个澡，孔雀山庄保他完好无缺，结果他吓跑了。"

想想裴云天确实是这样的人，贺兰钧便不再问。玄武牵着司徒小小向坐在主位上的司徒青走去，临走前丢过来一个眼色，贺兰钧不动声色地点点头。

充当司仪的掌事高声道："请新人！"

方才还热热闹闹的大厅顿时安静了下去，本来散开的宾客纷纷围拢了来，玄武与小小并肩而立，按着掌事的要求一一行礼，虽是一场如同儿戏般的选婿，但是任谁都能从二人互视的双眸中看出情意。

谁也想不到，这样的选婿竟真促成一对佳偶。

苏莲衣忍不住感慨："哎，要是你也能对我这么深情无限，我就是立刻死了也甘心啊。"

见她又开始不着调，贺兰钧瞪了她一眼，苏莲衣面上讪讪，终忍不住恼怒，转身跑开。贺兰钧看了一眼正在嘱咐新人的司徒青，又看了一眼正看过来的玄武，忍了忍，还是跟着追了上去。

身后传来掌事的高喊声："开宴！新人送入洞房！"

就在贺兰钧按照事先做好的准备，将尾巴上系了火药竹筒的老鼠放出来，点燃火药将后院大厅弄得一团糟，而他与苏莲衣则根据事先找好的地形，慢慢摸进药房时，新房内的玄武刚与司徒小小喝完交杯酒，看着她一边流泪一边深情地说道："我这辈子既嫁与你为妻，就不会再想任何事，此生无论发生什么，都会与你生死与共，绝不分开。"

想着自己与贺兰钧商量拿下她后再威胁司徒青的计划，玄武只觉得心如刀绞，不敢面对她，"小小，你真的那么信任我吗？假如你发现我没有你想的那么好，你还会喜欢我吗？"

与他并肩坐在喜床上，司徒小小笑看着他："我不会看错人的，我从你的眼睛里就能读到你的心。而我，也绝不会辜负你，无论生死绝对会与你在一起。"话音落下，她揽住玄武的腰跌入床中，原本铺着大红喜被的大床却突然从中裂开，两人直直往下跌落，滚进一辆马车中。

司徒小小似乎早已知道会如此，片刻不停留，起身揽住缰绳，驾着马车飞快地往前跑去，玄武愣愣地看着她的背影，完全不知道接下来该怎么办。

而在后院火起，司徒青接到消息的第一时间，一直谦恭地站在司徒青下首的掌事突然直起了腰，看着他笑道："我早说过贺兰钧来孔雀山庄另有目的吧？庄主如今还不信我吗？"

　　司徒青将杯子里的酒一饮而尽，"若不信你，又怎么会在发现你假冒掌事时还任你继续？你来我孔雀山庄也不过是为了医术和财宝，只要你守信帮我孔雀山庄渡过这场浩劫，我便将你想要的都给你。"

　　掌事的微微一笑，伸手从脸上揭下一层皮，竟赫然是裴云天！他看着厅外慌乱的家丁，目光中竟多了几分期待，"放心吧，好戏马上就要上演了！"

　　此时贺兰钧与苏莲衣已进了药房，空无一人的药房让两人感觉不对，正要退出来，一个笼子从天而降，将他们紧紧罩住，两人面面相觑，没料到司徒青早有准备，自己这般就好像送上门来的肥肉。

　　此时，视他们为肥肉的司徒青与裴云天正在大厅内斗得你死我活，司徒青长剑寒光闪烁，招招击向裴云天的要害，"你们都不是好东西，今天绝不让你们活着离开！"

　　裴云天轻松躲开，反手掐住他的脖子，冷笑道："就你这点儿功夫还想对我下手？太自不量力了！本来我们还可以做一笔不错的交易的，可是如今要怎么办才好呢？"

　　他手上用力，司徒青顿时喘不过气来，方才的愤慨立马消散了，赶紧求饶道："你别杀我，别杀我，这样吧，我带你去我的财宝库，你要的东西你尽可以拿走，只要你不杀我就行了。"

　　裴云天轻笑，"这倒是个好主意，那就快走吧。"刚迈了两步，他又突然停住了，反而转向新房的方向，司徒青一愣，还未发问，就听他说道，"你女婿武功高强，不往新房里吹点儿迷魂香，我怎么敢去你说的地方呢？"

　　司徒青顿了顿，似乎才想起有个女婿，顿时露出懊恼的神色，却也不得不一路过去。幸好裴云天忌惮玄武的功夫，只隔着窗子往里吹了迷烟，倒并未发现新房内已空无一人。随后两人一路往药房而去，却看到苏莲衣正拼命地扯着笼子，而贺兰钧则劝着她："你少安毋躁，别着急，玄武会想办法来救我们的。"

　　"是吗？我劝你还是少做梦吧。"想到自己今天能将他们一网打尽，

裴云天便忍不住得意，押着司徒青一路进去，看着贺兰钧愕然的神色，得意地道，"你想不到吧？虽然你总是赢我，不过到最后财宝和医术还是都落在了我手里，哈哈哈！"

看到他眼里毫不掩饰的疯狂，苏莲衣忍不住道："我们是有女皇陛下的任务的，你要是敢对我们有什么举动，你自己也活不了！"

斜睥了她一眼，裴云天冷哼一声道："先杀了你们，再杀了新房里那个蠢货，不就什么事都没有了？"

这是要将他们全部都杀人灭口的意思了。没想到他会如此灭绝人性，众人一时都愣住了，直到裴云天推了司徒青一把，示意他将财宝和医书找出来，几个人才回过神来。

司徒青看了他一眼，往前几步，打开一个机关，果然就见三本医书摆得整齐，而整个如人高的柜子里却是各式珠宝，直看得人眼花缭乱，再回不过神来。

裴云天愣了片刻，随即欣喜若狂，一把推开司徒青，整个人都扑进柜子里，双手捧起一把珠宝，激动地道："没想到踏破铁鞋无觅处，得来全不费工夫，真的太好……啊，这，这珠宝怎么全是纸做的？"

却见他手里的珠宝被他这么一捏，竟都扁了下去，表面的光泽竟只是涂的颜料。

而被他推倒在地的司徒青却哈哈大笑起来，"黄口小儿，当我孔雀山庄是什么地方？真以为那么容易就能把我抓住吗？人生不过一死，我早就不想活了。如今小小和玄武已经在路上，我再无任何牵挂，只要我启动机关，整个孔雀山庄就会覆灭，从此江湖上再没有孔雀山庄，你说这多干净、多好？"

他虽然一直在笑，但那声音里却无端多了几分苍凉悲伤之感，竟似真的没有半分求生之意。本想再以性命威胁他的裴云天顿时愣住了。

他千算万算，竟没想到司徒青不想活了，还有什么能威胁他的？

贺兰钧却冷冷地道："庄主布下如此大一个局，难道只是为了抓我们这几条小鱼？"若他们不来，他岂不是失算？

看他一眼，司徒青眼中闪过一抹赞赏的光，想了想，道："既然大家都同年同月同日死了，也不妨告诉你，孔雀山庄其实是韩王殿下的一个秘密基地，主要用来制药……"

而他与韩王的纠葛，却是因为他一时的好心。那时候的司徒青还只是一个普通的采药人，一心以救死扶伤为己任，在采药的路上突然看见一个浑身是血几乎死去的人躺在地上，自然是二话不说地上前救治。当时那人身边已围满了专食腐尸肉的秃鹫，为赶走它们，司徒青用了一小瓶毒药，秃鹫立马倒在地上死去。他本以为那人受伤甚重，不会注意如此细节，却未料那人竟将一切都看得清清楚楚，并在心中有了计划……

"那人就是韩王吧？"看着他一脸悲愤，贺兰钧心知韩王接下来做的事必定让他极其痛苦。

果然就见司徒青咬了咬牙，接着道："就是他！我救了他之后就把这件事忘了，但在我三十岁生辰那天，却突然收到一份礼物，是两个盒子，一个盒子里放着金子，另一个则放着手铐脚镣。韩王让人传话，若我答应为他做事，他则保我一生荣华富贵、锦绣前程，否则就让我全家死无葬身之地。我本想拖延，然后一走了之；但很快，我发现我的生意、我的妻儿老小都在他的监视之下，万般无奈，我只好答应帮他制药……"

不仅是试制毒药，就连驱使虫子的药也渐渐地试制成功。他本想着只要自己听话，保住一家老小，却不料韩王竟打着让司徒家世世代代为他效力制药的主意。司徒青心知韩王一心叛乱，干的是诛九族的谋逆之事，为了司徒家的后代不受牵连，他才想出个让孔雀山庄彻底消失的主意，却不料贺兰钧竟自己送了上来，倒让他这个局看起来更逼真了。

裴云天对司徒青的挟持让这出戏更多了些扑朔迷离的味道，也更能取信于韩王了。

"如今，你们只有一个选择，那就是跟我一起——死！"随着他的话音落下，远远的一声闷响，药房如同一叶在风浪中的小舟，竟然左右摇晃了起来。

他竟是铁了心要炸掉整个孔雀山庄！贺兰钧等顿时色变。

看着咬牙冲过来的裴云天，司徒青嘲讽地笑道："我已抱着必死的决心，你想杀我就杀吧。"

又是一声闷响，裴云天被晃倒在地，正摔在贺兰钧的笼子前，他恨恨地一捶地，此时真杀了司徒青也改变不了他要陪葬的事实，真是可恶！

"裴云天，赶紧放开我们！"眼见情势危急，贺兰钧急叫道，却见裴云天只是直直地看着他，眼神中透出矛盾，却没有半点儿想放开他的意思，贺兰钧忍不住破口大骂，"蠢货！事到如今，反正都是死，你不愿意赌一把吗？"

这一回裴云天倒没再多说什么，反手将自己设计的笼子打开了。贺兰钧一向足智多谋，说不定真有办法逃生，就算不行，大不了大家一起死。

但贺兰钧却没心思跟他计较，刚从笼子里出来就向司徒青冲去，一边焦急地交代裴云天："拉着我们跟他一起跳到那椅子上！"

他话音刚落，果见司徒青爬上药房角落的一张椅子上，裴云天与拉着苏莲衣的贺兰钧，纵身一跳，几乎与司徒青同时落在椅子上。只听一声巨响，方才还完好的药房碎成齑粉，而他们五人则被翻到了椅子下的地道中，一路跌落，直滑到一个洞口才止住了。

"哇！"虽然有贺兰钧护着，苏莲衣还是觉得自己浑身都被撞得生疼，只好转移注意力，"贺兰钧你怎么这么聪明啊？连椅子下有机关都知道！"难怪会被女皇陛下委以重任。

借着洞口的微光，贺兰钧看一眼懊恼的司徒青，笑道："司徒庄主一心疼爱女儿，即便毁掉孔雀山庄也要保住司徒小小与玄武，司徒小小又怎么会不顾父亲的安危独自逃走呢？她愿意与玄武一起离开，定是知道父亲可以安然逃脱了。"所以只要盯住司徒青，他们定能逃生。

司徒青冷哼一声，面上虽无表情，心里却恨不得将贺兰钧碎尸万段。如今看来，他与小小订好的计划只怕是实施不了。

而更让他意外的是，当他们走出地道，一眼看见站在前面的司徒小小和她身后的玄武，司徒青恨不得冲上前用一把毒药毒死他，"小小，我不是说过你的新郎不可靠，叫你带着暗器的吗？你怎么会被他抓到了？"

司徒小小看他一眼，眸子中有水光莹然，却没有说话。

知女莫若父，只这一眼司徒青便知她的想法了。他叹口气，挥了挥手，"罢罢罢，情字误人，爱字害人，老夫这回真是认栽了！"他转向贺兰钧，方才虽狼狈却仍有几分意气，如今却是完完全全的心灰意冷，"贺兰公子，你既是为女皇做事，老夫求你一事如何？"

一代枭雄陨落，贺兰钧心中也生起几分凄凉之感，不由自主地点了点头，"请说。"

司徒青又看一眼司徒小小，才决然道："我知道我犯了死罪，此次被你们抓住，定然凶多吉少。但我女儿无辜，她什么都不知道，希望你能够放过她。"说到最后一句，他双膝一曲，竟是跪下来求情！

小小眼眶里的泪珠终于落下，她往前一扑，嘶声道："爹，我要跟你在一起！"

"住嘴！"司徒青回头吼她一声，再看向贺兰钧，眼中祈求决绝之色更浓，"求贺兰公子留下我司徒家的这根独苗！"

"这……"贺兰钧神色一凝，若他能做主，以小小对玄武的感情答应了也无妨。但韩王所犯乃是女皇陛下最为忌惮的谋逆之罪，以往遇上这类事件女皇陛下一向实行宁可错杀一千、绝不放过一个的原则，如今他如何能擅自答应？

正在他犹豫间，身后裴云天却猛地发出一个窜天鼠，尖利的啸声冲破天幕，吓了众人一跳。贺兰钧猛然回头，怒斥道："你在干什么？"

裴云天曾说他是张易之救出来的，如今这情况，只怕他是通知张易之了，若如此，司徒父女的处境……

他目光复杂地看了玄武一眼，却见他正看过来，眸子里有痛苦，有不忍，也有决然……

张易之果然早已在孔雀山庄外等候，山庄炸毁时他已派出人马搜查，看到信号后片刻即到，也不理贺兰钧，喊着"拿下叛贼司徒青与司徒小小"，眨眼就将二人绑了个结实，随即大队人马下山，将司徒父女下狱，派了重兵把守。决策之果断、行动之雷厉风行，贺兰钧从未见过。

看着小小一脸哀戚地被押走，连看都不看玄武一眼，苏莲衣忍不住凑到贺兰钧跟前，低声问道："小小对玄武这么好，他要不能保全她，可就真不是个男人了！"

全心付出却得不到回应反而伤透心的苦，她是尝够了。但此时看到，

依然觉得心酸难受。

贺兰钧看一眼眉头紧皱却垂下眼睑遮去所有情绪的玄武，叹了口气。而在他们身后，裴云天却看了看司徒小小的背影，又看着玄武，露出一抹狡诈的笑容。

县衙大牢内，司徒青悲戚地看着失魂落魄的小小，想到不久后父女俩就要身首异处，自己就罢了，可怜小小无辜。想到她不按自己的安排逃走，反被擒住，司徒青忍不住埋怨道："你怎么这么傻？我明明给了你暗器，要你一上马车就对他动手，你怎么反而让他抓住了？我所有的计划都被破坏了，现在……哎……"

"爹！"目光清亮地看着他，小小脸上是不后悔的坦然，"这几年你想起过娘吗？"

司徒青一愣，不明白她为什么说起过世的妻子。

却听小小轻声道："你曾经跟我说过，娘走的那一刻，你的心就像被掏空了一样，要不是有我，你早就不想活了。"见父亲脸上露出熟悉的悲伤与怀念，小小勾起唇角笑了笑，却不知自己的笑竟比哭还难看，"其实我也跟你一样。从我认识玄武的那刻起，我的心就好像被占满了一样，无论我怎么逃，他都在那个地方，挥之不去。明明是看着很没存在感的一个人，却牢牢地占据着我的心。于是在那一瞬间，我忽然懂得了你，懂得了你对娘的那片深情。我知道，假如我动了手，我就可以活，但没有他，我活着也没有意义。既然如此，倒不如用生命来成全他的前程，这样的话，也许在某一天，他偶尔会想起我，会想起我曾经对他付出的一切，那么对我来说，比活在世上受折磨要好很多。"

说这番话时她一直带着笑，哪怕眼中泪水控制不住地滑落，她的笑容依然绽开，很美，仿佛沾染着清晨露珠的凌霄花，清丽脱俗。

司徒青讶异地看着她，一直以为她还小，却原来早已长大，对感情也有了自己的感悟，只是这感悟却让他如此痛、如此难受。司徒青伸手将女儿揽进怀里，忍不住热泪盈眶，"傻瓜，你这个跟爹一样傻的小傻瓜！"

抬手搂住他的肩膀，小小笑了笑，"爹，我不后悔，我真的不后悔。

如果没有这次的事，我根本不知道活在世上还有这么快乐的事，还能遇到这么好的人。其实想想，这样的结果对我们父女来说也是求仁得仁。如果我们真的死了，你就可以见到娘了，而我，也能活在他心里了。"

这样，足够了，真的足够了。

"我只希望他能明白，这一切都是我心甘情愿的，他千万不要内疚才好。"想到那人的傻气与身不由己，小小忍不住担心，怕他自责。

而在他们看不见的角落里，隐藏在暗处的玄武静静地听着父女俩的对话，一行清泪缓缓滑过刚毅的脸颊，拖出一道晶亮的湿痕。

当天夜里，连续三天三夜未睡觉的玄武在后院打拳时虚脱晕倒，经贺兰钧诊断乃是体力耗尽，全身乏力，需睡觉休养。但自从司徒小小出事之后，玄武便无论如何也睡不着，情绪激动。贺兰钧无奈，只得给他一瓶安眠散助他入睡。

得药相助，玄武果然睡了一个好觉，再醒来时又是天黑。他躺在床上，听着屋外衙役巡逻的脚步声渐渐远去，屋角虫鸣接二连三响起。他在黑暗中眨了眨眼，然后起床，如一抹轻烟滑出了房间，消失在茫茫黑夜中。

同时，县衙大牢门外的掩体中，张易之与裴云天带着大批官兵静静地潜伏着，眼睛眨也不眨地盯着紧闭的大牢铜门，片刻后，果然一个高大的黑影无声无息地潜到门前，闪身进入。

"啊，真的来了，赶紧准备！"张易之兴奋地挥手，招呼身后的人准备，又忍不住转头看向裴云天，"你算得真准，他果然来了！"

裴云天冷笑道："我早知道他会这么做！司徒小小对他这么好，如今关在牢里，他不但不探视，还冷静得不去接近牢房，我就知道他必有所图。今晚是我们在县衙的最后一晚，到了明日启程回洛阳，沿途护送官兵那么多，要逃跑就难如登天了。只要他一动手，我们就可以说他跟贺兰钧、苏莲衣联手叛国，将他们一网打尽，到时候功劳就都是我俩的，他们就等着去死吧。"

张易之抚手称赞，"果然是一箭双雕的好办法！"眼角瞥见大门再次悄无声息地打开，张易之果断地一挥手，与裴云天身先士卒地跃出掩护，怒喝，"大胆玄武，胆敢劫狱！"

刚从大牢里出来的三人一惊,领头的玄武看见裴云天,先是讶异地挑眉,随即却一笑,从怀里掏出一个瓶子,顺风朝着张易之及官兵们一扬,淡淡细细的香味立刻弥漫开来。裴云天心叫"不好",还未做出反应,眼前却一阵晕眩,耳听"扑通"声接连响起,张易之与他们带来的人都倒在了地上,而他自己晃了晃也控制不住地倒下,随即失去了知觉。

只是倒地之前,裴云天心里闪过一抹疑惑,这香味,这药效,怎么这么像贺兰钧的安眠散啊?

贺兰钧一觉醒来,却被吓了一跳。任谁一大早起来突然发现自己屋里站满了人,自己脖子上还横着一把闪着寒光的利刃时,都会吓一跳的,换了那胆小的,说不定还会被吓得尿裤子!

他不解地看着拿着刀一脸愤怒地瞪着他的裴云天,还没来得及开口问,就见同样被刀架在脖子上的苏莲衣被人推了过来,凄楚地喊道:"贺兰钧救我!"

这下贺兰钧是真醒了,他猛地起身,看向裴云天,"你们这是干什么?"

"干什么?"裴云天狞笑,"贺兰钧,你好大的胆子!你与玄武通敌卖国,犯下滔天大罪,如今玄武还劫狱带着人犯跑了,该当何罪?"

玄武?贺兰钧面上不动声色,脑子里却极速地转开了。玄武劫狱他虽然早就料到了,却没想到他竟然都没有通知自己一声就做了,以至他没能提前做好准备,导致如今的被动局面,但玄武并非莽撞之人,说私放人犯通敌卖国却是重了。

他一边想着,一边嘴上却嘲讽道:"哎呀,好大一顶帽子啊,压死人了!"

裴云天最恨他这副满不在乎的样子,手里的刀往前压了压,怒道:"别跟我嬉皮笑脸的!这么多双眼睛看着,还能诬陷他不成?若不能抓回玄武和司徒父女,女皇陛下面前你我均脱不了干系!"

仰头又看了他一眼,贺兰钧摇头,一副"孺子不可教"的表情,"啧!谁说你诬陷了?既然跑了,抓回来就是了。"

"抓?你会这么好心?"裴云天怀疑地看着他,手里的刀却是放下了,毕竟这么多人在,也不怕他跑了,何况还有苏莲衣在手。

贺兰钧伸了个懒腰，伸出一根手指在他眼前晃了晃，"第一，我不想成为通缉犯；第二，你还在朝中，心中的如意算盘打得噼里啪啦，我怎么忍心让你如意呢？所以好心地抓回玄武，顺道让你不顺心。"

他走到苏莲衣跟前，伸出两指拈开架着她的刀，拉着她就走，"给我十天，十天之内一定把人交给你！"走到门口，他突然回头，正看见张易之挥手示意人跟上，他笑着摇摇头，"别跟着我们，否则打草惊蛇害得人跑了可就不关我的事了！"

张易之脸色一僵，裴云天咬牙示意人留下，直到两人的脚步声再也听不见了，他才示意人悄悄地跟上。

"千万别让他们发现了，一旦贺兰钧抓住玄武，你们马上上去将他们全部抓起来！等见了女皇陛下，就说他们串通好了通敌卖国，我倒要看看，贺兰钧到时候怎么解释！"

裴云天熟知贺兰钧的所有缺点，有针对性地安排了追踪，但贺兰钧同样也对裴云天的多疑与自负有足够的了解。他深知裴云天一定会安排人暗中跟随，因此和苏莲衣一起设置重重伪装，与裴云天的人足足捉了一天的迷藏，最后才在一处吊桥前摆脱了跟踪者。

看着被他们砍断的吊桥，再看看对岸得意地做着鬼脸挥手离去的两人，裴云天与张易之恨得咬牙，却也只能跺脚出气。

此时，贺兰钧带着苏莲衣正全速赶往韩王营地，直到苏莲衣实在走不动了，两人才在路边歇息。

一边用手猛扇风，苏莲衣一边大口呼气，"照我说，我们就该马上逃亡，这人海茫茫的，到哪里去找玄武和小小？再说论武功你比不过玄武，论用药你未必是司徒青的对手，现在又摆脱了官兵去韩王营地，真是找死。"

贺兰钧斜睨她一眼，"谁说我没有玄武和小小的线索？裴云天一心想着造谣污蔑我，我还带着他立功，我傻帽儿吗？再说了，就算我是去找死，你到底要不要跟着去呢？"

苏莲衣张了张口，半晌才悻悻地道："不跟你去我能去哪儿啊？"

看她这副样子，贺兰钧心里觉得满足又好笑，却仍嫌弃道："你就是

个笨蛋，女皇陛下既然派玄武来协助我，就必定会将他的家眷留在洛阳城里，他要真跑了，定是个满门抄斩的罪。但玄武既能想到偷牢房的钥匙，又懂得骗我的安眠散，足以证明他是个粗中有细的人，做事又怎么会如此不周全呢？"

苏莲衣恍然大悟，"你是说他早就想好了全盘计划？"

"没错！"见她终于开窍，贺兰钧点了点头，看向路上的行人，"只有抓住韩王，将功赎罪，这样才能既保住他的家人，又保住小小。你说对吗，玄武？"

最后一句话他是对着路过的几个行人说的，其中几人戴着遮住了整张脸的斗笠，其中一个身材高大魁梧的男子听到他的话，身子僵了僵，似乎在犹豫要不要停下脚步。

苏莲衣却猛地站了起来，三步并作两步冲到他旁边，将那个个头矮小的人头上的斗笠一掀，赫然露出小小的脸来，而那高个子，果然是玄武无疑！

"贺兰大人！"见贺兰钧过来，玄武无奈行礼，一旁的司徒青也掀了斗笠，与小小一起并肩站在他身后。

贺兰钧看他们一副戒备的样子，忍不住摇头，"我虽然不赞成年轻人做事冲动，不过能想到擒贼先擒王，倒真是个不错的主意。但韩王身边高手如云，就凭你的功夫与司徒庄主的毒，只怕未能如愿。"

玄武与司徒青对视一眼，的确如此，玄武再能打，双拳难敌四手，而司徒青的毒若真能解决一切，他也不必炸掉孔雀山庄来躲着韩王了。

小小露出苦涩的笑，"那我们岂不是只有死路一条？"

贺兰钧又摇了摇头，"未必！"见众人都一脸不解地看过来，他昂起头，四十五度角望着夕阳坠落的方向，忧郁地道，"幸好你们现在有了我，那么韩王也就不算什么了。"

一群人看着他，除了苏莲衣一脸迷恋陶醉，露出一副"果然不愧是我的男人"的表情，其他三人仿佛是吞下了一只苍蝇，若不是深知他的为人，只怕死命压抑的拳头就会忍不住落到他那张俊脸上。

真的是太欠揍了！

得知孔雀山庄炸毁，韩王恼恨得几夜没有睡好，正在烦恼日后该找何人制药时，却又传来司徒庄主携女儿、女婿及几个最重要的制药人过来投靠，顿时大喜，马上将人迎进大厅。

司徒青连日奔波，到底上了年纪，虽仍透着文雅之气，却难免显出几分颓丧狼狈之色来。韩王上下打量了他几遍，伸手拍了拍他的肩膀，安慰道："武媚娘也算厉害，竟然能够查到你孔雀山庄，不过幸好你机灵，虽毁了山庄，却也毁了证据，只要有你在，本王就没什么可怕的！你们且安心住下，等药房收拾出来你再继续研制新药，这一次我定要将武媚娘打得落花流水，还我李唐皇室威严！" '

他口口声声唤女皇陛下昔日闺名，竟是丝毫不在乎冒犯龙威的大罪。贺兰钧与玄武对视，均从对方眼里看出了警惕。

司徒青赶紧行礼，"多谢王爷收留！"

韩王哈哈一笑，又问了他孔雀山庄炸毁时的情况，司徒青一一答了，裴云天与张易之自然就成了那捣乱使坏毁灭孔雀山庄的罪魁祸首了。

正聊得开心起劲，远远地忽然传来阵阵音乐声，细听虽柔美却也带着些金戈铁马的杀伐之气，众人侧耳倾听，苏莲衣毫无心机地道："好好听的音乐，这可是要打仗吗？如此歌舞足以鼓舞士气！"

似未料到她竟懂乐理，韩王讶异地看她一眼，笑道："何来战争？不过三日后是王妃的生辰，本王与王妃相识于微时，如今她跟着我颠沛流离，本王心中十分愧疚，便想好好替她办个生辰，让她能够开心一天。"

苏莲衣闻言眼睛瞪得大大的，"三天后？那不是跟我同一天生辰？王爷如此用心对王妃，她必定非常幸福。"

韩王哈哈一笑，"姑娘竟与王妃同一日生辰？果真缘分，到时候姑娘也一起过来吧。"

苏莲衣咬着下唇想了想，还是摇了摇头，"王妃何等尊贵，我哪有这个福分？还是算了，不能打扰王爷与王妃。"说这话时，她脸上闪过一抹落寞自怜，竟分外楚楚可怜。

一直看着她的贺兰钧眸中透出心疼，也不知想到了什么，竟轻轻笑了起来。

因韩王叛军节节胜利，军营中军纪并不如何严明，贺兰钧等人在军营四处闲逛。许是因了王妃生辰的关系，军中士兵或喝酒或聊天，更有甚者三五成群围着耍杂耍，堂堂一个军营，竟热闹得好似闹市。

看着一个士兵不断地变着戏法，一会儿撒出漫天花雨，一会儿又挥手送出一群鸽子，旁边的人挥手欢呼，司徒青忍不住叹道："你们看这些人，哪里看得出是叛军？不过是寻常的百姓罢了。打仗的都是当权者，女皇要维持统一，而韩王要兴复李唐，最可怜的不过是这帮人，生也好，死也好，都由不得自己做主。这也是我不想做韩王刽子手的原因，此次若能不费一兵一卒平息战争，那就真是大好事一桩了。"

贺兰钧正看得津津有味，闻言忍不住讶异地看向他，叹服道："司徒庄主竟有这样的胸怀，在下替天下苍生谢谢你了。放心吧，我们一起努力，定会有好的收获。"

玄武接口道："现在当务之急还是要先把那些能驱使虫子的药全部销毁，才能从长计议。"

贺兰钧点头，司徒青却皱眉道："那些药做完后就有专人收走，我并不知存放在哪里。"

玄武看一眼贺兰钧，"要不要我去找找看？"

贺兰钧摇头道："切勿打草惊蛇，如此重要的药，想来韩王也是特别重视的，要找出它的方位并不会太难。"他左右看看，见无人关注自己等人，便凑到二人耳边如此这般地交代了一番，二人先是疑惑，随即恍然，而后都露出了喜色，显然他们找到了一个好办法。

王妃生辰这天，韩王果然令全营士兵同乐，并邀了司徒青等人赴宴。贺兰钧等以要为苏莲衣过生辰为由婉拒了，而什么都不知道的苏莲衣却因为贺兰钧一句话大半夜爬上山顶，傻兮兮地吹着山风等着他给自己一个惊喜。

待得全营士兵都喝得差不多了，由玄武打头，司徒青与贺兰钧紧随其后，偷偷地走到军营的空地上。玄武放风，贺兰钧借着司徒青的掩护取出早已准备好的叶笛轻轻吹响，片刻工夫，一阵窸窸窣窣的声响，空地上竟爬满了虫子。

临近帐篷里的士兵听到响动，出来查看，顿时大惊道："不好了，药泄露了，虫子出来了，快去看看药！"

随后出来的人连衣服都来不及穿好，转身就往西南方一个角落跑去。

贺兰钧三人对视一笑，有时候打草惊蛇也是一条好计啊。

去查看药物的人很快发现药并未泄露，但空地上的虫子却也没散，留下两人看守药库，其他人拿了火把去处理虫子。

贺兰钧三人等士兵退散，悄悄潜到药区，留守的人担心虫子，并未过多关注药区的情况。满地的火把为他们提供了方便，玄武跑到隐蔽处将火把扔进药区，直到火势升高，那二人才发现情况不对，赶紧示警。贺兰钧三人怕在混乱中被发现，转身就要离开，却突然铃声大作，竟是贺兰钧转身之际触动了黑暗中系满铃铛的细线，引发了更大的警报。

三人心知不好，还未来得及退出，就发现自己已身在包围圈中了。

得知消息的韩王大怒，连声吩咐人将他们的头砍下来挂在城墙上示众，"武媚娘既然能策反你，我倒要让她看看，想动我不是那么容易的！"

士兵们推着三人就走，贺兰钧却突然哈哈大笑，看着韩王道："原以为韩王一世枭雄，没想到竟是如此不知好歹之人！"

众人皆一愣，从未有人敢如此当面指摘韩王，不免为他的大胆捏了把汗，连韩王自己都气笑了，看着他道："死到临头，你胆子倒不小！"

贺兰钧傲然一笑，"我们虽然烧了药，却是一心为韩王，如今被王爷误会是为了武媚娘，眼见丧命，还在乎什么胆子大小。"

未料到他会说出这样的话来，韩王一愣，下意识地问道："哦？此话怎讲？"

贺兰钧看了一眼司徒青，似是怕他责怪，却仍毅然道："司徒庄主制的药本来是天衣无缝，能引来杀伤力巨大的虫子，可是虫子不分敌我，我军特制的能防虫叮咬的药却在最近被发现对人体损伤巨大，涂上后不出一年，便会令人油尽灯枯而死。司徒庄主怕韩王怪罪不敢明言，只好加紧试制新药，但旧的药确实必须焚烧，否则不出一年，王爷军中将无士兵可用。"

此言一出，围在四周的士兵人人动容。他们均涂过那药，若一年之后必死，那……那他们还在这里做甚？

韩王自是看出军心动摇，他眯起眼，眸中闪过一抹杀气，"你以为我会相信你吗？"

贺兰钧却一副不在乎的样子，"韩王尽可以不信，即刻杀了我们也行。反正一年半载过后，这里的人都要下去陪我们了。"见韩王竖眉，心知不能逼得太狠，他赶紧又道，"好在司徒庄主已研制出新药，完全可替代旧药，且威力更甚，对人体也无损害，又能解旧药的毒，王爷尽可以先试试新药后再考虑是否杀我们。"

所谓失民心者失天下，他谅韩王不敢无视一营士兵的性命而一意孤行。见韩王目光闪烁游移，贺兰钧知他动心，便接着道："而且若我们真想从这军营中逃出去也并非什么难事。"他挣开钳制他的人，走到韩王的桌案前，伸手一挥，桌案上原有的菜肴便消失无踪。

他看着韩王瞬间瞪大的眼眸，淡淡道："王爷看到了吗？若我们不是一心一意追随你打天下，只须让你瞬间消失。军中群龙无首，一盘散沙，又如何能对抗武媚娘的大军？"

韩王盯着他看了半晌，心中转过了无数的念头，甚至想问他将那盘肉食给弄到何处去了，但最终他只是笑了笑，道："司徒庄主真是的，既是药有问题便该明说，何况你还制出了新药。想来这新药的功效经过司徒庄主的试验，定是威力无穷的，不如明日我们就去试试这新药，莫要让本王失望才是啊。"

司徒青自是只能点头称"是"，贺兰钧还笑眯眯地挥手告别，然后以火烧屁股的速度冲出军营。

这么一耽误，也不知道苏莲衣还会不会在山顶上等他。

当贺兰钧气喘吁吁地爬上山顶时，黑夜早已过去，清亮的晨曦洒遍大地，而吹了一夜风的苏莲衣早已累得蜷缩在背风的石头上睡着了。

她脸上满是疲惫，细细的柳眉皱得紧紧的，似乎梦见了什么不好的事，嘴里嘟哝着："贺兰钧，你这个王八蛋，我恨你……"

看着她那副狼狈的样子，贺兰钧忍不住失笑，"睡着了还骂我，真是个坏婆娘。"他摇了摇头，上前将她摇醒。

苏莲衣夜里睡得不好,此时亦迷迷糊糊的,睁开眼看见贺兰钧就在眼前,先是愣了一下,随后便手一抬,疯狂地扑上去打他,一边打一边嚷:"你要我要我要我要我要我……"竟然还自带回声系统。

贺兰钧被她打得抱头鼠窜,最后只好用力将她抱进怀里,"谁要你了?我是真想在昨日你生辰时给你个惊喜的,只是去烧药的时候突然出了点儿状况,人头都差点儿挂上城门口了。"

苏莲衣本来还在拼命挣扎,听他这么说,顿时愣了,"被韩王发现了?这么危险的事情你怎么不叫我一起?"

这回轮到贺兰钧莫名其妙了,"我一个人都没有把握做成的事情,带上你这个成事不足败事有余的家伙去干吗?"

苏莲衣的声音顿时尖锐,"贺兰钧,你嫌弃我?"

贺兰钧用力将她按在怀里,脸上的笑容沉沉,"傻瓜,都说了是危险的事,我怎么能让跟你跟我一起去呢?"她只要永远都像现在这样没心没肝地快乐就好了。

未料到他会如此说的苏莲衣愣了愣,几乎是下意识地回道:"可是我想跟你在一起,即使你的人头要挂在城墙上,我也要跟你并排挂着,我们一起看人来人往也不错啊。"

这回轮到贺兰钧愣了,良久,他唇角缓缓勾起一个笑容,看着她,低声道:"就是一辈子赖上我了,是不是?"

苏莲衣眸光认真,"绝对的!"

贺兰钧一笑,用力将她揽进怀里,却听她痛叫了一声,用力推开他,"哎哟……你身上什么东西?弄疼我了。"

"那是送给你的礼物。"贺兰钧一边说一边从怀里取出一个盘子,盘子用油纸包着,苏莲衣没想到他真会给自己准备生辰礼,顿时来了兴致,伸手就将油纸拆开,然后愣了,"一盘猪肉?你是什么意思?暗示我长得像猪,很多肉吗?"她低头看看自己,并不胖啊。

贺兰钧顿了顿,虽早已习惯她乱七八糟的思维模式,但仍会时时被她雷到。他干脆端起盘子作势要倒掉,"你这个人都不会想些开心的事情,我想着你在山顶上待了一夜定是饿了,特意给你带来吃的,你还嫌弃!既

然你不喜欢，我倒掉了。"

苏莲衣扑过去将盘子护在怀里，也不管有没有筷子，直接用手抓了就塞进嘴里，含糊不清地道："谁说我不喜欢？这是你第一次送我礼物，我会把它统统吃光的。"

看着她迫不及待想要拼命吃光的样子，贺兰钧忍不住微微一笑，远处太阳逐渐转为炽烈，耀眼的金色光芒照射下来，将她整个人都镀上了一层金色，衣袂迎着山风飞舞，仿佛欲乘风归去的仙女般。

"快看，太阳出来了。你许个愿吧，老天爷定会帮你实现的。"悄悄将手伸进怀里，贺兰钧淡笑着。

苏莲衣转头看向朝阳，眼睛微微眯起，脸上浮现幸福的笑容。她双手合十，姿态虔诚，"老天爷，请让我以后的每一个生辰都跟贺兰钧在一起，千万别让他跑掉！"

贺兰钧本想扬起漫天飞花的手顿时停住了，他就知道，这蠢货最会破坏气氛了，害得他根本不想再给她任何浪漫了！

司徒青与贺兰钧新制的药类似于霹雳弹，却比霹雳弹的威力更大，扔在野狗群中，不过一声轰响，便将数十条彪悍凶狠的野狗炸得灰飞烟灭，尸骨无存。

韩王对新药极其满意，以防司徒青等人中途换药，他派了最得力的心腹手下在药房驻守，一旦新药出来，便马上取走，并拿走了药方，另派自己信得过的手下制药，如此即便是贺兰钧等人有什么问题，也完全不怕他们搞鬼了。

看着韩王志得意满地离开，玄武忍不住凑到贺兰钧身边低声问道："大人，真的要帮他们制药吗？"如此一来岂不是公然与女皇陛下作对？

贺兰钧轻笑，也压低了声音道："放心吧，这药制好后一天就过期，再没有任何作用。战争一起，韩王必败。"

玄武点了点头，声音里都带了几分激动，"那真是太好了，我跟小小……"

见士兵们看过来，贺兰钧轻笑一声，说话声音大了些，"我们还是为王爷制药吧，儿女情长又如何比得过王爷的大业？"

玄武应了声"是"，药房内众人均投入制药，一时间竟忙碌不堪。

第二天便传来了韩王即将进攻下一座城池的消息，这已经是韩王进攻的第六座城池了，距离洛阳不过五六百里的路程，若真被韩王拿下，那洛阳危矣。

整个军营都显出大战之前的气象，人叫马嘶，乱中有序，药房内更是因为新送来一批原料而加紧赶制新药，几乎所有人都没睡觉，累得够呛。

而韩王妃就是在这一片忙碌混乱中来到药房的。她是个高贵优雅的女人，仪态威严而得体，却又笑得亲切，让人忍不住就想亲近她。

一进药房，王妃便笑着向众人道了辛苦，又问起与自己同日生辰的苏莲衣，随后便提出想让她到自己那儿去坐坐，说说话，以解自己终日无人做伴的孤寂，顺便也邀请了司徒小小。

这样突如其来的邀约，又是在大战前夕，不管怎么想都让人心中不安。贺兰钧略微一斟酌，便歉然地道："王妃有所不知，王爷曾下了严令，这药房里所有的配方都是机密，任何人未得允许均不得离开药房，而且大战在即，新药还得赶制，她们只怕暂时离不开。不若等王爷凯旋，再让她们陪您好好聊聊？"

即便被拒绝，韩王妃也表现得非常大度得体，"既如此，倒是我强人所难了。你们对王爷忠心一片，本王妃也不好强求，此事就暂且作罢吧。"

见她并未坚持，贺兰钧等人都松了口气，如果他们任何一个人陷在韩王手中做了人质都是极其危险的，必须所有人都在一起，才能保得大家平安。

韩王妃见众人忙碌也不好多留，起身就要离开，身后却传来一声惊呼："世子殿下！"随即就见一个小小的身影冲了进来，扑到存放新药的托盘里，取了一颗药就要往地下扔，还一边惊呼道："这里有这么多有趣的东西你们都不带我来玩，我要罚你们！"

他的行为让所有人都捏了一把冷汗，韩王妃一把就搂住他，压住他的手臂，示意下人将他手里的药取走，才训斥道："这里哪是你玩耍的地方？快跟我走，再调皮我可就用家法了！"

世子看起来不过七八岁，似乎非常惧怕家法，听了韩王妃的话，竟然眼眶一红，坐在地上哭了起来，哭得韩王妃万分尴尬，不知如何是好。

这屋里的药物是无论如何不能让他碰的，贺兰钧眼珠子一转，突然伸手在苏莲衣眼前一晃，就见她变了一张脸，又一晃，又变了一张，不过眨眼的工夫便换了数十张面容。

世子到底小孩子心性，立马就被吸引了，脸上还挂着泪珠就已经拍着手叫好了。

贺兰钧松了口气，看向他，"世子殿下，这个也很好玩，我可以教你玩的。"

谁知那孩子却看也不看他一眼，只是拉着苏莲衣的手，仰头看着她，童声童气地道："我不要你教，我要这位神奇的姐姐教，我要她陪我玩。"

苏莲衣看了一眼贺兰钧，那边韩王妃早已经尴尬得脸都红了，"犬子顽劣，让各位见笑了。"转头就想带他出去，但世子却拉着苏莲衣的手不肯走，还一边跺脚一边扁着嘴喊"不要"，似乎他娘再多说一句，他就又要哭了。

贺兰钧想了想，道："如果世子喜欢在这儿玩，倒不如就让他玩一玩吧，等他玩累了我再送他回去，王妃意下如何？"

韩王妃为难地看了看孩子，半晌才无奈地点了点头，又这样那样地交代了一番，留下两个丫鬟照看世子，便离开了。

苏莲衣早已得贺兰钧眼神示意，带了世子到一旁的空地上去玩了。其他人聚在贺兰钧身边，你看我，我看你。

看韩王妃的举动分明是对他们起疑了，所以想将苏莲衣和司徒小小请过去作为人质扣留，却没料到半路杀出个世子殿下，反让他们给留了下来。而韩王妃为了不引起他们的怀疑，不得不把孩子留下来，倒是便宜了他们。

"……不过这样也好，万一他们真打小小和莲衣的主意，我们手上还有世子这个筹码。"想到苏莲衣上一次差点儿命丧琅琊阁主之手，还是阿九牺牲自己救活了她，贺兰钧就觉得心有余悸。

玄武轻笑，"看来这一仗我们赢定了。"

贺兰钧谨慎地摇头，"未必，未到最后谁也不敢说赢。韩王妃敢把世子留在这里，就定会有后招，万一她以接世子为名派人杀过来，那可是措手不及了。"

众人深以为然，司徒青转头看向女儿，"带好你的暗器，保护好苏姑娘。"

司徒小小郑重点头。再次对视一眼，每个人的眼里都藏着沉重。

战争，一触即发。

战争的结果果然如前所料，韩王一败涂地，即便他百般试探贺兰钧等人，并让他们作为先锋亲自投掷药物，失效了的药物最终导致了他帝王梦的破灭。

连连得利的官兵们一鼓作气，将叛军一网打尽，而韩王则在亲兵的拼死护卫下杀出一条血路，企图突围逃生。

贺兰钧自不允许这样的事情发生，玄武与小小能否如愿在一起，还要靠抓住韩王的功劳呢。所以他一拍玄武的肩膀，大喝道："女皇陛下能否饶恕孔雀山庄，就看你是否能抓住韩王了！"

不待他说完，玄武已腾身而起，冲着韩王逃跑的方向追去。贺兰钧与司徒青想了想，也随后跟了上去。

而此时，司徒小小则驾着马车，带着苏莲衣与世子飞驰在官道上，同时向苏莲衣解释贺兰钧的安排："此仗韩王必败，贺兰公子怕我们受胁迫，让我带你迅速出城。"

苏莲衣点点头，却又觉得不对，"这么重要的事他怎么不告诉我？"

司徒小小往车厢里看了一眼，"你一直陪着世子，贺兰公子怕走漏了风声。"但此刻她们却不得不带着世子上路，也是一个大麻烦。

苏莲衣正要问世子怎么办，却见路旁的草丛中冲出小股韩王叛军，瞬间就将她们包围。小小一边发出暗器，一边吩咐道："苏姑娘，你带着世子赶紧走，我有暗器，替你断后。"

苏莲衣点头，飞快钻进马车，却见那一直天真懵懂的世子正狞笑着看着她，她心知不好，正要转身冲出马车，一只手如铁钳般掐住了她的脖子。

那小小的世子脸上是残忍而嗜血的笑，"没想到吧？韩王妃怎么会让真正的世子落在你们手上？我不过是韩王豢养的江湖人士罢了。"

他的手劲极大，任苏莲衣如何自欺欺人也不可能再认为他是七八岁的世子。她拼命拍打他的手，想让他放开自己，但假世子却纵身跃出马车，看着将叛军杀得不停后退的司徒小小，喝道："你敢再动手，我就杀了她！"

小小一愣，扣在手上的暗器再也发不出来。

假世子挟持着苏莲衣，带着残余的叛军迅速撤走，司徒小小只得无奈地跟在他们身后，直到一处悬崖才发现，兵败的韩王带着残余部将也已被逼到此处，再无退路了。

而此时假世子带着苏莲衣到来，竟让韩王眼睛一亮，"你们谁敢上来，我就立刻杀了她！"

韩王话音刚落，假世子便将手里的苏莲衣往前送了送，他身量矮小，掐着苏莲衣的脖子本该十分吃力，但他却仿佛并不觉得，只是隐在苏莲衣身后，五指如钳，半分都不肯放松。

贺兰钧顿时大惊，赶紧拦住身后的人，不敢让人上来，然后转向韩王，"韩王，你已无退路，即便是挟持人质也未必能逃出去，何必呢？"

狞笑一声，韩王的声音充满了末路枭雄的苍凉，"自古胜者为王败者为寇，我败在武媚娘手下也无话可说。"他看了看身边的韩王妃，又看了看憋得脸色通红的苏莲衣，仰天一笑，"但如今既有人质在手，本王便还有一丝胜算。"他重新看向贺兰钧，目光冷静，"若要这女人活命，你便须听我的！"

贺兰钧毫不犹豫地点头，"说出你的条件。"

"你们全体撤退，再准备几匹快马，等我们走了，自然会放了她！"

再次毫不迟疑地，贺兰钧头也不回地吩咐："按他说的去做！"

见身后的部队缓缓后退，又有人去牵马，玄武忍不住道："贺兰大人，私放人犯是死罪，即便苏姑娘逃出生天，女皇陛下也不会放过你们的！"

回头看他，贺兰钧一双眼竟是血红，"我不管！我不能让莲衣出事，其他的我什么都不管！"

"大人！"见他仿佛魔怔了般，玄武忍不住心惊。

贺兰钧却视而不见，只是一个劲地催促部队赶紧撤退，又催促人赶紧牵马来，玄武数次想阻止，均被他狠狠地推开。

看着他仿佛发疯的样子，苏莲衣落泪了，她忍着喉咙的难受，几乎是一字一字地说道："贺兰钧，你别这样，玄武说得对，你好不容易立功了，不能为了我又犯罪。你不要管我，快过来抓他，快……"脖子上的手力道加大，她顿时呼吸困难，眼珠子都几乎被挤了出来，再说不出任何一个字。

"不……"大喊一声，贺兰钧几乎是本能地就要冲过去，却被玄武死死拉住，只能用眼睛牢牢地盯着那个人，那个无论什么情况下都只想着他的人。

韩王"唰"的一声抽出剑架上苏莲衣的脖子，狞笑道："姓贺兰的，功名利禄随时都有，可是心爱的人一生也未必能遇到一个。我可不是怜香惜玉的人，你还不快把马匹送过来！"说着，他的剑仿佛是凌迟般，缓缓地在苏莲衣颈侧割开一道口子，殷红的血汩汩而出，顿时逼得贺兰钧一双眼越发地红。

"住手！"他一把推开玄武，转身抢过马匹缰绳就向韩王走去。

"贺兰大人！"玄武再次拦在他身前，单膝跪下，"我不能让你犯这样的错误，这是杀头之罪啊！"在他身后，司徒青、小小、一众官兵跪了整整一排。

"让开！"贺兰钧却连看都不看一眼，一脚将玄武踢开，"我只知道莲衣绝不能出事，别的我什么也管不了！"

玄武爬起来，他又踢开，司徒青过来，也被他拼命推开，竟似铁了心要换回苏莲衣了。

苏莲衣的泪落得更凶了，她一直说贺兰钧对她不好，却原来他早已把她看得如此之重，竟胜过他的性命！而她又如何不是呢？她怎么能眼睁睁地看着贺兰钧一步步地走向她，走向断头台？

不，她做不到！

扯出一抹最美丽、最灿烂的笑，苏莲衣看着他，柔声问道："贺兰钧，你爱我吗？"

"爱！"毫不迟疑地，贺兰钧答得沉重而肯定。

苏莲衣笑了，泪水中的笑容美丽得让人不忍直视，"真好，能听到你这句话我这辈子就算没有白活。我知道你是真心对我好，我也知道你可以为我做一切事，这样对我而言就已经足够了。你知道我想你怎么样吗？"

茫然地抬头看她，贺兰钧似乎还没反应过来她想做什么，"你想我怎么样？"

最后再看他一眼，苏莲衣连眨眼都舍不得，只想将他的样子刻在脑海中，

永生永世都不忘记，"我要你好好活着，忘了我，不要做任何傻事！"

说完这句话，她闭上眼，转身，使劲全身的力气推开身后的韩王与假世子，奋力地跳下了悬崖。

她的动作突兀而迅速，竟让人完全无法反应，最先回过神来的贺兰钧快步扑到悬崖边，却只能眼睁睁地看着她消失在万丈深崖下。

"莲衣……"

凄厉、痛苦、绝望的呼喊声响彻整个山谷，惊起飞鸟无数。

连续三个日夜不眠不休地在山崖下寻找，却始终找不到苏莲衣的任何痕迹。玄武早已死心，知道在这样的情况下，苏莲衣还活着的希望极小。但贺兰钧却怎么也不肯放弃，依旧漫无目的地寻找着。

"贺兰大人，已经三天三夜了，要是能找到的话早就找到了，我们还是先启程回洛阳吧？"见贺兰钧又一个踉跄摔倒，玄武忍不住叹口气，过去扶起他。

贺兰钧却甩开他的手，继续往前寻找，"不，我一定要找到莲衣，莲衣看不到我会害怕的！"

一旁的司徒小小也劝道："这山崖下秃鹫很多，我们这么久都找不到尸体，说不定已经……"

"不，不会的！"贺兰钧大声打断她，声音里满是愤怒，"你们不要胡说八道，莲衣不会的！她说过要跟我成亲的，要缠着我一辈子的，现在还没有成亲，她不会放过我的，她一定在跟我开玩笑，等着我去找她呢！莲衣，莲衣……"

他一脚踩空，整个人从山坡上摔下，滚了一身泥土，英俊的面容上也伤痕处处。玄武与司徒小小吓了一跳，赶紧过去扶他，贺兰钧维持着仰面朝天的姿势，安静地任他们将自己搀起来，眼泪慢慢地流了下来。

"莲衣一定很恨我，所以都不让我找到她。以前她为我付出一切，追着我跑，可我总是不珍惜，总是躲着她，我还让她不要跟着我，还说我绝不会娶她的。现在她好不容易在我眼前消失了，我的心却好像空了，又好像有人拿着刀一刀一刀地割着。莲衣终于让我痛了，她一定很开心吧？她一定在得意，让那个可恶的贺兰钧也尝一尝伤心的滋味，也尝一尝被抛弃的痛苦！"

泪水流了满面，他却仿佛毫无所觉，静静地看着天空，突然号啕大哭，"莲衣，我知道错了，以后我再也不会放手了，我要跟你在一起，我要永远跟你在一起！"

玄武与司徒小小对视一眼，这样的贺兰钧是他们从未见过的，他们也不知该如何劝慰。这是自苏莲衣出事以来，贺兰钧第一次哭出来，也许让他这般发泄一次就好了吧？

两人正暗自神伤，却见贺兰钧突然爬起来，飞快地往山崖顶上跑去。不明白他要干什么，两人只好跟在他身后，看他跑得如此卖力，玄武忍不住问道："大人，你想去哪里？"

贺兰钧头也不回地跑着，声音里却多了几分欣喜，"我想到了，只要我从悬崖上跳下去，说不定就能看到莲衣了，或者能落在她掉下去的地方。这样我就能找到她了，到时候我一定要请求她原谅我，我要告诉她我再也不赶她走了，我们要永远在一起……"

"大人！"玄武被他说的话吓到了，赶紧拉住他，不敢相信他竟然会想出这样的主意，或者他失心疯了？

两人正在纠缠间，小小却突然大叫了一声，"哎呀，我忽然想起前几天在这里寻找苏姑娘时，好像有人说在山崖下救了一个姑娘，带去洛阳医治了。我当时就在想会不会是苏姑娘，可是因为回头没找到说话的人，后来又有别的事，所以我给忘记了……"

贺兰钧红红的一双眼睛瞪着她，"你哄我！"

"没有！"小小慌忙摆手，"我怎么会哄你呢？这是真的！而且你看这里既没有苏姑娘的尸体，也没有任何她的物件，就算是被秃鹫吃了，也总会留下些蛛丝马迹吧？可这里什么都没有，她肯定是被人救走了！"

玄武也点头道："对啊，贺兰大人，假如苏姑娘没死，你却跳下去了，那你岂不是要害她伤心一辈子？"

贺兰钧迟疑了下，仍是看着小小，半天才又问道："你说的是真的？"

小小赶紧点头，现在就算是假的，她也必须说是真的，必须！

　　贺兰钧转身就走，"马上回洛阳！"方才还毫无生气的背影，竟瞬间又回复了原先的笔挺，仿佛重新活回来一般。

　　玄武忍不住低声问小小："你说的到底是不是真的？"若是假的，只怕他拦不住贺兰钧再一次自寻短见。

　　小小叹口气，"我也是听了这么一嘴，不太真切，可是贺兰大人眼下的情况，只怕是不真也得真了。"

　　玄武低头想了想，也只能默默点头，"但愿他能缓过来。"

　　小小眼神暗淡了下去，她紧紧地握着玄武的手，告诉自己这辈子无论发生什么事，都绝对不会放开。

　　玄武看她一眼，反手握住了她，同样紧紧的。

　　洛阳。

　　早一步回来的裴云天与张易之本想恶人先告状，在女皇面前参贺兰钧一本，告他与韩王勾结通敌卖国，先给他背上黑锅，却没料到贺兰钧心中记挂苏莲衣，几乎是日夜兼程地赶到洛阳，让他们的奸计瞬间破产。

　　只是苦了一路押送韩王的士兵们，除了吃饭、方便，他们几乎所有的时间都在拼命赶路，看到洛阳城墙的时候，好多人都忍不住扑到城墙边痛哭。

　　终于回来了，终于不用再受贺兰魔王的折磨了，回家真好！

　　在押解韩王进宫面圣之后，女皇不但赦免了孔雀山庄的罪责，还同意了贺兰钧广发告示寻找苏莲衣的请求。

　　一时间，整个洛阳城都贴满了寻找苏莲衣的告示，却始终没有人能提供线索。贺兰钧心灰意冷，整日窝在人面桃花楼里喝酒，不是找算命师为苏莲衣批命格，就是找神婆法师测算苏莲衣的下落，日子过得颓废无比。

　　无论玄武、司徒青和司徒小小怎么劝说，他全都当作耳边风。就连裴云天奉女皇之命上门向他请罪不成，反而对他破口大骂，他也全当作没听见，抱着酒瓶不放手，仿佛只有醉死了才能与苏莲衣在梦中相见一般。

　　看得玄武忍不住仰天长叹，老天，你怎么忍心让如此相爱的两个人从此阴阳相隔，一个在阴间黯然伤心，一个在阳间日日买醉慢性自杀，老天你到底有没有长眼睛啊？

第五章

牡丹园中烟雨情

云想衣裳花想容，春风拂槛露华浓。

若非群玉山头见，会向瑶台月下逢。

唐代大文豪李白这首咏牡丹的诗历经千年依旧传唱不休，既写出了牡丹真国色的风姿，亦是侧面表现当时的唐明皇李隆基与贵妃杨玉环跨越重重阻碍的爱情。

而此时，人周年间，中国历史上唯一的女皇武则天在位，彼时她还未酒后下令群花于寒冬盛放，国花牡丹雍容典雅，盛放于御花园中。

天刚蒙蒙亮，早朝的钟声还未响起，皇宫后院的宫人们便早早起来开始了一天的劳作。宫人烟雨照例从幼时饥寒交迫的噩梦中醒来，侧身从枕头底下取出珍藏的画像，展开，长年劳作生出粗茧的手指在画中人气宇轩昂的面容上划过，方才还孑孓无依、乱了节奏的心跳慢慢平息，直到完全恢复，她才轻轻一笑，小心地藏好画像，起身梳洗。

与她一同负责牡丹园洒扫的还有另外四个宫女，每一个都比她机灵，所以当分配工作的刘公公走后，几个宫女便赶紧将手中的扫把、水壶、剪刀等塞进她手里，讪讪地笑。

"烟雨，你看今天太阳这么大，我的皮肤都要晒坏了，看在朋友一场的分儿上，你会帮我扫地的吧？"

"烟雨好妹妹，你看看我的手指，刚刚涂上的蔻丹，可不能沾水，不如你帮我浇水吧？"

"哎呀，烟雨烟雨，你不是最喜欢牡丹吗？总是说我伺候这些牡丹不对，要不你来修剪花枝吧？省得我做错了你看着不开心。"

"是啊，烟雨，你来伺候这些牡丹最好了。"

……

一个个又娇又嗲、搔首弄姿的，喷出的口水几乎将瘦小单薄的烟雨给淹没。她忍不住后退了两步，怯怯地看了前面的人一眼，迟疑了下才点了点头，细声细气地回道："好的。"

看她点头，其他人顿时没了演戏的兴趣，坐到树荫下的石凳上聊起昨天在哪里遇见了什么人，又得了哪些赏赐，对来来回回忙碌的烟雨却是看也不看一眼。

老实的烟雨却没有别的心思，四个人的活都压在她一个人身上，忙得不可开交。好在她平日里做得习惯了，动作娴熟而迅速，虽然累得够呛，但好歹赶在刘公公来检查工作时完成了。

看着牡丹园内干净无尘的小道，浇了水又修剪过更显得风姿绰约、亭亭玉立的各色牡丹，烟雨擦着额头上的汗水，露出温柔的轻笑。

四个聊了一天的宫女早已翩翩地迎上了刘公公，叽叽喳喳的莺声燕语几乎将人淹没：

"公公您看，地是我扫的，干净吗？"

"水是我浇的，您看量合适吗？"

"花枝是我修建的，完全照公公您教的方法做的，您看对不对？"

"公公，您衣服皱了，我帮您抹平！"

每日都要上演的一幕让烟雨垂下了眼睑，默默地看着自己空空的双手——方才塞进她手里的工具此时都在原主人手中握着，成了她们邀功的证据。

刘公公满意地点头，目光看向沉默的烟雨，"她们都做得不错，烟雨你做了什么？"

烟雨一愣，下意识地抬头，四双如刀剑般凶悍的眼眸狠狠地盯着她，让她到了嘴边的话又咽了回去，"我……"所有的工作都被她们"做"了，自己好像什么也没做。

刘公公浅淡的眉高高扬起，尖利的声音里带了权威被挑战的怒意，"大家都在忙，就你一个人在这儿偷懒，罚你不许吃晚饭！"

烟雨一愣，"刘公公……"要说的话在看见那几双充满威胁的眼眸时，不由自主地顿住了。

刘公公冷哼一声，转身拂袖而去。

几个宫女恭敬地送他远去，一回头看向烟雨，目光却多了几分奚落与嘲笑，"烟雨，我不是故意的，但上次我已经受过罚了，你看我这如弱柳的身子，再受罚可受不了了。"

烟雨下意识地看向她比自己丰腴得多的身形，旁边却又传来其他的声音："不吃饭刚好，可以清减一些，对身体也是有好处的。"

是吗？怎么不见你自己清减呢？烟雨心里默默地吐槽。

但别人却已经无心再应付她了，转身丢下一句："你赶紧继续干活吧，我们不打扰了。"转身扬长而去。

烟雨站在远处，半晌后才慢慢弯腰捡起地上的工具，默默地为牡丹松土。对于牡丹她是真心地喜欢，做完事情后的闲暇几乎全花在了护理牡丹上，只因为那个人最爱的就是牡丹，而她唯一能为他做的，便是让他每次来这牡丹园都能看到美丽大方的花儿。

专心于工作的烟雨却未发现，在其他人离开的时候，一个修长挺拔的身影自长廊那边缓步过来。本来懒散无心的宫女们远远望见，便再也移不开目光，痴痴地凝望着，哪怕脸红了、热了，也舍不得移开目光。

那是整个洛阳除女皇陛下外最尊贵的皇太孙殿下李隆基，擅长音律，钟爱牡丹，有着如秋水般深情的眼眸和朝阳般温和煦暖的脸庞，照亮了万

象神宫内所有女人的心的男人。

知道他是要进牡丹园赏花，刚刚走到牡丹园门口的几个宫女顿时迎了上去请安，能搭讪皇太孙的机会难得，不懂得把握的人都是傻瓜。

李隆基眸光温和，挥手示意她们免礼，迈步进了牡丹园，随口问跟随而进的宫女们："你们都是这牡丹园的宫女吧？能不能说说这园子里牡丹的种类和花期呢？"

几人面面相觑，她们出身低微，在宫中学习如何生存比了解牡丹的品种来得更加重要，此刻面对皇太孙的询问，竟半句也答不出来。

李隆基微微失望，却也并未责怪，只是随意看着眼前生长态势良好的花树，含苞待放的花苞挂在枝头，过不了多久应该就会绽放，这园子里打理的宫人们却不懂牡丹的相关知识，真是可惜了。

他信步走着，一转眸却对上了一双凝望的眼，并不出色的容颜，却有着近乎虔诚的专注，瘦削的身体被牡丹花树遮掩，半蹲着就这么看着他，脸颊绯红，眸子中光晕璀璨，似乎隐隐透着莹莹水光。

这一瞬间，他竟想起迎着朝阳的牡丹花瓣上颤巍巍滚动的露珠，柔弱，清透，专注，惹人怜惜。

但那容颜与那畏畏缩缩的姿态却是与雍容华贵的花中之王相去甚远，李隆基为自己奇怪的想法摇头失笑。

那宫女自是烟雨，她从未想到竟能如此近距离地看到画像上的他，她心跳得厉害，只感觉到一阵阵发晕，似乎下一刻就会晕厥过去。但看着他脸上的失望之色，她却下意识地回答道："牡丹产于大唐西部的秦岭和大巴山一带，因花朵硕大，姿态端庄雍容，被文人墨客誉为花中之王。牡丹性宜凉畏热，喜燥恶湿。宫中如今移植的有洛阳红、葛巾、金玉交章、紫二乔，而最珍贵的要属这一株魏紫，可谓花中极品。"

随着她的介绍，李隆基的眼眸越睁越大，最后几乎是惊喜了，"你看起来很懂牡丹啊？"

意识到自己的唐突，烟雨顿时连脖子都红了，她手足无措地站着，低下头，半晌才嗫嚅道："略懂一二。"声音细如蚊蚋，若不是李隆基此时与她并肩站着看那株魏紫，只怕也听不见。

他笑着看了看这羞涩如西域含羞草的女子，并不想让她更局促，便轻声道："牡丹易种难养，你既如此懂牡丹，可要好好照顾它们才是。"

烟雨躬身应"是"，李隆基挥了挥衣袖，转身离开。牡丹正值花期，每日里向皇祖母请安后，他都会到这牡丹园里走一走，如今有了这个懂牡丹的宫女，他几乎可以想到盛放时的牡丹园会是如何一番美景了。

一直目送他的身影完全消失，烟雨才恋恋不舍地收回目光，他与她说话了，还如此温柔地笑着嘱咐她好好照顾牡丹，真好，真好！

她满心沉浸在自己的喜悦与激动中，却忽略了身边的几双眼眸，蕴含着恨不得将她吞之而后快的嫉妒与恨意。

于是当天晚上，烟雨遭到了同舍宫女的集体恶整。她们不但泼了她一身的凉水，还将她赶出寝舍，不允许她回屋休息。任她如何乞求，那几人也只当听不见，后来还灭灯睡觉，让烟雨乞求的话语再也说不出口了。

生性胆小、与人为善的烟雨不知自己怎么得罪了她们，明明自己都帮她们做完了工作啊。但她素来不懂得与人争辩，只是习惯性地逆来顺受，既然不让她进去，那她不进去就是了。

抱着肩蜷缩在寝宫门口，四月的洛阳夜里依旧凉得很，而她一身湿，加上未用晚饭，更是抵受不住，在无论如何跺脚都暖不了身体的情况下，她忍不住开始绕着御花园跑步，期待能让自己出身汗，热乎一下。

她就是在跑步的时候遇见喝醉酒的贺兰钧的，当时他一边抓着酒壶喝酒，一边大声叫嚷着："莲衣，你在哪儿？我找不到你，你快出来……"

此时宫门早已落锁，外臣滞留宫中乃是杀头的大罪。烟雨不知这憔悴悲伤的人是谁，却在巡逻的禁卫军发现他之前，忍不住拉着他躲进假山后。

"看你的穿着是外臣吧？此时仍滞留宫中，难道不怕杀头吗？"见那人只是一个劲地喝酒，烟雨忍不住轻声责问。

贺兰钧喝酒的动作顿了顿，睁开眼看了看假山外的天空，漆黑的天幕上几颗星子闪闪烁烁，竟已是子夜时分。他怔怔地看着，在烟雨第二次推他时，他却突然咧唇一笑，"让他们杀了我吧，杀了我就能见到莲衣了，莲衣……"一边叫着莲衣的名字，一边起身就往外走去，似乎并不怕还未

走远的禁卫军发现他。

烟雨大吃一惊，赶紧将他拉回来，皱眉道："你这人怎么这样？好死不如赖活着，你知道人活着有多不容易吗？你这样让关心你的人心里多难过啊？"她这话带了责备，却因为声音细弱、气势绵软，听着竟仿佛是在撒娇，没有任何说服力。

贺兰钧灌下一口酒，惨笑道："没有关心我的人，她走了，她不见了，以前我喝酒还能看到她，现在我就是醉倒在酒缸里，她也不会出现了。"说到最后，他声音里已满是心灰意冷的绝望，似乎真恨不得下一刻就死了算了。

烟雨一愣，随后却更生气，突然抬手打了他一个耳光，看着他怔忪的表情，怒道："你实在太气人了！我娘说过，每个人都是带着别人的希望而活的，无论这个人在你身边还是已经去世了，他们都希望你能好好的。即使活得再痛苦、再难受，只要你带着这个希望，你就会过得很快乐。否则，你在乎的那个人就算去了天边也会很痛苦，你明白吗？"

她认真而义正辞严地教训着一个比她大得多的男人，尽管表情无比正经严肃，但不停颤动的手却泄露了她的紧张。

贺兰钧怔怔地问道："她会吗？"

烟雨点头，"一定会的！"手掌刺疼，她忍不住轻轻甩了甩，却仍劝慰着他，"不然怎么会是你最在乎的人呢？"

是吗？苏莲衣真的会因为他过得不好而痛苦吗？想起她以前恨不得整天缠在他身边逗他开心的样子，贺兰钧如死灰般的脸上渐渐地有了几分光彩。

是啊，并未找到莲衣的尸体，说不定她还活着，哪天她回来，看到自己这颓丧的样子，她定不会喜欢的。就算她真的不在了，自己是她用生命换回来的，又有什么资格浪费她的生命，而不将她的那一份也活得快乐呢？

这么一想，贺兰钧便觉得心里仿佛陡然放晴了般，看向面前这个一脸古怪的小宫女，突然道："第一次打人，手很疼吧？"

烟雨一惊，猛然抬头看他，没想到他这么轻易就看穿了自己，本是轻轻甩着的手控制不住地挥到山石上，发出清脆的声音，却正被回头巡逻过来的禁卫军听了个正着，顿时喝道："什么人在里面？"

贺兰钧与烟雨都愣了愣，下意识地就想出声，却见那宫女一弯腰走了出去，细细柔柔的嗓音里透着可怜，"是我。"

禁卫军似也没料到竟会是一个宫女，愣了一下，随即喝道："一个小小的宫女居然敢夜游？胆子不小啊。"

烟雨畏缩了一下，本就胆小的她更是连话都说得迟迟疑疑："大人，我错了，请你饶过我这一次吧。"

她的样子并不如何理直气壮，反而更惹人怀疑，禁卫军头目目光自然而然转向了假山，"遮遮掩掩，鬼鬼祟祟，是不是还有别人？"不用他示意，身后的士兵便欲上前查看。

贺兰钧身形一动，却见那宫女后退一步，借着山石遮掩，一把抢过他手里的酒壶，仰头就喝了一口，声音里便多了几分胆气，"哪里有别人？不过是我喝了点儿酒，怕被发现受罚罢了。"

那禁卫军头目是真没料到一个宫女胆子会如此之大，竟给气笑了，"怕受罚？只怕今天你这顿杖责是免不了了！来人，带到慎刑司！"

贺兰钧眼睁睁看着她被人押走，临走，她竟然还不忘回头看他，用眼神示意他躲好。看着她瘦弱的身影消失在视线里，贺兰钧真是又好气又好笑。

这小宫女竟然宁愿自己挨一顿板子，也不想他被发现丢了性命，真是傻得可爱。

贺兰钧向来不愿受人恩惠，如今莫名受了，自是想着要如何还回去才好。他常常行走于宫中，又是御医，要查起来自是简单，不过半天工夫，便将那个叫烟雨的小丫头的底细查了个一清二楚。

站在宫女寝宫门口，听着她同舍的几个宫女用一副大度施恩的语气说道：

"虽然你昨天犯了不可饶恕的罪过，但看在大家姐妹一场的分儿上，我们还是决定饶你这一次，不过你必须帮我们把所有的活干完，以示赎罪的诚意。"

"你还要记得，皇太孙身份尊贵又长得那么英俊，你连站在他身边的资格都没有，以后看到皇太孙要记得绕道而行，不能再表现自己！"

"哎，就她长得这个样子，皇太孙怎么会看上她？你为什么还提醒她？最重要的是让她把我们所有的活都干完！"

……

看着烟雨撑着刚受过刑的身体，憋红了脸想要拒绝却始终说不出口的样子，贺兰钧忍不住摇了摇头。

而那几个宫女显然并不在乎她的身体，再三交代她干活，并威胁她干不完就让她继续在外面过夜，料定她绝不敢反抗后，才心满意足地离开了。

烟雨勉强挪步到桌子前为自己倒了杯水，润了下干裂的唇瓣，才刚叹口气，却听得门口一个熟悉的声音道："这样的日子你竟然不反抗，打算一直过下去吗？"

烟雨惊愕地看向他，"你……你怎么会来？"

白她一眼，贺兰钧将药箱放在桌子上，一边扯过她的手腕把脉，一边回答："你被打了，而我是御医，正应该过来看看。"见她身子只是皮外伤，便将棒疮药取出，交代她如何用之后，又忍不住道，"我昨天喝醉了，多亏得你相救。我贺兰钧向来有仇报仇，有恩也绝对会回报。说吧，你有什么想要的或是想要达成的愿望，我都可以帮你。"

烟雨慢慢挪到自己的床位上靠着，一只手伸到枕头下，抚摸着枕头下的画轴，面上笑得娇柔而羞涩，"我没什么想要的，也没什么愿望要你帮我。我帮你纯粹只是因为不想看到你死而已。"

而那个人是遥不可及的，她只要能像昨天那样看他一眼就满足了，不需要任何人帮忙。想起他开朗的笑和温柔的眼，烟雨心尖颤了颤，手上却没把握住力道，竟一下子将画轴弄掉在地上。

她脸色一下子白了。

贺兰钧动作迅速地捡起来，只看了一眼，就笑了，"我还当这些宫女是无风起浪呢，原来你心里真藏着人啊。"上面赫然是皇太孙李隆基的画像，笔触略显粗糙绵软，一看就是绘画基础不高的女子所画。看着烟雨瞬间白了又红、红了又青的脸，贺兰钧忍不住又摇了摇头，"这也不是什么见不得人的事。要不要我帮你调理一下容颜，让你能够成为皇太孙的入幕之宾？"

想要飞上枝头变凤凰的女子他见得多了，每日里往人面桃花楼里递帖邀约他入府调理容颜的千金小姐数都数不过来，除了大笔的诊疗费用，还得看他心情才决定要不要去。贺兰钧满以为自己提出这个建议，她必定会答应，却哪知烟雨脸色暗淡下去，摇了摇头道："我是什么身份，哪配得上皇太孙？你赶紧走吧，我真的不要你的报答。"她说这话时虽神色失落，但语气中透着坚决，竟是真心觉得自己配不上。

贺兰钧心里不是滋味，却仍坚持，"别口是心非了，哪有女人不爱漂亮的？"何况她心里爱慕皇太孙，变漂亮了正好得偿所愿，为何要拒绝？

烟雨皱了眉似想再次拒绝，却又忍住了，看向贺兰钧，道："你这样说我倒真想起一件事要你帮忙，你是不是什么都答应？"

果然人心不足蛇吞象，她之前的拒绝竟是为了得到更大的利益！贺兰钧撇了撇唇，毫不掩饰自己的鄙夷，"当然！"见她只是看着自己，他咬牙，"我发誓，你的任何要求我都答应，否则叫我不得好死行了吧？"就知道，爱慕虚荣的女人怎么会白白放过这么好的机会呢？亏他刚才还在心里想着或许她是与众不同的，没想到这么快就露出真面目了。

烟雨不知他心里所想，见他发誓，便松了口气，笑道："我想让你做的事就是你要以后好好对自己，再也不要喝酒。"见贺兰钧瞪口呆地瞪着她，她忍不住瞪了回去，"你方才发过誓的！"

什么叫搬起石头砸自己的脚？什么叫哑巴吃黄连？贺兰钧一时间觉得自己都尝到了，"你真的只要这样？你不改变自己，不攀上皇太孙，你就会一直受苦，受人排挤欺负的。"

烟雨柔柔一笑，"这有什么？我吃过更多的苦。现在的一切都来之不易，所以我很感激老天爷，不想再过多要求，以免折了自己的福分。"说这话时，她竟真的是一副满足而感恩的神情，原本半凡无奇的面容竟奇异地散发出一层淡淡的光。

贺兰钧被震住了，半天都无法收回目光。他无法相信这世上还会有这样的人，却又觉得这样的人应该是存在的，眼前不就有一个吗？

离去前，他仍忍不住道："若你反悔了，随时可以找我，我的大门永远为你敞开。"

烟雨只是轻笑着摇了摇头，那样淡然的神情，似乎这辈子都不会去找

他一般。她为自己涂好药，转而去忙自己的工作了，像是忘记了自己被人欺负的事。

但她忘记了，却不代表贺兰钧也忘记了。在烟雨处受的憋闷气让他急需找人发泄，而那些欺负烟雨欺负得理所当然的宫女们就是他最好的发泄对象。

所以当那些宫女得知他来了寝舍，急急赶过来想求他帮自己调理容颜时，贺兰钧便顺水推舟说自己新研究了一个妆容，正好请她们试试妆，并约法三章，不准她们照镜子，并让三人分别到三个宫殿去展示一番，收集别人的评论回来以便后续改进。她们自然是满口答应，却不料贺兰钧竟为她们画了最吓人的鬼妆，本来只是想捉弄她们一番，没想到其中一人竟意外在御花园冲撞了圣驾，本就饱受梦魇鬼怪之扰的女皇陛下当下大发雷霆，命人将那宫女拖下去杖责，也算是为烟雨出了口气。

本来只是一件微不足道的小事，没料到女皇陛下却因此受惊而病倒了，虽不至到了油尽灯枯的地步，却也到底惹起了朝中众大臣的关注。尤其大周开国至今太子之位空悬，如今留下的几位皇子要么庸碌无为，要么懦弱成性，皆成不了大气，反倒是皇太孙李隆基文韬武略，琴棋书画样样精通，更兼得性情温和、孝顺恭谦，深得女皇陛下欢心，便有人起了心思，猜测着女皇莫不是属意皇太孙？

于是尚未婚配的皇太孙成了所有家中有女的大臣们记挂的对象，纷纷琢磨着是否该向女皇陛下讨个指婚的赏赐。正在此时，宫中却又有话传了出来，说是皇太孙上禀女皇，此生只愿得一人心，白首不相离，选妃不求才情相貌家世，只要一个两心相知谈得来的女子长伴身侧，而女皇陛下疼爱皇太孙殿下，竟答应了由他自己挑选后，再下圣旨赐婚。

此话一出，朝中内外便有人动起了心思，毕竟能与皇太孙鹣鲽情深怎么都好过没有感情的一纸圣旨，而其中心思动得最厉害的却是在韩王之乱时受到牵连的裴云天。

听到这传言的当天他便约了张易之过府，证实了女皇陛下确实许诺过皇太孙之后，他顿时笑得眉眼都看不见了。而与他有着相同心思的张易之，自是二话不说与他狼狈为奸，搭上了他这条贼船。

如果皇太孙妃是他们的人，日后皇太孙登上皇位，好处还会少了他们的吗？到时候什么贺兰钧，还不是像蚂蚁一样想捏死就捏死吗？

　　于是经过一番精挑细选，张易之从浣衣房里挑出了个长相出众的宫女细柳，又经过裴云天的巧手妆扮，可说是艳冠群芳，三人又这般那般地合计了一番，一桩阴谋就此诞生了……

　　五月的天虽不如六月说变就变，但偶尔的雷雨却连钦天监都未必能预测得出，而五月却是牡丹盛放的季节，往往一场暴雨下来，若护理不及时，国色天香却经不得风雨的牡丹花瓣被打得零落满地，宛如饱受摧残的残花败柳，再无半分美感。

　　所以当李隆基突然发现天降暴雨而自己事先并未接获钦天监有雨的消息时，第一反应就是牡丹园的紫二乔与魏紫保不住了。

　　当他带着侍从急急赶到牡丹园时，刘公公正指挥着人手忙脚乱地想要用帷幕遮住牡丹，但帷幕既沉且重，而这雨又来得突然，竟是来不及全部遮住了，而那株最珍贵的魏紫已在大雨中落下了两片花瓣……

　　李隆基心疼无比，一把拽过侍卫撑在自己头上的雨伞就要去为他最喜欢的紫二乔遮雨，却见雨幕中一个小巧的身影飞快地奔进牡丹园，将怀中抱着的一大摞雨伞一一打开，小心地撑在那些帷幕来不及遮住的牡丹花上，为它们挡去了暴雨的摧残。

　　所有人都松了口气，李隆基更是双眼发亮地看着这个虽被雨淋得狼狈，却依然美得宛如牡丹仙子下凡的女子，忍不住掏出手帕递给她，"擦擦你脸上的水吧。"

　　那女子回头看到他，似愣了愣，随即跪下谢恩，"谢皇太孙！"

　　亲自扶她起来，李隆基看一眼满园撑起的油纸伞，问道："你怎么会想到这个办法的？"

　　那女子先是一愣，随即赶紧跪下道："皇太孙请恕罪！奴婢乃是浣衣房的宫女细柳，只因平日里喜爱牡丹，方才见骤降暴雨，想来牡丹园中来不及拉上帷幕遮雨，而牡丹花瓣娇嫩容易折损，奴婢才想到用伞遮雨的法子，冒犯了皇太孙，还请皇太孙看在奴婢爱花心切的分儿上……"

　　"我什么时候说要怪罪你了？"见她惶急得快要哭了，李隆基哭笑不得地再次扶她起来，"想不到这世上居然还有人跟我一般傻，竟将这牡丹看作了人，对它有了感情，舍不得它淋雨了！这般爱花惜花，你我该是知音才是，我又怎么会怪你？"

　　细柳一愣，白皙匀净的脸上涌上红潮，仰首看着李隆基的样子，就宛如一朵在细雨中摇曳的牡丹花，让李隆基忍不住说道："若你此刻无事，不若陪我走走如何？"

　　如此殊荣，细柳自是不会放过，她娇羞无限地半垂头，声音娇嗲，道："听皇太孙吩咐。"她这姿势恰到好处，既娇媚却又显得端庄，竟真有几分牡丹的意蕴，李隆基只觉得心里一片荡漾，忍不住问道："这满园牡丹千万种，不知道你最喜欢哪一种？"

　　含笑望着他的眼睛，细柳想也不想地回答："自是那株花开二色、各有千秋的紫二乔了。"

　　李隆基眸光更亮，"真巧，我也是。真料不到这宫中竟有如此知音……"

　　真是牡丹园中暴雨摧残，竟促成一段缘。只不知这缘是善缘还是孽缘了。

　　贺兰钧教训了欺负烟雨的宫女，本只是顺手，奈何他答应了烟雨不能喝酒，心里又日日受苏莲衣失踪的折磨，实在是熬不住，只好进宫找了烟雨，将自己做的事向她说了一遍，也不是邀功，纯粹是无聊。

　　烟雨好笑又好气地看着他，"贺兰大人这么做会不会太狠了？"尤其其中一个还惊扰到圣驾，那一顿板子打得可不轻，如今还在床上躺着呢。

　　贺兰钧冷哼一声，"难道她们欺负你不狠吗？"见她露出不以为然的表情，贺兰钧脸都黑了，"你又要说什么得饶人处且饶人了是不是？哼，活该你被人欺负！"

　　烟雨摇摇头，看着贺兰钧，想说其实自己在宫里过得不错，却听贺兰钧又说道："你不要这么看着我，在皇宫里，最重要的不是逆来顺受，而是保护好自己，而要保护自己就要做到以牙还牙、以眼还眼，明白吗？"

　　烟雨继续摇头，她不是不明白，而是不想明白，因为她知道自己绝对做不到他说的。

叹口气，贺兰钧一副"你简直没救了"的表情，从怀里掏出一个玉瓶递给她，"这叫千日醉，你收好了，以后谁要敢再欺负你，你就给他闻一闻，保证他立马晕倒，再也欺负不了你。"

烟雨犹豫，"这么厉害的东西定是十分珍贵了，我怎么能收？"

抓过她的手将玉瓶硬塞进她手里，贺兰钧没好气地道："给你你就拿着，哪那么多话？"再说了，她为自己挨了一顿打，若自己什么都不为她做，这心里还真是不好意思。

烟雨还在犹豫，身后却跑过来几个宫女，拉了她就走，一边还喜滋滋地道："烟雨，快走快走！"

见她一脸懵懂，另一个人笑着道："皇太孙看上了浣衣房的细柳，禀告了女皇陛下，将她接进了飞云阁，说是要好好教导她宫廷礼仪，过了冬就册为良娣。细柳惦记着我们这些姐妹，现在正在派发礼物呢。"

烟雨一愣，皇太孙看上了细柳？她的脚步控制不住地慢了下来，几人好奇地回头看过来，前面细柳带着几个飞云阁的宫人抱着礼物，在宫女们的簇拥下走了过来。

看见烟雨她笑了笑，一边随手取了一个盒子递给她一边道："烟雨，这是送给你的，以后麻烦你的地方还多着呢，你千万不要客气。"

烟雨笑了笑，勉强至极，看在他人眼里却只觉得她不知好歹，小家子气上不得台面，当下，有几个宫女便忍不住出言斥骂。

烟雨的脸便更红，垂下的眼睑瑟瑟缩缩，两道纤长微卷的睫毛仿佛受惊的蝶翼般透着无助。细柳笑了笑，在众人的簇拥中离开了。

远远地，那些阿谀奉承的话仍是随风飘进了她的耳朵里。

"细柳，你人真好，难怪皇太孙会喜欢你，你一定会大富大贵的。"

"对啊，细柳送了我们这么多礼物，真是少见的好人，现在宫里有谁不知道啊。"

"哎呀，姐妹们实在太客气了，都是皇太孙宠我……"

直到所有人都离开了，烟雨仍站在原地一动不动，姿态卑微而可怜，让人忍不住为她摇头叹息。

而贺兰钧也真的这么做了，"看到煮熟的鸭子飞了是不是很难受？让

你听我的你不听，现在可没办法了。"

抬眼看他，烟雨拼命挤出笑容，"细柳人很好，长得又漂亮，她配皇太孙很不错。"但心里实在是难受，她给了贺兰钧一个抱歉的眼神，转身飞快离开。

再不走，她怕她会控制不住流下泪来。

除了看着她的背影摇头叹息，贺兰钧还能做什么呢？

自那以后，烟雨发现自己遇见皇太孙的机会突然多了起来。去牡丹园干活的时候，经常能看到他与细柳在花丛中漫步，偶尔会嬉戏，他总是很温柔地看着细柳笑，眸子里盈满光芒，仿佛将天底下所有的幸福都装了进去。

这样很好，他幸福就很好。烟雨告诉自己，然后更加用心地打理牡丹，让他们每次去牡丹园都能有惊喜。

但关于细柳的消息却越来越不堪，先是传出她在女皇陛下召见时太过紧张竟然摔了个狗吃屎成为宫中笑话后，又传出她与皇太孙对诗，竟将《诗经》中的北朝乐府《敕勒川》背成了什么苍苍，什么茫茫，什么方向，笑掉了宫中所有人的大牙……

看到同寝的几个人肆无忌惮地笑成一团，烟雨忍不住道："你们收了人家的礼物，背后还这么说人家，似乎不太厚道吧？"

宫女白了她一眼，一副看白痴的样子，道："你知道什么啊？我们收她的礼物是因为她能被皇太孙看上，以为她是个有能力、有见解又懂得手段往上爬的女人，谁晓得她连个眼力见儿都没有，连首乐府诗歌都背得七零八落的，这样下去迟早会被赶出宫，搞不好还会连累皇太孙，到时候还不知是个什么情况呢。这样的人，有什么值得我们尊重的？"

其他人纷纷点头附和，倒让烟雨什么都说不出来了。

直到睡觉，她还在琢磨这件事，一直想着怎样做才会让细柳不再犯错让人笑话，但细柳毕竟不是她，又如何会按照她的想法去做？

想了又想，烟雨将平时搜集到的关于女皇陛下的喜好、皇太孙的喜好和一些宫中礼仪、女子必读的书籍都详细地写了出来，打定主意整理好之后将小册子送给细柳，虽然未必会让她聪明起来，但起码能让她避免犯错。

但她却没想到，就是这次去找细柳，让她发现了一个巨大的阴谋——原来细柳并不是真的爱上皇太孙才跟他在一起的，她不过是贪图皇太孙的高位，妄想日后爬上皇后的位置，才与人合谋算计皇太孙，做出自己为皇太孙倾倒的假象！

更可怕的是，那个与细柳合谋的人，竟然是女皇陛下身边的张易之大人！

烟雨躲在假山后面，听着那两人商议着要背熟哪些书，怎么装病应付皇太孙的怀疑，因为细柳实在不想背书，在张易之说出等她做了皇后，或者皇太孙登基后有个三长两短她做了皇太后就再不用背书时，细柳更是说出"希望皇太孙早点儿娶我，早点儿登基做皇帝，然后早点儿死掉"的大逆不道的话！

烟雨心中惊慌，一心只想着赶紧将这些话马上告诉皇太孙，匆匆从藏身的假山中离开，飞快地跑向皇太孙居住的飞云阁，却不料他早已灭灯安歇。她苦求侍从为她通报求见皇太孙，却被无情地拒绝了。

烟雨万般无奈，只好先回房，想着明天再想办法，却没想到当时看到背影就认出她的细柳早已准备了毒计等着她。

当烟雨回到房中，等待她的是愤怒的刘公公和委屈失望的细柳。

看见她进来，刘公公便竖眉发难，"烟雨，你好大的胆子！原以为你是最老实的，没料到你竟敢偷细柳姑娘的玉镯，如今证据确凿，你还有何话可说？"

烟雨一头雾水，下意识地看向细柳，却见细柳失望地看着她，摇头叹息道："烟雨，你要喜欢这对玉镯，只要说一声，我定会送给你的，何必偷呢？我原以为是自己不小心掉在什么地方了，刘公公好心说各屋里搜一搜也不冤枉人，没料到就在你床上搜出来了，你说这……哎，这是个什么事儿啊？"

烟雨更是纳闷，她何曾偷过什么玉镯？看着桌上那对色泽通透的羊脂玉镯，她第一反应就是否认，"不，这跟我没关系，我的床上没有玉镯！"

细柳却仍是摇头，"玉镯就算了，你怎么还敢私藏皇太孙的画像？"她打开烟雨视若珍宝的画像，画中的皇太孙眉目宛如真人，极具神韵，细柳的眉却皱得更紧，声音里多了几分尖利，"宫中偷窃本就已是大罪，竟

还敢私藏男子画像，对皇太孙如此不敬，该当何罪？刘公公，牡丹园归你管辖，如今出了这样的事情，你也有监管不力之责，如今该如何处理才好？"

刘公公本来脸色惨白，听到她最后一句话顿时明白了过来，脸色都来不及整理，便回头大声道："来人啊，将烟雨拉去冷宫做杂役，永远不许再回来！"

直到此时，烟雨仿佛才回过神来，她定定地看着细柳，露出一抹惨然的笑，"是你对不对？是你陷害我，对不对？细柳，你怎样对我都没关系，可是你不要算计皇太孙，不要害他，他是真心对你好的，你千万不要害他，好吗？"

细柳纤眉一挑，眸中闪过恶毒快意的光，面上却装出不解地问道："你在胡说八道什么？还不快拉下去！"

宫人们上来，七手八脚地架住烟雨就拖了出去，只留下半句凄厉的呼喊："细柳，你不能这么对皇太孙，他是真心对你好的……"

在场的宫女们面面相觑，不知细柳针对烟雨到底是为了哪般。但细柳却重重吐出一口气，幸好自己眼睛尖，认出了那个背影就是烟雨，否则要真让她将自己与张易之大人的计谋告诉了皇太孙，只怕她的脑袋就要保不住了。

真是好险！

冷宫。

自女皇陛下登基以来，大周的冷宫其实用的次数不多，毕竟后宫女人少了，惹是生非的也就少了，冷宫自然就用不上了。

但人少不等于没有，至少还有一个先帝废妃杜贵妃。

任谁大半夜的被人从美梦中惊醒也不会有好脸色，何况这杜贵妃还是出了名的脾气不好，喜怒无常。所以看着被侍卫扔进来的烟雨，杜贵妃一张脸几乎要黑成了锅底。

若是那个烟雨识相一点儿也就罢了，偏偏她哭着喊着要找皇太孙，拼命往门口冲。负责守卫冷宫的侍卫也闹得烦了，干脆将人扔到杜贵妃跟前，恭敬的语气里带着些不容忍质疑的命令："还请贵妃娘娘看住这新来的宫女，她若再这般不懂事，到时候受罚的可就不只是她一个人了。"

换言之，这冷宫里的主子虽是名义上的主子，但他这个侍卫还是可以在女皇陛下面前告她一状，而且还能让她哑巴吃黄连，有苦说不出。

似笑非笑地看他一眼，杜贵妃什么都没应，但她身后的宫女们却是听话地上前，七手八脚地就将再次想要从地上爬起来的烟雨给按住了，其中一个叫阿萍的站在她身前，冷冷地道："冷宫有冷宫的规矩，到了这里你就不要妄想再见什么皇太孙了，否则只有死路一条！你自己不想活了，找根绳子勒死就行，千万别连累了我们，否则我们有的是法子让你求生不得，求死不能！"

用尽了全身的力气都挣脱不开，烟雨死心地任她们按住，脸上泪水涟涟，"我不想连累你们，我只是想见皇太孙，我有很重要的事情要跟他说，我……"

"啪"的一声脆响，让闹哄哄的院子瞬间一静，一直似笑非笑看着的杜贵妃施施然地收回巴掌，脸上仍是清冷的模样，"到冷宫来寻死觅活的人你不是第一个，但进了冷宫还妄想攀高枝的，你绝对是第一个！别再扰我睡觉！"说完转身进屋。

其他人似是早就见惯了她这般，并无人惊奇，在确认她进屋歇下之后，她们反而露出几分兴奋，阿萍使了个眼色，一人上前捂住了烟雨的嘴，其他人围着她就是一顿拳打脚踢，不管她如何挣扎，她们都没有停手的意思。

开玩笑，这冷宫八百年才来一个人，还是一个如此不会看人眼色的，一看就是个挨打受气也绝不会反抗的老实包，此时不欺负更待何时？她们这些人到了冷宫还得被杜贵妃欺压，时时承受她的喜怒无常与阴阳怪气，谁也不愿意放弃这个发泄的机会。

烟雨本是默默忍受，想着等她们打累了休息了自己再借机溜出去找皇太孙，但这些人却越来越兴奋，烟雨全身痛得不行，她们却丝毫没有要停手的意思，而且再这么耽搁下去，也不知细柳到底会对皇太孙做什么。

咬了咬牙，她从怀里取出贺兰钧给的小瓶子，捂住嘴鼻，甜腻醉人的香气弥漫，片刻就放倒了这些宫女。

烟雨愣了愣，没料到这千日醉这般有用，随即大喜，顾不得全身的疼痛，爬起来就往门外冲去。门口侍卫没料到她如此冥顽不灵，纷纷过来抓她，

在被药倒三个人后，其他人发现了她手里瓶子的古怪，手中的长枪柄一挑，便打落了瓶子。

烟雨大惊，弯腰去捡，只听得脑后传来凌厉的破风声响，随即传来剧痛，她眼前一黑，歪倒在地上。

直到晕厥，她眼睛仍望着飞云阁的方向，嘴里喃喃地念着："皇太孙……"

贺兰钧觉得霉运是可以传染的，自从苏莲衣在他的生活里消失后，好像他遇到的就都是不好的事，好比烟雨，每次看到她，不是害她挨板子，就是为她疗伤，而这次，除了被打伤的烟雨，还有冷宫里那么多被千日醉熏倒的宫女侍卫……

刚刚从冷宫四面漏风的破屋里醒来，烟雨连看都没看一眼自己身处何方，翻身从硌得人骨头疼的木板床上起来，就要往门外冲去。

"还想被打吗？"身后传来冷冷的声音，带着几丝不仔细听就会漏了的火气，"凭着区区千日醉就想从冷宫里逃出去，你也不怕被人打死！"

烟雨一愣，转过头看他，目光讪讪而怯弱，"细柳不是真心爱皇太孙，她有阴谋，我得去告诉皇太孙……"她将细柳说的话原原本本地告诉他，期望他能帮助自己。

贺兰钧却并未如她所想，他依旧冷冷地看着她，毫不掩饰眼里的讥讽，"你都泥菩萨过河了，还想管别人的事？"

他嘴上这么说，心里却疼得厉害，这样的烟雨多像苏莲衣啊，从不为自己想，一心只想着他，只要他好，哪怕自己被他折腾得要死要活也绝不后退。

但如今莲衣不在他身边了，他却绝不允许同样的事情再发生，因为那让他感觉自己又让莲衣受了一次伤。

"你要如何从这里出去？出去了如何见到皇太孙？就算让你见到了，皇太孙又为什么要相信你的话？除了你自己听到，你还有什么证据？"

他说一句，烟雨就缩一下脖子，待他说完，她已经整个上半身都靠到了墙壁上，身体呈现出怪异的弧度，怯怯的眼眸看上去仿佛受惊的兔子，可怜又无助，慌乱得完全不知道该如何的样子，只是傻傻地望着他。

贺兰钧忍不住叹了口气，"我早就跟你说过，假如你真的爱皇太孙，最好就是完善自己，然后走到他面前，跟他并肩而立，这样才能分担他所有的事情，为他剪除身边可能存在的一切危险，而不是做无谓的牺牲。"见她仍然只是懵懂，他又想起全心为他的苏莲衣，眸光暗淡了下去，却仍说道，"就算皇太孙相信了你，揭破细柳的阴谋，那下一次呢？你还来得及揭破吗？而下一次你还会不会这么好运只是被打入冷宫？皇太孙的身份注定了他会不停地遭人觊觎，万一你哪天被杀死了，那些又出现在皇太孙身边的阴谋该怎么办？"

怔怔地看着他，烟雨的眼泪控制不住地滑落下来。诚如贺兰钧所说，皇太孙从小到大经历的阴谋只怕是数也数不清了，而以后只会更多，除了外人，连最亲近的枕边人都有可能只想着算计他，从他身上得到好处，而真正爱他的人，又能为他做什么呢？

"我……我配不上他……"她只是想要他幸福快乐而已啊。

看着她的样子，贺兰钧也心软了，放缓了声调，"虽然爱一个人并不是非得占有他，只要看着他幸福快乐也是一种爱。但皇太孙不一样，他要的是一个真正爱他，能与他并肩而立面对所有危险与压力的人，这样他才能从这云谲波诡的皇宫中感受到温暖，才不会觉得孤单。"只有这样才是真正地爱他。

烟雨早已泪流满面，说不出话来了。自己以为的爱他，其实只是满足了自己爱他的心，或许并不是他要的爱吧？

"我这么笨，这么自私自利，我真的可以爱他吗？我真的可以不自量力地妄想站到他的身边去吗？"她依旧茫然，依旧自卑，但话语中却有了松动的迹象。

几乎是苦涩地笑了笑，贺兰钧垂下眼睑，遮住自己眸子里的痛苦，"你都能想到用千日醉了，也不算太笨。要站到皇太孙身边，也不是那么容易的事，但你既然爱他，那就不妨为了他试试吧。"就像莲衣为了站到他的身边，付出了人面桃花楼，付出了所有的积蓄，不停地满足着他随口说的要求，甚至连自己的性命都不顾，只为了他……

烟雨垂下的目光直直的，不动也不说话。贺兰钧知道她在思考，他不

催她，因为他也想着苏莲衣，想在这一刻好好地、用心地将她笑着哭着闹着的各种样子都在心里描绘一遍。

夕阳的余晖从残破的窗棂斜斜射进来，空气中有微尘飘浮，静谧而安宁，偶尔飞虫振翅飞过，划破仿佛静止的气流，带起的波动足以摧毁人心最坚硬的阻隔。

终于，烟雨跪在了贺兰钧身前，缓缓地擦干脸上的泪水，眸中射出坚毅不屈的目光，"请贺兰大人帮我，训练我，让我有资格站到皇太孙的面前。"让她能强大到足以分担他的一切危险与辛苦，让她能更好地爱他。

贺兰钧没有问她是否想好，没有问她会不会后悔，他只是看着她那双坚定而决然的眼睛，仿佛看见了她心底最坚强的爱，"好，从今天开始，我会以治病为名每天过来训练你，你必须克服你自身的种种缺点，不能再任由别人欺负，不能再胆怯害羞，你要学会坚强自信，要从内往外散发出迷人的光彩，这样才会让男人喜欢你，而容貌、服饰、妆扮都在其次……"

也是从这一天开始，烟雨见识到了贺兰钧的手段。他一边为她带来各种书籍，让她充实丰富自己，一边却时刻出现在她的身边。当她被冷宫的宫女们欺负的时候，当她忍不住怯弱害羞不敢面对时，当她被人诬陷求助无门时，贺兰钧总会以自己的方式逼得她不得不面对，不得不把自己那些逃避懦弱的想法一一丢弃，短短半个月，冷宫中就再也无人敢随意欺负她了，她每天只需要做完自己的活，然后回屋里看书就成了。

在她读完四书五经时，贺兰钧给她送来了《资治通鉴》和《二十四史》。她惊愕不解，这两套书最常被读书人挂在嘴边，几乎算得上是为官之书和为王之书了，贺兰钧让她看这个？

"太宗曾言：以铜为镜，可以正衣冠；以人为镜，可以明得失；以史为镜，可以知兴替。但其实史书可以借鉴的，又何止是兴替？前人的经验，值得我们学习的太多，你好好看看吧。"贺兰钧没有过多解释，临走却又交代了一句，"在宫里，不要轻易相信朋友，却也不要轻易树立敌人。你要学会如何把握这其中的分寸。"

见她懵懂地点头，贺兰钧又道："不如你先试试与杜贵妃做朋友吧。"

性格乖舛、喜怒无常的杜贵妃也许最能试炼她，成也罢，不成也罢，应该都能让她知晓不少的事情了。

于是烟雨干活读书之余，便又多了一份工作——观察杜贵妃的喜好，接近杜贵妃。

冷宫的饭食简陋而粗糙，一色的青菜豆腐早已吃得众人心里无比惨淡了。这一日，杜贵妃照例在用膳的时候大发雷霆，责骂阿萍等人竟连猪食都吃得下去，众人劳累一天早已饿得不行，哪里还会计较菜色好坏？却又不敢违逆她的意思，只好唯唯诺诺地站着，不知该如何是好。

将杜贵妃的衣服洗好晾好，烟雨刚进到饭厅，就听见杜贵妃摔筷大骂："这般的猪食，你们肚子还叫，竟是自甘下贱吗？"

众人噤若寒蝉，连头也不敢抬起来。

若是换了往日的烟雨，只怕也是跟她们一样，但经过这么长时间的训练，又读过那么多的书籍史册，在不知不觉间，她早已有了连自己都不知道的改变。听到杜贵妃的怒骂，她想了想，走过去将自己那一份饭菜拿起来，细细地将饭菜中几乎寻不出的几片荤肉挑出来，用小碟子装好递到杜贵妃面前，笑道："这宫里的伙食的确是越做越差了，娘娘没有食欲也是正常。他们明知我不爱吃肉，还给我荤菜，真是太胡闹了。娘娘您要不嫌弃，就帮帮奴婢吧？"

那小小的一碟肉看起来很可怜，却也是这冷宫中难得的一点儿荤腥了。杜贵妃目光从碟子转向烟雨，神色阴晴不定，最后却一把将自己的饭碗扣在了桌子上，连同那一小碟肉也打翻了，她连看也不看一屋子人脸上的惋惜之色，转身拂袖而去。

在她身后，烟雨皱了皱眉，一边招呼众人吃饭，一边小心地收拾着杜贵妃的饭碗，又将那一小碟肉装好，洗干净，装了些素菜，在冷宫的小厨房里稍稍加工了一下，便让阿萍又给杜贵妃送了过去。

不管她吃不吃，至少自己的心意尽到了。

饭还未吃完，却见杜贵妃又风风火火地闯了进来，目光锐利，充满了愤怒，"谁准你们动我的东西的？"

众人面面相觑，杜贵妃不喜欢别人动自己的东西，她们早已知晓，除非她吩咐，她们平时是绝对不会乱碰她房里的任何东西的，她这是又发的

哪门子疯?

烟雨想了想,站起来,"奴婢看娘娘屋子有两天未整理了,衣服也脏了,以为娘娘忘记了吩咐,所以……"

锐利的目光顿时定在了她的脸上,仿佛刀剑般刺得她脸上的肌肤生疼,良久后才冷笑一声,抬手以迅雷不及掩耳的速度甩了她一个耳光,"无事献殷勤,非奸即盗!用不着你假好心!"也不理烟雨的错愕,转身回房,留下一群人你看我、我看你,不知道这又是出了什么幺蛾子。

烟雨却仿佛不当回事般,抚了抚红通通的脸颊,若无其事地吃完饭,打了凉水敷脸,确认不再红肿之后,又走进了杜贵妃的房间。

看到又是她,杜贵妃马上不耐烦地皱眉,"怎么又是你?"

微微一笑,烟雨在床边矮凳上坐下,"听说娘娘晚上失眠,奴婢以前也睡不着,知道睡不着的难受,所以想来陪陪娘娘。"

杜贵妃却半点儿不领情,冷冷地道:"我不需要你假好心,快滚!"

烟雨不为所动,依然笑得柔柔的,"每次睡不着我娘都会给我唱催眠曲哄我入睡,也不知对娘娘有没有用。"也不理杜贵妃的怒瞪,自顾自小声地哼了起来。

说实话,这哄孩子的歌曲幼稚得可笑,但烟雨声音本来轻细温柔,仿佛真是在哄孩子般透出几分母性的光,竟意外地抚平了杜贵妃本来暴虐的心情。

有多久,没有这么平和地待着了?有多久,没有人这般安静地陪着自己了?又曾几何时,自己也这般温和轻柔地给孩子唱过这样的催眠曲?那时孩子的微笑与童言童语,仿佛还历历在耳。

猛然睁开眼睛,杜贵妃狠狠地推了一把烟雨,将她从自己的房间赶了出去,冷哼道:"我不管你有什么目的,赶紧滚!"

"我没有什么目的啊,我只是想对你好……"猛然关上的门打断了烟雨的话,她怔怔地看着几乎撞到她鼻子的木门,心里升起几分失落。

不是说人心都是肉长的吗?为什么无论她怎么做,娘娘仍是不肯对她稍假颜色呢?

端着洗脚水的阿萍从她身后过来,摇了摇头劝道:"娘娘的心就是石头，焐不热的，你就省省吧。以前也有人对她好过，结果最后不但被她打伤，还告到女皇陛下那里让人丢了命，你又何必自讨没趣呢？"

烟雨愣了愣，下意识地就想问是怎么回事，却马上记起了贺兰钧的教导："在宫里生存，须懂得什么该问什么不该问，什么该做什么不该做。君子有所为有所不为。"直觉地，她就认为那件事对杜贵妃来说必定是十分重要的，还是不要问的好。

但方才她从杜贵妃眼里看到的，是孤独与寂寞吧？是渴望人理解陪伴的脆弱吗？再坚强的人，心里也有割舍不下的软肋。

杜贵妃，其实也不过是个可怜人罢了。

随后的几天，烟雨不再过近地缠着杜贵妃了，却还是悄悄关注着她的一举一动。每天早晚，约莫是皇子皇女们向女皇陛下请安的时辰，杜贵妃便在最靠近宫道外的那堵墙前，一遍又一遍地放飞自己做的竹蜻蜓，砸得冷宫门内外全是蜻蜓。

当不知道多少次被竹蜻蜓砸到头之后，门口的侍卫终于忍不住了，冲进来没收了所有的竹蜻蜓。杜贵妃拼命阻拦，侍卫不敢动她，却愤怒地将那些竹蜻蜓都踩碎了，杜贵妃顿时像被踩碎了心似的，撕心裂肺地哭了起来，一边哭还一边努力爬过去，将那些碎片抓在手里，紧紧地护在胸前。

此那以后，杜贵妃仿佛丢了魂魄一般，整日里神色恍惚地躺在床上，见到她进来收拾也好像没看见一样，短短两三天就消瘦了整整一圈。

这日，烟雨照旧进了她的房里，也不管有没有她的吩咐，自顾自地为她整理起屋子，床上的杜贵妃眼睛望着窗外，一行清泪缓缓滑下，她沙哑的声音缓缓唱着："子为工，母为房，终日春薄暮，长与死为伍，相去三千里，当使谁告汝？"她的声音那么低，却又透着令人无法形容的悲伤与绝望，竟让烟雨觉得鼻子发酸，就这么看着她。

直到阿萍送饭进来，烟雨才算知道了杜贵妃的事。

杜贵妃是先帝最宠爱的妃子，却在生下皇子时不知为何与女皇陛下不和，儿媳冲撞婆婆的结果就是被权势滔天的女皇打入了冷宫，皇子自是交予他人抚养，如今一别也已十多年。据说每年六月皇子入宫向女皇陛下请安，

会路过冷宫外的宫道，杜贵妃思子心切，想到皇子小时候喜欢玩她编的竹蜻蜓，便想用这竹蜻蜓告诉皇子自己思念他。可惜墙太高，杜贵妃一次都没成功，今年更是让侍卫踩烂了所有的竹蜻蜓，心里难免郁结难受。

两人怕杜贵妃听见，在门口角落里小小声地说着，却只听得一声瓷器碎裂的声响，两人转头看去，却见杜贵妃握着一片尖利的碗片狠狠地往自己手腕上割去，眨眼间便鲜血如注。

"啊……"两人都被吓得一声尖叫，阿萍在原地不知如何是好，眼泪"哗"地就下来了。

烟雨却在愣过之后飞扑过去，一边撕下衣服为她包扎，一边慌得喊道："娘娘，你这是做什么啊？"

未干的泪水涌出更多，透着心灰意冷的绝望，"这样活着，还不如死了算了。死了能变成一缕魂魄，就能见到我儿了。我要把我编的蜻蜓送给他，他一定会喜欢的，一定会……"

"娘娘！"烟雨只觉得眼眶热得难受，她忍不住抱住杜贵妃，大声道，"人死了哪里还有什么魂魄？你死了皇子说不定都不知道呢，还怎么给他竹蜻蜓？明天，明天我就让那些蜻蜓飞过墙去，让皇子知道你的思念，好不好？"

杜贵妃动也不动地任她抱着，眼泪不断地落下，眸子里却依然是一片死气，显然并不相信她的话。烟雨顿时觉得鼻子都酸了，一边服侍她歇下，一边让人去请御医，见她只是流泪，忍不住又安慰道："娘娘你该保重自己才是啊，皇子定会像你惦记他一样惦记着你的，要是他知道你这么不爱惜自己，该多么心痛啊。"

这一回，杜贵妃仿佛听进去了般，缓缓眨了两次眼睛，竟放声痛哭了起来。

为了帮助杜贵妃完成心愿，烟雨费尽了口舌，发动了全冷宫的宫女们，将冷宫里的布幔全都拆洗了，在院子里高高地架成两排，阻断了从冷宫大门外吹进来的风，使得两排布幔中间的空间成了一个断流的空间。

杜贵妃看着忙得团团转的烟雨，只觉得这里闷得难受，但看看她放在盘子里的竹蜻蜓，又忍不住问道："你葫芦里到底卖的是什么药？这里离宫道太远了，竹蜻蜓又没长翅膀，飞不过去的。"这布幔比宫墙还高，小小的竹蜻蜓怎么飞得过去？

烟雨擦了擦额头上的汗水，回头一笑，"谁说飞不过去？娘娘看好了。"她取过一个竹蜻蜓，双手合住用力一转，竹蜻蜓悠悠地升高，高过布幔之后被风一带，逆向作用力便飞过了宫墙，而且因为布幔阻断了风，又高过宫墙，那竹蜻蜓竟飞得极远，定能飞到宫道上去。

杜贵妃目瞪口呆地看着，也顾不上问她是怎么想到这方法的，只取过竹蜻蜓一个一个放飞，看着它们有的跌落在地，有的飞向了相反的方向，但大部分都越过了宫墙飞到宫道外，她喜得连眼泪都流下来了。

够了，这样就够了。握住烟雨的手，她又哭又笑，"这是我进冷宫之后最开心的一天，谢谢你，让我的蜻蜓真的飞了起来，谢谢！"

这恐怕也是她这辈子最失态的一次，连仪态规矩都忘记了。烟雨感动地看着她，竟也觉得心里满满地开心，连阿萍等人都忍不住擦着眼泪围了过来。

都是可怜的人，若能有些开心的事，谁又愿意与他人过不去呢？

一群人正在感慨，却见天上又飞起了竹蜻蜓，却是从宫墙外飞进来的，三三两两，竟然还绑着纸条。几乎是下意识地，杜贵妃伸手接住了其中一个，将纸条取下，轻声念道："哀哀父母，生我劬劳。哀哀父母，生我劳瘁。"

几乎是在念完的瞬间，她身体一震，不敢置信地抬头看向宫墙外的天空，脸上涕泪纵横，不可抑制地大喊道："是他，是我的儿，他回应了！他知道这竹蜻蜓是给他的，是我的儿！"她紧紧握住烟雨的手，眼中是狂乱而激动的光，"烟雨，你看到了吗？他像我思念他一样在思念我，烟雨，你看到了吗？"

烟雨早已陪着她流泪了，看着她，似乎想到了自己的父母，又似乎想到了那个现在也不知怎样了的皇太孙，只是不停地点头，不停地说道："是的，娘娘，总有一天你们会重逢的，一定会！"

"嗯，一定会的！"杜贵妃拼命点头，一向没有生气、冷冰冰的脸也涨得通红，多了些人气，竟让人心里越发地酸楚。

她只是个太思念孩子的母亲啊。人生最大的痛苦，莫过于骨肉分离了。

晚上贺兰钧再来时，烟雨便忍不住感慨道："这世上其实没有所谓的坏人，只有心里有障碍的人，阻隔了她对人好。只要把心里的障碍打开，一切就会豁然开朗起来。看杜贵妃就知道了。"打开了心结的杜贵妃几乎与以前判若两人，不但对她们态度大变，也不挑剔饮食衣饰了，只是笑着一遍一遍地与她说着皇子小时候的事，满脸都盈满了母亲的光辉。

知道了是怎么回事，贺兰钧只是淡淡一笑，"这个世界没有你想的那么简单。杜贵妃并不是坏人，不过是用凶悍的外表作为面具来保护自己罢了，但不是每个人都这样的。这宫里多的是无缘无故就害人的人，坏得你都想不到。要自保，就必须懂得时时谨慎。"

烟雨不以为然，贺兰钧却不再说，只是督促她的功课，为她讲解不懂之处。烟雨向来相信世上好人永远比坏人多，并未把贺兰钧的话放在心里，但几天后她才知道，原来这世上真的有生性就恶的人，无缘无故地就让她背了一个莫大的黑锅。

冷宫的生活除了无聊外，其实并无太重的活计要做，空余的时间里她们便会做一些绣品，拜托门口的侍卫带出去卖掉，换些银两，也能给自己改善生活。所以她们与驻守冷宫的侍卫关系还不错，有时候侍卫们衣服鞋袜破了，她们也会帮忙做些缝缝补补的工作。

这一日烟雨到侍卫房中送绣品，侍卫房中只有一个叫小蒙的年轻侍卫，看着不过十六七岁的样子，天真烂漫得可爱，守着刚发下来的饷银笑得傻气。

烟雨觉得好笑，不免与他多聊了几句，又发现他衣服破了，便顺道帮他缝补，哪知那孩子竟是个热心肠，也不知烟雨触动了他哪根脆弱的神经，硬要认了她做姐姐。烟雨没有弟妹，又见他长得可爱，言语中说到家中贫穷，心心念念想着要攒够了饷银寄回去，心中发软，便答应了。那孩子喜得一蹦三尺高，忘形地抱着她笑了半晌才放手。

自此后小蒙便时常照顾烟雨，帮着冷宫里干些粗使活计。烟雨也是真心疼他，偶尔卖了绣品得了银子打牙祭，总会叫上他一起，一来二去的二人竟像是真的姐弟般，小蒙甚至将自己存了很久的饷银都交给烟雨帮忙收着，免得同侪们赌博喝酒都花了。

烟雨虽觉得不妥,但想到小蒙一个孩子,在一帮同侪间自是拗不过人的,大家起个哄让他掏钱喝酒也是再平常不过的,再听说这些钱是他准备捎回家给母亲治病的,便不再犹豫,帮他存着了,再三叮嘱他什么时候要了随时来找她就是。

没想到到了晚上,她们都聚在冷宫大厅里做绣活时,侍卫们却突然气势汹汹地闯了进来,声称侍卫房丢了饷银,而冷宫的人也出入侍卫房,所以要搜一搜各人的房间。

杜贵妃气得要命,却也知这些侍卫虽明面上对她尊重,背地里谁也不当她是回事,毕竟如她这般住在冷宫的人想要出去再得势已是不可能的事了,而这些侍卫若是想暗中使坏,却是她们防也防不住的。再说她们都自认没有偷过任何东西,也就不怕查。

谁知,侍卫们却在烟雨的房中查出一包银子,打开,正好与侍卫房的银子吻合,银子底下印的"内造"字样也说明了这确实是宫中的银子。

烟雨却并不慌,"这是小蒙的饷银,让我帮忙存着的。"

那侍卫首领却冷笑道:"小蒙月俸不过五两,这包银子起码有百两之多,他何来这许多银子?"

烟雨看向小蒙,目光中仍是信任,微笑着道:"小蒙,你告诉他们,这些银子是你好不容易存下来要捎回去给母亲治病的,我只是替你保管罢了。"

哪知小蒙却一脸茫然地看着她,目光中甚至带了些伤痛地否认了:"姐姐,我从来没有交什么银子给你啊,我有这么多银子早捎回家了,你说什么我听不懂。"

"你说什么?这明明就是你交给我的!"烟雨一愣,似乎突然不认识他了似的,就这么死死地盯着他,小蒙却避也不避地与她对视,目光中并无半分愧疚。

虽然杜贵妃与众宫女们极力维护,但侍卫依然将烟雨带走,扔进了冷宫旁的黑牢里,说是要查明实情,但事实如何大家心里都有数,进了黑牢想要再出来,只怕是难了。

黑牢中的日子并不好过,烟雨不知道自己进来了几天,除了送饭的人

每次问一下她到底要不要认罪外，再无人来看过她。烟雨曾让人带信给贺兰钧，想求他帮自己，却只得到"自救"两个字的回复。自那以后，烟雨就蜷缩在角落里，再未移动过半分，直到不知第几天后送饭的人再一次问她时，她才抬起头，嘶哑地说了一句："我要招供。"

是的，她必须自救，她不能就这么死了，她从没想过要害人，却总是被人欺压，如今还要为此丢掉性命，再也不能告诉皇太孙细柳的阴谋了，她不甘心！她绝不能就这么死了！

于是烟雨带着侍卫们在冷宫偏院的树下挖她与小蒙合谋偷藏的银子，侍卫们一边挖，她一边涕泪俱下地诉说小蒙是如何与自己合谋，如何趁着侍卫房没人的时候偷了银子，两人又是如何一起藏到这里的，"……我们商量好了，存够五百两就托人捎回去，没料到如今东窗事发，小蒙你却让我一个人在这儿受苦，实在是太过分了，亏我还真当你是弟弟般疼爱！"

小蒙没料到她竟会如此颠倒黑白，怔怔地看着她，好半晌才颠来倒去地否认："你胡说，你胡说！"

侍卫们挖了半天却什么都没挖到，不待他们过来发问，烟雨自己先跳了脚，冲着小蒙就嚷道："小蒙你又骗我，你说了我们平分的，你竟然一个人独吞！"

如此一口大黑锅砸下来，小蒙就算想背，那瘦弱的肩膀也扛不住，更何况同侪们如刀般的目光刺得他浑身难受，只得跳起来嚷道："我没有，你说的分明就是假话！"

"我说的是假话？你敢与我对质吗？你敢说你没有偷偷地从珍宝库拿东西给我？你没有跟我说等存够了钱要跟我远走高飞？你没有说……"烟雨挣开身后的侍卫，猛地冲到他身前，冷不防拔出他腰上的匕首，刺进了自己的肚子，诡异地笑了笑，随即惨叫，"啊……小蒙，你竟然杀人灭口！"

众侍卫大惊，一拥而上制服了小蒙，烟雨缓缓倒在了地上，看着小蒙愤恨不甘地看过来的目光，露出一抹如释重负的笑。

有些事情，她不是不会，只是不能也不愿去做，真要做，她未必就不如人。

仍是贺兰钧来为她疗伤，烟雨看着贺兰钧那张冷冰冰的脸，忍不住笑了，

"你不是一直觉得我不够狠，不懂得以牙还牙吗？你看我这次，做得多好。"

贺兰钧看过来，她才看清他眼里竟都是赞赏的笑。她也想笑，却又觉得心酸，仿佛丢了些什么似的。隔壁牢房里的小蒙也看过来，冷冷地道："你得意什么？就算我死了，好歹也有你给我垫背。"

转过头，烟雨神色复杂地看着他，她是真心认他做弟弟的，却没料到他认自己做姐姐只不过是为了找个替罪羊，这样无缘故的恶意，打破了她一直以来的认知，却也让她更加认清了人心。所以她毫不犹豫地说出了心里的话："你错了，我不会死的。偷窃只是小罪，顶多打几板子关上几年，但杀人灭口却是砍头的大罪。你说你是承认偷盗并诬陷我，让我告诉大家那一刀是我自己刺的呢，还是维持现在的样子，让所有人觉得你是杀人灭口好呢？"

小蒙一愣，没料到她竟连后路都想好了，难道自己这回真的死定了吗？

看着他的落寞，烟雨有些不忍心，却仍是狠心道："你不要怪我心狠，我也无心害你，但你却逼得我不得不狠，否则我就活不下去。不过我也要感谢你，你让我明白了，这世上并不是每个人都是善良的，对付坏人只有一个办法，那就是以牙还牙。"

小蒙似乎不懂她在说什么，而一旁的贺兰钧却哈哈大笑，一边笑一边拍手，"总算没有白费这番功夫，你总算明白了这个道理。"

烟雨一愣，却见隔壁的小蒙也笑了起来，看着她的目光也多了些赞许。

还没等她发问，贺兰钧便先开了口："没错，这一切都是我安排的，小蒙是我请来训练你的，若你始终不能明白宫中生存的道理，我们也不用再进行接下来的训练了。"

这下烟雨更愣了。贺兰钧这是将她逼到了死地而后生吗？这样极端的做法，打破她心里既定的人生观，硬生生逼她看清人心的黑暗面，虽然有效，却总觉得残酷了些。一时之间她不知是该感谢他还是该生气。

似乎明白她心里的想法，贺兰钧也不过问，只是继续笑道："看来这些史书还是有些用处的。只是在宫中生存，除了保持清醒的头脑外，优雅婀娜的舞姿也非常重要，不但能取悦男人，也是男人的脸面。"他指着隔壁牢房中的小蒙，只见他从脸上取下一张人皮面具，露出一张艳丽的容颜，

长长的秀发也披垂了下来，"她是全洛阳最好的舞姬，只要学会她的舞蹈，你便天下无敌。自今日起，你便跟着她练习吧。"

烟雨知道他做这一切都是为了自己，心下感激，虽自幼未习练过舞蹈，此时却也不便拒绝，只得道："多谢贺兰大人费心。"

于是自这日起，冷宫的院子变成了她练习舞蹈的场所，身子僵硬，动作死板，她便一遍一遍地练习；胆小怯弱，容易害羞，贺兰钧便让冷宫里的人和侍卫们都来观看她练舞，从初时的紧张出错，到后来的泰然自若，她逐渐克服了自己缺点。

贺兰钧在她读史的同时，又请杜贵妃教导她宫中规矩礼仪，竟真的在短短数月之间将她调教成了一个端庄大方、仪态万千的绝世佳人。

贺兰钧又施展妙手，为她调制容颜，制作新衣，一切皆备，只欠一场东风将她吹出这冷宫，吹到皇太孙面前。

第六章
鸳鸯双飞乐相逢

转眼就到了八月丹桂飘香之际，女皇陛下钦赐中秋家宴，下令各府诰命、皇子皇孙携同家眷一起同欢。贺兰钧与裴云天顿时忙得连吃饭睡觉的时间都没有了，各府的帖子更是像雪片般飞向人面桃花楼与裴府。

为何？只因这样的宴会上谁都希望自己是那个最漂亮、独一无二的，而擅长打理容颜、巧手下出过无数美人的贺兰钧与裴云天顿时成了最抢手的香饽饽了。

贺兰钧理所当然地为女皇陛下调理容颜，裴云天便被接进了飞云阁为良娣细柳打理。

不得不说裴云天的确有两下子，细柳肤白，腰细而长如水蛇曼舞，他以翠绿丝缎为裳服，裙底绣金色祥云纹，配云白披帛，梳飞云流仙髻，额间金红牡丹钿，远看真如一朵随风摇曳的牡丹花般夺人眼目。

看着回廊上招摇展示新妆扮的细柳，贺兰钧眯眼微微一笑。

本以为自己独一无二的细柳在翌日前去宴会之前，却猛然发现了好多跟自己一模一样的妆扮，而那些公主、夫人各个娴雅端庄，上位者的气势十足，细柳觉得穿着这身就像是落进了凤凰群里的山鸡，格外难受。

而就在此时，贺兰钧恰巧出现了，先是惊讶于良娣与人雷同的妆扮，然后万分同情地说出自己也为良娣准备了一套装扮，只是因为裴大人先为良娣打理了，自己不好出面，才不得就此作罢。

"……只是这裴大人也太不地道，竟将同一套妆扮给了这么多人，良娣如今进退不得，不知是否愿意试一试下官准备的妆扮呢？"贺兰钧满脸同情，似模似样地说出早已准备好的说辞。

细柳咬了咬牙，脚再也迈不出去了。有从她身边经过的诰命们不是掩嘴而笑，就是低了头窃窃私语，还有的对着她指指点点，那样鄙夷而不屑的眼神看得她心里发慌，再也顾不得裴云天与张易之的再三嘱咐，跟着贺兰钧走了。

果然是一套再华丽高贵不过的妆扮，以金线编织的华服耀眼夺目，镶嵌的宝石无论是在阳光下还是在灯光下都流溢着七彩的光芒，紫金冠上的鸾鸟虽不是凤凰却比凤凰更来得逼真，随着她的动作颤颤巍巍，宛如活的一般，眉间一点殷红的丹凤朝阳钿更显出她匀净白皙的脸如天仙般倾国倾城。

细柳目瞪口呆地望着镜子里的自己，简直不敢相信那是自己，"这……这样漂亮……"

贺兰钧却歉然道："这套妆扮漂亮是漂亮了，不过用了金线，又镶嵌了宝石，紫金冠以纯金打造，太重了些，只怕良娣行动会不太方便。"

细柳却眉开眼笑地打断了他："无妨，只要漂亮，重不怕。"这样的她若出现在宴会上，必定艳压群芳，皇太孙只怕会更加宠爱她，说不定明日就会将她扶为正妃了。

想到此，只怕再重一些细柳也不会计较了。

万象神宫正殿，宴会尚未开始，女皇陛下却已到了，褪去了往日上朝时的威严与犀利，此时的她不过是个寻常人家的妇人，与人说说笑笑，觥筹交错。

此时宫人唱诺："皇太孙良娣细柳姑娘到！"

众人下意识地转头看去，却瞬间瞪大了眼睛，这样惊世绝艳的女子，难怪会引得皇太孙倾心，再看不见其他任何女子了。

坐在女皇陛下左手边的李隆基脸上溢满了笑容，不由自主地起身，向着缓缓走来的细柳伸出了手。

众人的反应细柳自是看到了，她心里得意，竭力按照裴云天与贺兰钧教导的，抬头挺胸，目不斜视地往李隆基的方向走去，奈何身上衣饰过重，她用了全身力气，也只是迈出了小小的一步，第二步却是无论如何也迈不出去了。

她心里着急，动作未免就失了端庄，一个不稳，整个人控制不住地往前摔去，沉重的紫金冠摔落在地，将她梳好的头发扯得散成一团，仿佛疯婆子一般。

细柳本人却还未意识到自己的狼狈，赶紧趴在地上请罪："臣妾失仪了，请女皇陛下恕罪。"一边说着一边努力想爬起来，却每每起到一半就倒了下去，这衣服实在是太重了！

李隆基看着她像只包裹在华丽茧蛹里的毛毛虫般努力蠕动，愣了愣，也顾不得众人的眼光与嘲笑，赶紧过去想要扶她起来，但他错误估计了细柳那身衣服的重量，他很清楚细柳的重量，所以用了与平时一样的力道去拉她，不料却被她的重量一带，整个人控制不住地就倒在了她的身上。

这是严重的失仪，堂堂皇太孙竟在众目睽睽之下，在女皇陛下的中秋宴上直接倒在了一个女人的身上，这是足以笑掉天下人大牙的大笑话，是足以让人对皇太孙品行德操置疑的严重失仪！

女皇陛下本就皱起的眉头这下几乎是倒竖了，她忍了忍，终于没忍住，怒斥："荒谬！"拍案而起，拂袖而去。

留下一室欢腾的嬉笑与指指点点。

细柳抬眸看向同样皱着眉的李隆基，委屈的泪花在眼眶里打转，"皇太孙……"

看着她如往常般楚楚可怜，李隆基忍不住重重吐了口气。

随后宫中便传出消息，女皇陛下恼怒良娣规矩不端，行为放肆，责令其在飞云阁闭门思过，同时令贺兰钧训练她的礼仪规范，务必要符合皇家规仪。而贺兰钧以外男不宜入内宫为由，为良娣另行推荐良师。

但当细柳在女皇寝宫见到那位良师时，只觉得一股冷气从背脊升起，那分明就是已被打入冷宫的烟雨，如何成了能教导她皇室礼仪的老师？

然而，烟雨用无可挑剔的礼仪与规范让她再一次瞪大了眼，甚至在女皇提出要她好好向烟雨学习时，她惊慌失措地将手上的杯子摔在了地上，再一次惹得女皇不悦。

强压着心中如同波涛翻涌的情绪，细柳坐立不安地等着女皇考校烟雨的学识。四书五经，诗词歌赋，虽然算不得文采斐然，烟雨却也能一一回答出来，竟连女皇随口说出的几个史实，她也能信手拈来，说上几句，顿时让女皇陛下惊讶得连连称赞："不但仪态姿容端方得体，竟连学识也如此丰富，实乃宫中女官之楷模！"

烟雨含笑谢恩，细柳却只觉得自己以后的人生只有一片黑暗，若不是临走时张易之凑到她耳边说了一句话，她只怕会冒着杀头的危险，也要恳求女皇陛下无论如何为她换一位老师了。

张易之说道："此人只要在你手里，便有千百种方法对付她，切不可自乱阵脚。"

的确，她不是一个人，她背后有张易之，有裴云天，烟雨身后是贺兰钧又如何？如今她是良娣，要对付一个小小的女官岂不是易如反掌吗？

但事实真的如此吗？

秉着先下手为强的原则，细柳在烟雨第一天教舞蹈时就给了她一个下马威。

当时她穿着烟雨准备的舞衣，正随着她的动作翩翩起舞，却突然大叫一声捂住了脖子，随后便有殷红的血染红了脖颈处的衣领。伺候的宫人们大惊，经过检查发现舞衣上竟有一根细针，本来不起眼，却因为她的动作而划破了后颈的肌肤，伤口虽不大，血流却很急。宫人们当即就要将烟雨拉下去治罪，还是细柳阻止了她们。

"算了。这舞衣虽是烟雨准备的，这针却未必是她故意弄的，有可能只是绣花时无意中遗留的，不必大惊小怪。"

宫人们无奈，只好为她止血，包扎，力劝她回去休息。细柳却坚持要练舞，众人无奈，只好看着她继续拖着受伤的身体练舞。

从始至终，烟雨都只是静静地看着，没有发表过任何意见，甚至那张算不上绝色的脸上还带着淡淡的仿佛能洞悉一切的笑容。

细柳无端地便有些恼怒，"你看到没，你的命掌握在我的手里。我若想杀你，就跟捏死一只蚂蚁那么简单，所以你最好安分些，好好教导我礼仪，其他的事、其他的人都不是你可以觊觎的，否则下一次你就不是被关进冷宫里那么简单了。"

烟雨勾起唇角，笑得越发欢畅了，"你自导自演了这么一出戏，就是为了教导我安守本分？"她眸子里闪过一抹讥讽，"你真的以为自己玩的这些手段别人就不会吗？"

细柳一愣，怔怔地看着她，不明白以前胆小老实从没有过其他心思的烟雨怎么会说出这样的话来，但更让她没想到的是烟雨随后取出的一份奏折。

将奏折打开凑到她面前，烟雨的笑容甚至带了几分恶意，"看到没？这是我向女皇陛下呈上的奏折，良娣你身份尊贵，自是看不起我这从冷宫出来的老师，因此学习礼仪极不认真，千方百计要将我赶走，我实在没有办法，无能教导良娣，请女皇陛下责罚。"

"你……"未料到她竟会如此颠倒黑白，细柳一时呆住了。

烟雨却仍笑道："你也不用担心，只要你好好学习，不起其他心思，一切都好说。否则我要是出了任何情况，只怕女皇陛下都会觉得是你故意陷害，到时候吃亏的可不是我，明白吗？"

细柳眼中似有怒火喷射而出，恨不得在烟雨脸上烧出两个大洞来，"你太过分了！"

"比不上你阴险狠毒！"毫不在意她的指控，烟雨手中的鞭子毫不留情地抽向她略略弯曲的腿，喝道，"站直了，不要发抖！"

细柳身体痛得一缩，却不敢再多说话，只咬牙按照她的要求做到每一

个动作，心中暗自发誓：烟雨，我绝不会让你得逞的，你等着看吧，我一定会让你失望的！

但誓言不过是动动嘴皮子的事，真要做到，却是千难万难，至少此时的细柳就很怕见到皇太孙，因为自女皇陛下下令让她学习礼仪规范以来，皇太孙便自荐教导她琴棋书画，每次见到她都会检查她学习的情况，但一次又一次，皇太孙眼中的失望浓得她想装看不见都不行。

所以这次一听说皇太孙又往她房里来了，细柳便急得不知该如何是好，她想故技重施装病，却也知这样的事情岂能一而再、再而三？但不装病她就要出丑，要面对皇太孙的失望，到底该如何是好呢？

烟雨冷眼看着她急得团团转，忍不住道："你不是挺有歪心思的吗？怎么到了关键时刻就不起作用了？就算你真的学不好，难道作弊也不会吗？"

"作弊？"细柳一愣。

烟雨过去揭开桌上的碗盖，看着里面密密麻麻的字，又看看同样写满字的屏风和纱幔，讥讽地笑道："你倒是会逃避读书，我抽查的时候你就会用这写满字的碗盖、屏风、纱幔糊弄我，怎么现在皇太孙来了，你倒好像是一点儿都不懂得作弊了？"

细柳一愣，随即抚掌大笑。是啊，皇太孙也不知她近日背了哪些书，她就拿这些糊弄烟雨的诗篇来应对皇太孙，岂不是一举两得吗？自己怎么会想不到呢？

看她喜形于色的样子，烟雨撇了撇唇，又道："皇太孙钟爱牡丹，如今虽然花期已过，但牡丹园培养的几株稀罕品种却正值花期，良娣何不命人采了来送与皇太孙，以博他一笑呢？"

细柳眼珠子转了转，面上却露出不悦之色，呵斥道："要你多嘴！"转头却对身后的宫女使了个眼色。

眼见那宫女匆匆离开，烟雨垂下眼睑，遮住了心里最深处的想法，告退离开。

鱼饵已布下，如今就看鱼儿如何咬钩了。细柳，你既对皇太孙无心，那我便不能容你留在他身边。因为在我心里，他应该得到最好的，包括最好的爱！

对于今日细柳兴致高昂地拉着自己论《诗经》的行为，李隆基表示很惊喜，所以他理所当然地顺了她的意，听着她用娇滴滴的声音颂着《关雎》，顿时觉得人生别无所求了。

"关关雎鸠，在河之洲。窈窕淑女，君子好逑。求之不得，寤寐思服。悠哉悠哉，辗转反侧。"他跟着她又念了一遍，随即感慨，"真是好诗，将我心里想的全都写出来了。"

细柳却一愣，"皇太孙睡眠不好吗？辗转反侧，是挺难受的，需要我弄一些熏香让你睡得好一些吗？"

李隆基也愣了，想不明白背诗怎么会与睡眠扯上关系。他还来不及理清这两者之间的关系，细柳见他表情不对，心知自己说错了话，也不敢问，只好又背起了下一首诗，却是一首《硕鼠》。

身为皇太孙，自出生起便肩负着对天下苍生的责任，所以李隆基几乎是严肃地听完了这首诗，然后问道："这也是一首好诗，细柳，你解释一下这是什么意思吧。"

细柳一愣，没能明白他话里的意思，张口就将《硕鼠》后一部分也给背了出来。李隆基没料到她会这样，愣了愣之后，试探地问了一句："细柳，你是不是只会背，不懂其中的意思啊？"如果真是这样，那他倒可以给她解释解释。

细柳到底心虚，看也不敢看他，低了头，一双眼左右游移，却怎么也说不出个所以然来："我……我……"下意识地走向纱幔，想用下一首诗来转移话题。

李隆基知道她不好意思了，跟过去想要说"其实我可以教你"，却一眼瞥见纱幔上似乎有些异样，扯开一看，上面密密麻麻地竟然写满了字，竟全是《诗经》里的诗歌！

他大惊，不敢置信地看着细柳，原来这就是她所谓的会背《诗经》了吗？在这一刻，他不仅是失望，简直是心痛了。

事情败漏，细柳也心慌了，她扯着李隆基的胳膊，急急地道："皇太孙，

你别生气，你知道我最近身子不好，这些以前读过的书不知怎么突然记不清楚了。你放心，我很快会记清楚，很快会记清楚的。我给你准备了好东西，你等着，一定会让你开心的！"

她转身，宫女们早已准备好，剪下的牡丹花放在素三彩的花觚里被捧了进来，一朵朵娇艳欲滴，却失去了枝头的生气。

李隆基目瞪口呆地看着那些他最心爱的牡丹，不敢相信细柳竟然敢辣手摧花。

浑然不知自己做错了什么的细柳，还在笑着向他邀功，"花期过了，园子里的牡丹花也开得少了，好在还有这些，还开得如此艳丽。我知道你最喜欢牡丹，所以全部摘了来送给你，一会儿让人插到你房里的大梅瓶里，你就可以每天都看到了，好不好？"

李隆基终于将目光自牡丹移到了她的脸上，却是冷漠心痛，半晌才叫了一声："你……你简直是丧心病狂，好好的牡丹，你居然把它们全都杀了，你……你简直是个刽子手！"不等细柳反应，他已经受不了地甩手离开，留下细柳徒然地叫着他。

她只不过是想让他开心啊，何况牡丹开在枝头也是迟早会凋谢的，他为什么这么大反应？她想追上去问清楚，但皇太孙却不给她这个机会，他身边的侍卫第一次阻拦了她。

细柳懊恼地跺了跺脚，实在想不出自己到底做错了什么。

而李隆基刚刚走出细柳的房间，却看见烟雨背着一个绣了大朵牡丹的袋子过来。他方才正在心痛牡丹，此时见到任何与牡丹有关的东西都只觉得心痛，见她要进细柳的房间，以为她袋子里也装了牡丹，忍不住叫道："站住！你袋子里装了什么？"

烟雨一愣，似是没想到他会对自己的袋子感兴趣，犹豫了一下才道："良娣采了好多牡丹，也不知拿来做什么。我怕花儿伤痛，想去求她将开败了的花给我，让我可以拿去埋了做花肥，也好过它们被胡乱扔在肮脏的地方，失了尊严。"

李隆基本是想借机发一顿火，却没料到会听到这样的回答，一时间愣住不知该说什么，忍不住细细地将眼前的女子打量了一遍，眸子一亮，"我好像见过你，你是牡丹园的那个宫女，我记得你很懂牡丹花。"

烟雨低头一笑，"皇太孙好记性，奴婢叫烟雨。"见李隆基仍然看着她，似乎在期待她继续说下去，烟雨犹豫了一下，还是说了，"奴婢原也是出身官家，家父曾经是洛阳的刺史，一生最爱牡丹，奴婢耳濡目染，便对牡丹有了些了解。"

她这么一说，倒是引起了李隆基的兴趣，两人从烟雨的身世，说到李隆基那位喜欢牡丹的母亲，又说到牡丹的护养，再从牡丹花说到牡丹诗，一直说到继承了牡丹风姿风韵而编成的牡丹舞，烟雨更在李隆基的要求下，为他跳了一曲牡丹舞，看得他目不转睛，欣喜不已。

这消息不过片刻就传到了细柳的耳中，她当即找了张易之出来商议对策，但因为有贺兰钧参与，张易之也想不出什么好办法来对付烟雨，只好嘱咐细柳让人时时注意烟雨，看紧她的一举一动，看看有没有办法能将她铲除。

而成功引起皇太孙注意的烟雨，却陷入了良心的不安之中。对着贺兰钧，她真的觉得很是难堪，"我总觉得我这样接近皇太孙不太好，好像……好像……"

"好像是在勾引他对吗？"笑着将她的话接了下去，贺兰钧眸中闪过一抹了然的光，"你怎么会这么想？我听说皇太孙当初向女皇陛下祈求，此生只希望得一知己陪伴，而我觉得你就是那个知己，你爱他至深，又一心一意只为他着想，就算是勾引，也好过他被那些妖魔鬼怪迷惑陷入歧途吧？"

烟雨想了想，确实觉得细柳并非李隆基的良伴，那样的女子在他身边，就好像一颗定时炸弹，随时都有可能将他炸得粉身碎骨。与其这样，还不如由自己陪伴他来得好。

看她脸色缓和，贺兰钧知道她想通了，心下欣慰，那么多的书果然不是白读的。现在的烟雨一举一动都透着文雅沉静之美，一双眼眸更是时时散发着睿智的光，让人控制不住地忽略她并不十分出色的容颜，深深地被她吸引。

想到苏莲衣也被他逼着读了很多书，却依然半点儿气质也无的样子，他心下黯然，赶紧说道："接下来你要好好地使把劲，让皇太孙真正爱上你，只有这样才能一劳永逸，让皇太孙的身边再也容不下那些别有心机的女人，我们大家也都能省点儿心。"而他也可以安心地去寻找莲衣了。

烟雨知道他心里的痛，见他神色不对，便知他又想起了那个失踪的苏莲衣。但安慰的话对他来说并没有多大的用处，所以她顺着他的话说道："皇太孙人特别好，懂得也多，还精通音律，我们聊过后才发现有很多共同的乐趣。"而她也发现，他们若真能在一起，一定会是很契合的一对。

贺兰钧微微一笑，刚要再鼓励她几句，眼角余光却发现身后有个影子一闪而逝，躲进了花丛中，他心中恍然，这是让人惦记上了啊。是想要从他这里找到把柄来诬陷烟雨呢，还是想利用烟雨来打击他？

"有人跟踪，看来我们在宫里越来越受人瞩目了。"他看向烟雨恍然醒悟过来的目光，从怀里掏出一个瓶子，将里面的液体往身后那人躲的花丛洒了过去，一边笑着对烟雨说道，"没想到你向我汇报一下良娣的教导进度也会有人感兴趣。不过这瓶楼兰使者特制的香精，也许感兴趣的人更多。"

随着他话音落下，蝴蝶翩翩飞向花丛，随后是成群结队的蜜蜂和各色虫子，躲在花丛中的宫女顿时被蜇得惨叫出声，再也顾不得自己的任务，转身落荒而逃。

贺兰钧与烟雨看着她抱头鼠窜的身影大笑，却又忍不住担忧，今天是派人跟踪，明天呢？后天呢？会不会有更阴险恶毒的招在等着他们？

"放心，兵来将挡，水来土掩，预先防范这一招我一向学得很好。"要彻底解决掉细柳，还须皇太孙李隆基出面才行。

贺兰钧在心里打定了主意，转身去了皇太孙的寝宫。

两天后，细柳以上香为名，带着烟雨与一众宫女到宫中特设的佛堂为女皇陛下和皇太孙祈福，完毕之后又一反常态，好心地给烟雨讲解了佛堂中供奉菩萨的来历。

"这里的菩萨据说是从西域运过来的，每个人的姿态各异，好像在舞蹈一样。烟雨你既对舞蹈如此精通，能否根据这些变换的姿态编出一段舞蹈来？想来皇太孙亦是很好奇的。"这两天细柳似乎学聪明了，不再故意与烟雨为难，说话也客气了些。

听她提到皇太孙，烟雨不由得细细地打量了下殿内的菩萨，果然是用色大胆鲜艳，或拈花一笑，或俯瞰众生，或活泼大笑，或金刚怒目，的确是很能激发人的创作欲，便点头答应。

细柳笑着嘱咐她小心些，便带了人去后堂听经去了。

烟雨沉溺于舞蹈的构思中，也不知道过了多久，突然觉得有些躁热，她转头看向佛堂大门，目光扫过那些菩萨，却发现他们好像突然活了一般，在她眼前动了起来，姿势怪异，一举手一投足都撩人得很，仿佛……仿佛是在诱惑她一般。

烟雨还未想明白是怎么回事，更加剧烈的热潮自身体深处猛然爆开，将她烧得瞬间失去了神志，迷迷糊糊间，她一件一件地脱下了自己的衣服，却全然没有注意到，佛堂前的小路上，贺兰钧正向佛堂走来……

当一心礼佛的女皇陛下接到佛堂走水的消息时，几乎以为是菩萨降罪要惩罚她了。带着人一路急急地赶到佛堂，发现只是外围走廊里不知为何着了一根木头，幸亏发现得早，并未造成不可挽回的后果。

女皇陛下放心了，又觉得是菩萨保佑，便想进内堂向菩萨上香道谢。张易之本就想引她来佛堂，自是求之不得，陪着她一路行到佛堂门前，亲自上前推开大门，却在看见眼前的一幕时愣住了。

庄严神圣的佛堂内，贺兰钧与烟雨衣衫不整地纠缠在一起，看见众人进来，他们眼神涣散地看过来，茫然的神色似乎还不知道发生了什么。

张易之心里暗爽，面上却不得不做出一副惊慌失措的样子，惊叫道："我的天哪，这……这是怎么回事？佛堂之中怎会发生如此污秽的事情？这不是亵渎佛祖吗？女皇陛下……"他似乎才发现不对，慌乱地转身去看女皇，却见女皇铁青着一张脸，上前将佛堂门推得更开，更多新鲜空气涌进佛堂，地上两人渐渐回复了神志，慌乱地扑起衣服遮掩自己，样子之狼狈不堪，恐怕是他们做梦也无法想到的。

女皇的怒火"腾"地烧了起来，怒喝道："贺兰钧，你好大的胆子，胆敢在宫中佛堂行此污秽之事，亵渎神灵！来人，将他们拉下去，乱棍打

死！"这样的人，即便他医术天下无人能敌，她也是绝不能再饶的了！

贺兰钧却猛然起身，跪倒在女皇跟前，大声道："女皇陛下，我们是被冤枉的，是张大人跟我说女皇陛下有急事在佛堂召见我，我才来的，没想到一进来就闻到一股香味，随后就什么都不知道了。"他低头看了看身边瑟瑟发抖，连头都不敢抬起来的烟雨，眸子里生出些怜惜。

"贺兰钧，你血口喷人，我什么时候找过你？"张易之看起来比女皇陛下更愤怒，就差没指天发誓自己真的是被冤枉了。

女皇陛下却无心再听他们争吵，只是令人赶紧将贺兰钧与烟雨拉下去打死，张易之忍不住露出一抹得意的笑。

没想到啊，贺兰钧这样就要死了！

谁知贺兰钧却突然笑了起来，看着张易之道："想不到张大人做戏的功夫如此之高，如不是亲眼看见，亲耳听见，别人说起我还不敢相信。"在张易之愕然不解的目光下，贺兰钧转向依然冷眼看着他的女皇陛下，朗声道，"这件事若真的发生在贺兰钧身上，那可真是百口莫辩了，只可惜我不是贺兰钧。"

他伸手从自己脸上撕下一层人皮面具，露出自己的真面目，赫然是皇太孙李隆基！这下连女皇都忍不住疑惑了，"这到底是怎么回事？"

张易之害怕地往后缩了缩，李隆基却没有放过他的意思，看着他冷冷地向女皇陛下禀报道："皇祖母，贺兰钧来跟我说，只要带着他的人皮面具就能听到很多人的心声，我只当是好玩，便陪他玩玩了。没想到在御花园遇见了张大人，说皇祖母急着召见贺兰大人，不由分说就将我拉来了佛堂，谁知我进了这佛堂……"他顿了顿，才道，"结果就变成您现在看到的样子了。"

他见张易之还想否认，轻轻一笑，"张大人，莫非你以为我是要诬陷你吗？"

如此大的一顶帽子扣下来，张易之就算原先想这么说，如今也不敢了。他垂下眼眸，不敢看女皇的神色，耳边却传来她震怒的声音："易之，你为何要如此做？到底是什么人指使你？如此秽乱后宫者，其心可诛！"

想起女皇陛下的手段，张易之忍不住抖了抖，为自己脱罪的话下意识地就出了口："是……是良娣细柳，她看到皇太孙与烟雨走得近，心里嫉妒，担心皇太孙被迷惑，才求我帮忙的。女皇陛下，我也是不得已，她如今虽未正式封为良娣，却也是皇太孙身边的红人，她若想对付微臣，微臣也无法反抗，还请女皇陛下为微臣做主！"事到如今，他也不敢肯定自己说的理由能不能站住脚了，只求赶紧找个人为自己脱身。

以女皇陛下对自己的宠爱和对细柳的厌恶，张易之还是有些自信的。

果然，女皇陛下连当面对质都省了，直接下令将细柳乱棍打死，对张易之也没有轻饶，责令他回府闭门思过，未得召唤不得入宫。

虽知自己定然会受罚，却没料到女皇会如此做，张易之顿时面如死灰，却不得不叩首谢恩。

而自始至终没有说过一句话的烟雨只是瑟缩在李隆基身后，即便是他向女皇陛下要人，让她永远留在自己身边，她也没有开口。只在女皇允准之后，才在别人都看不到的时候露出了一抹淡淡的微笑。

真好，她终于能站在他身边了，终于能为他分担所有的危险与算计了，真好。

当张易之被赶出宫、细柳在慎刑司受难时，裴云天正准备进宫当值，所以当他听到这个消息时，几乎瞬间就为自己想好了后路。

这件事他必须将自己撇得干干净净，半点儿不能牵扯进去，毕竟事关皇太孙，是女皇陛下的家务事，外人过多插手只会惹恼女皇。但若就这么放任不管，烟雨身后是贺兰钧，日后若是皇太孙登基，只怕也没有他裴云天的好果子吃。

所以，在街上看到被人贩子追打，完全失去记忆的苏莲衣时，他欣喜若狂。上天真的是待他不薄，在这么关键的时刻，竟然把坠崖的苏莲衣送到了他的面前，而且还失忆了，要利用她来控制贺兰钧是再好不过了！

果真是踏破铁鞋无觅处，得来全不费工夫！

裴云天毫不犹豫地就将她从人贩子手中买了下来，细心打扮，潜心教养。不得不说，贺兰钧将她培养得很好，虽然有些叛逆，有些不着调，但礼仪规范、诗词歌赋都懂一些，比那个细柳不知道强了多少倍！

万象神宫牡丹园内，烟雨细心地照料着牡丹花，她不让宫女们插手，

什么事都亲力亲为。被贺兰钧调养过的双手虽然已没了厚厚的茧子,却依然沉稳有力,足够她将牡丹打理得很好。

而她与皇太孙的关系也在这牡丹园中逐渐升温,从最开始的尴尬到后来的渐渐相知,他们有很多共同的兴趣,比如都喜爱牡丹花。她善舞,他擅乐,夜里对月当歌,琴瑟相和;晓来谈诗论赋,说古道今,有着说不完的话题。

渐渐地,整个飞云阁便都知道了皇太孙新纳的侧妃娘娘是个极好的人,没有架子,待人和气,也从不避讳自己的出身。由于感念在冷宫时杜贵妃与其他宫女的帮助,她三不五时地便会过去看看她们,给她们送些东西,冷宫里的生活也大大地改善了。

但人生一张嘴,除了吃饭,那就说是非了。有人说她好,那便也有人说她的不是。侧妃烟雨是杜贵妃在皇太孙身边布下的棋子,这种带着某些恶意猜测与隐秘用意的说法也在悄然地流传着。

流言刚刚兴起时,裴云天就带着各色礼品进了冷宫。因了烟雨的关系,此时的冷宫再不是她当初进来时那般冰冷了。虽算不得富丽堂皇,但最起码各色吃食、日用品都不被人克扣了。每天下午杜贵妃甚至还能吃上御膳房最新的糕点,喝上一壶陈年却仍香醇的明前龙井了。

看到裴云天,杜贵妃依然是清冷而孤傲的,只在听他说是侧妃烟雨派过来送礼物的,眼睛里才略略有了些光彩,与他客套了几句,却对裴云天装出来的那副欲言又止,满脸有事却又极力做出不能说的样子视而不见。

眼看无法达成目标,裴云天干脆自己说了:"娘娘,有件事奴才不知当讲不当讲。"

斜了他一眼,杜贵妃唇角的笑一闪而逝,"那就不要讲。"跟她玩心眼儿,这奴才是活腻歪了吗?想当年,她可是敢跟当今女皇陛下叫板的先帝贵妃,还看不出他那点儿小算盘?何况烟雨昨天才送了东西来,这奴才若不是有求于她,怎会假借烟雨的名头出现在冷宫?

但裴云天说出的话却让她大大吃了一惊,"奴才前几日在侧妃娘娘跟前伺候,正碰上雍王殿下来找皇太孙对弈,他说自己快满十八岁了,女皇陛下好似有意让他出宫去封地。"知道自己说了了不得的事,裴云天一脸为难,却又忍不住露出几分同情,"其实侧妃娘娘再得宠,此事奴才也不敢多嘴，只是雍王殿下遗憾不能在出宫之前再见母妃一面，心里委实难以放下。奴才……奴才家中也有老母，被殿下孝心感动，才不顾宫中规矩，偷偷地过来告知娘娘，还望娘娘……"

他话未说完，杜贵妃已是满面泪水了。她似没听见他的话，却又像是听进心里去了，喃喃地道："他要走了吗？我要离他越来越远了吗？以后连他的消息都听不到了吗？"隔了一堵院墙，竹蜻蜓还能飞出去传递她的思念，但隔了大半个大周朝，没有翅膀的竹蜻蜓要如何飞到雍王的封地，告诉他自己日夜思念他？

裴云天似是犹豫了一下，继续说道："都说儿行千里母担忧，娘娘你想跟着雍王殿下去封地是不可能的，不如想想办法在他离开之前见上一面。也不知道他这一去什么时候才能回京。"他说一句叹一句，似乎只是无心的感慨，却字字句句都仿佛刀尖般戳在了杜贵妃心头最软的那块肉上。

是啊，自己是戴罪之身，此生要离开这冷宫只怕是痴心妄想了，但母子连心，再高的权势、再重的罪孽也斩不断这血浓于水的真情，只要女皇陛下能网开一面，让她见上皇儿一面，哪怕是立刻死了她也能瞑目了！

眼见她这般情态，裴云天知道说辞奏效了，心知要女皇陛下允准，单凭杜贵妃是办不到的，所以他苦恼地皱起了眉，"只是娘娘如今身在冷宫，见不到女皇陛下，还得想想办法啊。"他作势想了想，似是自言自语，声音却足够让杜贵妃听得清楚，"好在如今皇太孙殿下深得女皇陛下宠爱，侧妃娘娘又正得宠，若是她愿意帮忙，倒是很有希望呢。"

杜贵妃眼睛一亮，随即想起了什么，眸中的光又渐渐暗淡了下去，显出几分挣扎。裴云天知她心里难受，也不多说，只静静地退下，临走前回头，果然见到杜贵妃似是卜定了某种决心般的坚毅眼神，他轻轻一笑。

第二天，万象神宫简直乱了套，皇太孙新纳的侧妃娘娘烟雨竟然如此大胆，一大早就跪在女皇陛下寝宫，请求她允准冷宫的杜贵妃能与即将前往封地的雍王相见，触怒了女皇，责令她在殿前长跪反省。

要知道，杜贵妃虽是女皇陛下的儿媳，当年先皇在位时，她可没少跟女皇陛下作对，甚至暗地里怂恿先王，使得母子离心，因此女皇陛下狠心将她关进冷宫。自此之后再无人敢在女皇陛下面前提起杜贵妃，有那不小

心提起的，轻则杖责，重则流放。这侧妃是吃了熊心豹子胆吗？竟敢再一次地去撸女皇陛下的逆鳞？

当然，李隆基也弄不太懂烟雨的意思，所以他也只能劝她："烟雨，杜贵妃的事你不清楚，别惹皇祖母不高兴了。"

向来柔弱听话的烟雨这一次却意外地坚持，"父母子女之间天生就有孺慕之情，眼下雍王殿下即将远行，杜贵妃想见他一面也是正常的。"她向着女皇行了一礼，目光盈盈，"女皇陛下也是做母亲的人，应该能体会她做母亲的心情。杜贵妃有错，她如今已经受到处罚了，以后也将继续承受这个处罚，但雍王无辜，自幼即与母亲分离，如今又要远去封地，今生不知是否还能再与杜贵妃相见。女皇陛下真的忍心让他们母子此生再不能相见吗？"她一边说一边就落下泪来，神情凄楚可怜，竟是给人无法拒绝之感。

女皇陛下气到极点，竟然笑了，转向一旁的李隆基，道："隆基，你这个妃子好不懂规矩啊。"这就是她要生气的意思了。

李隆基心里叹息，面上仍是恭敬，"皇祖母教训的是，孙儿回头一定好好说她。"回头看着烟雨，目光无奈，"烟雨，皇祖母累了，我们告退吧。"

烟雨却没随他起身而去，又磕了个头，请求的意味显露无遗，"求女皇陛下成全！"

见她如此冥顽不灵，女皇陛下怒不可遏，冷哼一声，拂袖而去。

李隆基夹在中间左右为难，也不知烟雨犯了什么犟，竟是无论如何也不肯起来，他踌躇着到底该怎么劝她。原本就阴沉的天空却突然下起了大雨，瓢泼般的雨瞬间就在地上汇聚，跪在殿门前的烟雨眨眼间就成了落汤鸡。

李隆基顿时心疼起来，"烟雨，皇祖母正在气头上，咱们还是回去吧。"

烟雨摇头，"皇太孙先回吧。雍王殿下明日就要走了，杜贵妃恐怕这辈子再也见不到他了，我今天无论如何都要求得女皇陛下答应。"

但以李隆基对皇祖母的了解，哪怕是烟雨跪死在这里，她也未必会答应吧？在心里权衡再三，李隆基在她身边跪下，轻握住她的手，叹道："你呀，竟也有这般倔强的时候。好吧，我跟你一起求吧。"

烟雨大惊，慌忙伸手阻拦，"皇太孙，这怎么可以？你千金之躯，如何能做这等事？快起来！"

李隆基伸手将她揽进怀里，宠溺地笑了笑，"傻瓜，我们是夫妻，应该共患难才对。我怎么能让你一人承担？"

烟雨顿时感动了，紧紧地搂住了他。两人静静地抱在一起，为了一个与他们毫不相关却又必须坚持的理由，在寒冷的秋雨中，默默地祈求着女皇陛下的允准。

神宫内，层层珠帘阻隔的寝宫门后，女皇静静地看着门外的两人，良久，才缓缓地摇了摇头，轻轻叹了口气，示意随侍的宫人出去传旨。

爱一个人，似乎从来都是一件累人的事，因为需要不停地付出，不停地被对方牵住心神，不停地在对方身边转悠，恨不得将自己的所有都捧到对方跟前，只为了让对方认可自己，爱上自己。这样的付出也许是幸福的，也许是心甘情愿的，却绝对不适合皇家子孙。

隆基，以后你会明白，与其找一个你爱的，为了她不惜违抗皇祖母的女子相伴，不如找一个爱你的，愿意为你付出一切的女子共度一生。因为这样，你才能专心政事，才能执掌天下。所以，不要责怪皇祖母，这偌大的天下皇祖母终将会交予你手，而你却将你的手交给了那样一个任性而不懂事的女人，皇祖母替天下黎民心痛，替你不值。看着门外相拥而泣的两人，女皇陛下在心里暗自做了一个决定。

很快，宫里内外都知道了侧妃求得女皇陛下允准杜贵妃与雍王相见的事，侧妃娘娘得宠至此，以前的细柳是万万及不上的。而关于杜贵妃调教侧妃的说法，则让更多的宫女忍不住心动。

若是自己也能得到杜贵妃的调教，岂不是也可以如侧妃一样飞上枝头做凤凰，再也不用在这皇宫中蹉跎岁月，受人欺压？

一时间，冷宫突然热闹了，各宫各院的宫女们捧着自己辛辛苦苦积攒的月俸求到杜贵妃跟前，请她训练自己。

"娘娘，您你教教我怎样跟皇子皇孙们相处吧，等我飞上枝头一定比侧妃娘娘对您还好！"

"娘娘，娘娘，您看我比她更漂亮、更机灵，得到皇子皇孙们青睐的机会更大，您选我训练吧！"

　　"娘娘，求您教教我吧，我进宫多年，不想一辈子虚耗，到了白头都还是宫女。如果您不教我的话，我就长跪不起！"

　　……

　　看着眼前宛如疯魔的人群，杜贵妃只觉得头疼，她冷冷地看着这些人，恨不得将她们一棍子赶出冷宫。但宫中的寂寞与绝望却让她下不了手，她们也不过是这宫中的可怜人罢了。

　　叹口气，她终于还是开口了："你们不要听人胡说。侧妃娘娘为人和气，心地善良，又有同情心，她去求女皇陛下不过是可怜我一片思子之心，又何来什么报答提携之恩？你们若真要改头换面，应该去找贺兰钧大人才是，他才是能改变人的圣手，与我有什么关系？"

　　"贺兰大人？"宫女们面面相觑，"不是说侧妃娘娘是贵妃您训练的吗？怎么会与贺兰大人扯上关系？"

　　杜贵妃无心与她们多说，摇摇头回了内室。阿萍拼命拦住还想追进去的人，大声道："你们真的弄错了，是贺兰大人训练的侧妃娘娘，真的跟我们娘娘无关。"

　　众人忍不住失望，不说贺兰钧是外男，她们身处深宫难以见到，就传闻中贺兰钧那诡怪的性格，也不是她们这些人能搞定的。这样想来，侧妃娘娘倒是真有些本事了。

　　谁也没有想到，冷宫外一个修长挺拔的身影在听到贺兰钧时，一张脸瞬间苍白如纸。李隆基几乎不敢相信自己耳朵听到的。本来听见宫女们嚼舌根说烟雨是杜贵妃特意训练了放在他身边的他还不信，想着来与杜贵妃对质，却没想到听到了更震撼的消息。

　　原来，她竟是贺兰钧训练了放在自己身边的，有什么目的暂且不说，只是他一片真心对她，为了她甚至不惜违逆皇祖母的意思，而她竟然别有目的？她，如何对得起他？

　　李隆基也不知道自己是如何回到寝宫的，只是看着那张低头浅笑，温柔得恍如一汪净水的脸时，他心中再没有往日的柔情缱绻，反而升起一股愤怒与羞恼，恨不得冲上去将她那张美丽的脸撕开，看看里面到底藏了什么样的阴谋诡计。

"皇太孙！"看到他回来，烟雨盈盈起身，动作却比往日多了几分小心，她一只手轻抚着小腹，眉梢眼角都是喜色，"您回来了，我有话……"

"说什么？这回想求什么？求皇祖母将杜贵妃放出冷宫，还是为贺兰钧求个恩赐？"他打断她，目光伤痛而尖锐，说出的话伤人，却更伤己，"烟雨，你接近我的目的是什么？你将我变成一个傻瓜，这样很好玩吗？"

烟雨一愣，喜悦缓缓自她脸上褪去，苦涩与羞愧瞬间盈满了她的眼眸，"你……你知道了？我不是故意的，我只是……"

见她承认，他的心痛得仿佛裂开了般，恨恨地道："只是什么？只是我发现得早，你还没来得及做更多的事是不是？贺兰钧训练了你，就这样被我发现，你猜他会不会生气？还是说，其实你们有别的阴谋？"

见他越说越过分，烟雨终于知道他说的并不是自己以为的，她凄然一笑，"皇太孙，我们相处这么久，我是什么样的人你还不知道吗？"

李隆基笑得比她更凄惨，摇着头，一双眼中仿佛有悲伤溢出来，"我真的不知道。这皇宫中，谁真谁假，我从来都分不出。我以为自己终于找到了一个真心对我的知己，却没料到这一切竟是假的，是他人训练后放在我身边的一个棋子！"

"不，不是这样的！"烟雨拼命摇头，眼泪哗哗地流下来，"是，是贺兰大人训练了我，但没有阴谋，也不是棋子，我只是单纯地喜欢你……"

"够了！"怒喝一声，李隆基觉得此时听到她说喜欢自己真是讽刺，"我不想再听了，你已经是我的侧妃了，不管你们的阴谋是什么，一切到此为止吧！用你现在的权力想要什么就拿什么吧，当是我傻、我蠢的代价，希望你拿到的一切都是你想要的，这样才不辜负你们辛苦的训练与阴谋算计，不是吗？恭喜你！"说到最后一句，他几乎是惨然了，一张脸笑得比哭还难看。

烟雨一直在摇头，一直在落泪，看到他如此痛苦，她更是心如刀绞，顾不得自己此时的状况，冲上去抱住他，拼命想要安抚他的伤痛，"皇太孙，不是这样的，不是这样的……"

当她的手碰上自己时，李隆基突然抖了一下，几乎是条件反射地一把将她推开，听着她惊呼一声，护着肚子倒在地上，他愣了愣，随即更加愤

怒地道："被骗一次是傻，被骗两次就是蠢了，原来在你心里我是个蠢人，所以你才会一次又一次地想着摆布我？不用再枉费心思了，好好地当你的侧妃，享受你现有的一切吧！"他转身大步离开，却在跨出门槛时又回过头，神色复杂地看着她，冷冷地道："不过你要记得，下次若再触犯女皇陛下，可就没有人会再来救你第二次了！"

身后压低的哭声有着难以诉说的委屈与伤痛，李隆基脚步顿了顿，随即更快地离开。不，他绝不要再被她影响，绝不再做蠢事！

几乎在同一天，贺兰钧在奉命前往女皇寝宫为她处理脸上红点的路上，不知为何突然失踪，传旨的宫人找遍了他可能去的地方，都没有看见贺兰钧的人影，导致女皇雷霆大怒，下旨将贺兰钧削去官职，赶出太医院，永不许再进宫来！

她真是受够了他的傲慢与不羁，以为医术好她就真的拿他没办法了吗？他到底有没有把她这个女皇陛下放在眼里？

可怜什么也不知道的贺兰钧，被人装在麻袋里带到黑屋子，不但莫名其妙被打了一顿，还被关了一日一夜，等到他好不容易用药水招来虫子企图腐蚀掉铜锁离开时，黑屋的门打开，进来的人却让他大吃一惊。

"皇太孙？"他愣了愣，没想到将他关在这里的人会是李隆基，但他接下来的话却更是让他瞪大了眼睛，不敢相信自己耳朵听到的，"你说，女皇陛下要贬我出宫？为什么？"

李隆基冷笑，"你做了什么事自己不知道吗？"见他仍是一脸疑惑，李隆基只觉得压抑不住的愤怒从心底涌起，"贺兰钧，这件事只不过是给你一个小小的教训，告诉你不是所有人都能让你玩弄于股掌之间的。你布置一个阴谋需要很长的时间，而有些人想要玩死你却可以不费吹灰之力！"

看着他激动的样子，贺兰钧总算明白了，"这次的事是皇太孙一手安排的？"虽说皇太孙想玩死他的确很简单，但是，"为什么？"

又是为什么！李隆基咬牙，不愿让自己过分失态，仿佛被他们的阴谋伤得很重很惨似的，他露出一抹轻蔑的笑，嘲讽道："贺兰大人莫非真以为自己做的事人不知鬼不觉吗？你训练烟雨，将她安置在我身边，是想要得到什么呢？还是说，你已经得到你想要的了？"

烟雨？贺兰钧顿时恍然了，但看着李隆基的神色，他又疑惑地皱了皱眉，试探地道："原来是为了这件事？皇太孙你误会了，烟雨一心爱慕你，我不过是教了她一些宫中的生存之道……"

"你以为我会相信吗？"轻蔑地看他一眼，李隆基仰头哈哈大笑，"这宫里想捞好处的人太多，我早已见惯了，本不是太在乎，但你千不该万不该来欺骗我的感情。我长这么大，还从未如此痛恨过一个人。贺兰钧，你行，你让我真的恨你了。趁我现在还没改变主意，你赶紧走，否则我不敢保证下次在宫里看见你会不杀你！"

贺兰钧一愣，没料到他竟会如此，在李隆基愤怒的注视下，他下意识地往门外走去，却在跨过门槛时又回过头来，怜悯地说道："皇太孙，有的时候判断一件事并不是用眼睛和耳朵，而是要用心。我不怪你这么想我，我只是很可惜，你错过了一段最值得你珍惜的情感。"

在李隆基错愕的目光中，贺兰钧扬长而去。

其实对于出宫这件事，贺兰钧并不难受。毕竟少了宫中职务，他便有更多的时间去寻找莲衣了。所以他走得很干脆，几乎算得上是心情极好地收拾了太医署的东西，抱着包袱就往宫门外冲去。

如果不是在宫门口撞见裴云天和他带来的人的话，他几乎就是很开心地离开了。

裴云天应该已经知道了他被贬的事，见面照例是对他冷嘲热讽，贺兰钧本不想理他，但裴云天却越说越过分，甚至说自己奉女皇陛下的命令入宫为宫女们调理容颜，很快就会出现第二个细柳或者烟雨，绝不会让贺兰钧与烟雨的阴谋得逞等等。

贺兰钧忍了又忍，终于没忍住，"裴云天，你能有点儿出息吗？都说邪不胜正，你输了那么多回，怎么就不记点儿疼？"

裴云天气结，随即想起自己手中握有的秘密武器，还来不及炫耀，却见贺兰钧脸色一变，往他身后扑了过去，同时叫道："莲衣！"

却是裴云天身后戴着轻纱斗笠的女子被风吹起了斗笠，露出了那张与苏莲衣一模一样的脸。

裴云天顿时得意了，上前一把拦住贺兰钧，"贺兰钧你眼花了吧，哪

里来的苏莲衣？这是新进宫的宫女！"一边不着痕迹地用身体挡住了身后的人。

贺兰钧一把推开他，拼命往他身后看去。

裴云天却不再理他，叫了侍卫来将他拉下去，带着那女子就进了宫。临进宫门前，那女子似是也好奇，回头看过来，扬起的轻纱后，那张与苏莲衣一模一样的脸上带着嫣然而温柔的笑。

贺兰钧顿时呆住了，周围的人好像瞬间都消失了般，只有苏莲衣的笑脸如同缓缓绽开的花朵，又如午夜梦回时的想望，突然之间就近在咫尺了，让他忍不住喜极而泣。

"莲衣……"贺兰钧口中喃喃，出宫前还觉得阴沉的天空竟瞬间感觉高远空阔了很多，一直沉重压抑的心情也顿时轻快了。

莲衣居然还活着，居然真的还活着！对他来说，已经没有比这更好的事了！虽然她很可能还在记恨他，所以装作不认识他，但只要她还活着，他就觉得好，因为他还有可能将她追回来，还能看到她的笑容，还能听到她的质问："贺兰钧，你到底娶不娶我！"

这就够了，这就够了！

缓缓跪倒在地上，贺兰钧觉得浑身无力，方才跳得过于剧烈的心脏到此时才逐渐恢复正常，而他的嘴角，早已挂上了笑容。

苏莲衣回来了，而且还进了宫，被赶出宫的贺兰钧便开始了千方百计的进宫之路。不能进宫做御医，那做杂役总行吧？他不在乎自己做什么，只要能看见莲衣，让他每天在宫里的马厩洗马粪也愿意！

但裴云天显然另有计划，无论贺兰钧想出什么法子，他都能及时出现并破坏，坚决不让他进宫。

贺兰钧气得不行，揪着他的衣领只差一拳揍上他那张可恶的俊脸了，"裴云天，你到底想做什么？"

裴云天慢条斯理地推开他的手，掸了掸衣袖，笑得得意，"我想做什么？我想让你痛苦一辈子，想在你心里插上一把刀！"他顿了顿，低着头，眼睛却上翻，阴恻恻地看着贺兰钧，"我更想让……苏莲衣亲手插上这把刀！"

"你……"贺兰钧不知道他是什么意思，但裴云天的这个表情他却是再熟悉不过了——每当他不安好心的时候就会这样笑。

"你想对莲衣做什么？"

裴云天仰头哈哈大笑，"我能对苏莲衣做什么？她是以后要成为皇太孙正妃的人，我能对她做什么？贺兰钧，你还是担心自己吧，没有了苏莲衣的你，到底还能做什么？"

贺兰钧一愣，下意识反驳："莲衣怎么可能会做皇太孙正妃？她喜欢的人明明是……"

"是你，是吗？"裴云天看着他的眼里满是嘲讽与怜悯，"她忘记你了，除了她自己的名字，谁也不记得了。你知道我是从哪儿找到她的吗？"看着贺兰钧不敢置信的样子，他又想笑了，"人贩子！苏莲衣竟然会落到人贩子手里，要不是她脑子有病，说出去谁相信啊？而现在，她在我手里，我让她接近皇太孙，她就必须去勾引皇太孙，就跟你让烟雨去做的事一样！"

"裴云天，你这个混蛋！"再也控制不住自己，贺兰钧真的一拳揍上了裴云天那张让他看着就手痒的脸，

当然代价也极大，殴打朝廷命官的他被闻讯赶来的官兵修理得很惨，却也因此让他遇到了同样被赶出宫的另外一个人——张易之。

张易之被赶出宫也有些日子了，虽然女皇陛下的意思是让他闭门思过，但圣宠就是这么回事，你时时在眼前晃着，久而久之也就离不开了。一旦这人不在了，所谓人走茶凉，往日的情分再深，也抵不过时间的流逝。

所以当贺兰钧在墙角挣扎着爬起来的时候，张易之则刚刚被宫门侍卫拒绝了他求见女皇陛下的请求，几乎是立刻，贺兰钧的脑子里就有了一个极好的计策——挑拨张易之与裴云天的关系。

当然，张易之与裴云天的关系本就只是建立在利益之上的关系，也并不坚固可靠。当贺兰钧说出裴云天不愿帮助他，只是因为他没了利用价值的时候，张易之虽然极其恼怒，但是还是下意识地为裴云天说起了好话。

"他不过是最近太忙了，所以才没空帮我。刚才他也是没有看到我，才没过来打招呼的。贺兰钧，你不要挑拨离间！"话说得义正词严，闪烁的眼眸却暴露了他内心的不安。

他对裴云天并不信任。

贺兰钧按了按肿痛的嘴角，笑得好整以暇，"你就自欺欺人吧，人家怕你连累他，别说是为你在女皇陛下面前说好话了，只怕路上遇见了，也会装没看见。张大人要不信，不如去裴府试试？"

张易之握拳瞪着他，看了半天，才咬牙转身，"我会去的！"

看着他挺得笔直的背影，贺兰钧挥了挥手，"早点儿去吧！若是实在没办法了就来找我，我能让你进宫，就不知女皇陛下能不能等你。"

远远的，那道背影僵硬了下，随后以更快的速度消失。贺兰钧忍不住笑了，即使扯痛了唇角也还是忍不住。

事实证明，裴云天永远不会让人失望。在用了各种理由和借口敷衍完张易之并将他送出裴府后，他向门房下达了一条"只要张易之再来，就说我不在府里"的命令，当管家站在大门口向门房传达命令时，张易之和贺兰钧正躲在裴府门口的石狮子后面。张易之忍着心底被背叛的愤怒，看着贺兰钧似笑非笑的脸，缓缓说出了心里的疑问："你为什么要帮我？"

贺兰钧洒脱地一笑，毫不犹豫地承认了自己的目的，"因为我也想进宫。你与我不同，女皇陛下对你有情分，只要你按照我说的做，她便会接你进宫，到时候你必须向女皇陛下举荐我，我也就能进宫了。"看着犹豫的张易之，贺兰钧知道他是怕自己也如裴云天一般过河拆桥，不以为意地笑笑，用力拍了拍张易之的肩膀，"都说最了解你的人永远是你的敌人，我贺兰钧是什么人，张大人想必也是了解的吧？怎么样，信得过我吗？"

张易之双眸敛了敛，贺兰钧清傲冷漠、孤高自赏、自命不凡，却从不屑于使这些背后伤人的手段，他倒也不担心他过河拆桥。

看他答应，贺兰钧反而不干了，他掏出一颗药递给张易之，痞痞地笑，"我也很了解张大人，你并不是一个能让人信得过的人，所以就请你吃下我研制的新药吧。等我进宫以后，自会将解药给你，如果张大人食言，"他撇嘴轻笑了笑，"那就等着肠穿肚烂而死吧。"

"贺兰钧！"张易之愤怒，被贺兰钧这种摆明不信任他为人的做法气得头顶冒烟。

贺兰钧满不在乎地挥了挥手，伸手要将药取回来，"张大人也可以拒绝。只是到时候你是否还能回宫就说不定了，还是说你愿意将自己以后的命运都交给裴云天那种小人来掌握？"

张易之下意识地握住了手中的药，在贺兰钧似笑非笑的目光下，飞快地将药吞了下去。

于是，一桩你情我愿的买卖就此诞生。

两天后，一份记录着女皇陛下所有喜好与生活习惯的小册子开始悄然在皇宫中流传，并经过某些有心人的行为，这份小册子最终呈在了女皇陛下批阅奏折的案头。

"启禀女皇陛下，这便是张易之张大人新写的一些女皇陛下的喜好。张大人说自己一时糊涂，受了他人唆使惹怒了女皇陛下，已无脸再见圣颜，决意离开洛阳，只是放心不下陛下，故而将陛下的喜好制成册子，托人递进宫来，万象神宫里伺候陛下的宫人人手一册，希望大家能够更好地伺候女皇陛下。"跪在地下的女官将调查来的信息一一呈报，半点儿不敢隐瞒。

女皇陛下按着小册子的手一顿，"他要离开？知道去哪儿吗？"

女官摇头，"这个就不知道了。听说张大人已收拾行装，不日就要启程。"

看着小册子上巨细靡遗的记录，甚至连她夜里醒来几次，早中晚各喝什么茶，批阅奏折时用什么茶，与大臣商议国事时用什么茶等，都记录得清清楚楚，字迹娟秀端正，一丝不苟，足见书写之人的用心。女皇陛下沉下脸，重重合上小册子，冷哼一声道："哼，这个张易之，犯了错不知道悔改，倒跟朕闹起别扭来了！普天之下，莫非王土。朕倒要问问他，他想要到哪里去！来人，摆驾！"

于是，早听从贺兰钧的话将家中收拾停当的张易之拎着个小包袱走出院子时，就看到了在宫女侍卫们簇拥之下推门而入的女皇武则大。

他做出一副惊慌失措的样子，在女皇问他是否真的打算离开，再也不想看见自己的时候，他果断地答了"是"，并在女皇怒喝"大胆"时，又大着胆子将贺兰钧教的话说了一遍："微臣自入宫伺候陛下已经很多年了，你在我心里已经不仅仅是女皇，更是我生命的一部分，可是现在你让我离开你，又让我离你那么近，我时时刻刻能听到你的消息却不能接近你，这对我来说，比死了还难受。与其这样，倒不如离开洛阳，到一个听不到你

消息的地方安身立命来得更好。"

这是第一次，他没有尊称女皇为"您"，而是用了"你"。按照贺兰钧的说法，这样更能拉进他与女皇陛下的关系，也更能触动女皇陛下的心。

若不是贺兰钧再三保证，他是绝不敢对女皇陛下说出如此大逆不道的话的，但此刻，看着女皇陛下若有所思的目光一动不动地打量着他，张易之低眉敛目，竭力做出伤心失意的样子来，心里却忍不住"怦怦"地跳了起来。

那样审慎、威严却又略带着温情的目光，与女皇一贯看他宛如看一只宠物般的宠溺目光截然不同，似乎……似乎开始认真地看他了。贺兰钧的这一招，好像真的感动女皇陛下那颗坚硬如磐石的心了。

"既如此，你又为何要送小册子进宫？"良久后，女皇缓缓地问道，虽是问句，但话语里却并无半分好奇，显然心里已经有了定论。

张易之心下大定，顿时演得更卖力，将早与贺兰钧商定的话注入了更多的感情，一字一句地说了出来："我怎能放心？你身边的人，又如何能有我伺候得细心妥帖？只是如今我不在了，他们漏了这个，少了那个，必然要惹你不快，失了心情，我又如何能原谅自己？若是有时间，我恨不得亲自去调教他们，只是……"他摇了摇头，一脸凄楚。

女皇陛下却突然笑了笑，转开了话题，"易之，你知道朕为何如此宠信于你吗？"

张易之脸色一僵，垂下的眼眸里闪过一抹伤痛，却仍恭顺地答道："陛下曾说过，微臣长得像先帝。"

意识到他改了称谓，女皇敏感地又看了他一眼，眼眸中带了笑意。她摇了摇头，缓缓说道："最早的确是这样。可是时间久了，你也变成了朕的一种习惯，这些天你不在，朕也一样茫然失措。可是朕不能让你那么快回来，一来，朕不能把你宠坏了，若宠得你无法无天了，朕就再也无法纵容你了；二来，大周朝也断不能因你一人而乱了法纪朝纲，否则朕如何面对天下百姓？你明白吗？朕在惩罚你的同时，也是在惩罚自己，因为我必须提醒自己，绝对不能再纵容你下一次。"

没料到女皇陛下竟会说出如此一番话来，张易之顿时冷汗涔涔，俯身跪倒，"微臣知错！微臣已改过自新，绝不会再有下一次！"

这一次，女皇陛下是真的满意了，她笑着上前扶起他，拍了拍他的手，四目相对，一切尽在不言中。

于是在裴云天不知情的情况下，贺兰钧很快便再次进了宫。但他没有心思去找裴云天的麻烦，想到裴云天说苏莲衣正奉命勾引皇太孙，贺兰钧恨不得一天十二个时辰都在苏莲衣身边待着，将她远远带离皇太孙身边，并尽一切可能破坏她勾引皇太孙的计划。

于是想给皇太孙献歌的苏莲衣在喝了一杯水之后突然失声了，而送水来的宫人却是贺兰钧；打扮成牡丹花的模样想要给皇太孙惊喜时，苏莲衣突然发现不但牡丹园中的蝴蝶绕着她飞舞不停，就连蜜蜂也爱上她的脸，将她蜇成猪头，吓得皇太孙几乎晕厥。

……

类似的事件层出不穷，苏莲衣累得半死，她真的是怕了这个贺兰钧，也不知道他为什么一定要缠着自己。所以她决定去问问裴云天，她与贺兰钧到底是怎么回事。

然后，她从裴云天那里得到了一个关于她与贺兰钧孽缘的故事：

出身大家闺秀的她被采花贼贺兰钧偷窥，当她在后院荡秋千的时候贺兰钧趴在墙头偷窥；她晚上洗澡换衣服的时候，收买了苏府家丁的贺兰钧又潜进她的闺房偷窥；更在她坚决不从并伺机逃跑的情况下将她追至山崖，走投无路的时候，裴云天如天神降临将她救下，苏莲衣却因为下山时不慎跌倒，失去了记忆。至于裴云天为何会在人贩子手中买回苏莲衣，则是因为苏莲衣失忆后变傻，下山找大夫医治时被人骗走。

当苏莲衣第一百零一次提出疑问，指出既然自己有父有母，那裴云天为何不送她回家反而将她带进宫里来时，裴云天被好奇宝宝问得差点儿落泪，只得又编了个恶霸贺兰钧权势滔天，苏家父母贪生怕死贪图富贵有可能卖女求荣逼良为娼的版本，末了才抹着眼睛，语重心长地道："所以你一定要成功勾引皇太孙，成为娘娘，到时候不但衣锦还乡，还能惩罚这个坏人，一举两得，岂不是很好？"

苏莲衣没有再提出疑问，只是点了点头，至于她到底想的是什么，就没人知道了。

在裴云天可着劲儿污蔑贺兰钧的时候，贺兰钧正在飞云阁内替烟雨把脉，脸上神色复杂，"真的不告诉他吗？虽然孩子很好，但你思虑过度，精神这么差，只怕会影响孩子。"

烟雨柔柔地一笑，伸手抚了抚小腹，"放心吧，我没事，为了孩子我也会好好照顾自己的。"

贺兰钧点头，一边收拾东西一边忍不住又问道："你真的不再跟皇太孙解释解释？你对他情深一片，他迟早会明白的，要不我再帮你想个法子……"

"贺兰大人，到此为止吧。"打断他，烟雨依旧笑得温柔，但神情却很坚决，"这几天我常常在想过去的事，说实话心里很后悔，当初我要不是做了那么多事，皇太孙现在也不会那么痛苦，他付出了真心，才会在心里认定我是别有目的贪慕虚荣的人。是我贪恋了本不该贪恋的东西，我不想在他的伤口上再撒一把盐。"不管解释与否，她对他的心都不会变。

定定地看了她一会儿，贺兰钧忍不住叹气，"你又何尝不痛苦？明明你们彼此有情，为何不打开心结呢？"

烟雨苦笑，"我现在只想他能尽快忘记这件事，重新开始。"

"哪怕他娶了别人再也不看你一眼？"见烟雨仍是苦笑，垂下的目光却似乎说明了她的态度，贺兰钧只好再次叹气，"那我可就倒霉了。也不知裴云天用了什么方法，竟然将苏莲衣弄进了宫，还说要勾引皇太孙。"

烟雨讶异地抬头看他，"苏莲衣？是你之前一直在寻找的那个女子吗？"

贺兰钧点头，"就是她。也不知道她经历了什么事，失去了所有的记忆，也不记得我了。我本来还想与你一起想个法子阻止这件事，但既然你已经不想再这么做了，那我只能尊重你的想法，自己想办法了。"

他说这话时虽然带着点儿无奈，但话里有着藏也藏不住的苦涩与失落，让烟雨到了嘴边的安慰又咽了回去。她顿了顿，才轻轻地道："感情这个事太磨人了，若是不能让对方幸福，还不如离开，把美好的过去留在记忆力，也算是一件圆满的事了。"

没料到她竟心灰意冷到如此地步，贺兰钧讶异地挑了挑眉，"不，我跟你想的不一样，爱情是纯粹的、简单的、直接的，相爱就要在一起。之前莲衣下落不明，生死未卜，我是没有办法，现在她活着出现在我眼前，我会不惜一切代价把她抢回来，无论是要我死，还是比死更难！"

"但愿她能明白你的一片心。"到最后，烟雨也只是轻叹着送了他这句话。

贺兰钧知她心中觉得欠了李隆基，所以再不愿对他用任何一点儿手段与心机，但自己却是要用尽所有手段与心机也必须将苏莲衣抢回来的。两人已在两条路上了，也没有什么可说的，当下便收拾好东西，告退离开。

同一时间，李隆基被苏莲衣新出的花招闹得头疼，以前每次见到他死缠烂打嚷着要勾引他，这一次苏莲衣使用的招数是见到他便如见到鬼似的逃跑，不但自己跑，还带着所有距离他三尺以内的宫女一起跑，仿佛他是瘟疫，跑慢一点儿就会传染给她们似的。

他忍不住命人抓了苏莲衣来问，却被告知自己这些日子因为接近皇太孙，被贺兰钧整得厉害，先是下药，再是蜜蜂蜇，若再不离他远点儿，搞不好连小命都没了，所以才会躲得远远的，还一个劲儿地磕头请求皇太孙恕罪。

又是贺兰钧！李隆基握拳，想到贺兰钧便想到那个女人，自己这些日子没去找她，她这是要换个法子来掌控他的行为吗？

李隆基愤怒地一脚踢飞一张矮凳，一边命人去给贺兰钧一些教训，一边怒气冲冲地回了飞云阁。

他要好好教训教训那个女人，让她知道什么叫安分守己！

但出乎他意料的是，当他搂着苏莲衣出现在烟雨面前时，她只是平静地看着他。在他愤怒地指责她时，她仍是平静地摇了摇头，"我没有。"她说，"我没有让贺兰大人做任何事。"

"现在再说这些假话有什么意思？"李隆基讥讽地看着她，一把扯过苏莲衣推到她跟前，用残忍的温柔语调说道，"这是苏莲衣，我现在最爱的女人，以后她将是这个宫里的主人。至于你，实在太可恶了，一而再、再而三地当我是白痴，我实在是不想再看到你了。你滚吧，明天就离开皇宫，再也不要出现在我眼前。"

除了在听到苏莲衣名字时烟雨讶异地挑了挑眉，上下打量了她两遍外，

其他时候，她只是神色平静地听着他将话说完，然后点头道："好，我会离开。女皇陛下那里……"

"不用你操心，我自会跟皇祖母交代。"这句话，李隆基说得咬牙切齿，想起自己曾在皇祖母跟前那般信誓旦旦地说她会是自己一生所爱，为了她甚至宁愿不要江山，如今想起来都觉得自己傻。

越想越郁闷，他干脆转身离开。不知何时下起了雨，仿佛老天都在为他伤悲。李隆基强抑着心里的愤怒与痛苦，努力告诉自己那个女人不是真心对他的，就算他再爱她，也绝不能再给她玩弄自己的机会。所以，绝不再回头去看她哪怕一眼！

身边的苏莲衣很兴奋，皇太孙刚才说自己以后将会是飞云阁的主人，这就是对她身份的一种认可，所以她絮絮叨叨地计划着如何将宫殿布置成自己喜欢的模样，装饰要换成蓝色的，屏风太难看了，她不喜欢牡丹要摆兰花……

直到李隆基一声大吼打断了她："坏人，都是坏人，没有一个好人，你们都给我滚，都给我滚！"他用力推开她，也不管她摔倒在地被雨水淋湿的狼狈与愕然，头也不回地大步离开。

撑伞的侍卫自然是追着他的脚步而去，留下一头雾水的苏莲衣好似被人抛弃的小狗般可怜又无助地坐在地上，淋成了落汤鸡，半天回不过神来。

这是疯病发作了吗？她哪里惹他了？这样不懂怜香惜玉的男人，她真的要为了权势跟他在一起吗？为什么她觉得这么不靠谱呢？

也不知过了多久，淋得她眼睛都睁不开的大雨突然不再落下，一只手伸到了她面前，同时一个清雅的声音响起："起来吧，莲衣。"

她茫然地抬头，顺着那只手往上，便看到了一脸心疼与不舍的贺兰钧。他的脸上青青紫紫，是皇太孙命人给他的教训，但他的眼神平和而温暖，竟看得她的心忍不住也热了起来。

见她半天不说话也不起来，贺兰钧干脆弯腰扶着她的胳膊拉她起来，"这么大的雨你会淋坏的，赶紧起来。"

与他并肩站立，看着他将伞全遮在她头上，自己半边身子被雨淋湿，苏莲衣心里慢慢地都是疑惑，脑袋里都是问号，忍不住问道："我打了你，也整了你，你为什么还对我这么好？"

叹口气，贺兰钧弯腰背起她往宫女住处走去，声音沉稳而温情，"不管你怎么对我，哪怕是杀了我，我也不会让你在这里淋雨生病的。"

苏莲衣愣了愣，一直到在寝舍里换好了衣服，都没想明白贺兰钧为什么要对自己这么好。不过，有谁会嫌别人对自己好呢？何况贺兰钧对她好，并没有要求她回报，她才懒得理呢。所以换好衣服后，她便想赶他离开了。但贺兰钧只是定定地看着她，脸上的笑容有些恍惚，还带着些说不出来的异样，"莲衣，你知不知道你失踪的这段日子里我有多想你？我每天睡不好，除了喝酒什么都做不了，因为只有喝醉了才能看到你，可是后来也看不到了。"

苏莲衣一愣，没想到他会说这些，她有些不知所措，却更加生气，"你真是贼心不改，色心不死啊！我告诉你，我死都不会嫁给你的！"

但贺兰钧根本没听见她的话似的，依然那般看着她，笑着道："以前你天天嚷着要嫁给我，追得我满大街跑。待我长发及腰，公子娶我可好？你当时这般问我时，我却不知珍惜，还说什么送你一把剪刀，伤了你的心。你说你这辈子最开心的时候就是嫁给我的那一刻，可是我却没一次让你开心过。莲衣，你说这是不是应？你追着想嫁给我的时候，我不懂得珍惜。如今我想娶你了，你却变成了这样。"他苦涩地一笑，"说到底都是我不好，是我没把你照顾好。你现在怎么对我都是应该的。"说着他抬手给了自己一个巴掌，吓了苏莲衣一跳，扑过去抓住他的手大叫，"你们都怎么回事啊？一时对人好得不得了，一时又对人坏得好像恨不得杀人似的。皇太孙这样，你也这样，我都搞不清楚发生了什么。"害她脑子里的糨糊越来越多，都快被煮成沸腾的火锅了。

贺兰钧没有再打自己，看着她抓着自己的手。苏莲衣的手很好看，十指修长，曾经为了讨他欢心，做了很多粗活，手指有着薄薄的一层茧，那时候她求自己帮她祛除，自己却理也不理。到后来，苏莲衣自己也忘了这回事了。

此时想起来，贺兰钧只觉得自己是个混蛋，竟从未带给她开心快乐的时候。

"莲衣，你最快乐的事是什么？"他问。

苏莲衣愣了愣，有些迷茫，"本来我没什么快乐的事，不过裴云天说嫁给皇太孙会很快乐，我不知道是不是。"她一边说着，一边挠了挠头，见贺兰钧只是定定地看着她，又有些不好意思了，"可能，嫁给皇太孙真的是件快乐的事吧。"

深深地再看她一眼，贺兰钧突然勾起嘴唇一笑，本来只有烛光的寝室内似乎突然射入了阳光般，那一瞬间竟让苏莲衣有种耀目的灼热感。

贺兰钧缓缓说道："好，如果这是你想要的。我尊重你的选择，我以后再也不会阻止你和皇太孙在一起了，只要你开心就好。"

"啊？"他突如其来的转变让她措手不及，本来还以为他会骂她自不量力或者苦口婆心地劝她皇太孙爱的人并不是她。

贺兰钧却不再说话，起身离开，他的动作有些慢，仿佛是受了什么重大的打击，一步一步缓缓挪到了门口。苏莲衣想起外面还在下雨，他却没拿伞，刚想叫他，却见他一个踉跄，整个人摔在了门板上，张口喷出一口鲜血。

苏莲衣这回是真的吓了一跳，她跳起来冲到他身边扶起他，"你没事吧？"

贺兰钧摇了摇头，将自己的胳膊从她怀里抽了出来，甚至还冲她笑了笑，"没事，我走了。"然后头也不回地离开了。

苏莲衣拿着伞，怔怔地站在原地。就在刚才，在看到贺兰钧吐血的那一瞬间，她脑子里竟然闪过了很多画面，全是她与贺兰钧的，有她在山洞里抱着贺兰钧取暖的，有她在城楼上被贺兰钧追得乱窜的，还有她跳下悬崖的……

虽然不连贯，但的的确确是她与贺兰钧，就好像……好像他们曾经一起经历过似的……

"这是怎么回事？我难道真的认识他？难道裴云天在骗我？"疑惑地眨了眨眼，苏莲衣抱住了自己的头。

或许，她该再找裴云天证实一下？

此时，醉酒后在飞云阁醒来的李隆基正在大发雷霆。他没法在有烟雨存在的空间里待着，他的心会忍不住为她跳动，哪怕明知她是有目的的，但他依然控制不了自己，所以他只能让自己远离，然后拼命告诉自己每一次见她都是为了伤害她，然后在她被自己伤得遍体鳞伤时贪婪地看着她。

其实他也不想这么做的，但他的眼睛有了自己的意识，完全不受他的控制。所以当他意识到自己在什么地方时，他的第一反应就是马上离开。

但宫人们却告诉他，侧妃娘娘已经离开皇宫了。李隆基只觉得心里猛然一空，好像有什么瞬间被挖去了，钝钝地痛。他告诉自己她走了最好，否则他绝不会让她好过。

然而宫人们收拾时，却让他看见了一个她打包好却忘了带走的包袱，他好奇地瞟了一眼，顿时愣住了。

那是一包婴儿的衣服，小小的，每一件都很可爱，看得出做的人很是用心，一针一线都极其细密，连一个线头都没有。

但是，他的寝宫内怎么会有小孩的衣服？又是谁做的？

李隆基疑惑地拿起一件看了看，脑子里却突然仿佛被雷劈开了般，一个不可思议的念头猛然闪现。

莫非，那个女人……烟雨怀孕了？

该死，她竟敢不告诉他，还想就这么不声不响地带着他的孩子离宫？她是存心和他过不去吗？这个女人最好现在还在宫门口，否则等他抓到她，一定会要她好看！

连鞋子都没穿，李隆基就这么冲出了飞云阁，一路冲到了皇宫门口，狠狠地抓住了那个正在排队等着检验出宫腰牌的女人。

"你行啊，够厉害，怀着我的孩子还想就这样走了？是不是觉得不甘心，所以想等孩子生下来再来胁迫我好谋求新的利益？恶毒的女人，我绝不会让你得逞的，跟我回去！"看着她安静的逆来顺受的模样，仿佛真的什么都不在乎了，他忍不住心头火起，伤人的话语就这么出了口。

烟雨怔住了，在被他拽得跟跄了好几步之后才回神，急急辩解："不是的，不是这样的……"

李隆基却没有听她解释，只是拉着她往飞云阁而去，直到将她关进寝宫，

他才吐出了刚才一直憋着的一口气。

方才，是真怕她已经走了，真怕追不上她啊。

烟雨静静地看着他，泪眼迷离，"皇太孙，你真的认为我是一个为达目的不择手段的人吗？在你眼里，我真的这么不堪到连自己的孩子都会利用吗？难道你从来就没有想过其实我并不是你想的那个样子？"

眼睛贪婪地看着她秀美安静的容颜，嘴里却吐出足以杀人的话："从来没有，你在我眼里就是一个贪慕虚荣、心机深沉的女人。"

一串泪水滑落，烟雨绝望地闭上了眼睛，"既如此，那我就再也无话可说了。我知道皇家子嗣的重要性，断不会允许他流落宫外的。我会乖乖地在宫里待产，我只希望等我生完孩子，你真的可以放我走。"她语气平静，没有愤怒，没有心机，有的只是满满的哀伤与灰心，平静得可怕。

李隆基愣了愣，没想到她会提出这样的要求，他想讥讽她又要什么花样，却在看见她脸上哀莫大于心死的绝望时，再也说不出口了。

在这一刻，她看起来真的好像是无欲无求的，好像真的是他错怪了她似的……

因为这股说不清道不明的情绪，李隆基醉卧牡丹园，期待他最爱的牡丹能给他答案，没想到却遇到了有着同样烦恼的苏莲衣。此时的她正为了贺兰钧与裴云天谁说真话谁说假话而纠结，看到他，竟也没了以往那股纠缠的劲儿，还忍不住说起了自己的烦恼。

李隆基哈哈大笑着将手里的酒壶递给她，"喝酒吧，一醉解千愁，喝醉了就什么都不会想了，多好啊。"

苏莲衣却只是看着他，并不接酒壶，然后摇了摇头，"要是喝酒管用的话，你现在怎么还会是这副德行？"

李隆基又喝了一口酒，哈哈大笑，"因为我是大傻瓜，一旦记住了一件事、一个人就再也忘不了。就算喝再多的酒，她总是在我眼前晃啊晃啊，挥之不去。"

一把抢过他的酒壶，苏莲衣叹了口气，"看你的样子就知道了。与其喝酒还不如跑步，起码还能让身体轻健。"话说完，她愣了愣，这句话好像是谁告诉她的，但到底是谁呢？她却想不起来。

于是李隆基就这么被她忽悠着跑起了步，直到累得气喘吁吁，两眼冒金星，才躺倒在草地上，动也动不了了。

"怎么样？还在想那些不开心的事吗？"同样气喘吁吁的苏莲衣坐在他旁边问道。

连眼睛都懒得睁开，李隆基没好气地道："累都累死了，还能想什么？"

苏莲衣便拍了一下手，笑道："看吧，我就说我的法子比喝酒管用多了。来，我们再跑，将所有不开心的事都丢到脑后去！"

李隆基愣了愣，虽然全身骨头都在叫嚣着难受，他仍然从地上爬了起来，一边艰难地往前挪动着步子，一边转头看向苏莲衣，"真看不出来，你除了会发花痴外，还有这样的本事。"

给他一个白眼，苏莲衣没好气地道："我才不是花痴呢，我只是想让自己过得好一点儿。其实每次扮成那样在你面前走来走去，我也很累的，还不如跑步呢。"

想起她每次惊悚怪异的装扮，李隆基忍不住也笑了，"虽然你这样的人要成为皇室的媳妇很难，不过做个好朋友还不错。"

苏莲衣挑眉，"你怎么知道我没有更多的优点能让你爱上我？"

李隆基哈哈一笑，"那就展示你的优点看看吧。"

"哈，你说展示就展示？追上我再说吧！"苏莲衣大笑着往前冲去，清脆肆意的笑声在牡丹园上空回荡，久久不散。

很快，宫里内外就传出皇太孙有了新宠的流言，而这个新宠还特别会来事儿，不但将皇太孙哄得开开心心，就连在女皇陛下跟前也丝毫不胆怯。她不知从何处得知，女皇陛下年轻的时候就胆识过人，曾经用鞭子、匕首和铜锤制服过一匹烈马，从而得到太宗皇帝的赏识，平步青云。故而苏莲衣在得知女皇陛下到马场骑马的消息后，便也随之到了马场，并在女皇陛下询问烈马驯服情况的时候，主动站了出来为女皇演示驯服烈马的情形。

但世事皆是知易行难，当苏莲衣拿着鞭子走向烈马时，显然她并不具备女皇陛下身上那种让四海臣服的帝皇之气，烈马不买她的账，不但朝着她喷鼻踢腿，甚至开始在马场内跑了起来。

场边起了些骚动，苏莲衣心里着急，想也没想就追了上去，但两条腿

怎么跑得过四条腿？烈马带着她在马场了转了一圈又一圈后，突然停下，后腿猛然抬起，直直地蹬向苏莲衣毫无防备的胸口。

苏莲衣大惊，侧身闪躲的结果就是整个人重重地摔倒在地，脆弱的头撞击地面的结果就是满头金星闪烁，差点儿闪瞎了她的眼。

关键时刻出现的还是贺兰钧，往她手心里塞了一颗药丸，轻声道："把它放在手心里，马就会听话。"

苏莲衣怔怔地看着他，清亮的目光中有流光闪过，仿佛想起了什么，却又仿佛什么都没想起，茫然而空远。

贺兰钧看着她，还想再说什么，身后却传来女皇陛下略显不满的声音："御马监是没人了吗？这样的人来驯马，简直是荒谬！"

苏莲衣身子一震，贺兰钧拍了拍她的手，起身离开，不远处的烈马似是在故意逗她般，见她摔倒便也不再疯跑，在距她不远的地方慢慢地走着。苏莲衣哭笑不得，起身往前跑了几步，眼见烈马又要开始跑，她迅速地伸出手。手心里的药丸散发着青草的味道，烈马鼻子抽了抽，站在了原地，一直到苏莲衣拍了拍它的头，骑上它的背，它都不再犯浑，乖乖地任她施展。

事情突然有了如此戏剧化的转变，所有人都忍不住瞪大了眼，下巴掉了一地，女皇陛下赞扬了她几句，留下一堆赏赐后离开。

贺兰钧随女皇陛下离开，看着苏莲衣的目光中似有千言万语要说，却又似什么都不想说，只是想再多看她一眼似的。苏莲衣看着他离开，唇角突然露出一抹俏皮而熟悉的笑。

当贺兰钧为女皇陛下调理完容颜离宫时，苏莲衣在回廊处堵住了他，"你为什么要帮我？你不是最反对我接近皇太孙和女皇陛下的吗？"

贺兰钧勾唇一笑，"我反对是因为我以为你是被胁迫的，你所做的一切都不是出于你的本心，可那天跟你聊过，我想你可能真的失忆了或者完全忘了我，嫁给皇太孙是你心里的想法，与别人无关。既如此，我一定会帮你达成心愿。原本我就欠你一个幸福，就当是还债了。"他这话说得很平和，似乎真是深思熟虑后的决定。

苏莲衣不说话，只是看着他，像是在衡量他这话的可信度，"你的意思是，只要是我真心想要的、想得到的，你都会帮我得到，是吗？你不是说想娶我吗？即使我要嫁给别人，你也会帮我吗？"

她的话宛如一把刀刺在贺兰钧心上，痛得他几乎昏厥，脸上的笑也多了几分恍惚，"有时候很多事不是爱不爱就能解决的，就像侧妃娘娘与皇太孙，他们彼此那么相爱，却不能打开心扉，中间隔得何止是千山万水？只要你觉得开心，那便什么都好了。"

苏莲衣侧头看着他，"裴云天说你迫害我，你却说你爱我，只要我好什么都愿意去做。"见贺兰钧似欲反驳，她抬了抬下巴示意他听她说完，"你们到底谁说的是真话实在很难判断，但若你真想帮我，那便将你的医术全部教给我，让我在这宫里有足够自保的能力吧。"

没有任何犹豫，贺兰钧点了头，"好。"

苏莲衣愣了愣，似乎没想到他会这么爽快，她定定地看着他半晌，笑意才一点一点地爬上她的脸颊，直到灿亮明媚的眼眸，"太好了，学会了我就能跟皇太孙在一起了！"

看着她的笑颜，贺兰钧也笑，但双眸中浓重得化不开的哀伤却让他整个人看起来都好像没魂魄般死气沉沉，完全失去了生气。

宫中关于皇太孙与宫女苏莲衣的流言越来越多，甚至根本不是流言，因为很多人都曾看到过他们一起在牡丹园跑步，在荷花池畔聊天，甚至在月夜下一起喝酒。皇太孙的笑容也越来越多，俊逸温暖的样子仿佛又回到了以前没有遇见细柳与烟雨的时候。

甚至，连女皇陛下都亲自召见苏莲衣，询问她与皇太孙的事。

苏莲衣如实地将自己的情况都说了，包括自己的年纪、不学无术和学女皇陛下驯马却贻笑大方的事，丝毫没有隐瞒地都说了。

哪知女皇陛下却甚是满意，不但不介意她比皇太孙大的事，还盛赞她的诚实："女子无才便是德，隆基身边的人心机过多也未必是好事。你如此诚实，却又活泼天真，没有心眼，倒确实是隆基的良配。"

是时，苏莲衣喜不自胜，而陪伴在女皇身侧的贺兰钧却重重地闭上了眼睛，心如刀绞。

宫中开始准备皇太孙的大婚事宜，贺兰钧与裴云天频繁出入宫禁，为

皇太孙的大婚忙得不可开交。正当所有人都在羡慕苏莲衣的好命，而烟雨却只能暗自神伤时，皇太孙却突然病倒了。

据说皇太孙一觉醒来，突然觉得忽冷忽热，还吐了血，飞云阁里乱成一团。太医的诊断结果却让所有人心惊，在这个节骨眼儿上，皇太孙却突然染上了会传染的不知名恶疾！

"真是晦气，大婚的事才刚刚有点儿眉目，居然就撞上这样的事！皇太孙的身体也太弱了吧，也不知怎么得了这会传染人的病！"苏莲衣带着人匆匆从皇太孙的寝宫出来，看也不看回廊里站着看雨的侧妃娘娘烟雨，大声地抱怨，又回头吩咐身后跟着的宫人，"你们这几天谁也不许去皇太孙的寝宫，万一传染了他的恶疾，我们就全都倒霉了，听到没有？"

宫人们怯怯应"是"，一抬眼看见烟雨，忙又低下头去，不敢再看她。

烟雨却愣住了，下意识地扯住苏莲衣的胳膊，问话的声音都发抖了，"你……你说什么？皇太孙得了什么病？"

似乎直到此时，苏莲衣才发现了她，惊讶地看过来，"不知道是什么恶疾，太医们都瞧不出来，不过都说是会传染的恶疾，很是严重，搞不好会死人的。"

仿佛一道晴空霹雳，烟雨脸色猛然苍白如纸，连眼珠都不会转了，直直地看着她，上嘴唇抖了抖，"怎么会……会这样？"

苏莲衣撇唇，用力从她手里抽出自己的胳膊，"谁知道！说不定是他福分不够，配不上我呢！"

"你……"没料到她会这么说，烟雨凄婉的神色里添了几分愤怒，"你为什么不去照顾他？"

"我？别说笑了，那是被传染了会死人的恶疾，谁敢靠近？"苏莲衣不屑地撇了撇唇，斜眼看着烟雨，"不信你问问这些宫人，看谁敢去？与其传染恶疾死了，还不如挨罚呢，顶多就是一顿板子而已。再说了，皇太孙还没与我大婚呢，我可还没名分，没享到一天的荣华富贵，犯不着为他送了命！"

说完，她不再理会烟雨，转身带着人匆匆离开，留下一脸愤怒焦急却又带着些茫然心疼的烟雨怔怔地看着细雨斜飞，良久后，她咬了咬唇，转身飞快地往皇太孙的寝宫走去。

躺在床上的李隆基脸色苍白，隐隐透着几分蜡黄，似乎真的很痛苦，即便是在睡梦中，他的眉依然皱得很紧，偶尔喘不过气来时，脸上还会憋出几分病态的红。

烟雨含泪望着他，手中的帕子轻轻擦过他的额头，却没注意到他缓缓睁开的眼眸。

李隆基知道自己的病，上一次醒来时他身边一个人都没有，想喝口水还是自己强撑着下床倒的，所以在看到烟雨时，他愣了愣，有些反应不过来。

烟雨在他的注视下瑟缩了一下，仍坚持擦去了他额头的冷汗，才起身倒了杯水，递到他唇边，轻声道："渴了吧？喝点儿水再睡。"

李隆基却一把挥开她的手，冷冷地道："你来干什么？又想借机谋求什么？太医没告诉你我的病会传染吗？弄不好你会死的，到时候可就什么都谋求不成了。"

烟雨淡淡一笑，神情平静安详，"那就好了，你不用再防着我要什么心机了。"

李隆基一愣，没想到她会说出这样的话来。所以当第二杯水再次递到他唇边时，他竟然忘记了拒绝，就着她的手喝下了。

温度适中的茶水熨烫了他略微烦躁的心绪，李隆基平静了下刚看见她时的情绪，第一次用另外一种眼光来看待这个自己最爱的女人。

她并不在乎他的病会传染，自始至终只是淡然地照顾着他，全然不顾自己是不是会被传染，照顾他很细心，往往只是他眼神微微动一下，她便能明白他的需求；在他心绪烦乱时，她的轻声细语总能让他平静；他养病无聊，她便为他跳舞，即使有着身孕不能大幅度地动作，她随性而肆意的动作依然有着赏心悦目的美；而在他身体好情绪佳的时候，她则与他诗词歌赋，谈古论今……

渐渐地，李隆基心底强制压抑的情感再次爆发，他长久地看着这张自己爱到骨子里的脸，曾经的怨怼与愤怒再也找不到一星半点儿了。

他开始心疼她，担心她会被传染，担心她肚子里的孩子会受到影响，所以他再一次地想要将她赶出去，最后却依然只能无奈地面对她平静而淡然的眼眸，"我们既是夫妻，那便该有同生共死的觉悟，你死我必不会独活。

如今恐怕病势蔓延，其他人都不会过来，唯一能伺候你的人只有我，但如今的你却没有能力赶走我。若你真的不想看到我，那就赶紧好起来，到时候我肯定无力反抗你，岂不是比现在只能动口强得多？"

李隆基第一次知道，原来烟雨也有这么牙尖嘴利的时候，噎得他一句话都说不出来，只能看着她略略扬起的眉梢唇角发愣。明明他应该觉得生气的，但这一刻，他却觉得她眉目飞扬的样子美得让他窒息！

一个月后，太医终于宣布李隆基的病情好转，只需再过十天半月便可痊愈。李隆基大喜，烟雨也终于松了口气。

但到了晚上李隆基才发现，伺候他的人又变成了以前的那些宫人，烟雨竟然彻底地从他跟前消失了。

想起她说的待他好了之后便任他赶走的话，李隆基恨不得立马冲过去指着她的头骂她是"大傻瓜"，而他也真的不顾太医"此时不宜出去吹风"的医嘱，冲到了烟雨的寝宫。

"烟雨，对不起，我知道是我误会了你。其实从你愿意来照顾我的那天起，我就明白你的心了。我只是担心自己好不了，会连累你和孩子，才一直不肯说出自己心里的话。烟雨，你再给我一次机会好吗？这一次，我绝对不会松开你的手，绝对不会再让你伤心，烟雨！"面对紧闭的房门，李隆基突然明白了烟雨的心痛，她一次又一次被自己伤害，一次又一次被自己拒绝的时候，是不是也这么痛苦？

门内是长久的沉默，久到李隆基以为自己会撑不住晕倒时，房门才咿呀一声打开，泪流满面的烟雨看着他，轻声地道："第一次见到你时，我并不知你是皇太孙。那时候的我是一个快要冻死的小乞丐，是你给了我一件棉袄，让我熬过了寒冷的冬季。所以我进宫了，来到这个能看到你的地方，我并不奢望能飞上枝头，只要能看着你就好。但你身边的人却不是真心爱你的，她们算计着你，甚至不在乎你的死活。贺兰大人说我太自私，口口声声说着爱你，却不愿到你的身边来为你分担危险与阴谋，所以我才……"

猛地将她搂进怀里，李隆基哽咽着说不出话来，"对不起，烟雨，对不起，都是我的错，都是我的错，我再也不会怀疑你了，烟雨……"

这样深情无悔的女子，这样为了他连性命都不在乎的女子，此生，还有谁会比她更爱自己？李隆基，你才是那个最傻最傻的傻蛋，竟然让她为你伤心落泪，还一度死心地差点儿离去！

李隆基，你真是个全天下最傻最傻的傻瓜！

大病初愈的李隆基与烟雨重归于好，气色一天比一天好，而经过贺兰钧的诊断，烟雨与肚子里的孩子也都很健康，可以说没有一件事不顺心的——他压根就忘了还有个苏莲衣的存在，也忘了女皇陛下亲口许诺的大婚。

所以当李隆基在御花园看到苏莲衣时，足足愣了好大一会儿才想起了那些头疼的事，而苏莲衣却满不在乎地道："这有什么的？男人三妻四妾很平常，何况我又比侧妃娘娘聪明漂亮，跟你也聊得来，再多娶我一个你也没损失啊。"

李隆基却摇了摇头，"不！弱水三千只取一瓢饮，有烟雨一人，我此生足矣。莲衣，谢谢你这段时间一直陪着我，将来你若有什么需要我的地方，尽管开口，我绝不推辞！"

苏莲衣笑着点头，回头却去了太医署，找到裴云天，苦恼而沮丧，"皇太孙与侧妃和好了，还拒绝了我娶两个的建议，我的荣华富贵就要泡汤了，怎么办？"

裴云天正为了贺兰钧重回太医署的事烦恼，如今又听到这个噩耗，顿时只觉得一个头两个大，"怎么会这样？你让我想想吧。"

苏莲衣撇唇，回头却将这件事抛到了脑后。

而皇太孙拖着病体祈求侧妃娘娘原谅的消息传到女皇陛下耳中时，顿时惹得她勃然大怒。

"这个女人如此任性不懂事，如何能辅佐隆基？真正是岂有此理！"令张易之传下口谕，即日开始将皇太孙大婚的事提上日程，而皇太孙正妃的人选也正式定下，这个殊荣落在了苏莲衣的头上。

裴云天听到这消息自是欢喜无限，贺兰钧则暗自神伤。苏莲衣撇了撇唇没有太大反应，而李隆基与烟雨却仿佛晴空遭了一道霹雳，两个人都被劈得外焦里嫩，找不着北了。

在跪求女皇陛下收回成命无果之后，李隆基决心放弃所有的荣华富贵，

与烟雨离开洛阳，找一处宁静美丽的地方安身。

经过三天的准备，终于在这日黄昏，他带着烟雨钻进了皇室送水的车里，企图躲过宫门侍卫的盘查。

很快，水车顺利地通过了宫门，直到西山树林才停下。李隆基带着烟雨钻出水车，却被裴云天带着一群黑衣人围住了。

挑眉看着一脸得意的裴云天，李隆基暗恼自己行事不周密，竟被人追了上来。看着眼前的裴云天与他身后杀气腾腾的黑衣人，他心里涌上极不好的预感，"不知裴大人在此地有何贵干？"

裴云天阴笑道："自是不会有皇太孙殿下与人私奔的雅兴了。只是，女皇陛下对皇太孙的行为极不高兴，殿下还是随微臣回宫吧。"

李隆基心下大惊，若皇祖母知道他与烟雨私奔，只怕会更加怪责烟雨，自己想要与她相伴一生的愿望就再也无法实现了。他左思右想，终于把心一横，冷冷地道："裴大人说笑了，我何曾与人私奔？"

"哦？"裴云天笑得欢畅，眸中的光却阴狠而毒辣，"那殿下介意微臣搜一搜这水车吗？"他挥挥手，一个黑衣人举着寒光闪闪的刀就向水车劈去。

"住手"二字梗在喉咙里还未喊出，却听得一个清朗微寒的声音懒洋洋地自水车内传出，顿时让裴云天脸色大变，"皇太孙殿下与人私约打猎，竟也引得裴大人要杀人灭口，真是好没有道理啊！"

随着话音落下，一个修长挺拔的身影钻出水车，赫然是贺兰钧！不说裴云天惊讶，就是李隆基自己也愣了半天，想不明白自己带进去的明明是烟雨，怎么出来的会是贺兰钧呢？

不着痕迹地冲他眨了眨眼，贺兰钧目光瞥向裴云天，嘲讽意味十足，"还是说，裴大人你故意命人在皇太孙面前演了一出《文君夜奔》的戏，实际上就是在等着现在？"

李隆基顿时脸色大变，他下定决心要带烟雨私奔，的确是因为当时求女皇陛下无果，苦闷之下在宫中角落里看了几个宫人自演的《文君夜奔》而生出的想法，没想到却是被有心人算计！

他恨恨地看向裴云天，恨不得咬他一口，"裴云天，你好大胆，竟敢以下犯上，图谋不轨！"

裴云天却理也不理他，定定地看着贺兰钧，"你竟不在乎苏莲衣的死活吗？"

贺兰钧的笑容僵了一下，随即却笑得越发开心，连眼睛都笑弯了，"你凭什么以为你能随意摆布莲衣？而且你都没想过，为什么我会对你的计策知道得这么清楚，提前出现在水车里？"

裴云天一愣，想到自己只跟苏莲衣说过整个计划，顿时大怒，"好你个苏莲衣，竟然背后捅我一刀！"他咬牙，在心里将苏莲衣骂了个狗血淋头，又想了无数的方法回去折磨她，正想得开心至极，却听耳旁传来贺兰钧的声音："螳螂捕蝉，黄雀在后。裴云天，现在给你两个选择，要么我到女皇陛下跟前参你一本，告你企图挟持皇太孙，意图不轨；要么你自己将你所做的一切都禀告女皇陛下，这样大家皆大欢喜。"

裴云天面无表情地听着他说完，然后脸上涌上一抹狰狞的笑，盯着贺兰钧的目光宛如一条毒蛇，"果然好计策！不过贺兰钧，你既不给我活路，那我就选择第三条路，杀人灭口。"他狠狠地一挥手，咬牙道，"上，一个活口都不要留！"

黑衣人刚要行动，却听得身后马蹄声响，一声如炸雷般的轰鸣穿过黄昏树林的空寂，炸响在每个人的耳边。

"裴云天，你好大胆，竟敢要杀皇太孙灭口，如此谋逆大罪，就不怕诛九族吗？"

裴云天一愣，不敢相信自己耳朵听到的，"骠骑大将军？"

"没错，正是骠骑大将军！"贺兰钧微微一笑，冲着已近到眼前一身铠甲犹如天神降临的骠骑大将军拱手一礼，才看向裴云天，怜悯地摇了摇头，"你怎么会以为我会孤身来这里？我又怎么会给你机会将这一切都推到莲衣身上？如今大将军亲耳听到你要对皇太孙不轨，可不是我冤枉你了。"

裴云天顿时面如死灰，而骠骑大将军带来的人马早已将他带来的黑衣人制服，此时他几步跨上前来，轻蔑地瞟了裴云天一眼，朝贺兰钧拱了拱手，"贺兰大人放心，此等逆贼，人人得而诛之，本将军定会好好审问他的。"

贺兰钧微笑，"有劳大将军！"

在被带走之前，裴云天望着贺兰钧惨然一笑，却没有再说出任何话。

大将军办事果然极有效率，第二天裴云天的认罪书就摆在了女皇陛下的案头，将他做过的事一件件都详细记录，女皇陛下只看了一条便勃然大怒，一掌掀翻了摆在御案上南洋珊瑚，亲笔御批裴云天秋后问斩。

但皇太孙的大婚却已昭告全国，无法更改，苏莲衣向女皇陛下表明自己并不爱皇太孙，只是贪图皇太孙正妃的名分与荣华富贵，希望女皇陛下看在她是被裴云天胁迫的份上，饶了她。贺兰钧与李隆基也纷纷为她求情，女皇陛下最终没有降罪于她，却始终不肯收回大婚的成命。

苏莲衣无奈，只得与贺兰钧、烟雨合谋，在大婚当日以烟雨李代桃僵，代替她与皇太孙大婚，当李隆基在文武百官与所有观礼百姓的面前掀开红盖头露出烟雨的容颜时，女皇陛下的那张脸真是要多精彩就有多精彩，但事关国体与皇室声望，她也只能哑巴吃黄连了。

而此时的苏莲衣早已与贺兰钧逃出了皇宫，回到了人面桃花楼。面对贺兰钧逼问她到底是否已恢复了记忆的事，苏莲衣答得非常含糊："偶尔会有一些片段，能知道裴云天不安好心，但想不起太多。你说的我要嫁给你的事，就根本没有。"

她哼了哼，斜睨了贺兰钧一眼，"还是说你根本就是骗我的？其实我根本就不是你最爱的那个人，你也跟裴云天一样只是想利用我？"

最怕她想不起自己死活要嫁给他的贺兰钧便赶紧赌咒发誓："绝对没有！你就是我生命中最重要的人，不管你怎么对我，我都不会离开你的。等你恢复记忆，我们马上成亲！"

"那要是我永远想不起来呢？"苏莲衣不肯放过他。

贺兰钧马上毫不犹豫地回答："你想什么时候成亲就什么时候成亲！"

苏莲衣满意了，转身上楼回房，却在房门关上的瞬间欢喜得手舞足蹈，跳上床好一阵翻滚。

其实她的记忆早就在被马踢得摔倒在地时已经恢复了，所以才能分辨出贺兰钧与裴云天谁是对她最好的，并顺着裴云天的计谋将计就计，反过来狠狠地打击了裴云天。

但，这事她会告诉贺兰钧吗？自认识他以来，他第一次对自己这么百依百顺的，她傻了才会让他知道自己恢复记忆了呢！

　　她傻了吗？不，她绝不傻，所以贺兰钧绝不可能知道她已经什么都想起来了，她有的是时间慢慢折腾他。只要这么一想，她就觉得心情变得好好！

　　同一时间，在人面桃花楼为人打理容颜的贺兰钧只觉得后背一阵发凉，他抬头望了望晴空万里的天空，莫名其妙地摇了摇头。

　　哎，可怜的贺兰钧啊！

第七章

李代桃僵人鱼泪

八月丹桂飘香，是合家团圆的日子，也是喜事嫁娶的好日子。要说最近的洛阳城，真是喜事一件连着一件。先是大司马沈志远府上寻回了流落在外的大小姐沈明珠，接着大司马的开山大弟子、戍边将军聂如风回洛阳省亲，在拜访恩师时，与沈家那位寻回来的大小姐一见钟情，很快便定下了婚约。

而这一日，正是聂沈两家结秦晋之好的大喜日子，一大早洛阳城大大小小的官员便络绎不绝地赶往聂府，只为道一句"恭喜"，讨一杯喜酒喝。

要知道，大司马掌管大理寺刑罚，而戍边将军守国保家，更是国家栋梁，女皇陛下跟前的红人，谁敢不给这个面子？就连那位据说在女皇跟前也傲慢清冷得不得了的大唐第一御医贺兰钧都来了，谁还敢不来？

贺兰钧的确是来了，但他现在后悔了，因为见不得别人拜堂成亲的苏莲衣此刻又被感动了，望着堂上正向双方父母行礼的新人，一脸的眼泪汪汪，拼命掐住他的胳膊，小声地嚷着："啊，好感动，好感动，你什么时候也能对我这个样子？"

贺兰钧忍不住翻了个白眼。这么多年了，她竟连这句话都一字未改，只要见到人家有情人终成眷属，她便来上一遍，她不嫌烦，他的耳朵都听出茧子来了！

"哼，谁让你明明恢复了记忆，却还要骗我的！否则我们早就成亲了。"想起苏莲衣之前的恶作剧，贺兰钧就是不想让她太好过。

苏莲衣呆了呆，看向他的目光带了些异样，"贺兰钧，你会不会对我好？"

贺兰钧又想送她个白眼了，但自从失去过她一次之后，他却再也舍不得真惹她生气了，到了嘴边的"不会"瞬间变成了温柔的承诺："当然，我会对你很好的。"看着她亮晶晶期待的眼，他叹了口气，握住她的手，"不就是拜堂成亲吗？很快我们也会有的。"

苏莲衣顿时感动得连眼泪都落了下来，若不是正在参加别人的婚礼，只怕她现在就会抱住贺兰钧大哭一场。

一时礼毕，戍边将军聂如风握着新娘子沈明珠的手，脸上盈满了幸福的笑，"感谢各位前来参加本将军的婚礼，我是个粗人，不会说话，今天大家都要吃好，喝好，玩好，我就开心了。"他转头看了一眼身边千娇百媚的沈明珠，眼中的宠溺都快变成水溢出来了，"娶得如此漂亮的娘子，我真是说不出的高兴，所以特意为她带来了一个惊喜，希望她能喜欢，也希望大家都能喜欢。"

晃动的珠帘遮住了沈明珠的脸，却遮不住她眉梢眼角透出的娇羞与幸福，这样一个威武却温柔的丈夫，不知道是多少女子梦寐以求的夫婿，如今却成了她一生的依靠。她握紧了他的手，告诉自己此生绝不松开。

聂如风笑了笑，片刻从后门抬进来一口用黑布遮着的大水缸，众人还在猜测到底是什么样的惊喜，贺兰钧与苏莲衣却已经惊得站了起来。

那伴着水缸和戏班人员一起走进来的，怎么会是裴云天？话说他当初被判了斩立决，但皇太孙大婚后，烟雨又诞下麟儿，女皇陛下欢喜不已，大赦天下，裴云天因此免去了死罪，却也从此不得再入宫为官。原以为他找了个地方去安生过日子了，怎么今天又会出现在聂府？

　　贺兰钧目光复杂地看了看沈志远和聂如风，这两人一个是大司马，一个是戍边将军，裴云天的目标是谁呢？

　　但裴云天根本就没看到贺兰钧，小心翼翼地指挥人将大水缸摆放好，然后向着聂如风行了个礼。

　　聂如风点了点头，转向众人，笑得神秘，"各位可曾听说过深海人鱼？据说她们有着人的面容，却生了一条漂亮的鱼尾，能做各种表演，唱天籁之歌。本将军有幸遇到了，今天就让大家与我一起开开眼界吧。"

　　他话音落下，裴云天便一把揭开大水缸上的黑布，只见巨大的透明水缸里，一个上身身着紧身纱衣，下身却拖着一条长长鱼尾的女子安静地半坐着，在黑布揭开的瞬间，她似是因为适应不了光线，整个人震了一下，然后就开始在水中翻腾，密集的水珠在她身体周围如珍珠般涌起，长长的黑发在水中拂动，露出一张娇柔美丽的容颜，修眉如黛，琼鼻樱唇，竟美得不似凡人。

　　所有人都呆住了，聂如风得意地扫了一眼，很满意宾客的反应，耳边却传来酒杯落地的碎响。他转头，却看到她的新婚妻子沈明珠脸色苍白如纸，原本端在手里的杯子早已摔碎了，他赶紧温声问道："怎么了？你脸色不太好。"

　　沈明珠抬头看他一眼，勉强笑道："没事，有点儿吓到了。"

　　拍了拍她的手，聂如风揽住她安慰道："别怕，有我在。"

　　他话音刚落，却听得旁边一个带笑的声音插进来道："是会吓到，大小姐没想到我们的人鱼还活着吧？"

　　聂沈二人转头，正看到裴云天带着一脸别有意味的笑看着她们。沈明珠毕竟心里有鬼，勉强维持着脸上的笑，竭力保持镇定，"不知裴公子是何意思？"

　　裴云天挑眉，"明人跟前不说暗话。真的假不了，假的真不了，不属于自己的还是不要强求的好。"

　　沈明珠的脸更白，眸子里却射出阴毒愤恨的光。聂如风看不到她的脸，却能感觉到她微微颤抖的身体，刚想问她怎么了，一缕如丝如竹、曼妙空灵的歌声便缓缓钻进了他的耳朵，瞬间让人心绪宁静，仿佛置身于雨后蓝天下的草地，又如空中一朵幽兰的盛开，美不胜收。

正当众人沉浸在歌声中时，却见本来安坐在主位，一直微笑着的沈志远突然站了起来，脸色苍白如纸地冲向水缸，颤抖着声音向人鱼问道："你……你怎么会唱这首歌？这是明珠母亲自己编的歌，这世上除了我，怕是再没人听过了。"

人鱼停下扑腾，缓缓游到缸边，看着他的眼中也有了泪水，哽咽地道："这当然是母亲教我的，沈大人，听到这首歌，你还不知道我是什么人吗？"

她这话一出，整个喜厅中顿时一片哗然，谁也没料到这人鱼竟会开口说话，而更没想到的是，今天是沈家大小姐出嫁的日子，却又来了一个认爹的，还是一条人鱼，这般戏剧性的场面，真是从未见过啊。

一旁听了半天的戏班班主总算回过神来了，这是要追究责任了啊，看看这一屋子司马、将军、大人的，想到自己偶然从海里捞起来的女子竟然有可能是大司马府的小姐，若他们知道自己将她弄成这样，万一报复，只怕他一个小小的戏班都不够陪葬的！

当下班主扑通一声跪倒在地，一边磕头一边抖着声音交代了："大人饶命，小的知错了，这一切都是裴云天和这女子教唆我们的，她的腿也是她与裴云天一起弄成这样的。我们不是有意骗人的，还请大司马原谅！"

"你胡说八道！"裴云天跳起来一把抓住他的衣领，不敢相信他竟敢如此颠倒黑白。

那班主怕当官的，可不怕他，当即用力扯开他的手，大声道："事实就是如此，既被拆穿了，我们就认命吧。"

裴云天气得要命，还没来得及出声，却听得身后聂如风如雷的嗓门响起："难怪之前在街上你会拉我去看人鱼，原来是早就开始算计了！哼，敢算计我，你倒不是一般的胆大！"

裴云天身体一僵，人鱼却已凄厉地叫了起来："不，不是这样的，爹，你看我的眼睛，你看我的长相，难道你不会觉得熟悉吗？娘一直都说我长得像你……"

贺兰钧叹口气，摇摇头没有再说话。裴云天放开班主，看向地上的人鱼，颓丧地闭了闭眼，"明珠姑娘，这世上并不是所有的父女、母子长得都像，

这个不能算作证据的。"

这下，连人鱼也愣住了。是啊，她长得也并不十分像母亲与沈志远，若仔细看倒有几分像，但到底过于主观，如今还有什么能证明呢？

众人一筹莫展之际，本已伤心欲绝，连站立都无力的沈明珠轻轻扯了扯身边聂如风的衣摆，在他低头看过来时，凑上去在他耳边说了几句话，就见聂如风眼睛一亮，说道："长相既做不得准，那滴血认亲总能做得了准吧？"

果真是个好办法，古往今来所有遇到弄不清是否是亲生的都会采用这个办法，大家自然没有异议。

验血的结果很快就出来了，人鱼的血并不与沈志远相融，而沈明珠自己咬破手指滴入清水中，那血竟一点一点地融进了沈志远的血中，这样的结果再无争议。

沈志远拉着沈明珠的手，老泪纵横。

人鱼却一副受了极大打击的模样，无力地趴在了地上，双眼发直，只是喃喃地念叨着："这不可能，这不可能，这不可能……"

聂府家丁将裴云天等人押下送往大理寺公堂，此事便也算是彻底了结了，只是婚礼却须择日再行举办了。

沈志远一家自是对贺兰钧感激万分，沈明珠更是拉着苏莲衣一个劲儿地道谢，感恩戴德的样子弄得二人颇为尴尬，找了个借口便出了聂府。看着苏莲衣那副飘飘然得意的样子，贺兰钧忍不住摇头失笑。

"啊，幸亏我当初想出协助衙门抓采花贼的主意，要不明珠不会认识我们，今日她就被冤枉了。"一边走，苏莲衣一边漫无边际地说着。

贺兰钧没好气地看她一眼，"谁像你这么笨？亏得你还跟在我身边这么久，那采花贼易容成女人你都看不出来，要不是沈小姐恰好经过救了你，如今你只怕没这么快乐了。只是连累沈小姐错手伤了一条人命，今日也算是我们还了她了。"

苏莲衣一双眼睁得大大地瞪着他，"采花贼的命有什么好可惜的？若是我真被玷污了，你是不是就不要我了？"

"怎么可能？"贺兰钧一把揽过她的肩膀，说道，"不管你发生什么事，我都会对你好，都会娶你的，放心吧！”

白他一眼，苏莲衣这才笑了，“这还差不多！”

很快，大理寺的审理结果便出来了，人鱼一力指证诈骗一事是戏班班主主谋，自己合谋，裴云天不过是看自己可怜，被骗了而已，并不知道诈骗一事。而裴云天却认为，人鱼既然是一条鱼，就不存在犯罪；若说她是人，她不但现在有鱼尾，连戏班老板都说在海里抓到她时就有尾巴。

结果弄到最后，戏班班主被判发配边疆，永不回朝。裴云天与诈骗一事无涉，当场释放。而人鱼，则择期放入大海。

此事到此也算是圆满完结了。贺兰钧听到这个消息时，对于裴云天没有趁机再兴风作浪很是惊讶了一番，却也没有过多地说什么。毕竟，若裴云天真心悔改了，倒也不失为一个好大夫。

只是当时他再怎么也没想到，三个月后，再次见到沈明珠时，竟然会是在大牢里。原因是她企图毒杀自己的二娘。

第八章

还君明珠云见天

看着连事情的原委都没弄清楚就抱着沈明珠哭得稀里哗啦，还一个劲儿地保证贺兰钧一定会为她洗清冤屈的苏莲衣，贺兰钧真觉得自己最近是不是太宠她了。

看到贺兰钧前来，其实沈明珠是很开心的，但她压抑了这种开心，只是摆出一副无比委屈的姿态，楚楚可怜地看着贺兰钧，求他将自己救出去。

看着眼前的这个女子，贺兰钧突然没来由地觉得厌烦。若说他先前还觉得这女人见义勇为救了莲衣，此刻真的就觉得她心机倒是颇为深沉。

本来大理寺审案，他一个御医并没有参与查案的资格，偏偏这女人带信给莲衣，说什么要让他为自己打理最后的妆容，抓住莲衣心软的毛病，硬逼着自己出面，他怎么想都觉得不甘心。

"贺兰大人，我真的是被冤枉的。我知道将你和莲衣拉下水对你们不公平，但我实在是没有别的法子了，爹相信二娘，认为我蛇蝎心肠，我……"

说着她眼泪又下来了，顿了顿，突然向贺兰钧跪了下来，"你们两位的大恩大德我没齿难忘！"

贺兰钧吓了一跳，拉着苏莲衣转身跳开，"这礼实在太大了，我受不起。你先和我说说事情的经过吧。"

沈明珠点头，"其实爹接我回府，二娘一直不太高兴，她觉得爹偏心我……"

一般大户人家基本都会有这样的情况，没了母亲的小姐势必要受当家二娘的气，再加上沈志远自觉亏欠明珠良多，她出嫁又不顺利，更加想要补偿她，所以铆足了劲为她添置各种物品，吃的、穿的、用的，全是最好的。一心操持家务的二娘难免觉得不公平，气不过便大采购了一番。沈志远虽官居大司马，但为官清廉，家中并无多少财产，如此一来，府中开支便显出几分紧张。为此，沈志远与二娘大吵了一架，沈明珠虽觉得吵架不好，但如二娘这般管家也确实不行，便提出在自己出嫁之前帮忙管家，结果引得二娘大怒，为此与沈志远冷战数日。

这般情形本来也没什么，她与沈志远毕竟是夫妻，而沈明珠迟早会出嫁，过段时间三人关系自会缓和。有天二娘出门逛街散心，却买回了一个丫头，这丫头长相丑陋，成日带着张面具遮着脸，却有着极高的调理容颜的手段，二娘对她极是宠信。

也是从这天开始，沈明珠发现她与二娘之间的关系好像越来越紧张了。明明她与二娘只是口角，女人间拉拉扯扯也很平常，她并没使力，二娘却重重地摔倒在地，磕破了头，惹得沈志远不悦；而她的枕头上、衣服里三不五时就会出现银针，稍不小心就会刺得她鲜血直流；当她第三次在自己房前的阶梯上踩到油滑倒之后，终于忍不住去找二娘评理，哪知二娘矢口否认，不但如此，还扯着她说什么"我知道你恨我抢了你母亲的位置，但好歹老爷是你爹，你绝不能害他，求你看在你爹的分儿上不要再兴风作浪了"的鬼话，她气得要命，想要抢回袖子，结果二娘却不知怎么摔进了荷花池，淹了个半死，还好死不死让沈志远看了个正着，认定是她要害二娘。她冤枉得很，听了丫鬟的劝，决定做二娘最爱吃的糕点向她赔罪，毕竟都是一家人，她是晚辈，先低头认错也没什么。可是没想到，就是这个糕点，

竟然被查出有毒。当时二娘正与父亲聊天，手抖了一下没拿住糕点，被二娘养着的猫给吃了，那猫竟立刻死了！

"二娘又哭又闹，说什么人命关天的事，我心思狠毒，一定要送交法办，父亲无奈，只得将我交到大理寺，还指定了他最公正的下属审理此案，但再公正的人，处理上司的家务事，又如何能做到完全不偏颇？"沈明珠叹口气，似是心灰意冷，再也说不下去，过了好一会儿，才勉强又道，"不过如今贺兰大人来了，我就不怕了。你定能为我洗刷冤屈的。"

贺兰钧皱眉，"这案子本来有一个疑点的，若你真要谋害你二娘，绝不会在你亲手做的糕点里下毒，这等于是告诉别人是你下的手。但那毒却是断肠草，猫吃了或许立刻会死，但人吃了却暂时不会有生命危险，须得时间久了才会发现问题。所以这疑点便不成为疑点了。"

沈明珠本来一亮的眼眸顿时暗淡了下去，苏莲衣看得心焦，急问道："难道就没有别的疑点了？"

贺兰钧点了点头，道："有。在糕点盘子上有两个人的指印，一个是明珠的，若你没下毒，那另一个就是凶手的。"两人的眼眸顿时又亮了起来，他却又摇了摇头，"只是全府丫头都对过了，竟没有一人符合，但府上却有一个丫头失踪了。"

"莫非是二娘买回来的那个？"沈明珠迫不及待地问道。

贺兰钧点头，"不错，正是她。眼下所有的证据对你都不利，也没有任何人帮你，我倒是有个的法子，就看你愿意不愿意了。"

沈明珠看着他，良久后咬牙点了点头。事到如今，除了贺兰钧，也没有人可以帮她了，不愿意也得愿意了。

在沈明珠毒害二娘一案即将有判决结果时，大理寺后门悄悄地开了，披头散发的沈明珠在三四个狱卒的押解下悄无声息地出现在后门，并飞快地离开。

不远处的转角，两个人静静地看着这一切，其中一个咬牙道："果然被我料中了，寒月定不会这么容易死的，他们一定想用那个死囚李代桃僵，然后就把这件事了了，而寒月改个名字，仍是沈府的大小姐。"

若此时贺兰钧在这里，定会大吃一惊，这声音竟然是那条人鱼！而更奇怪的是，她竟然用两只脚站着。

在她身边的裴云天爱怜地看她一眼，"还好你机灵。没关系，我去跟着他们，你赶紧去大理寺报信。我会在身上放千里香，到时候你很容易就能找到我。只要官兵一到，我相信她插翅也难飞。"

人鱼点点头，转身要走，却又突然回过头来，看着他，轻声道："谢谢你。"

裴云天愣了愣，随即宠溺地一笑，"傻瓜，说这些做什么？"人鱼似乎也认为自己说得多了，转身快步离开。

而裴云天一直跟着沈明珠来到树林里，见她突然停下了脚步，正在奇怪，却见沈明珠突然回头看过来，押解她的狱卒也快步走过来将他围住。

裴云天心下一慌，知道自己中了她的计，但面上却仍镇定地问道："你们想干什么？"

沈明珠却轻轻一笑，"裴公子啊，我说这段时间到底是谁陷害我呢，原来又是你。怎么上次放了你，这次你又赶着来送死吗？看到我越狱这么大的事，我是绝不会让你活着的。"她上前一步，拔出狱卒手里的刀，缓缓走到裴云天身前，声音越发地轻，"你说，我是一刀扎死你好呢？还是把你吊在树上一刀一刀地割肉好呢？"

她一边说一边用刀在裴云天脸上轻轻地拍，刀身的寒光与冰冷的触感让裴云天忍不住打了个寒战，刚要大声叫喊，却见人鱼带着官兵过来，他顿时松了口气，叫道："官爷，你们看，这个女人越狱了，赶紧将她抓起来。按大周律，越狱者罪加一等，可就地正法。"

他话音刚落，却见沈明珠盯着人鱼看了半天，又看了看她的脚，突然笑了起来，"我一直以为陷害沈小姐的人是她二娘，没想到居然会是你们二人。只是美人鱼既已放归大海，何必又回来？"她一边说，一边从脸上撕下一张人皮面具来。

裴云天目瞪口呆，这哪里是那个假的沈明珠，根本就是贺兰钧！他们的确是李代桃僵，却只是一个引蛇出洞的计谋！他愤怒莫名，狠狠地瞪着贺兰钧，真恨自己为何没有早一些识破他。

人鱼更是控制不住地大哭着扑过去捶打贺兰钧，一边打一边大声责骂："你……你到底是谁？为什么要一而再、再而三地助纣为虐？你为什么要

这样？"

她哭得很伤心，语气里是不容错认的悲伤与绝望，仿佛真的是被冤枉到极点，有冤说不出的无奈。这与沈明珠脸上那种做作的冤屈不一样，仿佛是发自心灵的悲鸣。

贺兰钧愣了愣，竟忘了推开她。裴云天生怕人鱼受到伤害，赶紧上前揽住她，对贺兰钧道："这件事与明珠无关，贺兰钧，你要抓就抓我吧，放过她。"他的声音没有一贯的傲慢与偏执，反而充满了担忧与害怕，甚至带了些乞求。贺兰钧听得出，他是真心的。

这样的裴云天是他从来没见过的，贺兰钧忍不住仔细地看了看他，有点儿不敢相信这会是真的裴云天。

看着官兵将二人押下，看着他们悲伤绝望的背影，贺兰钧缓缓地皱起了眉。

这件事，或许真的不是他想的这样。其中到底有什么是他不知道或者做错了的呢？

审理裴云天与人鱼的过程很顺利，因为他们二人对于人鱼乔装进入沈府，挑拨沈府关系的事都供认不讳，并承认是自己下毒陷害沈明珠，但主审的县丞却依然很为难，因为这二人都说自己是主谋，而另外那人只是被胁迫的，理应无罪，并且互不相让。

县丞头疼地皱起了眉，裴云天却转向了贺兰钧，道："贺兰钧，自从我离开皇宫之后，就一直生活困难，被逼无奈才去帮人鱼打理容颜，却没想到会认识明珠。她的天真单纯让我觉得她是个很好骗的人，而事实也是如此，我希望利用她能让我飞黄腾达，但被你破坏了。这次是我不甘心，卷土重来，用毒药胁迫她忍受巨大痛苦，治好了脚，逼她进沈府的。所以这一切都是我做的，真的与她无关。贺兰钧你要是不相信，可以看看她是不是中毒了。"

看了看人鱼的气色，贺兰钧便知她情况不好，把过脉，果然是中了剧毒，而且她体内还有另外一种毒，将这剧毒压制。情况似乎越来越复杂了，贺兰钧皱了皱眉，却还是向县丞道："没错，她的确中毒了。"

裴云天却勾唇一笑，"现在你相信了吧？这一切都是我做的，我认罪，你们放了她。"

"不,不是的!"人鱼却扑到他身上,抱住他大哭,"你为什么这么傻?为什么纵容我做这么多事?为什么到现在你还要纵容我?"

裴云天任她抱着,微笑的眼眸宠溺地看着她,脸上没有半分不甘与痛苦,他的眼睛回答了她的问题:傻瓜,因为我爱你,第一次看见你满身伤痕却拼命想要跃出那个水缸的时候,我就被你吸引了。那样天真纯净的眼神,那样不顾一切的拼命,都是我想要却要不到的啊。

但他嘴上却说着无情的话:"你这个女人,我好不容易良心发现,说出事实,你为什么还要阻止我行善?你是要让我下了地狱也不得安生吗?如果你再这样,我就一头撞死在你面前,你信不信?"

人鱼泪水涟涟地看着他,没有再说"不",只是那样望着他,轻轻叫着他的名字:"裴云天……"

裴云天便微微一笑,那样子满足得好像得到了全世界,"对不起,是我错了,我不应该挟持你做那么多。以后你离开这里,去另外的地方好好活着,好好过日子,忘记所有的一切吧。"

人鱼拼命点头,珍珠般的泪水滑落了一地。

传说中,人鱼的泪水即是珍珠,人类为了得到珍珠,便将人鱼囚禁,日夜迫她哭泣,直到眼睛哭瞎为止。而此时,贺兰钧放她自由,她却宁愿哭瞎眼睛似的。

不知道为什么,贺兰钧突然有些感动,而心中那些不对劲的感觉也越来越强烈。有些事,或许他真的做错了。

看着人鱼与裴云天难舍难分的样子,贺兰钧突然想要祈求上苍,若他真的做错了,请给他一个补救的机会。

刚下过雪的地面泥泞难行,小小的身影却很认真地一步一步走着,哪怕摔倒了,也会立刻爬起来继续前行,只因为她答应了一个人,一定会到另外一个地方好好地生活。

但是为什么,那个人这么狠毒,连最后一丝生的希望都不留给她?看着眼前围过来的黑衣人,他们手上的刀与身上散发的杀气,让她清楚地知道他们是谁派来的。

在这一刻，她真想仰头大笑，问问她：你夺去了我的身份，夺去了我的父亲，夺去了我的未婚夫，为什么现在还要夺去我的命？为什么你能狠毒到这个地步？

但她知道，问了也没有用，因为她就要死了。只是连累了裴云天，如果在当初放归大海被他救起来时，她便答应他与他一起远走高飞，是不是现在他们就会幸福地生活在一起了？可是她恨啊，将她丢进大海里还要撒下一把毒药，她如何能甘心？

裴云天，裴云天，我们终究只能做一对亡命鸳鸯了。

闭上眼，她笑着面对迎面劈过来的刀，却没感到疼痛，反而被人拉住了手腕，耳边传来一个声音："快跑！"

她下意识地就跟着跑，一直跑到悬崖，再无路可逃了，她才气喘吁吁地看向救她的人，竟然是那个几次三番破坏他们计划的家伙，现在又是闹得哪一出？

看到他们无路可逃，杀手们倒也不急着过来了。贺兰钧此时懊恼得要死，却不得不先想办法自救。他随手扔下一把粉末，落在雪地上却冒出了蓝色的火焰，形成一个圆弧，将他与人鱼围在中间，隔开杀手，"你们不要再过来了，这毒火沾到就灭不了，除非将人活活烧死。我不想杀人，你们也别再逼过来了。"

拉着人鱼一屁股坐在地上，贺兰钧真是觉得自己跑得心脏都要跳出来了。

"对不起，我想我真的做错了，你有可能才是真正的沈明珠。"喘过气来，贺兰钧转向人鱼，眸子中带着真正的歉意，却又有几分尴尬，"这事真是我不好，裴云天一直不做好事，没想到他这次竟会改邪归正，我……我以老眼光看人，对不起。"

人鱼沈明珠没料到他会突然道歉，愣了愣，"你……你怎么会突然……"

贺兰钧瞟了眼毒火外的杀手，撇了撇唇，"如果你不是沈明珠，他们为什么要来杀人灭口？"他并不笨，若不是心中对裴云天有成见，也许早就发现事实了。

"沈府的那个才是寒月吧？我特意去查过了，寒月应该是越狱逃跑的江洋大盗，你竟半点儿防备之心都没有，还把自己的所有情况都告知了她！活该你命中会有这一劫。"

沈明珠脸一红，想要反驳，但想到自己确实没有防备才会让人有机可乘，张了张嘴，终于没说出一个字，只是抱了抱肩，努力抵御寒冷。

贺兰钧看着她，忍不住又道："话说回来，要不是你这么天真单纯，估计裴云天也不会良心发现，改过向善。"见沈明珠脸更红了，却仍忍不住向他看过来，圆圆的眼眸如同星星般闪亮，他又忍不住安慰她，"放心吧，我来之前去看过裴云天了，与他谈过了。他应该已经带着人去抓寒月了，我们很快就会没事的。"

是的，做坏事的裴云天很讨人厌，但如果裴云天改过向善，与他联手一起做起好事来，那也绝对是一把好手。

但这一次，贺兰钧却失算了。裴云天并没有抓到寒月，反而是苏莲衣被寒月挟持。裴云天带着人匆匆赶到悬崖，将杀手杀的杀、抓的抓，总算没有让贺兰钧与沈明珠冻死在悬崖上。

当他们赶到寒月要求的破庙，看到被吊在房梁上的苏莲衣和孤身一人的寒月，忍不住愣了。

"你又要玩什么把戏？"看到苏莲衣受苦，贺兰钧只觉得心又开始痛了。只要苏莲衣有一点儿事，他就各种难受。

寒月却只是好整以暇地笑着，目光从他们脸上一一看过去，反而是被吊着的苏莲衣看着他，莫名其妙地道："明珠说要跟我玩游戏，却把我吊起来，这是个什么游戏啊？吊了这么久，我累死了，手也好疼，快放我下来！"

贺兰钧忍不住叹息："傻瓜，这当然不是游戏了，人家想弄死你啊。"

苏莲衣一愣，寒月却笑道："错了，我若想弄死她，她早就死了。"她掏出匕首架在苏莲衣脖子上，"但是她死了，我就不能胁迫你做事了。所以贺兰钧，若你不想她死的话，就杀了沈明珠。"

"明珠？"苏莲衣更愣了，不敢相信地瞪着冒名顶替的寒月，好像听到了什么天方夜谭似的。

真正的沈明珠想要上前，却被裴云天抓住了手腕，他冲着她摇了摇头，用目光示意她看贺兰钧。

果然，贺兰钧脸上半分着急之色都没有，只是怜悯地看着寒月，眸子里有着奇怪的光，"我既然怀疑你，又怎么会想不到你会对莲衣下手？莲衣是我最大的弱点，若不能确保她的安全万无一失，我又怎么会丢下她一个人在人面桃花楼？"

他话音刚落，就听见裴云天说了一个字："倒！"方才还拿刀比着苏莲衣的寒月软软地倒在了地上，竟听话得很。

贺兰钧笑着看他一眼，过去为苏莲衣解开绳子。

裴云天神色复杂地看了他半响，突然道："贺兰钧，谢谢你。虽然我们一直是敌人，但这次我是真的改过了。我原来以为出人头地赢了你就是最好的，我给自己定下的目标是把像你这样的贱人赶出朝廷，好好地做一番事业，没想到结果我也变成了以前的你。"

"你说谁贱人？"贺兰钧还没开口，苏莲衣先尖叫了起来，"贺兰钧很好很好，才不是贱人……唔……"

一手捂着她的嘴，贺兰钧无奈又抱歉地看向裴云天，"别理她。不过，我与你还是不一样的，别把我跟你摆在一起相提并论。"

裴云天失笑，摇了摇头，转头看向身旁的沈明珠，声音也温柔了几分，"总之我以前做了很多错事，直到遇见明珠我才发现，爱一个人，为她着想真的是一件很愉快的事。可是我配不上她，我一身的污秽，我很后悔。"

这下反驳的人轮到沈明珠了，她才刚张开口，却见裴云天对她摇了摇头，依然笑得温柔缠绵，"明珠，你不用急着否认。我会去向女皇陛下坦白以前的一切过错，任她处罚，然后再回来，堂堂正正地做人，昂首在这天地间。"他这番话说得甚是刚强，竟莫名地连苏莲衣都觉出了几分感动。

沈明珠更是感动得眼泪都下来了，裴云天伸手替她拭泪，然后回头看向贺兰钧，眼眸发亮地看着他，"师傅，你说我能做到吗？"

贺兰钧没有回答他，只是拉着苏莲衣转身就走，却在经过他身边时，轻笑道："我等你回来继续跟我斗。没有对手的日子是寂寞的，你不要让我寂寞太久。"

裴云天一愣，随即笑了。

"哎，你跟裴云天怎么回事啊？是不是有什么我不知道的事情发生？"

破庙外，苏莲衣问得疑惑而不可思议。

贺兰钧的笑声渐渐远去，"这个说来话长，我们回家泡壶茶慢慢说……"

是啊，好多事都需要慢慢说，而他要向女皇陛下坦白的一切，也需要慢慢说啊。

牵着沈明珠的手，裴云天脸上第一次挂上了轻松而明朗的笑，宛如一株洗尽了尘埃的菩提树，散发着耀眼的光芒……

第九章 **恋恋情深女将军**

　　贺兰钧本以为没有了裴云天，自己能安生一段时间，没想到不过一年，就接到了被女皇陛下发配边疆的裴云天又回到了朝廷的消息。初时还愕然一下，后来他想到裴云天如今的岳父是大司马沈志远，便释然了。

　　在女皇陛下召见他时，碰到了裴云天，与以前相比，如今的裴云天黑了些、瘦了些，却更沉稳了些，再没有以前的轻浮与阴沉，给人一种正派的感觉。

　　见到他，裴云天便将下巴昂得高高的，冷哼了一声道："别以为我是耍什么手段回来的，我说了要堂堂正正，便绝不会再玩阴谋诡计。这一次，是我在边疆发现了一种驻颜的圣品，女皇陛下才特赦我回洛阳的。"

　　没想到会是这样，贺兰钧惊讶地挑了挑眉，"这倒是我错怪你了。不过这次女皇陛下既召了你我一同前来，想必是有什么棘手的问题，那我们就比试一下吧。"

"放心，这次我一定只靠技术当上太医院的院判，让你输得心服口服！"裴云天自信地看着他。

贺兰钧摇头失笑，"你做我徒弟这么久，别的也没见你学得多出色，就自大这方面，简直是青出于蓝而胜于蓝！"说着他又摇了摇头，转身离开。

裴云天愣了愣，看着他的背影，想到自己刚才的话，忍不住也笑了。

原以为女皇陛下召见，是遇到了什么解决不了的美容问题，结果却不是。看了二人一眼，女皇长长地叹了一口气，"其实这次宣两位卿家前来，是想请你们治一治龙威将军的相思病。"

"相思病？"二人一愣，对视了一眼，均从对方眼里看到了愕然。

女皇陛下点头道："没错！龙威镇守边关多年，是个难得的人才，也是朕不可缺少的左膀右臂。只是她却爱上了聂如风将军，而聂如风前些日子因为大司马家亲事不顺，无心谈及感情，也坦承并不喜欢龙威。但龙威却因此有了心结，不但脾气暴躁易怒，还动不动就打人自残，前几日朕听闻边关告急，正想令她出兵，才知她已病得不成人形，连一个小兵都打不过。如此下去可怎么得了？"

贺兰钧与裴云天均没有说话，他们对情况不了解，实在不好就此下定论。

见他们犹豫，女皇陛下微微一顿，下了狠药，"两位卿家本事通天，向来都能为朕分忧解难。此次两位一起去边关，谁能治好龙威的相思病，朕便封他为太医院的院判，如何？"

这一次，两人都表了态。

贺兰钧道："此事难度不小，但微臣最爱挑战高难度。"

裴云天道："臣也愿意一试！"

两个人说完，忍不住又看了对方一眼，却都是从眼角斜过去的。只一眼，便有浓浓的火药味迸发出来，战斗一触即发。

正午时分的烈阳炙炙，几乎将军营练兵场的黄土烤出焦烟。

"嘭！"随着龙威一记斜脚飞踢，一名身形高大的官兵重重扑倒在地，一张因为操练过多而晒得黝黑的脸，疼得微微扭曲。

"起来，都给我起来！"龙威意犹未尽般看了看身边已经躺得七零八

落的众人，没好气地轻踢了一下离自己最近的家伙，"这都吃不消，怎么跟我打仗？起来！"

"不行了不行了，将军，我们吃不消了。"刚被打倒的汉子，因为是龙威贴身精卫队的小队长不得不在众人的目光中开口求饶。

女皇陛下钦封的女将军龙威杏眼圆睁，"平素行军打仗时，敌军难不成还会给我们时间让我们生火造饭，酒足饭饱了才跟我们开战？都给我起来，体力如此不济的话，不如下午就去伙夫营做些洗碗择菜的娘们儿活计算了……"

被龙威逼得没法，众人只好又站起来咬牙扑了上去。

龙威拳脚不停，正打得兴起，却听身后有人啧啧叹道："你这样子是没有用的，如果想要好姻缘，只有我可以帮你。"

众人趁她分神，又见来人是贺兰钧后，顿时作鸟兽散。

"喂，你们……"龙威怒目，眼睁睁看着部下跑了个没影，一腔怒火顿时都喷向了贺兰钧，"你真的要帮我？"

"当然，我……"贺兰钧话音未落，便见龙威飞身扑到了他面前，照着他的肚子便是一拳，疼得他倒退几步，一屁股跌坐在地上，"喂，我说帮你可不是做你的沙包！"

"除了当我的沙包，没地方帮得了我！"龙威不由分说，追着他便又要动手，贺兰钧大呼救命，远远看到聂如风的身影后更是连躲带逃，"救命啊！"

聂如风见状，微微皱了皱眉，上前伸手挡住了龙威袭向贺兰钧的右掌。

龙威一见聂如风，气势顿时弱了一大截，强作镇定道："不过是找你练功罢了，看你喊得跟个娘们儿似的……"

聂如风眼光微闪，几若无声地叹道："整个军营分明只有你是女的！偏还听你总是这样说别人！"

贺兰钧饶有兴致地看着龙威目光黏着聂如风离开，"看来你真是喜欢上聂如风了，不过聂如风的态度就……"

"要你管！"龙威恶狠狠瞪了他一眼，犹不过瘾，照着他屁股又是一脚，贺兰钧一个踉跄摔倒在地，夸张地翻滚起来，眼底却有熠熠笑意亮若星辰。

是夜，街边的小酒摊前。

醉眼朦胧间被人夺了酒瓶而不爽地抬头的龙威，再次对上了贺兰钧那张熟悉的脸，不由皱眉道："怎么又是你这家伙，还嫌下午没被我打够？"说着，摇晃着站起来，就要去揪贺兰钧的衣领。

贺兰钧连忙避开，一迭声道："喂喂喂，我可是一番好意，想给你们俩牵根红线当月老的。你再这么打下去，我可不敢保证这天下间还有谁能让聂如风接受你的感情！"

龙威原本高举的手顿时僵在了半空中，似惊喜，却又转瞬黯然苦笑道："得了吧！他怎么可能接受我？他说过的，他娶猪娶狗都不会娶我的！"说着，她颓然坐下，眼圈竟难得地红了起来。

当年在突厥城外，她刚刚漂亮地夺下一座小城，志得意满地准备将囚笼中那些突厥俘虏当作猎物般戏耍杀之，那个男人宛若天降神兵般出现，空手夺下她射下的箭羽，还指责她这个主将视人命如草芥。

想她龙威将军少年成名，这家伙不过是一名小小副将，居然敢当众无视她的颜面，叫她如何能忍？当下两个动手，他明明轻而易举地袭到了龙威的胸口，但是忽然收掌回势，结果自然是被下手从不留情的龙威狠狠一掌击倒在地。

"你……"龙威正愕然不解于这人的身手分明在自己身上却为何退缩时，聂如风居然主动认输，求她给众俘虏一条生路。

当下，对上他那双深邃的眼眸时，她居然生平第一次心慌意乱地妥协了，听从了他的意见，放了那些原本都准备射杀的俘虏。

可是回到营帐后，向来沾枕头就睡的她却无论如何都无法入睡。一闭上眼，就是聂如风飞身夺箭的身影和那双似是藏了万千言语的黑眸，止挣扎辗转间，却听得帐外传来袅袅笛声。

她披衣出营，循声找到河边，赫然发现吹笛的人正是害自己辗转难眠的聂如风。

"今日你明明可以直接打败我的，为何放过我？"龙威开门见山地打断他的笛声。

"将军说笑了，在下只是一名区区副将……"聂如风背对着她，虽是

恭敬的话，听起来却隐约透着一丝傲气。

龙威索性在他身边的草地上坐了下来，"我虽然自负，却也不至于不识好歹。技不如人就是技不如人，你用不着违心讨好我！"

"龙威将军声名远播，我怎能为逞一时之能，让你在众将面前难堪？况且我当时是真心想求将军放过那些人的。"他说这话时，轻轻拨弄手中的叶笛。

不知为什么，龙威觉得他那时的那个表情异常忧伤，忧伤到，她说话的语气也不自觉变得异常温柔起来，"可是他们毕竟是突厥的俘虏……"

聂如风侧眸，长久地凝视她，"将军可知二十年前，大唐与突厥的那场大战？"

龙威摇头，聂如风微笑道："也是，那时你约莫还未出生呢！"

夜风拂起他额际的一丝落发，他却只是轻轻吸了口气，"那场大战中，我和我娘成了突厥俘虏，每日被人虐打欺凌，苦不堪言。我当时也曾暗暗发誓，长大后一定要加倍奉还。可是后来，也是一个突厥人放我和我娘脱离苦海的。从那日起我才知道，战争里没有所谓绝对的好人和坏人。但是每个在困境中的人，必然都希望有人能对自己施予援手。"说到这里，他顿了顿，仰起脸看着平静的河面道，"所以，我投军的目的，是希望天下太平，没有残杀和欺压！只有百姓安居乐业，才会没有仇恨！"

说完，他将手中的叶笛重新吹响，虽然只是简单的几个音符，龙威却觉得自己的视线停在这个男人身上有些移不开了。

"以我一贯挑剔的眼光来说，你这家伙虽然野蛮了点儿，平时说话粗鲁了点儿，但是如果肯乖乖配合我的改造，聂如风一定会对你改变心意的！

贺兰钧那个天真的家伙，当时是这么说的吧！

夜风微凉，趴在街口吐得一塌糊涂的龙威忽然想到跟贺兰钧分开前他说的那番话，不由嗤笑出声，眼角却滑下两行清泪。

当初，她可是亲耳听见聂如风跟其他兄弟们聊天时说娶她不如娶头猪，还说她全身上下半点儿不像个女人。怎么可能会像贺兰钧说的那么简单，随便"改造她"一下就能改变聂如风对自己的看法。

"我一定是脑子被酒泡坏了,才会跟那家伙废话一整晚!"她满不在乎地抬袖擦了擦脸,踉跄着往将军府的方向走去。结果刚到府门口,管家便一脸如蒙大赦般迎了上来,"将军,您可回来了!有位裴大人说是要见您,赖在府里都大半个时辰了,赶都赶不走!"

龙威一挑眉,语带醉意的哼道:"今儿个倒真是稀奇了,刚用酒灌走了个贺兰钧,又来了送上门找打的裴大人?"

她推开管家伸过来想扶自己的手,大步便进了前厅。

"龙将军!"裴云天见龙威进来,连忙起身笑盈盈上前拱手道,"在下太医院的裴云天,是女皇陛下派我来给将军送上一份大礼的!"

龙威本欲发作的怒意,在听到女皇陛下后只得生生压住。旋即便见裴云天故作神秘地拍了拍手,外面立时便有两名内侍抬了个红布包着的物什走了进来。

龙威上前要察看究竟,却被裴云天拦住,"依裴某之见,龙将军还是先屏退左右吧!"

龙威不耐地挥手示意管家等人退下后,裴云天却比她更快地掀开了那块红绸布,笑得异常诣媚,"在下听闻您喜欢聂将军之后颇费了一番心思,才想出这生米煮成熟饭的妙计。"

说话间,龙威看到了醉得不省人事满面通红的聂如风。

"正所谓女追男隔层纱,倘若龙将军能把他送入洞房,生米煮成熟饭,到时候他就算想要赖也不行了。你说这个主意是不是很好啊?"裴云天见她怔怔发呆,表情越发得意起来。

龙威闻言,怒极反笑起来,一边笑,一边上前与他又站近了几步。

裴云天喜出望外,自觉此番与贺兰钧的较量,自己显然棋高一着了。却不料龙威脸上笑意未减,自己面前却是拳风一掠,下一秒鼻子被人重重打了一拳,仿佛被人灌了碗胡辣汤般,又呛又痛又辣,眼前几乎冒出金星来。

"臭流氓!你把我龙威当成什么人了?还生米煮熟饭呢,不打死你这个醒醒货,我就不姓龙……"龙威怒不可遏,借着酒意,拳头如雨点般砸向裴云天。

　　裴云天倒是识相得很，抱头鼠窜往门外跑去，边跑边忿然道："我可是奉女皇陛下之意，好心为你筹谋。想不到你居然恩将仇报……"

　　"滚！你少拿陛下吓唬我！再不走的话，姑奶奶改变主意，不打得你断手断脚扔出将军府，我就跟你姓！"龙威面露凶相，直到裴云天跑得影儿都看不见了，才缓缓回头，望向身后的聂如风，表情变得复杂起来。

　　偌大的客厅一片静谧，静得她听见自己震耳欲聋的心跳声。

　　"是生气，我是在生气！"她抚着胸口，自我安慰般喃喃了几句，才深吸了一口气走到聂如风身边，轻拍了拍他的肩头，"聂将军！"

　　聂如风看来醉得不轻，好半晌才缓缓睁开朦胧的醉眼，待看清面前人时不由一脸讶然。

　　"聂将军喝醉了，我派人送你回去吧！"她尽量让自己的声音听起来四平八稳，"管家？派人备轿……"

　　"不用那么麻烦了！"聂如风坐直了身子，低醇嗓音在她耳后落下酒香热意，"天都这么晚了，我索性就在你家歇一宿就是了。你放心，大家都是兄弟，左右我也没拿你当女人，不会……"

　　"管家！"龙威脸色铁青，狮吼般的声音穿破夜幕，几乎传出三条街开外，吓得正往厅里赶的管家连忙小跑着冲进来，却见自家主子咬着牙冷冷地从齿缝间挤出"送、客！"两个字后，便如疾风般离开了，只剩一脸醉意的聂如风茫然地坐在那儿，看着自己这只无辜遭殃的"池鱼"。

　　第七次不自在地摸向头上那些沉甸甸的金簪玉饰后，龙威终于还是忍不住问身旁的苏莲衣："你们真的认为，我打扮成这副鬼样子……"

　　"哎哎哎，这些日子帮你改造都是白忙活了是不是？"贺兰钧连声道，"轻声细语啊，我的姑奶奶！都跟你说了多少遍了，你到底还想不想让聂如风对你改观啊？那天是谁跑来跟我说，只要能让聂如风爱上你，让你做什么都行来着？"

　　"可是，如果我照你的办法，说话温柔点儿，走路慢点儿，衣服穿得花里胡哨点儿，就是有女人味，就能吸引聂如风的话，那普天之下漂亮的姑娘那么多，他凭什么还要喜欢我啊？"龙威没什么信心地垂着头，"我看还是算了，我回家换身衣裳再来见他吧！"

"别啊，龙将军！不是都跟聂将军约好了吗？万一他来了看不见你，以为你戏耍他呢？"苏莲衣一边说，一边冲贺兰钧使了个眼色。

　　贺兰钧叹了口气从怀中掏出枚小铜镜递到龙威面前，"你自己看，这镜中的姑娘，聂如风见了，还会不会把她当成男人？"

　　龙威闻言一滞，的确，小铜镜中的自己明妆艳容，平日里英气的面容在苏莲衣的巧手装扮下，也显得娇柔妩媚起来。

　　"我告诉你，男人是需要女人崇拜的，特别是那种弱柳迎风、我见犹怜的姑娘，天下间几乎没有几个男人能拒绝得了。可是你偏要反其道而行，说话那么大声，又从来不穿漂亮的衣服，什么事情都你说了算，试问聂如风怎么可能不把你当男人？又怎么喜欢上一个男人婆？"

　　"可是我真的觉得这样很别扭！"龙威一想到自己马上要以这副模样去见聂如风，顿时觉得如临大敌。

　　贺兰钧耸了耸肩，"该说的我都说了，聂如风就在那边二楼窗口的位子，你要是还想和他在一起，就自己上去找他。如果真的觉得做不到，就回家当回你说一不二的龙将军吧。是进是退，你自己看着办！"

　　说完，他拉着苏莲衣便进了酒楼，"这几天光顾着帮她，都没机会吃什么好吃的。正好今天打打牙祭，我做东，就当谢你这几天的帮忙！"

　　苏莲衣显然还有些不放心地看了看龙威，欲言又止间被贺兰钧直接拉走了。

　　龙威站在原地捏紧双拳犹豫了半晌，终于还是咬了咬牙，款步进了酒楼，向二楼的聂如风走去。谁知道，她在聂如风的面前站了半天，这家伙居然愣是没认出她来。

　　"如……如风！"龙威艰难地发出蚊子叫般的呼唤，终于引起了聂如风的注意。

　　"你……你是龙将军？"聂如风一脸难以置信，脱口而出道，"你怎么把自己搞成这个样子？你迟到这么久，该不会就是去折腾这身行头了吧？"

　　龙威被他一通抢白，原本就紧张得不行的小脸，顿时沉了下来，"怎么？你觉得我现在这身打扮很难看？"

聂如风再笨也听得出来她话里的怒意，立时便抿住了嘴，干笑道："那倒没有，呃，你来了就好，等你半天了，我都饿死了，先吃东西吧！"说着一边招手唤来小二，一边看向小心翼翼提着层层叠叠的裙摆在对面落座的龙威，"你想吃什么？"

"我……"龙威张了张嘴刚想说自己想吃什么，却忽然想起之前贺兰钧说过的男人喜欢女人顺从自己，于是腔调一转，柔声道，"我听你的！"

聂如风像看怪物一样看了她一眼，欲言又止道："呃，那，来盘牛肉……"

"吃什么牛肉？我想吃炒鸡蛋，再来份冬瓜三鲜汤……"一听说他要点自己最讨厌吃的牛肉，龙威下意识就反对了，等话说完，再对上聂如风那张忍俊不禁的笑脸时，直觉得脸上一阵发烫。

"讨厌，不许你笑话人家！"龙威学着苏莲衣之前教过自己的娇嗲语气，轻拍了一下聂如风随意搭在桌沿的手，却发现聂如风整个人都像被鬼撞一样缩了回去。

虽然她也觉得自己现在这种腔调很恶心，但是他有必要表现得这么明显吗？

"喏，老实说，龙将军，是不是我前几天喝醉酒在你家说了什么不该说的话？再不然，就是你故意整我？还是……你这几日练兵太辛苦，生病了……"聂如风连说出了几种猜测，却发现龙威的脸一阵青一阵红，只好叹了口气，"算了，不管是哪一种，看来今儿个这酒是喝不成了！我看，你还是冷静一阵，恢复正常了再说吧！"

说着，他头也不回居然就这样走了。龙威坐在长凳上，杏眸危险地眯成猫咪般的细长，下一秒，她面前的整张桌子被直接掀翻在地。

原本还躲在角落里准备观察情况的贺兰钧和苏莲衣急急奔了出来，"冷静冷静，龙大将军，只是失败一次而已……"

"只是失败一次？"龙威用几乎能杀人的眼光将贺兰钧从头到脚凌迟了一遍，"那么，你觉得我还要丢脸几次，才能成功呢？"

不等贺兰钧回答，她已经没有勇气继续坐下去了。

也许，聂如风说的没错，她一定是生病了，脑子不正常，才会觉得这家伙真的能帮自己，才会相信把自己变得莫名其妙、无所适从，聂如风就会爱上自己……

自从酒楼的事件之后，龙威已经好几天没见过聂如风了。即便是在军营，她也一改往日疯狂练兵的作风，几乎所有聂如风可能出现的地方，她都避之唯恐不及，实在是一时之间想不到该怎么跟他相处。

可惜，老天爷似乎并不打算这样轻易放过她。

这不，大好晴天，她居然在大街上看到那家伙当街欺负小贩。白吃人家的香梨不给钱，还把梨贩一脚踹倒在地不说，转身跑去调戏集市上的年轻姑娘。动作之轻佻，言辞之恶劣，俨然比那些市井泼皮还要无耻。

"来吧，小姑娘，怕什么，你可知道我是谁？你要是愿意陪我好好吃顿饭的话，我管保……"聂如风正揪着人家姑娘的袖子不放，冷不丁肩头被人重重拍了一下，回头见是龙威面如寒霜地盯着自己，不由露出一丝尴尬笑意，"哟，龙将军，好巧啊……"

"你给我过来！"龙威不等他说话，直接就扯着他的衣服将他拽进了一旁的小巷中。

"哎，龙将军，你这是干什么？有话好好说啊，你我之间这样当街拉扯成何体统？"聂如风一边说，一边甩掉龙威的钳制，整了整自己的衣袍。眼睛却不时偷瞟龙威，观察她的表情。

"你想干什么？"龙威沉声，表情显得很是凝重。

聂如风闻言，似是很高兴地掸去衣服上并不存在的尘土，一脸无所谓道："怎么？见我这副模样，觉得生气了？实不相瞒，这才是聂某的真面目，龙将军不是喜欢我吗？看来，这喜欢也不过如此嘛！接受不了这样的我不妨直说呀！"

龙威冷冷一笑，"我是喜欢聂如风，确切来说，不止是喜欢，而是爱。因为爱他，我不仅心系于他，就是他的呼吸、脚步声和动作，我都熟络于心。所以……你嫌弃人家梨贩的梨酸而借故不给钱时，我就知道你不是他了！"

说着，她伸手如电，不等对方反应过来，"聂如风"的脸已经直接被撕了下来，面具下，裴云天的脸赫然出现。

"又是你？"龙威皱眉，"你到底想干什么？"

"龙将军好眼力！"裴云天略有些心虚地嘿嘿笑道，"龙将军，我这可都是为了你好！你是国之栋梁，你的终身大事女皇陛下甚为着急。在下也是想为陛下解忧啊！自从上次我被你赶出将军府后闭门苦思了数日，才想出这招置之死地而后生。只要你对聂如风死心，自然就不会再为情所苦……"

"看来，你是认定聂如风不可能爱上我了！"龙威桀然一笑，很明显，这家伙真的和她八字不合，每次都专挑她的痛脚踩。

被她阴恻恻的笑容一惊，裴云天终于意识到事态不妙，有心想逃，却已经太迟。下一秒，街边路人只听得巷内一阵乒乓作响，伴随着一个男人的惨叫声。

等这二人一前一后从巷子里走出来时，裴云天已经只能半捂着脸，心惊胆战地跟在龙威身后腹诽了。

我一定是倒了八辈子血霉才摊上这么个母夜叉，怪不得聂如风不肯接受了，换作是我，这种女人倒贴十万两银子我也不要！

正埋头往前走，却冷不丁身前的龙威猛地停住脚步，僵在了原地。

裴云天猝不及防一头撞上她的后背，疼得本就瘀青的脸越发扭曲起来，刚想跳出来骂人，却发现聂如风正一脸错愕地看着龙威和自己。

"裴大人？你和龙威……你的脸怎么……？"

"啊，哈哈，没事没事，裴大人最近太过清闲跑来跟我学武，结果失手误伤了自己。"龙威一边说着，一边夸张地伸臂搭上了裴云天的肩膀，"是吧，裴大人？"

裴云天看了看那只铁钳一样挂在肩头的"爪子"，只剩苦笑着点头的份儿了，"还要请龙将军以后多多指点照顾呢！"

"好说好说！"龙威笑得异常得意，视线却在落到聂如风身旁悄然站立的女人后，不由瞬间暗淡下来，"咦，这位姑娘有些面生啊！"

"哦，这位是京城来的新百戏班的当家花旦，安心姑娘。我正好要去戏院看戏，两位要是有空的话要不要一起去瞧个热闹？"

龙威五味陈杂地看了眼安心，脑中不时冒出各种让她不安的猜测，认识聂如风这么久，她习惯了他身旁都是军营的那帮弟兄，虽然他一直不肯接受自己的心意，但她也从未想过有朝一日，他身边会出现别的女人。可是眼前这个安心，容貌身量似乎都略胜自己一筹，只要不是瞎子，在她们两人之间都会选择安心吧？

思及此，龙威脸上的笑容也越发苦涩起来，大大咧咧地挥手道："我这个人叫我打架就行，唱戏什么的，我……"

"我们正好也没什么事，正所谓相请不如偶遇，不如就这么定了，一起去看戏吧！"裴云天忽然抢过话头，不由分说地拉着龙威小声道，"兵书有云，知己知彼百战不殆，龙将军不战而降可不是你们军人本色啊？"

"我……"龙威有心反驳，可是转眸看了看聂如风，心里终究还是升起一股不甘。

没错，就算是输，她起码要知道自己输在哪里吧！

就这样，一行四人看似热闹，实则各怀心事地到了百戏班。托安心这个当家花旦的福，龙威一行人直接就占了个最好的位子，小二送上了热茶糕点不多久，戏也正式开锣了。

安心长衣水袖，在台上步步生花，龙威虽然看不出个所以然来，但是台下掌声不断，便是聂如风也瞧得眉开眼笑，不时鼓掌叫好，惹得她心里月发憋闷起来，不由问道："有那么好看？不就是长得漂亮点儿吗？男人，哼！"

裴云天显然是戏园里除龙威以外，唯一没认真看戏的人了。也亏得他在这么嘈杂的环境居然听到了龙威的自言自语，小声凑到龙威身旁道："假如龙威将军你也跟她一样好看，你觉得聂将军会喜欢你吗？

"你这话什么意思？"龙威皱眉，总觉得裴云天这家伙脑子里永远装着各种不靠谱的傻主意。

"山人自有妙计！"裴云天说着，看着台上正缓缓转开折金小扇的安心，笑得异常诡异起来。

"你疯了吧！"龙威看着裴云天交给自己的那张人皮面具，惊得险些把它扔出去，"好端端的，我干吗要冒充安心？"

"你和聂如风认识这么多年，他对你的印象早已根深蒂固，想要他改变对你的心意实在是不太现实，可是假如你变成了安心跟他交往就不一样

了。只要事情不败露，你就可以跟他交往下去，等你们感情稳定了，你再告诉他真相，到时候他都爱上你了，心不由己，自然不会跟你计较这种小事。退一万步来说，你们现在这个样子已经是最坏的结果了，不是吗？既然有希望，为什么不能试试？"裴云天说着，指了指龙威手中的面具，"我都打听清楚了，聂如风和安心可是约好了，今儿个戏本唱完就一起去茶馆吃东西的，他现在就在外面等你！"

"他等的是安心，不是我！"龙威嘴上反驳，可是一看到聂如风居然真的在后台门口张望时，心里不由五味陈杂起来。

难不成，你真的会喜欢上安心那样的姑娘？聂如风？当年在突厥城外，说希望天下太平的你，真的也和这世上其他男人一样，执着于色相？

裴云天看出龙威心里的那丝动摇，趁她一恍惚的工夫，索性自己动手，夺过面具覆在她的脸上，并在她出声抗议之前，将她推进了一旁的换衣帘后，他自己则朝聂如风所在的方向招手道："聂将军，找安心啊？她在这儿呢！"

"咦？怎么只有你一个人在这儿？你不是拉着龙威一起来找安心的吧？她人呢？"聂如风回头四下看了看都没发现龙威。

"哦，她忽然想起来有点儿事先走了。"裴云天笑道，"我也不打扰你和安心姑娘了，改天有空再约你一起吃饭！安心姑娘，你这衣服换得可够久的，莫不是方才唱戏太累，在里面睡着了吧？"

"没……没有！"龙威看着搭在那儿的安心的衣服，终于还是咬了咬牙，换了衣服一掀帘子出来，果然只有聂如风在等自己了。

两人并肩而行，难得一向聒噪的龙威也心事重重地沉默着。聂如风倒似乎并没瞧出什么不妥，到吃饭的时候，想起上次自己约聂如风出来时的情景，再看看现下对自己十分客气的聂如风，龙威越发恍惚起来。

这种恍惚持续到吃完饭从酒楼出来时，龙威一时失察下楼崴了脚，才被疼痛刺激得回过神来。

"怎么这么不小心？"聂如风关切地扶住她险些摔倒的身体，"要不要紧？"

"不……"龙威原本几欲脱口而出的不要紧，在发觉两人此刻的姿势异常亲昵时，险险改了口，"不知道是不是伤着骨头了……"

"前面不远就有医馆,我带你去瞧瞧!"聂如风说着,直接走到她身前,躬身背起她便往前走去。

居然,被他这么温柔地背着去医馆?

龙威只觉得一股热意冲上脸颊,但觉鼻息之间尽是聂如风身上干净清爽的皂角香。

"看不出你个儿那么小,人还这么重,背上去就跟背龙威将军一样!"聂如风背着她边走边笑道。

"欸?"龙威一怔,"你背过龙威将军?"

"怎么可能?我背头猪都不会背她!"聂如风话音刚落,便觉颈后一阵劲风袭来。下意识地回头,吓得原本气得想直接揍他一拳的龙威慌忙将手捂向自己的脸,"呃,那个,聂公子,我可不可以问你个问题?"

聂如风点头道:"姑娘但说无妨。"

"我出身低微,不过是一个戏子。虽然有幸与公子成了朋友,却不知公子为何对安心这么好?"

"姑娘不必妄自菲薄,你品性清贵自爱,再说戏又唱得那么好,虽然是一介女流,却是百戏班的台柱,个中付出的艰辛努力自是不必说!"

"努力的人又不是我一个,今天跟你一起听戏的那位龙威将军也很努力啊!我还听说,她很喜欢你……"龙威话未说完,聂如风已经噗嗤一声笑道,"她很努力是没错,可是她喜欢我这回事,你可千万别当真。你跟她不熟,不知道她这个人,其实彻头彻尾就是个男人……"

龙威趴在他背上,脸上全然不复之前难得一见的小女儿娇态,取而代之的是霍霍的磨牙声。她双手紧握成拳,"她真有那么糟?"

"不是糟,简直是糟透了。"聂如风丝毫没察觉身后的异样,却忽然脚下一转,背着她进了家干货店,"老板,给我来包青梅干!"

龙威满头雾水刚想发问,聂如风笑眯眯地将老板递来的青梅干转头递给她,"喏,方才在酒楼,我看店家那小碟里的一点儿青梅干都被你吃光了,想来你一定是爱吃。有东西吃,脚就不会觉得那么痛啦!"

龙威怔怔地看着那包还覆着糖霜的青梅干,又看了看聂如风,眸光闪烁,似有异常明亮的东西在流转,看得聂如风也是一愣。

龙威将军府门外，苏莲衣满面忧色地拉了拉正紧盯着将军府大门的贺兰钧的衣袖，"我们这样真的好吗？堂堂太医院的第一圣手，趴在这儿跟做贼似的……"

"那天你要是没陪明珠逛街，你就会看见龙威当时撕掉我们苦心搜集的聂如风的喜好手册时的表情，，还有裴云天在一旁小人得志的嘴脸。我跟你说，那家伙一定给龙威出了什么馊主意才会让她忽然这么不配合咱们。"贺兰钧说着，脸上犹有不忿之色。

苏莲衣半信半疑道："会不会是龙威她自己想通了，放弃聂如风了……"

"你觉得假如我不娶你的话，你有可能离开我吗？"贺兰钧受不了似地翻了个白眼问道。

苏莲衣顿时把头摇成了拨浪鼓，顺便一把勾住他的手臂，"不行，我绝对不会放弃的！"

"这不就对了！短短数日工夫龙威不可能说放下就放下，况且我看她当日的心情，分明像是好事将近了。我就不信，裴云天能比我聪明到哪儿去！这里面一定有鬼……"

正说话间，苏莲衣一下捏紧了贺兰钧的手臂，"咦，门开了！"

贺兰钧顿时来了精神，只见一大群官兵从将军府里鱼涌而出，贺兰钧瞪大了眼睛都不见龙威的身影，最后还是苏莲衣眼尖，发现了一身男装混在其中的龙威，"快看，是龙威！"

因为兴奋，她声音略有些尖，立时便引起了龙威的警觉。她眼中闪过一丝慌乱，竟是飞奔着跑了出去。

"追！"贺兰钧当机立断便要跟上龙威，而与龙威同时出府的那些官兵乍见有人忽然冲出来跟踪自家主将，连忙将他和苏莲衣团团围住，场面一时混乱到极点。贺兰钧拽紧了苏莲衣的小手，猫着腰直接便从众人腰间钻了出来，左闪右避好不容易突破重围，却只来得及看到龙威的身影消失在拐角的街头。

"怎么办？"

"跟上去再说！"贺兰钧脸色不善，脚下却是不停，苏莲衣只好亦步亦趋地跟了上去。待他们跑进百戏班的时候，却发现戏园子里空空如也，不见半个人影。

"奇怪！明明看见龙威进来的！"贺兰钧不死心地在园子里跑来跑去，连花圃里都不放过，却始终没有龙威的踪影。

"会不会……有别的出口，或者是你看错了？"苏莲衣因为运动，跑得小脸通红，额头香汗薄掩，累得直喘粗气。

"不可能，我四下察看了，出口只有这个……"贺兰钧皱着眉正思忖间，却见一名妙龄女子出现在园中，连忙起身拱手，"这位姑娘，方才可曾见一名面目清秀却作男装打扮的女子在园中出现？"

已经换上安心整套行头的龙威摇了摇头，柔声道："没有！"

她说这话时，刻意低柔的嗓音，落在贺兰钧耳中只觉似曾相识，但是眼前这张脸，却又委实是陌生得紧。

正狐疑间，聂如风也从园外走了进来，"咦？贺兰大人？你怎么在这儿？"说着，极自然地站到了"安心"身旁，"安心，你也认识贺兰大人？"

贺兰钧的双眸顿时一亮，死盯着"安心"，微微笑道："聂将军误会了，我是来找人的，只不过凑巧遇上这位姑娘，所以找她打听一下！"

"我就说嘛，这个点儿还没开戏，你们来听戏也太早了些。说起来，安心的戏唱得是极不错的，若是二位不忙，晚上不妨也来给她捧捧场，就由聂某做东，如何？"

"原来姑娘是这百戏园的角儿，真是失礼了！莲衣可是最爱听戏的，偏是今晚她还有事，估计来不了。聂将军你这一说依她这性子，今晚要是听不到安心姑娘的戏，估计是睡不踏实了。不知道能否借聂将军的光，到小亭里听安心姑娘给她清唱几句？"贺兰钧说着，一双洞若观火般的黑眸却是盯着安心，生怕错过任何细微表情。

龙威只觉手心都沁出汗来了，这时才知道这贺兰钧是这般难缠的人物。会唱戏的那位是安心，她龙威打从娘胎开始听过的戏都不超过三场，怎么可能唱得出来什么劳什子戏？

骑虎难下间，她正苦于找不到借口回绝，倒是苏莲衣发现了贺兰钧的反常表现，心生醋意道："我看安心姑娘未必愿意给咱们这个面子吧，人家跟聂将军是朋友，平日里唱上几句也就算了。我们跟人家素未相识的，

你这样直勾勾地盯着人家看，还提出这么奇怪的要求来唐突佳人，也不怕聂将军误会？"

聂如风闻言，果然神色一凛，上前一步将安心护在身后，正色道："贺兰大人，安心虽是一介戏子，却绝不是个随便的姑娘，聂某奉劝你别在她身上打什么不好的主意，否则，就别怪我不顾念同僚之情了！"

说完，也不等贺兰钧回答，便拉过安心扬长而去。

"哎，你们别走啊，我……"贺兰钧有心再追，却冷不丁耳朵被苏莲衣一把揪住，"贺兰钧，你这是眼睛掉在人家姑娘身上了是吧？你到底还知不知道你是来干吗的？你还记不记得咱们是来找龙威将军的！"

贺兰钧疼得直龇牙，反手握住她的手，"痛，痛！我的小姑奶奶，你吃醋也看看场合好不好？"

"我不分场合？我……"苏莲衣俏脸顿时因为愤怒涨得通红。

"你就没发现这个安心姑娘很不妥？"贺兰钧叹了口气，"这么巧我们看见龙威进了戏园子，出来的却是这位安心姑娘。还这么巧这人跟聂如风看来甚是亲密。最重要的是，这位戏班子的角儿居然在我提出请她清唱两句时，满脸为难……"

"这有什么，人家虽然是个唱戏的，可也不是谁想要她唱她就要唱的吧！况且你像个色胚子似的盯着人家瞧，换成是我，我也不乐意给你唱啊！"

贺兰钧摇了摇头，"太多巧合必有蹊跷，她和龙威身量一般，但是你不觉得她说话的语气和当初咱们教龙威温柔说话时候的音调一模一样吗？"

被他这么一提醒，苏莲衣似是也有些反应过来，"你这么一说，好像还真是……这么说，我岂不是误会你了？"

贺兰钧撇嘴道："哼，现在才惭愧已经晚了，人都被你放走了！"

"哎哟，人家也是关心才乱嘛。况且，你这么聪明，一定还有别的办法的，对吧！"苏莲衣说着，主动伸手摸了摸他方才被自己揪红的耳朵，吐气如兰地吹了几下，"这样就不痛了吧！"

贺兰钧脸色瞬间转晴，"你要庆幸自己虽然脑子笨了点儿，眼光还是不错的。挑了个顶聪明的男人爱，哼，此事必定又是裴云天的主意。眼下龙威跟聂如风感情发展得正好，估计就算我当众揭穿她，她也不会承认，倒是那个真正的安心姑娘，如果她才是聂如风喜欢的人，那么只要她出现，龙威就算想隐瞒也瞒不下去了。到时候，也好让她知道，感情的事，可容不得半点儿取巧……"

"嗯嗯，都听你的，都听你的！"苏莲衣连声地附和着，小手却再次揪住了贺兰钧的耳朵，"我脑子笨是吧！现在有胆子嫌我脑子笨，早干吗去了……"

"苏莲衣！你，你，你先松手！君子动口不动手……啊，痛痛痛痛痛！"

两人孩子气的打闹声，在安静的园子里飘出去很远。

第十章 云散雾霁理红妆

　　裴云天刚回家，就发现了不对劲。平日一进门就能看到明珠的身影，今天喊了她半天也不见人不说，空气里还分明充斥着什么东西烧焦了的味道，后院更是一片狼藉。

　　"明珠，明……"他第一时间冲到明珠的房间，却见明珠正筋疲力尽地歪在屋中的湘妃榻上，苏莲衣则坐在桌前，端着茶壶正牛饮呢。

　　"你们这是怎么了？厨房做饭烧糊了还是怎么的？到处都一股焦臭味儿……"

　　"裴云天！你回来得正好！"明珠一见裴云天出现，作势就要起身。苏莲衣却眼珠一转，急急抢白道，"不是糊了饭菜，是走水了！后院不知怎么忽然着火，只有我和明珠两个人，好不容易扑灭了，说来也怪，火烧起来后还听见有人尖叫……"

　　"着火？"裴云天眼睛倏然睁大，"你说什么？着火？尖叫？"

下一秒，裴云天人已经冲向门外，径自冲向他紧邻着柴房的小书房。在看到柴房门被熏得焦黑斑驳时，脸色一下变得惨白。

明珠和苏莲衣对视一眼，连忙也跟了上去，却见他冲进书房后，疾步按下了桌上的砚台。就听一阵喀喀微响，书柜后竟出现一道暗门，而暗门后，赫然是一个女子惊魂未定的脸庞。

虽只是一眼，苏莲衣却几乎可以断定，眼前这人与那日在百戏园里自己见过的安心姑娘，绝对不是同一个人。两人虽然穿着打扮一样，容颜五官也长得别无二致，但眼前这个女人眉眼之间的疏离和冷傲分明与那日的"安心"不同。

"好啊，裴云天，你，你居然真的背着我在府里金屋藏娇！莲衣告诉我的时候，我还说什么都不信……"明珠怒火中烧，本来她还因为不小心差点儿烧了柴房而暗自懊悔是不是太轻信好姐妹苏莲衣的话，可是现下，裴云天当着自己的面，从书房放出个女人来，叫她如何咽得下这口气？

裴云天在见到安心安然无恙的时候，就察觉出不妥了，再听明珠说到苏莲衣，顿时反应过来。只是苏莲衣反应比他还快，居然拉着安心就从暗室里出来了，边跑还边冲明珠挤了挤眼睛，"好姐妹，这个麻烦姐姐我替你解决了！"

"苏莲衣，你想干什么！你……"

"你还敢追？"明珠妒火中烧，拽过裴云天的胳膊就咬了下去，裴云天疼得倒吸一口凉气，再看苏莲衣和安心，哪里还有她们的身影？

裴云天唯有咬牙，将这笔账记在了贺兰钧头上。

不过，跑出裴府没多远，安心就甩开了苏莲衣的手，一脸警惕地看向苏莲衣，"你想带我去哪儿？"

"安心姑娘是吧？"苏莲衣笑盈盈道，"你放心，我不是坏人！我知道裴云天把你软禁在他家，才刻意制造混乱救你出来的。你想走的话，现在随时可以回百戏园去！"

安心半信半疑，"可是我不认识你！"

"我也不认识你，不过我相信，你一定认识聂如风！"

安心一听聂如风的名字，眼中的防备顿时消散了大半，"是聂将军让

你来救我的？"

"那倒不是！"苏莲衣到底是在歌坊出身，识人猜心的本事自是较一般女子高明许多。她故作漫不经心地答道，"聂如风并不知道你被裴云天抓到了裴府。事实上……现在这个时辰，他好像正在城郊花田，跟安心姑娘并肩赏花呢！"

"跟我并肩赏花？"安心满头雾水，有心细问，苏莲衣却是黯然一笑，"姑娘现下必定满心疑云，不过不打紧。姑娘随我去城郊花田一趟。待见了聂如风，一切自然真相大白！"

"我怎么知道你不是坏人？"安心显然还有些犹豫，苏莲衣闻言也不辩解，扔给她一锭碎银，"姑娘若是信不过我，自己拦顶软轿去城郊花田看看不就知道了？"

说完，她自己背转双手，哼着小调，异常轻松地先行离开，进了不远处的茶楼。

安心看了看手中的银子，又看了看苏莲衣的背影，最终还是叹了口气，走到街口恰好有顶青呢软轿停在边上，四名轿夫正倚在一旁打着盹。

"怎么样？我就说她会上钩吧！"不远处苏莲衣刚刚进去的那家茶楼二楼，贺兰钧得意地摸着下颌，"裴云天想跟我斗，哼哼，还嫩了点儿！"

苏莲衣抬手便在他头上敲了记爆粟，"说到底，还不是我聪明机智？这一上午的工夫，我和明珠几乎没把裴府翻个底朝天，要不是我把人救出来，你在这儿喝一下午茶能喝出真相大白来？"

"是是是，你机智无双行了吧！走了，好戏马上要开锣了！"贺兰钧撩衣起身，苏莲衣一脸委屈，"就走？好歹让我填饱肚子啊！"

"等你吃饱轿子都到城郊了！走了！我早就让小二给你准备了一口酥和梅花糕，边走边吃！"贺兰钧拉着他，急匆匆结账，将一包糕点塞进她怀里。

苏莲衣又嗔又喜地瞪了他一眼，跟着他上了茶楼后门的小轿，

等他们到达城郊时，远远便看到了正在花田之中相依着的假安心和聂如风。

"小心点儿！"贺兰钧拉过苏莲衣，二人猫着腰，蹑足接近后，才依稀听见二人的交谈。

"安心，我想过了，我希望在我有生之年都能像现在这样时时刻刻地逗你开心，让你高兴，好不好？"

"我……假如，有朝一日，你发现我有事瞒着你，你会不会怪我？"

"你有事瞒我？"聂如风正色道，"那得看是什么事了，不过既然你怕我怪你，为什么不能现在告诉我？"

"我……我……"龙威嗫嚅了半天，却始终无法鼓起勇气说出真相。这几天跟聂如风在一起体会到的前所未有的甜蜜，实在是让她不敢冒险。她甚至越来越害怕，怕他知道真相后不肯原谅自己……

就在这时，一个清冷女声在她们身旁不远处响起："她想告诉你的是，如果她不是什么百戏园的花旦安心，你还愿不愿意接受她！"

龙威顿时如遭雷击般僵在了原地，而聂如风在回头对上另一张一模一样的脸庞后，也吓得一跳，"你们……你们怎么会……？"

安心走到龙威面前，撕下她脸上的人面皮具后，唇角浮起一抹冷笑，"没想到我区区一介戏子，居然能让龙威将军这么看得起。竟不惜知法犯法，将我囚禁幽闭，冒充我跑来骗取他人感情！"

龙威只觉耳中嗡嗡作响，一张脸涨得通红，既羞愧又难过。

"龙威？"聂如风难以置信地倒退一步，"你，你什么时候扮作安心接近我的？这到底是怎么回事！"

"如风，对不起，你先别生气好不好？你听我解释……"

"有什么好解释的？"安心冷冷地打断她的辩解，"你喜欢聂将军，却苦于聂将军对你无意，又见我与将军交好，便派人在百戏园掳了我去囚禁起来，再以我的面容与将军花前月下……我安心虽是一介草民弱女，却也知何为廉耻、何为闺誉，你这样败我清誉，又私囚百姓，我若是告到大理寺去，只怕皇上也不能包庇于你吧！"

龙威只觉脸上火辣辣的，"安心姑娘，我，我真的不是有意的，我……"

"龙威，你真是太让我失望了！"聂如风铁青着脸，"我原先只是觉得你性格粗鲁，任性专横些。没想到你竟是这种不择手段、阴险龌龊之人。安心姑娘，此事既因聂某而起，聂某自会给你一个交代，改日必定登门谢罪！"说完，冲安心微微抱拳。

安心却愠容未减，"聂将军，安心自知身份低微，从未有过攀龙附凤之心。因觉得将军为人磊落浩然，才引为知己，不想却因此卷入无妄之灾。安心不过是个戏子罢了，只想如其他寻常百姓一样过简单自在的生活。你我身份有若云泥之别，今后还是各自安好，互不相干的好！"说完，也不再看龙威一眼，只微微欠了欠身，便转身上了之前带自己来的那顶青呢小轿。

"如风，安心姑娘……"龙威已是满目泪意，还想再说什么。聂如风却挡了出来，背对着她，只冷冷道："滚！"

"如风！"龙威身形一震，"难道，这几天我们在一起……"

"我让你滚！"聂如风狠狠转眸，脸上是从未有过的冷若冰霜，眸中的切切憎恶如剜刀般，看得龙威再也强撑不住，身形一软，无力跌坐在了地上。

她错了，是到这一刻，她才知道，她真的错了！

"本来人家小俩口进展不错的，要不是你搞得假冒安心的事迹败露，龙威也不会闹到皇上这儿来，皇上也不会因此大发雷霆，不让我们再插手此事了！"太医院的正厅里，裴云天一脸忿然地看着坐在自己对面的贺兰钧。

贺兰钧堆起个满是嘲弄意味的冷笑，"怪我？若不是某人三番四次出些个不靠谱的馊主意，人家龙威再不济还能和聂如风当个普通朋友。现在可好，聂如风一看见她就一副吞了苍蝇的表情，两人简直就成了仇敌！"

"你……"裴云天拍案而起，咬牙便要与贺兰钧理论。

却听得院外忽然传来一阵纷乱的脚步声，伴随着不绝于耳的恭维之声。

"方大人真乃神人也，太医院今后在你的带领下，必定能为陛下分忧解患，蒸蒸日上！"

"可不就是嘛，想那贺兰钧和裴云天为了这掌印之事，天天争破头。到头来呢？方大人不过区区数日便将那龙威将军与聂如风的事办得妥妥帖帖，也难怪能得到女皇陛下如此厚爱了！"

"诸位大人过奖了，在下今后少不得还要各位同僚关照支持呢！"

"方大人言重了，我等今后唯大人马首是瞻！"

原本还在互踩痛脚的贺兰钧和裴云天顿时都正色静了下来，彼此对视了一眼。

"陛下那日骂完我们，张易之便举荐了方羽接管龙威的事。这才短短三日的工夫，他居然真的把那两个人撮合到一块儿了？"裴云天剑眉深锁道。

　　"这不可能！"贺兰钧双手环胸，"换作你家明珠欺骗了你的感情，你能随便原谅她吗？这么重的心结，怎么可能三言两语化解得了？依我看，此事必有蹊跷！"

　　"哼，管他什么蹊跷，他想跨过我们俩个当上院判可不是那么容易的事！"裴云天说着，不怀好意地整了整衣冠，走向众人，看似恭敬的冲方羽拱了拱手，"恭喜方院判，贺喜方院判！听说这次易之大人亲自来宣旨送印，足见陛下对方院判如何看重了，真是羡煞我等！"

　　方羽连连摆手，姿态倒是十分谦逊，刚要客气两句，裴云天却是话锋一转："不过，云天这儿恰好有个头痛的问题，不知能否麻烦院判大人解决？"

　　"哦？愿闻其详！"

　　"钟太妃身上长了个疮，我跟贺兰大人都束手无策，想请方院判代为医治，以解我等燃眉之急！"裴云天说着，将慢悠悠晃过来的贺兰钧也拉到了自己身旁，显然不打算让他独善其身。

　　"既是长疮，割破疮口，清除脓毒便是……"

　　"院判大人！"一旁早有多事的太医小声提醒道，"这老太妃的疮是长在……长在臀部呢！以下官之见，裴云天这分明是对你心有不服，有意将这烫手山芋推到你的身上，大人可千万不能上当。"

　　贺兰钧轻咳了一声，"此事的确颇为棘手，院判大人若是为难，不妨明言。毕竟，老太妃是我和裴云天的辖区。"

　　方羽闻言，看了看肆无忌惮一脸挑衅的裴云天和贺兰钧，微微一笑道："大家同朝为官本该守望相助，既然这小小脓疮难倒了裴大人和贺兰大人，那我且去瞧瞧再做断论吧！"

　　"方院判英明，那和我云天就等你的好消息了！"贺兰钧生怕他会临时反悔，急急做了个请的姿势。

　　众人再笨也瞧出其中的暗涌了，一时之间，四下多出许多交头接耳之声。方羽却毫无惧色，吩咐人取了他的药箱，立时便去了太妃那里。

　　"我赌望江楼一桌全羊宴，那家伙一定会铩羽而归！"贺兰钧摩拳擦

掌道。

裴云天却有些一反常态，若有所思道："我看他倒像是成竹在胸，只怕这家伙不像我们想的那么简单！"说着，转身走回厅中，"不过猜也是白猜，是成是败，一会儿自有分晓！"

不多时，果然有太医院的小太监飞奔着跑来报信："方院判果真神人也！听说他到老太妃那儿，先是命人捏了个面团，让宫女端去让老太妃除衣而坐。而后根据面团上显现的毒疮位置，放了枚小刀在那有疮的地方，待老太妃第二次坐上去时，那刀尖挑破疮口，他再命宫女替太妃将脓血挤净，拿出早已备好的清毒膏，待那膏抹完，老太妃已经连声夸赞，说是舒服多了呢！"

贺兰钧愣了半晌，才讷讷道："这家伙，看来倒真是有些本事了！"

裴云天虽然也是满脸颓然，但却很快又恢复过来，"有本事也是治病的本事！那龙威和聂如风的事呢？我就不信他有什么三头六臂，能把那么难搞的两个人凑作一对！不信，我还要再去趟军营，我倒要看看他到底是让龙威脱胎换骨了，还是让聂如风转性了！"

虽然只是数日不见，龙威的精神看起来竟是比起之前更颓然了些。贺兰钧远远便看出她虽然看似认真地在指挥官兵操练，可是眼神游离，分明便是心思恍惚。

"你觉得她这个状态，像是热恋中的女人吗？"裴云天显然也发现了异状，轻轻撞了撞贺兰钧的手臂道。

贺兰钧摇了摇头道："但是刚才我们都问过七八个人了。聂如风这小子这几天跟麦芽糖似的黏在龙威身旁，两个人看起来的确如胶似漆。"

恰好这时龙威下令命众人休息一下，裴云天连忙三步并作两步，跑去叫住了她。

"是你们？"龙威看见他俩倒也并不意外，只是垂眸踢开了脚边的一颗石子，"你们还来找我干什么？皇上不是已经下令不让你们再管我和如风的事了吗？"

"龙将军，我知道，之前的事，我和裴云天操之过急，给你添了不少烦恼。但是，我实在是很好奇，那日在花田的时候，明明你和聂如风都……"

"龙威！"聂如风忽然像幽灵般跳了出来，目光死死地胶着在龙威身上，

"你忙完了？"

"嗯！"龙威笑了笑，看向聂如风的目光明显温柔了几分，只是眼底的忧色更重。

"喂，聂如风，大家好歹是熟人，虽然上次的事我做得欠妥当，但是，你也用不着看见我们装不认识吧！"裴云天不满道。

岂料聂如风只是看了他一眼，便漠然转过视线再不瞧他，转问龙威道："龙威，我喜欢你，我们在一起好不好？我要跟你在一起！"

他这话一出，不仅是裴云天和贺兰钧受不了地翻了个白眼，就连龙威的脸色也变得异常难看，转头道："你们不是很好奇吗？现在都看到了吧！"

"他这是……"

"自从那日张易之带了那位方太医来找他之后，也不知道当时他们在屋里说了些什么，总之他们离开后，聂如风忽然就跑来跟我说他喜欢我，要跟我在一起！起初，我还以为他是真的想通了，高兴得不得了，为此也特意进宫面圣谢了女皇陛下。可是，这几天以来，他每天就像中了邪一样跟在我身后，来来回回就只会说这几句话，要么就是死盯着我看，瞧得我心里直发毛。我要是离开他一会儿，他找不到我，就开始发疯。不是砸东西就是打人……你们说，我们这哪里是在谈情说爱？分明就是互相折磨啊！难不成别的男女相恋之后都是这副死德性？"龙威说到这里，军人本色尽露，飞起一脚踹在一旁的树上，震得树叶簌簌直落。

裴云天跟贺兰钧面面相觑，刚要说话，一名官兵飞奔着跑来找龙威，"龙将军，宫中太医院差人送药来了，说是陛下仁心，给众将士施药强身健体。刘公公亲自来督办的，您看，要不要去迎一迎，顺便交接一下？"

龙威不耐烦地拍着额头，狠狠瞪了他们俩一眼，"你们太医院的人是不是都吃饱了撑得没事干，跟我们这些行军打仗的大老粗死磕还是怎么着？我们个个龙精虎猛的，送什么劳什子补药？"

"这事我今早好像听说过，听闻是方羽向陛下献的药，虽然得到了陛下首肯，但是，也用不着这么心急送过来吧！"直觉告诉贺兰钧有什么地方不太对劲，"裴云天，我们走，去看看什么药这么厉害，能让女皇陛下这么放心地拿给众将服用！"

235

裴府的密室里，裴云天专注地研究着那一小包方羽研制出来的药粉，不是低头轻嗅，就是提笔在纸上做着记录。

"怎么样？有眉目了吗？"明珠端着刚沏好的热茶进来，关切地问道。

裴云天烦乱地叹了口气，"药方倒是研究出个大概了，可是方羽这家伙实在太过狡猾，将药材全部磨成了粉，不知道药量，仅从药方来看的确是些寻常强健筋骨、补气益寿的药……"

"你呀，也别太着急。贺兰钧那边不也还没动静吗？说不定是你俩猜错了呢！"明珠端起热茶轻吹了两口才递到他的唇边。

"可是龙威说，聂如风因为她的事气得不轻，方羽和张易之去找他的时候，还顺便给他吃了什么药，那之后聂如风才开始变得神志不清的。而且，昨天我和贺兰钧能这么顺利地拿到药，也是因为偷吃了这药的刘公公忽然口吐白沫昏倒了！此事巧合甚多，想让人不怀疑都难！我没找到端倪，不代表贺兰钧发现不了。倘若被他抢了先机……"裴云天说到这儿，重重叹了口气，显得心事重重。

"依我看啊，这事可能没你们想的那么复杂。我听莲衣说，这药皇上可是亲自喝过的，而且喝过之后精神的确较之以前好了很多。那姓方的再怎么算计，也总不至于拿自己的身家性命开玩笑吧！"

"他当然不会拿他自己的身家性命开玩笑，我怕的是……"裴云天说到这儿，动作一顿，忽地回过身来死盯住明珠，"你刚才说什么？"

明珠一愣："刚才？刚才我说你别把事情想得太复杂……"

"不是这句，不是这句！"裴云天激动地拉住她的手，在她额头忽然重重印下一记响吻，"明珠，你真是我的福将，就知道你就是我命中注定的女人！"说着，不等明珠脸上的红潮泛上双颊便重新包起桌上那撮药粉，转身飞奔着出了密室。

"哎，你去哪儿？"明珠虽然满脸错愕，却已经开始习惯这人的"一惊一乍"了。

"进宫面圣，我知道怎么在皇上面前让方羽自现原形了！"裴云天的声音渐远，到最后一个字时，明珠虽然追了出来，裴云天人却已经到了院中。

明珠含笑看他出门，全然不曾料到裴云天这一去，竟是直接奔天牢去的。

苏莲衣和贺兰钧来告诉她这件事时，整个人顿时瘫坐在了椅子上。

　　"他进宫之后，直接在女皇陛下面前参了方羽一本。把刘公公和聂如风的事都算到了方羽的头上，坚称那些药有问题，要方羽在圣上面前亲自服下那些药。结果，被方羽反将了一军，不仅请来了龙威见证自己服药之后安然无事，还旁敲侧击，暗指裴云天此举会使他今后在太医院失势。陛下也对此极为震怒，治了他一个诬告上峰之罪，当时就被收押天牢了！"贺兰钧说着，重重叹了口气，"要我说，裴云天这次也不知是猪油蒙了心还是怎的，就算是为了跟我抢功，也犯不着以身犯险，那个方羽要是有这么简单，怎么可能如此快爬上院判之座？"

　　"那，现在怎么办？陛下有没有说什么时候能放他出来？该不会就这样一直把他关在牢里吧？他，他好歹也帮皇上办了不少事……"明珠整个人显是六神无主了，抓着苏莲衣的手道，"他被关在牢里会不会挨打？那些狱卒凶神恶煞的……"

　　苏莲衣见状，连忙轻拍她的手背安慰道："你放心吧，来之前贺兰钧已经去天牢看过他了。他没事，只是精神差了点儿。你还不知道你们家裴云天的底细吗？他是那种随便由人家拿捏的主吗？他这样冒冒失失的性子，让他尝点儿苦头以后也是个教训。"

　　"都是我不好，他一定是因为我说方羽不敢拿自己的身家性命开玩笑，才想出逼他亲自试药这种蠢办法来！"

　　"事已至此，你就别想太多了。贺兰钧已经有对策解决此事了。到时候，裴云天一定会全手全脚回到你面前的！"苏莲衣刚说完，贺兰钧便不满道，"我有办法是没错，但是我可没说要救那家伙！他都坐牢了还敢拿硬得像石头似的馒头砸我，我凭什么救他！没门儿！"

　　一想到那家伙穿着囚衣还一副不甘心的表情，他就不爽到极点。承认他裴云天不如贺兰钧是有多难啊？这种摆在面前的事实，那家伙都不愿意面对，他干吗还要救他出来给自己添堵！

　　"硬得像石头似的馒头？"明珠一听，刚止住的泪珠顿时又崩溃决堤，"那他岂不是吃不好住不好？牢里是不是到处是稻草和老鼠？他素来最爱干净的，那种地方哪里待得了……"说着说着索性号啕大哭起来。

贺兰钧被吵得头皮发炸，捂着脑袋，忍无可忍道："好了好了！别哭了！真是受不了你们这些女人！我救他，我救他还不行吗？我保证你的裴云天一定会很快回来的！"

"骗人就是小狗！"明珠含着眼泪，定定瞧着他。

贺兰钧一噎，一看明珠作势又要大哭，只得咬牙恨恨道："是，骗人的话我就是小狗！"

"各位将士们，女皇陛下亲赐回神散一碗，助你们恢复神态，更加神勇，你们赶紧谢恩吧。"龙威站在点将台上，捧起手中的药碗冲众人一拱，率先面朝皇宫方向，躬身跪下。

将士们纷纷效仿，手捧药碗高举过头，跪下山呼："女皇万岁，女皇万岁！

众人齐齐捧碗一饮而尽的场面和震天的山呼场面，让躲在暗处的一名太医院小医徒异常兴奋。三步并作两步匆忙出了军营后，便直接递了腰牌进宫直奔太医院。

"院判！院判！"小太医顺利找到方羽后，一脸谄媚道，"方院判，军营那边，已经将药全部服下了！"

"哦？"方羽放下手中正在翻看的药经，"确定不会有什么意外？"

"绝对不会！我亲自监工呢，那些药送到军营后，因为是钦赐圣药，龙威还派了专人把守看管。熬煮的时候，我自告奋勇，一直都在现场，不可能出问题的！"

"那就好！"方羽这才露出一丝赞赏意味，"此事你办得极好，我心里有数。你放心吧，下个月太医院晋升一批医徒的事，我会替你留心的！"

小医徒顿时满面红光，欢天喜地道："谢院判大人提拔！"

"行了，你先下去吧！"方羽挥手示意他退下，自己则缓缓起身，在屋中踱起步来。不多时便回到桌前，提笔写下一张纸条后，小心翼翼封入蜡丸中。旋即起身出门离去。

数日之后，军营之中忽然爆发疫症，消息传入皇宫，顿时人人自危。

"你们听说了吗？军营里的将士们现在连站都站不起来了。"

"怎么没听说啊？听说疫情凶猛，连太医院的太医都不敢接近呢！眼看女皇陛下快发兵出征了，谁知忽然出了这档子事，陛下将原本收押天牢的裴云天都派去驻守军营，控制疫情了。"

"说起来女皇陛下自己好像也有些不妥啊。据说她从昨天到今天水米未进，整个人一点儿精神都没有……"

几个小太监正交头接耳间，忽然发现方羽就站在回廊处的圆柱旁，不由神色一凛，各自低着头疾步离开。

方羽脸上闪过一抹稍纵即逝的喜色，穿过回廊后，便直奔御花园，直到荷花池旁，才发现独自一人倚在池旁的武则天。

"太医院方羽恭请女皇陛下圣安！"

武则天微微侧头看了他一眼，形容倦怠，眉宇之间却陡然生出一股怒意："是你？"

"微臣听闻陛下圣体欠安……"

"朕现下焦头烂额，没有派人去找你麻烦，没想到你胆子不小，竟敢主动送上门来。方羽，你好大的胆子！"武则天从池旁站了起来，居高临下望着跪伏在脚边的方羽，"你如何解释朕服了你的药，近来精神疲乏，心神恍惚，而军中被赐饮回神散的将士们，现下连站都站不起来了？"

方羽闻言，毫无惧意地抬起头来迎向武则天的视线，"这种事，怪只能怪你自己吧！答应赐饮回神散的人可是陛下你自己，我方羽就算有天大的本事，也不可能对大唐军营众将集体投毒！"

"你……"武则天气得脸色铁青，"你这是公然承认你对朕和朕的众将们下毒了？"

"不错！"方羽坦然一笑，"我既入得宫来，便未打算全身而退。如今你大唐将士悉已中毒，连你这位女皇陛下都是命悬一线。我倒要看看，你们如何举兵突厥！"

"你是突厥奸细？"武则天凤眸一凝，眼中已经杀机迸现。

"不错，我是突厥一个部落的首领，你们大周为了扩张土地，连年来都在攻占我们，实在令我们寝食难安，为了保护家乡父老不受侵扰，我只能出此下策。"

"若不是你们在边疆烧杀抢夺，我们又怎么会起兵？"

"我们不过是各为其主罢了，总之，如今我大计得逞，功成身退也好，

239

事败身死也罢，有你们大唐这么多精英将士为我陪葬，也是稳赚不赔了！"方羽说到这儿，已是得意地大笑起来。

然而他的哈哈大笑却并未遭到阻止，四下一片死寂中，他自己也发现了异常之处，茫然看向武则天，却发现她昂首挺胸，全然没有半丝慌乱之姿，反倒是满面鄙夷地看着他，不由心头一缩。

"你真以为我大唐无人了吗，仅凭你一人之力，便能摧我将士，伤朕性命？"武则天说着，忽然冷笑道，"来人！"

整齐划一的脚步声纷至沓来，贺兰钧带着一支精锐御林军匆匆行来，将方羽团团围住。

"你……你们……"

"方院判，失礼了！"贺兰钧笑眯眯地拱了拱手，"你配的药方虽然精妙，我们也查不出这些药有什么作用，可是提供药材的却是我的好朋友云净初，而我们给军营里将士喝的也不过是一些清肠胃的泻药，根本无足轻重，目的就是要引蛇出洞！"

方羽的脸忽红忽青，呼吸变得异常急促起来，一双鹰眸看了看贺兰钧，又望向武则天，良久，却是仰天大笑起来，"我到底还是低估了你们大周人的狡猾，不过，贺兰钧，你们大周女皇所中的毒若是没有解药的话，可就要给我陪葬了。"

"没人告诉你吗？你还没坐稳这院判之位，本来我可是势在必得的。"贺兰钧满不在乎地一挥手，"把他带走，等过几天陛下一定会亲自来宣判你的死刑的！"

武则天默然，待侍卫们押着方羽退下，才冷哼道："贺兰钧，朕的解药要是砸在你手上了，朕敢保证，你会死得比朕难看一万倍！"

"皇上万岁万岁万万岁，区区雕虫小技，微臣若没有十足的把握，岂敢托大？"贺兰钧胸有成竹地拍着胸脯保证，自信的样子总算让武则天悬着的心稍稍放下。

贺兰钧配制的解药很快就送了过来，竟真的具有神效，女皇陛下喝下不到半个时辰的工夫，就感觉身体的力气都恢复了，再没有以前的那种无力感了。

女皇陛下大喜，重赏了贺兰钧，并命他到军营去看看聂如风的情况。

裴云天对此很是不服气，他不相信贺兰钧竟会知道如何配制解药。贺兰钧实在是被他瞪得烦了，在去军营之前，为他做了解答："你知道你为什么总是输吗？"

裴云天瞪眼。贺兰钧摇头，"你还记不记得方羽喝毒药那天发生过什么？"

裴云天继续瞪眼。贺兰钧却不耐烦了，干脆全告诉了他："当时方羽当着你的面喝下毒药后，我就一直派人偷偷跟着他，期间他并没有吃任何特殊的东西，也没有接触过特别的药材，所以我断定，他喝下的东西在百步之内必有解药。而当时，女皇陛下和各位大人、宫人身上都没有什么特殊的东西，但方羽却要求了一个特别的人在场。"

"龙威将军？"这回，裴云天总算不再瞪眼了。

贺兰钧点头，露出"总算你还不是笨得不可救药"的表情，"所以我去问了龙威将军，得知她新近得了一个香囊，是衣服店的伙计送给她的，希望她一直带在身上帮忙做个宣传。"话说到这里，他转身就走。如果裴云天还没有笨死的话，自然就知道解药是什么了。

的确，装在香囊里的药物就是解药，只需磨成粉服下，方羽所下的毒自然就能解了，但他现在担心的却是龙威。

以龙威对聂如风的深情，明知聂如风一旦解毒便会避自己如蛇蝎，即便如此，她也会立刻给他解毒。这些日子她刚与聂如风能亲近些，却又要让她回到以前，贺兰钧真怕她做不到。这就像一个从没吃过猪肉的人，有一天吃到了美味的猪肉，再要他重新去吃素，又有几人能做到呢？

不得不说，贺兰钧的担忧的确是有道理的。牵着马，看着坐在马上痴痴呆呆的聂如风，听着他一句没一句的"不要离开我"，龙威忍不住露出笑容。

"我也不想离开你，我希望我们这一辈子就这么走下去，不管你清不清醒，知不知道周围发生的一切，我都无所谓。只要你这样依赖着我，跟我在一起就好。"

傍晚的夕阳斜挂在天边，散发着橘红的光，为所有它能照射到的东西

都镀上了一层金光。龙威眯着眼看着在金光中英俊不凡的聂如风，眸子里的伤感浓得化都化不开。

"你知道吗？你对我来说，就像这夕阳，我拼命想要留住你，却留不住。我想等到明天，可是黑夜太长，我怕我等不到就已经在黑暗中窒息了。如风，如果我自私地留下你，将这一刻的夕阳永远地私藏起来，你会不会觉得我是个坏人？"

"你不是坏人，你是好人，你是大好人。"全然不知她在问什么的聂如风，只是本能地回答着，痴傻的笑容却仍是让龙威动心，拉着他并肩坐下，一起看着远处越来越沉的夕阳。

"你知道吗？像这样跟你并肩坐在一起看夕阳，已经在我梦里出现过很多次了，但是只有这一次是最真实的。如果时间能够停下来该多好啊，我愿意和你化成两块石头，就坐在这儿，一动不动。"直到地老天荒。

这当然不可能。她在心里苦笑，眼角处湿润，一滴泪顺着她的脸颊蜿蜒而下。她想自己也有这么矫情的时候啊，坐在心爱的男人身边，看着夕阳，默然流泪，这也太娘们儿了。

但脸颊上突来的温暖却让她一惊，转头，聂如风正看着她，灼热的唇又一次轻触她的脸颊，他的脸上竟是羞涩如少年的笑。

龙威震惊地看着他，这一刻心脏满得几乎要溢出来，心里有个声音在叫嚣着，就这样吧，就这样让他一直陪着自己吧，哪怕永远这么痴傻也无所谓了，真的无所谓了……

当贺兰钧看到龙威单骑回到军营时简直大吃一惊，不敢相信龙威竟真的没给聂如风吃解药，"龙将军，聂将军他……哎，你怎么能这么做呢？如今我们正需要聂将军协助处理情报，审问细作，你可千万别感情用事啊。"龙威身为帅才，行兵布阵确是一把好手，但在情报与细作问题上，聂如风才是高手啊。

"再说，强扭的瓜不甜，你如此勉强聂将军，也未必是他所愿。只怕他心中终是没有你，反累得大周损失一员大将……"那就得不偿失了。贺兰钧发觉自己颇有做说客的天赋，改日倒可向女皇陛下讨个谈判的活儿干干。

龙威皱了眉，恼怒地看向他，"是，他是不喜欢我，可我就是想留住他，想跟他在一起，哪怕他是痴的、傻的，我都想跟他在一起，行了吗？"

　　"……"贺兰钧目瞪口呆，没料到她竟然如此的顽固，"你简直不可理喻。你快把他交出来，否则我对你不客气了！"

　　虽然对朝中大将下手很危险，但救不回聂如风他同样无法向女皇陛下交代。

　　龙威不屑地一笑，理也不理他。贺兰钧咬了咬牙，只得将握在手里的瓶子朝她撒了过去，立刻，她便痛得大叫，整个人倒在地上控制不住地抽搐。

　　贺兰钧知她此时痛苦，虽下了药，却仍忍不住劝道："龙将军，你放了聂将军吧，你要真喜欢他，我们可以再跟他谈，用正确的方法让他看到你的优点，现在这样，对你，对他，对国家都没好处啊。"

　　龙威却不理他，只是不停地翻滚，企图减少些痛苦，在贺兰钧想要再次催动药力的时候，她却突然哈哈大笑起来，笑声喑哑而悲伤，听在人耳朵里竟是比大哭还要伤情。

　　贺兰钧催动药力的手再也下不去了，忍不住又劝道："龙将军，你这又是何苦呢？"

　　龙威依旧只是笑，却不说话，另一个惊讶的声音却让贺兰钧大惊："贺兰大人，龙将军，这……这是怎么回事？"

　　贺兰钧回头看去，身后那个活蹦乱跳、一脸清明的人不是聂如风是谁？下意识地，他收回药，皱眉看着龙威叹息："你……你这又是何苦呢？难道非得承受这般的痛吗？"

　　龙威从地上站起来，身体仍控制不住地颤抖，脸上带着那比哭还难看的笑，眼睛望着聂如风，话却是对着贺兰钧说的："这点儿痛又怎么会比得上我心里的痛？孰轻孰重，我很清楚。"所以也才更痛苦。

　　感情的事，永远是清醒的那个最痛。这一刻，她真希望当时被方羽下药的人是自己。

　　看着她慢慢远去的身影，贺兰钧觉得自己的心也突然开始疼了。看着一脸茫然完全在状况外的聂如风，他升起一股强烈想要帮助那个可怜女人的冲动，"她对聂将军你，真是用情很深啊。"

聂如风怔了怔，看着龙威背影的目光中多了几分复杂的意味。第一次，他觉得自己好像真的伤了这个看起来像一块铁板般坚强的女人，而且，伤得很深很深。

不自觉地，聂如风发现自己开始关注龙威的一举一动了。看她仍如从前般醉酒，醉得一塌糊涂的时候任人围观嘲笑，他却再也不能像以前那样熟视无睹，甚至当路人被她撞倒而出言不逊时，他竟有种强烈的冲动，想要冲上去将她搂在怀里，为她挡去所有的一切，让她能好好地醉一场。

若不是安心出现，只怕他真的就这么做了。但当他拗不过安心的邀约与她一起离开时，龙威却没有像以前一样阻止他们，只是沉默地看着他们，一直看着，但他分明从她低垂的眼里看到了浓烈得掩不住的悲伤。

就像贺兰大人说的，龙威她，真的很爱自己吧？第一次，他感觉到了自己心里翻涌上来的歉疚。

龙威再没来纠缠他，但从贺兰钧和裴云天那里，他知道了她最近的作为——堂堂大唐上将军，竟去学戏，只因为她不想输给安心，想向所有人证明，即使她得不到聂如风的欢心，她也不比那个叫安心的女人差。

知道的时候聂如风什么都没说，只是偷偷地跟在她身后来到了戏班，看着她在空无一人的戏台上不停地转圈，不停地摔倒，再不停地爬起来转圈，摔倒……

那样执着而伤悲的龙威，那样自尊心极强却在他面前好像永远没有自尊的龙威啊。这一次，他竟然感觉到了心疼。于是，他没有上前阻止。

若是这样能让她觉得开心，能让她心里的痛不再那么撕心裂肺，能让她稍微地放松哪怕是有一刻钟的时间，他觉得都是极好的，真的极好。

审问方羽的工作进展很慢，聂如风因此很焦躁。以往遇到这样的事，他第一个想到的就是去找龙威商量，但此时，他却下意识地不想找她。

就在昨天，安心约他郊外踏青，他去得稍微迟了点儿，却看见龙威对着安心大打出手。在看到安心倒地的一瞬间，他很心痛，所以忍不住对龙威发了火。

别人都以为他是心疼安心，看到龙威瞬间暗淡受伤的眼神，他知道她也是这么想的。但只有他自己清楚，他心疼的其实是龙威。那样正直善良，那样为国为民，那样将保护所有百姓安危视为己任的龙威，却对一个手无缚鸡之力的女子出手，她心里到底是有多痛多伤？

所以他不愿意找她。但龙威却先来找他了，看着她神采飞扬，好像全然不记得昨日的事般，聂如风心里又有种说不出的郁闷感，好像咬了一块鸡肋，吃不下，吐不出，各种憋屈。

当龙威说出安心会武功，极有可能是细作时，他竟然没有反驳，只是讶异地睁大了眼睛听着她将计划说完，然后默默地配合。

龙威第一次对他大发雷霆，责备他审问不力，将他及他的人调离了关押方羽的牢房，转而由自己全权接手。聂如风心情郁闷，借酒消愁，陪在他身边的自然是那位千娇百媚的百戏班当家花旦安心了，听着他絮絮叨叨地说着对龙威的不满，又反反复复地说着自己多么无辜。安心轻声细语地安慰，真如一朵解语花。

聂如风在酒醉之后透露了龙威说要犒劳他们，却迟迟没有行动的言而无信，正说得开心，远远地龙威突然出现，挑眉怒斥他没有将军的样子，并命那些跟随她出来采购的士兵将他带回军营。安心默默地看着，在第二天傍晚，她给聂如风送来二十坛上好的桂花酒。

聂如风并没有从军营出来亲自迎接她，而是龙威替他收下了，并用酸溜溜的语气说了些夹枪带棒指桑骂槐的话，安心委屈地受了，没有回嘴。因为她知道，只要他们喝了酒，那所有的委屈她都会讨回来。

但她失算了，她的确是救出了他们的首领方羽，却也被龙威与聂如风率人追杀到了峡谷。好在她早有准备，集合了大部队来接应，让龙威不得不放他们离开，遗憾的是，他们也不能借机杀了龙威和聂如风。方羽曾想过下毒，但看着龙威身后的贺兰钧与裴云天，他终于选择了放弃。

突厥有方羽，他们已觉得是上天眷顾，但大唐却有贺兰钧与裴云天，还是两个，真的是天要亡他突厥吗？

"安心，方才离开时，贺兰钧在你耳边说了什么？"退守到她早已看好的山谷时，方羽突然问道。

安心愣了愣，想到之前贺兰钧突然凑到她耳边说的话，她很是莫名其妙，"他说我今天的装扮很漂亮。"

方羽顿时露出怀疑的表情，安心想辩驳，却也觉得无从开口。贺兰钧的话确实很莫名其妙。

但很快，安心就知道了，贺兰钧从不做莫名其妙的事，他不过是使了一个离间计，利用方羽多疑的个性，以一句无关紧要的话使方羽对她产生怀疑与离心。她原本想一走了之，毕竟她的武功和智谋都不在方羽之下，若不是方羽对她有救命之恩，她也不会这么多年都甘愿被他驱使。但方羽却比她想象中来得更加卑鄙，以她的家人作为要挟，逼迫她接受千刀万剐的刑罚。

蝼蚁尚且偷生，何况是她，万般无奈之下，她只得向贺兰钧求助。原本以为贺兰钧不会帮助她，也做好了被抓的准备，哪知道贺兰钧却在她答应为他提供突厥的情报后，一口答应了下来。

当时她很诧异，贺兰钧竟这么相信她吗？还是说他本就是一个有着侠义心肠的性情中人？

但他们却失算了，方羽早已布好了陷阱在等着他们。在这一刻安心其实已经没什么遗憾了，毕竟家人都已经救出去了，若她真的被方羽杀了，也就不用向大唐出卖突厥的情报，她也不用悔恨自己卖国的行为了。

只是连累了贺兰钧，在这一点上，她是真的有些愧疚的，但也仅此而已。

苏莲衣很生气，贺兰钧那个笨蛋，就算龙威将军和聂如风将军身边的人信不过，那他也不能一个人就跟着那个叫安心的女人走啊？看吧，三天了，一点儿消息都没有，肯定是被人家给抓了，这个蠢蛋！

苏莲衣认识的人不多，她唯一想到能救贺兰钧的人只有裴云天，虽然他不服贺兰钧，说话又难听，但好歹在她威胁他不答应就让他家宅不宁，让明珠回娘家再不回来之后，裴云天总算是勉强答应了。

而贺兰钧也不是个坐以待毙的人，在他觉得苏莲衣应该找到人开始救他之时，他主动找到方羽，提出代表大唐与方羽比试医术。方羽本不想答应他，但受不过他言语恶毒，终于被激得答应了。

哼哼哼，任你方羽奸猾似鬼，也要喝我贺兰钧的洗脚水！

当裴云天带着龙威、聂如风和一干士兵在山里、树林里毫无方向地寻找方羽等人的落脚点时，他猛然闻到了紫蕊草的香味，顿时放下心来。

"我就说贺兰钧这家伙狡猾得很，他怎么可能不自己想办法自救？亏得他聪明，懂得烧紫蕊草，只要循着香味，就一定能找到他了。"裴云天笑着对龙威和聂如风说道，虽然他真的不喜欢贺兰钧，但知道他还活着，他还是很开心的。

　　就像贺兰钧说的，没有对手可斗的日子，真的是寂寞啊。他都已经寂寞三天了。

　　贺兰钧与方羽斗药几乎是一面倒地输，看着他手忙脚乱的样子，方羽笑得极其得意，"哈哈，没想到啊，你贺兰钧也不过是徒有虚名，这么简单的题目，如此简单的草药相克的毒性，你怎么会认为我解不了？"

　　"不，我没有认为你解不了。"之前还一直皱着眉的贺兰钧突然笑了，看着他的样子好像在看一个傻瓜，"我没有想过要在比赛中赢你，因为，你输了。"

　　方羽愣了一下，刚要出口反驳，鼻尖却闻到一股淡淡的香味，这是特制迷药的味道！他瞬间神色大变，再看向贺兰钧，只见他微笑着，晃了晃，倒在了地上。

　　贺兰钧，我到底是低估了你！

　　用最后的意识，他看到裴云天带着人得意扬扬地冲过来，对着贺兰钧就踢了一脚，他忍不住在心里叫好，就该多踢这混蛋几脚，敢暗算他！

　　贺兰钧是笑着从昏迷中醒过来的，但醒来之后他就笑不出来了。他以为自己被救出去了，没想到醒来却发现自己被关进了一个悬崖上的山洞里，上不得下不得，要么等着活活饿死，要么跳崖摔死。

　　这样的情况任谁都笑不出来，尤其身边还有那个跟猪一样笨的队友。

　　"你真是太没用了，我都放紫蕊草引你们过来了，你只需要用药将他们迷倒就行了，没想到你自己反倒落在他们手里。你那些本事都学到狗肚子里去了吗？"站在崖边再次张望了一下，贺兰钧忍不住冲着裴云天发火。

　　当然，裴云天也不是什么善茬儿，他反驳得理直气壮："什么样的师傅教出什么样的徒弟，我本事差怪谁？"

　　贺兰钧气得瞪眼，裴云天却不管他，站在悬崖边细细地观察着。他们身后却传来了脚步声，应该是方羽的人过来了。

两人对视一眼，均知此时若有人来，那定然是要杀他们灭口了。贺兰钧还想着如何解决眼前的困境，却见裴云天纵身跳到了离山洞最近的一棵树上。

那棵树树干不算粗，却可以沿着树干一路爬到下面的一处平台，至少可以躲开杀手。但这棵树承担裴云天一人的重量尚且颤颤巍巍，若他再跳上去，两个人就都会摔下去。

贺兰钧犹豫了下。

似乎知道自己先跳了不太地道，裴云天也不说话，只是静静地看着贺兰钧。

身后的脚步声越来越近，贺兰钧却突然笑了，他对裴云天说道："虽然我很想骂你，但我想了想，你有明珠，有家人，若你死了，明珠这一辈子就得守寡了。而我只有莲衣，且还未娶她过门，若我死了她还可以再嫁，还是你活着好了。"他一边说一边用身体挡住洞口，让后面的人看不到树上的裴云天，仿佛没事人一般地笑道，"臭小子，虽然我不是个合格的师傅，但最后还是要唠叨你一句，明珠对你情深一片，你要好好对她。以后也不许再使坏了，好好做人，否则我就算做鬼也不会放过你的。"

"你……"没料到他竟然会在面对死亡的时候说出这样一番话来，裴云天简直目瞪口呆了。

贺兰钧微微一笑，觉得死前能看到裴云天这副蠢样好像也值得了。虽然他知道他绝对不会死。

眼睛瞄了瞄树枝上系着的被裴云天踩在脚底下的绳结，贺兰钧心里忍不住哼哼。这是要试探他吧？能想出这个馊主意的一定是想当太医院院判想疯了的裴云天，而陪他玩这个游戏的，肯定是解决了突厥奸细心情大好的女皇陛下。

想算计他？门儿都没有！他就要让裴云天赔了夫人又折兵，输得一塌糊涂还哭都哭不出来！

果然，山崖上传来女皇的大笑声，"裴爱卿，这下你该心服口服了吧？贺兰爱卿能在生死关头舍己为人，实在难能可贵，这一点可比你强多了。朕让他执掌太医院，你没意见了吧？"

裴云天与贺兰钧对视，脸上是不甘心，眼睛里却蕴满了笑意，"微臣心服口服。"

直到他跳上树枝，被人往悬崖上拉的时候，一直不作声、神情古怪的贺兰钧才突然笑了一声，"裴云天，若我说我早已看到这树上系的绳子了，你还会心服吗？"

裴云天一呆，随即爆发出一声悲愤的怒吼："贺兰钧……"

贺兰钧执掌太医院，裴云天日日与他作对，验药的时候以胡椒粉充当药粉，呛得贺兰钧一个喷嚏差点儿摔到地上；而贺兰钧则会在裴云天如厕时将他的鞋子粘在茅房里，让他一天都出不来……

两个人幼稚的互斗让整个太医院每天都鸡飞狗跳，多了很多热闹可看。但好在裴云天是真心改过了，无论他怎么与贺兰钧斗，都不会动歪脑筋用药材或者药方害人了。这一点让整个太医院的人都很欣慰，连贺兰大人都忍不住摇头叹息："哎，没有了坏得冒泡的裴云天，这日子都无聊了。"

听到的人全体向天翻白眼，你们这样还叫无聊，那有聊的时候岂不是整个太医院的屋顶都要被你们给聊翻了？

突厥最终还是向大周边境发兵了，龙威再无心与聂如风纠缠，率领大军奔赴战场，经过大半年的浴血奋战，终于凯旋。而更让人高兴的是，聂如风竟然发现自己对她其实是有情的，并在龙威受伤后对她表白，两人终于有情人终成眷属。

贺兰钧等人很是好奇聂如风到底是怎么想通的，拉他出去喝了几次酒，每次都被他灌醉，想知道的事情却半点儿头绪都没有。反而聂如风与他们喝酒喝出了感情，三不五时就带着酒上门，只喝得两人看到他来就条件反射性地出现宿醉症状，不约而同落荒而逃。

苏莲衣与明珠也很好奇，缠着龙威问，每次龙威一开始都是羞涩地红了脸，然后就一直傻乎乎地笑，一直笑到眼睛里雾气迷蒙，眼角眉梢的风情挡都挡不住，也说不出一个字来，让两人大感无趣。

有这工夫看人家秀恩爱，还不如回家自己去秀。

不过苏莲衣最近很烦恼，虽然贺兰钧积极地在准备与她的婚礼，但裴

云天却说若不能确定他对她的心意就嫁，是最蠢的行为。虽然苏莲衣心里知道裴云天在挑拨，但她真的很想知道贺兰钧对她到底是个什么心思，所以她很虚心地向裴云天请教了一下，然后……

她砸了裴云天的头，用裴府大厅里最大的那个梅瓶，虽然瓶子破了，但裴云天的头没破，足以证明那个瓶子是个假货，但苏莲衣还是觉得很不解恨。

出的什么馊主意！找回贺兰钧那个抛弃他的前妻和别人的孩子来试探贺兰钧？若贺兰钧只要她不要前妻与孩子，她当然是很高兴的了，但心里却会觉得贺兰钧无情无义，是个靠不住的混球。虽然他一直都是这样，但好歹现在她还能自欺欺人啊。

反过来，若贺兰钧不要她？苏莲衣赶紧摇头，光想她就觉得不能接受。若贺兰钧真这么做，她搞不好到时候会一刀捅了他然后自杀，与他做一对亡命鸳鸯。

这个主意真是烂透了！苏莲衣重重点头，再一次在心里肯定自己对裴云天的鄙夷与不屑，快步走进人面桃花楼。

贺兰钧正在给人做脸，温和俊逸的笑容迷倒了一群大姑娘小媳妇。苏莲衣倚在门边看着他，脸上带着一抹连自己都没察觉的笑，随即皱起了眉。

怎么办，她突然觉得试一试也没什么的，虽然理智告诉她不要，但感情却一直在诱惑她要，毕竟贺兰钧的心里到底怎么想的，她真的很想知道啊。

怎么办？到底试还是不试？

一直到拜堂成亲那天，苏莲衣还在纠结这个问题。于是，贺兰钧便只能无语地牵着长了一对熊猫眼、精神不济的新娘拜堂，刚一送进洞房，新娘便睡成死猪，让期待着洞房花烛夜的新郎官只能对月兴叹。

新婚之夜，新郎官独守空房，这上哪儿说理去？

知晓内情的裴云天全程笑得肚子疼。活该贺兰钧，叫你欺负我，叫你脑子动得快，活该你娶个蠢婆娘折腾你！

哈哈哈！